새로운 환경 속의
문학과 독자

2017 서울국제문학포럼 논문집

스베틀라나 알렉시예비치 · 고은 · 김우창 외

SIFL Literature and Its
2017 Readership
in the Changing World

새로운 환경 속의 문학과 독자

민음사

차례

＊이 책은 대산문화재단과 한국문화예술위원회가 주최한 〈2017년 서울국제문학포럼〉 논문집입니다.

번역: 박효원, 이윤재, 임보라, 장경렬(영한), 김영혜, 조은미(불한), 황승환(독한), 박재우(중한), 김훈아(일한), 안지영(러한)

"새로운 환경 속에서의 문학과 독자"──과밀 환경 속의 마음의 공간

　고풍한 이야기를 조금 해 보면 동양의 전통에서는 예로부터 시인이 시 쓰는 데에 적절한 환경은 맑은 물가, 높은 산과 하늘을 바라볼 수 있는 곳이었다. 또 그러한 자연에서 찾을 수 있는 것들이 시의 소재가 되었다. 이유는 그것이 아름다운 시적 소재를 제공해 주는 것이기 때문이기도 하지만 그러한 환경에 위치하면 사람의 마음도 절로 고요해지기 때문이다. 사람의 삶의 번쇄함에서 빼놓을 수 없는 것이 고요한 마음이다.

　그러나 지금에 와서 한적한 자연 속에 거처하면서 산과 물을 노래하고 마음과 마음에 다가오는 것을 다스리는 시인은 찾을 수가 없을 것이다. 오늘의 시인은 여느 사람이나 마찬가지로 시정의 복판 소용돌이 속에 살고 있는 사람일 것이다. 그러면서도 아마 그 소용돌이에 완전히 휘말리지는 않고 자기중심을 지키고 있지 않을까 한다. 주변의 여러 가지 일을 하나로 꿰어서 알 만하게 조형할 수 있는 사람이 시인이라고 한다면, 몸이 움직이는 공간에 틈이 없어도 적어도 마음에는 잡다한 것을 짜깁기하여 하나가 되게 하는 공간을 가지고 있어야 할 것이다.

　바깥과 안이 따로 있으면서 하나가 되고 하나가 되면서 따로 있어야 한다는 마음의 모순과 종합의 과정은 소설과 같은 이야기 작가의 경우에 더욱 중요하다. 어떤 이론가들은 소설의 발흥을 설명하는데, 근대 사회가 대두되던 시절 새로이 설레어 움직이는 누항의 이야기들을 전하고 또 그것을 전해 듣고자 하는 마음에 그 기원이 있다는 말이 있다. 소설가는 이 점에서 저널리스트와 크게 다른 일을 하는 사람이 아니라고 할 수 있다. 다만 이야깃거리를 더 복잡한 상황과 더 긴 시간의 연속 속에서 펼치는 사람이라는 점이 다르다. 이 시공간의 얽힘을 만드는 데에는 더 큰 마음의 공간 ─ 인식 그리고 상상의 공간이 필요하다. 이것은 시인이나 소설가나 글 쓰는 데에 물리적 공간이나 책상 또는 최소한으로 노트북 컴퓨터가 있어야 한다는 데에서도 알 수 있는 일이다.

그런데 이러한 공간의 확보가 점점 어려워지는 것이 근년의 사정이다. 정치의 안정이 없으면 마음의 안정이 없다. 정치는 권력 투쟁의 장이기도 하지만 정치의 외침이 있는 경우, 특히 그것이 민주주의 체제 속의 투쟁의 외침이 될 때 그것은 모든 사람의 삶을 그 안으로 끌어들이게 된다. 정치가 많은 사람들에게 마땅히 참여해야 할 의무로 다가오는 것이다. 그런데 작가에게 이것은 특히 마음을 자극하는 일이 된다. 그러니까 작품 제작이 아무리 개인적인 소명의 문제라고 하더라도 밖으로부터 오는 사명감을 거부하지 못하는 것이 작가이다.

정치 못지않게 또는 그보다 근본적 삶의 바탕인 경제도 삶의 직조물을 끊임없이 밀고 잡아당기는 힘이다. 다만 경제의 힘은 대부분의 사회에서 단기간에 집단적인 힘으로 작용하지는 않는다. 경제는 집단적으로나 개인적으로나 정치를 통하여 사람의 마음에 작용하게 마련이다. 그리고 그에 대한 사람들의 대처도 정치화하여 표현된다.

어쨌든 시인이나 소설가, 문예 창작가들이 이러한 삶의 공간의 절박한 사정들로부터 초연할 수 없는 것이 오늘이다. 마음은 밖으로부터 이러한 힘이 밀려올수록 사람의 삶에 대하여 정확히, 넓게, 본질적으로 생각하는 일에 집중하기가 어려워진다. 정확히 생각한다는 것은 사회 과학적으로 생각한다기보다는 구체적인 사람들의 삶과 관련해서 생각하고 느끼고 다시 거리와 공간을 확보하여 그것을 언어 속에 정착시킨다는 것인데 — 작가는 그러한 여유를 갖지 못하기 쉽다. 다시 말하여 삶의 구도와 이야기를 깊이와 넓이 속에 수용하기 어렵다는 말이다.

밖으로부터 오는 일이란 실제 일어나는 일이기도 하지만 소식으로 전해 오는 일들이다. 소식이 없을 수가 없는 것이 사람의 삶이다. 그러나 그 소식이 멀리서 또 일정한 시간적 여유를 두고 전해 오는 경우 그것은 오히려 작품의 소재가 될 만한 것이 된다. 많은 예술 작품이 신화와 동화의 풍미를 갖는 것은 이러한 거리감 때문이다. 그것은 시공간의 거리가 주는 효과이다. 위에서 말한 바와 같이 소식을 전하는 것은 작가가 스스로 또는 여러 사정으로 떠맡게 되는 일이기도 하다. 그러나 이 소식은 오늘의 시점에서 너무 가까이, 너무 빠르게, 너무 많이 전해 온다. 그리하여 수시로 침입해 오는 뉴스를 독자적인 시공간에 펼쳐 볼 여유를 갖지 못한다. 어쨌든 문학 작품은 이렇게 전해 오는 뉴스와 경쟁하기가 어려워진다.

방금 말한 것을 달리 말하여 옛날의 소식은 흔히 전기적(傳奇的)인 내용을 갖는다. 그리고 그것은 문학 작품의 한 매력이 된다. 그러나 오늘에 전해지는 소식은 먼 곳에서 오는 것이라도 반드시 먼 곳에서 오는 것이 아니다. 교통과 통신의 발달은 먼 곳을 없어지게 했다. 그리고 소위 근대화는 여러 곳에서 사건의 내용과 환경이 너무 비슷한 것이 되게 한다. 그리하여 먼 곳의 일도 자신의 주변에서 쉽게 일어날 수 있는 것이어서, 거리감을 가지고 볼 수 없게 한다. 또 실제로 나라와 나라의 관계가 너무 서로 얽혀 있어서 한 나라의 향방과 결정이 곧 자신의 나라의 향방과 결정에 이어진다.(신문에 나오는 논평들이 끊임없는 국가 간의 장기 두기 전술의 지혜를 말하는 것이라는 데에서도 이러한 사정의 증험을 볼 수 있다.)

이 모든 것을 어떻게 소화할 것인가? 그러한 것이 아니라도 뉴스가 간단(間斷)이 없고 정보가 차고 넘치는 것이 오늘날이다. 소식이라는 말은 뉴스를 말하는 것이면서도 가까운 사람들, 알 만한 사람들로부터 오는 알 만한 사람들의 뉴스이다. 그러나 그러한 말이 거의 의미가 없어진 것이 오늘날이다. 뉴스와 정보가 폭주하고 그것들이 그 의의의 경중에 관계없이 마음이라는 용기(容器)를 가득 채운다. 물론 정보가 차고 넘치는 것은 사람의 지적 호기심에 관계되고 정보가 많을수록 지적 능력과 용량도 커지는 것이라고 할 수 있다. 그리하여 오늘은 어느 시대보다도, 적어도 인사와 사물과 세계에 대한 정보라는 면에서는 문화 수용력이 커지고 문화 수준이 높아진 시대라고 할 수 있다.(이 지식 함량은 개인으로나 집단으로나 자존심을 높이는 데에 중요한 역할을 한다.) 그러나 그것은 사람의 마음을 가득하면서도 공허한 것이 되게 한다. 군자는 그릇 ── 용기가 아니라는 말이 있지만 뉴스와 정보로 가득 찬 사람은 절로 자신의 마음을 그릇이 되게 하는 사람이 되지 않을 수 없다. 정보 과잉은 절로 마음의 공간을 과밀한 것이 되게 한다. 거기에는 고요한 마음도 있기 어렵다. 그것은 진정한 의미에서의 창조의 중심을 잃어버리는 일이다.

이 모든 일은 작가를 날로 넓어지는 그리고 날로 붐비는 삶의 공간에 놓이게 하는데, 이것은 작가의 위치 자체를 알게 모르게 바꾸어 놓는다. 문학 작품의 의의는, 이상적으로 말할 때 그 자체에 있다. 작가의 자기 평가도 이 독립성, 자율성에 따른다. 즉 그가 하는 일이 그 자체로 값을 가진다는 것으로 자신의 작업을 평가하고 자기에 대한 느낌을 갖는다는 말이다. 그렇다고 작가가 외부로부터 단절된 존재라는 말은 아니다. 위에서 말한 바와 같이 예술 창작 활동의 역설은 그것이 자기 목적적인(autotelic) 것이면서 바로 그 점으로 하여 밖으로부터도 높이 평가되고 타자 목적적인(heterotelic) 것이 된다는 사실이다.(인간의 모든 일은 이러한 양면적 성격을 갖는다. 이것이 한쪽으로 치우치게 되는 것이 오늘의 형편이다.) 자기 목적적이면서도 예술가는 그의 작품의 세계, 작가적 양심의 세계에 대하여 민감하다. 어쩌면 자기에 충실하게 살아야 하기 때문에 밖에서 오는 것들에 더욱 민감하지 않을 수 없다고도 할 수 있다. 그리하여 자기와 자기 세계에 충실하려는 작가도 그의 작품과 작가적 위치에 대한 외적 평가에 민감하지 않을 수 없다. 그리고 작가의 이러한 민감성은 오늘날에 올수록 보다 현실적인 의미를 갖는다. 수용자들에 의한 작품과 작가에 대한 평가는 그 사회적 위치 그리고 생활의 방편에 관계된다. 베스트셀러 작가는 자기에게나 다른 사람에게나 뛰어난 작가로 인식된다. 또 얼른 보기에 실용적 의미를 갖지 않는 생산 활동을 통하여 생활 수단을 확보하고 삶의 의미를 정립하려니만큼 작가는 시장의 추세 또는 외부의 평가에 민감하지 않을 수 없다. 또 시장 속에 놓이는 작가는 그것을 부추기는 통신 매체 속에 놓이게 된다. 요즘 세상에서 광고는 판매 증가에 필수 요건이다. 그리하여 세계 시장의 판매고가 얼마인가, 매체의 평가에서 얼마나 회자되는가 하는 것들이 평가의 척도가 되는 것이다.

그러다 보면 이러한 일들은 작가 밖에서 일어나는 일이 아니라 그의 마음을 사로잡는 영향이 된다. 그리하여 작가는 작품을 구상하고 제작하는 현장에서부터 시장—그것도 자기 사회의 시장만이 아니라 세계 시장을 마음에 두게 된다. 반드시 의식하는 것이 아니라도 그것이 마음에 스며드는 것이다.

물론 이것이 반드시 나쁜 것은 아니다. 넓고 높은 것에 대한 의식이 없을 수 없는 것이 작가이고 작품이다. 그것은 넓은 시장에 의하여 매개될 수도 있다. 확대된 외부 대상 공간에 따라 생겨나는 새로운 내면의 공간은 절로 기발한 작품 구상의 동기를 얻을 수도 있다. 정보 전달 매체의 발달이 작품에 영향을 끼친다는 것은 위에서 말한 바이다. 그런데 이 매체란 신문, 오디오, 비디오, 여러 오락용 매체들을 포함한다. 이것들은 작가의 표현 방식을 새롭게 하고 전통적 표현 양식을 보다 다양하게 바꾸어 놓기도 한다. 그 효과가 예술 창작의 본질을 뒤틀어 놓을 수도 있지만 그 표현 가능성을 변화·확대하는 것이 될 수도 있다. 그 효과의 하나는 전체적으로 소통의 장을 넓힌다는 것이다. 그리하여 사람이 사는 환경 판단에 대한 중요한 지표가 되는 아(我)와 비아(非我)의 상호 관계를 바꾸어 놓을 수도 있다. 물론 이것도 긍정·부정의 반대 효과를 가질 수 있다.

하여튼 여러 새로운 발달 — 교통 통신의 발달, 사람과 사람, 나와 타자의 관계 변화, 가치의 근대화, 정보량과 속도의 거대한 증가, 매체 종류의 발달 등은 예술 표현과 창작의 의의를 바꾸어 놓는다. 본질적인 것으로 생각되었던 문학 이념에 큰 변화가 일고 있는 것이 오늘의 사정이다. 이것은 위에서 말한 것처럼 문학의 자기 목적성 ─ 그러면서 삶의 존재론적 테두리를 보이지 않게 할 수 있다. 이것은 결국 삶에서 마음의 공간이 사라지게 되는 것을 의미한다. 그것은 작품에 보다 가벼운 것들을 수용하는 일이 될 수 있다. 그러나 삶의 진실은 반드시 무거운 본질에만 있는 것이 아니다.

이번 서울국제문학포럼에서 생각해 보고자 하는 것은 이러한 문제들이다. 물론 다른 나라와 언어의 작가들과 우리 작가들의 만남을 북돋고 또 우리 독자와 대중들이 이들과 대면·교류하는 공간을 마련하는 것도 전부터 서울국제문학포럼의 목적이다. 목적하는 열매의 수확 그리고 우연한 결실 ─ 여러 면에서 좋은 일이 많이 있기를 바라는 바이다. 사람이 결국은 환경적인 존재라고 할 때, 이것은 쉽지 않은 일일 것임은 말할 필요도 없다.

2017 서울국제문학포럼 조직위원장
김우창

1부 우리와 타자

1 기조 강연 Keynote Speech

미래에 관한 회상

스베틀라나 알렉시예비치

우리는 전쟁과 혁명의 시대를 살고 있습니다. 우리는 전쟁 문화, 바리케이드 문화에 속한 사람들입니다. 두렵지만 이런 세상을 살아가는 일에 익숙해져 버렸고, 세상 어딘가에서는 항상 전쟁이 일어나고 있습니다. 오늘 이렇게 태양 빛이 눈부신 날에도 지구상 어딘가에서는 번개나 태풍, 지진에 의해서가 아니라 다른 사람에 의해 살해된 누군가가 땅 위에 누워 있을 것입니다. 항상 그래 왔으니까요. 하지만 우리 시대의 세상은 너무도 빨리 변하고 예측할 수 없는 어떤 것이 되었습니다. 그리고 그러한 세상 속에서 전쟁과 혁명이 아니라 체르노빌이 20세기의 주요 사건이 되었습니다.

체르노빌 이후 우리는 다른 세상을 살고 있습니다. 저는 우리가 미래를 살고 있다고, 아포칼립스 최초의 굉음이 이미 들린 것이라고 말하고 싶습니다. 이 일은 부지불식간에 우리에게 닥쳤습니다. 우리는 모든 것을 우주의 시각이 아닌 역사를 통해 바라보는 것에 익숙해져 있었으니까요. 이곳, 지구에서는 우리가 통치자라고 생각해 왔습니다. 하지만 우주가 우리에게 우리의 자리가 어디인지를 일깨워 주었습니다. 새로운 역사가 시작된 것입니다.

작가의 눈으로

체르노빌의 원자로가 폭발했습니다. 몇 주 후 저는 '체르노빌 지대'
로 갔습니다. 당시 사람들은 원자력 발전소와 가까이 자리한 지역들을
그렇게 부르기 시작했습니다. 1986년 4월 풍배도(風配圖)는 벨라루스
쪽을 향해 있었고, 벨라루스는 그 어느 지역보다 극심하게 체르노빌 사
태의 여파를 겪어야 했습니다. 발전소 쪽으로 가까이 갈수록 점점 더
많은 무기들을 볼 수 있었습니다. 병사들은 완전 군장을 한 채 최신 자
동 소총을 들고 행진하고 있었습니다. 저의 기억 속에 가장 강렬하게
남은 것은 헬리콥터나 장갑 수송차가 아니라 그들이 들고 있던 자동
소총이었습니다. 총을 들고 체르노빌 지대에 있는 사람들. 그들은 거
기서 누구를 쏘고 싶었던 것일까요? 누구로부터 자신을 방어하려 했던
것일까요? 물리의 법칙으로부터? 눈에 보이지 않는 방사능 물질들로부
터? 아니면 방사능에 오염된 땅이나 나무를 쏘고 싶었던 것일까요?
제가 본 것은 전쟁에서 흔히 볼 수 있는 장면들이었습니다. 그리고
그때 제 눈앞에서 이 전쟁의 문화가 무너져 내렸습니다. 체르노빌 사태
이전에 참상의 척도가 된 것은 전쟁이었습니다. 우리의 역사는 전쟁의
역사였고, 전쟁 영웅들의 역사였으니까요. 체르노빌 지대에도 전쟁의
모든 특징들이 그대로 존재하는 것 같았습니다. 수많은 군인들, 난민
들, 피난 행렬……. 신문에 실린 체르노빌 관련 기사들도 온통 전쟁 용
어로 뒤덮였습니다. 원자, 폭발, 영웅들……. 분명 익숙한 단어들이었
지만, 우리가 처한 그 공간은 낯선 것이었습니다. 하룻밤 사이에 새로
운 시간 안으로 들어서게 되었다는 사실을 우리는 그 즉시 깨닫지 못
했습니다. 새 역사가 시작되었습니다. 이제 인류의 역사는 전쟁의 역사
일 뿐 아니라 재난의 역사가 될 것입니다. 체르노빌, 후쿠시마 ― 이것

이 오늘날 우리가 알고 있는 것입니다. 체르노빌 지대에서 제가 이야기를 나누었던 모든 사람들은 학자이든, 장군이든, 오염 물질 제거반 대원이든, 시골 노파든 할 것 없이 모두가 다음과 같이 말했습니다. "이런 것은 본 적도 들은 적도 없어요." "공포 영화에도 이런 것은 없었어요." 인간의 기억 속에 아직 이런 지식이 없었던 것입니다.

그들이 들려준 여러 이야기 중 당시 사람들이 저녁이면 이 마을 저 마을에서 차나 자전거를 타고 와서 발전소가 불타는 것을 바라보았다는 이야기가 기억에 남습니다. 타오르던 불빛은 일반적인 화재의 불빛이 아니라 검붉은 빛이었다고 했습니다. 특히 둘째 날과 셋째 날은 더욱 그랬다고 하더군요. 마법을 거는 듯 아주 아름다운 빛이었다고 했습니다. 프리피야티[1]의 아파트에서는 아이들을 데리고 발코니로 나와 그 빛을 바라보며 이렇게 말하곤 했답니다. "얘들아, 봐! 그리고 기억해 두어라!" 그 죽음이 너무도 낯선 것이라 그것에 매혹되기까지 했던 것입니다. 그런 관객들 중에는 엔지니어도 있고 물리 선생도 있었지만, 그들이 아는 지식은 이미 낡은 것이 되었기에 새로운 세상에서 그들을 구원하지 못했습니다.

체르노빌 지대는 잊을 수 없는 곳이었습니다. 떠나는 즉시 다시 돌아가고 싶어지는 곳이었습니다. 비밀이 마법을 건 것이었지요. 한 번도 본 적이 없는 어떤 것이 우리 위를 떠다니고 있었습니다. 정원이 꽃으로 뒤덮였습니다. 이른 봄에 피는 봄꽃들이 꽃잎을 피워 냈고, 마을 뒤편에 자리한 강은 평화롭게 흘러갔습니다. 아름다웠습니다. 너무도 사랑스럽고 친숙한 세상. 처음에는 모든 것이 예전처럼 제자리에 있다고 생각되었습니다. 똑같은 땅, 똑같은 꽃, 똑같은 물, 똑같은 구름. 모양도 색깔도 냄새도 모두 예전과 같았으니까요. 하지만 도처에 공포와 알 수 없는 일들이 도사리고 있었습니다. 목동들이 암소 떼를 몰고 물가로

---

1) (옮긴이 주) 체르노빌 원자력 발전소에서 2킬로미터 떨어져 있고, 벨라루스 국경 근처에 자리한 우크라이나의 도시. 지금은 사람이 살지 않는다.

가 물을 먹이려는데, 암소 떼가 뒷걸음질 치며 물 마시기를 두려워하는 것을 본 적이 있습니다. 늙은 양봉업자의 말에 따르면 체르노빌 사태가 터지고 나서 이레 후에 벌들이 벌집을 떠났습니다. 어부들도 지렁이들이 땅속 깊은 곳으로 숨어 버려 낚시 미끼로 쓸 지렁이들을 찾을 수가 없었다고 회상합니다. 인간이 모르는 것을 벌들은 알았다는 이야기지요. 우리는 계속해서 일상적인 삶을 살았습니다. 늘 그랬듯이 5월 집회에 나갔습니다. 젊은 부모들은 모자도 쓰지 않은 꼬맹이들을 어깨 위에 얹고 나와 노점 매대 위에 아무것도 덮지 않고 펼쳐 둔 과자와 아이스크림을 사 주었습니다. 소년들은 축구를 했습니다. 죽음이 도처에 숨어 있었지만 그 죽음은 우리가 알지 못하는, 전혀 다른 형태의 죽음이었습니다. 한 번도 본 적이 없는 모습을 하고 있었기에 인간은 그것을 받아들일 준비가 되어 있지 않았습니다. 그것은 우리의 수많은 지식과 상상력을 뛰어넘는 것이었습니다. 만일 핵폭탄이 터졌다면 우리도 무엇을 해야 할지 알았을 것입니다. 민방위 교육 시간에 배운 적이 있었으니까요. 모두가 히로시마와 나가사키에 관해 읽었으니까요. 하지만 무기로 사용되는 핵은 두려워했지만 일상 속의 핵은 인간의 친구라고 배웠습니다. 물론 엄청난 선전도 제 역할을 톡톡히 했습니다. 신문들은 소련의 원자력 발전소는 세계에서 가장 안전한 것이기에 붉은 광장과 크렘린 옆에 세울 수도 있다고 떠들었습니다. 어떤 학자들은 어느 시골에서 낫과 삽을 든 농부들에게 이렇게 말하기도 했답니다. "이건 다 당신들 잘못입니다!"

군용 핵과 민간용 핵은 똑같은 것이고, 그들이 공범이라는 사실을 우리는 즉시 이해하지 못했습니다. 체르노빌 이전의 인간은 천천히 체르노빌의 인간으로 변화해 갔습니다. 새로운 감정은 새로운 단어를 필요로 했습니다. 하지만 그러한 단어들이 없었습니다. 모두를 망연자실하게 했던 침묵의 순간을 기억합니다. 하늘과 땅에서 기계들이 굉음을 낼 때 사람들은 입을 다물었습니다. 자연이 우리에게 준 모든 기관—눈, 귀, 손가락, 코는 제구실을 하지 못했습니다. 아무런 쓸모가 없었습니다. 방사능은 보이지도, 들리지도, 냄새를 풍기지도 않았고, 맛을 볼 수도 없었으니까요. 육체를 지닌 것도, 어떤 형상을 갖춘 것도 아니었으니까요. 평생 전쟁을 해 왔고, 전쟁 준비를 해 왔는데, 갑자기! 전혀 다른 형태의 적이 등장한 것입니다. 보이지 않는 적. 예전에 친숙하고 가까웠던 주변 세상이 공포를 불러일으키기 시작했습니다. 대피가 시작되었습니다. 사람들은 그들이 영원히 남겨 두고 떠나는 것이 무엇인지도 모르는 채 자기의 집과 묘지를 두고 떠났습니다. "연기도 안 나고 불도 없는데 떠나야 한대요. 도대체 왜 떠나야 하는 거유?" 시골 할머니가 내게 물었습니다. "나는 전쟁 시절도 기억하는데, 여기는 새들도 날아다니고 쥐들도 사는데…… 떠나야 하네요. 왜 그런 거유? 이게 전쟁인 거유?" 그녀가 다시 물었습니다. 그 범부가 포스트체르노빌 세상의 가장 중요한 문제의식을 공식화했습니다. 도대체 이것이 무엇인가? 전쟁 같기도 하고 전쟁이 아닌 것도 같은 이것. 하지만 그것은 전쟁이었습니다. 미래로부터 온 전쟁. 미래에 인간이 겪게 될 공포, 우리 벨라루스 사람들이 다른 이들보다 먼저 맞닥뜨리게 된 그 공포로부터 생긴 전쟁. 벨라루스 사람들은 자기들을 '블랙박스'라고 부릅니다. 미래를 위한 정보를 기록해 두는 비행기 안의 블랙박스 말입니다. 벨라루스 사람들은 이미 다른 곳의 사람들과는 다른 방식으로 태어나고, 살아가고, 죽어 갑니다. 벨라루스에 있는 모든 조산소에서 출산에 대한 벨라루스 여성들의 공포가 얼마나 큰지 들려줄 것입니다. 다음은 한 산파의 이야기입니다. "전에는 이런 일이 전혀 없었어요. 아이를 낳고 아직 정신이 없을 텐데도 산모들은 소리를 지르며 아기를 내놓으라고 합니다. 아기를 데려다주면 아이 몸을 1센티미터 간격으로 더듬어 봅니다. 모든 것이 정상인지 보는 거죠. 팔은 다 있는지, 다리는 다 있는지, 손가락, 발가락은 다 있는지."

대피가 시작되기 전 첫 몇 주간 시골길을 따라 걷다 보면 이런 광경을 볼 수 있었습니다. 시골 아낙들이 우유가 든 양동이, 계란을 담은 소쿠리를 들고 앞서가는데 경찰이 그들을 통제합니다. 그들은 경찰만 없으면 그걸 들고 집으로 도망칠 기세입니다. "이 계란이 뭐가 나쁜데요?" 그들은 경찰의 말을 믿지 않습니다. "늘 이랬다고요. 우유도 똑같아요. 하얗고, 따뜻하고. 이거 조금 전에 암소 젖을 짠 거라고요." 체르노빌에서는 모두가 체르노빌 이전의 언어로 말하고 있었습니다. 마을마다 거대한 구덩이를 팠습니다. 그것은 우유, 계란, 고기, 응고 우유, 오이, 토마토를 묻는 무덤이었습니다. 할머니들은 그 구덩이 옆에 서서 성호를 그었습니다. 저는 이 장면을 결코 뇌리에서 지울 수 없을 것 같습니다. 병사들은 길과 집과 창고들을 닦아 냈습니다. 아이들은 학교나 집 안에 머물어야 했습니다. 마당에서 놀거나 바로 옆에 있는 숲에 버섯이나 열매를 따러 가는 것은 금지되었습니다. 아이들은 겁에 질린 얼굴로 창가에 앉아서 창밖을 바라보았습니다. 그들은 웃음을 잃었습니다.

그중에서도 가장 믿기 힘든 광경은 땅속에 땅을 묻는 것이었습니다. 오염된 땅의 표층을 잘라 내어 땅속에 묻기 위해 실어 왔습니다. 수백만 마리의 딱정벌레와 거미도 함께 묻혔습니다. 인간은 자신만을 구하고, 자기를 제외하고 이 땅에 살았던 모든 것을 가차 없이 희생시켰습니다. 숲에서는 항상 죽은 새들을 볼 수 있었고, 발전소 주변의 숲은 붉은색을 띠며 말라 갔습니다. 대피할 때 가져갈 수 있도록 허락된 것은 돈과 서류뿐이었습니다. 집에서 기르던 고양이와 개, 심지어 사랑하는 앵무새 한 마리도 가져갈 수 없었습니다. 사람들은 그렇게 떠났고, 군부대와 사냥꾼들이 마을로 들어왔습니다. 그들은 모든 동물을 사살했습니다. 애완동물들은 자기 집 마당에서 주인을 기다리다가 인간의 목소리를 듣고 신이 나서 다가왔습니다. 한 사냥꾼이 말했습니다. "기억하고 싶지도 않습니다. 그때는 꼭 내가 망나니가 된 것 같았어요."

모두 철학자가 되었습니다. 아이들까지도요. 아이들이 제게 물었습니다. "아줌마, 아줌마는 작가니까 말해 주세요. 이제 새들이 알을 낳고 아기 새가 태어날까요? 나무에 다시 새잎이 돋아날까요?" "우리는 내일 대피하는데, 새들한테는 여기를 떠나야 한다고 누가 말해 줘요? 고

슴도치랑 토끼한테는 누가 말해요?"

저는 제가 미래를 기록했다는 생각이 듭니다.

저의 주인공들은 망연자실했고, 저도 그랬습니다. 하지만 우리에게는 늘 그것을 표현할 말이 부족했습니다. 말의 재난이라고 할까요? 예를 들어 보지요. 한번은 사건이 터진 첫날 밤 화재 진압에 투입되었다가 순직한 소방관의 부인인 젊은 여자를 만났습니다. 그때 화재 진압에 동원되었던 모든 사람처럼 그녀의 남편도 아무런 안전장치 없이, 그냥 평범한 셔츠 한 장만 입고 그곳으로 갔습니다. 마치 자기들이 불사신이라도 되는 것처럼 말이죠. 이런 러시아식 무질서에는 어떤 자신감, 인간이 만물의 영장이라는, 얼마 전까지 우리가 가지고 있던 철학이 깃들어 있습니다. 인간이 모든 것을 통치한다는 생각이지요. 그 밤 화재 진압 작전에 동원되어 원자로에 붙은 불을 끈 모든 소방관은 치사량의 방사능에 노출되었습니다. 그 날카로운 빛 때문에 병에 걸리면 인간은 몇 주에 걸쳐 죽어 갑니다. 이 소방관 중 한 사람의 부인이었던 류드밀라 이그나텐코는 남편을 만나러 병원에 갔습니다. 저는 사람들이 이 여자분의 이름을 알았으면 좋겠습니다. 당시 그들은 갓 결혼한 신혼부부였고, 부인은 임신 중이었습니다. 하지만 그녀는 의사들에게 자신이 임신했다는 사실을 숨겼습니다. "저는 남편을 사랑했어요. 너무너무 사랑했어요. 그래서 그 사람과 함께 있고 싶었어요." 그들이 그녀를 들여보내 주지 않았지만 그녀는 동원할 수 있는 사실과 거짓을 모두 동원해 병실 안으로 뚫고 들어갔습니다. 그리고 그곳에서 환자의 부인이 들어야 할 평범한 위로 대신 다음과 같은 말을 들었습니다. "명심하세요. 남편한테 가까이 다가가시면 안 됩니다! 입을 맞추어도 안 됩니다! 쓰다듬는 것도 안 됩니다! 이제 이 사람은 당신이 사랑하는 사람이 아니라 방사능 오염 물질이에요!" 아마 이런 상황에서는 셰익스피어도 뒤로 물러설 겁니다. 위대한 단테도요. 다가가느냐, 마느냐, 입 맞추느냐, 마느냐 그것이 문제로다. 그녀는 다가갔고, 입을 맞추었습니다. 숨이 넘어가는 마지막 순간까지 남편을 홀로 버려두지 않았습니다. 그리고 그

대가로 아기를 잃었습니다. 여자아이였던 그 아기는 태어나서 며칠밖에 살지 못했습니다.

그녀는 사랑과 죽음 사이에서 선택을 해야 했습니다. 나는 남편과 아들, 그러니까 '방사능 오염 물질'이 있는 병동 안으로 감히 들어가지 못했던 부인과 어머니들과도 이야기를 나누었습니다. 그녀들은 너무나 많이 울었습니다. 병동에 들어간 사람과 들어가지 못한 사람 중 누가 더 옳았는지 저는 모르겠습니다. 우리 세상에서는 사랑도 변했습니다. 죽음도요.

한번은 방사능에 오염된 시골 마을을 지나고 있었습니다. 그곳은 거주민이 이미 모두 대피한 곳이었는데, 갑자기 시골길을 따라 모래를 파고 있는 아이들이 보였습니다. 가까이 다가가 보니 몇 채의 집에 창문을 막아 둔 판자가 떨어져 있고, 마당에서는 암탉이 뛰어다니고 있었습니다. 낯선 이들을 보고 개가 짖었습니다. 그중 한 집의 문을 두드려 보았습니다. 그러자 어린 아기를 안은 젊은 여자가 나왔습니다.

"어디서 오셨나요?"

놀란 내가 물었습니다.

"며칠 전에 사람들이 전부 이곳에서 대피해서 지금 여기 사는 사람은 아무도 없어요. 창문도 다 막았고요."

"저는 타지키스탄에서 왔어요. 전쟁을 피해서 왔어요. 우리 파미르 타지키스탄 사람들이 쿨랴브 타지키스탄 사람들과 전쟁을 하고 있거든요. 모두 타지키스탄 사람들이고 코란도 하나인데, 쿨랴브 사람들은 파미르 사람들을 죽이고, 파미르 사람들은 쿨랴브 사람들을 죽여요. 밤이고 낮이고 서로 죽이고 있어요. 버스에서 끌어 내려서는 총으로 쏴 버려요."

또 한 여자가 다가와 우리의 이야기를 들으며 울었습니다. 그러더니 자기 이야기를 들려주었습니다.

"저는 조산원에서 간호사로 일했어요. 그날 제가 야간 당직이었어요. 한 여자가 아이를 낳고 있었는데, 난산으로 힘겨워하면서 비명을 질렀어요. 그때 청소부가 뛰어 들어오더니 "이봐요! 놈들이 왔어요!"하며 소리쳤어요. 그놈들은 무기를 들고 검은 마스크를 쓰고 있었어요. 그 순간 산모가 드디어 안도하며 소리치기 시작했어요. 기쁨에 겨워서요. 그리고 아기가 울기 시작했지요. 남자아기였을까요, 여자아기였을까요……. 들여다보지도 못했어요. 아직 이름도 없고 아무것도 없는 아기였어요. 그 악당들이 우리에게 다가왔어요. 저 여자 누구야? 쿨랴브 여자야, 파미르 여자야? 우리는 입을 다물었어요. 의사도 아무 말이 없었고요. 그놈들이 소리쳤어요. "저 여자 누구야?" 그러더니 아기의 다리를 움켜잡았어요. 아기는 글쎄, 한 십 분간 이 세상에 살았던 것 같아요. 그리고는 아기를 창밖으로 던져 버렸어요. 그 후에 저는 이틀 동안 침대에서 일어날 수가 없었어요……. 도망치기로 결심했어요. 방사능은 두렵지 않아요. 사람들이 무서워요. 총을 든 사람들이 무서워요. 우리는 여기서 살 거예요. 저는 아이가 다섯이에요. 전부 데려왔어요."

우리 주변에 이미 열 명 남짓한 사람들이 모여들었습니다. 모두가 자기 이야기를 하고 싶어 했습니다. 적어 줘요. 적어 두고 사람들에게 말해 주세요. 이런 일에 대해서 아무도 모르고 있으니까요.

세계 앞에서 체르노빌은 가상 현실이 되었습니다. 평행적으로 존재하는 세상이 된 것입니다. 우리에게 무슨 일이 일어났는지 우리는 다 이해하지 못했습니다. 체르노빌의 의미는 아직도 다 이해되지 못했습니다. 작가들도 입을 다물고, 철학자들도 입을 다물고 있습니다. 왜 그런 것일까, 많이 생각해 보았습니다. 두 차례의 거대한 재난이 시기적으로 겹쳤다는 것이 가장 중요한 이유 중 하나일 것입니다. 체르노빌 사태 직후 거대한 소비에트 제국이 무너졌습니다. 사회주의 대륙이 더 이상 존재하지 않게 되었습니다. 그리고 사람들은 그 제국의 잔재 위에서 살고 있습니다. 어떻게 살아남을지, 무엇을 믿을지, 그런 문제들이 그들에게는 핵 문제보다 더 절실한 문제인 것입니다. 페레스트로이카 이후 1990년대 러시아의 민주주의자들은 낭만주의자들이었습니다. 그들은 공산주의자들이 떠나고 나면 자유의 왕국이 도래할 것이라고 생각했습니다. 하지만 자유 대신 도스토예프스키가 경고했던 악마들이 들어왔습니다. 평생 수용소에서 살아온 사람이 수용소 정문을 나선다고 바로 자유인이 될 수는 없습니다. 자유는, 우리가 꿈꾸었지만 아직 어떻게 다루어야 할지 모르는 어떤 것이었습니다. 사람들은 지금, 여기에 있는 것들에 골몰하고 있습니다. 얼마 전까지는 사회주의 체제에서 살았고, 지금은 다시 자본주의 체제에서 살고 있는 것입니다. 체르노빌의 의미에 대한 고찰은 앞으로도 계속될 것입니다. 더욱이 우리는 영원히 체르노빌과 살아가야 할 테니까요. 인간 수명의 관점에서 보면 방사능 입자들은 영원히, 수천 년 동안 남아 있을 것입니다. 체르노빌은 우리의 시간관념을 변화시켰습니다. 그리고 우리의 공간 감각도 변화시켰습니다. 세상은 하나가 되었습니다. 사태가 발발하고 사나흘 후에 체르노빌의 방사능진은 이미 아프리카의 상공을 날고 있었습니다. 참 작은 세상이 되었습니다.

기술이 인간을 앞지른 것입니다.

체르노빌의 목소리

한편으로 저는 저의 저서들에서 여러 목소리들이 합창처럼 울려 퍼지기를 바랍니다. 하지만 다른 한편으로는 그 속에서 항상 외로운 인간의 목소리가 들리기를 원합니다. 여기 체르노빌의 목소리들이 있습니다. 그 소리들은 제 기억 속에서, 그리고 제 책들에서 다음과 같이 울립니다.

"우리를 체르노빌로 파병했습니다. 그리고 모두에게 무기를 주었어요. 자동 소총을 주었지요. 미국의 공격에 대비해서요. 군사 수업 시간에는 서구 특수 부대의 침투 작전과 그들의 폭파 작업에 관한 강의를 들었어요. 하지만 첫날 저녁 우리는 이미 자동 소총을 각자의 천막에 버려두었습니다. 그리고 한 달이 지나서는 그 총들을 다 실어 가 버렸어요. 침투 작전 따위는 없었으니까요. 뢴트겐…… 퀴리…….”

“대피가 시작되었고…… 병사들이 도착해서 농가를 덮쳤습니다. 사람들은 피해 다니고 숨어들었어요. 가축들이 울부짖고, 아이들도 울어 댔습니다. 전쟁인가? 그런데 태양은 밝게 빛났습니다. 할머니들은 무릎을 꿇고 농가 앞을 기어 다니며 기도를 올렸어요. 정든 집과 피붙이들의 무덤을 떠나고 싶지 않았던 것이죠. 남자들은 술을 진탕 마시고는 자동차 앞으로 뛰어들었습니다. 상부에서는 집집마다 다니며 모두를 설득했어요. ‘살림은 챙기지 마세요. 곧 돌아올 겁니다.’ 이제 다시는 그곳으로 돌아가지 못할 겁니다. 저는 집에 고양이를 가두고 이틀 치 먹이를 주고 왔어요.”

“전에 우리는 직접 버터, 스메타나, 응고 우유와 치즈를 만들었어요. 직접 우유를 끓였죠. 엄마가 저한테 만드는 법을 보여 주고 가르쳐 주셨어요. ‘너희들도 나중에 너희 아이들을 가르쳐라. 나도 우리 엄마한테 배웠거든.’ 우리는 자작나무와 단풍나무 수액으로 만든 주스를 마시고, 수액을 채취하러 숲을 돌아다녔어요. 저는 깍지 속에 든 강낭콩을 좋아했어요. 월귤로는 과일 젤리를 만들었죠. 감자, 그러니까 꼭 우리 벨라루스 감자를 먹었죠. 음식은 사라지지 않고 영원히 있는 것인 줄 알았어요. 이렇게 모든 것이 변하게 될 거라고는 꿈에도 생각하지 못했어요. 하지만 그렇게 되어 버렸네요. 우유는 먹으면 안 된다, 두유도 먹으면 안 된다. 버섯도 산딸기도 먹을 수 없다. 고기는 세 시간 동안 물에 불려야 한다. 감자를 삶을 때는 삶은 물을 두 번은 버려야 한다. 하지만 어쩔 수 없지요. 살아야 하니까요.”

“저는 재난 지역 오염 물질 제거 작업에 동원됐습니다. 우리가 체르노빌 지대에서 무엇을 했느냐고요? 장례를 치르고, 또 치렀습니다. 숲을 장사 지냈어요. 나무들을 1.5미터 길이로 조각내고 셀로판지에 싸서 묘지에 던져 넣었어요. 밤이면 잠들 수가 없었어요. 눈을 감으면 무언가 검은 것이 이리저리 왔다 갔다 하면서 움직였어요. 꼭 살아 있는 것처럼요……. 살아 있는 지층들이…… 딱정벌레랑 거미랑 지렁이들이 있는 그 지층들이……. 저는 그 녀석들을 몰랐어요. 이름이 뭔지도 몰랐죠. 그냥 딱정벌레랑 거미, 개미들이었어요. 작은 놈도 있고 큰 놈도 있고 노란 놈도 있었어요. 여러 가지 색이었죠. 저는 이름도 모르면서 그 녀석들을 수십 마리씩, 수백 마리씩, 수천 마리씩 죽였어요. 녀석들의 집을 부수고, 녀석들의 비밀을 산산조각 냈지요. 그렇게 장례를 치렀습니다.”

“제 남편도 재난 지역 오염 물질 제거 작업에 동원되었어요. 반년간 남편을 데려가더군요. 돌아오더니 그 즉시 병이 났어요. 무섭게 앓았어요. 원인도 모르는 채로요. 그러면서 사람이 달라지기 시작했어요. 매일 다른 사람을 만나는 것 같았죠. 내부에 입은 화상이 바깥으로 드러났어요. 입술과 혀와 볼에 작은 상처들이 나타나더니 점점 퍼지기 시작했어요. 그러고는 끈적끈적한 것이 하얀 막처럼 되면서 층층이 떨어져 나갔어요. 얼굴과 몸의 색이 푸른색이다가 붉은색이다가 회갈색이다가……. 그런데 그 모든 것이 내 것이었어요, 내가 그렇게도 사랑하는 것이었어요! 이걸 어떻게 표현할 수 있는 말이 없어요. 폐 조각, 간 조각이 떨어져서 입을 통해 나왔어요. 그 사람은 자기 내장을 삼키고 있었죠. 저는 남편을 정말로 사랑했어요. 사랑이 어떤 것인지 말해 볼까요? 저는 손을 붕대로 칭칭 감아 그 사람 입 속으로 쑤셔 넣고 그 사람 안에 있던 그 모든 것을 긁어내곤 했어요.”

“제 딸아이는…… 다른 아이들과 달라요. 태어났을 때…… 아기가 아니라 살아 있는 작은 자루였죠. 빈틈없이 사방을 단단히 꿰매 놓은 자루 같았어요. 눈을 제외하면 열린 틈이 하나도 없었죠. 병원 진료지에는 이렇게 적혀 있었어요. ‘여아. 매우 다층적인 증상을 가지고 출생. 선천적 항문 불구, 선천적 질 불구, 선천적 좌측 신장 불구…….’ 어려운 용어로 말하면 이렇고요, 쉬운 말로 하면 항문도 없고, 질도 없고, 신장도 하나 없다는 거죠.

　태어난 지 이틀째 되던 날 제가 아기를 수술실로 데려갔어요. 그 아이 생애의 둘째 날에요. 그런데 아기가 그 작은 눈을 뜨고는 미소를 짓는 것 같았어요. 저는 아기가 이제 울 거라고 생각했었거든요."

　"여름 동안 오염 지역에 사는 벨라루스의 아이들이 몸에 축적된 독소를 뺄 수 있도록 그 애들을 해외로 데려갔어요. 거기서 아이들에게 말했어요. '자, 다들 숲과 강으로 가서 놀아. 가서 수영도 하고 햇볕도 쬐렴.' 아이들이 얼마나 주저하며 물에 들어가는지 보셨어야 해요. 어떻게 풀밭을 바라봤는지도요. 집에서는 절대 하면 안 되는 일이었거든요. 그 아이들은 집에서는 창밖만 바라보고 있었거든요. 그런데 거기에는 얼마나 재미있는 일이 많은지! 다시 잠수를 하고 모래밭에 누워 있어도 된다니. 꽃으로 화환을 만들어도 된다니. 아이들은 전부 꽃다발을 손에 들고 다녔어요."

　"우리는 생각하기 시작했어요. 3년쯤 지났을 때요. 한 사람, 두 사람 병에 걸리고, 누군가는 죽고, 누군가는 미쳐 버리고, 누군가는 자살을 했을 때요. 그제야 생각하기 시작했어요. 하지만 아마 50년에서 100년은 지나야 무언가를 이해할 수 있겠죠."

　"아침에 일찍 일어나서…… 하루를 시작하죠. 영원한 것 따위는 생각하고 싶지 않고, 생각은 온통 일용할 양식에 관한 거죠. 그런데 선생님은 사람들이 영원한 것에 대해 생각하게 만들고 싶으시죠. 그게 바로 모든 휴머니스트의 실수예요."

학자들과의 인터뷰

　지금 벨라루스 오염 지역에서는 무슨 일이 벌어지고 있습니까?

유리 반다제프스키(교수, 의학 박사): 지금 자연에서는 생물학적 사슬의 사이클이 만들어지고 있습니다. 방사능 물질의 일부는 사라지고 일부는 인간의 몸속으로 침투하기 용이한 형태로 변화하고 있습니다. 예를 들면 방사능 물질의 일부는 살아 있는 신체 조직에 매우 유해한 바륨으로 변하고 있습니다. 만일 방사성 세슘이 몸속에서, 예를 들어 뇌세포 속에서 분해되면 바륨이 거기에 남아서 결국 뇌세포를 파괴시키고 맙니다. 동일한 일이 심장 세포에서도 일어납니다. 유감스럽게도 우리 연구에 따르면 오염 지역은 정화될 수 없고, 계속해서 새로운 문제들이 나타나게 됩니다. 두 번째, 세 번째 방사능 물질이 계속 나타나는 것이지요. 방사능이 신체에 영향을 미치면 결국은 중앙 신경계와 갑상샘 손상, 심장 기능 파괴, 그 외의 다양한 현상이 나타납니다. 우리 연구소의 연구 결과에 따르면 청소년기 아이들의 거의 40퍼센트가 갑상샘항진증을 앓고 있습니다.(이는 여자아이들보다 남자아이들에게 더 많이 나타납니다.) 심지어 일상적인 초음파 자료만 보아도 4년 사이 갑상샘 질환 사례가 엄청나게 증가한 것을 알 수 있습니다. 이들이 체르노빌 사태 이후 두 번째 세대인 것이죠. 그런데 여기에 앞으로도 수십 세대가 이어질 것입니다.

2만 년이 지나면 사람들이 오염된 땅으로 돌아올 것입니다. 여기에 트랜스우라늄 방사능 물질들이 묻혀 있는데, 그것들이 반쯤 분해되어 사라지는 데 대략 1만 4000년에서 2만 1000년이 걸립니다.

알렉세이 야코블레프(러시아학술원 부회원, 환경학자): 체르노빌은 우크라이나와 벨라루스 그리고 러시아의 유럽 지역만의 문제라는 일종의 신화가 존재합니다. 잘못된 신화입니다. 방사성 핵종에 오염된 국토 면적을 보면 벨라루스 국토의 22퍼센트, 오스트리아의 13퍼센트, 우크라이나의 6.3퍼센트, 스웨덴과 핀란드의 5퍼센트, 러시아 유럽 지역의 1.6퍼센트입니다. 유럽은 체르노빌 사태로 엄청난 타격을 입었습니다. 체르노빌 원전 사고로 인해 4억 명의 사람이 방사능에 노출되었습니다.

30년이 지났지만 위험 거주 지역에 여전히 500만 명이 거주하고 있으며, 거기 사는 아이들의 수도 80만 명에 이릅니다. 최근 들어서는 방사성 핵종의 2차 유포가 관찰됩니다. 이는 특히 화재, 토탄 화재와 숲에서 발생하는 화재와 관련 있습니다. 2010년 체르노빌에서 수천 킬로미터 떨어진 곳에서 다시 체르노빌의 방사성 핵종이 발견되었습니다. 지금 그 방사성 핵종들은 식물, 열매, 버섯, 동물들 속에 농축되고 있습니다.

서유럽의 가장 유명한 슈퍼마켓에서 구매한 쉰 병의 잼 중 다섯 병에서 세슘이 검출되었고, 그중 한 병에서는 허용치를 훨씬 웃도는 위험 수준의 세슘이 발견되었습니다. 러시아의 전염병위생관리국은 매년 모스크바의 시장에서 수백 킬로그램에 달하는 방사능 오염 과일과 버섯들을 압수 조치하고 있습니다. 우리는 매일 체르노빌을 먹고 마시고 있습니다.

이런 질문이 생깁니다. 인류는 원자력 발전을 이용할 수 있을 만큼 성장했을까요? 아니요, 아닙니다. 새로운 원자력 발전소 건설을 허용해서는 안 됩니다. 모든 원자력 발전소는 원자 폭탄입니다. 원자력 발전소는 핵무기처럼 위험한 것입니다. 전 세계 어떤 나라의 국민도 방사능의 위협에서 완전히 자유롭다고 확신할 수 없습니다. 원자로 하나가 지구의 절반을 오염시킬 수 있습니다. 세계는 기술 발전의 새로운 시대로 접어들었습니다. 경제학자들의 계산에 따르면 기술 재해와 자연재해에 따른 손실의 규모는 세계 총생산의 성장 규모와 맞먹는다고 합니다. 만일 우리가 체르노빌 사태에서 교훈을 얻고 우리의 사고방식을 바꾸지 않는다면 그것은 자살행위와 같은 것입니다. 자연과 평화롭게 공존하기 위해서는 우리에게 새로운 철학이 필요합니다.

체르노빌 지대로 출장을 갔다 돌아오는 길이었습니다. 해가 이미 낮게, 낮게 내려앉았습니다. 그러면서 작별 인사라도 하듯 숲과 들판을 비추어 주었습니다. 우리의 땅이 얼마나 아름답던지요! 우리는 이 땅을 구해야 합니다.

죽어 가는 헬기 조종사를 방문했던 일이 기억납니다. 그는 불타고 있는 원자로의 구멍 속으로 모래주머니를 떨어뜨려 넣다가 방사능 낙진을 들이마셨습니다. 사실 그에게 몸이라고 할 만한 것은 거의 남아 있지 않았습니다. 남아 있는 것은 눈뿐이었습니다! 그분이 저의 방문을 얼마나 기뻐했는지 아마 상상도 하실 수 없을 것입니다. 왜 그렇게 기뻐하는지 도저히 이해할 수 없었습니다. 그때 그분이 이렇게 말했습니다. "제가 죽기 전에 오셔서 얼마나 다행인지 모르겠습니다! 우리는 많은 것을 보았지만 전부 이해할 수는 없었습니다. 선생님도 혹시 이해를 못 하셔도 기록이라도 남겨 두세요. 그러면 나중에 누군가는 이해하지 않겠습니까?"

수년 동안 저는 꾸준히 체르노빌 지대를 방문하고 그곳에서 듣고 보는 모든 것을 기록하고 있습니다. 고통도 정보의 한 형태이고, 우리를 연결하는 연결 고리라고 믿기 때문입니다.

스베틀라나 알렉시예비치 Святлана Алексіевіч Svetlana ALEXIEVICH 기자, 논픽션 작가. 1948년 우크라이나 출생. 인터뷰를 통해 다양한 목소리의 콜라주를 복원하여 전후 소련의 역사를 추적함으로써 "다성(多聲)적 작품 세계, 이 시대의 고통과 용기를 담은 기념비적인 글쓰기"를 성취해 냈으며 이에 2015년 노벨 문학상을 수상했다. 독일 평화상, 메디치 에세이상 등 다수의 문학상을 수상했다. 주요 작품으로 『전쟁은 여자의 얼굴을 하지 않았다(*У ВОЙНЫ НЕ ЖЕНСКОЕ ЛИЦО*)』(1985), 『체르노빌의 목소리(*ЦИНКОВЫЕ МАЛЬЧИКИ*)』(1997), 『마지막 목격자들(*ПОСЛЕДНИЕ СВИДЕТЕЛИ*)』(2013) 등이 있다.

나 또는 우리 그리고 타자를 생각하면서

고은

창(窓)이 있어야 창밖을 내다볼 수 있습니다. 이 방 안에서 내 발언은 모든 것이 나타나는 '의미장(意味場)'은 아닙니다.

'우리'는 인류사적인 험난한 유고(有故)의 생존 과정에서 태어납니다. 당장 혼자서는 살 수 없습니다. 둘 이상이지 않으면 안 되는 것입니다. 어쩌면 이런 상태가 명사보다 동사를 먼저 만들어 내게 했는지 모릅니다. '우리'는 '우리-하다'라는 것 말입니다. 관계의 시작이 존재의 시작을 앞섭니다.

인류 각자가 태어나는 것과 죽는 것은 '나'의 사건임에 틀림없습니다. 그런데 삶의 진행 자체는 '우리' 안에서만 가능합니다. '나'는 항상 둘 이상의 '우리' 속에서만 생존 지속이 가능한 것입니다. 이 같은 오랜 삶의 사회적 형식을 거슬러 '나'라는 실존이 솟아나고 있습니다.

그러나 '나'는 어떤 '나'로서도 혼자 설 수 없습니다. '나'는 나만으로 구성된 단일 생명체가 아닙니다. 내 몸 안의 세포 90퍼센트는 미생물 세포이고 유전자 또한 미생물의 그것이 440만이라면 인간 유전자는 기껏해야 200개에 불과합니다. 그럴진대 인간의 생물학적 정의(定義)로는 기껏해야 5퍼센트의 인간으로 '나'는 궁색하게 성립되고 있는 것입니다. 나는 그 근원에서부터 타자들 속에서 태어나는 것입니다. 그래서 '나'는 '나'의 미망(迷妄)인가 하는 질문이 일어납니다.

에른스트 블로흐(Ernst Bloch)의 『희망의 원리 1──더 나은 삶에 관한 꿈』의 서문의 첫 문단에는 오랜 근원적 질문이 넘칩니다. "우리는 누구인가? 어디서 왔으며 어디로 향하는가? 우리는 무엇을 기다리며 무엇이 우리를 맞이할 것인가?" 이 책의 1장 첫 소제목도 인상적입니다. "우리는 공허하게 시작한다."

한국어의 '우리'는 울타리를 뜻한다고 할 때 그것은 지난 농경 시대 자연 부락이 상부상조하는 관습 윤리를 이어 온 것을 말하고 있습니다. 울타리는 하나의 내적 자아를 이루고 그 자아의 집합 단위를 공동으로 방어하는 경계를 뜻할 것입니다. 그러므로 부락 안의 가가호호가 곧 친화와 자위(自衛)의 '우리'일 것입니다.

고대 동북아시아의 상형문자로 '나'를 가리키는 '아(我)'는 외부의 침입이나 적을 물리칠 무장한 전사를 상형하고 있습니다. 또한 마을(우리)과 다른 마을(타자)을 잇는 '길(道)'의 상형은 두 마을 사이나 다른 마을로 낸 길목에 적장(敵將)의 베인 머리를 창대 끝에 꽂아 내걸어서 적을 굴복시키고 있음을 나타냅니다. 사람의 생존 방식이나 사람이 찾는 진리라는 '도(道)'의 본의가 이처럼 살벌한 경고와 적의를 담은 타자 배척을 드러내고 있는 것입니다.

그런데 위에서 말한 '나(我)'를 초월한 '오(吾)'에서는 이런 증오나 갈등을 벗어난 1인칭 '나'의 경지를 만납니다. 여기서는 '나'가 아닌 '우리'라는 대국(大局)의 자아를 오롯이 강조합니다. 한국 현대사의 귀중한 주체 담론이기도 한 1919년의 독립 선언서 첫머리는 '오등(吾等)은……'이라는 비전투적인 '우리'를 내세웁니다.

한국의 실생활에서는 '나(我)'와 '오(吾)'의 두 기능의 구분은 필수적

이지 않습니다. '우리'라는 복수 1인칭이야말로 수시로 한국인의 잠재
의식 또는 무의식 속에 들어 있기 십상입니다. '우리 집', '우리 밭', '우
리 마을', '우리 마누라', '우리 아들', '우리 형', '우리 학교', '우리나라'
같은 일상의 1인칭 어조(語調)에서 '나'는 '우리' 속으로 아무런 무리
없이 흡수됩니다. 그래서 '우리'가 '나'이며 '나'는 '우리' 안에서 그 소
재가 확인됩니다. 또 한국어에서 '나' 또는 '우리'는 반드시 서술의 주
어로 나타날 필요가 없습니다. 예를 들면 "간다." "밥 먹을래."라고 말
할 때 우리는 주어 '나'를 사용하지 않습니다. 마찬가지로 "가자." "밥
먹자."라고 말할 때도 보통 서술 주체 '우리'를 생략하는데 왜냐하면
그 말의 주어가 '우리'임을 알고 있기 때문입니다. 2인칭 '너'도 생략할
때가 많습니다. 가령 "밥 먹었니?" "갈래?" 또는 "왜 그랬니?"라고 물을
때 우리는 보통 '너'를 생략합니다. 주어가 무엇인지 알고 있기 때문입
니다.

'나'라는 1인칭은 2인칭 '너'나 3인칭 '그/그녀'라는 타자와의 대립에
서 명료하게 성립되지 않습니다. 내 어린 시절의 고향에서는 3촌과 5촌
만이 아니라 친척이 아닌 다른 성씨나 속내를 잘 모르는 남까지도 한
마을에서 살아가는 준(準)근친이어서 서로 아저씨이고 언니이고 아우
였습니다. 이같이 자타를 무효화하는 표현은 가령 이탈리아 남부에서
10촌 안팎이라도 다 2촌 형제의 친밀성으로 '한 가족'으로 묶이는 것에
서도 나타나는데 거기에서는 물론 '우리'라는 표현이 우리처럼 사용되
지 않습니다.

고대에는 이 주어로서의 '나'나 '우리'는 정작 그다지 중요하지 않은
삶을 더 선호했을지 모릅니다. 어쩌면 '나'보다 먼저 군림한 원시 시대
의 신(神)의 출현도 그 한 원인일지 모릅니다. 무엇보다 '나'는 세계 안
에서 '나'를 독립시킬 만큼 강하지 못했습니다. 밤의 어둠은 무섭고 숲
속의 어둠도 두려웠을 것입니다. 이런 생존의 역경 속에서는 '나'보다
신(神)이라는 생태적 절대 의존의 대상이 더 절실했을지 모릅니다.

고대 인도의 '아트만[我]'은 '브라만(梵, 세계)'과의 분리가 아닌 일

여(一如)라는 합목적(合目的)의 의미를 갖습니다. 그리스의 '나(ego)'라는 주어는 정작 고대 그리스에서는 쓰지 않았습니다. 그리스어의 '에고'는 관념으로나 생활에서 자주 휴면 상태였습니다.

저 유명한 데카르트의 근대 명제 '코기토 에르고 숨'이라는 라틴어는 한국어의 흔한 표현 방식처럼 주어를 빼고 말합니다. '나'는 동사 뒤에 숨어 있습니다. "생각한다. 고로 존재한다."가 되어 '나'는 괄호 안의 양해 사항이 되는 것입니다. 저 근대의 강렬한 자아 선언의 문맥 속에서도 정작 '나'는 유효하지 않습니다.

지금의 근대적 자아와 주체 의식의 '나', '우리'는 인류 문명의 차원에서도 아직껏 풀기 어려운 가설에 머물러 있는지 모릅니다. 가장 본능적으로 그리고 쉽게 입에서 나오는 명사인 '나', '우리'가 가장 어려운 주어의 본질인지 모릅니다.

'나', '우리'를 아우른 자아의 개념으로 말하자면 그것은 인식, 의욕, 행동의 주체가 외부와 타자로부터 구별되는 것입니다. 그런데 이 자아의 실체성을 부정하는 또 하나의 통찰이 있습니다. 한마디로 자아는 '관념의 다발'에 다름 아니라는 것입니다. 이런 두 개의 자아론을 조절하는 논리는 극한적 자아와 선험적 자아야말로 본체로서의 자아를 추구할 수 있다는 칸트의 '절대적 자아'로 나아갑니다. 그러나 이런 자아 형이상학조차도 '나', '우리'의 닫힌 한계를 드러내지 말라는 법이 없습니다.

따라서 자아의 관념은 타자와 세계가 자아의 수단이 되고 마는 현실 이외에는 어디에도 기여할 수 없습니다. 타자가 나의 지옥이 아니라 그 이상으로 자아가 지옥인 것입니다.

근대 또는 당대를 명실공히 자아의 시대라고 강변할수록 자아가 각인되는 것과 함께 역설적으로 자아가 타자의 강한 자장(磁場)에 파묻히는 현상을 낳기도 합니다. 그래서 인류사적 사건으로서의 자아 발견은 타자 속의 자아 상실을 현실화합니다.

물론 자아를 발견하고 그것을 저항적으로 확장해 온 힘은 오랫동안 신이나 절대에 예속된 피동으로 그리고 봉건 체제의 관념적·현실적 객체로 일관된 상태를 주체의 생태로 바꾼 놀라운 인간 혁명에 기여합니다.

그런 자아가 강제된 전체주의에 여지없이 도구화되는 참담한 체험이 있습니다. 20세기 전반의 비극입니다. 이 상처투성이의 자아는 이제 자본과 시장의 벌거숭이 욕망 속에서 무한 경쟁의 낱낱으로 되어 갑니다. 그 어디에서도 자아와 타자의 화음(和音)을 기대할 수 없이 '나', '우리'뿐 아니라 타자의 정당한 존재 이유도 함께 매몰되기 십상입니다. 그렇다면 타자는 자아의 무덤이고 자아는 타자의 장례밖에 될 것이 없을지 모릅니다.

관계의 파산 앞에서 그 관계의 축인 '나', '우리'의 의미도 왜곡되고 타자의 설정도 부당하게 됩니다. 특히 세계 각지에 만연한 불평등, 불공정의 심각성은 타자에게 어떤 연민도 관심도 불가능한 상태에서 자아가 타자화된다는 것입니다. '나'가 '나'일 수 없이 시장이 만든 모형의 '나'로 복제되는 것입니다.

그래서 나는 '자아야말로 지옥'이라고 감히 말합니다. 몇십 년 전의 누가 타자를 지옥이라고 말한 것을 돌려주려는 의미만이 아닙니다. 지금 자아의 개념은 위험하고 공소합니다. 그것은 어느 때보다 고립으로 가고 있고 어느 때보다 고립에 의하여 취약합니다.

'나'의 유일성이 오히려 '나', '우리'를 소외시키는 모순에 닿아 있는 1인칭이라면 그것은 객체로 편입되거나 2인칭 내지 3인칭 타자에 대한 소재로 되고 말 것입니다. 그렇다면 이 같은 질곡을 가차 없이 벗어날 1인칭은 어떻게 찾아낼까요?

최근 신경생물학자 한나 모니어(Hannah Monyer)가 그녀의 추억 속에서 한 일화를 끌어냅니다. 초등학교 시절인 10세 때 학교에서 돌아오자마자 "엄마, 내 뇌가 그러는데, 내가 아픔을 느낀대."라는 말이 그녀의 입에서 튀어나왔습니다. 어린 한나는 그때 무척이나 통증으로 괴로웠던 것입니다. 뇌과학의 첨단을 연구하는 학자의 이 어린 시절의 기억은 자라란 뇌 구조가 만드는 환각일지 모른다는 것을 예시하고 있습니다.

불교의 무아론(無我論)이 자아에의 깊은 각성 끝에 도달한 궁극의 지혜라면 세상의 모든 '나', '우리'는 자아의 허위일 따름입니다. 저 고대 브라만 사상에서의 브라만(梵)에 대응하는 아트만(我)을 과감하게 부정하는 붓다의 혁명이 곧 무아(無我)입니다.

이 무아가 연기(緣起) 또는 상호 생성 변화의 세계, 즉 관계적 상태의 진행에서는 어느 고비에서도 '나'라는 고착의 자아를 불가능하게 합니다. 그리하여 가장 진정한 귀결은 '나'들의 집합이 타자에 매립되지 않으며 '나', '우리' 전체의 지양(止揚)을 통한 공적인 관계야말로 불이(不二)로서의 자타로 구성된 위대한 관계입니다. 인드라망(網)입니다. 여기서는 '나', '우리'와 타자가 하나의 세계 안에 창조적으로 용해됩니다.

이것은 저 타클라마칸 사막 오아시스를 통과하는 동안 인도 서북부의 불교가 중국 대륙의 불교로 옮겨지는 여로(旅路)에서 생겨난 대승불교 화엄 사상의 요체(要諦)를 낳게 됩니다. "이것이 있으므로 저것이 있다. 저것이 있으므로 이것이 있다."라는 어떤 것에의 경사(傾斜)가 없는 비유비무(非有非無)의 공(空) 안에서 타자도 '우리' 속에서 '나'와 함께 승화됩니다. 여기에 이르러 '우리'는 비로소 '나'의 복수를 벗어난 무아를 이룹니다. 그래서 공(空)의 실체가 공(公)의 현상으로 됩니다.

한 중요한 우주과학자의 말대로 "우리는 모두 별이 남긴 먼지"라는 것과 "공(空)에서 세계가 열린다."라는 발견들도 위의 옛 사상을 거듭 뒷받침합니다.

이런 사유 밖에서 '나'는 수수께끼 속으로 숨어 버리기 십상입니다. 그것은 끝내 알 수 없는 요괴인지 모릅니다. 심지어 '나'는 걸어 다니는 무덤이라며 자아에 대한 확신 불가능을 탄식하는 시인도 있습니다. 이런 불가해한 '나'는 '나'에 앞서 '우리'라는 사회적인 '나'로 시작하더라도 온전한 1인칭이 되는 것도 아닙니다. '우리'는 생득적(生得的)인 개

넘이 아니라 우리가 함께 만들어 내야 할 당위의 가치입니다. 그야말로 무(無)가 삼라만상과 삼라만상의 언어를 낳는 것입니다.

돌이켜 보면 '주어 없는 비극'이라는 1950년대 한국의 전후 문학의 자아론은 그 발화의 의도와는 달리 선구적으로 주어를 갖기 이전의 삶을 산 조상의 익명적인 주체가 발휘한 무아의 경지를 떠올려 줍니다. 이를테면 그것은 "그 누구의 죽음도 나를 줄어들게 한다."라는 인류 동체대비(同體大悲)를 노래한 존 던(John Donne)의 마음과도 닿아 있습니다.

세계 각지의 시인들이 유난히 '나', '우리'를 자신의 시 세계 안의 화자로 등장시켜 온 사례 역시 그 주어는 주어 이전의 무인칭(無人稱)과 동떨어지지 않는 경우가 적지 않습니다. "자아에서 자아를 해방시켜라."라는 단호한 표현이야말로 '나'에 사로잡힌 무지와 욕망을 타파함으로써 '나'의 속박을 초극하는 것입니다. 어쩌면 '타자의 눈으로 나 자신의 얼굴을 보는' 일은 '나'를 세계 속에서 지운 나머지 2인칭, 3인칭의 타자 속에 내던짐으로써 무아의 복원을 실현하려는 것인지 모릅니다.

그래서 '존재란 인간과의 관계'라고 횔덜린(Friedrich Hölderlin)은 발언했는데 그는 '예'와 '아니요'를 구분하지 못하는 정신 이상 상태에서 그 둘을 거의 같은 뜻으로 '팔라크슈(Pallaksch), 팔라크슈'라고 중얼거리면서 피차(彼此)와 가부(可否)·동이(同異) 등의 상대성을 무효화하기도 합니다.

'나', '우리'와 타자는 하나의 생명 영역 안에서 결연히 합쳐지고 있습니다. 자연의 유기체 이론 역시 마찬가지입니다. 현대 신학의 유기체 신학도 그렇습니다. 태초의 무는 관계로 시작합니다. 이 관계가 존재의 원천입니다. 그러므로 '나'는 사적인 '나'와 공적인 '우리'의 발전 단계도 뛰어넘어 무상(無相)의 '커다란 나〔大我〕'에 이르는 긴 도상(途上)에 있게 됩니다.

우리는 관념의 소재가 아닌 실시간의 생활을 통해서 하나의 자아와 하나의 집단에 갇혀 버릴 때마다 요새 사고(要塞思考) 속의 '나'와 농성(籠城)의 자아를 청산하는 의무를 가집니다. 어쩌면 '나'의 의식과 정서를 도모하는 주관으로는 순수한 객관이 성립하지 못합니다. 어떤 객관에도 주관의 그림자가 드리웁니다. 이런 자아가 주관을 타파할 때 그것은 '모두'와 '더 큰 우리'로 되어 '누구도 아닌' 주관 소멸 상태에 도달할 것입니다. 그것은 저 중국의 루쉰(魯迅)의 은사(恩師) 장타이옌(長太炎)가 추구한 혁명적인 무아 주체(無我主體)와도 맞닿아 있을 것입니다.

거기서는 모두 다 중심이며 동시에 모두 다 하나입니다. '나'는 나만의 자아가 아닌 유적 존재(類的存在)로서의 나로부터 끊임없이 '우리'라는 사회적 공공의 자아로 나아갈 것입니다. 그때야말로 진정한 '나'의 무갈등 차원을 향유하게 될 것입니다.

자아는 미완성으로부터 완성으로 가는 삶의 동사(動詞)입니다. 어떤 독자적인 고유 명사 또는 일반 명사의 추상이 아닌 가변적인 세계 안을 지나가는 동사로서의 구체적인 진행인 것입니다. 아마도 이 현상은 동아시아 고대로부터 말해 오는 '도(道)'의 뜻에도 부합할 것입니다. 도는 목적지가 없는 목적을 지향합니다. 왜냐하면 목적이란 궁극에서는 목적이 아니라 수단이 되기 때문입니다. 저 무궁의 진리에는 어떤 관점도 설정할 수 없는 것입니다.

당대의 무거운 주제에서 '나'와 '우리' 또는 '나', '우리'의 동의어에 대한 이해 및 '우리'와 타자 사이에 생기는 근본적인 불화를 제거하는 상즉(相卽)의 세계는 어떻게 가능할까요? 이에 앞서서 '나', '우리'는 누구인가, 무엇인가라는 것에만 머무는 자아 추구는 자아의 문제에만 국한하게 됩니다. 근대 혹은 당대의 가속적인 발전이 그것이 내세우는 경이로운 문명에 대한 비례 이상으로 인간에게 고통과 소외를 불러올 때 '나'와 '너'의 본질은 철저히 약화되고 맙니다.

여기에서 새로운 삶의 체제를 모색합니다. '나', '우리'와 타자가 하나의 연대 세계를 구축할 영혼의 공동체가 필요하기 때문입니다. 둘이 하나로 되는 과정에서 하나하나는 더 강한 삶을 추동하는 자발성을 일으킬 수 있습니다. 사실인즉 '나', '우리'라는 자아의 일차적인 인식은 이 세상에 살고 있는 자신의 숭고한 이유에 대해 그다지 특별한 힘이 되지 못합니다.

시대와 상황의 인습 안에서 타자 의존의 삶이 주어지는 동안 자아는 언제나 자아의 한계 안에 갇힙니다. 한 중도적 신학자는 '너'라고 말할 때는 짝말 나-너의 '나'도 함께 언급되고 있다고 말합니다. 근원어 나-너만으로 존재 전체와 함께 언급될 수 있다고 말합니다. '나'만이 남을 때 '나' 또는 '우리'는 타자라는 상대성을 관념 안에서만 받아들일 뿐이며 그것은 현실에서 타자와의 공존과는 무관합니다. '나'와 함께 이루는 '우리'도 '나'의 집대성인 '우리'와 판이합니다.

이런 점을 확인할 때 자아의 영광은 허울입니다. 근대의 대명제인 자아는 결국 소유의 하인 노릇밖에 아무것도 아니게 되고 맙니다. 90퍼센트 이상의 소외에 대한 10퍼센트 미만의 지배 체제에서는 '나', '우리' 자체가 타자화되는 것입니다.

인류의 많은 고민과 설계에도 불구하고 한 지역이나 국가를 넘어 지구 전역에서 강자가 약자를 수탈하는 물질적 야만의 상태가 계속되는 한 '나', '우리'와 타자에 대한 명분은 아무런 쓸모가 없습니다. 소유가 존재를 규정하고 존재가 소유에 대응하지 못하는데 어떻게 '나', '우리'와 타자의 조화 체제가 가능하겠습니까?

자아만으로는 세계의 새로운 기원(紀元)이 시작되지 않습니다. 이로부터 자아의 의미는 새로 개척되어야 합니다. 자아를 타자의 존엄성과 함께 만나게 하는 변혁을 이루어야 합니다. 그럴 뿐만 아니라 '나', '우리'가 타자의 소산이라는 무아(無我)로서의 자아를 발견하지 않으면 '나', '우리'의 존재도 끝내 불가능합니다. '나', '우리'를 강조함으로써 실존이 수단이 되는 당대의 '나 세대(me generation)'로는 우리 모두 파국에 이릅니다. 거기에서 '나', '우리'는 이익과 힘의 확장을 통한 타자 죽이기를 일삼습니다. 끝내 그것은 타자뿐 아니라 '나', '우리'의 종말을 불러옵니다.

'나', '우리'는 또 다른 타자의 강세(强勢)에서는 자신의 정체성 따위를 팽개친 의존과 투항에 익숙하게 되어 '나', '우리'는 타자의 그림자로 되고 맙니다. 바로 이런 '나', '우리'의 불안으로는 '나', '우리'의 이익이 '너'의 이익과 일치할 수 없는 것입니다.

세계 각지의 막다른 상황은 정치적·경제적·종교적 중도나 중립의 보편적인 지표를 잃어버린 불확실성으로 넘치고 있습니다. 이런 암담한 현재가 '나', '우리'와 타자라는 간극을 해소할 경제 민주화를 실현시키고 정치의 세습을 타파할 시민 권력의 전개를 다그치게 합니다. 이 과제가 난제일수록 세계 어디서나 다 같이 내세울 긴요한 과제가 됩니다. 그런데 '나', '우리'와 타자의 화해는 이런 토대만으로는 당장 무엇이 이루어지지 않습니다. 분배와 복지 못지않게 공공의 정신을 지탱하는 힘이 골고루 작용해야 합니다.

'나'는 수많은 '나' 이상으로 수많은 남으로 이루어졌다고 나는 언젠가 노래한 적이 있습니다. '나', '우리'를 주장할 때마다 '나', '우리'는 지워지는 것이 '나', '우리'의 숙명적인 의미일지 모릅니다. 이 의미 밖에서 '나'는 불행히도 자연으로부터 분리된 의식의 '나'일 뿐입니다.

인류의 과거에는 그야말로 태고 원주민 시대의 자연법으로 산 흔적이 있습니다. 이런 자연 친화적인 삶으로부터 이행해 온 근대 문명의 실정법에 의한 관리 사회는 인간 본성 안에 괴물이 들어 있게 했습니다. 자연의 동작에 따른 조절에 의한 삶을 산 이후 우리는 어떤 적자생존의 사례도 능가하는 상호 이익의 공존으로 '우리'를 이루어 왔습니다. 이런 자연으로서의 '우리'가 이제 타자를 없애는 또 하나의 타자로서의 자아가 될 때 거기에 악이 자리 잡게 됩니다.

이런 배타의 '나', '우리'의 관념은 이제 인류 안의 문제를 넘어 하늘까지 소유함으로써 대기는 공기 오염의 현장으로 전락했습니다. 대기나 천체는 누구의 기획으로 만들어진 작위의 세계가 아닙니다. 거기에는 '나', '우리'도 타자도 없습니다. 천연의 무아입니다. 신이나 창조자도 유사 이래의 현생 인류가 만든 것입니다.

세계는 누구의 피조물의 품목이나 사유(私有)가 아닙니다. 그래서 공유(公有)조차도 아닌 것입니다. 공(空)입니다. 세계는 어떤 분리 상태로 구성되지 않습니다. 물질과 에너지는 대립하지 않고 그것은 끊임없이 상호 변환을 통해 살아 있는 무정형(無定型) 상태입니다. 물질이 에너지로 되고 에너지가 물질로 되기도 합니다. 자아와 타자의 무한한 환치를 지속하는 것입니다.

인류가 쌓아 온 문화도 다른 문화 행위와의 혼합입니다. 그리스 문명은 이집트 문명과의 만남입니다. 그리스 신화는 인도 신화의 또 다른 계승입니다. 갈릴레이 수학은 놀랍게도 중국의 기수법(記數法)을 만난 뒤에 이루어졌습니다. 영국의 본차이나는 중국 자기의 후예이고 송나라 청자는 고려청자의 원시 상태인 것입니다.

언어도 유목화합니다. 몽골어와 만주어는 멀리 시리아 아랍 문자에 기원을 두고 있습니다. 그것이 페르시아를 거칩니다. 중앙아시아 소그드 문자가 위구르 문자가 되고 그것이 칭기즈 칸의 몽골 문자가 됩니다. 한국의 기본 단어의 하나인 '따' '땅'은 고대 이집트에서 건너온 불가사의한 수입품입니다. 자연 생태계도 선사 시대 이래 유전(流轉)합니다. 아르헨티나의 옥잠화가 동북아시아에서 여성을 표상하는 후원(後園)의 꽃이 된 지 오래입니다. 세계는 역사적으로나 현실적으로나 고립될 수 없고 배타적일 수 없습니다.

다시 확인합니다. 우리는 우주의 자연적인 무심(無心)의 경지를 멀리 이탈한 진보의 우리에 박혀 있습니다. 온 인류의 두서없는 욕망 과잉은 진보의 미신 속에서 현재를 지나서 미래까지도 지옥의 시간으로 확장하고 있습니다. 인간은 자연과 분리되는 오만한 과정에서 다시 '나', '우리'와 타자로 고착된 것입니다.

이 지상의 신은 많은 차별과 소외를 조장합니다. 특히 유일신은 적대하는 신입니다. 서구는 동구와 차별됩니다. 유럽은 아프리카의 강도

(強盜)입니다. 미국의 주(州)는 바다 건너 아시아에 상륙합니다. 이런 이념과 힘의 잔인성은 가는 곳마다 그곳의 더 나은 가능성을 삼킴으로써 후천적인 절대 빈곤 또는 상대 빈곤의 수혜 지대를 넓혀 가고 있습니다. 세계는 각자의 다양성을 잃어버린 불평등의 공간이 되었습니다. 그래서 자아는 거의 맹목적으로 타자를 점유하는 재앙의 다른 이름이 되고 맙니다. 바로 여기에서 빈곤의 반대는 부가 아닌 충족인 세계, '나'와 '우리'를 넘어 '우리'의 '나'인 새로운 세계가 기필코 도래하는 꿈이 있어야겠습니다.

마침내 '나', '우리'는 언젠가는 소멸의 개념일 것입니다. 어떤 3인칭도 2인칭의 현실도 다 놓아 버리면 마침내 지긋지긋한 연극적인 1인칭도 놓아 버리게 될 것입니다. 한국어의 그 주어 부재의 오랜 관습 속에서 행여나 이런 '나'가 지워진 이상(理想)의 황홀경을 일으켜 줄지 모릅니다.

한마디 추가하지 않으면 안 될 것이 있습니다. 2016년 겨울과 그 이후 광장에서 계속된 한국의 촛불 혁명의 평화 속에서 구현된 공공(公共)과 무아(無我)의 미학은 실로 감동적이었습니다. 그것은 해답 없는 '나', '우리'와 타자의 문제에 대한 사유에도 크게 기여할 것입니다.

내가 20대 선방 생활에서 내걸었던 화두는 무(無)였습니다. 나는 어느 누구도 아니고 세계는 어떤 세계도 아닌지 모릅니다. 나이든 타자이든 다 '내 머릿속의 실재'에 불과한 것인지 모릅니다.

감사합니다.

이제 여러분에게 나의 시 한 편을 읽어 드리겠습니다.

어떤 기쁨

지금 내가 생각하고 있는 것은
세계의 어디선가

누가 생각했던 것
울지 마라

지금 내가 생각하고 있는 것은
세계의 어디선가
누가 생각하고 있는 것
울지 마라

지금 내가 생각하고 있는 것은
세계의 어디선가
누가 막 생각하려는 것
울지 마라

얼마나 기쁜 일인가
이 세계에서
이 세계의 어디에서
나는 수많은 나로 이루어졌다
얼마나 기쁜 일인가
나는 수많은 남과 남으로 이루어졌다
울지 마라[1]

고은 KO Un 시인, 1933년 출생. 1960년 이래 70여 권의 시집을 포함해 시, 소설, 평론 등 155권 이상의 저서를 출간했다. 한국 문학사에서 기념비적인 작품의 하나로 평가받고 세계 시단에서도 주목받은 대하 인물 서사시 『만인보』는 25년에 걸쳐 쓴 4001편의 시이며 5600명의 이름이 등장한다. 『백두산』과 『고은 시선집』, 『고은 전집』, 『마치 잔칫날처럼』, 『무제 시편』, 『초혼』 등의 시집이 있다. 만해문학상, 대산문학상, 중앙문화대상, 캐나다 그리핀 시인상 평생공로상, 마케도니아 스트루가 시 축제 황금화관상, 로마재단 국제시인상 등 국내외 주요 문학상을 수상했으며 25개 국어로 70여 권의 시집이 번역·출판되었다.

---

1) 고은, 『아직 가지 않은 길』(현대문학, 1993).

나, 다른 사람, 초월 ── 다문화 시대를 향하여: 감정, 예의, 제도, 신성

김우창

서론을 대신하여

"미국 으뜸으로" ── 트럼프 대통령의 취임사

미국에서 도널드 J. 트럼프 씨가 대통령으로 선출된 것은 여러 가지로 논란을 불러일으키는 일이었다. 그리고 지금도 그러하다. 그의 선출은 세계화하는 세계에서 한 나라가 어떻게 존재해야 하는가에 대하여 새로운 반성을 촉구한다. 오늘의 세계에서 많은 일들이 그러하듯이, 그의 대통령 취임이 새삼스럽게 생각하게 하는 문제들도 얼마 안 있어 사라지게 될지는 모른다.(몇 년 전 독일에서 대통령 독직 사건의 문제가 일자, 당시의 대통령이 1년만 지나면 다 지나간 일이 되고 말 것이라고 가족에게 말하였다는 사실이 알려져 논란이 되었던 일이 있었다. 그의 말은 맞는 것이었다.) 그렇기는 하나 관계되어 있는 화제에 대한 관심이 수그러든다고 하여도, 그것은 여전히 오늘의 세계의 중요 문제의 하나로 남아 있을 것이기에 일단 여기에서 화두로 삼아 우리의 이야기를 펼쳐 나가 볼까 한다.(마침 이 글을 쓰기 시작할 때 트럼프 대통령의 취임식이 있었다.)

트럼프 씨의 미국 대통령 당선이 미국 내에서만이 아니라 세계적으로 관심사가 된 것은 오늘의 세계에서 미국이 차지하고 있는 위치로 보아서도 당연한 일이다. 더 직접적인 원인은 특히 그의 정책 — 국내는 물론이고 국제 정책의 방향이 불확실한 것으로 보이기 때문이다. 방향이 있다고 한다면, 그것은 "미국을 으뜸으로(America First!)"라는 슬로건에 들어 있다고 할 수 있겠는데, 이것은 "다시 미국을 위대한 나라가 되게 하자."라는 말 등 여러 변형된 표현으로도 많이 되풀이되었다. 이러한 그의 구호가 물론 기이한 것은 아니다. 조국의 부강을 위하여 모든 지도력을 발휘하겠다는 것은 정치 지도자가 으레 내놓는 구호이다. 그렇게 말하지 않는다고 하여도, 오늘날 국가가 가지고 있는 당위성의 주장에 비추어, 지도자의 위치에 나아간다는 것은 이것을 약속하는 일이라고 할 수 있다. 자기 나라를 부강하게 한다는 것은 물론 다른 나라와의 관계에서 — 경제적 관계는 물론 다른 상호 관계, 결국 군사력에 있어서 비교 우위를 점하게 한다는 말이다.

국제 관계가 결국은 거기에 이어진다고 하겠지만, 그가 원하는 힘은 그가 보기에 미국이 당면하고 있는 일들을 처리하는 데에 필요한 힘을 말하는 것이다. 하여야 할 일은 고용, 주택, 교육 등에 있어서 기회를 얻지 못하고 황폐의 막바지에 이르게 된 사람들의 삶의 조건을 회복하는 일이라고 그는 말한다. 원인은 워싱턴에 자리 잡고 있는 기존 세력들에게 있다고 한다. 그들은 경제 번영을 생산하는 모든 수단, 공장과 일자리를 모두 외국으로 반출하여 버렸다. 전통적인 우방과의 유대 관계를 유지하고 또 새로운 우방을 찾도록 하는 노력도 계속하겠지만, 다른 나라와 거래·협상하는 데에 있어서 미국의 이익을 우선하게 하는 것은 너무나 당연한 일이다.

물론 이것은 모든 나라들이 하고 있는 일이기도 하고 다른 대통령도 이야기해 온 일이다. 그러니까 트럼프 대통령의 취임사가 완전히 상례를 벗어나는 것은 아니다. 형식으로 보면, 오바마 대통령의 취임사도 비슷한 형식, 비슷한 논리를 가지고 있었다. 취임사의 맨 처음에 전임 대통령을 비롯하여 취임식에 참석한 귀빈들에게 감사 말씀을 드리고 그다음에 대통령으로서 수행해야 할 일들이 무엇인가를 말했다. 다만 다른 것은 두 대통령이 보는 국가적 과제의 항목이다. 또는 항목들이 들어가는 전체적 격자(格子)이다. 오바마 대통령이 말하는 것은 경제, 고용, 교육 그리고 수리하거나 새로 지어야 할 인프라 구축 작업이었다. 그러나 트럼프 대통령의 경우, 이러한 과제들은 국가적 과업이고 애국을 위한 일이고, 다른 나라와의 대결에서 미국을 우위에 놓으려는 작업이다. 이에 대조하여 오바마 대통령의 연설은 "앞서간 선조들"의 이상, 즉 "자유, 평등 그리고 행복의 추구"란 미국적 이상 ── 그러면서 보다 보편적이라고 할 수 있는 이상에 그의 과업을 연결하였다.

두 대통령의 연설을 이와 같이 대조해 보면, 트럼프 대통령이 자신의 국가적 사명을 어떤 각도에서 이해하고 있는가를 분명히 알 수 있다. 세계의 다른 어떤 나라와 대결 관계 속에 들어가게 된다 하여도 미국 우위 확보를 위하여 전력을 다하겠다는 것이 그의 기본자세이다. 이것은 지금까지의 세계화라는 역사 과정을 되돌려 놓겠다는 것이라고 할 수 있다. 세계화 ── 자원과 물질 재료와 상품과 사람들의 가속화되는 이동으로 나타나는 세계화는 불가역의 세계사적인 흐름이라고 생각되는 것이 보통이다. 그리고 그것은 기업이나 국가 그리고 인류 전체에 이익을 가져올 것이라고 했다. 말할 것도 없이 그것을 촉진한 것은 팽창하는 자본주의 이윤 추구의 결과이다. 그러면서 세계화라는 말은, 어떤 결과에 이르게 되든지 간에, 삶의 이해에 있어서 세계 전체가 사고의 틀이 된다는 말이고, 결국은 당초의 의도야 어떠했든지 그것은 인류 전체의 안녕에 대한 고려를 낳지 않을 수 없으리라는 기대를 가지게 했다.

다시 말하여 세계화를 가속화한 것은 소위 신자유주의 자본주의였다. 그리고 그것은 이윤 극대화와 함께 여러 가지 부정적인 결과 ── 소득 불평등, 여러 나라에서 사회 하층의 빈곤 심화, 실업률 증가, 자연환경의 파괴 등 여러 부정적인 결과를 가져왔다. 물론 다른 한편으로 정치적으로 또 경제적으로 이익을 본 나라들과 계층들이 있는 것은 사실이다. 그러면서도 전체적인 의미에서의 세계화를 받아들인다면, 그것은 선을 가면으로 쓴 악의 계획도 때로는 참으로 선의 결과를 낳을 수도 있다는 역사의 아이러니를 참고 견디는 일이 된다. 가치 중립적인 현상은 역사의 과정 속에서 가치를 담지(擔持)하는 힘으로 바뀌기도 한다. 그리하여 진실된 또는 허명의 세계화는 그런대로 인류 전체를 포괄하는 보편적 이념을 확산되게 하였다고 볼 수도 있다. 그리고 그것의 진전은 오바마 대통령이 말하는 바 자유, 평등, 행복의 인간 가치로 실현하는 것이 될 수도 있다.

그런데 또 몇 개의 아이러니가 있다. 트럼프 대통령이 말하는 대로 부(富)와 힘이 있었다고 하더라도 그것이 워싱턴이나 다른 국가들의 권력 중심지에 집중되었다는 것이 그 하나이고, 또 트럼프 대통령을 대통령에 당선시킨 것은 거기에서 배제된 계층의 사람들이고, 당선된 트럼프는 거부(巨富) 중의 거부라는 것이 또 가중되는 아이러니다. 트럼프 대통령이나 비슷하게 유럽에서 정치적인 기반을 넓혀 가고 있는 보수 계층도 비슷한 아이러니를 나타내고 있다고 할 수 있다.

간단히 말하면 방어적 민족주의 또는 국가주의가 떠오르게 된 것은, 그러니까 보편적 인간주의로부터의 후퇴를 말한다. 그것은 거기에 들어 있는 모순과 거짓으로 하여 불가피한 일이라고 할 수 있다. 그러나 여러 모순된 원인이 있고 전진과 반전(反轉)이 있는 것은 사실이지만, 세계가 보다 더 하나가 되어 가는 것도 부정할 수 없다. 지난 몇십 년간의 역사 변화의 속도가 그것을 가속화하게 한 것이다.(이 진전은 그전의 계몽주의 시대 이후 이삼백 년의 변화를 이어받은 것이다.) 그리하여 다 함께 공존해야 한다는 것은 지구라는 하나의 행성에 살아야 하는 인간들의 피할 수 없는 삶의 조건이다. 교통과 통신 기술의 놀라운 속도의 발전 그리고 전체를 볼 수 있게 하는 여러 이념들의 유통은 지난 몇십 년간 삶의 현실이 되었다. 그 결과 공존의 추구는 불가피한 인류의 미래가 되었다.

공존의 방식에는 화합, 갈등, 냉전, 협상과 타협, 화동(和同) 등 여러 가지가 있다. 더 간단히 말하면 화합과 계속되는 갈등과 타협 세 가지로 집약된다. 아마 대부분의 사람들에게 화합이 최선의 선택일 것이다. 그다음으로는 현실 정치의 세력 갈등을 받아들이는 사람에게도 타협과 협약 ─ 모든 인간이 함께 살 수 있는 방안의 모색은 그다음의 선택이다. 그다음은 끝나지 않는 갈등에 동의하는 것이다.(이것은 마지못한 선택이기도 하고, 온갖 부정적 감정의 폭발에서 ─ 특히 그러한 감정의 집단화에서 자기실현의 기회를 얻는 사람들이 없는 것은 아니다.) 그렇기는 하나 세계의 하나 됨에 따라 인간 전체를 포함하는 공동체를 생각하지 않을 수 없게 되었고, 또 그것을 위하여 노력하여야 한다는 도덕적 의무감이 생겨난 것은 사실일 것이다. 위에 말한 바와 같이 최근에 인간 공동체의 이념으로부터의 후퇴가 있다고 하더라도, 다시 역전이 일어날 수 있을 것이다. 그리고 역사의 주제로서 세계화와 보편화가 되돌아올 것이다. 어떻게 되든 세계가 하나가 되어야 한다는 통일의 비전과 그것을 현실이 되게 하려는 노력이 사라지지는 아니할 것이다.

동시에 통일로부터 이탈이 일어나고 그것이 필요하다는 움직임도 없지 않을 것이다. 그것은 인간 공존의 큰 흐름을 구성하는 파동의 잔주름이다. 분리될 수 있는 인간의 집단과 개체의 단위 ─ 국가, 개인, 개인들이 이루는 단위 집단들은, 하나 됨과 여럿으로의 나뉨 사이를 왕복한다. 그러나 중요한 것은 다시 이러한 나뉨의 사건들까지도 하나의 공간에 수용된다는 것이다. 이 하나의 공간을 피할 수는 없다. 그리고 그것은 하나의 통일 단위로서, 주고받음이 있는 교환의 협동 작용으로서 또는 서로 대결하거나 경쟁하는 전체로서 지속되게 마련이다.

위에 적은 것들은 국가주의 민족주의 ─ 보편적 인간과는 관계없이 자기 나라를 맨 위에 두겠다는 트럼프 대통령의 취임 연설을 두고 생각한 것들이다. 무어라고 하여도 트럼프 대통령의 발언으로 하여 하나의 세계를 느끼고 그에 관련하여 생각을 정리해 보지 않을 수 없던 지금까지의 사조(思潮)의 흐름에서 새삼스럽게 깨어나게 된 것은 비단 우리만이 아니다. 세계적으로 트럼프 대통령의 역주행에 대한 반응이 일어나고 있는 것을 본다. 그것은 하나의 세계로 가는 길에 반대되는 것이기 때문이기도 하고, 그 하나로 가는 것에서 소외된 사람들이나 계층이 많기 때문이기도 하다. 또는 그러한 하나 됨 — 어떤 특정한 깃발 아래에서의 하나 됨이 참으로 인간이 그 다양성, 다원성을 유지하고 또 그 삶의 틀을 넓히며 사는 방법이 아니기 때문이기도 하다. 그런데 이 글의 주제들은 이러한 트럼프 대통령의 취임식 이전 또는 그 선거가 문제되기 전에 발상되었던 것인데, 그것이 제기하는 문제에도 맞아 들어가는 것이 있어서, 그에 언급한 것이다. 시대의 문제는 모든 사람들의 마음에 늘 하나의 그림이 되어 비쳐 있게 된다는 생각이 든다. 변화가 있어도 그것이 하나로 엮어져서 마음 밑의 구도, 하나의 지도로 편성되는 것이 아닌가 한다. 그리고 이론과 언론에 관계하는 사람들이 할 수 있는 일의 하나는 이 지도를 보다 인간적이고 평화 지향적인 것이 되게 하는 데에 보태는 일이다.

삶의 테두리들 — 정치적 결정과 문화의 변증법

이 글의 계기가 된 모임의 주제는 '우리와 타자'인데, 그것은 또 다른 모임에서 부탁된 다른 주제 '다문화주의'와 연결된다. 그리하여 이 두 주제를 하나로 묶어 이야기를 펼쳐 볼까 한다. 하나는 현재 우리 사회 그리고 세계에서 일어나고 있는 다원성 — 주로 다른 문화들이 하나로 섞이고, 갈등하고, 하나가 되는 현상을 주제로 하는 것이고 다른 하나는 우리와 그들을 가르고 나와 다른 사람을 가르면서 다시 그것들을 하나가 되게 하는 것이 무엇인가 하는 것을 주제로 하는 것이다. 그런데 앞의 현상은 오늘의 인간사에 일어나는 보다 큰 현상을 말하는 것이고 두 번째 것은 그 안에서 관찰할 수 있는 더 작은 현상을 가리키는 것이다. 그러면서 그것은 역사 속에서 늘 작용해 왔던 문화의 움직임이다. 이 두 가지는 서로 연결되어 있는 현상이다. 그리하여 이 발표들에서는 두 가지를 연결하여 생각하여 보기로 하였다.

두 가지는 어느 것이나 공존하지 않을 수 없는 인간의 조건을 말한
다. 다른 문화를 배경으로 가진 사람들이 한 공간에서 하나로 살아야
하는 것이 오늘의 세계이다. 그러나 이 다문화의 세계는 인간 실존의
관점에서 나와 다른 사람, 자아와 타자의 구별과 일치로부터 시작한
다. 거기에서 출발하여 집단들의 차이와 구별과 대결이 생기고 그 대
결과 화합의 문제가 일어난다. 그런 다음에 이 집단의 대결이 하나로
합치지 않을 수 없는 조건하에서 '다문화'라는 말이 나오게 된다. 하나
로 묶여야 하는 사람들이 서로 다른 삶의 방식과 사고의 방식을 갖는
것을 어떻게 다시 하나의 질서 속에 묶을 수 있겠는가, 거기에서 규칙
은 어떤 것이어야 하겠는가 하는 문제들이 생겨나는 것이다. 다시 말
하여 이러한 문제들의 근본에는 실존적 자타(自他)가 있다. 이것이 필
요에 의하여 집단으로 묶일 때에, 거기에 다시 집단적 자타(自他)의 문
제가 일어난다. 그것을 하나로 묶은 다음에 일어나는 것이 다문화 또
는 다원성의 문제이다. 이 문제는 물론 여러 다른 문화적 이해 그리고
다른 문화적 배경을 가진 사람들이 어떻게 하나의 테두리에서 살 수
있는가 하는 문제를 제기한다. 동시에 하나가 되는 세계에서 사람들이
서로 다른 문화에 거주하면서 스스로의 삶을 보다 풍요롭게 사는 것이
가능할 것인가 하는 문제가 제기될 수도 있다. 그리고 여러 문화가 합
치는 것이 — 또는 적어도 하나의 공간에서 공존하는 것이 불가피하다
고 할 때, 거기에서는 차이를 수용하고 그것에서 배움을 얻을 관용성
의 문제 또 적어도 제도적 단일성의 문제가 다시 반성의 주제가 될 것
이다.

　말할 것도 없이 여기에서 이러한 데에 들어 있는 모든 문제들을 고
려할 수는 없다. 최소한 여기에서 하려는 것은 서로 다른 인간이 하나
가 되는 여러 길에 대하여 반성해 보는 일이다. 그런데 세계화와 문화
의 크고 작은 테두리의 문제는 한 가지 해답으로 해결될 수 없는 문제
이다. 삶에 필요한 것은 자신의 삶을 에워싸고 있는 큰 테두리가 안정
되는 것이다. 그러나 동시에 개인의 삶은 작은 테두리 속에서 이루어진

다. 그리고 그것의 안정이 있어야 한다. 그러나 이 작은 테두리에서의 안정도 여러 다른 요인들의 상충과 화합의 과정을 겪어서 이루어진다. 또 크고 작은 테두리 사이에는 다른 중간의 테두리가 있다. 가장 큰 테두리는 세계이다. 그다음의 테두리에서 중요한 것은 지금의 시점에서는 국가일 것이다. 그다음에 친지와 가족의 테두리가 있다. 개인은 이러한 테두리에 둘러싸여서 산다. 그리하여 그 모든 테두리의 안정에 관심을 갖지 않을 수 없다. 그런데 이 글에서는 중간 테두리의 문제를 고려하고 그다음에 세계의 평화로운 질서의 문제를 고려할 것이다. 여기에서 나와 타자 그리고 다문화의 문제가 하나가 된다. 그리고 개인으로서 가질 수 있는 철학적 입장도 생각해 볼 것이다. 거기에서 초월적 차원의 문제가 생긴다.

여러 테두리 —— 특히 방금 말한 두 가지 삶의 테두리를 말하는 것은 두 가지가 다 필요하다는 것을 전제한다. 하나의 테두리가 다른 테두리에 흡수·통일되는 것을 말하는 것이 아니다. 사람은 공적 공간을 필요로 하고 사적 공간, 내밀한 공간을 필요로 한다. 그리고 두 공간을 움직이는 법칙은 동일하지 않다. 두 공간의 문제에 대한 비유를 하나 말해 보겠다. 강연자는 관광의 한 부분으로 궁전들을 찾은 일이 있다. 이러한 관광에서 특이하게 본 한 가지는, 한국에서나 외국에서나 큰 궁전 안에 작은 사적인 공간이 숨어 있다는 사실이었다. 황제나 왕은 그들의 영광과 위엄을 위하여 또 마음속의 미적 본능의 만족을 위하여 될 수 있는 대로 장대하고 화려한 궁전을 원한다. 그러나 그 궁전 안에 자신의 거주를 위하여서 작고 아늑한 공간을 만드는 것이다. 사람의 공간에 대한 감각은 이렇게 크고 작은 것을 한 번에 원한다. 삶의 테두리와 관련하여 사람의 마음에도 비슷한 모순된 두 요구가 있다. 앞의 문제는 대체로 정치적 해결을 요구한다. 여기에서 큰 테두리는 궁극적으로는 평화로운 세계이지만, 그다음으로는 국가이다. 그러나 보다 좁은 테두리의 이해는 보다 복잡한 문화 변증법을 필요로 한다. 국가의 경우에도, 그것을 하나의 문화 공간으로 보는 경우, 그 이해에는 이러한 변증법이 있어야 한다.

하나와 여럿, 우리와 그들, 자아와 타자

적과 벗──나와 타자

강연 하나의 영어 제목에는 'Us and Them'이란 말이 나온다. 이것을 번역하면 물론 그것은 '우리와 그들'이다. 이 제목의 '우리'와 '그들'은 반드시 대조를 이루는 것이라고 할 수 없다. 앞의 대조는 개념적으로도 대비되고 또 흔히 쓰일 수 있는 제목이다.(물론 영어로 표현하였을 때 그렇다는 것이고, 우리말의 경우는 이러한 대비가 자주 볼 수 있는 것은 아니다.) 어쨌든 이것은 트럼프 대통령의 마음에 있는 대비를 표현하는 것이라고 할 수도 있고 또 정치학에서 거론되는 정형화된 대조를 상기하게 한다. 칼 슈미트는 그의 유명한 『정치의 개념(*Der Begriff des Politischen*)』에서 "적과 벗의 구분(Freund-Feind-Unterscheidung)"이 정치를 생각하는 데에 있어서 필수적인 대조라고 말하였다. 이것은 정치 현상에 대한 관찰이지만, 더 넓은 관점에서 보면 권력의 정당화와 유지를 위해 필수 조건이라는 말이 되기도 한다. 그리하여 정치와 권력의 체제로서의 국가의 기초를 공고히 하는 데에는 적과 적대국을 상정하고 그에 대한 적대감을 조장하는 것이 필요하다는 말이 된다.(이것은 적대적인 감정을 강화하고 이것을 집단에 대조함으로써 자기 존재감을 확인하려는 인간의 심리 경향에도 일치한다. 슈미트 자신은 적(敵)과 우(友)의 구분이 정치적인 의미를 갖는 것은 개인 간의 관계가 아니라 국가와 국가 간의 또는 집단과 집단 간의 관계에서라고 생각했지만, 인간 심리의 심부에 이러한 구분이 작용하고 있는 것도 사실일 것이다.) 그런데 이에 대하여 '우리와 타자(Us and the Other)'는 위에 말한 바와 같이 균형이 있는 대비라고 할 수는 없지만, 그것은 정치의 기저 아래에 있는 인간 존재의 특성에 관계되어 나온 대비일 것이다. 여기에서 '타자'란 개체가 품을 수 있는 바 다른 개체와의 적대적 갈등, 다른 개체들로 이루어진 집단 또는 그러한 타자적 집단의 문화와의 현실적 또는 잠재적 갈등을 나타 내는 말이다. 또는 타자는 개체에 극단적으로 맞설 수 있는 세계 ─ 근 본적으로 나와는 다른, 나에게 맞서는 '세계'를 말하는 것일 수도 있다. '나'나 '개체'가 '우리'로 표현될 때, 그것은 개념적으로나 현실로나 '우 리'에 균형이 있는 대조가 된다고 할 수는 없으나, 개체를 강화하는 의 미를 가질 수는 있다. '나'라는 존재가 '우리'에 합치게 될 때 ─ 이것 도 이미 시사한 바 있듯이 ─ '집단'이 나를 보강하고, '나'를 주장하는 것을 집단의 의무의 일부가 되게 하여, '나'를 격상시킨다. 집단은 많은 것에 일종의 초월적 의미를 부여하여, 집단에 편입된 다음 여러 가지 사항들은 자체로 중요한 목적이 된다. 그러니까 '우리와 타자'는 그 나 름의 의미를 갖는다.

인간에 대한 존재론적 해석에 있어서, '타자'는 보다 근본적인 의미 를 가지고 있다고 할 수 있다. 그것은 '나'에 맞서게 되는 '객체' ─ '주 체'로서의 '나'에 맞서는 '객체'의 특성을 말한다. 주체는 물론 그에 맞 서는 모든 것을 객체화한다. 그것은 지각과 개념 그리고 실천적 행동의 중심이다. 그것은 세계를 하나의 세계로 형상화하는 '소실점(vanishing point, 消失点)'이다. 그것은 물론 사회적으로도 중심점이지만, 그 중심 이 반드시 소실점이 될 정도로 강하다고 할 수는 없다. 그것은 가족, 가 정, 고향, 국가 또는 여러 지연, 혈연, 학연, 인맥 또는 인간 맥락의 중 심점 ─ 또는 연계점이다. 물론 자아 그리고 주체는 삶의 기초가 되는 여러 생물학적 요인의 매듭이기도 하다. 그러면서도 주체로서의 개체 는 지각과 인식과 실천 행동의 핵이 된다. 그리하여 주체는 자기 형성 의 과정에서 타자와의 상호 작용, 갈등 또는 타협의 관계 속에 들어간 다. 주체는 물론 반드시 개체가 아니라 집단일 수도 있다. 그러나 보다 기초적이고 근본적인 의미에서 이 모든 것의 담지자(擔持者)는 개체이 다. 집단적 주체도 개체의 환경 속에서 일어나는 여러 요인들과의 상호 작용과 현상의 결과물일 것이기 때문이다.

문학에 있어서의 개인과 타자

개인의 중요성에 대한 말이 나왔으므로 문학에 있어서, 개인으로 등장하는 주인공이나 인물이 중요하다는 것을 간단히 언급하기로 한다. 의도는 거기에서 개인과 타자 또 집단의 복잡한 관계에 대한 우화적(寓話的) 의미를 찾아보자는 것이다. 그리고 그것은 나와 타자의 긴장된 관계를 어떻게 완화할 것인가 하는 문제에 시사하는 바가 있을 것이다.

문학의 대표적인 서술 방식인 현실 재현(再現)의 서사(敍事)에서, 화자(話者)가 핵심에 있을 수밖에 없음은 물론이다. 그렇다고 그 화자가 고독한 사람이라는 말은 아니다. 그는 다른 사람이나 자연과 어떤 연계 관계를 맺고 있다. 개인은 대체로 실용의 삶에서 핵심점이다. 타자성은 그와의 관계에서 정의된다. 그런 가운데 개인은 개인으로, 집단적 관계에서 독자적인 가치와 위엄을 가진 존재로서 인정될 것을 원한다. 어떤 경우에나 매개의 동인(動因)이 되는 것은 개인의 심리이다. 개인이 집단적 결정에 쉽게 참여한다고 하더라도 그것은 심리적 동인을 통하여 이루어진다. 물론 집단적 기율의 훈련이나 이데올로기적 사고 훈련이 여기에 작용한다고 하겠지만, 그것도 심리적 자원이 그것을 위하여 준비된 상태에 있어야 한다. 종교나 정신의 차원에서 그리고 실천적 결정의 경우에도 그것을 위한 심리적 예비 단련이 있다는 말이다. 이러한 것들은 심리에 관계되면서, 여러 다른 계기들에 의하여 예비된다. 그런데 문학은 거의 전적으로 심리적 자원(資源)에 의지하여 또 그 안의 여러 요인의 갈등과 합의를 상상하면서 이루어지는 인간 활동의 투영도(投影圖)의 시험이다. 그러면서 그것은 궁극적으로는 실천 행동 — 개체와 타자의 결합 또는 그 분리를 요구하는 실천 행동에 영향을 끼친다. 이데올로기적 목적을 가졌거나 도덕적 교훈을 목표로 하는 작품이 있는 것은 사실이지만, 대체로 문학 작품은 그러한 목적을 위하여 쓰이는 것은 아니라는 말이다. 문학은 오히려 특정하게 공식화된 도덕 교훈을 비판·부정하는 일을 하는 경우가 많다. 그러나 아이러니는 바로 그러한 부정이 다른 도덕의 제시에 이른다는 것이다. 자아와 타자 사이의 차이나 갈등이 문학 작품의 주제가 된다고 하더라도, 이야기의 전개는 결국 그것을 해소하거나 초월하는 쪽으로 나가게 된다. 작품의 처음에 문제가 제시된다면, 작품의 끝은 결국 그것의 해소를 보여 주어야 한다. 그리고 그것은 다원적인 여러 요인과의 관계에서 통일이나 초월을 시사하는 것이 되기 쉽다. 이야기의 끝은 제기되었던 갈등과 모순을 해결하는 것이 아니라도, 적어도 그 해결이 불가능한 것이 삶의 존재론적 진리라는 것, 아니면 적어도 그 작품에 전개되었던 서사가 말하여 주는 존재론적 진리라는 것을 작품의 결론은 암시하게 된다. 이것은 적어도 서사로서는 결론이 없는 것이라고 하더라도 담론의 차원에서는 결론에 이른다는 것을 말한다. 그뿐만 아니라 해결이 없는 갈등과 모순의 서사는 그러한 사실을 받아들임으로써 일단의 평화에 또 그것에 기초하여 체념 그리고 화해에 이를 수 있다는 것을 시사할 수 있다. 그러한 의미에서 그것은 보다 높은 차원의 운명의 전체성 속에 복잡한 삶의 사실들을 거두어들이게 할 수 있다.

이때 그 배경에 있는 것은 가장 종합적인 이상화된 삶의 계획이다. 작품이 추구하는 형식적 완성도 이미 그러한 존재론적 전체성을 시사한다고 할 수 있다. 사실 예술 작품에서 또 삶의 현실에서 심미적 완성은 단편적 사실과 사실의 종합이 그 자체로 의미 있는 것일 수 있음을 시사하는 신비한 특성이라고 할 수 있다. 비극적인 서사에 있어서도, 비극이라는 인식은 비극이 아닌 것에 대비하여 비극으로 인식된 결과이다. 간단히 그렇게 파악되지 않더라도, 이야기되어 있는 사실들은 삶의 현실의 총체에 비하여 — 희극이 될 수 있는 현실의 총체에 비하여 비극이 된다. 다만 종교나 윤리적 담론에서와는 달리 서사에서는 이러한 대체적 실재의 모습이 쉽게 보이지 않을 뿐이다. 그리고 보이지 않는 전체에 비하여 부분적인 사건의 묘사와 그에 대한 성찰들이 더 실감나는 것이 될 수도 있다. 결국 서사의 묘미는 그 상세함에 있기 때문이다. 그러나 여기의 묘미라는 것은 큰 배경에 비추어서만 의미 있는 상세사(詳細事)로 깨닫게 된다. 결국은 희랍의 비극에서 말하여지듯이,

최후의 깨달음 — 아나그노리시스(anagnorisis)가 앞에 이야기된 것들에 대하여 뒤로부터 그 빛을 비춘다고 할 수 있다.

문학에서 발견할 수 있는 이러한 구성을 사회와 정치 분석으로 옮기면 그에 대한 하나의 아날로지가 될 수 있다. 인간사의 복합적인 사실들을 하나의 전체성 속에서 해석하려는 것은 인간 심성의 경향이기도 하고, 어쩌면 현실 자체의 논리이기도 하다. 이 전체성은 다른 보다 추상적인 그리고 일정한 이데올로기를 따르는 전체성의 구성에 비하여 상상의 구조물이며, 구체적인 사실로 상상된 구조물이라 할 수 있다. 그리하여 그것은 전체의 모습을 보여 주면서, 세말적인 사실의 의미를 검증하는 기능을 갖는다. 그러면서 그것은 상상력의 소산이라고 하면서 그러한 구성 — 초월적 의미의 깨달음 그리고 그것에 의한 상상 속의 삶의 완성이 현실 실천의 완성을 돕는 경우가 많다.

여기에서는 이 갈등과 모순과 그 초월의 과정의 여러 요인들을 살펴보면서 그것이 어떠한 방법으로 해결되는가를 생각해 보고자 한다. 물론 관심이 서사론에 있는 것은 아니다. 그것보다는 그것을 통하여 관련 사실들의 해석에 있어서 존재론적 그리고 실존적 요인들이 무엇인가를 밝혀 보려는 것이다. 희망하는 것은 개인의 삶이나 집단의 현실에서 적우(敵友) 또는 아(我)와 비아(非我)를 넘어 보편적 평화의 이상에 근접해 가자는 것이다.

나와 타자와 죽음 — 심성 속의 한계 개념들

"타자가 지옥이다" — 인간 존재의 한계로서의 타자

"다른 사람들이 지옥이다.(L'enfer, c'est les autres.)" 이 말은 장 폴 사르트르의 『무출구(無出口, Huis Clos)』에 나오는 유명한 말이다. 다른 두 사람의 수인(囚人)과 한 공간에 갇혀 있는 수인이, 밤낮을 가리지 않고 달리 피해 갈 도리가 없이 동실에 동거하게 된 사람이 그 답답한 심정을 이렇게 표현한 것이다. 물론 이러한 상태가 괴로운 것은 현대인의 경우일 것이다. 현대인이 바라는 것은 홀로 있는 것과 다른 사람과 함께 있는 것이 교차하는 삶의 양식이다. 그러나 언제나 그랬다고 할 수는 없을지 모른다.

『무출구』의 출구 없는 상태는 출입의 자유가 박탈된 '한계 상황(Grenzsituation)'이다. 이 연극에서 무출구는 단순히 수감(收監) 상태에 있다는 것만을 의미하지 않는다. 출구가 없는 것은 등장인물들이 죽음의 상태에 있기 때문이다. 죽음은 — 자살이든지 살인이든지 — 죽음은 틀림이 없는 — 좋다고는 할 수 없지만, 틀림이 없는 견디기 어려운 상황을 벗어나는 출구이다. 이 연극에서 모든 등장인물은 이미 죽음 속에 있는 존재들이다. 그리하여 출구로서의 죽음은 그들이 선택할 수 있는 사태 회피의 방법이 될 수 없다. 여기에서 사르트르는 — 사실 죽음은 한 방법이겠지만, 그것을 택하지 않기로 하였을 때 — 그리하여 주어진 상황을 피해 갈 방법이 전혀 없다고 할 때, 어떻게 할 것인가 하는 실존적 질문을 내놓은 것이라고 할 수 있다. 여기에서 피할 수 없는 조건이라는 것은 맨 먼저 인간 존재의 사회성이다. 사르트르가 이것을 분명하게 말하지는 않지만, 여기의 테제는 사회성이라는 절대적 조건이 어떠한 것인가 하는 것이다. 이러한 절대적인 한계에 부딪쳤을 때, 사람은 자신의 삶과 정면으로 마주 보게 되고, 무출구의 상태에서 자신의 삶의 사실을 있는 그대로 받아들이지 않을 수 없게 된다. 이 연극의 등장인물들은 자신의 삶을 전체적으로 대면하고 그 안에서 발견할 수 있는 주제의 일관성을 찾게 된다. 진실됨은 절대적 한계에서 얻게 되는 장점이다. 적어도 주인공이라고 할 수 있는 조제프 가르생의 경우가 그러하다. 진실됨이나 정직성으로 나타나기 시작하는 도덕성은 삶의 질서를 되찾는 데에 있어서 기본 원리이다.(도덕은 흔히 삶의 현실의 밖으로부터 주어지는 것으로 생각하지만, 그것은 삶의 안에서 생겨나는 내적 필요이다. 그러면서 물론 그 형이상학적 근거는 다시 문제될 수 있다.)

타자 죽이기

삶이 절대적인 낭떠러지에 서게 된다는 것은 죽음을 직면한다는 것이다. 자살이라는 형태의 죽음은 하나의 해결 방법이다. 또 하나의 다른 해결 방법이 있을 수 있다. 즉 살인이 그것이다. 극악한 일이지만, 나의 길을 막아서는 자를 죽여 없애는 것도 있을 수 있는 일이다. 다만 가르생의 경우, 그도 죽어 있고 자신을 괴롭히는 다른 사람들도 이미 죽어 있는 사람들이어서 죽음은 그에게 출구가 되지 못한다. 그러나 삶의 경계 안에 있다고 한다면, 죽음은 '남'이나 '타자'라는 말의 거대한 의미를 새삼스럽게 알게 한다. 그것은, 적어도 적에 대하여서는 그 존재를 삭제해 버릴 수 있는 방편이다. 타자는 말살될 수 있다. 집단의 경우, 어느 상대를 타자로 분류하는 것은, 그 타자를 쉽게 적으로 간주할 수 있고 이 타자를 절멸할 수도 있다는 가능성을 여는 일이다. 그것은 더 나아가 의무가 되어, 심리적으로 부정의 가능성을 추구하는 것은 더욱 용이한 일이 된다. 자기 나라에 강한 주권의 주장이 있으면, 전쟁은 통상적인 선택의 하나가 될 수 있다. 적국에 속하는 개인의 경우에도 적국의 인간은 같은 처리의 대상이 될 수 있다. 어떻게 분류하여야 할지 애매한 지역에서 마주치는 낯선 사람을 죽여야 한다는 관습은 인류학 보고서에서 더러 읽을 수 있는 일이었다.(옛날의 보고서에는 파푸아뉴기니 또는 남미(南美)의 야노마뢰족의 풍습이 그렇다는 것을 기록한 것들이 있었다.) 이것은 원시 사회의 일이라고 하겠지만, 소위 '문명국'이라는 곳에서도 일어나는 일이었다. 영국의 불문학 교수 그레이엄 롭이 자신의 여행담과 역사지리학을 아울러 쓴 한 저서에 보면, 18세기 말 측지학자(測地學者) 자크 카시니를 따라 파리에서 출발하여 남불(南佛) 메장크 지방의 지리 정보를 수집하러 갔던 한 젊은 학자는 전혀 낯모르는 사람이라고 하여 지방민에게 살해되었다고 한다. 당시 그 지방에서는 외부로부터의 "침해는 무조건 악의 세력의 침입으로 간주되어" 살해해도 좋은 것으로 되어 있었다고 한다.[1] 이질적인 것으로 간주되는 '타자'는 여러 가지 부정적인 의미를 가지고 있었고 통상적인 상호 관계의 경계를 벗어나는 것이었다. 이러한 사례는 사르트르의 타자가 지옥이라고 할 때, 타자라는 말이 — 다시 한번 위태로운 인간 조건을 가리키는 말이라는 사실을 생각하게 한다.

그러나 강요되는 사회성에 대한 강한 혐오감에도 불구하고, 그러한 사회적 조건은 보다 긍정적으로 받아들여야 하는 것이라고 할 수도 있다. 사르트르 철학의 기본 입장도 사실은 그러하다. 사르트르의 철학과 관련하여, '참여(engagement)'는 정치 상황에 대한 지식인의 의무를 환기하고자 하는 그의 철학의 키워드이다. 인간 상호 간의 연대 의식은 이러한 참여의 필수 전제이다. 사르트르의 철학에서 다른 사람들은 개인의 삶에서 가장 중심적인 역할을 수행한다. 그것을 통하여 개인은 자기의식을 얻게 되고, 인간의 상호 주체성은 하나의 인간이 자기를 구현하고 세계를 형성하는 핵심적인 매개체이다. 『무출구』가 이야기하는 것도 사회성의 절대적 성격이다. 다만 흔히 듣는 바와 같이, 『무출구』에서 그것은 높은 도덕적 당위가 아니라 인간 상황의 한계적 성격을 규정한다.

자비의 죽음

이와 같이 인간 조건의 한계성으로 하여 인간은 고통을 받지만, 또 그것으로 하여 삶으로 돌아가고 그 가능성을 최대화할 수 있게 된다. 삶은 벼랑에 이르러 걸음을 멈추고 삶의 들녘을 되돌아보게 된다고 할 수 있다. 하이데거가 말하는 대로 인간은 "죽음을 향하는 존재(Sein-zum-Tode)"이다. 이 조건이 사람으로 하여금 진정한 자아의 가능성 그리고 그 가능성에서 깨닫게 되는 삶의 기획으로 열리게 한다. 죽음은 나의 존재를 확인하게 하는 근본 조건이다. 죽음이 없다면, 나라는 존재가 나에게 특별한 의미를 갖는 존재라고 말할 수 있을까? 그리고 죽음은, 위에서 말한 바와 같이 나와 타자를 갈라놓는 절단기이다. 그리고 그것은 타자를 삭제하는 도구이다. 그러니까 두 존재의 구분을 분명히

---

1) Graham Robb, *The Discovery of France*(New York: WW. Norton, 2007), p. 5.

하는 것은 죽음이다. 그러나 특이한 것은 그것이 타자와 나의 일치를 확인하는 매체가 되기도 한다는 것이다. 사람들은 공동의 죽음의 가능성에 맞닥뜨려 하나가 될 수 있다. 그리고 죽음은 죽음을 무릅씀으로써 나와 다른 사람의 일체성을 확인하는 수단이 되기도 한다. 자신의 아이를 위하여 목숨을 버리는 어머니의 희생도 그러하지만, 종교적 순교, 군인이나 애국자의 순국과 같은 것은 또 다른 차원에서의 타자와 자기의 일체성을 확인하는 일이다. 영어에서 'passion'이란 말은, 다른 서구어에서도 그러하지만, '정열'이라고 번역되기도 하고 '수난'이라고 번역되기도 한다. 후자는 「마태 수난곡」과 같은 데에서 볼 수 있다. 어떤 정신적 차원에서는 능동과 수동이 하나로 합치는 것으로 생각할 수 있다. 어떤 경우에 자비심은 죽음으로 하여금 갈등하는 영혼이 하나가 되는 계기가 되게 한다. 다른 사람을 자비로써 대하는 것이 자신의 죽음을 뜻하게 되는 경우가 그렇다. 이때 감정은 자타를 넘어선 정신의 차원으로 승화된다. 그것은 어떤 구체적인 사건에서 추상적인 의미를 드러내는 것이 아니다. 이러한 경우에 두 인간의 구체적 임장(臨場)은 사건 전체를 구체화한다. 이러한 사건에서는 자비심과 정신성과 인간의 구체적 실존이 하나로 합치는 것이다. 이것은 약간의 예시가 필요한 명제이다.

　나이가 여든이 된 부처는 긴 방랑으로부터 고국으로 돌아가기 위하여 인도와 네팔의 경계 지방을 지나가고 있었다. 그런데 그 여행 중 그는 그가 들렀던 대장장이의 집에서 대장장이가 제공한 독버섯국을 먹고 죽게 된다. 부처가 어떻게 죽었는가에 대하여 여러 가지 이야기들이 있다. 이것을 서정주 선생의 시로써 읽어 보기로 한다.

　　어느 맑은 날에 에베레스트산(山)이 하신 이야기

　　나 에베레스트를 비롯하여
　　히말라야 전산맥(全山脈)의 산(山)들을
　　가는 떡가루처럼 두루 빻아

사억 삼천이백만 년(四億三千二百萬 年)이 지날 때마다
그 가루 한 개씩을 헐고 가서
그것은 역시나 가한수(可限數)라
처음도 없고 끝도 없이 영원키만 한
자기의 정신 생명(精神生命)에 견줄 수는 없다고
또렷또렷 제자들을 타이르고 있던
네팔의 석가모니(釋迦牟尼)
그런 사내를 아직도 더 본 일이 없다.

그 나이 여든 살 나던 된 흉년에
고향 생각이 간절히 나서
터덕터덕 걸어
인도에서 네팔로 가고 있던 도중에
춘다라는 대장쟁이네가 끓여 준
독버섯국을 먹고
피를 토하여 숨넘어가고 있으면서도
그 춘다에게 또

그 자비(慈悲)의 영생 사상(永生思想)을
끝까지 가르치고만 있던
그런 사람을
나는 아직도 더 본 일이 없다.[2]

부처의 죽음은 둘째 연(聯)에 이야기되어 있다. 물론 그 중점은 대장
장이 춘다가 준 독버섯으로 하여 죽어 가면서도 부처는 그것을 탓하거
나 복수하려 하지 않고, 설법을 계속하여 사람의 생명이 영원한 것이라

---

[2] 서정주, 『산시(山詩)』(민음사, 1991).

는 것을 말하고 있었다는 것이다. 그것은 첫 연에서 말하여지고 있는 바와 같이 영원한 생명이 하나의 인간 행위에 의하여 소멸될 수 없다는 확신 때문이라고 할 수도 있지만, 중요한 것은 그러한 반응이 자비심에서 나온다는 것일 것이다. 영원한 생명이 말하여 주는 것이 자비이다. 그리고 자비심은 모든 것을 보다 길고 넓게 보는 데에서 일어난다. 즉 시간의 유구함 그리고 그것마저도 넘어가는 생명의 영원함을 생각하는 데에서 발휘된다.(그러나 시간의 유구함 가운데에서도 무상한 것이 생명이라는 것 ── 이것이 자비심을 가지게 한다고 할 수도 있을지 모른다. 그러나 이것은 미당 선생의 해석은 아니다.)

부처의 죽음은 다른 또 하나의 시에 이야기되어 있는데, 이것은 조금 더 복잡하게 사정을 설명한다.

에베레스트 대웅봉(大雄峯)이 말씀하시기를

사랑이 지극히 깊고 커다란 사람들이여!
사람 누가 너를 죽이려고 독(毒)을 먹였을지라도,
그래서 피 토(吐)하고 숨넘어가며 아파서 있을지라도,
아주 그 숨결이 온전히 네게서 떠나기까지는
그 독살자(毒殺者)의 마음속의 독(毒)이
그대 사랑의 두둑함을 받아 잘 풀리도록,
그리하여 그 풀린 마음으로 다시 그대를 이어 가도록,
거듭거듭 타이르고 타이르고만 있을지니라.
이천오백 년(二千五百 年) 전에
이 산(山)골 태생(胎生)의 사내 석가모니(釋迦牟尼)가 그랬듯이
타이르고만 있을밖에
딴 길은 아무것도 아무것도 없느니라.[3]

3) 서정주, 『서(西)으로 가는 달처럼』(문학사상사, 1980).

이 시는 앞의 시에 비하여 조금 더 자세한 사건의 내용 설명이 들어 있다. 그리고 이 시는 부처의 죽음을 이야기하는 것이 아니라, 다른 사람이 부처와 같은 상황에 처했을 때, 부처의 태연하고 초연한 태도를 그대로 따라야 한다는 교훈을 담고 있다. 독살하려는 자가 있을 때, 물론 그것에 저항할 것이 아니라 영생의 영혼에 관한 설법을 계속하여야 한다. 그 독살자를 사랑하여야 한다. 그리고 그 태연한 사랑으로 독살자의 마음속의 독이 녹도록 하여야 한다 — 시는 이렇게 말한다. 그것은 사랑의 효과가 그러한 것이기 때문이기도 하지만, 그 외에는 다른 길이 없기 때문이다. 즉 다른 길을 택하여 대처해 보아야 그것으로 독살자의 마음의 독을 용해할 수는 없다. 그뿐만 아니라 이 무복수(無復讐)의 경험을 통하여 독살자는 오히려 부처의 일을 계승해 나갈 수 있는 사람이 될 것이라고 한다. 그러니까 말하자면 그의 수제자와 같은 자리에 들게 되는 것이다. 그만큼 독살 행위에 대한 온유한 대응은, 그러한 역설적 경험을 겪지 않은 사람에 비하여서도 더 큰 감동을 주어 부처의 자비심의 도를 전승할 사람이 되게 한다는 것이다. 서정주 선생에 대하여서는, 일제 강점기에 친일 행위를 했다는 비난도 있고, 해방 직후의 혼란기, 박정희, 전두환의 군사 독재 시기에 정치적 저항이나 비판과는 일정한 거리를 유지하였는데, 그 점에 대한 비판들이 그의 명성을 손상하고 있는 것은 사실이다. 이 점을 생각하면, 폭력에 대하여 하늘을 따르는 듯 온유한 말로만 대처하여야 한다는 것은 자기변명이 이 시에 들어 있다는 인상을 준다. 그러나 시가 어떤 간접적인 의도를 함축하고 있든, 폭력에 대하여 무폭력으로 대하여야 한다는, 또는 더 나아가 무폭력과 자비의 실천을 위하여 죽음까지 태연하게 무릅쓴다는 교훈이 여기에 들어 있다. 그러나 그러한 교훈을 읽어 내지 않더라도, 서정주 선생의 시의 어조 자체가 그러하지만, 변호하는 듯한 또는 가르침을 전하려는 듯한 교훈 조의 어조도 이 시의 호소력을 떨어트리는 것은 사실이다. 설교 없는 자비 실천의 직접적인 행위 그리고 그 묘사야말로 시적 서술의 호소력의 기본이다. 그러나 그러한 문제점들이 있기는 하지만, 이 시가 부처의 최후에 대한 전통적인 해석을 담고 있는 것은 틀림이 없다.

부처의 최후에 대한 전설에는 부처가 제자 아난다에게 말하여 자신의 죽음이 대장장이 춘다의 독버섯 때문이 아니라는 말을 전하여 주기를 바란다고 하였다는 것이 있다. 이 말을 전하여 달라는 것은 춘다가 가질 수 있는 죄책감을 가볍게 해 주려는 부처의 자비심의 표현이라고 할 수 있다. 히말라야의 대웅봉이 말하는 것으로 되어 있는 시에서, 독살자가 자비의 소명(召命)에 응하여 부처의 일을 계승한다는 것도 이러한 섬세한 부처의 마음에 감동한 때문이라고 할 수 있다.

어디에서 보았던 것인지 기억할 수는 없으나, 부처의 죽음을 조금 더 심오한 자비 행위가 되게 하는 또 하나의 이야기가 있다. 이 이야기에 따르면, 부처의 죽음은 적어도 반쯤은 자신이 의도한 것이라는 것이다. 부처가 독버섯국을 받았을 때, 부처는—전지(全知)의 존재인 부처는 춘다의 살의(殺意)를 알고 있었다. 그러면서도 부처는 춘다로 하여금 그의 살인 행위를 계속하도록 하였다. 그것은 사람을 죽인다는 것이 얼마나 무서운 일인가를 춘다로 하여금 깨닫게 하자는 의도를 부처가 가지고 있었기 때문이다. 말할 것도 없이 깨달음은 언어를 통하여서가 아니라 실천적 경험을 통하여서 일어난다. 그것은 연민과 공포와 고통의 비극을 경험하는 일이다. 자비의 화신(化身)인 부처의 죽음—그리고 춘다와 같은 미미한 존재를 위하여 자신의 존엄한 존재를 바칠 수 있는 부처의 희생은 무한한 감동을 줄 수밖에 없다고 할 것이다.

그런데 부처의 죽음에 대한 여러 판본과 해석에서 알게 되는 것은 인간 존재의 개인적 실존의 기본이고 그러니만큼 사람과 사람 사이를 갈라놓는 단절기인 죽음이 인간의 깊은 유대를 깨우치게 하는 시험이고 수단이 되기도 한다는 점이다. 여기에서 죽음은 사람의 생명의 존재론적 기본을 재설정하는 궁극적인 토대이다. 부처의 자비로운 죽음은 이 점을 밝혀 준다. 어떤 전설에 의하면, 부처가 죽음에 이르고 열반에 들려고 할 때, 그가 누워 있던 자리에 서 있던 사리나무가, 꽃피는 때가 아니었음에도 불구하고, 홀연 개화를 하고 그 꽃잎들이 부처의 몸 위로 산화(散花)하여 떨어졌다고 한다. 존재론적 전환의 개화를 상징하는 일이라고 할 수 있다.

그러나 이러한 깨달음의 순간이 쉽게 일어날 수 있는 일인가? 연대로 보아 10년을 앞서는 두 번째 인용한 시에서 히말라야의 높은 봉우리는 '대웅봉(大雄峯)'이라고 하여, 말하자면 불교의 사찰에서 부처를 모시는 대웅전(大雄殿)이 되어 있다. 첫 번째로 인용한 것은 1990년대에 출간된 시집 『산시(山詩)』에 실려 있는 시이다. 이것은 산을 소재로 한 시들을 모은 것이다. 미당은 만년에 많은 산 이름 외우기를 일상적 수행의 일부로 삼았다. 그것은 한편으로는 기억력을 다지자는 의도를 가진 것이었을지도 모르지만, 보다 넓고 높은 관점 ─ 숭고함을 느끼게 하는 산들의 관점을 일상 속에 도입하자는 것이었을 수도 있다.

인간관계에 있어서의 정신성, 이성 그리고 감정

부처 설화가 말하여 주고 있는 것은, 되풀이하건대 인간 존재에 있어서의 정신성의 중요함이다. 이 설화에서 자아와 타자를 가르는 죽음은 모든 인간을 하나로 묶는 존재론적 깊이를 드러내 보이는 사건이다. 죽음은 자아의 경계를 그려 낸다. 또 타자라고 지각되는 타아(他我)를 말살할 수 있는 칼이 될 수 있다. 그러나 이러한 자아의 대결적 인식은 다원적 인간 간의 합리적 이해 ─ 협상의 결과로서의 화해 관계 또는 타자적인 모든 것을 포용하는 보편성에 이르는 합리적 이해로 전환될 수도 있다. 이것이 우여곡절에도 불구하고 역사가 그려 내는 주제 ─ 헤겔이나 마르크스의 역사관의 주제라고 할 수 있다. 또는 베버에서까지도 근대화의 역사를 탈마술화나 합리화의 과정으로 보는 것은 역사가 인간을 결국 합리적 타협으로 이끌어 간다는 것을 가리킨다. 합리적 타협의 결과는 일상적 삶에 있어서의 크고 작은 거래에서도 드러난다. 이에 대조하여 부처의 자비의 죽음에서 보는 바와 같은 인간의 정신적 일체성은 평균적 인간의 감정의 주고받음 또는 계산의 삶을 초월한다. 그것은 일상적 인간사에서 경험될 수 있는 일이 아니고 성인(聖人)의 삶 또는 고양된 삶의 어떤 순간에만 볼 수 있는 사건이다. 그러나 보통의 인간에게도 그에 비슷한 체험이 있을 수는 있다. 어떤 때에 자연에서 느끼는 숭고함과 같은 것이 그러한 체험이다. 사실은 위에 든 서정주 선생의 시의 배경이 되는 것도 숭고한 자연이라고 할 수 있다. 두 시는 모두 히말라야에 관계되어 있다. 모두 히말라야산이 시인에게 이야기하는 것이 이 시들이다. 산은 이미 대웅전이 되어 있다.

일상적 삶에서의 일체감

그런데 그러한 정신의 체험을 통하지 않더라도 일상사에서 사람을 하나로 묶어 주는 것은 무엇인가? 일상적인 삶에도 인간관계를 맺어 주는 매개체들이 있다. 감정적 요인 — 적절하게 조절되는 감정이 그러한 역할을 한다. 괴테의 작품에 『친화력(*Die Wahlverwandtschaften*)』이란 것이 있지만, 이 제목은 물질들 사이에 서로 잡아당기고 밀치는 힘이 작용하듯이 사람들 사이에도 그러한 힘들이 작용한다는 생각에서 나온 것이다. 사람의 감정이야말로 서로를 하나로 묶어 주는 친화력이라고 할 수 있다. 감정의 인력(引力)은 적절하게 조절되고 양식화되어 사람들로 하여금 집단의 성원이 되게 하는 자원이 된다. 그런 때의 감정은 대체로 관계 조정의 일정한 수단으로 합리화된 감정이다. 위에 말한 숭고미의 체험도 합리적으로 일반화되고 정식화될 수 있다. 그러면서 일정하게 고양(高揚)될 수 있다.(가령 종교 모임의 여러 예식(禮式)에서 이루어 내려는 것이 이러한 숭고의 체험이다.)

아래에서 우리가 이제 생각해 보려는 것은 이러한 여러 형태로 정형화되고 문화적 관습이 된 인간의 상호 관계 양식이다. 다만 그것은 종교적인 숭고의 체험이 아니라 보다 일상적 차원에서 동원되는 상호 관계의 감정의 양식이다. 그것이 인간관계의 긴장을 완화한다. 그리고 그것을 하나로 묶는다. 그러나 그것은 이렇게 하면서 동시에 다시 '우리'와 '그들'을 가르는 지표가 되기도 한다. 그러니까 감정적 친화의 인자는 하나로 묶으면서 다시 가르는 일을 하는데, 이러한 점을 생각할 때 인간 역사의 대과제는 인류 전체를 하나로 묶는 거대한 원리에 의하여 또는 더 나아가 모든 생명 그리고 존재를 하나로 하는 거대한 세계주의적·우주론적 원리(cosmopolitan and cosmic principle)로 통합될 수 있느냐 하는 것이다. 그러나 지금 말한 감정적 인력은 그런대로 여기에서 기본의 자원이 된다고 할 수 있다. 그뿐만 아니라 사람의 존재 의식은 대체로 감정적 느낌으로 채워지는 것이기 때문에, 그러한 심리적 자원이 없이는 단일화의 원리는 공허한 것이 된다고 하겠다. 물론 추상적일 수밖에 없는 대원리가 없이는, 감정은 맹목(盲目)을 벗어나기 어렵다.

감정과 인간관계 ─ '아마에': '수동태(受動態)의 사랑'

자아와 타자라는 인간의 자아 인식의 양극(兩極)을 어떻게 대치(對峙)하게 놓든지 간에, 이 두 개의 극은 긴장 관계에 있다고 할 수밖에 없다. 이것은 자아와 타자가 하나의 공통됨 속으로 흡수된다고 하는 경우에도 그렇다. 그리고 이 긴장된 관계는 정치적 단합을 강조하고 자타 인식의 의식 수련을 쉬지 않는다고 해도 지속된다. 물론 다른 한편으로 서로 대결에 들어갈 수 있는 두 편을 하나로 하는 통합과 화해는 개인적으로나 집단적으로나 살아남는 데에 있어서의 필수 요건이다. 통합을 향한 호소는 언제나 존재한다. 그리고 이 통합에서 감정은 불가결의 요소이고 또 가장 강력한 촉매이다. 서로 성(性)을 달리하는 두 개체는 성적 관계를 가질 수 있고, 이 관계는 낭만적 사랑의 관계가 될 수 있다. 이것은 이상화된 양성 관계이다. 물론 낭만적 사랑도 황홀한 통합을 이루었다가 다시 양극의 긴장 관계로 돌아갈 수 있다. 그리하여 대중적 상상 속에서 또는 소설 속에서 낭만적 사랑의 절정은 죽음에서 이루어지는 것으로 말하여지기도 한다.(앞에서 말한 바 모든 대결을 단일화하는 죽음의 정신적 의미가 여기에도 작용한다고 할 수 있다.) 일본어로 이것은 흔히 '신주(心中)'라고 표현되는데, 한때 이것은 17세기 조루리(淨瑠璃)·가부키(歌舞伎) 작가 지카마쓰 몬자에몬(近松門左衛門)의 작품의 주제로 자주 등장했다. 일본어에서도 쓰이는 것으로서, 신주는 한국어의 정사(情死)에 해당한다.

에로스는 말할 것도 없이 생명을 널리 퍼트리는 데에 있어서 가장 강력한 동력이다. 위에서 말한 바와 같이, 그 가장 극적인 표현은 낭만주의 문학에서 쉽게 찾아볼 수 있다. 프로이트와 프로이트의 여러 변용이 말하여 주는 것은 또 하나의 흐름을 이루는 에로스의 중요성이다. 일반적으로 에로스는 많은 사회에서 사회적 그리고 문화적 관습 — 하비투스를 형성하는 힘이다. 대체로 감정의 여러 형태가 엮어 내는 관계망이 개인들로 하여금 타인들과 이어지게 하는 기본이 된다. 그러나 에로스는 남녀의 사랑을 넘어 인간관계를 맺어 주는 기본 매체이다. 그것은 낭만적 사랑이나 성적인 강박을 넘어 보다 순화된 형태로 인간관계에 널리 편재(遍在)하는 것으로 볼 수도 있다.

일본의 정신분석학자 도이 다케오(土居健郎, 1920~2009)의 저서에 『아마에의 구조(甘えの構造)』라는 것이 있다. 이 책에서 그는 '아마에'를 일본 사회에 고유한 인간관계의 한 거푸집〔鑄型〕이라 주장한다. 이것은 일본 사회가 감정을 사회관계의 매개체로 중요시하기 때문이다. 아마에는 상대방으로부터 관대한 사랑의 태도를 유도해 내려는 감정 표현의 방식을 말한다. 그러한 감정적 몸가짐의 원형이 되는 것은 모자(母子) 관계이다. 이 관계에서 아이는 어머니의 무조건적인 사랑을 예상하면서 행동한다. 이러한 행동적 그리고 언어적 표현은 다시 다른 인간관계에로 확대된다. 오로지 공감적 반응만을 기대하는 이러한 행동을 도이 교수는 수신적대상애(受身的對象愛) 또는 수신적애(受身的愛)라는 말로 표현하기도 한다. 우리의 어법으로 바꾸면, 수동태적(受動態的) 사랑이 되겠는데, 말하자면 사랑을 능동적으로 표현하는 것이 아니라 수동태의 형식으로 표현한다는 말이다.(그는 이러한 이 표현을 헝가리계의 영국 심리학자 마이클 발린트(Michael Balint)로부터 빌려 온 것이라고 한다.) 그러니까 사랑을 수동태로 표현하면서 능동태의 사랑을 유도해 내는 행동이 아마에이다. 방금 말한 바와 같이 이것은 모자간의 관계에 적용되는 것이지만, 그것을 넘어 교사와 학생 또는 직장에서의 상사와 하급 사원 사이에도 성립할 수 있다. 그리고 사사로운 인간관계의 기초가 없는 사람에게도 확대되어 일본 사회 특유의 인간관계의 표현 양식이 된다. 그것이 감정의 주고받음을 기대할 수 없는 인간관계에까지 확대되는 것이다. 그리하여 일본 사회의 문화적 하비투스가 되는 것이다.(그리고 이것은 현실성은 없으면서도, 하나의 이상 사회의 원형이 된다. 말하자면 '아름다운 영혼의 공동체'와 같은 것이 이러한 정서적 관계에 기초하는 것으로 생각할 수 있다.)

도이 교수가 아마에의 주제를 처음 깨닫게 된 것은 수련차 미국에 갔다가 처음으로 미국 가정을 방문한 경험으로부터라고 한다. 그는 그 경험으로부터 두 사회의 차이를 느끼기 시작하고 '아마에'를 정의하기 위한 노력을 시작한 것이다. 처음 방문한 집에서 주인은 배가 고픈가 묻고, 배가 고프다면 아이스크림을 줄 수 있다고 했다. 이 물음에 대하여 그는 배가 고프지 않아서라기보다는 예의상 배고프지 않다고 대답했다. 그러자 주인은 다시 묻지 않고 그 화제를 끝냈다. 이것을 보고 도이는 일본에서 같으면 물음이 다시 되풀이됐을 것이고, 대체로는 그러한 물음을 묻기도 전에 아이스크림을 내놓았을 것이라고 생각했다. 주인의 물음은 사실을 확인하는 것이었고 얼굴에도 상냥한 표정은 별로 보이지 않았다. 이 경험이 도이 교수로 하여금 미국과 일본의 인간관계의 양식이 다르다는 것을 처음으로 실감하게 하였다. 도이 교수는 두 사회를 다르게 보게 한 이 사건에 대하여 자세한 설명을 시도하지는 않는다. 그러나 추가하여 설명하자면 미국이나 일본 어느 쪽이나 손님을 대접한다는 것은 친절의 표현이다. 그러나 미국의 경우에 그것은 사실적 확인에 밀접하게 관련되어 있고 일본에서 그것은 보다 더 감정적 호의의 표현이 된다고 할 수 있다.(필자도 이와 비슷한 경험을 한 일이 있어, 이것을 수필로 적은 일이 있다. 필자는 뉴욕주의 한 시골에서 자동차를 운전하고 있었는데, 시골길에서 회전을 하다가 바퀴가 도랑에 빠져 차를 앞으로 나가게 할 수 없게 된 일이 있었다. 그런 곤경에 처해 있는데, 마침 한 청년이 지나갔다. 그 청년에게 차를 밀어 달라고 청했는데, 청년은 도랑에 빠진 뒷바퀴를 보더니, 밀어낼 수 없겠다고 말하면서 가던 길을 갔다. 나는 밀어 보지도 않고 저렇게 매정하게 갈 수 있는가 하고 생각하며, 한국에서 같으면 적어도 미는 척이라도 했을 터인데 하고 생각했다. 그런 생각을 하면서 고민을 하고 있는데, 멀리서 앞에 지나갔던 청년이 두 사람을 데리고 오고 있었다. 그의 마을은 상당히 멀리 있었는데, 다시 돌아와 함께 온 다른 두 청년과 함께 차를 밀어 올려 주었다. 자동차의 빠져 있는 상태에 대한 청년의 판단은 사실적으로 정확했다. 그는 그의 선의를 단순히 감정의 언어가 아니고 사실에 연결하고 배려를 새로이 하여 현실 행동으로 옮겨 갔다. 그의 언어는 친절을 사실에 연결한 언어였다. 이에 대하여 필자의 반응은 아시아적인 예의 — 인간관계를 감정에 기초하여 정형화한 아시아적인 예의 이해에서 나온 것이었다.)

조금 전에 말한 경험에서 시작하여 도이 교수는 미국에서 여러 경험을 쌓게 되고 그가 직관적으로 생각했던 두 나라의 감정 양식의 차이를 확인하게 된다. 그리고 일본 사회의 증후적인 행동 양식이 아마에라고 생각하게 된 것이다. 이 감정주의는 언어에 있어서나 행동 범절에 있어서나 여러 형태 속에 들어 있을 수 있다. 수동형의 사랑이 실줄처럼 사회적 관계망을 가로지르고 있는 것이다. 그것은 일정한 의도를 가진 것으로 나타나기도 하고 단순히 인류학자 브로니슬라브 말리노프스키의 용어로 사회적 교감의 언어(phatic communication)로서 나타나기도 한다. 같은 의미에서 행동의 영역에서는 사회적 교감의 행동 또는 몸짓(phatic conduct)을 생각할 수도 있다. 인정(人情, 일본어 발음은 닌조), 의리(義理, 기리)와 같은 것도 분명히 정의할 수 없는 감정의 양식을 나타낸다. 이것은 대체로 감정으로 대하여야 할 관계에 있거나 다른 내부 동아리를 이루는 사람들 사이의 행동을 규제하는 감정의 인자(因子)이다. 의리는 원래의 뜻대로 하면 정의로운 이치를 말하지만, 실제

쓰이기는 감정적 연계 관계를 말한다. 의리라는 말은 한국이나 일본에서 어떻게 주상 개념이 쉽게 감정적 표현으로 전이(轉移)되는가를 보여 주는 예라고 할 수 있다. 도이 교수의 생각으로는 의리는 마음의 근본이 되는 인정(닌조)의 그릇이 된다고 말한다.

여기에 관련하여 일본이나 한국에서 감정이나 다른 정서적인 요소가 상황 인식에서 작용하는 경우가 많다는 것도 지적할 수 있다. 가령 정보(情報)라는 말은 그 점을 드러내 주는 좋은 예라고 할 수 있다. 사실 사정(事情)이라든지 정세(情勢)와 같은 말도 같은 연관을 보여 준다.(채드 핸슨(Chad Hansen)도 그의 저서 『고대 중국의 언어와 논리(*Language and Logic in Ancient China*)』(1982)에서 이러한 점을 지적하고 있다.) 도이 교수는 기(氣)라든가 감(感)도 이러한 범주로 구분될 수 있는 말이라고 한다. 사물이나 사정에 대한 많은 식별은 감정을 통하여 이루어진다. 이것은 자아와 타자 그리고 우리와 그들과 같은 구분에 있어서도 감정이 중요한 역할을 한다는 것을 새삼스럽게 확인하여 준다.

감정이 인간의 인식에서 본질적인 작용을 한다는 것을 느끼게 하는 흥미로운 예의 하나는 카뮈의 『이방인(異邦人, *L'Etranger*)』의 번역본 제목에 대한 도이의 논평이다. '이방인'은 다른 나라의 사람을 말한다. 도이 교수의 의견으로는 'l'etranger'는 '타자'나 '타인'으로 번역하는 것이 더 맞았을 것이라고 한다. 주인공 뫼르소는 정상적인 인정 관계에서 완전히 소외된 사람이다. 어머니의 죽음에 대한 뉴스를 들었을 때나 장례식에서 그의 행동은 어머니의 죽음에 대하여 아무런 감정을 ─ 자연스러운 것이든지 아니면 의례상의 것이든 ─ 느끼지 못하는 사람이라는 것을 드러내 보인다. 그러니까 그는 어머니와 관계가 없는 타자인 것이다. 도이 교수가 생각하는 일본적인 관점에서는 사람을 하나로 묶어 주는 것은 감정이다. 그런데 카뮈의 관점에서 그것은 사회적 또는 국가적 소속감이다. 그러니까 서구에서는 소속 집단의 의무 규정이 인간관계를 정의하는 것이다. 이 차이가 분명하지는 않지만, 적어도 '이방인'이라는 말은 내외국인의 차이가 아니라 인간관계에서의 감정의 중요성을 드러내 주지 않는다고 도이 교수는 생각하는 것이다.

다시 '아마에'로 돌아가서, 일본인의 심정에서 감정이 강한 동기의 힘을 가지고 있다는 것을 인정하는 것은, 도이 교수의 생각으로는 일본에서의 정신과 치료의 방법을 개선하는 데에도 중요한 의미를 가지고 있지만, 일본의 많은 개념들이 그러한 함축을 가지고 있다는 것을 깨닫게 하는 일이라고 한다. 그리하여 그것은 선(禪)을 바르게 이해하는 데에나, 일본 사상에서 가령 니시다 기타로(西田幾太郎)의 철학을 이해하는 데에도 도움을 줄 것이라고 한다. 그의 생각으로는 이들의 사상에서 핵심적인 것은 감정적 애착의 문제이다.(물론 이 관련에 대하여는 자세한 설명이 없다.) 여기에서 말하는 감정 관계는 다른 여러 개념을 이해하는 데에도 참고되어야 한다고 도이 교수는 말한다. 가령 정치 이해에서 핵심적인 개념인 자유(自由)도 그렇다. 자유는 서구어의 자유(freedom, liberty)의 번역어이다. 이것은 메이지(明治) 시대에 서구에서 수입되어 온 개념이어서 일본 정치 현실에서 그것이 바르게 이해되는 데에는 적지 않은 어려움이 있었다고 그는 말한다. 서구의 자유는 집단과는 별개의 개인의 독자적인 존재를 전제로 하고 그 개인이 가지고 있는 권리를 말한다. 이때 개인은 독자적인 가치를 가지고 있고 심각한 가치의 담지자로서 그 나름의 위엄을 갖는 자율 존재이다. 그런데 일본의 자유는 단순히 집단의 압력을 벗어나 자신의 자의(恣意, Willkuer)를 좇아가려는 것을 말하기 쉽다. 그리하여 그것은 '와가마마' — 제멋대로 하기, 방자(放恣)하게 행동하기가 될 수 있다. 그것은 제 뜻대로 하기를 표현하는 일이고, 진정한 자유를 왜곡하는 행동이다. 다만 이런 경우에도 그러한 방자한 행동 아래의 존재는 심리적으로 여전히 집단에 묶여 있다. 방자한 것은 이 집단에 대항하여 자기를 정의하는 동기에 이어져 있다.

자유의 개념에 대한 오해가 일본적 특징이라는 도이 교수의 해석은 위에서 말한 바 대인 관계를 넘어 공적인 관계에서도 감정이 중요한 역할을 하고 또 어떤 의미에서는 그것이 공공성의 왜곡에 영향을 끼친다는 이야기가 될 것이다. 이것은 물론 깊이 연구되어야 할 문제이다. 그런데 여기에 간단히 덧붙이고자 하는 것은 아마에의 감정 현상이 일본 사회의 고유한 특징이라는 도이 교수의 주장에 대하여, 그것은 다른 사회에서도 널리 보이는 것이고, 더욱 그것이 두드러지는 것은 동북아시아에서 그렇다는 사실이다. 적어도 한국의 경우 그렇다.

아마에에 해당하는 말은 영어에서 발견할 수 없지만, 한국어에서도 찾기 어렵다. 그러나 '어리광', '응석'과 같은 말이 그에 가까운 말이 아닌가 한다. 그러나 이것은 아이들에게는 사용할 수 있지만 어른에게는 쓸 수 없는 말이다. 이것은 어머니의 사랑을 바라는 어린아이가 부릴 수 있지만 나이가 들기 시작하면 사라지는 행동 양태이다. 그것은 어른이 되고 어른스러워지는 것이 성장의 지상 목표이기 때문이다. 아이가 자란다는 것은 성년의 사다리를 올라가는 것을 말한다. "장유유서(長幼有序)는 인간관계의 위계질서를 규정하는 다섯 규칙의 하나이다. 나이가 든 사람은 존경되어야 한다. 존경을 받으려면 한시바삐 나이가 들어야 한다. 어리광은 당장에라도 털어 내야 하는 행동 방식이다. 강한 감정의 관계를 말하는 것으로 다른 말들—상냥하다, 공손하다, 겸손하다 등의 말들이 있다. 이것은 대체로 나이 그리고 위계질서와 관계되어 있다. 공손하다는 것은 아랫사람이 윗사람을 대하는 태도를 말한다. 상냥하다는 것도 그에 비슷하다. 다만 겸손하다도 그러한 의미를 가지고 있지만, 그것은 윗사람의 경우에도 가질 수 있는 겸양(謙讓)을 표하는 말이다. 이 말들에는 '수신적애(受身的愛)'가 함축되어 있다고 할 수 있다. 상대방이 사랑으로 대하여 줄 것을 기대하는 것은 사실일 것이기 때문이다. 그러나 그것은 자연스러운 감정의 표현이 아니라 수행(修行, 遂行)을 통하여 다시 다듬어진 감정을 나타낸다.

겸손이나 겸양은 동서를 막론하고 인간관계에 있어서 중요한 덕성으로 간주된다. 그것은 유교에서도, 표현은 달라진다 하여도 계속 강조되는 덕성이다. 유교에서 경(敬)은 모든 학문과 행동에 있어서 중심에 있는 심리로 이야기된다. 그것은 사물이나 인간을 대할 때 주의 깊고 조심스러워야 한다는 것을 말한다. 그러면서 그것은 대상을 높게 생각함으로써 가능해지는 태도이다. 극단적으로 말하면, 모든 것을 존경해야 하는 것이다. 또는 존경의 대상이 되는 것은 나의 위에 있는 대상이기 때문에, 어떤 것을 외경(畏敬)의 대상으로 삼을 때 주의가 주어진다고 할 수도 있다. 경은 — 특히 외경은 독일어의 'Ehrfurcht' — 존경과 두려움을 합친 이 말로 잘 표현되는 것이 아닌가 한다. 모든 것을 경을 가지고 대하는 태도는 물론 깊은 수양의 결과 닦여지는 태도이지만, 단순히 대인 관계에서 관습으로 보여 주어야 하는 것이기도 하고 거기에서 출발하여, 그것은 단순히 처세술의 방편이 되기도 한다. 그러나 마음속이야 어쨌든, 외면적 행동의 수행으로서 대인(對人) 예절의 양식에는 반드시 이것이 함축된다고 할 수 있다.

의례와 인간관계

다시 감정으로 되돌아가 생각하면, 이러한 것들은 인간관계에서 감정이 여러 형태로 매체가 됨을 말하면서 동시에 그것이 일정한 방향으로 정형화된다는 것을 말한다. 이 방향을 가진 정형화는 보다 자연스러운 감정의 표현인 '아마에'와 대조된다.(물론 '아마에'도 문화적인 관습인 만큼 — 즉 문화적 하비투스인 만큼 양식화를 완전히 벗어난다고 할수는 없다.) 이 정형화의 방향은 위계적 사회 — 그러나 대체로는 가부장적 질서의 위계질서에서 생겨난다. 그리고 그것은 일정한 기분을 가진 행동 규범 또는 예절로 표현된다. 그러나 그 질서 또는 예절은 예절인 한은 온화함을 지니고 있지만, 동시에 강한 힘을 숨겨 가지고 있다. 작가 한강 씨의 소설 『채식주의자』가 작년에 영국에서 맨 부커 국제상(International Man Booker Prize)을 수상하여 화제가 되었다. 국내외에서 이 작품을 읽은 독자는 소설의 한 장면에서 아버지가 주인공인 딸의 입에 강제로 음식을 틀어넣는 장면을 보고 놀라움을 금치 못할 것이다. 고기를 먹게 되어 있는 집안의 관습을 무시하고 딸이 채식주의자가 되고, 아버지 앞에서 고기를 먹으라는 명령을 받고도 그 명령에 응하지 않는 데 대한 조처가 이러하다. 지금도 아버지의 이러한 강압적 명령 집행이 가능한지는 알 수 없지만, 적어도 소설에 나오는 이 장면은 우리 사회의 가부장적 질서의 폭력성을 그대로 보여 주는 것이라 할 수 있다. 물론 이것은 극단적인 경우일 뿐이다.

절대복종이 요구되는 것은 가부장의 위치에 있는 사람의 절대적 권력으로 인한 것이기도 하고 그 배후에 있는 절대적인 사랑의 전제로 인한 것이기도 하다. 유교 윤리에서 핵심이 되는 것은 삼강오륜(三綱五倫)의 규범이다. 여기에서 이야기되어 있는 인간관계는 기본적으로 군신, 부자, 부부 세 틀 안에 들어간다. 여기에서 주목하게 되는 것은 가장 기본적인 것이 가부장제 속의 가족 관계라는 것이다. 물론 군신의 관계는 가족을 넘어가는 관계이지만, 그것의 원형은 부자간의 관계라고 할 수 있다. 오륜(五倫)에서 추가되는 것은 붕우 관계와 장유의 관계이다. 그러나 이 모든 것은, 다시 말하여 개인적인 관계이다. 관계를 맺어 주는 것은 가족 관계에 존재하는 감정적 친화력이다. 그것이 규범적인 것으로 전이되는 것이다. 이것은 칸트의 윤리학에서 범주적 지상 명령이 나로부터 인간 전체로 확장되는 것에 비교될 만하다.(유교 윤리에서 부모에 대한 사랑과 인간에 대한 사랑을 하나로 하는 것은 옳지 않은 것으로 말하여진다. 여기에 관련하여 조금 과한 표현지만, 『효경(孝經)』의 "불애기친 이애타인자, 위지패덕(不愛其親 而愛他人者, 謂之悖德)"과 같은 구절을 생각해 볼 수 있다.)

가부장적 체제하에서 많은 것이 강압적인 것이 된다고 할 수 있지만, 사실 모든 윤리적 규범은 감정과 의지와 규범적 강제성을 포용하여 하나로 가지고 있다고 할 수 있다. 그리고 유교의 윤리적 질서도 가족의 범위를 넘어서 보편적 지역으로 확대된다. 동방예의지국(東方禮儀之國)이 성립하는 것이다. 앞에서 말한 아마에가 널리 삼투된 사회는 감정의 왕국이다. 여기에 대하여, 가부장 질서에 연유하는 예절은 윤리와 감정을 하나로 하여 사회의 원리가 된다. 예의의 나라는 그 나름의 보편성을 지닌다. 그러나 예의에서 나온 행동 규범들은 그 보편성을 제한한다. 그것은 그 외면적 양식화가 내면의 유연성을 불필요한 것이 되게 하기 때문이라고 할 수 있다.(유연한 보편성은 인간의 내면에서 나온다.)

　유교의 윤리 규범은 예(禮)에 집약된다. 예는 참여자에게 일정한 상징 질서에 들어가 그 질서가 요구하는 적절한 언어와 행동을 통하여 다른 사람으로부터 ── 그러니까 같은 상징 질서에 참여하는 다른 사람으로부터 자신이 원하는 반응을 끌어낼 수 있게 하는 장치이다. 그러니만큼 한편으로 그것은 매우 현학적(衒學的)인 학문의 체계일 수 있지만, 다른 한편으로는 지극히 현실적인 인간의 상호 작용의 체계라고 할 수 있다. 사람들은 그 체계 속의 행동 언어를 통하여 서로 쉽게 소통할 수 있다. 그러니까 행동 언어의 체계로서의 예는 상호 작용을 원활하게 하여 주는 가동 체제(可動體制)이다. 유교의 의의를 가장 현대적으로 해석한 철학자라고 할 수 있는 허버트 핑거렛 교수의 해석이 그러하다. 예는 마술과 같은 체제이면서, 가장 현실적인 상호 행동의 체제이다. 어떤 사람이 이루어지기를 원하는 것이 있다면, "그는 그것을 적절한 의례 환경에서 거기에 맞는 언어와 몸짓으로 의지(意志)하면 된다. 그러면 스스로 애쓰지 않고도 그 일이 성취된다."[4] 그러나 이렇게 쉽게 이루어지는 것은 반드시 이기적인 어떤 목적이 아니다. 예의 목적은 예를 통하여 ── 약간의 초월적 요소를 추가하여, 핑거렛 교수가 표현하는 바로는 "성스러운 예"를 통하여, 인간 공동체를 성취하자는 것이다. "예의 역할은 사회적 형식의 조화와 미(美) 그리고 인간의 상호 작용에 구현되는 본질적이고 궁극적인 위엄을 드러내는 일에서 한 걸음 더 나아간다. 그것은 내가 자신과 똑같은 존엄한 존재, 참으로 자유로운 예의 동참자(同參者)로서의 타자들과 교환 관계를 가질 때, 그 관계에 들어 있는 도덕적 완벽함을 드러내는 것이다."[5] 이렇게 말하는 것은 사람이 하고자 하는 말과 행동이 매우 고차적인 차원 ── 어떤 초월적 차원

---

4) Herbert Fingarette, *Confucius: The Secular as Sacred*(Prospect Heights, IL: Waveland Press, 1998), p. 3.
5) *Ibid.*, p. 16.

에 있어야 한다는 것을 말하는 것 같아서 사람의 일상적 삶에는 적용되지 않을 것으로 들린다. 물론 개인적 언어와 행동이 변형되어야 하는 것은 사실이지만, 그렇다고 완전히 초월적 차원에 있어야 한다는 것은 아니다. 핑거렛의 책 『공자: 성스러움으로서의 세속(*Confucius: The Secular as Sacred*)』이라는 제목이 말하듯이, 성스러운 것에 참여한다고 하여도 그 성스러움은 세속을 완전히 떠나는 것을 요구하는 초월성이 아니다.

여기에서 우리는 약간 샛길에 드는 주석을 첨가해야 할 필요를 느낀다. 위에 언급한 핑거렛 교수의 해석에서 우리는 두 가지 분명하지 않은 주장을 발견한다. 하나는 예의 공동체가 평등한 인간의 공동체라는 것이다. 언제나 유서(有序) ── 서열을 강조하는 공자의 가르침에서 서열은 불가결의 원리이다. 그런데 평등은 어디에서 나오는가? 그다음 의문은 '성스러움'의 근본이 무엇인가 하는 것이다. 예가 보여 주는 것은 형식적 완벽성이다. 이것은 심미적 성격을 가지고 있다. 심미적 형상은 어쩌면 플라톤의 이데아 ── 시각적·개념적 완벽함을 가진 이데아처럼 하나의 초월적 차원의 세계를 가리킨다고 할 수 있을는지 모른다. 그것은 성스러운 세계이다. 사람이 지켜야 하는 위계는 이 세계의 질서의 원리가 지시하는 것이다. 따라서 그들은 그 위계가 지시하는 역할 ── 예의 의식(儀式)에 필요한 역할에 따라 불평등한 자리를 차지한다. 그러나 성스러운 의식에 참여하는 인간으로서 모든 사람은 그 나름의 위엄과 평등함을 갖는다. 그 점에서 모든 사람은 평등하다.(사실 공적 기능을 공동으로 수행하는 데에는 기능에 따른 서열이 없을 수가 없다. 그러면서 이 서열은 일의 필요에 따른 서열일 뿐이다. 민주주의 체제에서도 존재할 수밖에 없는 기능적 서열의 의미도 이렇게 해석할 수 있다.)

그리고 보충하여 설명하여야 할 것은 성스러운 의식이 성스러우면서 세속적이라는 점이다. 이것도 플라톤적으로 설명할 수 있을는지 모른다. 플라톤에서 이데아는 모든 지각과 개념적 인식을 가능하게 하는 매체이다. 그것이 없이는 경험이 존재할 수 없다. 예에 들어 있는 심미적 요소도 그에 비슷하게 세계 인식의 기초라고 할 수 있다.

예와 관련하여 그 특이함을 더 말하면(위에서 이미 언급한 것이지만), 비교적 공허한 언어와 행동으로 이루어진 것이 예라고 핑거렛은 말한다. 핑거렛은 예의 언어를 설명하는 데에 J. L. 오스틴(Austin)의 말을 빌려, 예의 언어는 "공연적(公演的) 언어(performative utterance)"일 뿐이라고 말한다. 그것은 예의 수행에서 이러한 언어는 중요한 역할을 맡고 있으나 적극적으로 어떤 의미를 전달하는 것이 아니라는 것이다.[6] 비슷하게 예에서 보게 되는 행동도 사실 어떤 것을 이루어 내자는 것이 아니다. 그리하여 그것도 '공연적 행동'이라고 부를 만하다. 사실 인간의 상호 작용에서 공연은 빼놓을 수 없는 내용을 이룬다. 이것은 간단하게는 사람들이 서로 인사를 나누는 데에서 볼 수 있는 일이다. 사람들의 사회관계와 견해 교환을 두고, 그것을 연구 대상으로 하는 '수행학' 또는 '공연학', 영어로는 'performatics'라는 분야가 성립할는지 모른다.(그러면서도 이러한 상호 작용을 통해서 실용적인 일들도 물론 수행된다. 이 점도 잊지는 말아야 할 것이다. 그러나 수행 또는 공연과 산업 노동의 관계도 연구의 대상이 되어야 할 것이다.)

실용적 측면을 빼고도, 수행과 의미 내용의 관계는 내면의 심성과 그 외면적 표현 사이의 관계에 대한 문제를 일으킬 것이다. 20세기 초 유교 국가로서의 조선에 대한 반발이 커지고 있을 때, 허례허식(虛禮虛飾)이라는 말이 자주 보였다. 그것은 전통 한국에서의 의례에 대한 강조를 비판적으로 본 결과이다. 그러한 비판은 그 나름의 의의가 있다고 할 것이다. 그러나 위에서 말한 바와 같이 인간의 상호 작용은 주로 행동적 표현의 세계에서 이루어진다. 다만 그것이 내적인 윤리 의식으로 연결되는 것은 간단한 일이 아니다. 그러나 사람과 사람 사이의 상호 작용이라는 점에서는 예라는 행동의 상징체계가 중요할 수밖에 없다. 『논어(論語)』의 「안연편(顏淵篇)」에서 안연이 공자에게 인(仁)이란 무엇인가 하고 물으니 공자가 답하여 말하기를 "스스로를 이기고 예로

---

6) *Ibid.*, p. 12.

돌아가는 것이다.(克己復禮爲仁.)"라고 말한다. 인을 묻는데 예를 말하는 것은 동문서답인 듯하지만, 그것은 인이 바로 바로 예로 실현된다는 것을 강조하는 것이라 할 수 있다. 이어서 공자는 다시 "하루 스스로 예에 돌아가면 천하가 인으로 돌아갈 것이다.(一日克己復禮 天下歸仁焉.)"라고 한다. 여기에서 말하는 것은 위에서 핑거렛이 말하고 있는 것처럼 예가 공동체의 행동 양식이기 때문에, 조금이라도 그것을 바르게 실행하면 절로 공동체 전체가 그 모범을 좇게 된다는 것으로 취할수 있다. 그리고 여기의 인(仁)은 모든 덕의 기본 바탕이다. 또는 그것은 마음 가운데 있는 온전한 덕(本心之全德(朱子))을 말한다. 그러므로예는 이 덕을 함께 실천하는 방법이 된다. 그리고 이 부분을 더 본다면,이 인의 실천은 자기 스스로에서 나온다고 한다. 그러므로 다른 사람에게서 그것을 먼저 기대할 것은 아니라는 것이다. 여기에는 지나치게 낙관적인 인간관이 들어 있기는 하지만, 수행적 행동, 행동적 상호 관계의 표현이 모든 윤리의 실천적 수단이라는 생각이 전혀 틀린 것은 아닐 것이다.

기독교나 불교에 비하여 유교의 가르침은 인간 보편주의에 대한 믿음이 강하다고 할 수는 없다. 그러나 스스로가 보여 주는 행동의 양식화가 보편적인 인(仁)을 실천할 수 있게 한다는 것은 그 나름으로 일리가 있는 일이라고 할 것이다. 사실 교화(敎化)의 가능성 가운데에서도 가장 직접적인 가르침의 대상이 되는 것은 행동이고 양식화된 행동이라고 할 수 있다. 이 점에서만도 여기의 공자의 말씀은 고려해 볼 만한 지혜라고 할 수 있다. 어쩌면 그러한 일은 소국과민(小國寡民)의 고대 중국에서나 현실적 가능성을 가졌다고 할 수 있다. 그러나 그렇지 않다고 하더라도 사람과 사람 사이 또는 작은 공동체에서 화합의 원리로서 예의 바른 행동이 중요한 것은 주목할 필요가 있는 일이다.

핑거렛 교수의 해석으로는 공자 사상의 의의는 모든 인간의 공동체, 모든 생명체의 공동체가 성스러운 의례를 통하여 이루어지게 한다는 것을 보여 준다는 데에 있다. 또는 삶 자체가 조심스럽게 수행하여야 하는 의례라고 할 수도 있다. 그런데 문제는 공자가 말하는 예가 역사적 산물인가 하는 것이다. 공자가 마음에 둔 이상적인 나라는 자신의 모국 노(魯)이고, 그는 이상적인 의례는 주(周)에서 찾을 수 있다고 생각했다. 공자에게 과거 전통은 지혜의 근본이고 그것에 대한 존중은, 경건한 마음의 일부가 되는 일이었다. 그러나 핑거렛의 해석으로는 공자가 과거 전통을 말한 것은 사실 과거를 말한 것이 아니라 새로 등장할 것으로 보이는 이상적 사회를 과거의 예를 빌려 말한 것이었다. 그는 전국 시대라는 어지러운 시대에 많은 사람이 공유할 수 있는 문학 그리고 음악의 양식, 글 그리고 정치 형태가 발전되는 것을 보았다. 그리고 그는 이러한 역사의 진전이 "한 가지의 인간적인 실천과 관념들에 귀착할 것으로 희망했다. 이 모든 발전에서 새로 나타나고 있는 것, 그러면서 예로부터 내려오는 이상적 이념은 의례였다. 이 의례에 그는 '조화와 미와 성스러움'이 하나로 드러난다고 생각했다."[7]

공자의 설법의 방법에 또 하나 주의할 것이 있다. 핑거렛 교수는 공자의 설득의 방식이 주로 서사(敍事)를 통한 것이라는 것을 지적한다. 보편적 개념을 펼쳐 나가는 방법은 대체로 이론이고 이론적 개념을 사용하는 것이다. 그러나 공자는 흔히 서사적 전개 — 역사적 일화나 우화를 빌려서 말한다. 이것은 후대에 가서 서사적인 역사서가 되고 또 경전이 된다. 이론에 비하여 서사는 보다 큰 다양성과 다원적 해석을 허용한다고 할 수 있다. 위에서 언급한 바와 같이 그는 여러 가지 새로운 예술과 정치의 형식이 나타나는 것에 주의하였다. 그러면서 그것이 옛것을 새롭게 한 것이라는 생각을 하였다. 핑거렛의 생각으로는 그러한 것이 결국은 서로 다르고 갈등하고 있는 나라들에 평화 통일을 가져올 것으로 희망하였다.

즉 문화의 통일이 — 다양화된 통일이 사회적·정치적 통일을 가져올 것이라고 생각한 것이다. 그러나 문화가 지역 간에 다른 요소들을 하나

---

7) *Ibid.*, pp. 60~64.

가 되게 할 통일의 공간을 만드는 일은 시간이 걸리는 일이다. 그리고 문화가 발견하는 사물의 작은 특성이야말로 문화의 본질이 된다고 할 수 있다. 그러나 이러한 작은 특성들은 바로 이성적 논의와는 달리 사람들 사이에 합의를 이루는 데에 방해가 될 수 있다. 심미적 취미는 사람마다 다른, 개성적 성격이 있기 때문이다. 그러면서도 단순한 의례적 수행이 하나의 공동체적 감각을 발전시키는 것도 사실이다. 그러니까 진정으로 통일을 이끄는 문화는 이 양극을 종합하는 포용력을 가진 문화일 것이다.

작년에 유교에 대한 간단한 지침서 — 오늘의 일상성에 적용될 수 있는 유교의 가르침의 지침서로서 하버드 대학의 중국사 교수 마이클 퓨엣과 다른 저술가 크리스틴 그로스로 두 사람이 『도(道)』라는 책을 출간한 바 있다.[8] 이들은 책의 한 부분에서 의례가 어떻게 공동체적 화해의 방법이 되는가를 설명하고 있다. 다음에 간단히 인용하는 것은 사망한 선조를 위한 제사의 의미를 설명한 것이지만, 그것도 오늘의 삶을 생각하면서 쓴 것이기 때문에 보다 넓은 뜻을 가진 것으로 볼 수 있을 것이다.

제대로 수행되면, 의례는 우리를 이 어지러운 인간관계의 세계로부터 벗어나게 하는 새로운 공간을 만든다. 그 공간은 의례의 공간으로 그 안에서 이상적 관계들이 새로 조형될 수 있다. 그리고 그 안에서, 죽은 자와 산 자 사이에 존재하였던 분노와 질시와 원한이 그것을 넘어가는 좋은 관계로 변용될 수 있다.[9]

조상을 모시는 제례는 대체로 고전에 나와 있는 바 정해진 절차를 따르거나 집안의 전통적 형식을 따르게 된다.(가령 『주자가례(朱子家

---

8) Michael Puett & Christine Gross-Loh, *The Path: a New Way to Think about Everything*(London: Viking-Penguin Books, 2016).

9) *Ibid.*, p. 32.

禮)』가 원본이 될 수 있다.) 서로 소원한 관계가 되었던 사람들도 집안의 제례에 모여 일정한 역할을 맡게 되면 다시 그들의 유대를 새롭게 인정하고 그 관계를 바로 할 수 있다. 위의 저자들은 인간관계의 수행 방식으로서의 가례의 기능을 이렇게 설명한다.

그러나 사람들이 어떤 종류의 의례 행사든지 의례에 모이게 되면, 그것으로써 그들의 만남을 보다 그럴싸한 행사 속에 담아내게 되는 것이 보통이다. 사람들은, 이 저자들 또는 공자의 생각으로는 "끊임없이 상호 충돌하게 되어 있다." 그리고 인생은 "이런저런 일들로 하여 시달리지 않을 수 없게 되어 있다." 이러한 충돌과 사건의 풍파는 여러 가지 감정 —즐거움, 불쾌감, 절망, 질투 등등의 감정을 불러일으킨다. 그리고 그러한 감정들이 인간관계를 흉하고 혼란스러운 것이 되게 한다. 이러한 것들을 질서 정연하고 세련된 형식에 가두어 두려는 것이 의례이다. 보통의 삶에도 이러한 예의의 형식이 개입하는 수가 있다. 자라는 아이들이, 인사를 배우고 공손한 말씨로 감사를 표현하고 — 이러한 것들을 배우는 것은 조금이라도 보다 단정한 행동 양식을 익히는 일이다. 인생의 어지러운 현실 속에서도 잠깐이나마 질서의 작은 공간에 들어가는 것은 흔히 있는 일이다. 식사 시에 예절을 지킨다든지, 만나는 사람과 안부 인사를 나눈다든지, 다른 사람을 칭찬한다든지 하는 것이 모두 그러한 질서 속에 들어가는 일이다. 이렇게 잠깐 예절의 허구 세계에 들어가서 그것의 의미를 알고 그것을 통상의 관습으로 만든다면, 그것은 강화될 가치가 있는 의례의 세계가 되고 우리의 인생과 인격의 일부가 될 수도 있을 것이다. 위에 말한 책의 저자들은 이렇게 말한다.(소설에 등장하는 인물들도 서로 충돌하고 풍파에 흔들리고 하다가 플롯이 진행됨에 따라 이와 비슷한 화합의 종막으로 나아가게 된다고 할 수 있다.)

의례가 인간 형성의 매개체가 된다고 하는 것은 인간 형성에 대한 일정한 관점에서 나오는 것이다. 여기의 필자들은 현대인들의 인간관을 지배하고 있는, 인간의 개체성이 고유하고 진정한 핵심을 가지고 있다는 생각이 타당성이 없다고 주장한다. 개체성은 사람이 사는 사이에 부딪게 되는 많은 계기에 대한 반응이 일정한 모양으로 정형화됨으로써 이루어진다고 이들은 생각한다. 그리고 이 상호 교환의 계기와 반응의 모양은 유교의 의례 공식에 잘 처방되어 있다고 한다. 유교적 대인 관계의 핵심은 무엇보다도 자아와 타자가 마주 대하게 되는 작은 삶의 계기를 중시하여야 한다는 데에 있다. 그때그때의 일에 주의함으로써 열리게 되는 인격은 독단론적 자기주장을 가지고 있지 아니한 인간의 인격이다. 그리하여 그러한 사람은 상황에 들어가 있는 여러 사람들의 다양한 관점에 귀를 기울인다. 그러면서도 이 개방적 태도에서 일관성이 발전되어 나온다. 그러한 열려 있는 품성의 종착점이 선(善)이다. 물론 이것은 공자의 생각만이 아니라 그것에서 미루어 본 저자들의 견해이지만, 이렇게 하여 형성된 사람들의 공동체가 새로운 유교적 유토피아 — '신세계'를 만들어 낼 수 있다. "이 신세계에서…… 사람들은 다른 사람들을 동등한 사람으로서 대하는 것이 어떤 것인가 상상할 수 있고 또 그렇게 대하는 느낌이 어떤 것인가를 잠깐이나마 경험할 수 있다."10)

다시 한번 주목하고 싶은 것은 사람들을 동등한 인격으로 대한다는 것이 외면적 행동에 표현된다는 점이다. 이 저자들에게 있어서도, 유교적 의례의 수행적 또는 공연적 측면이 중요한 것이다. 물론 이러한 외면적 표현도 결국에는 내면적 의미를 획득하게 된다. 여기에 드러나는 것은 좋은 사회를 만드는 데에 중요한 것이 외면적 행동으로 나타나는 의식(儀式)의 바른 절차라는 점이다. 그러나 내면적 의의가 충만하게 된다고 하지만, 이들 저자들의 근대적 해석에 결여되어 있는 것은 핑거렛이 말하는 '성스러움'이다. 물론 여기의 '성스러움'이란 반드시 공자의 사상에 그러한 것이 들어 있다는 것보다도 그것을 보충하여 생각하는 것이 인간 조건을 널리 살펴보는 데 도움이 된다는 뜻에서 다시 거

---

10) *Ibid.*, p. 52.

론하는 것이라 할 수 있다. 적어도 핑거렛의 해석에서는, 유교적 인간관과 문화는 "인간 실존에 들어 있는 미와 고귀함과 성스러움의 차원에 대한 느낌에 기초를 둔 문화"라고 한다.[11] 이렇게 말하면서 핑거렛이 무엇에 근거하여 이 성스러움 등의 차원을 말하는지는 분명치 않다. 다만 전설적 고대에 대한 존중이 인간 현실의 세말사(細末事)를 초월하는 어떤 것을 느끼게 하고, 예로부터 전해 오는 예지는 결국 신성(神聖)의 상징인 하늘[天]에 대한 외경심을 불러일으킨다고 할 수는 있다.(이점에 대해서는 위에서 잠깐 조금 달리 주석하면서 생각해 본 바 있다.)

성스러움의 차원의 존재는 공연적 연출의 의의를 심화하는 데 요청되는 전제라고 할 수도 있다. 예(禮)는 원래 제사에서 공물을 바치는 것을 의미한다고 한다. 핑거렛은 예를 "신성례(holy rite)"라고 하고, 그것은 인간 공동체를 넘어 생명 공동체 그리고 자연을 포괄하는 것이라고 해석하고자 한다. 그는 그것을 어떤 원시 부족에서 행해지는 기우무(祈雨舞, Rain Dance)에 연결하여 말한다. "기우무는 [성스러움의] 의상을 자연과 인간에 ── 강과 공기와 젊음과 노래에 입히는 무도이다."[12] 위에서 우리는 부처의 죽음을 말한 바 있다. 그때 우리는 인간을 개별적 입자가 되게 하는 죽음이 정신적 차원에서는 인간 존재의 일체성을 매개하는 동인이 된다고 하였다. 핑거렛의 해석으로는 의례는 그러한 일체성을 보여 주는 매체이다.

인간 행동의 문명화

그런데 이러한 문제들은 여기의 화두의 범위를 넘어간다. 여기의 화두는 수행학이다. 그러나 더 큰 주제는 자아와 타자의 통로로서의 문화의 발전이다. 그것은 정신, 이성, 감정을 경유한다. 그리고 수행적 관행들이 첨가된다. 이러한 것들을 통해서 서로 다른 정체성의 사람들이 하

---

11) Fingarette, *Confucius: The Secular as Sacred*, p. 64.
12) *Ibid.*, pp. 78~79.

나로 맺어진다. 물론 이러한 요소들이 하나의 문화가 되면, 이 통일은 더욱 용이해진다. 그러나 문화에서 가장 핵심적인 것은 감정적 요소인데, 이것이 다시 정신이나 이성의 절제 속에서 정화될 수도 있다. 그리하여 그것은 문화의 양식이 되고, 역사 발전의 산물이 된다.

문화는 일반적으로 다양하고 보편적인 쪽을 향하여 진화한다고 할수 있다. 위에서 우리는 감정이 주요 요인이 되는 — 그리고 그것의 양식화되는 문화, 동북아시아의 문화에 대하여 생각하여 보았다. 그 밖에도 사회의 삶에서 인간의 상호 관계를 부드럽게 하는 많은 요소를 생각할 수 있다. '예의 바른 행동(civility)'이라는 표제하에는 거기에 통합될 수 있는 여러 항목들이 있다. 위에서 말한 의례도 여기에 속한다고 할 수 있다. 예의 작법, 궁중 예법, 응대법(應待法) 등도 이러한 연관에서 생각해 볼 수 있다. 독일의 사회학자 노르베르트 엘리아스(Norbert Elias, 1897~1990)는 '문명화 과정에 대하여(Ueber den Prozess der Zivilisation)'라는 전체 제목하에 이러한 행동 양식의 진화를 연구한바 있다. 그러한 행동 양식의 발전은 인간 상호 간의 갈등과 적대 감정을 완화하는 데 기여하는 것으로 말할 수 있다. 그것은, 그 연구의 전체 제목이 말하고 있듯이 바로 문명화 과정을 나타낸다. 결국 의례가 사회 갈등의 해결에 도움을 준다는 예(例)를 여기에서도 볼 수 있다.(그의 연구에는 스포츠가 일정한 규칙으로 정형화되어, 폭력 대결에서 능력의 경쟁으로 바뀌게 되는 과정에 대한 연구도 있다.)

이러한 것들은 문화적 하비투스의 발달을 긍정적으로 보는 것인데, 또 한 가지 필요한 것은 그러한 발달에는 긍정과 부정의 양면이 있다는 것을 잊지 않는 것이다. 전부가 그러한 것은 아니지만 엘리아스의 연구에도 중요한 주제인데, 문명화가 행동 양식의 명증화(明證化)라고 한다면, 그것은 대체로 권력과 사회적 위계질서의 명증화에 병행한다. 동아시아 그리고 한국의 경우, 이미 언급한 것이지만 이 위계질서는 특히 강조된다. 의례 행사에서의 공간적 배치도 이 질서에 따른다. 조선 시대에 의례 행사가 있으면, 그것을 그려서 기록하는 의궤도(儀軌圖)가 있다. 의궤도에서 우리는 누가 어디에 앉았는가 어디에 섰는가를 정확히 그리는 것에 많은 주의가 주어진 것을 볼 수 있다. 일정한 질서 속에 포용되는 인간관계에는 늘 보이는 것이 위계(位階)라고 할 수도 있다. 다만 서구의 행동 양식에는 한국과 같은 경우에 비하여 그것이 많이 완화되어 있다. 더 나아가 위계는 인간의 삶에서 불가피한 것인지도 모른다. 어떤 인터뷰에서 미셸 푸코 — 가장 민주주의적 자유와 평등에 민감했던 저술가라고 할 수 있는 미셸 푸코가 말하는 바에 의하면, 열렬한 사랑의 관계에서도 상하의 위계가 존재한다고 한다.

문화가 가지고 있는 부정적인 면은 긍정적 발달의 부차적인 산물로서 문화에 따르는 경우도 있다. 의례는 자연스러운 행동의 양식화에서 출발하지만, 심미적으로 정치한 것으로 발전하기도 한다. 그때 의례는 관습을 넘어 상호 작용의 시학(詩學)이 된다. 이때 그것을 알아보는 데에는 심미안(審美眼)이 필요하다. 그러나 생각하여야 할 것은, 이렇게 하여 드러나는 미적 특징이 종종 계급적 배경을 갖는다는 사실이다. 대체로 심미 의식은 귀족적인 계급을 배경으로 하여 발전한다. 엘리아스가 연구하는 것도 왕족이나 귀족 계급에서 발달하는 문화이다. 그 문화의 중요한 부분이 의례이다. 그것은 이러한 권력 속의 인간들의 관계를 부드럽게 하고 하나가 되게 한다. 그러나 문화 그리고 의례는 그 배경에 있는 사회적 질서 속에서 일정한 자리를 갖지 못하는 사람 또는 소속이 분명치 않은 이방인에게는 차별의 지표가 된다. 유교에서 문화적 수양은 보편적 인간성에 이르는 것을 목표로 한다. 그러나 다른 한편으로 그것은 사람을 가르는 증표가 되기도 한다. 수신의 이상에 이르지 못한 사람을 인간이 되지 못한 금수(禽獸)라고 보게 하는 편견이 생겨난다. "인(仁)에 들어가는 모든 덕을 실천하지 못한 사람은 인간이 아니라 금수이다." — 고대 맹자의 인간관을 분석하면서, 도널드 J. 먼로는 이렇게 말한다.[13] 먼로 자신이 비교하여 말하듯이 서양의 희랍

---

13) Donald J. Munro, *The Concept of Man in Early China*(Stanford University Press, 1969), p. 75.

전통에서도 이방인은 비인간으로 취급하는 것이 관습이었다. 영어의 'barbarian(야만인, 野蠻人)'이란 희랍어가 아니라 '바르바르' 하는 알아들을 수도 없는 소리를 내는 사람이었다. 그러니까 포용적 인간을 만들어 내는 문화가 다시 편견과 오해를 조장하는 방편이 되는 것이다.

다문화주의 질서와 인간관계

되풀이하건대 의례는 인간과 인간의 상호 작용의 문화적 발전을 나타낸다. 이것은 국가 간에도 해당된다. 오늘의 시점에서 이것을 공식적인 절차로 보여 주고 있는 것이 외교 관계의 의전(儀典)이다. 이러한 것들은 물론 문명화되어 가는 환경 속에서 발전한다. 문명화의 내적인 표현인 문화는 다른 한편으로 인간사의 미묘한 특성들을 발전시키고 포용한다. 그러나 다른 한편으로 보편적 인간 이념에 이르려는 지향에도 불구하고 문화는 다른 문화, 이질 문화에 대한 차별화의 지표가 된다. 그리하여 때로는 '탈학교(脫學校)', '탈문화'적 반성이 필요하다.(이반 일리치의 『탈학교 사회(Deschooling Society)』는 반드시 이러한 주제를 다루는 것은 아니지만, 공식화된 학습의 의미를 비판적으로 본다. 문화의 여러 형식도 이러한 관점에서 볼 수 있다.) 필요한 것은 인류학적인 관점에서 모든 인간 문화를 포용적으로 살피고 또 응고된 형식에 대하여 비판적 성찰을 가하면서 문화를 생각하는 것이다.

문화와 정치 ── 둘 중 하나를 선택하는 일
그러나 이제 이야기하려는 것은 문화가 참으로 인간의 삶의 평화적 내용이 되는 데에는 섬세한 것 또 그에 대한 비판적 관점 ── 이러한 것들을 넘어, 이 모든 것을 수용하는 큰 틀이 필요하다는 관찰이다. 이것은 문화를 다시 한번 너무 긍정적인 것으로만 보아서는 아니 된다는 입장에 이르게 한다. 섬세한 문화적 공감이 궁극적으로 인간의 융합을 위한 통로라고 하더라도, 그것이 동시에 편견을 조성하는 결과를 낳는다면, 적어도 당분간은 그러한 문화 감각을 중단하고 많은 것을 포용할수 있는 보다 큰 틀을 생각하는 것이 필요하다는 말이다. 그리하여 비로소 여러 문화의 공존이 가능한 — 소위 다문화의 설 자리가 생길 수있다. 민주주의가 보여 주는 것은 모든 차이들을 하나의 정치 체제 안에 — 합리적이고 합헌적(合憲的)인 하나의 체제 내에 수용할 수 있다는 사실이다. 인간 상호 간의 융합에도 그것이 필요하지만, 보다 큰 문화적 차이를 수용함에는 그에 비슷한 그러나 더 큰 틀이 필요할 것이다. 이것은 국제 정치학과 인문학을 합치는 연구를 요구한다. 트럼프대통령의 자국(自國) 제일주의를 극복하는 데에는 이러한 연구가 필요하다. 그러나 이것은 여기에서 논하기에는 너무 벅찬 주제이다.

나는 여러 해 전에 '아시아의 인문학적 지평'이라는 주제의 강연에서 다문화의 문제를 간단히 다룬 일이 있다. 그때 나의 언급의 대상 하나는 이방(異邦)에서 들어오는 문화 수용에 관한 위르겐 하버마스의주장이었다. 하버마스는 독일에 들어오는 이민자를 어떻게 독일 사회가 흡수할 것인가를 논하면서, 문제의 핵심이 문화적 동화(同化)를 겨냥하는 것이 아니라 정치적 다문화주의, 다원주의를 분명히 하는 데에있다고 주장했다. 그것은 민주주의 체제를 다시 한번 확인하자는 말이었다. 많은 다른 것과 다양한 것을 하나의 정치 체제 안에 수용하는 것이 민주주의 체제이기 때문이다. 문화와 정치의 분리는 독일인이나 이민자나 다 동의하여야 할 사항이다. 문화적 차이가 하나로 합치게 되는것은 시간이 걸리는 일이고, 그것에 따라 정치 제도의 변화에 대한 요구가 나온다고 하면, 그것은 오랜 시간이 지난 훗날에 고려해야 할 사항이라고 그는 말하였다. 그러니까 문화적 동화나 차이는 현시점에서는 문제가 될 수 없고 그 다양함을 수용하는 정치 체제를 분명히 하는것이 중요하다는 극히 합리적인 주장이었다.[14] 이것은 물론 독일 또는

---

14) 필자의 강연은 2008년 10월 8일 중앙대학교에서 있었던 '아시아 인문학자 회의'에

유럽의 한 국가 안에서 일어날 수 있는 문제를 말한 것이다. 그러나 이 것은 국가 간, 문화 간의 문제에도 적용될 수밖에 없을 것이다. 사실 본 격적으로 다원적 문화를 문제 삼자면 국가 간의 차이의 문제를 다루어 야 하겠지만, 일단은 한 국경의 테두리를 전제로 하고 다문화의 문제를 생각하는 것도 중요한 일이다. 그리고 그 안에서 문화적·동화(同化)를 내세우는 것은 민주주의 체제를 부인하는 일이 될 것이다.

오늘날과 같은 세계화의 시대에 다문화의 문제는 지구상의 모든 사 람들이 부딪치는 문제일 것이다. 일단은 다문화의 상호 접촉은 한 지역 의 문화를 보다 풍요하고 보다 관용적인 것이 되게 할 것이다. 그러면 서도 다른 문화를 다르게 보존하는 것은 인류의 문화적 자산을 더 풍 요롭게 하는 것이 될 것이다. 그러나 그것은 하나가 되어 가는 세계에 서 모순을 말하는 것이고, 갈등의 가능성을 높이는 일이 될 것이다.

한국에서도 다문화는 상당히 오래전부터 중요한 문제로 등장하였다. 여기에서 다문화라는 것은 비서양의 문화가 유입된 것을 말한다. 사실 한국의 근대화의 과정은 이방의 문화 — 서양으로부터 문화를 수용하는 과정이었다. 그리고 다문화 또는 이질 문화의 문제는 한국 역사에서 가 장 큰 주제를 이루었다고 할 수 있다. 예로부터의 중국의 영향, 일제하에 서의 일본의 영향 그리고 불교의 형태로 들어온 인도의 영향 등은 한국 역사의 큰 흐름에 속하였다고 할 수 있다. 이에 대하여 오늘날 문제되는 다문화는 이러한 큰 문화적 영향이 아니라 소수자의 문화를 두고 그것 과 한국의 문화적 정체성의 관계를 말하는 것이다. 그러니만큼 더 본격 적으로 또는 옛날과는 다른 관점에서 다문화가 생각의 대상이 된다. 나 라의 정체성을 송두리째 바꾸어 놓는 문화 변혁이 아니라 한 사회가 어 떻게 다문화 상태로 존재하는가가 문제로 대두하는 것이다. 우리의 경우

서 행한 「아시아 인문학의 지평」이라는 제목의 강연이었다. 하버마스 교수의 글은 다음 책에서 참조할 수 있다. Juergen Habermas, "Struggles for Recognition in the Democratic Constitutional State", Amy Goodman(ed.), *Multiculturalism*(Princeton University Press, 1994).

문제되는 것은 다문화와 함께 한국 문화의 정체성, 한국인의 정체성이다. 이렇게 한국으로 문제를 옮겨서 생각해 보면, 하버마스 교수의 답변도 쉽게 동의할 수 없는 것으로 보인다. 이 문제는 지금에 와서 다루기에는 너무 복잡하고 긴 반성적 연구를 요구한다. 여기에서는 마침 눈에 띄는 하나의 예를 들어 보는 것으로써 진정한 연구를 대신하기로 한다.

다문화 사회

영국의 다문화 작가라고 할 수 있는 제이디 스미스 여사가 작년 말 독일 베를린 소재 '세계 문화의 집(das Haus der Kulturen der Welt)'에서 세계문학상(Welt-Literaturpreis)을 받았다. 그리고 11월 8일에 수상 연설을 했다. 이 연설을 여기에서 소개할까 한다. 그 연설문의 주제는 '다문화주의'이다. 이 상을 수여하는 세계 문화의 집도 다문화에 관심을 가지고 있지만, 스미스 여사도 조금 전에 말한 것처럼 다문화 작가이다. 베를린에 있는 세계 문화의 집은 1987년에 문화 교류를 위하여 세워진 국립 기구이다. 세계 문화 교류라고 하지만, 이 교류는 현대 예술과 비서양 문화에 역점을 두고 있다. 아마 그것은 독일 제일주의를 내세웠던 나치즘에 대한 보상으로 세워진 것이고 전후 독일의 문화 의식이 그러하듯이 독일주의를 넘어 보편적 인문주의를 표방하려는 기구일 것이다.

스미스 여사의 수상 연설은 주로 다문화주의의 문제를 주제로 하고 있는데, 그것은, 근년의 일로 생각되지만 그가 '다문화주의의 실패'에 대하여 어떻게 생각하느냐 하는 질문을 많이 받기 때문이라고 한다. 그러한 질문이 나오게끔 되어 있는 것이 그의 출신 배경과 그가 쓰는 작품의 무대이다. 스미스 여사는 자메이카 여성과 영국 남성 사이에서 태어난 혼혈아이다. 그리고 북런던의 한 구역에서 성장하였는데, 그곳은 파키스탄 출신의 회교도, 인도의 힌두계인, 라트비아에서 건너온 유대인 그리고 물론 영국인 들이 함께 사는 곳이다. 그의 소설도 이러한 다문화적·다인종적 배경을 그려 낸다.

연설의 제목은 「낙관주의와 비관에 관하여」이다.[15] 이 제목은 앞에 언급한 질문에 대한 답이라고 할 수 있다. 스미스 여사는 역사는 앞으로 나갈 때도 있고 후진할 때도 있다고 말한다. 그러나 전체적으로 볼 때, 앞으로 나가는 것이 역사의 대체적인 흐름이라고는 생각하는 것으로 보인다. 그것은 1360년, 1760년, 1860년 그리고 1960년에 자기가 어떠한 사정 속에 있었을까를 생각하여 본다는 구절에서도 추측할 수 있다. 이 연대에서의 흑인의 형편을 생각해 보면 역사에 영고성쇠가 있기는 하지만, 그래도 대체로는 진보하는 것이 아닌가 하는 생각을 하지 않을 수 없다. 그의 어머니는 자메이카 출신이지만, 자메이카 흑인의 원 고향은 서부 아프리카이고, 아프리카를 떠나 카리브해로 가게 된 것은 물론 흑인 노예로 끌려온 때문일 것이다. 그리고 19세기 중반으로부터 흑인 해방이 시작되고, 지금의 시점에서 자메이카의 흑인은 완전히 노예 상태를 벗어났다고 할 수 있다. 스미스 여사는 지금은 미국의 뉴욕 대학의 교수로서 미국에 거주하고 있는데, 적어도 법적으로는 미국의 흑인도 해방된 지 100년이 넘고, 그 후에도 차별은 계속되었지만 1960년대의 흑인 해방 운동 이후 지위는 많이 향상되었다고 할 수 있다. 그러나 최근에도 미국 흑인의 사회적 위치를 보면, 아직도 많은 문제가 있다고 하지 않을 수 없다. 스미스 여사는 최근의 미국과 유럽의 정치 상황을 요약하여 말하기를, 서쪽으로 트럼프가 뜨고, 대양의 반대쪽에서는 EU가 지고 있다고 한다. 그의 느낌으로는 인종 문제는, 아마 최근 수십 년간을 두고 하는 말일 터인데, 어느 때보다도 비관적으로 볼 수밖에 없다고 한다. 그러면서도 그는 역사의 발전은 조금씩 "누진적"으로 일어나게 되어 있다는 것을 되풀이하여 말한다. 말하자면 답은 낙관과 비관의 중간에 있으면서 조금씩은 발전한다는 것일 것이다.

그의 어린 시절, 성장, 가정 배경은 거의 완전하게 정상적인 것이었다고 그는 말한다. 자신의 흑인종 가계(家系)가 복잡한 노예 무역의 경

---

15) Zadie Smith, "On Optimism and Despair", *The New York Review of Books*, Vol. 63, No. 20(December 22, 2016).

로를 밟아 움직인 사실은 알고 있었지만, 북런던에서의 자신의 삶은 "그저 삶"이었을 뿐이라고 한다. 그리고 다인종·다문화의 동리에 살고 있었지만, 자기가 그러한 환경을 글에 쓴다고 하여 "다문화주의"를 옹호하려는 의도를 가진 것은 아니었다고 말한다. 그것은 역사와 사회가 자신의 삶 자체를 뒤틀리게 한 것을 의식하지 않았다는 말이다. 자신의 다문화적 환경에서 사람들은 그들 나름으로 행복하게 살고 있었다. 그러면서 역사가 진보한다는 것이 자연스럽다고 생각하였다.

인종이나 다문화가 큰 관심의 대상이 아니었던 것은 그의 아버지의 경우에도 마찬가지이다. 그의 아버지는 군인으로서 2차 세계 대전에 참여하여, 독일의 벨젠에 있던 강제 수용소에 갇혀 있던 사람들을 석방한 부대의 대원이었다. 그는 스미스 여사의 어머니와 결혼하기 전에 두 번 결혼하고 실패하였으나, 언제나 인생에 대하여 밝은 마음을 가지고 있었다. 어느 때에나 그의 아버지는 피부색, 계급, 성품 등에 개의하지 않고 살았다. 이데올로기와도 관계가 없었다. 그는 그때그때의 구체적인 사항 하나하나를 그대로 대하였지, 그것으로부터 일반화된 큰 결론을 끌어내지 아니하였다. 그가 스미스 여사의 어머니와 결혼한 것은 '이본느'라는 여자와 결혼한 것이지 흑인 여자와 결혼한 것이 아니었다. 혼혈아로서 제이디와 벤 그리고 루크라는 형제가 태어났지만, 그러한 이름의 자식을 가진 것이지, 흑백 혼혈아를 시험 삼아 낳아 본 것도 아니었다. 그는 완전히 선입견이 없는 사람이었다. 그러한 선입견 없는 사람이 많아야 좋은 사회가 될 수 있다고 믿지도 아니하였다. 스미스의 아버지는 백인 노동 계급 출신이고 다른 조건, 다른 문화적 영향하에서라면 오늘날의 좌파 인사들이 두려워하는 "분노에 찬 백인 노인"이 될 수도 있었을 것이다. 하여튼 그는 전후의 보다 좋은 사회 정책에서 무료 교육과 무료 건강 보험의 혜택을 받으면서 아이들을 기를 수 있었고, 그 점에 대하여 감사하는 마음을 가지고 있었다. 계급적 의식화는 그의 삶과는 관계가 없었다.

이러한 자전적(自傳的)인 이야기를 하면서, 스미스는 다시 역사는 조금씩 누진적으로 진보한다는 것을 말한다. 다만 진보를 위한 노력을 새로 꿈꾸고 계획하고 갱신할 필요는 있다고 한다. 사람에게는 여러 가지 성향 ─ 밝은 것과 어두운 것들을 아울러 가진 성향이 있다. 어느 것이 주도적인 것이 되게 하느냐 하는 것이 중요하다. 물론 좋은 성향을 부추겨 주어야 한다. 그렇게 하는 데에는, 어둡고 밝은 면을 두루 가진 인간들을 좋은 쪽으로 이끌어 갈 수 있는 지도자 ─ 오케스트라의 지휘자와 같은 지도자가 필요하다. 그런데 지금 이 순간에 미국이나 세계에는 가장 천박한 음악, 나치 군가와 같은 음악을 연주하려는 지도자가 많이 나오고 있는 것이 유감이다. 중요한 것은 보다 좋은 음악을 연주할 수 있게 되는 것이다. 스미스 여사는 이렇게 말하며 수상 연설을 끝낸다.

다문화, 평범한 사회, 그것을 넘어

여기에 스미스 여사의 세계문학상 수상 연설을 소개하는 것은 그것이 다문화가 가야 할 희망의 미래를 이야기하고 있기 때문이다. 그러나 그것이 문화의 충돌이 어떻게 해소되고 하나의 보다 다양하고 풍부한 문화로 승화될 수 있는가 하는 문제를 다루는 것은 아니다. 다문화를 수용하는 사회에서의 삶이 어떤 것이었는가를 회상하는 것이 연설의 주요 내용이다. 회상되는 갈등 없는 다문화의 삶에는 물론 그것을 허용하는 정치적 틀이 전제된다. 그의 연설로 보아도, 영국이 그러한 다문화의 삶을 가장 너그럽게 수용하는 사회라는 것을 알 수 있다. 거기에 큰 갈등은 없다. 어린 시절의 이야기를 보면, 다문화 배경을 가진 많은 사람들이 한 고장에서 평화롭게 살고 있다. 그리고 그러한 배경에는 정치적 자유 민주주의가 있고 또 무엇보다도 사람 하나하나를 이방의 인간이 아니라 사람으로 볼 수 있게 하는 태도가 거기에 존재하고 있음을 알 수 있다.

스미스 여사의 연설에도 그의 첫 소설 『흰 이빨』[16]에 대한 언급이 몇

---

16) Zadie Smith, *White Teeth*(New York: Random House, 2000).

번 나오지만, 이 소설은 북런던의 다문화적·다인종적 인간들이 화목하게 살고 있는 모습을 잘 드러내어 보여 준다. 여기에 묘사되어 있는 것은 흑인, 파키스탄인과 백인이 서로 우정을 다지면서 또 서로 도와 가면서 살고 있는 일상적 삶이다. 그러나 이에 더하여 주목하게 되는 것은 부유하지도 않고 가난하지도 않은 북런던 지역의 사람들이 반드시 그들의 생활에 만족하는 것은 아니라는 사실이다. 그것은 의식화되고 주제화되어 있지는 아니하면서도 런던의 다문화 구역의 자족적인 삶의 테두리에 그려져 있는 어떤 한계로 인한 것인 듯하기도 하고, 달리 생각하면, 모든 인간사의 서사적 전개에서 볼 수 있는 바 주어진 현실 너머의 목표 — 세속적이기도 하고 정신적이기도 한 목표와 이상의 유혹 때문인 것으로 보이기도 한다.

중요한 등장인물의 하나는 파키스탄에서 이민 온 인물인데, 지금은 런던의 자기 거주 지역의 식당에서 일하며 산다. 그런데 그는 2차 세계 대전에 참전하여 독일에 진주하였던 것을 회상하기를 즐기고, 같은 동네에 사는 옛 전우 — 영국인 전우를 만나 전쟁 얘기를 나누는 것을 좋아한다. 그는 그의 아들이 평범한 영국인으로 자라는 것을 싫어하여 파키스탄의 군사 학교로 유학을 보내 파키스탄의 군사 계층의 일원이 되기를 원한다.(그러나 그 아들은 파키스탄에서 완전히 영국 신사로 성장하는 것을 원하고 또 그러한 신사가 된다.) 그 동네의 청소년들은 그들대로 비밀결사에 들어가 광신적 신앙에 사로잡힌다.

이야기는 대체로 서사적 전개가 약하다고 할 수 있지만, 전체적인 줄거리는 일정한 방향으로 정리된다. 그것은 그 다문화 마을의 사람들이 어떤 광신자들에게 동원되기도 하고 스스로 발상하기도 하여, 집단 운동에 휩쓸리는 것으로 끝나게 된다. 그 동네에는 대학과 관계를 가지고 유전 인자를 연구하여 새로운 생명체의 창조를 목표로 하는 생물학자가 있다. 그는 동네의 문제아의 학습을 돕기도 하고 대체로 동네 사람들에게 도움을 제공하면서 그들과 잘 어울리는 영국인이다. 그런데 이 연구자가 거의 새로운 생명의 인공적 창조에 성공하게 되었다는 소문이 퍼지자, 어떤 광신적 종파의 사람들이 그것은 자연의 이치를 침범하는 일이라고 하여 그것을 저지하여야 한다고 선동한다. 그리고 수많은 사람들이 과학자의 집으로 몰려가기로 한다. 그것은 단순한 데모일 수도 있고 폭력과 살인을 유발하는 참사가 되는 일일 수도 있을 것이다. 그러나 소설은 폭력 사태로 끝나지 않고 사람들이 커다란 강당에 모여 문제에 대한 자신들의 과장된 의견들을 연설로써 토로하는 것을 듣는 것으로 끝난다.

이러한 이야기의 전개는, 위에서 말한 바와 같이 세속적인 의미에서의 신분 상승이든, 초월적인 의미에서의 현실의 고양이든 상승의 움직임이 없이는 사람들이 자신의 삶에 만족할 수 없다는 것을 시사한다고 할 수 있다. 그리고 위에서 말한 바와 같이, 소설의 끝에 나오는 집단행동은 영국 안에 형성된 이질 문화의 동네가 가지고 있는 사회적 한계로 인한 것이라고 할 수도 있다. 또는 다문화이든 단일 문화이든 그것에 상관없이 집단행동의 흥분은 현대 사회의 평범한 삶의 권태에 대한 반작용이라고 할 수도 있다. 그리고 영국과 같이 가장 민주적이고 그러니만큼 문화의 다양성을 수용하는 사회일수록 권태의 원인이 되는 평범한 세속성이 삶의 모든 것을 규정한다고 할 수 있다. 문화가 인간의 삶에 중요한 의미를 갖는다면, 문화의 기능은 사람들을 하나의 공동체 속에 묶이게 하고, 그 속에서의 삶의 인간관계에 윤리적 규범을 마련하여 주는 데 있기도 하지만, 인간의 삶에 존재하는 보다 높은 차원을 보여 주는 데에 있다고 할 수 있다. 문화는 단순히 사람들을 하나로 용해하는 용광로가 되는 것만은 아니다. 문화는 가치의 체계이다. 그리고 보다 높은 이성과 보다 깊은 감정과 정신의 차원을 느끼게 하고 그것으로 나아가는 길을 보여 주는 것도 문화의 기능이다. 그리고 그것을 통하여 어떤 정신 공동체에 참여한다는 믿음을 줄 수 있어야 한다. 이것은 위에서 시사한 바 인간 심성의 변증법적인 승화를 요구한다.(여러 가지 집단주의 그리고 현실 전체를 환하게 알게 한다는 이데올로기의 유혹도 이러한 전체성에 대한 요구 그리고 전체성에 참여하고자 하는 갈망에서 나온다고 할 수 있다.) 그러나 하나의 문화가 아니라 다문화를 바탕으로 하면서 그 안에서 세계적인 보편성의 문화로 또 인간 공동체의 의식에로의 승화가 어떻게 가능한가는 더 연구하여야 할 문제이다.

삶, 죽음, 현재적 초월——강연 보유: 존 버거 이야기

주제 요약

여기의 글은 복잡하고 순서가 불분명하고 난해하다. 그 난해함을 조금은 완화하는 데에 하나의 이야기가 도움이 되지 않을까 한다. 그리하여 그것을 보유(補遺)로서 첨부한다. 그러나 그러기 전에, 일단 앞의 글을 요약하여 그 줄거리 한 가닥을 추려 보기로 한다. 글은 대체적으로 말하여 두 부분으로 이루어져 있다. 큰 테두리가 되는 것은 다문화의 문제이다. 그리고 다문화이든 하나의 문화이든 문화의 과정이 문제가 된다. 여기에서 문화의 문제라고 하는 것은 그것이 인간의 공존적인 삶에 어떤 의미를 가지고 있느냐 하는 관점에서 접근하였다. 사실은 다문화의 문제의 핵심에도 같은 질문이 들어 있다. 즉, 사람이 함께 산다고 할 때, 그리고 함께 사는 사람들이 서로 다른 문화적 배경을 가지고 있다고 할 때, 이 함께 사는 문제가 다문화에 어떻게 관계되느냐 하는 것이 탐구의 대상이 될 수밖에 없다. 그리하여 두 가지 문제가 하나로 연결되는 것이다.

세계화의 시대에 여러 문화가 많은 사회 속에 들어오는 것은 불가피하다. 다문화가 일반적인 현상이 된다. 그것은 문화적으로 조정될 수도 있고 정치적 결정과 제도 속에 하나로 해결될 수도 있다. 이것을 나는 문화의 변증법과 정치적 결정이라는 말로 구분하였다. 진정한 의미에서의 다문화의 문제는 문화 변증법으로 해결되어야 한다. 문화는 그 안에 나와 타자, 여러 사람의 차이와 갈등을 해결하는 공식들을 가지고 있다. 설명하는 데에 많은 지면을 사용한 것은 이 공식들을 설명하려

한 부분이다. 그것은 감정의 교환 양식, 의례의 발달 그리고 문화의 과정으로서의 예법(civility)의 발달로 설명하였다. 그러나 이러한 것들은 오랜 시간을 요구하는 융합과 해결의 방법이다. 가장 간단한 것은 정치적 결정이다. 그리고 문화적 해결에 있어서도 그것은 기본 틀이 되어야 한다. 그러나 진정한 의미에서 문화, 문명, 다문화가 인간적 의미를 가지려면, 삶의 테두리는 문화 변증법 속에서 여러 차이를 승화하고 지양하는 것이라야 한다. 그럼으로써 비로소 문명의 진정한 진전, 인간의 삶의 융성이 가능해진다. 이 과정에는 정치적 결단이 필요하면서, 문화에 대한 섬세한 이해와 통합에 대한 고려가 있어야 한다. 이것은 감정의 문제이고 이성의 문제이다. 그 아래 있어야 하는 것은 인간 생존의 성스러움과 신비에 대한 느낌이다. 이것을 어떻게 문화 인식에 또 나아가 정치의식에 끌어들일 수 있느냐가 많은 문제의 근본에 들어 있다고 할 수 있다.

버거의 사담(私談)

여기 이야기는 이 글의 기초가 이루어진 다음에 알게 된 것이다. 이야기는 금년 1월에 아흔의 나이로 작고한 존 버거의 저서 『초상화(Portraits)』(2015)에 나오는 이야기이다. 이 책은 미술에 관한 책이지만 개인적인 이야기와 견해를 수시로 말하는 스타일로 쓰여 있다. 그중의 한 이야기를 여기에서 말하겠다. 버거는 자기가 사는 동네에 잘 지나가는 길이 있었다.(아마 그가 살았던 곳은 파리 근교였을 것으로 생각한다.) 그 길의 어느 집에 개가 한 마리 있었다. 그래서 지날 때마다 아는 체를 하고 개와 친해지게 되었다. 그런데 어느 날 그 개가 사는 집 앞을 지나다 보니 집 앞에 5피트 깊이의 구덩이가 파이고 개가 거기에 빠져서 우는 소리를 내고 있었다. 그대로 지나갈까 하고 생각하면서 구조하는 일을 몇 번 망설이다가, 마음속에서 나오는 그러면 안 된다는 소리에 구덩이로 뛰어들어 무게가 상당한 개를 들어 올렸다. 그런데 개를 구조하는 사이에 개가 그의 팔을 물었다. 그는 급한 치료를 받은 후

개의 주인 집을 찾아가 전후 사정을 이야기하였다. 이탈리아계의 주인은 명함에 보험 회사의 주소와 전화번호를 적어 주고, 거기에 가 보라고 하였다. 보험 회사를 찾아갔더니, 직원이 돈을 얼마나 얻어 보겠다고 거짓말을 하느냐고 말하였다. 그리고 그의 수입을 물어보았다. 그러자 그는 큰 액수의 월급을 받는 것으로 대답하였다. 그랬더니 그 보험 회사 직원은 돈을 지급해 주기로 했다. 그리고 버거는 그다음에도 자신이 다른 개와 가까이 지냈던 이야기를 한다. 이러한 이야기의 뜻이 무엇인지는 분명치 않다. 다음은 이 시시한 이야기를 해석해 보려는 시도이다.

벨라스케스, 이솝, 존 버거

그런데 이 이야기는 17세기 스페인의 벨라스케스, 특히 그가 그린 우화 작가 이솝의 초상화를 논하면서 삽입한 사담이다. 아마 이 이야기를 끼워 넣은 것은 그것이 이솝의 이야기에 비슷하다고 생각한 때문이 아닌가 한다. 이솝의 생애가 어떤 것이었는지는 불확실하지만, 전해 오는 이야기들에서는 이솝은 원래 노예 출신이나 그의 뛰어난 머리로 하여 리디아 왕국 크로이소스 왕의 신뢰하는 신하가 되었다. 그리고 나중에 델포이에 사자(使者)로 갔다가 그곳 사람들의 비위를 건드려 절벽에서 아래로 내던져져 죽었다고 한다. 이러한 것들을 모두 버거가 이야기하는 것은 아니다. 다만 그는 이솝이 온갖 풍상을 겪은 사람이라는 것을 강조한다. 그리고 이것이 벨라스케스의 초상화에 다 표현되어 있다고 한다. 그리고 버거의 생각으로는 벨라스케스는 높고 낮고 귀하고 천한 모든 인간에 대하여 관심을 가지고 있었던 화가였다고 한다. 그의 그림에 난쟁이, 광대 등이 등장하는 것도 그것을 말하여 준다. 그러면서 그는 그러한 사회적 차별이 무의미하다고 생각하였다고 한다. 그림에 쓰인 색깔들은 화려하지만, 그 화려한 색깔 뒤에 있는 것은 무(無)이고 허무였다. 그러면서 무는 인간이 알 수 없는 신의 존재를 시사하는 것이었다. 아라비아의 사막, 그보다도 더욱 삭막한 스페인 내륙 지대의 풍경이 이러한 것의 배경이 된다고 버거는 말한다. 산이 있고 골짜기가 있고, 냇물이 있고 초목이 있다면, 그러한 자연 경치는 무엇인지는 몰라도 어떤 의미를 가지고 있는 듯한 인상을 준다. 그러나 광막한 모래와 하늘 둘밖에 없는 사막은 그러한 느낌을 주지 아니한다. 버거는 풍경이 사람의 지각을 규정하는 요인이라 생각하고, 사람들의 풍습과 문화를 이해하는 데에는 그 배경이 된 풍경들이 중요한 의미를 갖는다고 한다.

화려하고 허무한 세상의 색 그리고 그 뒤에 있는 무와 성스러운 것, 신비한 것은 벨라스케스로 하여금 모든 것을 동등하고 허무한 것으로 보게 하였다. 그러면서 중요한 것은 그때그때의 경험에 주목하는 것이었다. 경험은 그 자체로 하나의 상황 속에서 일어난다. 예술 작품이 보여 줄 수 있는 것도 구체적 상황이고 경험이다. 버거는 마르크스주의자로 알려져 있지만, 그에게 분명한 것은 그때그때의 사건이고 그것을 연민 그리고 그때그때 어찌할 수 없게 닥쳐오는 절실한 윤리 의식으로 그 구체적 상황을 대하는 것이다.

이러한 테두리를 참고하여 본다면, 앞에 말한 그 자신의 이솝 우화와 같은 사건의 우의(寓意)도 풀릴 것으로 생각한다. 그에게는 구덩이에 빠져 있는 개를 불쌍히 여기고 즉각 행동으로 나아가는 것이 인간 행동의 핵심이다. 그 결과로 개에게 손등을 물리는 것은 그다음의 일이다. 그렇기는 하지만, 그렇다고 모든 현세적인 이해관계를 완전히 모르는 체하자는 것은 아니다. 버거는 개 주인으로부터 치료비를 받고자 한다. 그리고 보험 담당자에게 갔을 때, 자신이 큰 봉급을 받는 사람이라고 말한다. 그가 말하고 있듯이 이것은 거짓말을 한 것이다. 이솝 우화들은 온갖 속임수와 꾀를 써서 취할 것은 취하지만, 근본적 선악의 경계를 넘어가지 않는 영리한 짐승과 사람들의 이야기이다.

사람들은 자신의 삶에서 어떤 의의를 찾으려고 한다. 사람들은 사회적 지위의 상승이나, 이데올로기적으로 파악되는 전체성이나, 현실을 넘어가는 초월적인 차원으로의 지양을 통하여 이것을 확인하고자 한다. 그러나 다른 방법은 삶의 구체적 현실과 그 허무와 그에 직면한 인간의 실존적 양심의 결단을 통하여 삶의 현실을 대면하는 것이다.

앞에서 부처의 죽음에서 죽음이 사람들을 하나로 묶는 계기가 된다는 것을 말하였다. 죽음은 생명의 모든 것을 무로 돌아가게 한다. 그 점에서 모든 생명체는 무(無) — 거대하고 신비한 무 속에서 하나가 된다. 무한으로 펼쳐지는 무 가운데 한 찰나이고 한 '가루'와 같은 존재가 사람의 목숨이다. 그리하여 그것은 전적으로 무의미한 존재라고 할 수 있다. 그러나 생명은 찰나에 있으면서도 끊임없이 반복되어 재현된다. 그것은 가루와 같은 찰나의 현상이면서, 무한한 생명의 표현인가? 그리고 무한한 생명 가운데에서 사람들은 하나가 되는 것이 아닌가? 그리하여 생명은 지금 이 순간에만 존재하는 현실이면서, 무한한 허무 그리고 무한히 재현되는 생명으로 존재하는 것인가? 이것은 죽음을 무릅쓰는 지금 이 순간의 무한에로의 초월을 의미하는 것이 아닌가? 그리고 그것을 느끼는 것은 미당 선생의 시에 나오는 것처럼, 정신 생명(精神生命)에 일치하기 때문인가? 구덩이에 빠진 개를 차마 방치하지 못하는 마음은 어디서 오는 것인가?

김우창 KIM Uchang 평론가. 고려대학교 명예 교수. 서울대학교 및 미국 코넬대 대학원, 하버드대 대학원을 졸업했다. 영문학, 문화사, 문학 이론, 평론, 철학, 정치 분야에서 여러 에세이와 저서를 발표했다. 『궁핍한 시대의 시인』, 『심미적 이성의 탐구』, 『정치와 삶의 세계』, 『행동과 사유』, 『정의와 정의의 조건』 등의 저서가 있다. 2015년에 경암 학술상을 수상했다.

토론: 둘도 아니고 하나도 아니다

최원식

이번 서울국제문학포럼을 여는 기조 세션에 질의자로 참여하게 돼 매우 기쁩니다. 질문은 어리석어도 답은 현명하다(愚問賢答)는 금언이 있습니다. 고은·김우창·스베틀라나 알렉시예비치 세 분이 현답을 해 주시리라 믿으며 제 우문을 시작하겠습니다.

이 기조 세션의 주제 '우리와 타자'는 한국인에게 특히 절실한 화두입니다. 나라 안에는 미국이, 이웃에는 중국·일본·러시아라는 강력한 타자가 즐비하고, 바로 휴전선 북쪽에는 우리이면서 동시에 타자인 북한조차 얽힌 복잡계의 한국에서 타자는 정말 골치 아픈 쟁점입니다. 더욱이 그들은 그냥 타자가 아닙니다. 이미 우리 안에 쑥 들어와 있기 때문입니다.

그 복합성은 한국에도 적용됩니다. 한국 경제가 주변부에서 반주변부로 상승하면서 이미 한국 사회는 외국인 노동력과 외국인 신부(新婦)들이 상수(常數)로 자리 잡은 지 오래입니다. 그들에게 한국은 결코 중립적일 수 없는 타자입니다. 그런데 그들 외국인 또한 단순히 타자가 아닙니다. 이미 우리 안에 쑥 들어와 있기 때문입니다.

더욱 난감한 복합성은 한국 사회의 양극화입니다. 골고루 가난했던 시절에서 산업화와 민주화를 동시에 달성한 나라로 한국이 오르자 성공의 복수가 기다리고 있었습니다. 어떤 부모 밑에 태어났느냐가 아니라 그/그녀의 재능과 노력에 따라 그/그녀의 삶의 질이 결정된다는 약속이 깨지며 한국 사회 특유의 역동성이 심각히 훼손되었습니다. 부자와 빈자가 거의 '두 나라(two nations)' 수준으로 갈라설 위기에 봉착한 것입니다. 그처럼 강력한 한국인의 '우리'라는 공동 의식 대신에 서로가 서로를 타자로 여기는 낯선 풍경이 연출되었습니다. 이 기본적인 분절을 따라 젠더, 지방, 세대 등 하위 분리가 중복되는지라 한국에서 '우리와 타자'는 거의 '고르기아스의 매듭'일 것입니다.

세 분의 발제문을 숙독하고 오늘의 발표도 잘 들었습니다. 이 문제에 대한 깊고 넓은 통찰을 전개하신 세 분께 감사합니다. 주최 측의 요청대로 한 분께 한 질문씩 드리겠습니다.

고은 선생의 발제는 깨달음을 찾아가는 선문답입니다. "타자가 나의 지옥이 아니라 자아야말로 지옥"이라는 화두에서 비롯하여 '나'란 결국 "소유의 하인"에 불과하다는 증험(證驗)을 통해 근대 이후 신줏단지처럼 모셔 온 '나'를 선생은 철저히 해체합니다. '나'란 없습니다. 아니, '나'란 무수한 '타자의 소산'입니다. '나'를 비움으로써 '타자'를 맞이하는 불교적 사유를 통해 "자아와 타자의 무한한 환치(換置)", 다시 말하면 주인과 노예의 변증법이라는 동일성의 사슬을 끊는 사유의 모험이 절묘합니다. 그런데 이 선문답이 탈민주화를 일거에 정지시킨 한국의 촛불 혁명에 대한 사색에 기초하고 있다는 점이야말로 뜻깊습니다. 고 선생은 촛불 혁명의 복판에서 이렇게 노래했습니다.

저 혼자가
깊이깊이 저 혼자의 완성인 시대를 연다[1]

---

1) 고은, 「시작의 노래 — 2017년을 맞으면서」, 《중앙일보》(2016년 12월 31일).

그동안 기존의 운동, 기존의 혁명은 '나' 또는 '현재'를 '우리' 또는 '미래'에 봉헌해 왔습니다. 그 '나'가, 그 '현재'가 귀환했습니다. 소설가 권여선은 촛불 광장에 대한 흥미로운 경험을 이야기합니다. "예전에는 집회에 나오면 (소속 단체의) 깃발부터 찾아 헤맸는데 이번에는 그러지 않았"[2]고, 그렇게 참석한 사람들과 저절로 함께 "개인의 자유와 창의에 의한 민주주의적 스펙터클"[3]의 광장을 즐겼다는 겁니다. 이제 누가 누구를 가르치는 계몽주의는 끝입니다. 스스로를 존중하는 '저 혼자'가 서로에게 스승이 되는 상호 교육의 대화 속에서 한국 사회를 일찍이 가 보지 않은 명예혁명의 길로 이끌고 있음을 이 시는 간명히 요약하고 있습니다만, 선생은 이 산문에서도 '우리와 타자'라는 이분법 대신 '없는 것도 아니고 있는 것도 아닌(非無非有)' '나'를 들어 올림으로써 소승(小乘)적 경향을 역설적으로 드러내셨습니다. 그럼 이제 대승(大乘)은 버려야 할까요?

다문화주의에 대한 철학적 단상이라고도 할 김우창 선생의 발제는 "아(我)와 비아(非我)를 넘어 보편적 평화의 이상에 근접해 가는" 우리 시대의 지적 모험을 그대로 보여 줍니다. 쟁점들의 모든 골목길까지 탐사한 이 방대하고도 독특한 산문을 제가 다시 요약하는 일은 폭력으로 되기 쉽겠지만, 그래도 한 문장을 고른다면 "문화적 동화를 내세우는 것은 민주주의 체제를 부인하는 일"이라는 대목입니다. 문화는 사람다움(후마니타스(humanitas))을 축으로 사람과 사람을 묶는 긍정적 요인인 동시에 "사람을 가르는 증표가 되기도" 합니다. 그것은 동아시아 인문주의의 결정적 토대인 유학이 그 보편성에도 불구하고 어디까지나 사대부 남성 중심이라는 데서 잘 드러납니다. 유학에 입문한 자들과 그 근처도 못 가 본 자들 사이에는 넘지 못할 구덩이가 있습니다. 서양도 마찬가지겠지요. 고전을 뜻하는 'classic'이 계급을 가리키는 'class'에서

2) 권여선, 「촛불과 태극기」, 《창비》(2017년 여름호), 298쪽.
3) 위의 글, 300쪽.

파생된 것은 저명한 예의 하나입니다. 고전을 즐기는 자들과 그러지 못하는 자 사이에 계급의 벽이 엄연합니다. 이 점에서 "문화적 동화를 겨냥할 것이 아니라 정치적 다문화주의, 다원주의를 분명히 하"자는 선생의 주장에 전적으로 동의합니다. 그런데 "다문화의 문제는 문화 변증법으로 해결되어야 한다."라는 데는 좀 더 조건화가 따라야 할 듯싶습니다. 그냥 "여러 차이를 승화하고 지양하는 것"이 자칫 주체의 복제화, 다시 말하면 의도에 반하여 차이를 지우는 동화의 회로로 이끌려 갈 위험은 없겠는지요?

"체르노빌 이후 우리는 다른 세상을 살고 있습니다."로 시작되는 스베틀라나 알렉시예비치 선생의 발제 「미래에 대한 회상」은 일종의 묵시록입니다. 이 기이한 제목, 특히 '회상'을 보고 저는 처음에 하이데거를 떠올렸습니다. "도래하는 것은 그 자신 아직 시원(始原) 속에 쉬고 있기 때문에 도래하는 것을 예감하는 것은 예상인 동시에 회상인 것이다." 그런데 그녀의 소설 『전쟁은 여자의 얼굴을 하지 않았다』(1985)에 '회상'에 대한 정의가 나온다는 점에 생각이 미쳤습니다. "회상이란 지금은 사라져 버린 옛 현실에 대한 열정적인, 혹은 심드렁한 서술이 아니다. 그것은 시간을 거슬러 올라간, 과거의 새로운 탄생이다."[4] 2차 세계 대전을 침묵당한 여성[5]이라는 가장 급진적인 관점에서 다시 조명한 이 소설의 절박성을 호흡할 때, 나치에 협력한 하이데거의 '회상'이란 어딘지 말의 희롱으로 여겨지게 마련입니다. 『전쟁은 여자의 얼굴을 하지 않았다』는 제게 존경하는 작가 김학철(1906~2001) 선생을 상기시켰습니다. 항일 전쟁 중 중국의 타이항산(太行山)에서 일본군의 포로로 끌려가 해방 후 서울로 평양으로 다시 중국으로 귀환했건만, 뜻밖에도 반혁명의 이름으로 긴 영어 생활을 겪은 끝에 복권된 그는 진정

---

4) 스베틀라나 알렉시예비치, 박은정 옮김, 『전쟁은 여자의 얼굴을 하지 않았다』(문학동네, 2016), 19쪽.
5) 「'남자'들의 언어로 쓰인 전쟁. 여자들은 침묵한다」. 위의 책, 17쪽.

한 의미의 전사-작가입니다. 그런데 그는 '마지막 분대장'을 자처하셨습니다. 사석에서 제게 이런 말씀도 하셨습니다. "기존의 전쟁 소설, 기존의 전쟁 영화에 등장하는 전투는 모두 거짓말이다." 의로운 전쟁이든 더러운 전쟁이든 전투의 영웅주의는 없다는 입장에서 영웅과 소인을 모두 비판한 그분은 진정한 영웅, 미래의 영웅이십니다. 그런데 저는 『전쟁은 여자의 얼굴을 하지 않았다』를 읽다가 놀랐습니다. 가령 이런 대목입니다. 그녀는 이 소설이 "전쟁의 역사를 승리의 역사로 몰래 바꿔치기"한 큰 사람이 아니라 "멸시당하고 짓밟히고 학대당했지만 결국은 승리를 거"둔 "작으면서도 큰 사람"[6]들의 이야기라는 점을 선언하는데, "작으면서도 큰 사람"이야말로 김학철의 '분대장'일 것입니다.

이런 상념들로 「미래에 대한 회상」은 제게 육박해 왔습니다. 1986년 4월 26일에 벨라루스와 접경한 저 먼 우크라이나에서 발생한 체르노빌은 제게도 "아포칼립스 최초의 굉음"으로, 우리가 직면할 미래로 폭발했습니다. 과거가 미래가 되고 미래가 과거가 되는 묵시록의 시간이 가장 절박한 실감으로 다가온 것입니다. 더구나 이웃 일본에 후쿠시마 원전 사고(2011. 3. 11)가 발생했습니다. 후쿠시마는 많은 한국인에게 간접이 아니라 거의 직접이었습니다. 제 아들놈도 그때 재팬파운데이션의 펠로로 동경에 있었기 때문에 지금도 그 공포는 생생합니다. 그리고 3년 뒤 세월호 침몰(2014. 4. 16)이 덮쳤습니다. 한국인의 내면에 깊은 상흔을 남긴 세월호를 지금도 앓고 있는 우리에게 북핵으로 환기되는 중무장한 동북아시아는 설상가상입니다. "우리는 이 땅을 구해야 합니다." 알렉시예비치 선생의 이 단호한 결론을 전폭적으로 지지합니다. 과연 이 묵시록적 파국으로부터 인류가 어떻게 이탈할 수 있을까요?

한국인들은 타자와 어울리는 데 약합니다. 6·25 전쟁 이후 냉전의 섬으로 고립된 경험이 결정적입니다. 거의 20여 나라의 군대가 한반도의 남쪽 끝과 북쪽 끝을 오르내리며 막대한 인적·물적 타격을 가함으

---

6) 위의 책, 37쪽.

로써 흡사 석기 시대로 돌아간 전후의 한국에서 타자는 공포 그 자체였습니다. 폐허에서 일어나 민주화도 이루고 제법 먹고살 만하게 됐어도 한국인들은 여전히 '우리끼리'였습니다. 1989년 외국 여행 자유화 조치 이후에야 한국인은 본격적으로 타자의 문제를 실감하기 시작했다고 해도 과언이 아닙니다. 타자와 어떻게 어울려 살 것인가? 생활 세계의 실존의 무게로 다가온 이 질문에 대해 우리와 타자 또는 토박이와 이방인이 형제자매처럼 어울리는 '열린 도시(open city)'를 지향한다는 데 합의한 것은 다행한 일입니다. 그런데 여기서 한발 더 나아갈 필요가 없지 않습니다. 둘이 아니라 하나라는 이상이 자칫 양자의 차이를 지우는 동일화의 덫에 걸릴 수도 있기 때문입니다. '둘도 아니지만 하나도 아니(不二不一)'라는 데까지 이르러야 진정한 공존, 그리하여 그 바탕에서 이루어지는 더 높은 화(和)도 가능하지 않을까 여겨집니다. 그리고 그쯤에서 부국강병론에 기초한 대국주의로부터 인류 평화를 궁극적으로 담보할 자치와 민주에 근거한 소국주의로의 대전환의 첫걸음이 겨우 디뎌지지 않을까 싶습니다. 감사합니다.

최원식 CHOI Won-shik 평론가, 인하대학교 명예 교수. 1949년 인천 출생. 서울대학교 국문과 및 동대학원을 졸업했다. 문학의 예술성과 사회성이 어떻게 대화해 왔는지 또는 어떻게 대화할 수 있을지에 대해, 그리고 대안으로서의 동아시아·동아시아 문학에 대해 관심을 기울여 왔다. 『민족문학의 논리』, 『생산적 대화를 위하여』, 『문학의 귀환』, 『제국 이후의 동아시아』, 『소수자의 옹호』, 『韓國의 民族文學論(한국의 민족문학론)』, 『東アジア文学空間の創造(동아시아 문학공간의 창조)』, 『文學的回歸(문학의 귀환)』 등의 저서가 있다. 대산문학상, 임화문학예술상 등을 수상했다.

2 우리와 타자
Perceiving "Us" and "Them"

우리와 그들

위화

서울국제문학포럼 사무국에서 몇 개의 주제를 제시했을 때 나는 '우리와 타자'라는 주제를 선택했다. 사무국은 이를 서로 다른 계급, 서로 다른 종족, 서로 다른 집단, 서로 다른 제도…… 사이의 관계로 정의했다. 내가 이 주제를 선택한 것은 이 양자의 관계가 대립적일 수도 있고 상호 보완적일 수도 있으며 상호 전환될 수도 있기 때문이다.

나는 중국의 문화 대혁명 속에서 성장했다. 그 시대에 있어 '우리'와 '그들'은 단순 명료한 대립 관계였다. 우리는 무산 계급이었고 그들은 자산 계급이었다. 경우에 따라 우리는 사회주의였고, 그들은 자본주의였다. 전자가 국내적 대립 관계라면 후자는 국제적 대립 관계였다.

먼저 국제적인 면을 이야기해 보기로 한다. 내가 자라나는 동안 나는 자본주의에 대해 뼈에 사무친 원한을 갖고 있었다. 그런데 사실 자본주의가 어떤 것인지는 알지 못했다. 내 원한은 완전히 당시의 교육이 빚어낸 것이었다. 미국은 자본주의 세계의 왕초여서 미국에 대한 원한이 가장 강렬했다. 당시 신문에서는 매일같이 "미 제국주의를 타도하자."라는 구호를 볼 수 있었고 이 구호는 중국의 도시나 시골 어느 곳이든 시멘트 담장, 벽돌 담장, 흙 담장 등에 널리 도배되어 있었다.

물론 우리는 타도해야 할 대상이 미국의 지배 계급일 뿐 미국 인민은 우리의 친구라고 알고 있었다. 우리의 선전 도구들은 매일같이 미국 인민들이 도탄에 빠져 생활하고 있다고 하였다. 나는 도탄에 빠져 있다는 것에 대해 미국 인민이 모두 하나같이 피골이 상접한 채 의복이 다 헤진 남루한 모습을 하고 있는 것으로 이해했다. 이러한 이해는 아마도 나 스스로의 생활 경험에서 기인했을 것이다. 당시 내 주위의 사람들은 모두가 말라깽이였고 옷도 기워 입고 다녔으니까. 아무튼 중국과 미국은, '우리'와 '그들'은 불공대천의 원수였다. 그런데 내가 막 열두 살이 되던 어느 날 갑자기 신문 1면에 난, 마오쩌둥과 닉슨이 우호적으로 악수하는 대문짝만 한 사진을 보고는 매우 놀랐다. 우리가 그들과 악수를 하다니? 전에 우리는 마오쩌둥이 닉슨을 보기만 하면 당장 목을 졸라 죽일 거라고 생각했는데.

당시 중국 국내의 대립 관계는 신문, 방송에서 매일같이 떠들어 대는 무산 계급과 자산 계급이었다. 기실 그때 자산 계급은 이미 없었다. 자산 계급은 허구였다. 이른바 자산 계급은 바로 1949년 이전의 지주와 자본가였는데 이들 이전의 지주와 자본가 들은 재산을 몰수당한 뒤 계속 이어지는 비판 투쟁에 전전긍긍했고 그들의 자녀들도 꼬리를 내리고 처신했으니 그들의 삶이야말로 도탄에 빠져 있었다. 처음으로 이런 사실을 발견하고 나는 자산 계급의 생활이 얼마나 비참한지를 깨닫게 되었다. 내가 무산 계급에 속하고 우리에 속하고 그들에 속하지 않는 것을 천만다행으로 여겼다. 마오쩌둥이 세상을 뜬 후 중국은 덩샤오핑 시대를 맞게 되었다. 덩샤오핑의 개혁 개방은 "일부 사람들을 먼저 부유하게 했고" 정치 지상의 사회를 뒤흔들어 단번에 금전 지상의 사회로 변화시켰다. 자산 계급은 더 이상 두려운 대상이 아니었고 눈부시게 빛났을 뿐만 아니라 무산 계급의 보편적인 추구 대상이 되었다. 가치관이 전도되어 돈이 있다는 것이 성공을 의미하였고 사회적 지위가 있다는 것을 뜻하였으며 사람들로부터 존경을 받는다는 것을 의미하였다. 설사 존경을 받지는 못한다 할지라도 부러움의 대상이 되었다. 개혁 개방 4년여간 소수의 우리는 그들이 되었고 대다수의 우리는 그들이 되기를 꿈꾸었다. 그리고 적지 않은 우리는 그들을 증오하는 감정 속에서 그들이 되기를 바랐다.

우리와 그들은 중국에서 널리 쓰이는 속담으로 말하면 "30년간은 황하 동쪽이었다가 물길이 바뀌어 30년간은 황하의 서쪽에 처하게 된 (三十年河東, 三十年河西)" 관계, 즉 음지가 양지가 되고 양지가 음지가 되는 관계였던 것이다. 사실 세상만사는 다 이러하다. 내가 이 원고를 쓸 때 베이징은 스모그 속에 잠겨 있었는데 창밖에 겹겹이 늘어선 건물들을 보니 마치 키가 크고 작고 뚱뚱하고 마른 유격대원들이 서 있는 것 같았다. 이는 나로 하여금 겨울 속의 진눈깨비와 바람을 떠올리게 했다. 과거 겨울 속의 진눈깨비와 바람은 몸서리쳐지는 추위 속의 추위였다. 그런데 요즘 겨울의 진눈깨비와 바람은 도리어 환영을 받게 되었다. 스모그를 밀쳐 내 베이징의 모습을 볼 수 있게 해 주고 좀 맑은 공기를 들이마실 수도 있게 해 주기 때문이다.

'우리'와 '그들'은 대립하거나 전환하기도 하고, 상호 보완적이 되기도 하니 이런 상황은 도처에 존재한다. 문학도 예외가 아니다.

오랫동안 사람들은 줄곧 나에게 묻곤 했다. "글을 쓸 때 수많은 독자들을 어떻게 고려하시나요?" 이런 문제는 가정에 근거한 것일 뿐 실제로는 성립되기 어렵다. 만약 어떤 작가가 글을 쓸 때 독자 한 사람 혹은 몇 사람만을 염두에 둔다면, 그리고 이들 독자들에 대해 익숙하다면 아마도 이런 독자들을 염두에 두고 글을 쓸 수 있을 것이다. 그러나 글을 쓸 때 고려해야 하는 독자가 수만, 수십만, 수백만에 달한다면 그들을 고려할 방법이 없을 것이다. 독자들은 천차만별이어서 작가는 그들이 무엇을 원하는지 알 수 없을 것이다. 더구나 그들은 끊임없이 변화하여 어제는 나의 글을 좋아했다가 오늘은 좋아하지 않을 수도 있고, 오늘은 좋아하지 않지만 내일은 다시 돌아와 내 글을 좋아할 수도 있을 것이다. 중국에는 "많은 사람들의 구미를 다 맞추기는 어렵다.(衆口

難調.)"라는 속담이 있다. 아무리 대단한 요리사가 만든 요리라 해도 모든 손님의 입맛을 다 맞추기는 어려울 것이다. 만족했던 손님도 자주 먹어 물리게 되면 또 만족하지 않게 되기도 한다.

작가는 독자 한 사람을 위해 글을 쓸 수 있는데, 단지 한 사람이라면 그 사람은 바로 자신인 것이다. 이것이 바로 우리와 그들의 관계이다. 만약 글 쓰는 자를 우리로 규정하고 읽는 자를 그들로 규정한다면 글을 쓰는 과정은 대립과 전환, 상호 보완적인 한 과정인 것이다. 모든 작가는 동시에 독자이기도 하다. 혹은 우선적으로 독자가 되어 많은 독서로 인해 생긴 느낌이 서사의 표준이 되어 글쓰기 속에 들어오게 되기 때문에 작가가 글을 쓸 때에는 작가와 독자라는 이중적인 신분을 갖게 된다고 할 수 있다. 작가의 신분은 서술을 진전시켜 나가도록 하는 것인데, 그사이 이 단락은 문제가 있고 이 구절은 표현이 좋지 못하며 이 단어는 사용이 부정확하다는 것을 느끼게 될 때, 이는 독자의 신분으로 개입하게 되는 셈이다. 글을 쓸 때 작가의 신분은 서술의 진전을 책임지고, 독자의 신분은 서술 진전 시의 한계에 책임을 지는 것이라고 할 수 있다. 이것이 글쓰기 속의 '우리'와 '그들'이다. 어떤 때는 글이 순조롭게 잘 써지더라도 '우리'는 제때에 그것을 수정해야 하며 '그들'은 그래야만 만족을 표하게 된다. 어떤 때는 서로 양보 없이 팽팽하게 대치하게 되는데 '우리'가 문제가 없다고 해도 '그들'은 문제가 아주 크다고 생각한다. 혹 '우리'가 거듭 수정해도 '그들'이 불만족하여 '우리'가 참을 수 없게 되었다면 이때는 어떻게 해야 될까?

가장 좋은 방법은 며칠간 쉬고 다시 돌아오는 것이다. 마치 정치가들이 국가의 핵심 이익에 있어 서로 팽팽히 맞설 때 항상 쓰는 방법처럼, 즉 "부딪치는 의제는 내버려 두고 다음 세대로 하여금 처리하도록 하는" 것이다. 다음 세대가 우리보다 지혜가 더욱더 뛰어나다는 것을 믿는 것이다. 며칠간 휴식하면 확실히 효과가 있다. 우리와 그들은 왕왕 아주 빠르게 일치점에 이를 것이다. 우리가 확실하게 잘 쓰지 못했다는 것을 인정하거나 그들이 생트집을 잡았다는 것을 인정하도록 만드는 것이다. 그런 연후에 우리는 계속 서사를 진전시켜 나가고 그들은 계속 서술의 한계를 파악하는 것이다. 어떤 때는 투쟁도 있겠지만 그런 때는 많지 않을 것이다. 그러나 우리와 그들 간에 일단 투쟁이 있게 되면 아마도 죽기 살기식 투쟁이 될 것이다. 문혁 시기의 중국과 미국의 투쟁처럼 동풍이 서풍을 압도하든지 아니면 서풍이 동풍을 압도하든지 할 것이다. 물론 투쟁이 얼마나 격렬하든 간에 끝에 가서는 마오쩌둥이 닉슨과 사이좋게 악수하듯 우리와 그들의 최종 결과 역시 악수와 우호적인 담소일 것이다.

오래전에 나는 어떤 음식점의 주방장과 이야기를 나누었다. 그가 물었다.

"어떻게 해야 좋은 작가가 될 수 있나요?"

내가 대답했다.

"좋은 작가가 되려면 먼저 좋은 독자가 되어야 합니다."

그가 또 물었다.

"어떻게 하면 좋은 독자가 될 수 있을까요?"

내가 말했다.

"첫째로, 위대한 작품을 읽어야 합니다. 평범한 작품은 읽지 마세요. 오랫동안 위대한 작품을 읽은 사람들은 취향과 수양이 아주 높아질 것입니다. 글을 쓸 때 자연히 스스로에게 요구하는 수준 역시 아주 높아질 것입니다. 오랫동안 평범한 작품을 읽은 사람들은 취향과 수양이 모두 평범해질 것이고 글을 쓸 때 깨닫지 못하는 사이에 평범함 속에 침잠될 것입니다. 둘째로, 위대한 작품들을 포함해서 모든 작품에는 결점이 존재하는데, 읽을 때 작품 중의 결점에 대해 관심을 갖지 마시고 장점에 관심을 두어야만 합니다. 왜냐하면 다른 사람들의 결점은 당신과 무관하지만 다른 사람들의 장점은 당신의 수준을 높이는 데 도움을 줄 수 있기 때문입니다."

그가 고개를 끄덕이고는 나에게 말했다.

"요리사를 하는 것도 똑같습니다. 훌륭한 요리를 맛보면 좋은 요리를 만들어 낼 수 있습니다. 저는 늘 수하 요리사를 다른 음식점에 파견해서 그들의 요리 기술 수준을 높이도록 합니다. 그런데 저는 항상 다른 음식점의 요리가 맛이 없다고 말하는 요리사에게는 진보가 없고, 다른 음식점의 요리를 잘 만들었다고 말하는 요리사는 진보가 아주 많다는 것을 발견했습니다."

위화 余華 YU Hua 소설가. 1960년 중국 출생. 중국 현대 문학을 대표하는 작가로 널리 알려져 있다. 제임스 조이스상, 그린차네 카보우르상, 프랑스 국제상 등 다수의 국제 문학상과 프랑스 문학예술훈장을 수상하였다. 주요 작품으로 『인생(活着)』(1992), 『허삼관 매혈기(许三观卖血记)』(1995), 『형제(兄弟)』(2005), 『제7일(第七天)』(2013) 등이 있다.

타자의 장소

백민석

W. G. 제발트의 소설 『아우스터리츠』에는 기묘한 장면이 나온다.

자기 출생의 흔적을 쫓는 아우스터리츠는 마리와 함께 옛 체코슬로바키아의 온천 도시를 찾는다. 그곳에서 호텔에 묵는데, 마리는 짐을 풀며 방의 이것저것을 꼼꼼히 살펴본다. 방은 살롱처럼 크고, 벽은 낡은 문직 벽걸이 양탄자로 덮여 있고, 골방의 침대는 한눈에 봐도 지난 시대의 것이다. 마리는 욕실로 들어가 수도꼭지와 샤워기까지 돌려 보고는 이렇게 말한다. "(마리는) 그러고는 마침내 다른 것은 모두 다 정상인데 책상은 수년 동안 먼지를 털지 않은 듯한 인상을 주는 것이 기이하다고 말했어요. 이 특이한 현상에 대해 어떤 설명이 가능할까 하고 그녀는 내게 물었지요, 라고 아우스터리츠는 말했다. 이 책상은 혹시 유령의 장소일까?"[1]

호텔 방의 다른 집기와는 달리 책상만 수년 동안 먼지를 털지 않은 듯한 인상을 주고, 그 책상을 보며 마리는 문득 유령을, 유령의 장소를

---

1) W. G. 제발트, 안미현 옮김, 『아우스터리츠』(을유문화사, 2013), 230쪽.

떠올린다. 책상은 유령이 머무는 장소고, 그래서 호텔 메이드가 아무리 치워도 유령이 가운 자락처럼 끌고 다니는 과거의 흔적이 사라지지 않고 남곤 한다는 의미일까.

유령은 산 사람에 대해 타자다. 산 사람은 유령이 있음을 알지만 볼 수는 없다. 하지만 유령이 꼭 죽은 사람의 혼령일 필요는 없다. 조르조 아감벤은 『아우슈비츠의 남은 자들』에서, 2차 세계 대전 당시 아우슈비츠에 실존했던 유령과도 같은 사람들에 대해 말한다. 그들은 "모든 증언 속에 하나의 공백으로 기입되어 있는 자",[2] 틀림없이 곁에 있지만 아무도 보고 싶어 하지 않는 자와 같은 존재다. 아우슈비츠 수용소에서 삶의 의지를 상실해 산송장 같아진 유대인들은 이슬람교도라고 불렸다. 이슬람교도는 "가면처럼 굳은 얼굴에다 땅바닥에 몸을 웅크리고 다리는 동양식으로 구부린 채로 있는 자세"를 하고 이슬람교도들이 기도할 때처럼 "상체가 전후좌우로 흔들리는 몸짓"을 한다. 이들은 때로는 "자기 안에 웅크린, 갇힌 사람"[3]이라는 뜻으로 조개 인간으로 불리기도 했다.

『아우스터리츠』의 주인공의 이름인 아우스터리츠는 발음이 비슷한 아우슈비츠 수용소를 정체성의 기원으로 갖는다. 이 소설에는 아우슈비츠를 변형한 이름들이 등장한다. 마리와 아우스터리츠가 묵는 호텔 근처에는 '아우쇼비츠'라는 샘물이 있고, 어느 페이지에는 '바우쇼비츠 분지'와 '아우스터리츠 정류장'도 나온다. 아우스터리츠는 어렸을 때 독일 나치의 유대인 절멸 작전을 피해 온 가족이 뿔뿔이 흩어진 가족사를 갖고 있다. 때문에 그는 성장해서도 병적으로 내성적이고 울적한 기분으로 인생을 살며, 이따금 히스테리성 발작도 일으킨다.

아감벤이 묘사한 산송장과 비슷한 느낌이다. "그는 어느 경우에는 (살아 있으나) 살아 있지 않은 것으로, 그의 삶이 진정한 삶은 아닌 존재로 나타나며, 또 어느 경우에는 그의 죽음이 죽음이라 불리지 못하고

---

2) 조르조 아감벤, 정문영 옮김, 『아우슈비츠의 남은 자들』(새물결, 2012), 124쪽.
3) 위의 책, 67쪽.

오로지 시체의 생산이라고 불리는 자로 나타난다. 즉 죽음의 영역 속에서의 삶의 기입이자 죽음 속에서의 삶의 영역의 기입으로서 말이다." 그는 인간성의 붕괴를 겪었거나 겪고 있는 자다. 이슬람교도는 "집요하게 인간으로 나타나는 비인간이지만, 그는 또한 비인간적인 것과 별개로 말해질 수 없는 인간인 것이다."[4] 유대인은 나치 인종주의자들에게 타자였고, 아우슈비츠는 그러한 타자가 격리되어 죽어 간 장소였다.

아우스터리츠의 정체성의 기원이 아우슈비츠 수용소에 있다는 사실을 깨닫는 순간, 독자들은 『아우스터리츠』의 문체가 어째서 그토록 둔중하고 질질 끄는 발걸음처럼 무겁게 읽히는지 마음으로 이해하게 된다. 『아우스터리츠』의 문체는 수용소 산송장들의 느릿느릿 길게 늘어지는 발걸음을 재현한 것일 수도 있는 것이다. 아우스터리츠는 아우슈비츠에 영혼 일부를 사로잡힌 인물이며, 『아우스터리츠』는 그러한 인물의 삶의 내용이 아닌, 삶의 형식을 문제와 양식으로 재현한 소설일 수도 있다. 그래서인지 소설 전체가 유령의 장소처럼 보이기도 한다.

2016년 7월, 나는 스페인 북부의 도시 팜플로나에 있었다. 팜플로나는 한국에도 잘 알려진 산티아고 순례 길에 위치한 천년의 고도이다. 투우 경기장으로 가는 좁은 돌바닥 도로에 성난 황소들을 풀어놓고 사람들이 일부러 쫓겨 다니는 산 페르민 축제가 열리는 도시이기도 하다.

팜플로나는 스페인 지방의 옛 건축물과 정취, 성곽이 보존되어 있는 구도심과, 서울과 마찬가지로 빌딩과 현대식 주거 공간으로 이뤄진 도심 외곽으로 선명하게 나뉘어 있다. 축제의 소몰이 경기는 구도심에서 벌어진다. 소 우리에서 여섯 마리 투우용 싸움소가 풀려나면, 그 앞에서 진을 치고 있던 수천 명의 사람들이 일제히 투우 경기장을 향해 달리기 시작한다. 흥분한 소들도 1미터가 넘는 날카로운 뿔을 앞세우고 사람들을 뒤쫓는다. 투우 경기장으로 이어지는 그 길은, 다른 길과 연

---

4) 위의 책, 124쪽.

결되는 길목마다 임시 벽을 세워 소들이 다른 곳으로 빠져나가지 못하게 한다. 소 우리에서 투우 경기장까지 1킬로미터 남짓한 그 축제의 길은 소들에겐 한번 들어서면 다시 돌아오지 못할 길, 죽음으로 가는 단 하나의 길이 된다. 싸움소들은 오후에 진행되는 투우 경기에서, 여섯 마리 모두 흙바닥에 피를 뿌리며 죽을 때까지 구경거리가 된다.

산 페르민 축제에는 사람들을 매혹시키는 여러 가지 유인 요소들이 있다. 그중 하나가 드레스 코드로, 축제에 참가하는 사람이면 누구나 아래위 흰색 겉옷에 바스크 스카프로 알려진 붉은색 손수건을 목이나 어깨에 두르게 한다. 새벽에 팜플로나에 도착한 나도 노점에서 붉은 손수건을 사 목에 둘렀다.

이러한 드레스 코드는 단순한 상술만은 아니다. 그보다는 지역 사회에 오랜 세월 뿌리내린 전통에 더 가깝다. 한적한 주택가에서도 드레스 코드에 맞춰 입은 시민들을 흔하게 볼 수 있기 때문이다. 관광객들, 일본인이나 나 같은 동양인들도 붉고 흰 드레스 코드에 맞추고 팜플로나 축제에 참여했다.

내가 팜플로나에 있던 3박 4일 동안 유일하게 드레스 코드를 갖춰 입지 않은 사람들은 흑인들뿐이었다. 흑인들은 드레스 코드에 대해 한마디도 들어 보지 못한 사람들 같은 옷차림으로 팜플로나 거리 곳곳에 나와 있었다. 흑인 대부분은 구도심이나 외곽의 번화가에서 길거리에 좌판을 깔아 놓고 노점을 하고 있었다. 드문 경우 관광객이거나 상점 직원이기도 했다. 하지만 어떤 경우에도 드레스 코드에는 맞춰 입지 않았다.

팜플로나에서 이 경험은 내게 투우 경기보다 더 강한 충격으로 다가왔다. 흑인들은 드레스 코드를 하지 않는다, 혹은 거부한다, 혹은 모종의 관습적 규범에 의해 그것이 금지되었다는 사실을 깨달았을 때 나는 한동안 정신이 멍해졌다. 자신 있게 말하지만 팜플로나 시내를 쏘다니던 그 며칠, 나는 흰 상하의에 붉은 스카프를 두른 흑인은 단 한 명도 보지 못했다. 시내에 드레스 코드를 하지 않은 백인들은 있었지만, 흑인이면서 드레스 코드에 맞춰 입은 사람은 없었다.

흑인들은 팜플로나가 구도심과 현대적인 외곽으로 칼로 그어 놓은 듯 구획되어 있는 것처럼, 완전히 다른 세계에 속한 사람들 같았다. 그들은 단지 피부색이 다르고 헤어스타일이 다르고 드레스 코드에 맞춰 입지 않은 사람들이 아니었다. 드레스 코드로 상징되는 축제 문화에서 한편으로 비켜나 격리된 사람들이었다. 그렇다고 그들이 인종적 게토나 아우슈비츠에 갇힌 사람들은 아니었다. 그들은 팜플로나 어느 거리에나 있었다. 대개의 흑인이 번화가에서 노점을 하는 것으로 보아 어쩌면 스페인 국민이 아니라 아프리카에서 건너온 난민의 일부일 수도 있었다.

하지만 그것이 어째서 흑인 전체가 드레스 코드에 맞춰 입지 않았는지에 대한 명확한 해답은 되지 못한다. 산 페르민 축제 기간에 보았던 그 흑인들은, 문화적으로 완벽히 단절된 채 팜플로나 시내의 여기저기에 모습을 드러내는 바깥, 외부 같았다. 내부에 들어와 있는 외부, 안과 조금도 뒤섞이지 않은 채 유령처럼, 이물질처럼 떠도는 바깥.

나는 이 사실을 가볍게 말할 수 없다. 나는 한국에서 나서 평생 한국에서만 살았다. 2016년 이전에는 백인들이 주류인 서유럽과 북미 지역에는 발을 들여놓은 적도 없었다. 그러니 인종 차별이라고 하는 것을 실제로 경험해 볼 기회도 없었고, 팜플로나에 가 보기 전까지는 인종 차별이라고 하면 그저 백인들이 흑인들을 짐승 취급하는 것이라는 피상적인 이해만 갖고 있었다. 단 한 번도 인종 차별이, 한 인종 전체가 축제의 한가운데서 완전히 단절되고 격리되어 내부의 외부, 안에 출몰하는 바깥의 정체성을 갖게 되는 것이라고는 생각해 본 적이 없었다.

그러고 나서 팜플로나에서 파리로 갔다. 파리에 도착한 7월 14일은 프랑스의 혁명 기념일이었다. 아침부터 샹젤리제 거리에서 군사 퍼레이드가 벌어지고, 저녁이 되자 에펠 탑 앞 공원에서 콘서트와 불꽃 축제가 펼쳐졌다. 나는 저녁부터 공원에 자리를 잡고 앉아 혁명을 기념하는 클래식 콘서트를 봤다. 축제를 즐기러 나온 사람들이 지평선을 이루고 있었다. 불꽃놀이는 밤 12시가 넘어서 끝났고, 나는 공원을 나와 지하철을 찾았다.

어찌 된 일인지 지하철역은 닫혀 있었고, 파리 시민들이 출입구를 막고 있는 경찰들에게 이것저것 묻고 있었다. 나는 행인들의 물결에 휩쓸려 한참을 오픈된 지하철역을 찾아 헤맸다. 택시도 없었다. 몇 군데 지하철역 앞에서 실망해 돌아서면서 나는, 지하철역을 이제는 경찰이 아닌 자동 소총을 멘 군인들이 지키고 있다는 사실을 알았다. 나는 에펠탑과 멀리 떨어진 지역에서 겨우 문을 연 지하철역을 찾을 수 있었다.

다음 날이 되어 인터넷을 보고서야 나는 전날 밤 소동의 까닭을 알수 있었다. 내가 불꽃놀이에 정신이 팔려 있던 그 시간에, 프랑스 남부 도시인 니스에서 테러 사건이 일어난 것이다. 범인은 오랜 세월 프랑스의 보호국이었던 북아프리카 튀니지 태생의 트럭 운전사였다. 그는 대형 트럭을 타고 축제를 즐기던 시민들 사이를 2킬로미터 가까이 질주했고, 84명이 죽고 100명 이상이 다쳤다고 했다.

테러범 부렐은 프랑스 태생의 백인이 아니라 이슬람교도였다. 사건 직후 이슬람국가(IS)는 자신들이 배후라고 밝혔다. 테러가 일어난 혁명 기념일은 '바스티유의 날'이라고도 불린다. 앙시앵 레짐에 저항하는 시민들이 바스티유 감옥을 습격해 혁명의 발단을 만든 날이기 때문이다. 감옥의 정치범과 시민들의 자유와 평등은 이날 폭력으로 쟁취됐다. 그로부터 227년이 흘렀고, 어느새 '바스티유의 날'은 이슬람 이민자가 자신의 메시지를 프랑스 지배 계층에 폭력을 통해 전하는 날로 바뀌었다.

내 숙소는 몽마르트 언덕 근처 무슬림들이 모이는 거리에 있었다. 숙소도 이슬람식 이름을 갖고 있었다. 그렇지만 테러 사건 이후에도 별다른 동요는 느껴지지 않았다. 관광객인 내가 할 수 있는 일이라곤 그저 가슴을 쓸어내리는 일뿐이었다. 1789년에 그랬듯이 피와 폭력으로 다시 한번 프랑스가 물든 2016년 7월 14일의 밤에, 나는 우연의 덕을 봤다고 할 수 있다. 나는 파리가 아닌 니스의 해변 도로에서 불꽃놀이를 봤을 수도 있었고, 부렐이 니스가 아닌 에펠 탑 앞으로 트럭을 몰고 돌진했을 수도 있었다.

테러범 부렐은 이민자이다. 그는 엄밀히 말해 프랑스 시민이다. 프랑스 시민이 된 지 10년도 더 지났고, 테러에 사용한 트럭은 그가 배송 사업을 하는 데 쓰는 자신의 트럭이었다. 이렇게 본다면 극동 지역에서 나고 자라 2016년 이전에는 유럽 대륙을 밟아 본 적이 없는 내 눈에는 무언가가 이상하다. 부렐은 같은 프랑스 시민을 향해 대량 살상 테러를 저지른 셈이다. 무엇이 그를, 동포를 84명이나 살해할 만치 증오하고 원한에 사무치게 했을까.

우연찮게 이번 스페인, 프랑스 여행에 『폭력이란 무엇인가』와 『인민이란 무엇인가』를 들고 갔다. 『폭력이란 무엇인가』에는 이미 2005년에 프랑스를 뒤흔든 폭동이 있었다고 나온다. 이 폭동의 타깃은 무차별적이었고, 이슬람 사원도 불에 탔다. 슬라보예 지젝은 폭동의 성격을 이렇게 봤다. "한 사회 집단이, 프랑스의 일부이자 프랑스의 시민이었음에도 불구하고, 그들 스스로는 진정한 정치적·사회적 공간에서 배제되어 있다고 느꼈으며, 그래서 자신들의 존재를 대중에게 뚜렷하게 부각시키고자 했던 것이다. …… 싫든 좋든, 우리는 여기 있다. 애써 우리가 안 보이는 척해 봐야 소용없다. …… 그들 주장의 대전제는 그들이 프랑스 시민이 되기를 원하며, 실제로 프랑스 시민인데, 시민으로서 완전히 인정받지는 못하고 있다는 것이다." 당시 폭동에 나섰던 이들은 그 얼마 전 내무 장관 니콜라 사르코지에 의해 '인간쓰레기'라고 불렸던 이들이다. 이들은 지젝에 따르면 사회의 편견과 달리 "어떤 종교나 민족 공동체의 일원으로서 공동체의 폐쇄적 생활 방식을 고집하며 특별한 지위를 요구했던 게 전혀 아니"[5]었다. 2016년의 부렐에게 어쩌면 IS의 지령은 그저 핑계에 불과했을 수도 있다. 그는 단순히 한 사람의 온전한 프랑스인, 동등한 자유와 평등을 누리는 내국인이 되고 싶었을지도 모른다.

팜플로나의 드레스 코드 문제라든가 2005년의 폭동이나 부렐의 테

---

5) 슬라보예 지젝, 이현우 외 옮김, 『폭력이란 무엇인가』(난장이, 2011), 117~119쪽.

러 사건에서 공통적으로 보이는 것은 무엇일까? 유색 인종에 대한 차별이나 이민자 문제 혹은 빈부 갈등, 이슬람과의 종교 갈등일까? 팜플로나의 흑인들이나 파리의 부렐은 엄밀히 말해 스페인과 프랑스의 시민이었다. 하지만 흑인들에게 드레스 코드는 완강히 거부되거나 완강히 금지되었던 것이고, 부렐은 살육이 아니고서는 자신의 증오와 원한을 표현할 길을 찾을 수 없었던 것인지도 모른다. 그러니까 더 엄밀히 말해 그들은, 스페인과 프랑스의 내부에 존재하는 외부, 안의 바깥이라고 할 수 있다. 그들은 한 사회의 내부에 편재하는 완전한 외부, 바깥이었던 것이다. 동일자 안에 편재하는 완전한 타자였다. 아우슈비츠의 유대인도 마찬가지였다.

폭동이나 테러까지는 아니더라도 한국 사회에서도 2016년 11월부터 대규모 집회가 있어 왔다. 세월호 참사와 관련해 광화문에서는 지난 3년간 크고 작은 집회가 열렸다. 그러다가 박근혜와 그 측근들의 비리가 알려지면서 집회의 규모도 커졌다. 11월 12일 3차 집회에는 집회 참가 인원이 처음으로 100만을 넘어섰고, 갈수록 늘어나 국회 탄핵 소추 즈음인 12월 3일 6차 집회에는 서울에만 170만 명이 모였다.

세월호 참사가 일어난 지 3년째로 접어드는 동안 광화문 광장은, 푸코가 『헤테로토피아』에서 말한 "우리가 살고 있는 공간에 대해 신화적인 동시에 현실적으로 일종의 이의 제기를 하는 상이한 공간"으로서 기능해 왔다. 푸코의 헤테로토피아는 "실제로 위치를 한정할 수 있지만 모든 장소의 바깥에 있는 장소들"[6]이다. 세월호 유가족들의 호소, 항의가 한국 사회에서 지난 3년 동안 어떤 수준의 호응을 받아 왔는지, 정부와 정치권으로부터 어떤 대접을 받아 왔는지 생각해 보면 자연스레 헤테로토피아를 떠올리게 된다. 광화문 광장은 한국 사회 전체에 대한 이의 제기이자 바깥으로 밀려난 희생자들의 목소리가 현존하는 공간이

---

6) 미셸 푸코, 이상길 옮김, 『헤테로토피아』(문학과지성사, 2014), 47~48쪽.

다. 세월호 유족들과 사회단체들이 매일 나와 홍보하고 항의하는 자리는 이제 '광화문 텐트촌'이라고 불리며 한국 사회의 부패와 불의, 무기력을 증언하는 상징적 공간이 됐다.

11월 19일 종로에서 광화문으로 가는 대로에 고등학생으로 보이는 어린 친구 둘이 구호가 적힌 종이를 들고 있었다. 제대로 만든 피켓도 아닌, 문방구에서 사 온 도화지에 사인펜으로 한 글자 한 글자 적은 것이었다. 발치에는 학교에 다녀왔는지 책가방이 놓여 있었고 옷차림도 교복을 그대로 입고 나온 듯했다. 이들이 가슴께 들고 있는 도화지에는 "이래도 개돼지입니까?"와 "국민의 무게만큼 책임을 느껴라."라고 쓰여 있었다.

나는 아름다운 두 어린 친구 앞에서 부끄럽고 마음이 아팠다. 왜냐하면 어느 교육부 인사가 한국 사회에서 "신분제를 공고화시켜야 한다."라며 했던 "민중은 개돼지다."라는 발언이 이 어린 친구들의 마음에도 상처가 됐을 거라는 데 생각이 미쳤기 때문이다. 기성세대로서, 아직 사회에 진출할 나이도 되지 않은 어린 세대에게 듣지 말았어야 할 말을 듣게 한 책임에서 나는 자유롭지 못하다.

본보기를 위해 이름을 밝혀 두자. 교육부 정책기획관 나향욱은 기자들과의 자리에서 이렇게 말했다. "나는 신분제를 공고화시켜야 한다고 생각한다." "민중은 개돼지다." "민중은 개돼지로 취급하면 된다. 개돼지로 보고 먹고살게 해 주기만 하면 된다." "신분이 정해져 있으면 좋겠다는 거다. 미국을 보면 흑인이나 히스패닉 이런 애들은 정치니 뭐니 이런 높은 데 올라가려고 하지도 않는다. 대신 상·하원…… 위에 있는 사람들이 걔들까지 먹고살 수 있게 해 주면 되는 거다."[7]

슬프게도 이것은 한국 사회 엘리트의 발언이다. 이 발언도 촛불 집회의 한 발단이 됐다. 몇 해 전부터 한국 사회를 설명하는 지배적인 담론처럼 유행한 '금수저, 흙수저'론의 연장선상에 있는 성격의 발언이

---

7) 장은교, 「교육부 고위 간부 "민중은 개돼지: 신분제 공고화해야"」, 《경향신문》(2016년 7월 8일).

다. 박근혜 게이트의 핵심인 정유라도 SNS에 그 비슷한 내용의 글을 남겼다. "능력이 없으면 니네 부모를 원망해. 있는 우리 부모 가지고 감 놔라, 배 놔라, 하지 말고. 돈도 실력이야."[8]

이 발언들은 한국 사회가 '금수저, 흙수저'로 표상되는 신분 사회로 역행하고 있다는 사실을 누설의 형식으로 들려주고 있다. 집회에 나왔던 그 친구들은 평소에 만날 일이 없는 한국 사회의 지배 계층에 의해 자신들이 개돼지로 불리며, 이미 개돼지의 정체성을 갖게 됐다는 사실을 마음속 깊이 깨달았을 것이다. 2005년 프랑스 폭동의 한 발단은 사르코지 내무 장관의 '인간쓰레기' 발언이었다. 이는 사회에서 성공한 사람이 그러지 못한 사람들을 얕잡아 보고 경멸하는 발언이 아니었다. 사르코지의 발언은 프랑스 사회가 인간쓰레기와 그렇지 않은 사람들로 이뤄진 신분 사회임을 공표하고 명문화한 발언과 다름없었다.

부렐과 같은 튀니지 출신으로 프랑스에서 망명 생활을 하는 사드리 키아리는 프랑스 사회에 대해 이런 농담을 들려준다. "〔생드니 지하철에서〕 흑인이나 아랍계 프랑스인을 찾아 그에게 이렇게 질문하라. '당신은 어떤 인민에 속합니까?' 만약 그가 당신에게 '나는 프랑스 인민에 속합니다.'라고 대답한다면, 당신은 그가 아첨꾼이라는 것을 알게 될 것이다. 만약 그가 진지하게 대답한다면, 그는 이렇게 말할 것이다. '나는 흑인 또는 아랍인, 베르베르인, 말리인, 모로코인, 이슬람인, 세네갈인, 알제리인, 아프리카인…… 인민에 속합니다.' 그다음에는 소위 토박이 프랑스인을 찾아 그에게 똑같은 질문을 하라. 그는 '나는 백인 혹은 유럽인 혹은 기독교인 인민에 속합니다.'라고 대답하지 않을 것이다. 그는 '나는 프랑스 인민에 속합니다.'라고 대답할 것이다."

사드리 키아리의 이 농담은 앞서 말한 팜플로나의 흑인이나 테러범 부렐, 아우슈비츠의 유대인, 엘리트에 의해 규정된 한국 민중의 정체성과 관련해 가볍지 않은 생각할 거리를 던져 준다. 농담이 보여 주는 것

---

8) http://daebakreal.tistory.com/170.

은 프랑스 사회가 두 집단 "하나는 국가에 의해 인정받고 국가 안에서 스스로를 식별하는 다수자이고, 다른 하나는 국가에 의해 인정받지 못하고 국가 안에서 스스로를 식별하지 않는 소수자"[9]로 구성되어 있다는 사실이다.

프랑스의 지배 계층을 이루는 이들은 굳이 자신을 '백인, 유럽인, 기독교인'이라고 소개할 필요가 없다. '프랑스인'이라는 말 자체에 이미 그런 의미가 들어 있기 때문이다. 하지만 부렐 같은 이민자, 아랍인과 아프리카인 혈통의 프랑스인들은 그런 식으로 대답할 수 없다. 그들은 내부에서 외부의 정체성을 갖기 때문이다. 그들은 프랑스에 의해 인정받지 못하는 프랑스인이자 프랑스 안에서 스스로를 식별하지 않는(스스로 프랑스인이라고 말하지 못하는) 프랑스인들이다.

한국은 예외일까? 단일 민족이고, 단일한 역사로 이어져 내려온 단일한 사회를 구성하고 있으니 내부의 외부 문제, 안의 바깥 문제는 없을까? 지난 11월과 12월 광화문 촛불 집회에는 이루 헤아릴 수 없을 만치 많은 구호들이 등장했다. 세월호의 인양에서 박근혜 탄핵, 비정규직과 사드 배치, 아르바르트생의 시급 문제까지, 한국 사회가 저렇게 많은 문제를 안고 있나 싶을 정도였다.

하지만 그 많고 많은 구호들 중에 평소에 흔히 보던 구호들이 눈에 띄지 않았다. 바로 지역 갈등에서 비롯된 정치 구호들이었다. 촛불 집회 어디에도 지역 갈등을 부추기거나 반대로 지역 갈등을 근절하자는 내용의 구호는 등장하지 않았다. 적어도 내 눈에는 그랬다. 이는 한국 사회에서 40년 이상을 살아온 나 같은 사람에게는 이례적인 일이다. 왜냐하면 어렸을 때부터 전라도, 경상도를 편 가르는 소리를 듣고 살았고, 4년 전 대통령 선거 때만도 심심찮게 듣던 소리였기 때문이다.

지역 갈등을 부추기거나 근절하자는 이야기는 집회 현장뿐만 아니

---

9) 사드리 키아리, 서용순 외 옮김, 「인민과 제3의 인민」, 『인민이란 무엇인가』(현실문화연구회, 2014), 149~150쪽.

라 한국 사회 이곳저곳에서 점차 사그라지고 있었다. 최근 치른 몇 차례 선거에서도 점차 들리지 않고 있었다. "우리가 남이가." "〔비영남권 대통령이 당선되면〕 영도 다리에 빠져 죽자."는 한국 사회에서 지역 갈등이 얼마나 뿌리 깊은지 상징적으로 들려주는 관용구처럼 선거철마다, 비상시국마다 등장하곤 했다. 이 발언들은 1992년 정부 기관장들이, 지역감정을 부추겨 김영삼 대통령을 당선시키려고 모인 자리에서 흘러나왔다. 그 자리에는 지금 국정 조사를 받고 있는 김기춘도 있었다.[10]

"우리가 남이가." 같은 귀에 익은 소리들이 지금 한국 사회에서 사라지고 있다. 그리고 그 자리를 몇 해 전부터, 바로 얼마 전부터 '금수저, 흙수저'가 빠르게 채우고 있다. 그러다가 올해 교육부 간부의 '개돼지' 발언이 나왔다. 한국 사회의 지배적인 레토릭이 변화하고 있다. 이는 보는 이에 따라 사실이 아닐 수도 있고, 또 얼마든지 다르게 해석될 수 있는 일이다. 하지만 내가 보기에 이 현상은, 이 현상이 확실한 하나의 추세라면 이렇게 말할 수 있을 것이다. 한국 사회의 갈등 구조가 지역에 기초한 지역 갈등에서, 계급 혹은 신분에 기초한 갈등으로 이행하고 있다고.

개돼지 발언이나 금수저, 흙수저론을 보면 틀림없이 한국 사회의 갈등 구조는 신분 갈등으로 이행하고 있는 것이고, 가계 부채나 비정규직이나 소득 격차 문제를 보면 계급 갈등이 심화되고 있는 것으로 보인다. 그렇지만 최순실 일가를 봐도 알 수 있듯 신분을 결정짓는 요소가 재산의 질이 아니라 규모라면, 한국 사회에서는 신분 갈등이 곧 계급 갈등을 의미할 수도 있다. 어느 쪽이든 지역 갈등이 정치적으로 효율성이 떨어지는 사회가 되어 가고 있다. 당연히 보수 지배 계층이 지키려 하는 가치도 박근혜 게이트에서 보듯, 지역 공동체에 기초한 가치에서 계급 공동체에 기초한 가치로 이행하고 있다.

올 7월 '민중은 개돼지' 발언을 접하면서 그 '민중'이라는 말에 이상

---

10) 위키백과, 초원복국 사건.

하게도 나는 반가움과 놀라움을 느꼈다. '민중'이라는 말을 너무 오랜만에 들은 탓에 맥락을 따질 겨를도 없이 일단 반갑기부터 했고, 놀랐던 이유는 그 말이 민중 자신이 아닌 민중을 개돼지 취급하며 적대시하는 자의 입에서 나온 데 있다.

한국 근대사에서 민중의 가장 오랜 친구였던 문학에서도 이제는 민중 문학이라는 말은 듣기 힘든 것이 되어 가고 있다. 지난 시절 아름답게 꽃피웠던 민중 미술이나 민중가요도 1990년대 후반 들어 자취를 감췄다. 어디서든 '민중'이라는 말 자체를 듣기 어려웠다. 그렇게 잊히는가 싶던 '민중'이 다시 매스컴을 타기 시작했다. 그런데 다시 등장한 '민중'은, 민중이 자신을 일컫기 위해서가 아니라 민중의 적이 자신의 적을 부르는 데 쓰이고 있었다.

나향욱의 발언 가운데 민중이 어떤 의미로 쓰이는지 봐야 한다. 기자가 [당신이 말하는] 민중이 누구냐, 하고 묻자 그는 (한국 사회 구성원의) 99퍼센트라고 답한다. 그에 의하면 우선 민중은 신분제로 묶어 놓아야 할, 1퍼센트 지배 계층의 타자이고, 미국의 흑인이나 히스패닉이 그런 것처럼 신분 상승은 꿈도 꾸지 못하게 만들어야 할 완전한 타자이다.

나향욱은 무슨 의미로 민중이란 말을 쓴 것일까? 그에게 민중은 미국의 흑인이나 히스패닉 이민자의 의미였을까. 그는 사실상 민중을 미국의 유색 인종과 동일한 심급에서 다루고, 계급 차별과 인종 차별의 구별 없이, 그저 자신에 반하는 사회적 타자를 지칭하기 위해 민중이란 말을 썼다. 그러면서 언뜻 한국 지배 계층, 미국 주류 사회 백인이라는 자신의 자아 이상을 드러냈다.

한국 사회에서 사라지다시피 한 '민중'이, 정작 민중 자신의 일상에서는 사라진 '민중'이, 한국 사회의 보수 지배 계층의 머릿속에 사회적 타자의 모습으로 살아 있는 것이다. 이 사회적 타자인 민중은 신분제에 공고하게 묶여 신분 상승이 금지되었으며, 팜플로나의 흑인들처럼 안과 조금도 뒤섞이지 않은 채 유령처럼 떠도는 바깥이고, 테러범 부렐처럼 스스로를 프랑스인이라고 부르지 못하는 프랑스인이다.

제발트와 아감벤의 아우슈비츠에 대한 책은 동일자와 타자 사이에 절대적인 간극이 벌어질 때 어떤 일이 벌어지는지를 극적으로 보여 준다. 유대인 대량 학살은 동일자가 타자에게 저지를 수 있는 가장 비참한 범죄였다. 독일의 인종주의자들이라는 동일자 공동체에 유대인이라는 타자는 결코 세계를 나누어 쓸 수 없는 완전한 타자였다. 이들 완전한 타자는 동일자 앞에서, 유령이나 산송장처럼 내용이 비워진 자들이면서 내면이 없는 자 취급을 당했다. 이들 타자는 내용이 없기 때문에 굳이 이해할 필요가 없었고, 내면이 없기 때문에 굳이 공감할 필요가 없었다.

나는 한국 사회는 다르다고 말할 수 없다. 왜냐하면 박근혜와 최순실 일가가 무슨 짓을 했는지, 자신들의 사리사욕을 위해 사회의 시스템을 어떻게 망가뜨려 왔고, 10조 원의 재산을 어떻게 부정한 방법으로 축적해 왔는지 밝혀지는 과정을 매일 보고 있기 때문이다. 그들에게도 민중은 개돼지가 아니었을까. 개돼지에게는 내용도 내면도 없다. 그래서 민중이 무엇을 바라는지 굳이 이해할 필요도 느끼지 못했고, 민중이 어떤 고통을 당하고 있는지 굳이 공감할 필요를 못 느꼈던 것은 아닐까. 그들에게 민중은 팜플로나의 흑인이나 파리의 이슬람 이민자, 아우슈비츠의 유대인과 무엇이 얼마나 다른가.

피부색과 혈통이 같다고 해서 타자의 문제가 발생하지 않는 것은 아니다. 한국 사회에서 타자의 문제가 심각해진다면 계급적 타자의 문제가 될 가능성이 크다. 하지만 역사의 비극들에서 보듯, 사회는 언제나 새로운 타자가 나타날 가능성을 늘 염두에 두어야 한다. 예상치 못한 새로운 타자의 문제가 발생할 가능성을 열어 두어야 한다.

한국 사회는 새로운 타자, 새로운 타자의 문제를 위한 사회의 빈 장소를 항상 준비해 두어야 한다. 왜냐하면 그것이 에마뉘엘 레비나스를 빌려 지그문트 바우만이 한 말처럼 인간이 인간으로서, 사회가 사회로서 제 역할을 하는 것일 테니 말이다.

레비나스에게 "타자들과 함께 있음"은 인간 존재의 가장 근원적이고 제거할 수 없는 속성으로 가장 먼저 무엇보다도 책임성을 의미한다. "타인이 나를 바라보고 있기 때문에 ── 그를 위해서 내가 책임을 떠맡지 않았다 하더라도 ── 나는 그에게 책임이 있다." 나의 책임성은 타자가 나를 위해 존재하는 단 하나의 유일한 형식이다. 이것은 그의 존재의 양식이며, 그의 근접성의 양식이다. …… 단연코 나의 책임〔성〕은 무조건적이다. 책임〔성〕은 대상의 질에 대한 사전 지식에 의존하지 않는다. 책임성은 그런 지식에 우선한다.[11]

백민석 BAEK Min-suk 소설가, 에세이스트, 강사. 1971년 서울 출생. 서울방송통신대학 영어영문과를 졸업했다. '엽기'라는 우리 시대 문화 코드의 대표적 사례로 여겨진, 충격적인 언어와 기괴한 상상력으로 한국 문단과 독자들에게 충격을 준 작가이다. 『16믿거나말거나박물지』, 『혀끝의 남자』, 『헤이, 우리 소풍 간다』, 『내가 사랑한 캔디』, 『불쌍한 꼬마 한스』, 『목화밭 엽기전』 등의 작품이 있다.

---

11) 지그문트 바우만, 정일준 옮김, 『현대성과 홀로코스트』(새물결, 2013), 304~305쪽.

점, 선, 면, 겹

김애란

내 책상 왼편에는 작은 탁상용 달력과 연필꽂이, 연필깎이가 일렬로 놓여 있다. 흰 타일 소재의 네모난 연필꽂이에는 여러 종류의 연필이 꽂혀 있는데 대부분 누가 준 거다. 먼 나라에 다녀온 작가가 기념으로 한 자루, 수첩 하나를 끝까지 다 못 써 늘 죄책감에 시달리면서도 새 문구를 끊임없이 사들이는 친구가 또 한 자루, 새로 나온 문학 잡지를 사고 기념품으로 받은 것 몇 자루⋯⋯. 가만 보면 생산국도 제각각이라 가끔 세계의 나무들이 비죽 솟은 작은 숲을 옆에 끼고 작업하는 기분이 든다. 급히 떠오르는 생각을 메모하거나 갓 출력한 원고를 다듬을 때 혹은 탁상용 달력에 중요한 약속을 적어 넣을 때 연필꽂이 속 연필을 손에 잡히는 대로 꺼내 쓴다. 그래도 내게 연필이 가장 자주 필요할 때는 책을 펼칠 때다.

평소 문서에 줄을 많이 긋는 편이다. 이전에는 색연필이나 형광펜을 이용했는데 지금은 거의 연필만 쓴다. 어떤 문장 아래 선을 그으면 그 문장과 스킨십하는 기분이 든다. 종이 질과 연필 종류에 따라 몸에 전해지는 촉감은 다 다르고 소리 또한 그렇다. 두껍고 반질거리는 책보다

가볍고 거친 종이에 그은 선이 더 부드럽게 잘 나가는 식이랄까. 어디에 줄 칠 것인가 하는 판단은 순전히 주관적인 독서 경험과 호흡에 따라 이뤄진다. 그리고 그렇게 줄 긋는 행위 자체가 때론 카누의 노(櫓)처럼 '독서'를 앞으로 나아가게 하는 힘과 리듬을 만든다.

책을 읽다 문득 어떤 문장 앞에 멈추는 이유는 다양하다. 모르는 정보라. 아는 얘기라. 아는 얘기인데, 작가가 그 낯익은 서사의 껍질을 칼로 스윽 벤 뒤 끔찍하게 벌어진 틈 사이로 무언가를 보여 줘서. 그렇지만 완전히 다 보여 주지는 않아서. 필요한 문장이라. 갖고 싶어서. 웃음이 터져. 미간에 생각이 고여. 그저 아름다워서……. 그러다 나중에는 나조차 거기 줄을 왜 쳤는지 잊어버릴 때가 잦다. 최근 우리 집에 들른 시누가 책 한 권을 빌려 갔다. '식물이 되는 방식으로 세계의 폭력에 저항하는' 여자 이야기라 거리낌 없이 내주었는데, 시누가 차를 타고 떠난 뒤에야 그게 줄거리만 거칠게 요약해 놓고 보면 '형부와 처제의 금지된 사랑'을 그린 소설임을 깨달았다. 사회적 통념에 반하는 관능적인 문장 아래 밑줄이 강하게 죽죽 그어진 걸 보고 시누는 나를 뭐라 생각했을까?

줄을 많이 그은 책은 중고 서점에서 잘 받아 주지도 않는다. 그래도 기증하거나 파는 것보다 읽는 게 중요해 밑줄을 포기하진 않는다. 아무렴, 작가가 그래야지. 말은 이렇게 해도 실은 오래전 급전이 필요해 책의 연필 자국을 지우개로 지우며 밤새운 적이 있다. 아이 깨끗이 씻겨 다른 집에 입양 보내듯 미안함과 머쓱함을 느끼며 그렇게 했다. 우리 집에 놀러 올 때마다 자기 책이 어디 꽂혔는지 안 보는 척 반드시 확인하는 동료 작가들이 보기에 불안한 고백일지 모르나 그런 책은 나도 알아서 잘 보관한다. 나는 내가 줄 그은 책과 잘 헤어지지 못한다. 거기 남은 연필 자국이 왠지 저자와 악수한 뒤 남은 손자국 같아. 가끔은 책 위에 남은 무수한 검은 선(線)이 아이스링크 얼음판에 새겨진 스케이트 날 자국처럼 보인다. 정신적 운동이랄까 연습의 흔적.

그렇다면 나는 연필 부자인가? 그렇지 않다. 내 인생 최다 연필 쇼핑은 어느 유명한 절에서 향나무 연필 세트를 사 본 게 다다. 그것도 막걸리를 먹고 들뜬 아버지가 선심 쓰듯 사 준 거였다. 그때 나는 '번뇌'가 뭔지, '자비'가 뭔지 하나도 모르는 꼬마였지만 그 향나무 냄새를 맡으며 왠지 마음이 편안해졌던 기억이 난다. 한 다스에 열두 자루. 사각사각 그걸로 한글을 익히고 덧셈과 나눗셈을 배웠겠지. 그날의 사건과 날씨를 거짓으로 지어낸 일기도 쓰고.

좋은 물건을 보면 갖고 싶고 나 역시 곧잘 사지만 동료들처럼 필기구를 수집하거나 애호하는 경지에 이르진 못했다. 다만 나도 한 번 강렬한 사재기 욕구를 느낀 적이 있는데 상트페테르부르크에 자리한 도스토예프스키 박물관에서였다. 검은 몸통에 검은 지우개가 달린 단순한 연필이었는데 거기 박힌 은빛 러시아어가 각별하게 다가왔다. 영어 알파벳이나 한자와 달리 한국에서 쉽게 볼 수 없는 활자라 그랬는지 모른다. '도스토예프스키 박물관 기념 연필은 정말 도스토예프스키 박물관 기념 연필처럼 생겼구나. 주위에 러시아 다녀온 사람이 많지 않으니 귀국해 문구 마니아들에게 주면 좋아하겠다. 게다가 도스토예프스키잖아.' 서둘러 주머니를 뒤지는데 현금이 하나도 없었다. 마침 일행 중 누군가가 연필을 사 주겠다고 나서 미안한 마음에 딱 두 자루만 집어 들었다. 그러니 17세기나 18세기 무렵 북경 리우리창(琉璃廠) 거리에서 질 좋은 먹이며 붓, 섬세한 문양의 연적 따월 본 조선 선비들은 그게 얼마나 갖고 싶었을까. 하나 사면 두 개 사고 싶고, 세 개 사면 그중 하나 친구 주고 싶었겠지.

내 책상 왼편에 놓인 연필꽂이에는 여러 종류의 연필이 들쭉날쭉 꽂혀 있다. 언젠가부터 몽당연필도 안 버리는데, 남은 페이지와 함께 조금씩 줄어든 연필 길이가 왠지 그 무렵 책과 건넌 한 시절이랄까, 시간의 마디처럼 보여서다. 늘 그러는 건 아나나 가끔 책 성격에 맞춰 연필을 고른다. 세르반테스와 만날 때는 스페인산 HB 연필을(연필이 짧게 닳아 회사명이 사라졌다.), 제발트를 펼칠 때는 독일산 스테들러 연필을 괜히 한번 꺼내 보는 식이다. 내가 가진 것 중 자랑할 만한 연필은 시베리아 연필 회사에서 만든 건설자용 연필이다. 에나멜을 입히지 않은 원목 겉면엔 '건설자'라는 뜻의 러시아어가 검은색으로 씩씩하게 박혀 있다. 그 연필로 글을 쓰면 왠지 나도 집 짓는 사람이 된 것 같다. 자세를 바로 하고 침착한 눈으로 원고를 살피게 된다.

러시아산 연필로 읽은 책 중 레이먼드 카버의 단편집이 있다. 이미 20여 년 전에 읽은 책이나 새 번역판이 있어 다시 펼쳐 보았다. 그리고 여느 때처럼 몇몇 부분에 조심스레 줄을 그었다. 이를 테면 이런 문장에.

좀 두꺼운 종이를 가져오겠나? 펜이랑. 그걸로 할 수 있다네. 대성당을 함께 그리는 거야.

더불어 이런 문장도.

이제 거기에 사람을 그려 보게나. 사람들이 없는 대성당이라는 게 말이 되겠어?

그러곤 '러시아산 건설자용 연필로 『대성당』을 읽는 건 얼마나 적합한 일인가?' 혼자 감탄했다. 그러다 우연히 책날개를 들춰 보곤 새삼 놀랐는데 그 책 번역가가 러시아에서 우리 일행에게 건설자용 연필을 선물해 준 소설가라는 걸 깨달아서였다. 그는 한국에서 둘째가라면 서운해할 연필 애호가였다.

내가 아는 많은 작가들이 문방구에만 가면 중학생처럼 흥분한다. 덕분에 나도 땔감 받듯 더러 좋은 연필을 얻어 쓴다. 어떤 작가는 늘 조그마한 칼을 갖고 다니며 직접 연필도 깎고 마음 수양도 하는 모양이지만 성격 급한 나는 연필깎이 손잡이를 십 초 안에 돌려 버린 뒤 날렵해진 연필심을 보고 시원해한다. 그러곤 어느 청춘 영화에 나온 자전거 동력 불빛을 떠올리며 이것도 나름 낭만적인 행위라 합리화한다. 한밤중 한 손으로 열심히 자전거 바퀴를 굴려 상대 얼굴을 밝힌 아이처럼 나 역시 연필깎이를 돌려 무언가를 생산하는 중이라고.

그러고 보니 내겐 아직 한 번도 깎지 않은 연필이 있다.

2014년 늦봄, 어느 학생에게 받은 연필이다.

그해 나는 대학에서 학생들을 잠깐 가르쳤다. 일주일에 한 번 작은 강의실에 모여 무언가를 읽고 쓰고 이야기하는 수업이었다. 수강생은 모두 다섯. 인원 제한을 둬 사람을 더 받지 않으려는데, 수업을 꼭 듣고 싶다며 강의실에 찾아온 학생이 있었다. 이름은 Y, 영화 전공자였다. 첫날, 서로 자기소개를 하고 좋아하는 작품과 작가에 대해 이야기했다. Y는 매 시간 반짝반짝한 눈으로 수업에 성실히 임했다. 그러다 4월 중순 이후 아무 말 없이 학교에 나오지 않았다. 들려오는 얘기론 휴학 신청서를 낸 뒤 어느 식당에서 고된 아르바이트를 한다고 했다. 자세한 사정을 알지 못한 채 수강생 중 한 명에게 Y에게 줄 게 있으니 시간 날 때 강의실에 들르라고 전하라 했다.

며칠 뒤 학교에 조금 일찍 도착해 자료 정리를 하는데 Y가 조심스레 문을 열고 들어왔다. 수업 시간 전이라 강의실 안에는 나와 Y 둘밖에 없었다. 나는 "별건 아니고……."라고 운을 뗀 뒤 Y에게 작은 엽서 한 장을 내밀었다.

"Y 씨가 K 작가를 좋아한다고 한 게 기억나 부탁했어요."

Y가 어리둥절한 눈으로 나를 보다 그 자리에서 엽서를 뒤집어 읽었다. 그러곤 갑자기 울음을 터트렸다. 그 안에는 Y의 이름과 K의 서명 그리고 이 문장이 적혀 있었다.

한 조각 꽃잎이 져도 봄빛이 깎이나니.

두보 시 「곡강(曲江)」의 한 구절. "안부든 뭐든 짧은 문구 하나만 적어 주세요."라는 내 부탁에 K 작가가 평소 즐겨 읊는 문장을 옮겨 준 거였다. Y는 그날 너무 놀라고 기뻐 눈물이 났다고 했다. 그렇지만 어디 그게 기쁨만이었을까. 며칠 동안 목울대에 차오른 감정을 계속 누르고 다니다 흘러넘친 거겠지. 그날 Y가 내게 무언가를 내밀었다. 하나는 흰색, 다른 하나는 짙은 상아색. 두 자루 다 몸통에 작은 꽃잎이 화사하게 감긴 아름다운 연필이었다. 연필 상단엔 '한국 국립 박물관'을 뜻하는 영어 단어가 박혀 있었다. 마음이 어지러운 날 들렀다던가? 나는 누군가에게 고마운 감정이 들 때 말로 잘 표현 못 하고 눈만 여러 차례 깜빡이는 버릇이 있는데 그날도 그랬다. 입술을 달싹이며 머뭇대다 고작 이런 말을 했다.

"저 책 읽을 때 연필로 줄 쳐 가면서 봐요. ……잘 쓸게요. 고맙습니다."

그 뒤 Y는 다시 수업을 들었고 그해 여름이 끝나기 전 단편 소설 한 편을 완성했다. 그리고 아마 나는 그 친구에게 축하한다고 말했을 거다. 그건 분명 축하할 만한 일이니까.

수업 시간 외에 Y를 만난 적은 없다. 안산에 혹 '아는 사람'이 있느냐는 말도 묻지 못했다. 본가가 안산인 데다 시(市) 전체가 장례를 치렀으니 건너서라도 아는 사람이 없지 않았을 거다. 더구나 그해 우린 모두 '아는 사람'이었으니까. Y가 불면증을 이기기 위해 부러 고된 식당 일을 택했다는 건 나중에 알았다.

지금도 그때를 생각하면 창밖 화사함과 Y의 결석, 4월 신록과 '국립 박물관' 연필 속 만발한 꽃이 떠오른다. 자신이 좋아하는 책을 설명하던 Y의 들뜬 문장도.

"밑줄 치고 싶은 부분이 너무 많은데 그럴 수 없어 한글 문서에 옮겨 적은 후 출력해서 밑줄을 마음껏 쳤어요."

아, 누군가가 쓴 문장이 그렇게 좋을 수도 있구나. 그 문장과 꼭 만나야 할 사람이 그 문장을 만났구나. 밑줄 애호가로서 눈이 아득해졌다.

언젠가 「곡강」을 두고 이런 말을 한 적이 있다. 단순히 '꽃잎이 떨어진다'고 감각하는 삶과 꽃잎에 '봄이 깎인다'고 인식하는 삶은 다르다고. 문학은 우리에게 하나의 봄이 아닌 여러 개의 봄을 만들어 주며, 이 세계를 더 풍요롭게 감각할 수 있게 해 준다고. 종이를 동그랗게 구기면 주름과 부피가 생겨나듯 문학은 나와 이 세계의 접촉면을 늘려 준다고 했다. 그러면 그렇게 늘어난 영토의 쓸모는 무엇인가? 그곳이 바로 내가 나(주체)로 설 수 있는 자리이며, 내가 나로 설 때 비로소 타자도 초청할 수 있다 얘기했다. 그리고 그 생각엔 지금도 변함이 없다. 다만 그새 나의 봄이 좀 변했다는 걸 느낀다. 우리의 봄이, 봄이라는 단어의 무게와 질감이, 그 계절에 일어난 어떤 사건 때문에, 봄에서 여름으로 영영 건너가지 못한 아이들 때문에 달라졌다는 걸 깨닫는다.

작년 겨울, 서울 광화문에 많은 사람이 모였다. 매주 수십만 명의 시민이 구호를 외치고 촛불을 켰다. 그 흐름은 지금도 이어지고 있다. 겨우내 우리는 서로의 눈동자에 비친 불빛을 보며 걸었다. 우리가 잃어버린 봄빛을 조금이라도 복원하려는 듯 노란 빛을 모았다. 그렇게 여기 교보 빌딩 아래 사거리가 환했다. 그 빛 안에서 이따금 나는 Y가 준 연필과 Y를 떠올렸다. 내가 '아는' 슬픔이 아니라 묻지 못하는, 영영 '모를' 마음자리를 생각했다. 이해란 서로 비슷한 크기의 마음을 포개는 게 아니라 치수 다른 옷을 입은 뒤, 자기 몸의 크기를 다시 확인해 보는 과정인지도 모르겠다고. 어쩌면 그게 악수나 포옹보다 더 타인을 대하는 예의일지도 모른다고.

두보는 몇백 년 뒤 자기 시가 나나 Y 또는 K 같은 이의 삶에 문득 꽃잎처럼 내려앉는 일이 생기리라 짐작했을까? 그것도 자신과 전혀 다른 시공에서, 다른 언어를 쓰는 사람들 뺨을 스치리라는 걸. 문학은 가끔 그런 일을 해내기도 하는가 보다. 전혀 무관해 보이는 사람들 사이에 파동과 실선을 만들어 내는 일 같은 걸.

지난 한 해 한국을 특징짓는 말로 '혐오'가 뽑혔다. 성별과 세대, 인종, 계급을 막론하고 자신이 이해하기 어렵거나 불편한 존재를 '벌레〔蟲〕'라 부르는 문화가 유행했다. 그중에는 '유족충'이나 '맘충'처럼 상상을 뛰어넘는 명명도 있었다. 벌레를 제외한 우리, 그 무결하고 강건한 '상상적 우리'에 속할 수 있는 사람은 거의 없었다.

동시에 한쪽에선 세상과 다른 방식으로 만나는 언어가 있었다. 지난해 강남역과 구의역 그리고 안산 임시 분향소에 붙은 포스트잇이 그랬다. 그것은 자신이 한 번도 만난 적 없는, 누군가가 '벌레'라는 딱지를 붙여 멀찍이 밀어내려고 하는 존재를 향해 말을 거는 문장들이었다. 당신은 벌레가 아니라 '나'라고. 과거의 나이자 현재와 미래의 나라고. 나 또한 언제든 죽음에 내몰릴 수 있다고. 당신을 한 번도 만난 적 없지만 당신이 어떻게 살았는지, 무슨 생각으로 버텼는지 알 것 같다고 전하는 말들이었다. 마치 많은 동시대인들이 혐오의 언어를 다른 언어로 덮어 주려 하는 것처럼 보였다. 죽은 이의 얼굴에 흰 천 씌우듯 무지와 모욕의 언어로부터 고인을 가려 주고 보호해 주려는 것처럼 보였다.

얼마 전 한 단편에 이런 문장을 썼다. "이해란 품이 드는 일이라, 피곤하면 자리에 눕기 위해 벗어 던지는 모자처럼 제일 먼저 집어던지게 돼 있다."라고. 그 사이엔 또 얼마나 많은 오해와 기만이 끼어드는지. 작가라 '이해'를 당위처럼 이야기해야 할 것 같지만 나 역시 치수 맞지 않는 옷을 입으면 불편하다. 나란 사람은 타인에게 냉담해지지 않으려 노력하고, 그렇게 애쓰지 않으면 냉소와 실망 속에서 도리어 편안해질 인간이라는 것도 안다. 타인을 향한 상상력이 비록 포스트잇처럼 약한 접착력을 가질 수밖에 없다 해도, 그런 '찰나'가 쌓여 두께와 무게가 되는 게 아닐까 싶다. 적어도 우리 인생 또는 문학에서 타인과 세계에 관한 한 '임무 완수'란 없으니까. 한국 사회의 상징적인 장소에 붙은 한 장의 포스트잇이 수백 수천 장으로 번졌듯, '면'이 '겹'이 되고, '층'이 되는 과정을 그려 본다. 우리가 '우리'이기 전에 '유일무이한 존재'임을 알려 주는 말들, 그리하여 나와 똑같은 무게를 지닌 타자를 상상하도록 돕는 말을 생각한다. '우리 안으로 들어오라'는 초청이 아니라 '나'와 '너'로 만나는, 그러기 위해 한 번 더 철저히 '개인'이 되도록, 그 개인의 고유한 내면을 깊이 경험해 보도록 돕는 문학의 언어를.

최근 관절 수술 전문 병원에 입원하신 시어머니 병문안을 갔다 어머니 침대 발치에서 내게 빌린 '소설책'을 읽고 있는 시누를 봤다. 공용 냉장고를 여닫을 때마다 김치 냄새가 나고, 환자 대부분이 노인이라 휴대 전화 벨 소리가 지나치게 큰 6인실 병실에서. 방문 목사의 기도 소리와 텔레비전 소음, 환자들의 응석과 시기 속에서 시누는 '형부와 처제의 치명적인 사랑'을 그린 소설을 읽고 있었다. 그런데 걱정한 것과 달리 그 모습을 보자 이상하게 안심이 됐다. 병실에서 누군가를 돌보는 게 얼마나 어렵고 힘든 일인지 알아, 형광등 켜고 끄는 일조차 내 마음대로 못 하는 공용 공간에서 가장 그리운 게 '사생활'임을 알아 그랬다. 때론 독서만큼 내밀하고 사적인 행위도 없으니까. 시누도 몇몇 문장 앞에서 사적으로 맑아지는 기분이 들지 않을까 짐작했다. 동시에 책은 '어디에나 있는 것, 어디에 있어도 좋은 것'이란 생각이 들었다. 그나저나 시누는 어떤 문장 앞에서 오래 머물렀을까? 그 문장은 무엇이었을까. 아니, 시누의 무엇이 그 문장을 오래 붙들게 만들었을까. 이런 상상을 하는 법도 나는 책에서 배웠다.

연필 쥔 손에 힘을 주면 책에 흐릿한 홈이 파인다. 그 홈에는 내가 어느 문장에 선 그은 순간 느낀 감정과 시간이 고여 있다. 그래서 가끔 그 홈이 물고랑 밭고랑 할 때 '고랑'처럼 느껴진다. 나와 나 자신을, 현재와 과거를, 우리와 타자를 잇는 먹 고랑처럼……. 천천히 그리고 꾸준히 그 선을 따라가다 보면 우리 이야기도 언젠가 두보의 시구처럼 누군가의 삶과 만나게 될까? 그럴 수 있다면 좋겠다. 그 스침이 혹 꽃잎 한 장의 무게밖에 갖지 못한다 해도. 이야기의 이어 달리기, 이야기의 바통 터치가 계속되었으면 좋겠다. 대부분의 연필이 길고 둥근 이유도 실은 그 때문이지 않을까 갸웃대며 입에 연필을 문다.

김애란 KIM Ae-ran 소설가. 1980년 인천 출생. 한국예술종합학교 연극원 극작과를 졸업했다. 사소한 소재들에서 사소하지 않은 새로움을 발견하는 감수성과 함께 화려한 수식이나 관념적 묘사를 배제하고 짧은 호흡을 구사하는 문장으로 사랑받고 있다. 『달려라, 아비』, 『침이 고인다』, 『비행운』, 『두근두근 내 인생』 등의 작품이 있다. 한국일보문학상, 김유정문학상, 이상문학상, 신동엽문학상, 프랑스 주목받지 못한 작품상 등을 수상했다.

'우리' 그리고 '그들' 인식하기

오마르 페레즈 로페즈

이 글의 제목이 암시하듯 내 머리에서 떠나지 않는 것이 있으니, 그것은 바로 핑크 플로이드(Pink Floyd)의 가사이다.

> 우리
> 그리고 그들
> 그리고 결국에
> 우리는 평범한 사람들일 뿐.[1]

누가 이 세상에서 '평범한' 사람들이고 누가 '비범한' 사람들인지에 대해 묻는 것은 여기에서는 적절치 않으니 넘기자. 하지만 우선 제기해야 할 질문이 있다. '우리와 그들'이라는 이분법은 독립된 두 존재의 망령을 가장한, '너와 나'에 대한 오래된 담론을 상기시키는가? 자기표현의 모든 형식에서 그렇지만, 특히 글쓰기에서 '너(YOU)'는 '나(I)'의

---

1) Pink Floyd, "Us and Them", *The Dark Side of the Moon*(Harvest, 1974).

거울이다. 그렇다면 '그들'이 '우리'의 한 형태일 수도 있을까?

무하마드 알리는 프린스턴 대학의 명예 학위를 받는 자리에서 한 줄짜리의 매우 짧은, 일종의 시를 남겼다.

나 우리

위 두 단어 사이에 쉼표라도 하나 있었으면 그것은 아마 벽처럼 느껴졌으리라. 입에 풀칠하기에도 바쁜 인간의 존재는 삶의 흐름에 대한 한계로 작용할 수도 있다. 양자 물리학이 명료하게 말해 주듯 — 명료하게 이해될 수 있는 한 말이다 — 사물은 주어진 시공간에서 상호 작용한다는 조건하에서만 존재하며, 따라서 영원히 독립된 실재 같은 것은 없다. 반면 얼마나 자주 우리는 '존재(being)'와 '현존(existing)' 사이의 불일치를 목격해 왔던가. 이 불일치는 '우리와 그들'에 대한 논의와 관련이 있을까? W. H. 오든(Auden)은 자신의 시 「무명의 시민」에서 '우리들 중 하나'인 보통의 인간상 — 세계 대전에서 싸웠고, 평생한 공장에서만 일했으며, 세금을 내고, 차와 전축과 냉동고를 갖고 있는 — 을 제시한다. 그러나 오든은 시의 마지막에 이렇게 묻는 것을 잊지 않는다. "그는 자유로웠는가, 그는 행복했는가?" 마치 두 개의 삶의 가능성을 강조하듯 말이다. 즉, 인간의 존재를 통계적으로 해석함으로써 인지되는, 따라서 측정 가능한 삶과 측정 불가능하며 단지 존재한다는 행복한 사실 그 자체로 설명되는 삶 말이다. 다시 말하면 단지 존재한다는 사실 자체가 목표인 삶은, 단편적인 '존재', 즉 목표를 추구하는 '존재'의 삶과 확연히 다르다. 시와 철학 그리고 예술 작품에 자주 나타나는 이 이분법은 인간에게 나타나는 실질적 구분, 즉 평범한 방식으로 존재하는 사람들과 비범한 방식으로 존재하는 사람들 간의 구분과 일맥상통하는가. 만약 그렇지 않다면 다른 종의 동물들을 배제하지 않고, 존재와 변화의 화신과 특이한 공조를 맺는 특정 개인들 혹은 개인들의 집단을 묘사하는 신화와 전설의 의미는 무엇이 되겠는가. 다시 말해 문화에는 전설적인 개념이 있는데, 이에 따르면 '나'는 '그것'이 되고 마침내 '우리'가 되며, 심지어 '그들'이 되기도 한다. 플라톤(Plato)의 『대화편(*Dialogues*)』과 『바가바드 기타(*Bhagavad Gita*)』 혹은 랭보(Rimbaud)의 "나는 타자다."라는 발언에서 보듯 말이다. 나는 타자다. 이 말은 적어도 '나' 혹은 '너'가 현존의 특정 조건을 설명하고자 할 때 분리된 실재를 인식하는 일이 얼마나 복잡한지를 증명해 준다. 당연한 말이지만 가상적으로든 가상적이지 않게든 생각을 종이에 쓰고 다듬고 기록하고 옮기는 과정에서 머릿속에 떠오르는 화두는 쓰는 사람이 누구이며 읽는 사람은 누구인가라는 질문이다. 나는 당신을 향해 쓰고 있는가, 아니면 우리를 향해, 그것도 아니면 난공불락의 익명의 그들을 향해 쓰고 있는가.

콘스탄티노스 카바피스(Konstantinos Kavafis)가 쓴 「야만인들」이라는 시는 '우리와 그들'이라는 구별로부터 무엇을 기대할 수 있을 것인가에 대한, 좀 불편하기는 하지만 투명한 통찰력을 보여 준다. 카바피스에 따르면 '우리'는 늘 야만적인 '그들'의 존재를 경계하며, 이러한 의식은 실제로 우리의 공통된 자아 속에서 살고 있다. 자, 그렇다면 '공통된 자아'라는 것은 있는가? 언어와 언어 변이에 대한 연구에 따르면 ── 소위 바벨탑의 저주는 기본적으로 자아의 분리를 유발하는 바이러스 같은 것임을 잊지 말자 ── 어떤 언어 집단들은 '우리'라는 개념을 하나의 오류로, 심지어 일상생활에 등장하는 간단한 발화에서조차 사용할 가치가 없는 오류로 간주한다. 북아메리카 수족의 라코타어와 같은 몇몇 언어들은 '우리'로 굳어진 복수형을 갖고 있지 않으며, 단지 '나(I)'가 축적된 형태인 '나들(Ies)' ── 나와 너 그리고 그녀와 그를 의미하는 ── 만 갖고 있을 뿐이다.

우리는 언어와 인식과 언어에 대한 인식 간의 경계에 접근하면 할수록 수많은 진부한 표현과 상투어들을 어쩔 수 없이 다루어야 한다. 왜냐하면 그런 일들은 상투어와 일상어의 생산에 심하게 의존하기 때문이다.

'나'는 '내'가 인식하는 것을 분리와 분류를 통해 조직하여야 하며, 다른 혹은 더 근본적인 상황에서는 부분적인 인식을 포기함으로써 부서지기 쉬운 개별성을 훨씬 넘어서는 전체에 대한 인식을 도모해야 한다. 힌두 아드바이티즘(Hindu Advaitism)을 연구하는 학자들이 지적하듯 비이원성을 손에 넣기 위해서는 반드시 이원성을 지니고 있어야 한다. '우리와 그들'이라는 상투어가 필요한 것이라면, 우리는 적어도 그것이 무엇을 위해 필요하며 그것이 야기하는 의사소통상의 비용은 얼마인지에 대해 알고 있어야 한다. 그러나 무엇보다도 먼저 제기해야 할 질문은, 우리가 의사소통을 할 때 과연 의사소통이 우리의 첫 번째 목표인지 아닌지에 관한 것이다.

의사소통의 실용적 가치에 대해 너무나도 많은 논의가 있어 왔기 때문에 사람들은 — 이 시점에서 나는 이 '사람들'이 누구인지 진지하게 물어야만 하겠다 — 의사소통은 그 자체로 하나의 가치라는 점을 종종 잊곤 한다. 따라서 '우리'와 '그들'이 '너'와 '나'에게서 그리 멀리 떨어지지 않은 단어라면, 이 실용 언어 조각들 간에 존재하는 우연성의 정도를 알아내는 일은 명백하게 우리(혹은 나의) 손에 달려 있는 것이다. 마찬가지로 자아(집단 자아라는 신뢰할 수 없는 구조물을 포함하여)의 존재와 기능에 대해 너무나도 많은 논의가 있어 왔다. 가끔 자아는 일상이라는 드라마 속에서 이기적인 악당으로 비치기도 하며, 한편으로는 인간 정신의 가장 숭고한 업적은, 일상적이고 평범하며 일시적인 자아의 존재 없이는 달성 불가능한 것으로 생각되기도 한다. 자아가 얼마나 일시적이며 동시에 얼마나 탄력적인지를 알아내기 위해서는 정신물리학적 연구가 필요하다. 그런 학문이 있는지는 모르겠지만 말이다. 적어도 우리는 인간의 표현 전반 — 마루를 쓰는 일이든 추상화를 그리는 일이든 성행위를 하는 것이든 — 에 걸쳐 영향을 끼치는 고집 센 '자아 칩(ego chip)'의 작용을 상정할 수 있다. 철학적인 면에서든 생리학적인 면에서든 우리는 이동성과 연성을 지닌 중심부, 즐겁고 고상한 행위를 담당하고 있는 중심부를 발견한다. 그토록 많은 예술가와 시인들 ― 특히 T. S. 엘리엇(Eliot)이나 아르토(Artaud) 같은 ― 이 용기 있게도 자신들의 작품을 일회용 자아의 배설이라고 정의한다는 사실은 그리 놀랄 일이 아니다. 하지만 엘리엇이 말했듯 자아를 버리기 위해서는 우선 자아를 가져야만 하며 그것이 어떻게 작동하는지 알고 있어야 한다.

플라톤의 『대화편』으로 돌아가 보자. 『대화편』에 등장하는 몇 가지 개념들 ― 회상, 산파술 그리고 윤회 ― 이 의미하는 바는, 사고는 완전히 개별적인 과정이 아니라 정신과 유심(mindfulness)의 상호 작용이라는 점인 듯하다. 유심은 별개의 상태를 일컫는 것이 아니라 다양하고 보편적인 현상에 참여하는 것을 의미한다. 이쯤 되면 우리는 분별하는 자아의 연합 혹은 쓸모없는 문법적 매개물을 없애려 하는, 의식하는 실재들의 연합을 이야기하고 싶어질지도 모른다.

그렇다면 '우리' 인간과, 여타 동물들인 '그들'의 경우는 어떤가. 인간과 동물이라는 구분이 산업, 정치 혹은 심지어 종교 분야에서는 유용할지 모른다. 그러나 그러한 구분이 존재 자체는 말할 것도 없고, 상호 작용 혹은 의사소통의 측면에서 볼 때 그렇게도 실질적이고 실용적인 것인가. 우리는 '우리와 그들'이라는 지각적 속임수 ― 속임수야말로 그것이 기본적으로 작동하는 수단이다 ― 가 생존에 필수적인 것이라고 생각해 왔다. 반면 사랑과 진화에 비추어 볼 때 '우리와 그들'이라는 개념이 얼마나 유용한지에 대해서는 궁금해해 본 적이 거의 없다. 사랑과 진화 사이의 연결 고리를 간과한다면 어떻게 진정한 실용주의자가 될 수 있겠는가. 사랑보다 효율적이고 환경 친화적인 의사 전달 도구가 정말로 있기는 한 것인가. E. E. 커밍스(Cummings)의 시 한 편에서 우리는 어머니 대지와의 대화를 발견한다.

오, 달콤하고 자생적인
대지여, 얼마나 자주
호색적인 철학자들의

맹목적인

손가락이
너를
꼬집고
쿡쿡 찔러 댔던가

과학의
무례한 엄지손가락이
너의 아름다움을
찔러 댔던가.

얼마나 자주 종교는
말라빠진 무릎 위에 너를
앉힌 채
쥐어짜고

흔들어 댔던가. 네가 신을
잉태하도록.
(하지만
비할 데 없는
죽음의 침상, 너의
리드미컬한
연인에게

너는 응답하지,

오로지

봄으로만)[2]

　여기에서 '그들'은 야만인이 아니다. 그와 반대로 그들은 인간 정신의 피라미드의 맨 꼭대기에 있는 사람들인 것 같다. 철학자, 과학자, 종교가 들 말이다. 그러나 시인은 자연과 연대하면서 '그들'을 공공 기물 파손자, 즉 그가 사랑하는 마법사 어머니를 파괴하는 자들로 본다. 아마도 이 어머니는 시인이 생각하는 '우리'에 가장 가까운 존재이리라. '그들'은 리얼리티의 수많은 베일 속에서 더듬거리며 나아가는 교양 있는 인간 — 딱히 외계 침입자나 위압적인 압제자를 일컫는 것이 아니라 — 을 가리킬 수도 있다는 사실이 무엇보다도 시사하는 바는 '우리와 그들'이라는 구분은 문화의 차이 — 언어든 정규 교육이든 인종이든 젠더든 — 에 기초한 것이 아니라는 점 혹은 단순히 현상을 요소, 특성, 카테고리로 나누는 — 지구, 행성, 채소, 액체, 숫자 등등 — 과학이 제공해 준, 조직화된 리얼리티 인식에 기초한 것이 아니라는 점이다. 그것은 즉각적이고 일시적인 작용에 관한 문제이다. 결국 철학자들은 카테고리 분류에 상관없이 문자 그대로 언젠가는 흙이 될 테지만, 리얼리티에 담겨 있는 시적 에너지는 새로운 철학을 태동시킬 것이다.

　펠릭스 바렐라(Félix Varela)는 19세기 쿠바의 중요 인물이다. 가톨릭 사제인 그는 지식 영역에서 괄목할 업적을 세웠는데, 지중해 유전자와 카리브섬 유전자의 결혼에서 나온 초기 자손들인 그의 제자들을 위해 서구 유럽의 사고를 받아들이는 데, 아니, 소화하는 데 공을 세운 것이 그것이다. 바렐라는 교육가와 사상가로서의 역할에 만족하지 않고, 상당한 불협화음에도 불구하고 크리오요와 그들의 아버지, 주인(Padres Patrones)인 스페인 사람들을 중재하려 애썼다. 이들은 크리오요와 같은 새로운 표본이 전형적으로 지니는 사고와 행동의 독립성을 받아들

---

2) E. E. Cummings, "O Sweet Spontaneous", *Tulips and Chimneys*(New York: Thomas Seltzer, 1923).

이기를 꺼렸다.

바렐라는 과학 연구 분야에서는 어느 정도 성공을 거두었지만 — 예 컨대 그는 종교 영역에서는 성인들이 부정할 수 없는 권위를 갖지만, 과학 영역에서는 과학자들에게 중요한 발언을 할 권리가 있다는 점을 확립했다 — 정치 분야에서는 실패하고 말았다. 대도시의 저항을 변화 시키는 것은 고사하고, 피하지조차 못했던 것이다. 그의 발언은 유명하 다. "그것은 그들이거나 우리이거나." 두 집단의 유전적 인접성을 고려 할 때, 얼마나 신속하게 그 차이점이 '독립 전쟁' — 엄밀히 따지면 그 렇다는 말이다 — 으로 악화됐는지, 그리고 몇백 년이 지나 얼마나 많 은 쿠바인들이 그들의 유전적 연관성을 제시하면서 스페인 시민권을 얻으려 하는지 생각해 보면 실로 놀랍다.

이러한 과정 속에서 시가 어떠한 역할을 하는지 살펴보는 것은 흥미 로울 것이다. 당연한 말이지만 정치나 경제의 역할을 살펴보는 것 역시 매력적인 작업이리라 본다. 많은 사람들은 다양한 각도에서 진화의 과 정을 밝혀내려 애써 왔다. 당신이 성에 초점을 맞추어 리얼리티를 바라 본다면 모든 것이 성의 냄새를 풍기게 될 것이다. '가치의 법칙'이라는 관점에서 리얼리티를 바라본다면 모든 것이 돈처럼 바스락거리는 소리 를 낼 것이며, 공포의 관점에서 바라본다면 모든 사람이 적으로 느껴질 것이다.

관점의 관점에서 보면 모든 것은 관점일 뿐이다. 복음서에서 예수는 '우리' 혹은 적어도 '우리' 중 몇 사람은 사람을 낚기 위해 고기를 낚는 것을 중지해야 한다고 말하는데, 이 역시 관점의 문제이다. 결국 나는 '나의 자아'만을 낚을 수 있다. 결국 이 자아는 우리 혹은 그들 혹은 문 법 저 너머에 있는 그 무엇에 의해 낚일 것이다.

19세기 쿠바로 돌아가 보자. 이 시기에 활동한 또 한 명의 주요 인물 이 있는데, 바로 안드레스 페티(Andrés Petit)이다. 그는 바렐라처럼 문 화 번역의 영역에서 활동했다. 아프리카의 마술을 당시에 형성되고 있 던 지역 종교 체계에 동화시키려는 결심을 세운 그는, 이 마술의 한가운데에 신력을 지닌 다른 존재들(power objects)과 더불어 예수 그리스도의 이미지를 세우려는 혁신을 감행하였다. 이것이 과학적으로 여겨지든 그렇게 여겨지지 않든 나는 이런 식의 연관성이, 전통적으로 인정되는 것만큼이나 '우리와 그들'이라는 새로운 세포를 구성하는 데 기여했다고 생각한다.

과학적 관점에서 보면 살아 있는 유기체는 생식과 적응이라는 수단을 통해 험한 환경에서 살아남는다. 따라서 '우리와 그들'에 대한 사고는 일종의 분자적 사고, 그러니까 진정한 인간적 사고의 과정을 촉발시키기에 충분한 사고인 것이다. 그러나 그것이 전부는 아니다. '우리와 그들'이, 시적 사고에서 그러하듯 충분한 개념이 아니라면 어떻게 될 것인가? 예술에서 말하는 '영향'이라는 개념을 예로 들어 보자. 이 개념은 명백하게도 과학적 성향을 갖고 있으며, 의학적 혹은 기상학적 은유로 볼 수 있다. 즉, 어떻게 두 가지 혹은 그 이상의 시적 유기체들이 ─ 시인 혹은 시, 심지어 운문으로 불리는 ─ 어조, 음성, 의도, 의미 그리고 당연한 얘기지만, 단어의 선택과 같은 표현상의 특정 지점에서 서로 일치하는지 설명해 줄 의학적·기상학적 은유 말이다.

이러한 관점에서 본다면 하나의 유기체는 A-B 연대표에 입각하여 다른 유기체에게 영향을 끼친다. 물론 늘 B 지점에만 있는, '덜 중요한' 유기체(마이너 시인이나 예술가와 같은)에 대해서는 속이 뻔히 보이는 반감이 존재하기 마련이다. 하지만 다행스럽게도 B로부터 정보를 받는 C라는 유기체 역시 존재한다. 이것은 흡사 올림픽에서의 금, 은, 동 메달 체계와 유사하다. 사실 그것은 문화 영역에서 일어나는 생물학적 경쟁 혹은 경합과도 같은 것이다.

경쟁, 다시 말해 목적은 문명화된 삶의 황금률이다. 어떤 사람들은 자동적으로 '문명화'를 배제하려 한다. 이들은 인생은 경쟁에 지나지 않는다고 말하며, 이를 통해 전쟁과 여타 형태의 '조직화된' 폭력을 정당화하고자 한다. 이렇게 되면 문화는 이러한 원시적이고 낡아 빠진 충동을 문명화되고 흥미로운 것처럼 보이게 하는 역할을 하고 만다. 폭력적인 경쟁이 아무리 진부하고 심지어 간신히 흔적만 남아 있는 것처럼 보일지라도 쇼는 계속되어야 하니까.

반면 모든 존재가 목적을 갖고 있거나 활동을 제어하고 지원하거나 공격하는 데에 열을 올리는 것 같지는 않아 보인다. 눈을 크게 뜨고 주위를 둘러보면 정복하고 정복당하는 일에 물들지 않은 영역이 있음을 알아차리게 될 것이다. 햄릿이 "사느냐 죽느냐, 그것이 문제다."라고 선언했을 때, 그는 금메달을 추구하는 것이 아니었다. 단지 세상을 있는 그대로 노래했을 뿐. 이 말은 시가 세상일에 무관심하며 아무런 목적도 갖지 않는다는 점을 의미할까? 관심과 목적의 관점에서 시를 바라보는 것은 반대되는 것들 간의 게임을 하는 것이나 마찬가지이다. 우리는 특정한 목표——그것이 무엇이든 말이다——의 도움 없이도 아주 잘 작동할 수 있는 시적 관점 또한 존재한다는 사실을 받아들일 필요가 있다.

셰익스피어의 인물인 아테네의 타이먼과 성경에 나온 반항적인 욥은 상당히 비슷하다. 『아테네의 타이먼(*Timon of Athens*)』과 「욥기」는 모순에 관한 에세이이며, 사회적 문법의 붕괴를 통렬하게 묘사해 낸다. 우리가 '우리'와 '그들' 그리고 '너'와 '나'에 대해 생각하는 방식은 재앙을 불러오는 사건에 의해 흔들린다. 욥의 경우, 이 붕괴는 데우스 엑스 마키나(deus ex machina)의 개입으로 인해 해소되지만, 타이먼의 경우에는 되돌릴 수 없는 것이 되고 만다. 사회적 양심의 형태에 재앙이 무슨 역할을 하는지에 대해서는 충분히 연구가 진행되어 온 것 같고, 욥의 이야기는 너무나도 잘 알려져 있으니 여기에서 더 언급할 필요는 없을 듯하다. 이 지점에서 필요한 것은 위기의 시기에 개인의 영역이 어떻게 공공의 영역과 연관되는지에 대해 이해하는 것이다.

슬라보예 지젝(Slavoj Žižek)에 따르면, 그리스도교적 사고의 특정 역할은 욥과 함께 시작되며, 그러한 사고는——통상적인 종교적·미신적 믿음과는 정반대로——"재앙은 어떠한 의미도 갖지 않는다."라는 가정에 기초한다. 나치 수용소에서 살아남은 이탈리아 출신의 작가 프리모 레비(Primo Levi)와 같은 이들이 볼 때, 아우슈비츠의 실상과 신이라는 개념은 그렇게 쉽게 조화될 수 있는 성질의 것이 아니다. 그것은 인간이 상이한 환경에서 나는 네가, 너는 내가 되는 순간이며, '하나의 자아'라는, 아직 우리가 알지 못하는 존재가 되는 순간이다.

욥의 시는 고통받는 자라는, 완전히 새로운 '나'와 이 고통받는 자가 반어적으로 '사람들의 목소리'라고 일컫는 것 사이의 모순이 만들어 내는 다성 음악을 구현한다. 우리가 조금 떨어져서 이 다성 음악을 바라본다면, 각각의 목소리는 실제적으로 동일한 메시지를 노래하고 있다는 점을 알게 될 것이다. 신은 옳기도 하고, 그르기도 하지만 결국 우리는 신의 논리 ─ 사리(事理)와 맞먹는 ─ 를 알 수 없다는 메시지 말이다. 욥을 반박하는 엘리바스는 이렇게 말한다.

그대는 인간이 아무리 현명하다 한들 신에게 어떤 도움을 줄 수 있으리라고 생각하는가?

반대로 동일한 질문이 행간에 등장한다. 이것은 욥의 의심이 드러나는 부분이다.

그대는 신이 아무리 현명하다 한들 인간에게 어떤 도움을 줄 수 있으리라고 생각하는가?

「욥기」의 작가는 지혜의 타당성에 대해 문제 제기를 하지 않는 대신 ─ 집회서와는 달리 ─ 지혜가 어떻게 획득되고 전승되는지 알아내는 일에 몰두한 것처럼 보인다.

지혜는 어디에서 찾을 수 있으리오? 슬기의 자리는 어디리오?
사람은 그것에 이르는 길을 알지 못하고 생물들의 땅에서는 발견할 수 없다네.
대양도 "나에게는 그것이 없어." 하고, 바다도 "그것은 내 곁에 없어."

한다네.

　금덩어리로도 얻을 수 없고 그 값은 은으로도 잴 수 없다네.

　「욥기」에는 비슷하게 양면적인 행이 또 나오는데 거기에는 관습법 ─ 억견, 도그마 혹은 심지어 민담으로까지 불리는 ─ 을 수동적으로 흡수하는 것이 곧 인내의 의미라고 여기는 것에 대한 비판이 담겨 있다. 그 대목은 은유적으로 '비의 법칙', 즉 본질적 로고스라 불리는, 이성을 초월하는 자연 지식을 암시한다.

　「욥기」의 저자가 지혜 그리고 그것을 어떻게 퍼뜨릴지에 관심을 가지는 반면 『아테네의 타이먼』에서 셰익스피어는 지혜가 얼마나 돈의 순환 ─ 카를 마르크스(Karl Marx)가 "타자의 자아"라 명명한 상징적 단위인 ─ 과 긴밀히 연관되어 있는지 밝히는 데 몰두한다. 아테네의 귀족 타이먼은 '아첨하는 귀족'과 원로들로 구성된, 소비 지향적이고 위선적인 집단의 번영을 위해 자신의 자아나 마찬가지인 돈을 아낌없이 내놓는다. 방탕이 경제 논리를 초월하는 순간 타이먼은 처음에는 채무자가, 그다음에는 낙오자 ─ 문자 그대로 관습법상의 탕아 ─ 가 되며, 결국 '폭도'가 되고, 욥처럼 '세상을 향한' 미치광이가 되며, 바로 이런 점에서 예수와도 같은 인물이 된다. 등장인물 중 하나인 호스틸리우스(Hostilius)는 다음과 같이 말한다.

　이제 인간은 연민을 없애는 법을 배워야 하지.

　방책은 양심보다 높은 곳에 있으니.

　지혜에 대한 논의도, 돈의 상징적 가치에 대한 논의도 이쯤에서 접기로 하자. 왜냐하면 존재는 순환 과정에서 추방당했고, 지금은 소유와 축적의 문제에 심취해 있는 시대이므로. 또 다른 등장인물은 '원로원을 추하게 만드는 고리대금업을 추방할 것'을 요청하는데, 이 말은 에즈라 파운드가 『피산 칸토스(*Pisan Cantos*)』 45번에서, 타이먼이 언급한 "상냥한 늑대" 같은 자들에게 분노하며, 자연에 반하는 추론을 펴는 것에 대해 강력히 반발한 것을 상기시킨다. 우리는 파운드가 결국 반역자로, 그다음에는 미치광이로 낙인찍혔다는 사실을 알고 있다. 타이먼은 친절이 측정 가능하다는 견해에 대해 분노한다. 민주주의의 허구적 요람인 아테네를 떠나기 전에 그는 이렇게 말한다. "내 심장을 자르고 내 피의 무게가 얼마인지 알아보시오." 그는 아테네를 떠나 숲속에서 "인간보다 친절한, 친절하지 않은 짐승"들과 함께 살다가 죽고자 한다. 타이먼은 "나는 인간을 혐오한다."라고 선언하는데 이는 상식에 대한 반란이라는 측면에서 볼 때 욥보다 한 걸음 더 나아간 것이다. 욥은 신 — 전형적인 인류학적 감각 단위인 — 이라는 최후의 수단에 호소하고 있기 때문에, 합리와 불합리의 세계에 여전히 묶여 있다. 타이먼은 자신을 반박하는 많은 사람들 중 한 명에게 "나는 당신이 개였으면 좋겠소, 내가 사랑할 수 있도록 말이오."라고 응답하는데, 이는 신이 총애하는 인간만이 최고의 사랑을 향유할 수 있다고 믿는 상식적인 가정을 저버리는 발언일 뿐만 아니라 타이먼이 상당히 상식적인 생각, 즉 사고하지 않는 존재인 동물 — 즉 '그들' 동물 — 은 순수성을 가진다는 생각(이런 생각 역시 인류학적 날조이다.)을 품고 있는 인물이라는 점을 보여 준다.

정치적인 '우리와 그들'이 붕괴되는 위기의 시기에 분노로 가득 찬 '나'는 셰익스피어가 명명한 바 '정치적 사랑'이라는 전체적 구조에 저항하면서 새로운 형태의 사랑을 요구하게 된다. 그리하여 그는 자연과 그들-동물들에게 의지한다. 셰익스피어는 이러한 앞-뒤 투사의 과정을 알고 있었다. 타이먼은 이렇게 말한다.

그대가 인간에게 주지 않으려는 것을 개에게 주시오.

개 역시 인간이 창조한 것이고 적어도 그 창조의 과정에 인간이 개입한 것이라는 점을 잊은 듯 말이다. 인간과 신 그리고 그들-동물 간에 존재하는 이 끝나지 않는 투사의 흐름은 우리가 '정신'이라 부르는 것이 존재한 이래로 인간의 정신을 떠나 본 적이 없다. 신들 혹은 신을 위한 희생 — 희생되는 동물의 관점에서 보면 신들이든 신이든 매한가지이지만 말이다 — 은 이러한 정신의 변천을 보여 주는 좋은 예이다. 인간은 최상위 능력의 투사물인 신을 달래기 위해 그들-동물을 희생시킨다. 그것으로 충분치 않다면 우리는 전쟁, 굶주림 혹은 더욱 정교한 방식이라 할 수 있는 임금 노동으로 다른 인간들을 희생시키기도 한다. 아즈텍 문명은 인간 제물을 보여 주는 유명한 예이다. 아즈텍은 악명 높기는 하더라도 인간 제물의 필요성을 분명히 제시했고, 그 방법에 대해서도 자세히 밝혔다. 반면 우리의 문명은 이 점에 대해 명시하지 않는다. 타이먼은 숲속에서 자신의 돈을 뺏으려 하는 노상강도를 만난다.

강도가 말했다.
"우리는 짐승이나 새나 물고기처럼 풀이나 열매나 물만 먹고는 살 수가 없소."

이에 타이먼이 대답했다.
"당신은 사람을 먹어야 하오. 자신을 사랑하지 마시오. 서로가 서로의 물건을 훔치시오."

욥에서 셰익스피어 그리고 호머에서 아우슈비츠에 이르기까지 수천 년에 걸친 공통된 경험과 이 경험에 대한 통렬하고 진심 어린 수많은 분석이 있어 왔다. 하지만 존재들은 서로 분리되어 있다는 인식이 너무나도 강력히 자리 잡고 있어서 존재들 간의 상호 의존에 대한 고찰 — 선불교부터 양자물리학에 이르기까지 — 의 유령조차도 사고의 흐름을 바꿔 놓지 못했다.
우리는 인간의 배아는 어류나 파충류 같은 다른 동물들의 그것과 닮아 있으며 비슷한 유전적 형질을 공유한다는 사실을 알고 있다 하더라도 '우리'의 의미를 확장하지 못하는 것 같다. 우리는 분리를 선택하고 희생이라는 개념으로 회귀하며, 이 경우 신을 창조하는 것은 유용한 일로 다가온다. 희생이라는 개념은 실로 돈이라는 개념과 매우 유사하다. 그것은 중재자들이 치르는, 결코 끝나지 않는 게임이다.

희생의 총량은 충분한 것 그 이상임이 분명해졌으니, 이제는 이 영원한 빚이 얼마나 외부적인 것인가라는 의문을 제기해 봐야 한다. 그것은 몇몇 시인들이 말해 왔듯 우리가 수입을 통해 얻게 되는 빚인가? 칼데론 데 라 바르카(Calderón de la Barca)는 『삶은 꿈이다(*La vida es sueño*)』에서 이렇게 이야기한다.

인류의 대죄를 위해 존재는 태어난다.

이 경우 누가 값을 치러야 하는가? 우리? 아니면 그들?

그리스의 시인 콘스탄티노스 카바피스는 자신의 시 「이타카(Ithaca)」에서 중대한, 자아로의 회귀를 묘사한다. 이 시는 수백만 명의 사람들 — 소위 이주라 불리는 다소 불가사의한 행동을 하는 다른 수백만의 존재들까지 포함해서 말이다 — 이 공유하는 경험을 묘사한다는 사실에도 불구하고 명백히 개인적인 무언가를 품고 있다.

이 오디세우스의 목소리는 운명론의 비관주의와는 관계없는 자의식적인 슬픔의 어조를 분명하게 띠고 있다. 그것은 철학자의 목소리가 아니라 여행자의 목소리이다. 이 슬픔은 우리가 진화라 부르는 여행 속에 존재하는 끝없는 여행의 행방을 요약하고자 한다.

인간의 유전자 속에는 이상, 즉 잘못 이해하면 거만함과 이른바 '자유 의지' — 기본적으로 무슨 일이 있어도 이기려 애쓰는 — 를 행하는 방향으로 흐를 수 있는 이상 같은 것이 존재한다. 그러나 제대로 이해한다면 끝없는 진화라는 개념은 무수한 존재들 사이의 단일 지점에 인간을 위치시킬 수 있다. 창조적 관찰자, 다시 말해 관찰의 힘을 통해 리얼리티를 변화시킬 수 있는 능력을 지닌 인간 말이다. 이런 이유 때문에 카바피스는 시의 전환점에서 다음과 같이 묻는다. "얼마나 오랫동안 내 영혼은 부동의 상태로 있을 것인가?" "또 다른 땅, 또 다른 바다" 혹은 "이보다 나은 도시"를 찾아 끈질기게 지구 전체를 돌아다니는 카바피스의 오디세우스는, 인간 정신의 침체와 대비되는 육체적·공간적 활동에 대해 회의적인 시각을 갖고 있다. 오디세우스는 모든 현상의 상호 의존성을 지적하면서 우리에게 간결한 경고를 보낸다.

그대가 이다지도 작은, 세상의 한구석에서
그대의 목숨을 끝내는 것은
전 지구에 걸쳐 그대의 목숨을 끝내는 것이나 마찬가지다.

브라질의 춤 이론가 안드레 레페키(André Lepecki)는 아바나에서 열린 한 강의에서 현대 무용과 어둠 — 초현대적인 빛의 사용을 재해석하고 빛과 균형을 맞추기 위한 도구로서의 어둠 — 의 관계에 대해 논의했다. 수 세기에 걸쳐 무용수들은 '그들의 존재를 확대·과장'하도록 배워 왔다. 그러나 현대의 무용수들은, 어둠의 공간 속에서 어둠의 공간과 상호 작용하기 때문에, 레페키가 말하듯 "그대의 한계는 그대의 이미지의 한계와 일치하지 않는다."라는 사실을 깨닫기 시작하고 있다.

레페키는 이런 식으로 사유를 이어 가면서 자신의 연구와 프랑스 작가 로저 칼루아(Roger Caillois)의 동물의 흉내에 대한 연구 간에 매력적인 유사성이 있음을 지적한다. 동물의 흉내에 대한 과학적 관점이 주로 경쟁과 방어 — 군대식 패션이 그렇듯 — 라는 개념에 기초하는 반면 칼루아는 환경을 모방하는 동물은 공간을 사랑하고 공간이 되기를 원한다는 결론을 내렸다. 반면 어둠 속에서 춤추는 인간은 인간과 주체는 더 이상 필요하지 않다는 것 혹은 적어도 보통의 방어적이고 자기 선전적인 방식으로는 더 이상 필요치 않다는 것을 알게 될·것이다. 테오도어 반 베블렌(Theodor van Veblen)의 '과시적 소비'라는 개념 — 오늘날에는 잊혔지만 말이다 ── 을 생각해 본다면, 그리고 그것을 칼루아와 레페키식의 몰개성화된 형태의 인식에 대한 고찰과 관련시켜 본다면, 우리는 우리가 과연 경쟁과 소비를 통해 눈에 띄는 존재가 되기를 원하는지, 아니면 우리를 둘러싼 공간과 하나가 될 준비가 된 존재로 발전하기를 원하는지 쉽게 결정할 수 있을 것이다.

오마르 페레즈 로페즈 Omar PÉREZ LÓPEZ 시인, 음악가, 번역가. 1964년 쿠바 출생. 시적 경험에 대한 열정을 바탕으로 언어, 선(禪), 정치적·문화적 초월을 탐구하는 예술가로 알려져 있다. 니콜라스 기엔 문학상, 쿠바 비평가상 등 다수의 문학상을 수상했다. 주요 시집으로 『신성한 어떤 것(*Algo de lo Sagrado*)』(1996), 『칸시온과 레타니아(*Canciones y letanías*)』(2002), 『링구아 프랑카(*Lingua Franca*)』(2009) 등이 있다.

타자조차 되지 못한

장강명

앞으로 읽으려는 글의 주제가 '우리와 타자'라는 말을 듣는다면, 대부분의 독자는 다음과 같은 예상을 하게 된다.

(1) 따분하겠군.

(2) 결론은 "타자화(他者化)를 멈춰야 한다."라는 것이겠지. 그들 역시 우리와 한 공동체에 있는 사람들로서 우리와 다르지 않은 존재임을 깨닫고 어쩌고…….

그런데 지금부터 내가 쓰려는 글은 (1)은 몰라도 (2)에는 해당하지 않는다. 나는 어떤 사람들을 적극적으로 타자로 부르자고 주장할 참이다. '그들'은 우리와 한 공동체를 이루고 있지 않으며, 우리 안에 있지 않다고 말할 생각이다.

그들은 북한 주민들이다. 그들은 한국 사회에서 '타자조차 되지 못한' 존재들이다. 타자보다 더 안 좋은 처지의 사람들이 있다고? 그렇다. 북한 주민들은 한국 사회에서 투명 인간이다. 한국인들은 북한이라는 나라가 없는 것처럼 행동하며, 북한 주민이 보이지 않는 것처럼 살아간다.

다시 말해 바로 옆(서울국제문학포럼 행사장에서 북한까지 직선거리는 40킬로미터가 안 된다.)에서 벌어지는 세계 최악의 독재와 인권 유린 행위에 대해 눈을 가리고 살아간다는 얘기다.

그렇다면 한국 문학은?

눈앞에서 세계 최악의 독재와 인권 유린이 벌어지고 있다면 그것을 증언하고 고발하고 다른 사람의 관심을 촉구하는 것이 문학의 사명 중 하나 아니겠는가? 그런데 북한의 문인들이 그 일을 했다간 가족과 함께 즉시 정치범 수용소로 끌려갈 테니, 한국 작가들이 그 일을 대신 해야 하지 않을까? 반복하지만 바로 옆에 사는 데다가, 외국 작가들은 그럴 뜻이 있어도 한국어를 익히기 어려워 피해자들의 이야기를 제대로 이해하지 못하니 말이다. 하필이면 북한을 제외하고, 북한 사람들이 쓰는 언어를 국어로 쓰는 유일한 나라가 한국이다.

그런데 불행하게도, 북한과 북한 주민을 외면하기는 지금의 한국 문학도 마찬가지다. 아니, 나는 지금 한국에서 북한이 보이지 않는 나라가 되고, 북한 주민이 투명 인간이 된 데에는 한국 문학의 책임도 있다고 감히 생각한다. 그리고 그 밑바닥에는 "북한은 타자여서는 안 된다."라는 오랜 도그마가 있다고 본다.

그 이야기를 해 보려 한다.

* * *

"한국 국민 대부분은 북한에 대해서 관심이 전혀 없습니다. 그들은 북한이란 나라가 없다는 듯 살고 있습니다. 특히 젊은 사람들은 더더욱 그렇습니다."[1] 러시아 출신의 한반도 전문가 안드레이 란코프 국민대 교수의 말이다. 그는 "젊은 한국 사람들은 북한보다 태국이나 프랑스에 대해서 관심이 더 많다고 해도 과언이 아닐 것"이라고 주장하는데, 나

---

1) 안드레이 란코프, 「란코프 칼럼: 한국인 대다수, 북한에 무관심」, 자유아시아방송(2012년 3월 15일).

역시 동감이다.

2015년 말 프랑스 파리(서울에서 약 9000킬로미터 떨어져 있다.)에서 폭탄 테러가 일어났다. 당시 내 주변의 많은 한국 젊은이들이 자신의 SNS 계정에 '#prayforparis'라는 해시태그를 달고 희생자를 추모했다. 페이스북 프로필 사진에 프랑스 국기를 덧씌운 사람도 많았다.

그러나 지금 이 순간 북한의 정치범 수용소에 10만 명 가까운 사람이 수감되어 있다는 사실을 아는 한국 젊은이들은 극히 드물다. 이곳에서는 공개 처형, 고문, 성폭행, 강제 노동, 강제 낙태가 매일 일어나고 있으며, 위생과 영양 상태도 안 좋아 한 해 사망자가 5000명에 이를 것이라는 추정치가 있다.

"전 세계에서 북한 인권 문제에 가장 무관심한 사람들이 바로 한국 사람들이다."

북한 인권 운동가들이 종종 하는 얘기다. 해외에서 활동하던 운동가들이 한국에 와서 가장 놀라는 지점이기도 하다. 한국에 온 외국인 북한 인권 운동가와 그들을 바라보는 한국인들의 무관심을 대비하는 다큐멘터리 영화까지 나올 정도다.[2]

"한국에 실망했다. 텅 빈 서울의 공청회장을 보며 한숨이 절로 나왔다. 런던, 워싱턴 공청회에서 청중이 눈물을 닦으며 증언을 경청했던 것과 비교된다."[3]

유엔의 마이클 커비 북한 인권조사위원장은 한국 언론과 인터뷰를 할 때마다 한국인들의 무관심을 질타한다. 그는 2013년에 8개월에 걸쳐 북한의 인권 실태를 조사했다. 유엔 주도로 북한의 인권 실태를 체계적으로 파악한 것은 처음이었다. 그런데 보고서가 나오자 한국 언론보다 BBC, CNN, 《르몽드》, 심지어 알 자지라와 같은 해외 언론이 그

2) 허선이, 「북 인권 무관심 강조 위해 외국인 눈으로 바라봐」, 《데일리NK》(2011년 11월 9일).
3) 정미경, 「커비 위원장 "북 인권 유린 무관심한 한국에 실망"」, 《동아일보》(2013년 11월 4일).

내용을 더 비중 있게 보도했다고 한다.[4)]

나는 가끔 강연을 하거나 주변 사람들에게 북한 이야기를 들려주다가 "정치범 수용소가 어느 정도 크기인지 아느냐?"라고 물어본다. 북한 문제에 관심이 있는 사람들조차 정치범 수용소를 큰 교도소 정도로 상상한다. "서울 면적의 90퍼센트나 되는 수용소도 있다."라고 말하면 다들 경악한다.

얼마 전 한국에서는 1990년대 중반을 배경으로 한 텔레비전 드라마두 편이 크게 인기를 끌었다. 각각 제목이 「응답하라 1997」과 「응답하라 1994」였다. 그 시기에 한국은 경제 호황을 누렸고, 많은 이들은 풍요의 시기로 그 시절을 추억하고 있다.

정확히 같은 기간 북한에서는 '고난의 행군'이라고 부르는 대기근이 있었다. 자연재해 때문이 아니라, 독재자 김정일이 1994년 아버지로부터 권력을 물려받으면서 우상화 사업과 군대를 우선시하는 정책을 편것이 원인인 대참사였다. 가장 신뢰할 수 있는 통계로는 33만 명이 숨진 것으로 추정된다.[5)] 참고로 이 기간 북한을 탈출한 고위 정치인 황장엽은 사망자 수가 300만 명 이상이라고 주장한다. 내가 아는 탈북자 중에도 33만이라는 수치를 못 믿겠다는 이가 있다. 한창때에는 도심 거리에 아사자의 시신이 문자 그대로 쌓여 있었다는 것이다. 그는 "최소한 100만 명은 넘게 죽었을 것"이라고 말한다.

나는 33만 명이라는 사망자 추정치가 실제에 더 가까울 걸로 믿는다. 강연할 때도 그 수치를 말한다. 그러면서 "3년 동안 하루도 거르지 않고 매일 300명씩 굶어 죽으면 그 수에 이를 수 있다."라고 설명한다. 이때 북한 어린이들이 너무 배가 고픈 나머지 흙을 퍼먹었다고 얘기해준다. 북한 정권이 "어떤 흙은 먹을 수 있다."라며 국민들에게 그 흙을 먹으라고 전파했다는 이야기도 들려준다. 청중은 다시 조용해진다.

---

4) 유오상, 「북한 인권 조사한 유엔의 마이클 커비 위원장 인터뷰」, 《월간조선》(2014년 4월호).
5) 「북한 주민 기대 수명 남한보다 11세 낮아」, 연합뉴스(2010년 11월 22일).

* * *

　이때 한국 문학은 무엇을 했는가?

　미국에서는 한국인의 피는 단 한 방울도 섞이지 않은 작가 애덤 존슨이 '고난의 행군'과 북한 인권 문제를 다룬 소설 『고아원 원장의 아들』을 써서 2013년 퓰리처상을 받았다. 이 책은 한국어로 번역되기는 했으나, 한국에서는 별로 팔리지 않았다.

　탈북자 출신의 문인들이 몇몇 작품을 쓰기도 했다. 공통점은 한국에서보다 외국에서 더 호응을 얻었다는 점이다. 탈북 작가 장진성의 수기 『경애하는 지도자에게』를 영어로 옮긴 번역자는 작가에게 "왜 이제껏 어떤 한국인도 북한 현실을 문학 작품으로 쓰지 않았"느냐고 물었다고 한다. 장진성은 이렇게 말한다.

　"한국의 내로라하는 작가들은 북한 인권에 몰지각하다. 이른바 진보를 자처하는 이가 더욱 그렇다. 북한의 인권 상황을 수작(秀作)의 소설로 써내면 노벨상도 받을 것이다."[6]

　탈북 작가들은 한국 작가들과 함께 북한 인권을 주제로 한 소설집을 내기도 했다. 2015년에 나온 『국경을 넘는 그림자』라는 책이다. 이 작품집에는 탈북 작가 여섯 명과 한국 출신 작가 일곱 명이 참여했다. 탈북자 출신이 아닌 한국 소설가들이 북한 인권 문제에 대해 작품으로 말한 드문 사례다.

　그러나 앞서도 언급했듯 외국인 작가가 북한의 현실에 대해 파악하기는 어렵다. 탈북 작가는 수가 많지도 않고, 낯선 한국 사회에 적응하느라 작품 활동에 한계가 있다. 그리고 지금껏 언급한 작품 중 어느 것도 한국에서 독자들에게나 평단에 반향을 일으키지는 못했다.

　한국 작가들이 북한 인권에 대해 성명서나 선언문 한번 내지 않았다

---

6) 송홍근, 「나의 탈북은 수령 문학 탈출해 현실 문학 뛰어든 것」, 《신동아》(2014년 8월 호).

는 사실은 부끄러운 것을 넘어 놀랍기까지 하다. 탈북 문인으로 구성된 국제펜(PEN)망명북한작가센터가 북한의 독재자 김정은을 국제형사재판소(ICC)에 제소하기 위해 서명 운동을 벌이고 있다. 그리고 한국의 문학 평론가 방민호가 '문학인 북한 인권 선언' 초안을 발표하고 선언에 참여할 다른 작가들을 모으고 있다. 내가 알기로는 이게 전부다.

방 평론가는 2014년 문학인 북한 인권 선언 초안을 발표하면서 "북한 인권 문제를 문학인들이 외면해서는 안 된다는 생각을 꾸준히 해 왔고 개인이 시작한 것이기에 선언문이라고 할 수는 없어서 초안이라고 이름 붙였다."라고 설명했다. 초안을 발표하는 자리에 함께 있었던 소설가 이호철은 "당장 눈앞에 있는 북한 인권 문제에 지금껏 아무 소리도 내지 않은 것은 문제다. 진작 시작했어야 하는 일이다."라고 말했다.[7]

여기서 부연하자면, 한국의 문인 단체들은 성명서나 선언문을 꽤 자주 내는 편이다. 얼마 전에는 다섯 개 문학 단체가 박근혜 대통령 퇴진을 요구하는 공동 시국 선언문을 발표하기도 했다. 10년쯤 전에는 소설가들이 정부의 담뱃값 인상 추진에 반대해 규탄 대회를 열고 성명서를 낸 적도 있다. 담배는 창작의 벗이라는 이유에서다.[8] 이 규탄 대회에 참여한 소설가는 백 명이 넘었다. 방 평론가는 북한 인권 선언에 참여할 작가를 모으고 있는데, 목표가 백 명이다. 2014년 여름부터 추진했는데 반년 동안 스무 명 남짓을 모았다고 한다.

한국의 한 일간지는 그런 한국 작가들의 모습을 이렇게 꼬집었다.

"북한을 방문했던 문인들이 많다. 이들은 사석에서 북의 비참한 현실을 개탄하면서도 공적으론 철저히 침묵한다. 문인들 사이에 북한 인권을 제기하면 왕따가 되는 것이 우리의 현실이다."[9]

---

7) 조이영, 「방민호 교수 "문학인들, 북한서 일어나는 일에 할 말은 하자"」, 《동아일보》 (2014년 7월 2일).
8) 이진우, 「담뱃값 인상은 창작 걸림돌」, 《문화일보》(2004년 11월 19일).
9) 고미석, 「횡설수설 고미석: 문인들의 북한 인권 선언」, 《동아일보》(2014년 7월 2일).

* * *

변명거리야 몇 가지 있다.

우선 북한이 극도로 폐쇄적인 사회다 보니 그 실상을 접하기가 쉽지 않다. 프랑스의 테러 현장은 생중계로 볼 수 있지만, 정치범 수용소를 찍은 영상은 그렇지 않다. 한국인들은 대부분 선량하고 동정심이 많고 정의감이 강하다. 나는 북한의 생생한 내부가 좀 더 공개되면 한국인도, 한국 작가들도 더 이상 침묵하지 않을 거라고 확신한다.

그 이야기와 모순인 것 같긴 하지만, 한국 사람들에게 북한 뉴스는 넌더리가 날 정도로 지겹다는 점도 이유의 하나이겠다. 북한이라는 나라가 비정상적인 일들을 하도 자주 벌이다 보니 한국인들은 거기에 '만성 짜증' 상태가 되어 버렸다. 북한은 몇 달이 멀다 하고 핵무기를 실험하거나, 미사일을 발사하거나, 전쟁을 일으키겠다고 협박하거나, 국제 조약을 어기거나 하는 따위의 일들을 벌인다. 그러다 보니 한국인들은 아예 북한이라는 말만 들으면 귀를 막아 버리고 싶게 되었다.

외국인들 눈에는 한국의 진보 세력이나 인권 운동 그룹이 북한 인권 문제에 목소리를 높이지 않는 점이 기이하게 보일 수도 있다. 1980년대까지 한국은 군사 독재 국가였고, 이에 저항한 한국 내 민주화 운동 세력은 반미(反美) 사회주의 이론으로 무장한 경우가 흔했다. 당시 그들은 북한에 대해 상당히 우호적이었다.

어처구니없는 일이고 최근에는 바뀌고 있다지만 한국 내 진보 진영에는 지금까지도 이런 분위기가 얼마간 이어져 오고 있다. 한국에서는 2016년 11년 만에야 북한 인권법이 국회를 통과했는데, 그때 진보 성향 국회 의원 상당수가 기권했다. 선언적인 조항들 외에는 북한 인권 실태를 조사하고 기록하는 재단이나 기록 센터를 만들어야 한다는 정도가 고작인 법이었다. 미국과 일본에서는 훨씬 강도가 높은 북한 인권법이 진즉에 만들어졌다.

한국의 진보 진영이 북한 독재 정권을 감싸고 싶어 한다고는 생각지 않는다. 그보다는 북한 인권 문제가 나올수록 국내 정치에서의 주도권 싸움에서 밀리게 되기 때문에 굳이 얘기를 키우지 말자는 계산이 진짜 원인이지 않을까 싶다.

한국의 진보와 보수 진영은 서로 정책 대결을 펼친다기보다는 상대의 도덕성을 깎아내리는 방식으로 수준 낮은 권력 다툼을 하고 있다. 그런데 어쩌다 보니 과거에 북한을 정서적으로 옹호했고 북한 인권 문제에 오래 침묵해 온 것이 한국 진보 진영의 도덕적 약점이 되어 버렸다. 그러다 보니 진보 진영은 이 이야기를 더 하지 않게 되었다. 그렇게 꺼리는 주제이다 보니 내부에서 말을 꺼내기가 점점 더 어려워지는 침묵의 나선 효과도 생기는 것 같다. "북한 인권에 대해 얘기를 안 하다 보니 더 안 하게 됐다."라는 서술의 주어 자리에 한국 문학을 넣어도 문장이 성립할 걸로 본다.

그렇다 해도 그것은 잘못된 일이다. 인권, 평화, 약자 보호, 민주주의와 같은 가치를 추구하는 이들이 북한 인권 문제에 침묵하는 것만큼 앞뒤가 안 맞는 일은 없다.

마지막으로 거론하고 싶은 것이 바로 통일, 즉 '하나의 조국'에 대한 한국인들의 뿌리 깊은 강박 의식이다. 한국인들은 수십 년 동안 '북한은 타자가 아니며 우리의 일부'라고 배워 왔다.(실제로 한국의 법이 그렇다. 한국 헌법에 따르면 북한은 존재하지 않는 나라다. 한국의 헌법 3조는 한국의 영토가 어디까지인지를 규정하고 있는데, 한반도 전체가 한국 영토라고 못을 박아 놨다. 공식적으로 한국에서 북한의 지위는 불법 반국가 무장 단체다.)

내가 학교를 다니던 시절에는 이것은 거의 절대 명제에 가까웠다. "왜 통일을 해야 하는가?"라는 질문을 진지하게 제기하는 것 자체가 금기시되었다.

왜 통일을 해야 하는가? 한번은 물을 수 있었다. 그에 대해 "남과 북은 한 민족이기 때문"이라는 답을 들었다. 거기에 대고 "한 민족이 여러 나라를 이루거나 여러 민족이 한 나라를 이루면 안 되는가, 유럽 국가들은 그러면 어떻게 해야 하는가?"라고 되물을 수는 없었다. 극우 파시즘 성향이 강했던 군사 독재 정권만 그런 교육을 실시했던 게 아니다. 그 대척점에 섰던 한국 문학도 민족주의 성향이 강했고, 통일을 지상 과제로 설정하기는 마찬가지였다.

* * *

> 조국은 하나다
> 이것이 나의 슬로건이다
> 꿈속에서가 아니라 이제는 생시에
> 남모르게가 아니라 이제는 공공연하게
> 조국은 하나다
> 양키 점령군의 탱크 앞에서
> 자본과 권력의 총구 앞에서
> 조국은 하나다[10]

한국의 저항 시인이자 민족 시인이었던 김남주 시인의 「조국은 하나다」라는 유명한 시의 첫째 연이다. 1988년에 발표된 동명 시집에 실려 있다. 이 시는 화자가 "조국은 하나다"라는 깃발을 하늘에 걸겠다는 다짐으로 끝난다. 마지막 세 행은 이렇다. "자유를 사랑하고 민족의 해방을 꿈꾸는/ 식민지 모든 인민이 우러러볼 수 있도록/ 겨레의 슬로건 '조국은 하나다'를!"

이것은 1980년대 한국을 지배했던 정서의 일부이다. 지금껏 북한 문제에 대해 한국 문학이 취해 왔던 태도의 일부이기도 하다. 민족의 분단을 한반도에서 일어난 가장 슬프고 부조리한 일로 놓고, 그것을 극복하기 위한 문학적 모색을 하는 것이다. 이런 접근법은 이 땅에 그런 분

---

10) 김남주, 「조국은 하나다」, 『조국은 하나다』(도서출판 남풍, 1988).

단이라는 결과를 가져온 이념전이나 강대국(특히 미국)에 몹시 비판적이다. 반면 북한 정권의 인권 탄압 문제는 잘 다루지 않는다.

지금도 이 시를 정면으로 반박하는 것은 한국에서 몹시 거북한 일이다. 많은 한국인에게 이 시에 반대하는 일은 한국에서 독재 정권을 몰아낸 민주화 운동의 숭고함을 훼손하는 듯한 느낌이 들게 한다. 그러나 다른 한편으로는 이 시의 정서를 전적으로 지지하는 한국인도 많지 않을 것이다. 지금 살아 있는 한국인의 절대 다수는 북한 땅을 한번 밟은 적조차 없는 사람들이다. 게다가 세계화의 물결 속에 민족이라는 개념 자체가 낡은 것으로 여겨지고 있다.

2016년 현재 한국 국민 중 "조국은 하나다"라는 문장이 자신의 슬로건이라고 여기는 이가 몇이나 될까? 한국이 미국 제국주의의 식민지이고, 남북한 통합이 구성원들의 삶을 대혼란이 아니라 해방으로 이끌 것이라고 믿는 사람은 몇이나 될까?

가장 최근의 공신력 있는 답을 살펴보자. 2016년 11월 한국의 문화체육관광부가 한국 성인 남녀 5000명을 대상으로 실시한 '2016년 한국인의 의식·가치관 조사' 결과다. 스스로를 중산층이라고 여기는지, 결혼 상대를 고를 때 고려하는 요소가 무엇인지, 인공 지능이 우리 삶에 미칠 영향을 어떻게 보는지 등을 묻는 광범위한 질문 중에 통일에 대한 것도 있었다. "통일을 언제 하면 좋을까?"라는 질문이었다.

전체 응답자의 절반 이상(50.8퍼센트)이 "서두를 필요가 없다."라고, 32.3퍼센트는 "굳이 통일할 필요가 없다."라고 답했다. 통일을 "가급적 빨리 해야 한다."라는 답은 16.9퍼센트에 불과했다. 즉, 80퍼센트가 넘는 한국인에게 통일은 적어도 최우선적인 슬로건은 아니었다.[11] 특히 "통일이 필요 없다."라는 의견은 10년 전 16.8퍼센트에서 거의 배로 증가한 것으로 나타났다. 연령별 조사 결과를 보면 20대와 30대에서는 열 명 중 네 명이 그렇게 생각한다.

---

11) 김영만, 「국민 3명 중 1명 "남북통일 불필요하다"」, 연합뉴스(2016년 11월 16일).

말하자면 "조국은 하나인가, 북한은 우리의 일부인가?"라는 질문에 대해 한국인들은 지금 이중적인 모습을 보이고 있다. 일본 문화를 설명할 때 사용하는 표현을 빌리자면, 다테마에(建前, 겉마음)와 혼네(本音, 속마음)가 다르다. 상당수 사람들이 속으로는 북한을 같은 언어를 쓰는 외국 정도로 여기지만, 주변의 비난을 살까 봐 겉으로 그런 속내를 드러내지는 않는다.

내 눈에는 한국인들이 매우 빠르고 간단한 방법으로 그 분열을 극복하는 듯하다.

북한에 대해 말하지 않기.

북한에 대해 생각하지도 않기.

내 생각에는 이것이 북한이 투명한 존재가 되어 버린 또 다른 이유이다.

* * *

나의 할아버지는 분단을 겪었다. "나의 아버지가 분단을 겪었다."라고 말할 수 있는지는 잘 모르겠다. 그가 다섯 살 때 북한과 한국이 갈라졌다. 나는 그로부터 27년이 지나 태어났다.

나는 서른 살이 넘어 처음으로 북한에 가 보았다. 신문사에서 일하며 취재 기자 신분으로 2006년과 2007년에 각각 북한을 다녀왔다. 북한 땅에 들어선 지 오 분도 안 되어 주변 모습에 압도되었다. 나뿐 아니라 주변 젊은 기자들 모두 입을 벌린 채 할 말을 찾지 못했다.

주변에 나무가 한 그루도 없었던 것이다. 눈에 보이는 땅은 콘크리트도, 수풀도, 나무도 없이 온통 뻘건 황무지였다. 한국에서는 한 번도 본 적이 없는 풍경이었다. 극심한 식량난과 에너지난으로 인해 북한의 산림 파괴 정도가 심각하다는 말은 들었지만 그 정도일 줄은 상상도 못 했다. 화성에 가면 이런 기분일까, 하는 생각이 들었다. 이국적인 장소가 아니라 외계 행성 같은 곳이었다.

2007년에 금강산에 오를 때에는 한 남성 안내원이 내 옆에 따라붙었다. 산을 오르며 그와 둘이서 몇 시간 동안 대화를 하게 되었다. 아마 그는 안내원을 가장한 북한 보위원이었던 것 같다. 그리고 한국의 정치부 기자였던 나를 감시한다기보다는 순수한 호기심에서 내게 이것저것 질문을 던졌던 것 같다.

그는 한국 정치 상황에 대해 어지간한 한국인은 비교도 되지 않을 정도로 해박했다. 여러 종류의 한국 신문을 매일 읽는 것이 틀림없었다. 그러나 끝내 국회와 야당의 역할을 이해하지 못했다. 왜 모든 것이 대통령의 뜻대로 굴러가지 않는지를 나는 그에게 끝까지 제대로 설명할 수 없었다.

조국은 하나인가?

북한도 나의 조국인가?

아니라고 생각한다. 북한은 내게 너무 낯선 땅이며, 그곳에 사는 사람들 역시 낯선 사람들이다.

나는 '분단 체제'는 경험했다. 나는 매우 강압적인 반공 교육을 받고 자랐다. 1990년대 초반까지도 한국의 고등학생들은 학교에서 남학생은 총검술을, 여학생은 간호법을 배웠는데 그건 엄연한 교과 과정이었다. 총검술 실력에 대한 평가가 성적에도 반영되었다. 20대 초반에는 30개월간 군대에 강제 복무했는데, 대다수 한국 성인 남성과 마찬가지로 그 불쾌했던 경험에 여전히 치를 떨고 있다. 당시 한국의 병영 문화는 지독했다. 수감 생활과 크게 다를 바 없었다.

한국의 군사 독재 정부는 종종 반정부 인사에게 북한의 간첩이라는 누명을 씌우고 고문으로 혐의를 시인하게 만든 뒤 감옥에 보내거나 처형했다. 많은 민주화 운동가들이 그런 식으로 고초를 겪었다. 정치 탄압의 가장 큰 평계는 늘 북한이었다. 이 시기 한국의 진보 운동과 민족 문학은 이런 억압과 불의의 한 원인이었던 분단 체제의 문제를 깊이 고민하고, 그 체제를 극복하기 위해 치열하게 노력했다.

이제 한국의 고등학생들은 군사 훈련을 받지 않으며, 한국의 시민들은 불법 구금돼 고문을 당할지도 모른다는 두려움 없이 자유롭게 정부를 비판한다. 여기까지 오기 위해 싸워 온 많은 분들께 진심으로 감사하다.

그런데 나는 "북한은 남이다."라는 나의 태도가 과거 한국의 진보 운동과 민족 문학이 해 온 그 싸움을 계승할 수 있다고 생각한다.

* * *

이제 우리가 싸워야 할 대상은 한국과 북한이 서로 다른 두 나라라는 현실 그 자체가 아니라, 여전히 한반도에서 힘을 발휘하고 있는 분단 체제가 아닐까?

분단 체제는 국가 안보를 빌미 삼아 국민의 사상과 행동을 폭력적으로 억압하는 시스템이다. 10만 명에 이르는 북한의 정치범 수용소 재소자들과 2300만 명의 북한 주민 전체가 여전히 그 시스템 속에서 고통받고 있다. 오늘날 분단 체제 극복은 북한 주민들이 불법 구금돼 고문을 당할지도 모른다는 두려움 없이 자유롭게 정부를 비판할 자유를 누리게 되는 것이다. 북한이 민주화되는 것이다.

내게 북한 주민은 남이다. 그러나 바로 옆에 있는 남이다. 그들은 나의 이웃이다. 나는 민족이라는 개념을 탐탁지 않게 여기지만, 그럼에도 불구하고 북한에 대한 도덕적 의무감을 느낀다.

내 옆집에 사는 남자가 아내를 폭행하고 자식을 굶길 때, 내게는 도덕적 의무가 생긴다. '바로 옆에 있는 사람의 의무'다. 옆집 가족이 내 친척인지 아닌지와는 아무 관련이 없다. 아우슈비츠가 들어설 때 유럽인들에게는 모두 그런 도덕적 의무가 있었다. 그런 자연스럽고도 당연한 명령을 받기 위해 굳이 자신들이 유대 민족이라거나 게르만족이라고 가정할 필요는 없었다. 그저 인간이기만 하면 됐다.

나는 나를 비롯한 젊은 한국 작가들에게 새로운 도덕적 의무가 생겨나고 있다고 느낀다. 거대한 억압과 불의 바로 옆에서 글을 쓰는 사람에게는 그런 의무가 생긴다. 그리고 '하나의 조국, 하나의 민족' 같은 관념에서 멀어지는 것이 오히려 그 의무의 방향과 모습을 더 명확하게 인식하게 해 주리라는 게 나의 제안이다.

장강명 CHANG Kang-myoung 소설가. 1975년 서울 출생. 연세대학교 도시공학과를 졸업했다. 사회 비판적 문제에서 SF까지 아우르는 다양한 소재, 흡인력 있는 스토리 전개와 군더더기 없는 문장으로 한국 문학에 새로운 활기를 불어넣고 있는 작가이다. 『열광 금지, 에바로드』, 『댓글부대』, 『그믐, 또는 당신이 세계를 기억하는 방식』, 『우리의 소원은 전쟁』, 『한국이 싫어서』 등의 작품이 있다. 한겨레문학상, 수림문학상, 제주4·3평화문학상, 문학동네작가상 등을 수상했다.

인디라 간디[1]의 흔적

아미타브 고시

 1984년 세상의 종말론적 징후가 가장 두드러진 곳은 인도였다. 대형 사건들이 사정없이 터졌다. 펀자브의 분리주의 폭력 소요와 정부군의 암리차르 시크교 황금 사원 습격,[2] 인디라 간디 총리 암살과 시크교도에 대한 다발적 도시 폭동이 서로 꼬리를 물고 일어났다. 엎친 데 덮친 격으로 보팔에서 가스 참사[3]마저 발생했다. 1984년 뉴델리에서는 조간신문을 펼치기 위해 용기를 내야 하는 날들이 있었다.

 그해의 허다한 재앙 가운데 내 인생에 가장 큰 영향을 미친 것은 간

이 글의 주석은 모두 옮긴이 주다.

1) Indira Gandhi(1917~1984). 인도 역사상 유일한 여성 총리로 두 차례(1966~1977, 1980~1984) 총리를 역임했다. 인도 독립운동의 영웅이며 1947년 영국으로부터 독립한 후 첫 인도 총리였던 자와할랄 네루(1889~1964)의 딸이다.

2) 1984년 6월 6일 분리·독립주의 지도자 자르나일 싱 빈드란왈레와 무장한 일당을 체포한다는 명목으로 인도군이 시크교 최고의 성전인 황금 사원을 습격했다. 시크교도 수백 명이 학살되고 사원이 심하게 훼손되었다.

3) 1984년 12월 3일 새벽 두 시간 동안 인도 중부 보팔시 소재 유니온 카바이드 살충제 공장의 저장탱크에서 유독 가스가 누출되었다. 인근 지역 주민 280명이 숨지고 20만 명 이상이 피해를 입었다.

디 총리의 피살 직후 자행된 종파적(宗派的) 폭력이었다. 당시의 경험은 내가 작가로 성장하는 데 매우 소중했던 것으로 기억된다. 너무나 소중해서 나는 지금까지 그 경험에 대해 글을 쓰겠다는 시도조차 하지 않았다.

당시에 나는 뉴델리의 디펜스콜로니라는 구역에 살았다. 복잡하게 뒤엉켜 있는 대규모 주택의 옥상과 차고 위에 자잘하지만 독립된 셋방들이 빽빽하게 들어 차 있었다. 셋방은 젊고 궁핍한 저널리스트, 카피라이터, 하급 간부, 나처럼 대학에 근무하는 교직원 등 떠돌아다니는 사람들에게 거처를 제공했다. 우리는 부유층이 모여 사는 주거 단지의 이 옥상 저 옥상에 퍼져 살면서 벌집 속의 진드기처럼 호강을 누렸다. 곧 허물어질 법한 우리의 일상이었지만, 집주인들의 고급 빨랫줄과 얽히고설킨 텔레비전 연속극은 우리 차지였다.

그때 나는 스물여덟 살이었다. 내 마음의 고향은 콜카타였다. 그러나 성인이 되고 나서 나는 잉글랜드와 이집트에서 몇 년을 보냈을 뿐 줄곧 뉴델리에서 살았다. 당시는, 2년 전 옥스퍼드에서 박사 과정을 마치고 귀국한 내가 막 델리 대학에서 강의를 시작할 때였다. 그렇긴 해도 실질적인 내 인생은 찜통같이 무더운 옥상의 사적 공간에서 진행되었다. 나는 옥탑방에 앉아 구태의연한 방식으로 내 첫 번째 소설을 쓰고 있었다.

간디 총리가 피살된 10월 31일 아침, 나는 평소와 마찬가지로 9시 30분쯤 델리 대학으로 가는 버스에 올랐다. 집에서 학교까지 출근길은 한 시간 삼십 분이나 걸렸지만 뉴델리에서 그 정도는 흔한 일이었다. 사건은 바로 조금 전 불과 몇 킬로미터 떨어진 장소에서 일어났다. 그러나 나는 버스에 오를 때 그 일에 대해 모르고 있었을 뿐 아니라 구십 분 동안 버스를 타고 가면서도 별다른 낌새를 느끼지 못했다. 하지만 내가 탄 버스는 입에서 입으로 옮겨지는 소식을 들으며 대학까지 전속력으로 달려갔다.

버스에서 내린 다음에 보니 평소처럼 떠들썩하게 프리스비를 던지며 노는 학생들이 없었다. 그 대신 트랜지스터라디오 주위를 둘러싼 채 귀를 기울이는 얼마 안 되는 사람만 눈에 띄었다. 젊은 청년 하나가 그들 무리에서 벗어나 내게 다가왔다. 그의 입은 "소식 들었죠?"라고 말을 걸 때 늘 보일 법한, 약간 비뚤어지고 다 안다는 듯한 미소를 머금고 있었다.

"캠퍼스가 온통 왁자지껄해요." 그가 말했다. "확실히 아는 사람은 없지만 간디 총리가 총에 맞았다고 웅성거려요. 시크교도 경호원 두 명이 얼마 전 암리차르의 시크교 황금 사원에 군대를 투입한 걸 복수하려고 총리에게 총을 겨눴다나 봐요."

나는 강의실에 들어서려는 순간 암살 기도가 있은 직후 간디 총리가 다급하게 병원으로 호송되었다는 인도 국영 방송의 라디오 보도를 들었다.

그래도 아무것도 멈추지 않았다. 일상의 탄력에 따라 모든 일이 평소처럼 굴러갔다. 나는 교실에 들어가 강의를 시작했다. 출석한 학생이 많지 않은 데다 그나마 학생들은 산만하고 한눈을 팔았다. 한마디로 안절부절못하는 상태였다.

강의가 중간쯤 이르렀을 때 나는 강의실의 유일한, 갈라진 틈 같은 창문으로 바깥을 내다보았다. 바로 아래의 잔디밭과 건너편 가로수에 햇빛이 밝게 비치고 있었다. 상쾌하고 선선한, 1년 중 델리의 날씨가 가장 아름다운 계절이었다. 얼마 전까지 지속된 우기(雨期) 덕분에 나뭇잎은 신선한 초록으로 빛났고, 하늘은 청명하고 정갈했다. 학생들에게 다시 시선을 돌렸을 때 나는 무엇을 떠들고 있었는지 생각이 나지 않았고 강의 노트에 손을 뻗어야 했다.

나는 불안에 빠진 스스로를 보고 놀랐다. 나는 간디 총리를 무비판적으로 숭배하고 있진 않았다. 오히려 나는 1970년대 중반 그녀의 1차 집권 당시 잠시 드러낸 독재적 통치 행태[4]를 여전히 생생하게 기억하

---

4) 인디라 간디는 1차 집권 기간(1966~1977)의 끝 무렵인 1975년에서 1977년까지 국가 비상사태를 선포하고 긴급 명령 등 억압적인 방식으로 국가를 통치했다.

고 있었다. 그러나 암살을 당했다는 갑작스럽고 무시무시한 상황 때문에, 그제껏 내가 당연한 것이라고 치부해 온 그녀의 강인함, 품위, 신체적 용감성, 지구력 등 매우 실질적인 자질이 다시 생각났다. 그럼에도 그 순간 내가 느낀 감정이 꼭 슬픔은 아니었다. 오히려 내면에서 다소간 결속되어 가던 무언가가 헐거워지는 감각이었다.

간디 총리의 사망을 알리는 최초의 믿을 만한 보도는 11시 30분 파키스탄 카라치 방송에서 나왔다. 인도 국영 라디오는 정규 방송 대신 음악을 틀었다.

늦은 오후에 나는 친구인 하리 센과 학교를 떠났다. 그는 도시의 반대편 끝에 살았는데, 장거리 전화를 걸어야 하는 내게 그가 자기네 전화를 쓰도록 해 주겠다고 해서였다.

하리의 집에 가려면 코노트 플레이스에서 버스를 갈아타야 했다. 코노트 플레이스는 우아한 원형의 아케이드로, 델리의 옛 도시와 신도시를 연결하는 지리적 중심이었다. 버스가 아케이드의 주위를 한 바퀴 빙 돌았다. 아직 오후 시간인데도 상점, 노점, 식당들이 문을 닫기 시작하는 모습이 보였다.

우리가 환승한 버스는 만원이 아니었다. 이례적인 일이었다. 버스가 막 출발하려는 순간 사무실에서 뛰어나온 한 사내가 급히 올라탔다. 중년인 그가 셔츠와 바지를 입은 것을 보니 정부 청사에서 일하는 게 분명했다. 나는 그때 그가 시크교도라는 사실은 거의 의식하지 못했다.

그도 아마 일상적으로 이용하는 버스였기 때문에 별다른 생각 없이 버스에 올랐을 것이다. 그러나 공교롭게도 그날 그의 선택은 최악이었다. 버스 노선에는 인디라 간디의 시신이 안치된 병원이 포함되어 있었다. 그녀의 지지자들이 그 병원에 모여 복수에 나서자고 군중들을 선동하기 시작한 터였다. 시크교도인 대통령 지아니 자일 싱[5]의 자동차 행

---

5) Giani Zail Singh(1916~1994). 인도의 7대 대통령(1982~1987).

렬이 이미 폭도의 공격을 받았다.

그러나 우리는 아직 이런 상황을 모를뿐더러 짐작조차 하지 못했다. 그때까지 델리에서 시크교도를 겨냥한 폭력이 발생한 적은 한 번도 없었기 때문이다.

우리 버스가 가로수가 늘어선 뉴델리의 널찍한 대로를 지날 때 선도 차와 경호 차를 거느린 관용 승용차 일행이 빠른 속도로 우리를 추월해 서는 병원 쪽으로 달려갔다. 버스가 병원에 다가가면서 많은 군중이 부근에 집결해 있다는 것이 분명해졌다. 그런데 그들은 평범한 군중이 아니었다. 셔츠 단추를 절반쯤 풀어 헤치고 눈에 핏발이 선 젊은이 집단이었다. 이때 동료 승객인 그 시크교도가 일어나 근심스러운 표정으로 바깥을 내다보기도 하고 문을 힐끗 쳐다보기도 하는 것이 눈에 들어왔다. 그가 버스에서 내리기에는 이미 너무 늦은 터였다. 사방이 폭도 천지였다.

병원에 가까워질수록 젊은이들은 숫자가 점점 많아지고 더 위협적이 되었다. 그들은 주변을 감시했다. 일부는 쇠막대기와 자전거 사슬로 무장했고 다른 무리는 번잡한 길을 가로막고 늘어서서 승용차와 버스를 세우고 있었다.

버스 안에서 최초로 상황의 심각성을 인지한 사람은, 나와 통로를 사이에 두고 앉은 사리[6] 차림의 통통한 여인이었다. 그녀가 벌떡 일어서더니 자기 좌석에서 등을 둥글게 구부린 시크교도에게 급한 몸짓을 하고는, 보이지 않게 엎드려 숨으라고 힌디어로 나직이 말했다.

움찔 놀란 사내는 좌석 사이의 좁은 공간에 몸을 끼워 넣었다. 몇 분 후 밝고 선명한 색깔의 합성 섬유로 만든 옷을 입은 한 무리의 청년들이 버스를 세웠다. 손목에 자전거 사슬을 칭칭 감은 자도 여럿이었다. 그들은 버스가 천천히 멈추는 사이에 버스 옆으로 뛰어왔다. 그들이 버스 기사에게 시크교도가 타고 있느냐고 소리치며 묻는 소리가 열린 문

---

6) 인도 여성들이 몸에 두르는 길고 가벼운 옷.

사이로 들려왔다.

기사가 고개를 가로저었다. 아니, 버스 안에 시크교도는 없어. 그가 말했다.

나보다 몇 줄 앞에서 터번을 쓴 채 몸을 쭈그린 인물은 완벽한 침묵 속에서 꼼짝하지 않았다.

밖에서 청년 몇 명이 창문을 통해 확인하려고 점프를 하면서 버스 안에 시크교도가 있는지 물었다. 그들의 목소리에는 분노가 없었는데, 무엇보다도 그 점이 가장 오싹했다.

없어. 누군가가 대답하자 금방 다른 목소리들이 똑같이 반복되었다. 이윽고 모든 승객이 고개를 가로저으면서 "없어, 없어, 우리를 보내 줘, 집에 가야 해."라고 말하고 있었다.

결국 폭도가 물러서더니 우리에게 가라고 손짓했다.

버스가 링로우드를 서둘러 벗어나는 동안 승객들은 아무 말도 하지 않았다.

하리 센이 사는 곳은 뉴델리에서 최근 개발된 주거 단지 중 하나였다. 사프다르장 엔클레이브라 불리는 깔끔하고 견실한 중산층 단지로, 화려하지는 않더라도 포부를 품은 이웃들이 살았다. 그곳은 대부분의 교외와 마찬가지로 주민들의 구성은 다양했고 시크교도가 상당히 많이 살았다.

긴 도로가 단지의 끝에서 끝까지 빗의 척추처럼 뻗었고, 그 도로로부터 골목길들이 빗살처럼 평행으로 전개되었다. 하리네는 골목길의 끝에 위치했는데 매우 전형적인 단층의 큰 목조 주택이었다. 그 반면 이웃집의 디자인은 훨씬 웅장하고 보기 드물게 대담했다. 건물을 지면 위로 떠받치는 기둥들 위에 각진 구조의 주택이 날렵하게 앉아 있었다. 집주인 바와 씨는 해외의 다양한 국제기구에서 장기간 근무하다 돌아온 연로한 시크교도였다. 그가 여러 해 동안 동남아시아에서 거주한 경험을 살려 기둥으로 떠받치는 집을 지은 것이다.

하리네는 동거하는 가족이 아주 많고 별났다. 그래서 친구들은 그의 집을 가브리엘 가르시아 마르케스의 작품에 등장하는 마콘도[7]로 여기고 있었다. 그러나 그날은 그의 어머니와 10대 여동생만 집을 지키고 있었다. 나는 그 집에서 하루 자고 가기로 했다.

이튿날 아침에는 날씨가 화창했다. 마당의 햇빛 속으로 발을 옮기는 순간 나는 전혀 상상하지 못한 광경과 마주쳤다. 사방에서 검은 연기가 맑은 하늘로 느릿느릿 솟아오르고 있었다. 불타고 있는 것은 시크교도 소유의 주택과 상점 들이었다. 매우 주의 깊게 목표물을 정해 불을 질렀기 때문에 일반적인 큰 화재와는 전혀 다른 효과를 연출하고 있었다. 마치 어마어마한 기둥들이 떠받치는 대형의 둥근 천장을 올려다보는 것 같았다.

내가 바라보는 동안에도 연기 기둥의 숫자는 계속 늘어났다. 매우 가까이에서도 연기가 솟았다. 행인에게 들은 바로는 그날 아침 인근의 여러 시크교도 주택에 약탈과 방화가 저질러졌다고 했다. 폭도가 주거 단지의 반대편 끝에서 시작해 우리 쪽으로 다가오고 있었다. 시크교도를 숨겨 준 힌두교도나 무슬림 역시 공격의 대상이었다. 그들의 집도 약탈당하고 불에 탔다.

주위는 무시무시할 정도로 움직임이 없고 조용했다. 평상시 들려오던 러시아워의 교통 소음조차 없었다. 하지만 이따금씩 대로를 질주하는 차량이나 오토바이의 소리는 들렸다. 나중에 알게 되었지만 수상하게 질주하던 이 차량들은 당시 자행된 살육의 지휘에 한몫을 했다. 일부 정치인들의 비호 아래 '주동자들'이 도시를 질주해 돌아다니며 폭도를 모으고 그들을 시크교도 소유의 주택이나 상점으로 수송했다.

수송 수단이 공짜로 제공된 것은 분명했다. 얼마 후 발표된 인권 보고서는 이 국면에서의 폭력이 "무장한 인원들이 승합차, 스쿠터, 오토바이나 트럭을 타고 도착하면서 시작되었다."라고 언명하면서 계속 다음과 같이 서술한다.

---

7) 마르케스의 대표작 『백 년 동안의 고독』(1967)에서 무대로 설정한 가공의 도시.

그들은 석유 깡통을 들고 근처를 돌아다니다가 일부러 시크교도의 주택, 상점과 예배당을 골라 방화했다. …… 표적은 주로 젊은 시크교도였으며, 그들은 길에 끌려나와 몰매를 맞고 산 채로 타 죽었다. …… 가해자들이 공통적으로 공공 도로에서 시크교도를 산 채로 태워 죽인 것은 자기들이 장악한 모든 지점에서 시민들을 공포에 떨게 하려는, 명백히 계산된 시도였다.

사방이 불타고 있었다. 그날의 반복되는 주제는 화재였다. 도시의 도처에서 시크교도의 집이 약탈당한 다음 불 질러졌는데, 집 안에 사람이 남아 있는 경우가 비일비재했다.

남편과 아들 셋을 잃고 살아남은 한 여인은 델리의 사회학자 비나 다스[8]에게 다음과 같이 털어놓았다.

근처의 폐가에 숨는 게 좋겠다고 어떤 사람이, 이웃이 그리고 친척도 권했습니다. 그래서 남편이 세 아들을 데리고 나가 폐가에 숨었고, 우리는 바깥에서 문을 잠갔어요. 하지만 사람들의 마음속에는 믿을 수 없는 게 있었어요. 누군가가 틀림없이 저들 집단에 밀고했어요. 그들이 남편에게 나와 보라고 부추겼어요. 그러더니 석유를 집에 퍼붓고 남편과 아이들을 산 채로 태워 죽였습니다. 그날 밤 현장에 찾아가 보니 아이들 시체가 서로 몸을 포개고 다락방에 있었습니다.

그날 이후 며칠 동안 델리에서만 약 2500명이 생명을 잃었다. 다른 도시에서도 수천 명이 죽었다. 전국적으로 사망자 숫자가 모두 얼마나 되는지는 결코 알려지지 않을 것이다. 목숨을 잃은 절대 다수는 시크교도 남자였다. 마을이 전부 파괴된 곳도 많았다. 주민 수만 명이 일시에

---

8) Veena Das(1945~). 미국 존스 홉킨스 대학 인류학과 석좌 교수인 인도 출신의 석학. 다음의 저서에서 1984년 인도에서 발생한 폭력과 사회적 고통에 대해 언급했다. *Life and Words: Violence and the Descent into the Ordinary*(California University Press, 2006).

노숙자가 되었다.

나 역시 나와 동일한 세대의 여느 사람들처럼 1947년 인도와 파키스탄이 분리될 때 벌어진 것과 같은 대규모 살육이 다시는 없을 것으로 믿으면서 성장했다. 그러나 그날 아침 델리는 1947년 못지않게 처참한 폭력을 경험했다.

하리와 내가 연기가 줄지어 올라가는 하늘을 쳐다보는 동안 하리의 모친 센 부인은 한층 현실적인 위험을 걱정하고 있었다. 부인은 쉰 살 가량의 키가 크고 인자한 여성으로 목소리가 온화하고 부드러웠다. 부인은 스스로 드러내지는 않았지만 독실한 힌두교도였다. 우리가 바깥 상황을 전달하자 부인은 수화기를 들어 이웃집에 사는 연세 지긋한 시크교도인 바와 씨 부부에게 전화를 걸었다. 부인은 그들 부부가 언제든 부인의 집으로 건너와도 좋다고 말했다. 그러나 상대방의 반응은 부인이 미처 예상치 못한 어색한 침묵이었다. 바와 부인은 센 부인이 농담을 하고 있다고 짐작하고 재미있는 척을 해야 하나 말아야 하나 고민했다.

정오가 가까워질 무렵 센 부인은 전화 한 통을 받았다. 거리 하나하나를 빠짐없이 뒤지며 다가온 폭도가 이제 바로 근처까지 진출했다는 소식이었다. 하리는 바와 씨 집으로 건너가서 그들 부부를 설득할 때가 되었다고 판단했다. 나도 하리와 동행했다.

바와 씨는 키가 작고 가냘픈 남자였다. 그는 평상복을 입었지만 터번을 깔끔하게 묶고 턱수염도 정성껏 빗질을 해서 고정하고 있었다. 그는 우리의 방문을 의아해했다. 공손하게 인사를 나눈 후 그가 도와줄 일이 무어냐고 물었다. 하리가 설명하는 역할을 맡았다.

물론 바와 씨 역시 인디라 총리의 암살 소식을 들었고 그 이후의 소요에 대해서도 이미 알고 있었다. 그러나 그는 이 '소동'이 왜 자신이나 아내에게 영향을 미친다는 것인지 이해하지 못했다. 그도 우리처럼 시크교도 테러범들을 지지하지 않았다. 암살 행위에 대한 혐오감은 오히려 그가 우리보다 심했다. 그는 인도와 인도 정부를 절대적으로 신뢰했으며, 그의 태도는 그가 이 나라의 지배 엘리트라는 사실을 분명하게 드러냈다.

평생을 특권의 고치 속에서 살아온 사람에게 그 고치에 손써 볼 도리가 없는 균열이 나타났다고 어떻게 설명할 수 있겠는가? 우리는 머뭇거렸다. 바와 씨는 폭도가 자신을 습격할지도 모른다는 현실을 믿지 못할 터였다.

바와 씨는 우리와 헤어지면서 안심하라는 말까지 했다. 그는 명랑하게 우리의 등을 두드렸다. 그가 실제로 소리 내서 "힘을 내게."라고 말하지는 않았지만 그의 행동은 그렇게 말하고 있었다.

우리는 폭력 행위를 중단시키기 위해 정부가 곧 어떤 조치를 하리라고 확신했다. 인도에는 민간인 소요에 대응하는 훈련이 있다. 통행금지가 선포되고 예비군 부대가 배치되며 극단적인 경우에는 군부대가 소요 발생 지역에 출동한다. 뉴델리에는 엄청난 보안 조직이 있어서 다른 도시보다 이 훈련을 시행하기에 유리한 여건이다. 나중에 알게 된 사실이지만, 당시 어떤 도시, 예를 들어 콜카타에서는 주(州) 당국이 폭력을 막기 위해 지체 없이 행동했다. 그런데 델리와 북인도의 상당 지역에서는 시간이 한참 지나서야 대응하기 시작했다.

우리는 몇 분마다 라디오에 귀를 기울이며 명령을 받은 군대가 출동하기를 희망했다. 그러나 라디오에서 나오는 소리는 애도 음악과 간디 총리의 안치 상황 그리고 국내외 저명인사의 조문 행렬에 대한 설명뿐이었다. 뉴스 속보는 마치 다른 천체에서 보내오는 메시지 같았다.

오후 시간이 깊어지면서 폭도가 거침없이 다가오고 있다는 소식이 계속 들려왔다. 이제 폭도는 이웃한 골목까지 와 있었다. 그들의 목소리가 들려왔고 사방에 연기가 자욱했다. 그러나 아직도 군대나 경찰이 출동한 흔적은 없었다.

하리는 다시 바와 씨에게 전화했다. 이제 창에서 불길이 보이자 그는 좀 더 수용적인 자세가 되었다. 그는 부인과 함께 아주 잠깐 동안만 우리 쪽에 건너와 있겠다고 동의했다. 하지만 어떻게 올 것인가가 문제였다. 양쪽 집 사이에는 어깨 높이의 담이 있어서 이쪽 집으로 오려면 골목길을 이용할 수밖에 없었다.

이미 골목 끝에는 적지 않은 폭도가 눈에 띄었다. 오토바이가 천천히 오가는 소리도 들렸다. 바와 씨 내외가 골목길로 나서는 위험을 감수할 수는 없었다. 해가 어스름 기울었지만 아직도 바깥에 빛이 있어 그들은 바로 발견될 터였다. 바와 씨는 담을 넘어야 한다는 생각이 들자 멈칫거렸다. 그의 나이로는 극복 불가능한 장애물처럼 보였던 것이다. 그러나 마침내 한번 시도해 보자는 하리의 설득을 그가 받아들였다.

우리는 그들을 맞이하려고 셴의 집 뒷마당의, 도로에서 잘 보이지 않는 지점으로 갔다. 폭도가 무서울 정도로 가까이 온 것 같은데, 바와 씨 내외는 무모할 정도로 더뎠다. 노부부가 마침내 나타나 우리에게 급히 다가오기까지는 긴 시간이 걸렸다.

바와 씨는 자기 집을 떠나기 전에 옷을 깔끔하게 갈아입은 터라 말쑥했다. 콤비 상의를 입고 스카프까지 맸다. 바와 부인은 살와르[9]와 카미즈[10] 차림이었다. 그들이 담을 넘을 수 있게 도와준 힌두교도 요리사가 그들과 동행했다가 집의 보초를 서기 위해 돌아갔다.

하리가 바와 씨 부부를 응접실로 안내했다. 시폰 사리를 입은 셴 부인이 기다리고 있었다. 응접실은 크고 설비가 훌륭했다. 벽은 예쁘고 귀한 미니어처 장식들로 아름다웠다. 커튼이 내려지고 등으로 밝혀진 응접실은 온화하고 아늑했다. 그러나 지금 우리와 길거리의 폭도 사이에 놓인 것은 커튼이 쳐진, 한 줄로 늘어선 프랑스식 창문들과 정원의 담장뿐이었다.

노부부가 들어오자 셴 부인이 합장을 하고 그들을 맞이했다. 세 사람은 아주 가까이 둘러앉았다. 곧바로 찻잔을 담은 은쟁반이 들어오고, 즉석에서 모든 긴장이 증발한 듯 사라졌다. 자기 그릇에 생각이 미치면

---

9) 발목 부분이 조여지는 헐렁한 바지.
10) 남아시아 사람들이 입는 긴 셔츠같이 생긴 옷.

서 그들의 대화는 뉴델리의 응접실에서 떠드는 수다로 바뀌었다.

나는 앉아 있을 수가 없었다. 집중을 하지 못한 채 통로에 서서 앞쪽 입구로 보이는 바깥에 신경을 곤두세웠다.

오토바이에 탄 정찰대 두 사람이 다가와 옆집 문 앞에 정지했다. 오토바이에서 내린 그들이 콘크리트 기둥 사이로 걸어 들어가 위를 올려다보는 등 집을 살펴보았다. 그러다가 그들은 요리사의 낌새를 눈치채고는 그를 불러냈다.

요리사는 대단히 겁먹은 표정이었다. 폭도가 그를 둘러싸고 얼굴에 칼을 들이밀며 질문을 외쳐 댔다. 그사이 어둠이 깔렸고 폭도 몇 명이 석유 횃불을 들고 있었다.

"네 고용주가 시크교도 아냐? 그 사람들 어디에 있어? 집 안에 숨어 있는 거 아냐? 집은 누구 소유야, 힌두교도야 시크교도야?" 그들이 소리 질렀다.

하리와 나는 벽 뒤에 숨어서 그 심문에 귀를 기울였다. 공포에 질린 이 고립된 요리사에게 우리의 운명이 달려 있었다. 그가 무슨 행동을 할지, 바와 씨 부부에 대한 그의 충성심이 얼마나 확실한지, 아니, 어쩌면 그가 과거에 받은 어떤 모욕을 앙갚음하려고 부부의 소재를 밝히지 않을지 우리는 전혀 아는 바가 없었다. 만일 그가 그렇게 행동한다면 양쪽 집은 모두 잿더미가 될 터였다.

공포에 질려 말을 더듬기는 했지만 요리사는 자기 본분을 지켰다. 그가 말했다.

"네, 제 고용주는 시크교도입니다. 근데 그들은 도시를 떠나 지금 집 안에는 아무도 없습니다. 그리고 아닙니다, 이 집은 그들 소유가 아닙니다. 그들이 힌두교도한테 임차한 집입니다."

그의 설득에 폭도 대부분이 넘어갔다. 하지만 몇몇은 이웃집들을 의심스러운 눈초리로 훑어보았다. 몇 사람이 우리 전면에 있는 철제 출입문으로 오더니 문살을 덜컹덜컹 흔들었다.

우리는 출입문까지 걸어가서 문을 사이에 두고 그들과 대면했다. 출입문으로 걸어갈 때 이상한 단절의 감각이 나를 스쳤다. 마치 내가 아주 먼 곳에서 나 자신을 바라보고 있는 것 같았다.

우리가 출입문을 붙들고 그들에게 소리쳤다.

"꺼져! 여기에는 너희가 할 일이 없어. 집 안에는 아무도 없어! 빈집이야!"

놀랍게도 그들이 하나둘 줄행랑치기 시작했다. 바로 조금 전 나는 센 부인과 바와 씨 내외가 어쩌고 있는지 확인하려고 실내에 들어갔더랬다. 등불로 밝힌 응접실에서도 폭도의 소리는 분명하게 들렸다. 단지 얇은 커튼이 폭도의 시선에서 실내를 차단할 뿐이었다.

그날 내가 응접실에서 목격한 상황이 이상할 정도로 생생하게 기억난다. 바와 씨에게 차를 따르는 센 부인은 얼굴에 엷은 미소를 띠고 있었고, 그녀의 곁에 앉은 바와 부인은 확고하고 단호한 음성으로 뉴델리와 마닐라의 가정부 문제를 비교하고 있었다.

나는 저들의 용기에 압도되었다.

이튿날 아침, 나는 구호 기구의 커다란 구내에서 항의 시위가 조직되고 있다는 소식을 들었다. 내가 현장에 도착했을 때는 이미 집회가 진행되고 있었고 모인 사람은 칠팔십 명 정도였다.

분위기는 침울했다. 참석한 사람들은 복수심으로 무장한 폭도에게 피해를 입은 이웃들에 대해 말했다. 그들은 희생자 대부분을 불태워 죽인 무수한 살인을 언급했다. 또 시크교 사원의 방화, 시크교 학교에 대한 약탈, 시크교도 가정과 상점에 대한 철저한 파괴 등 끔찍한 말살 행위도 증언했다. 폭력은 상상하던 것보다 훨씬 잔혹했다. 우리는 가장 심각한 피해를 입은 구역 중 하나로 직접 행진해 들어가 폭도와 맞부딪치기로 결정했다. 그것이 가장 효과적인 초기 전술이라고 판단했기 때문이다.

일행은 남녀 합쳐 150명으로 불어났다. 힌두교 수행자 스와미 아그니베시,[11] 과학자이자 환경주의자인 라비 초프라도 참여했다. 소수의

---

11) Swami Agnivesh(1939~). 노예 노동 반대 활동을 이끈 인도의 활동가 겸 정치인.

야당 정치인도 나섰는데 몇 년 후 일시적으로 총리를 맡게 되는 찬드라 세크하르[12]도 그들 중 하나였다.

일상적인 정치 집회에 수십만 군중이 동원되는 도시였으므로, 이 집단의 규모는 측은할 정도로 작은 것이었다. 그럼에도 일행은 자리에서 일어나 행진을 시작했다.

그때는 몇 해 전 읽은 나이폴[13]의 글 한 구절이 항상 내 곁을 맴돌고 있었다. 유감스럽게도 내가 그 구절을 다시 찾을 수 없는 까닭에 내 기억에 의지하여 말하는 것을 양해해 주기 바란다. 나이폴은 그의 탁월한 산문에서 어떤 시위를 묘사한다.

그는 호텔 방에 있다. 아프리카 또는 남아메리카의 어느 곳이다. 그는 바깥에서 시위대가 행진하며 지나가는 것을 내려다본다. 놀랍게도 그 장면은 그로 하여금 어떤 애매한 갈망, 일종의 비애에 빠지게 한다. 그는 밖으로 나가 시위대에 합류하여 자신의 우려를 그들의 우려에 융합시키고 싶은 소망을 깨닫는다. 그럼에도 그는 자기가 절대로 그러지 않을 것임을 알고 있다. 대중에게 합류하는 것은 결코 그의 천성이 아니다.

여러 해에 걸쳐 나는 나이폴의 저술 중 입수 가능한 것은 모두 읽었다. 그를 충분하게 이해할 수는 없었다. 나는 그의 글을 읽을 때 사람이 자신의 가장 능숙한 대화 상대를 위해 남겨 두는, 친근하면서도 섬뜩한 주의를 다 기울였다. 내가 나 자신을 영어로 글을 쓰는 작가라고 최초로 생각할 수 있게 한 장본인이 바로 그였다.

나는 나 역시 참여자가 아니라고 생각했기 때문에 그 구절을 기억해 냈다. 그리고 나이폴의 냉혹한 거울 속에서 내가 노출된 나 자신의 한

---

12) Chandra Shekhar(1927~2007). 인도의 제8대 총리로 1990년 11월부터 7개월간 재임했다.

13) V. S. Naipaul(1932~). 2001년 노벨 문학상을 수상한 트리니다드 토바고의 문인. 인도계이며 대표작은 『비스와스 씨를 위한 집』이다.

측면을 보았다고 생각했다. 하지만 쓸쓸해 보이는 이 소규모 시위대가 구내의 대피소에서 바깥으로 행진해 나올 때 나는 잠시도 주저하지 않았다. 나는 따져 보지도 않고 바로 합류했다.

행진은 우선 1킬로미터 남짓 떨어져 있는 라즈팟 아가르로 향했다. 내가 아는 지역이었다. 뉴델리에 있기는 하지만 작고 비좁은 가게들이 흔히 보도까지 차지해서 이 도시의 옛 구역과 흡사한 곳이었다.

행진을 하면서 우리는 구호를 외쳤다. 구호는 반세기 전 평화와 형제애에서 출발한 비폭력 간디 저항주의에서 진부하지만 중요한 요소였다. 그러다가 우리는 갑자기 친근하기 짝이 없는 20세기 도시 테러의 이미지와 마주치게 되었다. 불타 버린 차량의 박살난 유리창 사이로 약탈당한 실내가 눈에 들어왔다. 사방에 파편과 돌덩이가 널렸고 길가 여기저기에 검게 그은 식기들이 흩어져 있었다. 파괴된 영화관의 절반쯤 타 버린 포스터에서 유명 영화배우들의 까맣게 그은 얼굴이 우리를 응시했다.

그 행진을 회고할 때면 나의 기억력이 멈추고 자세한 내용은 사라져 버린다. 최근에 나는 함께 행진했던 친구들에게 전화를 했다. 그들의 기억은 한 가지 측면에서만 내 기억과 흡사했다. 그들 역시 한 가지 장면만 고수하면서 나머지는 자신들의 마음에서 성공적으로 제거하고 있었다.

내 기억이 간직한 장면은 우리의 피습이 불가피해 보이던 어느 순간이다.

길모퉁이를 돌 때 우리를 기다린 것은, 먼저 마주친 어느 군중보다 규모가 크고 더 결연해 보이는 집단이었다. 그때까지 우리는 매번 폭도를 향하여 행진하고 그들을 직접 대면함으로써 상대를 압도했다. 그들과의 대화는 금방 소리 지르기 경쟁으로 변하기 마련이었고, 모든 경우에 우리가 상대방을 성공적으로 제압했다. 그런데 이번에 만난 폭도는 달랐다. 그들은 대결에 전념했다. 칼과 쇠막대기를 휘두르는 일당이 우리를 향해 전진해 오자 우리는 정지했다. 그들이 우리에게 다가올수록 우리는 점점 목소리를 높였다. 일종의 황홀감, 절정의 순간을 기다리는 흥분이 우리를 엄습했다. 우리는 마치 바람을 거스르듯 몸을 앞쪽으로 숙이면서 공격에 대비했다.

그 순간 내가 아직까지도 완전히 이해할 수 없는 상황이 벌어졌다. 아무 말도 없었고, 아무 신호도 없었으며, 구호를 외치는 우리의 리듬이 전혀 중단되지 않았다. 그러나 갑자기 우리 일행의 절반 이상을 차지하고 있던 모든 여성이 대열에서 뛰어나와 남성들을 에워쌌다. 그들의 사리와 카미즈는 얇지만 펄럭이는 장막, 남성을 보호하는 하나의 벽이 되었다. 그들은 접근해 오는 폭도와 맞서기 위해 몸을 돌렸다. 폭도에게 대들면서 공격할 각오였다.

폭도는 우리를 향해 몇 발짝 더 전진하다가 혼란에 빠져 머뭇거렸다. 잠시 후 그들이 물러갔다.

행진은 시작 장소였던 담장 속의 구내로 돌아와 끝났다. 두세 시간 후 나그릭 엑타 만치(Nagrik Ekta Manch), 즉 시민통합전선이 결성되었고, 다음 날 아침부터 부상자와 유족을 구호하고 집을 잃은 사람들에게 숙소를 제공하기 위한 활동이 개시되었다. 음식물과 옷가지가 필요했고 노숙자 수천 명이 잘 수 있는 캠프도 세워야 했다. 그런데 그날이 채 지나가기도 전에 우리는 문자 그대로 압도되었다. 넓은 구내는 밴에 가득 실려 온 담요, 중고 의류, 신발과 밀가루, 설탕, 차를 담은 부대들로 가득 찼다. 이전이라면 감상적인 행동이라고 외면했을 콧대 높은 사업가들이 차량과 트럭을 제공했다. 공간은 움직일 틈조차 없을 정도로 붐볐다.

내가 시민통합전선에서 맡은 역할은 미미했다. 몇 주 동안 나는 델리 대학에서 나온 사람들과 팀을 이뤄 움직였다. 폭동으로 최악의 피해를 입은 빈민촌과 근로 계층 거주 지역에 보급품을 나눠 주는 일이었다. 그리고 나서 나는 대학으로 복귀했다.

시간이 흐르면서 당연히 시민통합전선의 자원봉사자 대부분도 자신들의 일상생활에 복귀했다. 그러나 일부 봉사자, 그중에서도 특히 난민촌 운영에 관여한 여성들은 그 후에도 여러 해 동안 집을 잃은 시크교도 여성들과 아이들을 계속 돌보았다. 자야 제이틀리,[14] 랄리타 람다스, 비나 다스, 미타 보세, 라다 쿠마르[15] 등 각 분야에서 뛰어난 기량을 보인 전문직 여성들이 불과 이삼 일의 짧은 기간에 저질러진 그 엄청난 피해를 수습하기 위해 자신들의 소중한 여러 해를 포기했다.

시민통합전선은 폭동 사건에 대한 조사단도 구성했다. 나는 잠시 참여 여부를 고민했지만 조사가 시간 낭비에 그칠 것이라는 생각에 발을 담그지 않았다. 폭력을 부추길 수 있는 정치인들이 하나의 작은 시민 그룹 조사단에 신경을 쓸 것 같지 않았기 때문이다.

그러나 내 판단은 틀렸다. 마침내 『누가 죄인인가』라는 제목의 얇은 소책자를 이 조사단이 하나의 증거 문서로 생산해 냈다. 이 문서는 폭동을 부추긴 정치인들과 폭도의 행동을 방치한 경찰의 죄상을 밝히는 고전적이며 혹독한 고소장이 되었다.

수년간 인도 정부는 1984년 폭력 사태의 일부 생존자에게 보상을 했다. 집을 잃은 일부 사람들에게 주거도 다시 제공했다. 그러나 여전히 균열은 메워지지 않았다. 오늘이 되도록 폭동을 선동한 어느 누구도 기소되지 않았다. 그렇지만 정부에 대한 압력은 전혀 사라지지 않았을뿐더러 계속 강화되고 있다. 저 얇은 문서가 망치질해서 박은 못들이 매년 조금씩 더 깊숙하게 들어가고 있다.

소책자와 뒤이어 나온 문서들은, 인도 아대륙처럼 다인종·다종교 사회의 주민들이 유일하게 사용할 수 있는, 인도적으로 가능한 작업에 대해 증언하고 있다. 『누가 죄인인가』와 같은 인권 관련 기록은 시민 단체의 영역을 확장하는 과정에서 필수적이다. 그것들은 1984년 11월 델리에서처럼 범죄를 저지르며 미친 듯 날뛰는 정부에 대항해 사회가 자

---

14) Jaya Jaitly(1942~). 인도의 여성 정치가이자 활동가. 사회주의 정당 삼타당의 총재를 역임했다.
15) Radha Kumar. 인도의 여성 운동가. 여성주의 관점에서 인종 분쟁을 다룬 저술이 유명하다.

신을 주장할 수 있는 무기가 된다.

오늘날 펀자브에서 온전한 정신 상태가 지배하고 있는 것은 고무적이다. 그러나 타 지역은 그렇지 않다. 뭄바이 지방 정부의 관리들은 어떤 공공건물이건 이슬람 종교가 연상된다는 이유로 초록색으로 칠하는 걸 막으려 한다. 또 이 도시의 빈민가에 거주하던 수백 명의 무슬림이 강제 추방되었는데, 벵골어 신문을 읽는다는 아주 사소한 위법이 추방의 이유였던 경우도 있다.

집단 폭력을 부추긴 사람들이 처벌받지 않고 넘어갈 수는 없다고 정부가 반드시 보증해야 한다.

보스니아의 문인 드제바드 카라하산(Dzevad Karahasan)은 (지난해에 출간된 전집 『사라예보, 도시의 탈출(Collection Sarajevo, Exodus of a City)』에 포함된) 「문학과 전쟁」이라는 뛰어난 에세이에서 근대의 문학적 심미주의와 현대 세계의 폭력에 대한 무관심이 깜짝 놀랄 만큼 서로 연결되어 있다고 다음과 같이 지적한다.

선의(goodness)와 진실(truth)의 문제를 완전하게 회피하면서 문학의 입장에서 매사를 하나의 미학적 현상으로 인지하겠다는 결정은 예술적인 결정이다. 그 결정은 예술의 영역에서 시작되었지만 이제는 현대 사회의 특징이 되기에 이르렀다.

1984년 11월 대학으로 복귀했을 때 나는 내가 과거에 미처 직시하지 못했던 것을 쓰는 일에 대해 '내가 목격한 것을 단순한 참상으로 격하하지 않으면서 어떻게 그것에 대해 쓸 것인가?'라는 갈등을 겪었다.

내 다음 소설은 필시 내 경험의 영향을 받을 수밖에 없었다. 그러나 나는 사건들을 폭력의 파노라마로, 즉 카라하산이라도 그렇게 부를 '하나의 미학적 현상'으로 재현하지 않고는 직접 그 사건들에 대해 쓸 방법이 없었다. 당시에는 그런 생각이 터무니없고 소용없어 보이고, 희생자들의 증언에 기초하여 작성하는 보고서가 훨씬 더 중요해 보였다. 하지만 나는 나보다 한결 유능한 사람들이 이미 보고서 작업을 진행하고 있다는 것을 알았다.

몇 개월 지나지 않아 나는 소설을 쓰기 시작했다. 결국 내가 『그림자의 선(*The Shadow Lines*)』이라는 제목을 붙인 소설이었다. 그 소설은 나를 과거로, 내가 어린 시절 목격한 폭동들의 초창기 기억으로 데려간다. 그 소설은 어느 한 사건을 다루는 게 아니라 비슷한 여러 사건들의 의미를 다루고, 그 사건들을 견디며 살아온 개인이 받은 영향의 의미를 다루는 책이 되었다.

그리고 오늘에 이르기까지, 나는 1984년 11월에 목격한 것에 대해 실질적으로 쓴 적이 없다. 나 혼자만 그런 게 아니다. 행진에 참여했던 다수의 타인들 역시 계속해서 책을 내려 했지만 내가 아는 한 아직 아무도, 지나가는 말로 언급하는 것 말고는 그것에 대해 쓴 적이 없다.

여기에는 타당한 이유, 특히 상황의 정치학이 있다. 상황의 정치학은 작가에게 운신할 여지를 거의 주지 않는다. 폭동은 폭력의 악순환에 따라 발생했다. 폭력의 악순환은 한쪽에서 펀자브의 테러리스트들이, 다른 쪽에서 인도 정부가 개입한 결과다. 테러리즘 또는 억압을 지지하는 식으로 경솔하게 글을 쓰는 것은 어쩌면 문제를 가중시킬 수 있다. 그처럼 자극적인 상황에서는 말이 생명을 앗아 갈 수 있다. 말을 다루는 사람들이 자신들이 하는 말에 세심한 주의를 기울여야 하고 스스로 자제해야 한다는 것은 지극히 당연하다.

하지만 간단하게 설명할 수도 있다. 나는 단어 하나를 쓰기에 앞서, 작가라는 존재와 시민이라는 존재 사이의 딜레마를 해결해야 했다. 한 사람의 작가로서 내게는 폭력이라는 아주 선명한 주제가 있다. 우리는 뉴스 보도나 최신 영화 또는 소설에서 일련의 사건이 마감되거나 절정에 이를 때 피투성이 장면 또는 그럴듯한 대화재를 보여 주리라 기대할 정도로 폭력에 젖어 살게 되었다. 그렇다 하더라도 이 폭력이라는 주제의 뚜렷한 선명성이 우리의 근대적 표현 관습에서 유래했는지 질문할 가치는 있다. 우리 시대의 지배적 미학, 즉 카타하산이 '무관심'이라고 부르는 미학의 범위 안에서는 폭력을 종말론적 참사로 나타내기가 너무 쉽다. 반면 역시 손쉽게 폭력에 대한 저항이 단순한 감상으로, 더 나쁘게는 애처롭거나 우스꽝스러운 감정으로 나타날 수 있다.

나이폴을 위시한 수많은 사람들은 문인들이 군중에 합류하지 않는다고 가르친다. 그러나 헌법적 권위가 작동하지 못할 때 당신은 무엇을 하는가? 당신은 합류하며, 합류하였기 때문에 합류가 대변하는 온갖 책임과 의무와 죄책감을 짊어진다. 폭력에 대한 내 경험은 나를 압도했고, 폭력에 대한 저항을 잊을 수 없게 만들었다. 폭도를 노려보던 여성들을 생각할 때면 나는 작가적인 경탄만으로는 부족하다고 느낀다. 부상당하지 않고 구조된 것에 대해서 새삼 감사하게 된다. 내가 행진뿐 아니라 버스에서, 하리의 집에서, 생필품으로 가득 채워진 거대한 구내에서 직접 본 것은 폭력에 대한 공포가 아니라 긍정적인 인간성이었다. 완벽하게 평범한 인간들이 매번 타인을 위해 기꺼이 위험을 감수하려고 했다.

오늘날 세계의 분쟁 지역에서 폭력이 본원적으로 불가피해 보이며 주민 대부분이 폭력을 운명으로 받아들인다는 설명을 읽을 때 나는 질문하게 된다. 그 모든 것이 어쩔 수 없는 일인가? 아니, 이렇게 설명하는 작가들이 폭력과 폭력에 대한 세련되고 자발적인 대응을 함께 포용할 수 있는 어떤 구상의 유형이나 스타일이나 발언을 찾아내지 못했다는 것이 말이 되는가?

사실 폭력에 대한 가장 보편적인 반응은 혐오감이다. 상당수의 사람은 자신에게 가능한 모든 방법을 동원해 어디서든 폭력에 대항하려 한다. 폭력에 대해 설명할 때 이러한 사실이 매우 드물게 언급되는 것은 놀라운 일이 아니다. 너무나 평범한 얘기이기 때문이다. 폭력에 대한 저항에 참여하는 사람들은, 내가 1984년에 대해 그렇게 오랫동안 쓰지 못한 바로 그 이유 때문에 흔히 폭력에 대해 쓰기 어렵다.

"우리 스스로를 속이지 말자. 세상은 기록으로 시작되었다. 성경이 말하기를 세상은 말씀으로 창조되었으며 세상에서 일어난 모든 사건은 태초에 언어로 일어났다." 카라하산이 말한다.

 무관심의 미학이 출현시킬지도 모르는 세상에 대해 생각할 때 우리는 우리가 미처 쓰지 못한 이야기를 기억하는 것이 시급한 일임을 깨닫는다.

아미타브 고시 Amitav GHOSH 소설가, 수필가. 1956년 인도 출생. 인류학적이고 역사적인 복잡한 서사 전략을 사용하여 국가적·개인적 정체성의 본질을 탐구한다. 1990년 첫 소설 『이성의 동그라미(*The Circle of Reason*)』(1986)로 프랑스의 저명한 문학상 중 하나인 메디치 외국작품상을 수상했고, 그 외 사히티아 아카데미상과 랜데이비드상 등 다수의 문학상을 수상했다. 주요 작품으로 『유리 궁전(*The Glass Palace*)』(2000), 『양귀비의 바다(*The Sea of Poppies*)』(2008), 『수필 대공황: 기후 변화와 상상도 못 할 것들(*The Great Derangement: Climate Change and the Unthinkable*)』(2016) 등이 있다.

우리와 타자의 경계를 넘어 제3의 길로

김성곤

"이것 아니면 저것"에서 "이것도 그리고 저것도"의 마인드로

흔히 우리는 세상이 천사와 악마, 친구와 적 또는 선과 악으로만 되어 있다고 생각하기 쉽다. 그러나 우리는 악마도 타락하기 전에는 천사였으며, 어제의 친구가 오늘의 적이 될 수도 있고, 선한 사람도 악당으로 변할 수 있다는 사실을 망각하고 있다. 마찬가지로 우리는 세상이 좌파 진보주의자와 우파 보수주의자로만 되어 있는 줄로 착각하고 있다. 그러나 세상에는 보수적인 자유주의자도 있고, 진보적인 보수주의자도 있을 수 있다. 그러한 사실을 모르거나 인정하려 하지 않기 때문에 우리에게는 관용과 관대함 그리고 차이를 포용하는 역량이 심각하게 결여되어 있다.

오늘날 우리는 절대적인 선과 악이 없는 시대, 그래서 그 사이의 경계가 임의적이고 따라서 급속도로 그리고 본질적으로 무너지고 있는 시대에 살고 있다. 모든 위대한 문학 작품들은 이미 오래전부터 그러한 사실을 우리에게 깨우쳐 주고 있다. 예컨대 톨킨은 『반지의 제왕』에서 추한 존재인 골룸이 원래는 호빗이었으며, 괴물 오르크도 타락하기 전에는 요정이었다고 말한다. 우리는 그 두 존재가 서로 완전히 다르다고 생각하지만, 사실 그 둘 사이의 경계는 불확실한 것이다.『해리 포터와 아즈카반의 죄수』에서도 해리가 악의 화신으로 생각했던 시리우스 블랙이 사실은 해리의 수호자라는 사실이 드러난다. 이 소설에서 롤링은 변신의 모티프를 사용해 외양만으로 사물을 판단하면 안 된다는 사실을 가르쳐 주고 있다.『천사와 악마』에서 댄 브라운 역시 천사 같았던 사람이 얼마나 쉽게 악마로 변할 수 있는가를 잘 보여 주고 있다.

진실과 허위 사이의 경계가 얼마나 무너지기 쉬운가를 잘 보여 주는 또 다른 예는 '하이데거와 샤피로의 논쟁'이다. 자신의 유명한 글『예술 작품의 근원』에서 반 고흐의 헌 구두 그림에 대해 언급하면서 하이데거는 그 한 쌍의 구두는 농부의 땀과 수고를 예술적으로 형상화한 것이라고 썼다. 컬럼비아 대학교 교수이자 현대 미술관 큐레이터인 마이어 샤피로는 즉시 그 한 쌍의 구두가 농부의 것이 아니라 사실 고흐가 목사로 일할 때 신고 다니던 구두였다고 반박했다. 두 사람의 논쟁은 '예술 작품의 근원'에 대한 진실과 허위에 대한 고전적인 논쟁으로 남아 있다. 그런데『그림의 진실』이라는 저서에서 해체 이론가 자크 데리다는 그 구두를 자세히 보면 한 쌍이 아니라 두 개가 다 왼쪽 구두처럼 보인다고 지적함으로써 두 사람의 열띤 논쟁을 간단하게 해체했다. 사람들은 그제야 그 구두를 자세히 살펴보고, 그것이 한 쌍의 구두가 아니라 왼쪽 구두만 두 개일 수도 있다는 사실을 깨닫게 되었다. 이 일화는 이 세상에 단 하나의 진실만 있다고 생각하는 것이 얼마나 어리석은가를 깨우쳐 주고 있다.

그러나 유감스럽게도 우리 인간들은 오랫동안 "이것 아니면 저것"의 흑백논리에 젖어서 나는 옳고 진실이며, 타자는 틀렸거나 허위라고 제외하고 배제해 왔다. 사실 인간은 단순히 선과 악으로만 나누기에는 너무나도 복합적인 존재이다. 그러므로 타자를 판단할 때에는 심리적 양상이나 사회·정치적 요인까지도 늘 고려해야만 한다. 세상은 천사와 악마로만 되어 있는 것이 아니고, 그 사이에 인간이라는 존재가 있기 때문이다.

문학에 나타난 '타자'

『파이 이야기』 ─ 나와 타자에 대한 성찰

맨 부커상을 수상한 얀 마텔의 『파이 이야기』는 우리에게 "타자와의 화해 및 차이의 포용"의 필요성에 대해 소중한 교훈을 주는 뛰어난 소설이다. 주인공 파이는 힌두교 신자이자 가톨릭 신자이며 이슬람교도이다. 후에 파이는 인도에서 캐나다로 가던 배가 침몰하자 벵골호랑이 리처드 파커와 함께 바다에서 227일 동안 표류한다. 그러는 과정에서 파이는 위협적인 타자인 호랑이를 적대시하지 않고 호랑이와 공존하는 방법을 배운다. 항해하면서 파이는 무섭고 사나운 호랑이가 자신의 목숨을 빼앗는 것이 아니라 오히려 자기에게 살아갈 힘을 준다는 아이러니컬한 사실을 발견하게 된다. 포식자인 호랑이와 지내면서 파이는 정신적 및 현실적 측면 둘 다의 중요성을 깨닫게 된 것이다.

그러한 맥락에서 이 작품이 두 개의 목소리 ─ 항해를 회상하는 파이의 목소리와 그것을 독자들에게 들려주는 작가의 목소리 ─ 로 사실을 이야기하고 있다는 것을 깨닫는 것은 중요하다. 작품의 마지막에 파이를 인터뷰하는 작가가 "사람들이 말하는 것과 당신이 말하는 것이 서로 다른데, 어느 것이 진실이냐?"라고 묻자 파이는 "그것이 왜 그렇게 중요한가?"라고 반문한다. 결국 사람들은 자기들이 듣고 싶은 것만 듣기 때문에 절대적 진실이란 중요하지 않고, 더 나아가 하나의 진실보다는 여러 개의 진실이 있을 수도 있다는 것이다.

『파이 이야기』는 주인공이 인도에서 서양으로 건너간다는 점이 다를 뿐 어떤 의미에서는 E. M. 포스터의 『인도로 가는 길』과도 닮았다. 『인도로 가는 길』은 제국인과 식민지인 사이의 복합적인 심리적 문제를 다루고 있는 데 반해 『파이 이야기』는 서구로 가는 여행의 숨은 의미를 발견하게 되는 인도 소년의 깨달음을 다루고 있다. 아버지가 우리 가족은 캐나다로 이민을 가게 되었다고 선언하면서 "우리는 콜럼버스처럼 항해할 거다."라고 자랑스럽게 말하자 파이는 "하지만 콜럼버스는 인도를 찾으러 항해를 했는데요."라고 지적한다. 소년의 아이러니컬한 지적에 아버지는 침묵한다.

『파이 이야기』에서 인도는 다양성의 나라로 제시되고 있다. 인도는 외견상 힌두 국가지만, 사실 인도는 불교 사찰과 회교 사원과 천주교 성당이 평화롭게 공존하는 곳이다. 파이는 "신앙이란 방이 많은 집과도 같다. 방 하나에만 매달릴 필요가 없지 않은가?"라고 말한다. 그는 힌두교로부터는 믿음을, 기독교로부터는 사랑을, 그리고 이슬람교로부터는 형제애를 배운다. 또한 인도는 다양한 언어를 사용하는 곳이며, 학교에서는 영어가 공용어이다.

파이가 찾아가는 캐나다 역시 다인종, 다문화 그리고 다국적 국가로 다양성의 상징으로 제시되고 있다. 캐나다는 또한 영어와 프랑스어가 둘 다 사용되고 있으며, 정부의 각료들도 다인종으로 구성되어 있다는 점에서도 다양한 인종과 문화가 공존하는 국가라고 할 수 있다. 그러한 의미에서 다양성을 추구하는 파이가 캐나다로 항해를 하는 설정은 의미심장하다.

이 소설에는 다양성을 찬양하는 많은 상징들이 숨어 있다. 예컨대 『파이 이야기』는 프랑스 이름을 가진 인도 소년이 일본 배를 타고 인도에서 캐나다로 항해하는 이야기이다. 파이라는 이름도 결코 수학에서 하나로 정의되지 않는, 영원히 계속되는, 그래서 무한한 가능성을 갖는 숫자이다. 또 다른 다양성 문제는 음식이다. 배의 프랑스인 요리사는 채식주의자인 파이의 부모에게 채소로 만든 음식을 주지 않는다. 그는 파이의 부모에게, 소는 어차피 풀만 먹으니까 소고기를 먹어도 되지 않느냐고 퉁명스럽게 말한다. 요리사는 나쁜 사람이지만, 그의 말에는 심장한 의미가 들어 있다. "왜 한 가지에만 집착하는가? 결국 모든 것이다 똑같은데."

파이의 가족이 타고 가던 배가 폭풍우에 전복되자 파이는 사나운 호랑이 리처드 파커와 함께 조그만 보트에 올라 살아남는다. 처음에 파이는 호랑이를 적으로 생각하지만, 차츰 긴 여행의 동반자로 대우한다. 나중에 파이는 "그 사나운 호랑이가 나를 살렸다."라고 회상한다. 그는 또 자기 내부에도 야수성이 도사리고 있었다는 사실을 깨닫게 된다.

『파이 이야기』에서는 절대적이거나 고정된 것은 아무것도 없고, 모든 것이 흐릿하게 제시된다. 예컨대 파이와 호랑이 중 과연 누가 사냥꾼이고, 누가 사냥감인가도 확실하지 않다. 호랑이는 사람 이름을 갖고 있고 사람인 주인공은 파이라는 이상한 애칭을 이름으로 갖고 있다. 세관 관리가 동물과 사람의 이름을 바꾸어 적는 순간 이 소설은 사람과 동물 사이의 경계를 해체한다. 그리고 그에 따라 사물의 모든 경계가 허물어지고, 이분법적 구분은 의미를 상실한다. 심지어는 파이의 회상조차도 절대적 진실은 아닌 것으로 제시된다. 절대적 진실이라고 생각되는 것에 대한 맹신은 쉽게 타자를 억압하는 도그마로 전락할 수 있기 때문이다.

『제노사이드』 —— 우리와 다른 것에 대한 두려움과 증오

다카노 가즈아키의 소설 『제노사이드』는 다른 문화, 다른 인종, 다른 종교에 대한 인간의 편견과 두려움과 적대감을 심도 있게 탐색한 주목할 만한 소설이다. 다카노에 의하면 인간은 자기와 다른 존재와 자기가 잘 모르는 존재에 대해 본능적인 두려움을 갖고 있다. 유감스럽게도 그 두려움은 쉽게 증오로 발전하고, 증오는 타자의 제거('제노사이드', 즉 인종 학살)로 이어진다. 과연 역사는 제노사이드로 점철되어 있다. 히틀러의 홀로코스트가 그랬고, 보스니아의 인종 청소가 그랬으며, 르완다의 타 부족 학살이 그랬다. 『제노사이드』에서 일본 작가인 다카노는 과감하게 일본 제국주의 군대에 의한 난징 대학살도 그 대표적인 예라고 지적한다.

다카노는 이 소설에서 한국인과 중국인에 대한 일본인의 편견도 예리하게 비판하고 있다. 『제노사이드』에는 정훈이라는 한국인이 주인공 고가 겐토의 친구로 등장하는데, 그 두 사람은 서로 힘을 합해서 죽어가는 어린이들을 구하고, 국제 위기를 극복하며, 임박한 파멸로부터 세상을 구한다. 다카노는 정훈을 도쿄 역에서 술에 취해 선로로 떨어진 일본인을 구하다 열차에 치어 죽은 의로운 한국인 이수현 씨에 비교한다.

『제노사이드』에서는 아프리카의 피그미족 부모가 고도의 지능을 가진 인간과 유사한 남녀 아이를 출산한다. 이 두 아이는 인간보다 훨씬 지능이 높아서 국제적 사건을 조종할 수 있을 뿐 아니라 인류 역사도 바꿀 수 있다. 그들은 심지어 철통같은 미 국방부 컴퓨터까지 해킹할 수 있는 능력을 갖고 있다. 미국 대통령은 그 새로운 변종 아이들이 미국의 국가 안보뿐 아니라 인류 전체에 위협이 된다고 생각하고 그들을 암살하는 비밀 작전을 승인한다. 『제노사이드』에서 다카노가 강하게 비판하는 것은, 미지의 타자에 대한 바로 그러한 편견과 두려움과 증오이다.

다카노는 성선설을 믿지 않는 것처럼 보인다. 『제노사이드』에서 그는 인간은 천성적으로 선하다는 이론에 의문을 제기한다. 다카노는 "만일 인간이 본질적으로 선하다면 왜 누군가가 좋은 일을 하면 우리는 그것을 '미덕'이라고 칭송하는가?"라고 묻는다. 만일 좋은 일을 하는 것이 인간의 본성이라면, 선한 사람을 칭찬할 필요가 없다는 것이다. 동시에 다카노는 인간의 성악설도 믿지 않는 것처럼 보인다. 그래서 그런지 『제노사이드』에서는 주인공과 그의 한국인 친구처럼 다른 문화와 관습과 종교를 포용하고 타자를 돕는 선한 사람들도 등장한다.

『제노사이드』에서 다카노는 국가 안보라는 미명하에 전쟁을 선포하거나 타자를 제거하는 비밀 작전을 승인하는 정치 지도자들을 예리하게 비판한다. 작가는 그렇게 신중하지 못하고 편견에 차 있는 정치 지도자들은 자신들의 결정이 야기하는 처참한 결과에 대해 무지하고 무관심하다고 지적한다. 다카노는 이렇게 말한다. "무서운 것은 군사적 힘이 아니라 그것을 이용하는 사람의 편견과 비뚤어진 성격이다." 유대인과 집시를 학살한 독일의 히틀러나 보스니아 인종 청소의 주범인 카라지치나 밀로셰비치를 생각하면 다카노의 말이 맞는다는 것이 드러난다.

일견 『제노사이드』는 유명한 텔레비전 시리즈 「24」에 영감을 준 빈스 플린의 소설 『임기 종료』나 『권력의 이동』, 『권력의 분리』를 연상시킨다. 과연 『제노사이드』는 화이트 하우스와 미국 대통령과 워싱턴의 정치적 음모로 시작된다. 그러나 이 소설은 곧 아프리카와 포르투갈로 배경을 옮겨 간다. 『제노사이드』는 일본 작가의 소설이지만, 동시에 국제 사회가 배경인 코즈모폴리턴 소설이다. 작가는 이 소설에서 인터챕터를 삽입해서 중간중간 주인공이 살고 있는 일본을 소개함으로써 동서양을 연결하는 문화의 가교를 놓고 있다. 그런 의미에서 『제노사이드』는 언어로 이루어진 정교한 건축물과도 같다.

위키백과에 따르면 '제노사이드'는 "민족이나 인종이나 종교나 국가를 의도적이고 체계적으로 파괴하는 것"이다. 그것은 곧 만일 우리가 우리와 다른 타자를 두려워하고 증오하고 제거하려고 한다면 제노사이드라는 범죄를 저지르는 것이라는 의미이다. 제노사이드는 스스로를 정치적으로 올바르고 의롭다고 생각하는 사람들이 쉽게 저지르는 잘못이다.

유감스럽게도 스스로를 '정의'라고 생각하는 사람들은 한국 사회에도 많다. 그런 사람들은 자기네와 다른 정치 이념이나 다른 종교나 다른 집단을 배척한다. 많은 한국인들은 자기와 다른 의견도 용납하지 않는다. 그런 사람들은 누가 다른 견해를 제시하면 즉시 이렇게 반응한다. "너희는 모두 틀렸어! 우리만 옳은 거야!"

다카노의 『제노사이드』는 우리로 하여금 타자를 감내하고 포용하는 것이 왜 중요하고 절실한가를 깨우쳐 준다. 그것이 바로 다카노의 소설에서 우리가 배울 수 있는 값진 교훈이다.

『책 읽어 주는 남자』— 세대 간의 충돌과 갈등

베른하르트 슐링크의 『책 읽어 주는 남자』는 독일인의 의식 속에 깊숙이 내재되어 있는 비극적인 역사의식을 문학적으로 잘 형상화한 뛰어난 소설이다. 주인공 미카엘은 열다섯 살 소년 시절에 만나 사랑에 빠졌다가 헤어진 서른여섯 살의 여인 한나를 회상하는데, 그녀는 미카엘에게 『오디세이아』 같은 고전을 큰 소리로 읽어 달라고 부탁한다. 미카엘은 한나에게 책을 읽어 주고 목욕을 한 다음 침대로 가서 섹스를 하는 것을 마치 무슨 종교 의식처럼 반복한다. 그러던 어느 날 한나가 사라져서 다시는 돌아오지 않는다.

6년 후 법대생이 된 미카엘은 전쟁 범죄 재판을 보러 법정에 가서 한나가 피고석에 앉아 있는 것을 보고 놀란다. 그는 한나가 나치 정권 시절에 아우슈비츠 수용소의 친위대 간수였으며, 300명의 유대인 여성의 학살에 책임이 있다는 사실을 알게 된다. 그는 또 한나가 문맹이었으며, 평생 그 사실을 감추려고 했다는 사실도 알게 된다. 그녀의 어두운 과거를 알게 된 미카엘은 그런 여자와 엮이게 된 사실을 수치스럽게 생각한다. 그러면서도 미카엘은 이상하게 그녀에게 이끌리고, 그녀에 대한 추억으로 인해 다른 여자와는 연애하기가 힘들어졌다는 사실도 깨닫는다.

유대인 독자들에게는 이 소설이 나치 정권에 부역한 독일인들에게 면죄부를 주는 소설처럼 보일 수도 있을 것이다. 사실 유대인 비평가 중에는 이 소설이 나치 정권을 신랄하게 비판하고는 있지만, 그럼에도 한나가 무지하고 무식했다는 이유로 그녀를 이해하고 용서하자는 메시지가 들어 있다고 비판하기도 했다. 『책 읽어 주는 남자』에서 나이 든 세대는 자신들의 무식과 무지를 감추려고 필사적으로 노력한다. 그러나 아이러니컬하게도 그들은 젊은 세대에게 책을 읽어 달라고 부탁함으로써 스스로의 무지를 드러낸다.

한 유대인 평론가는, 만일 독일인이 용서받고 싶으면, 무지했다는 것만으로는 안 되고, 당시 귀가 먹고 눈이 멀고 벙어리였어야만 한다고 지적하기도 했다. 왜냐하면 당시 독일인들은 모두 전쟁이 시작되면 유대인들은 멸종되어야 한다는 히틀러의 1939년 라디오 연설을 들었기 때문이라는 것이다. 다른 이스라엘 작가도 "의도했건 하지 않았건 간에 『책 읽어 주는 남자』는 문화 강국으로 알려진 나라인 독일의 죄의식과 책임을 완화시키는 역할을 하고 있다."라고 지적했다.

그런 의미에서 『책 읽어 주는 남자』는 귄터 그라스의 『양철북』보다 훨씬 많은 생각을 하게 해 주는 소설이다. 그라스의 『양철북』이 나온 1959년에는 나치와 그 부역자들을 정죄(定罪)하는 것이 비교적 간단하고 쉬웠다. 그러나 사물을 또 다른 시각으로 보게 해 주는 포스트모던 인식이 확산되던 1995년에는 사람들이 이 세상이 단순히 선과 악으로만 이루어진 것은 아니라는 사실을 깨닫기 시작했다. 그러한 변화 속에서 잔혹한 나치 정권에 협력했거나 침묵한 나이 든 세대와 홀로코스트로 상징되는 어두운 과거의 상처로부터 벗어나려는 젊은 세대의 갈등과 충돌을 목도해 온 작가가 쓴 소설이 바로 『책 읽어 주는 남자』였다. 그런 의미에서 『책 읽어 주는 남자』는 부모가 범법자라는 사실을 발견한 아이들의 심리적 트라우마를 문학적으로 잘 형상화한 작품이라고도 할 수 있을 것이다.

그런 의미에서 『책 읽어 주는 남자』는 나치 정권의 참상에 책임이 있는 나이 든 세대에게 면죄부를 주는 소설이라기보다 이해와 화해를 통해 두 세대의 심리적 상처를 치유하려는 작품이라고 볼 수 있다.

『휴먼 스테인』 — '정치적 올바름'과 도덕적 우월감의 폐해

필립 로스의 『휴먼 스테인』을 읽는 한 가지 방법은, 이 소설이 자기는 도덕적으로 우월하기 때문에 정치적으로 올바르지 않은 타자를 정죄할 수 있다고 확신하는 사람들의 이야기로 보는 것이다. 스스로를 의롭다고 믿고 자신을 정의라고 생각하는 사람들은 주저하지 않고 타자의 삶과 경력을 파멸시킨다.

『휴먼 스테인』은 자신들이 도덕적으로 옳고 '정치적으로 올바르다'

고 생각하는 사람들에 의해 인종 차별주의자와 성적 변태자로 몰려 파멸하는 주인공의 이야기다. 아테나 대학의 고전문학 교수인 콜먼 실크는 수업 시간에 인종 차별적인 발언을 했다는 이유로 대학 청문회에 소환된다. 그가 수업 시간에 한 번도 나타나지 않은 두 학생을 가리켜 '유령'이라고 지칭했기 때문이다. 출석을 부르다가 말고 콜먼은 "여러분 중 누가 이 학생들을 아는 사람이 있나? 이 학생들은 실제 인물들인가, 아니면 유령(spooks)인가?"라고 묻는다. 그런데 'spook'이라는 단어에는 유령이라는 뜻 외에도 속어로 흑인을 비하하는 의미가 들어 있기 때문에 콜먼은 인종 차별주의자로 낙인찍히고 비난의 대상이 된다. 콜먼은 항의한다. "난 그 실체가 없는 학생들을 지칭한 겁니다. 모르시겠어요? 그 두 학생은 한 번도 수업에 나타나지 않았어요. 그게 내가 그 학생들에 대해 아는 전부예요. 난 'spooks'라는 말을 일차적 의미인 '유령'의 뜻으로 사용했어요. 내가 그 학생들의 피부색을 알 수가 없었으니까요."

그러나 유감스럽게도 아무도 그의 해명에 귀 기울이지 않고, 결국 그는 교수직을 사임하게 된다. 그 소식에 충격을 받은 그의 부인은 심장 마비로 사망한다. 그렇게 콜먼의 삶과 경력은 완벽하게 파탄이 난다. 아이러니컬한 것은, 콜먼이 1950년대까지 미국 사회에서 차별받았던 또 다른 대상인 유대인으로 알려져 있었다는 점이다. 더욱이 소설의 후반부에 가면 콜먼이 사실은 흰 피부를 갖고 태어난 흑인이었다는 사실이 드러난다. 그러므로 콜먼이 인종 차별주의자라는 비난은 그 유효성을 상실한다.

그럼에도 불구하고 콜먼은 스스로를 정의라고 생각하는 사람들에 의해 치명적인 피해를 입는다. 외로움과 좌절 속에서 콜먼은 포니아 팔리라는 젊은 여성에게서 위안을 찾는다. 그런데 콜먼은 일흔한 살이고 포니아는 서른네 살이기 때문에 극단적인 페미니스트인 여자 교수를 비롯한 그의 예전 동료 교수들은 또다시 비도덕적이라는 이유로 콜먼을 비난한다.

콜먼 사건은 미국 사회가 클린턴과 르윈스키의 스캔들로 들끓던 1998년에 일어난다. 『휴먼 스테인』의 도입부에서 로스는 이렇게 말한다. "1998년 여름, 미국은 클린턴과 르윈스키 스캔들로 인해 경건함과 순수함을 주장하는 사람들로 야단법석이었고, 그 사건은 공산주의를 밀어내고 그 자리를 대신 차지한 테러리즘보다 더 미국을 위협하는 문제로 부상했다."

로스는 당시 성적으로 방탕하던 사람들까지도 마치 자신들은 윤리적·성적으로 흠 없는 도덕군자인 것처럼 클린턴과 르윈스키를 비난하는 전국적 운동에 동참했다고 지적한다. 로스는 이렇게 쓴다. "의회와 언론에서는 자기만 옳다고 주장하는 사람들이 남을 비판하고 개탄하며 도덕적 설교를 늘어놓았다. 그들은 미국 건국 초기에, 호손이 '박해 풍토'라고 불렀던 광적인 흥분 상태에 있었다."

물론 로스는 빌 클린턴을 옹호하지는 않는다. 오히려 그는 클린턴의 성적 방종을 신랄하게 비판한다. 그러나 그와 동시에 그는 자신만 옳다는 잘못된 신념으로 타자의 삶을 망치는 사람들의 문제점도 지적하고 있다. 자신만 정의라고 생각하는 사람들에게 자기도 틀릴 수 있으리라는 생각은 결코 일어나지 않는다. 그것이 그런 사람들은 무슨 짓을 해도 양심에 거리끼지 않는 이유이다. 그런 사람들은 상대방에게 숙정을 강요한다. 『휴먼 스테인』의 에피그라프에서 로스는 소포클레스의 『오이디푸스 왕』을 인용한다. "숙정 의식은 어떻게 하는 것인가요?"라고 묻는 오이디푸스 왕에게 크레온이 대답한다. "추방하거나 피에는 피로 갚는 것이지."

『휴먼 스테인』을 읽으며 우리는 스스로를 의롭다고 확신하는 것과 자신이 정의라고 생각하는 것의 위험성을 깨닫게 된다. 클린턴·르윈스키 스캔들을 이용해 로스는 1998년 미국 사회에 편만했던 '정치적 올바름(political correctness)' 운동을 패러디하고 있다. 그는 그것을 "전국적인 광기"라고 불렀다.

『휴먼 스테인』은 맹목적인 독선과 완고한 도덕적 우월감이 얼마나 파괴적인 결과를 가져오는가를 우리에게 상기시켜 주는 소설이다. 세계가 놀란 트럼프의 등장도 그런 정치적 올바름 운동이 극으로 치달을 때 필연적으로 생겨나는 결과인지도 모른다.

「킹덤 오브 헤븐」—— 종교와 이념의 충돌: 기독교와 무슬림의 화해

월리엄 모나한이 각본을 쓰고 리들리 스콧이 감독을 맡은 영화 「킹덤 오브 헤븐」은 아브라함 시대에 시작되었지만 현재까지 이어져 우리도 당면하고 있는 절박한 문제인 기독교와 이슬람의 충돌을 다루고 있다. 「킹덤 오브 헤븐」은 기독교와 이슬람 중 어느 하나를 옹호하는 영화가 아니라는 점에서 중요한 의미를 갖는다. 이 영화는 두 종교의 신앙을 모두 인정하면서, 그 사이의 어느 지점에서 새로운 화해의 가능성을 찾고 있다는 점에서 주목할 만하다. 「킹덤 오브 헤븐」은 근본적인 질문을 던진다. "종교의 이름으로 타자를 죽이는 것과 종교를 통해 인생의 고상한 목적을 찾는 것 중 어느 것이 더 중요한가?" 그 질문에 답하기 위해 이 영화는 2차 십자군 원정 때 잠시 예루살렘을 정복했던 보두앵 왕과 1187년에 예루살렘을 탈환한 살라딘 술탄 사이에 일어난 전쟁의 참상을 다루고 있다.

「킹덤 오브 헤븐」을 보며 관객들은 유혈을 피하고 평화롭게 공존하기 위해 결단을 내린 기독교 지도자 발리앙과 사라센 지도자 살라딘의 태도에 감동하게 된다. 처음에는 그 두 지도자 모두 상대편을 말살하자는 극단주의자들에게 둘러싸인다. 예컨대 무슬림에게 적대적인 기 드 루지앵과 르노 드 샤티용은 사라센 상인들을 공격함으로써 살라딘을 자극해 그로 하여금 대군을 출전해서 예루살렘을 점령하게 만든다. 살라딘 역시 기독교인들을 모두 죽여서 예루살렘을 탈환하자는 극단주의자들의 부추김과 압력을 받는다.

그러나 발리앙과 살라딘은 명예와 존엄과 위엄을 갖춘 진정한 영웅이었다. 마지막에 그 두 영웅은 평화롭게 공존하기로 결정함으로써 상호 파멸을 막는다. 양측의 막대한 인명 손실을 목격한 살라딘은 발리앙

을 설득한다. "예루살렘을 넘겨주게. 그러면 아무도 다치지 않을 걸세." 그러나 발리앙은 그 말을 의심한다. "기독교도들은 예루살렘을 빼앗을 당시 모든 무슬림을 죽였습니다." 그러자 살라딘은 "나는 그런 사람들과 다르네. 나는 살라딘이네."라고 대답한다. 드디어 발리앙은 "그런 조건이라면 예루살렘을 넘겨주겠습니다."라고 말하며 동의한다. "자네들에게 평화가 있기를!"이라고 말하며 돌아서는 살라딘에게 발리앙이 묻는다. "도대체 예루살렘이 무슨 가치가 있나요?" 살라딘은 즉시 대답한다. "아무 가치도 없지." 그러고는 미소 지으면서 덧붙인다. "무한한 가치가 있지." 결국 킹덤 오브 헤븐은 예루살렘이 아니라 그 두 고결한 지도자가 체결한 평화 조약이었음이 드러난다.

중세의 십자군과 사라센의 대립을 통해 「킹덤 오브 헤븐」은 종교적·정치 이념적으로 갈라져 싸우고 있는 오늘날 우리의 현실을 은유적으로 반영한다. 중세에는 오히려 기독교 지도자들과 사라센 지도자들이 상호 존중과 고결한 인간성을 보여 주었다. 예컨대 영국의 사자왕 리처드가 3차 십자군 전쟁을 이끌었을 때 살라딘은 협정을 맺기 위해 자기 동생 알 아딜을 보낸다. 시오노 나나미는 『십자군 이야기』에서 이렇게 쓴다. "리처드 왕은 그 사라센인이 가져온 선물이 아니라, 그 사라센인의 고결한 인품과 예의와 기품에 감명받았다. 34세의 리처드와 48세의 알 아딜은 서로를 존경했다." 비록 평화 조약은 맺지 못했지만, 그래도 그 두 사람은 친구가 되었다. 오늘날 우리 정치 지도자들은 정치 이념이 다르면 서로를 적대시하고 용서할 수 없는 철천지원수처럼 대한다. 기독교도와 무슬림도 친구가 될 수 있는데, 유감스럽게도 우리는 좌우 정치 이데올로기로 분열되어 서로를 증오하고 있다.

『앵무새 죽이기』와 『장미의 이름』 ── 눈먼 자의 편견과 독선

대부분의 문학 평론가들은 『앵무새 죽이기』를 인종적 편견에 대한 소설이라고 말한다. 그러나 하퍼 리가 쓴 이 소설은 그보다 훨씬 복합적인 의미를 갖고 있는 위대한 문학 작품이다. 『앵무새 죽이기』는 인간

의 모든 편견을 순진한 아이들의 눈으로 바라보고 비판한 비판 소설이다. 예컨대 인종적 편견, 빈자에 대한 편견, 독신녀에 대한 편견, 노인에 대한 편견, 과부가 된 여성이나 이혼한 여성에 대한 편견, 결손 가정 아이에 대한 편견, 외부인에 대한 편견 등이 그것이다.

『앵무새 죽이기』는 미국이 경제 공황으로 고통을 겪던, 그리고 남부에는 아직도 인종 차별이 심하던 1930년대를 배경으로 하고 있다. 당시는 사람들이 자신들의 어려운 처지가 바로 자기들과는 다른 사람들 또는 외부인들 때문이라고 비난하던 시절이었다. 『앵무새 죽이기』에서 아버지 애티커스는 자녀들에게 "앵무새를 죽이는 것은 죄를 짓는 거란다. 앵무새는 우리를 위해 열심히 노래를 불러 주잖니."라고 말한다. 이 소설에서 작가는 앵무새를 편견의 피해자인 이 세상 모든 약자나 소수나 외부인의 상징으로 제시하고 있다.

애티커스는 딸 스카우트에게 "상대방의 입장에 서 보지 않고서는, 그 사람의 내면으로 들어가서 그 사람의 입장이 되어 보지 않고서는 결코 그 사람을 이해할 수가 없단다."라고 말한다. 즉 상대방의 입장에서 봐야 비로소 그 사람을 이해할 수 있다는 것이다. 『앵무새 죽이기』를 읽은 독자들은 타자에 대해서 편견을 갖지 않고, 다른 사람을 이해하는 법을 배우게 된다. 그리고 더 나아가 문화적·인종적 다양성도 포용하게 된다.

움베르토 에코의 『장미의 이름』을 읽는 독자들 역시 경직된 독선이나 눈먼 정의감에 사로잡혀서는 안 된다는 사실을 깨닫게 된다. 에코는 수도원의 장서관장 요르게 노인을 극도로 독선적이고 맹목적인 신념을 가진 위험한 인물로 제시한다. 요르게 노인은 실제로도 눈이 멀었다. 자신의 그릇된 확신을 지키기 위해 요르게 노인은 아무런 양심의 가책도 없이 살인을 저지른다. 『장미의 이름』에서 에코는 절대적 진실에 매달리는 것은 우리의 정신을 경직되게 하고, 우리의 시야를 단색으로 만들기 때문에 위험하다고 지적한다.

바로 그것이 에코가 『장미의 이름』에서 셜록 홈스를 주인공 윌리엄에 비교해 패러디하는 이유일 것이다. 작품의 서두에 윌리엄은 마치 셜록 홈스처럼 기호를 읽어 내는 자신의 실력을 과신한다. 그러나 후반부에 가면 윌리엄은 비로소 겉으로 나타난 기호는 거짓일 수도 있다는 사실을 깨닫게 된다. 그것은 곧 어떤 것을 외양만 보고 절대적 진실이라고 단정하면 안 된다는 것을 의미한다.

『장미의 이름』의 서문에서 에코는 자신의 이 소설이 14세기 독일인 수도사 아드소가 라틴어로 쓴 것을 19세기에 프랑스 수도사가 불어로 번역한 것을 자기가 이탈리아어로 번역한 것이라고 쓰고 있다. 그렇게 말함으로써 에코는 스스로를 원본이라고 확신하는 것의 위험성을 은유적으로 지적하고 있다.

『장미의 이름』이라는 제목은 셰익스피어의 『로미오와 줄리엣』에서 빌려 온 것으로 알려져 있다. 이 비극적인 연인의 이야기에서 줄리엣은 자신의 가문과 로미오의 가문이 원수라는 사실을 한탄하며 이렇게 말한다. "이름이란 무엇인가? 우리가 장미라고 부르는 것은 다른 이름으로 불려도 여전히 향기로운 것을." 여기에서 줄리엣은 이름이란 단지 공허한 관습일 뿐이라고 지적한다. 또한 이 구절에서 셰익스피어는 자기가 속해 있던 글로브 극장의 라이벌이었던 로즈 극장을 은밀히 패러디했다고 알려져 있다. 그렇다면 이 세상에 고정된 단 한 가지 해석이나 단 하나의 절대적 진실만 있다고 말할 수는 없을 것이다.

그럼에도 불구하고 우리는 여전히 "나는 절대적 진실이고 타자는 허위이며 틀렸다."라는 편견을 갖고 있다. 『앵무새 죽이기』와 『장미의 이름』은 각각 타자에 대한 편견이나 자신만 옳다고 생각하는 독선은 곧 타인에게 폭력이 되고 횡포가 된다는 사실을 독자들에게 깨우쳐 주고 있다.

『채식주의자』── 타자에 대한 폭력의 합리화
한강의 『채식주의자』의 주인공은 고기를 못 먹지만 육식 동물들에 의해 둘러싸여 좌절한 채식주의자의 이야기이다. 주인공 여자는 어린 시절 집에서 키우던 개에게 물린다. 아버지는 그 개를 모터사이클 뒤에 매달고 그 개가 죽을 때까지 마을을 질주한다. 그런 다음 아버지는 상처가 빨리 낫게 해 주는 약이라면서 그 개의 고기를 억지로 딸에게 먹인다.

어린 시절의 폭력적 악몽에 시달리던 딸은 어느 날 육식을 거부하고 채식주의자가 되기로 선언하지만, 가족들로부터 거부당한다. 남편은 아내의 부모에게 그 책임을 추궁하고, 아버지는 딸을 불러 또다시 강제로 고기를 먹인다. 그녀는 격렬하게 저항하지만, 힘에 부쳐 자신의 의지에 반해 고기를 삼키게 된다. 그녀의 가족은 그러한 폭력에 침묵할 뿐 그녀를 도와주려는 시도조차 하지 않는다. 그들 중 일부는 심지어 저항하는 그녀의 팔을 붙잡아 아버지가 억지로 고기를 먹이는 것을 도와준다.

'맨 부커 인터내셔널상'을 수상해서 세계적으로 유명해진 이 3부작 소설의 1부에서 작가 한강은 가부장적이고 남성 위주인 사회에서 폭력을 당하는 힘없는 여성의 상황을 거의 시적으로 훌륭하게 묘사하고 있다. 1부는 식욕을 충족하기 위해 동물을 죽이는 것도 폭력이지만, 그 고기를 타인에게 강제로 먹이는 것 또한 더욱 나쁜 폭력이라는 것을 시사한다.

『채식주의자』의 2부인 「몽고반점」에서 주인공의 비디오 아티스트 형부는 처제의 엉덩이에 있는 몽고반점에 매력을 느끼고 집착한다. 한국 어린아이의 엉덩이에서 발견되는 푸른색의 몽고반점은 성인이 되면서 사라지기 때문에 순수성의 상징이라고 할 수 있을 것이다. 형부는 처제를 스튜디오로 불러 전신에 꽃과 나무로 바디 페인팅을 한 다음 누드모델을 해 줄 것을 부탁한다. 성적으로 흥분한 형부는 그녀를 유혹해 보지만, 처제가 오직 식물에만 이끌린다는 사실을 발견한다. 형부는 자신의 나신에 꽃을 그린 후, 식물과 합일한다고 생각하는 처제를 속여 섹스에 성공한다.

일견 「몽고반점」은 다니자키 준이치로의 「문신」처럼 예술과 에로틱

한 관능 사이의 복합적인 연관을 성찰하고 있는 것처럼 보인다. 그러면서도 「몽고반점」은 폭력과 더불어 심미적 아름다움도 시적으로 묘사하고 있다. 한강은 우리가 폭력과 아름다움이 공존하는 사회에 살고 있으며, 그런 상황을 그리고 싶었다고 말한 적이 있다. 그러나 「몽고반점」을 『채식주의자』 3부작의 맥락에서 다시 읽어 보면, 독자는 다른 숨어 있는 주제를 발견하게 된다. 즉 여주인공은 이 에피소드에서 또 다른 폭력의 피해자가 된다는 것이다. 즉 자신을 보호자이자 시혜자 그리고 예술가로 내세운 사이비 예술가에 의한 보이지 않는 교묘한 폭력의 피해자라는 것이다. 자신을 꽃과 나무와 동일시하는 주인공은 형부와의 섹스를 자연과의 합일이라고 생각하지만, 형부는 처제의 환상을 이용해 성적 욕망을 채운 것일 수도 있기 때문이다.

제3부인 「나무 불꽃」에서 주인공은 심리적 불안 증세로 정신 병원에 입원하게 된다. 자신을 나무라고 생각하는 주인공은 물을 제외한 모든 음식을 거부하고, 병원 직원들은 그녀에게 강제로 음식을 먹인다. 정신 병원에서 주인공은 환자의 건강과 치료라는 미명하에 제도적 폭력을 당한다. 3부작 내내 주인공은 온순하고 약한 초식 동물을 사냥하는 폭력적인 육식 동물로 가득 찬 애니멀 킹덤에 던져진 자신을 발견한다.

2014년에 한강은 『소년이 온다』라는 또 다른 소설을 발표해 세계 독자들을 감동시켰다. 1980년 광주 민주화 운동을 다룬 이 소설에서 작가는 군인들이 민간인에게 자행한 처참한 폭력을 묘사하며, 군사 독재 정권이 자행한 공권력의 폭력을 고발하고 있다. 자기들이 '폭동'이라고 규정한 것을 잔인하게 진압하는 광경을 보여 주며, 한강은 질서와 거버넌스라는 미명하에 국가가 자행한 공권력의 폭력을 강력하게 비판하고 있다.

오늘날 우리는 폭력이 난무하는 시대에 살고 있다. 과연 우리는 날마다 가정과 학교와 직장에서 다양한 형태의 폭력을 경험하고 있다. 거리와 지하철에서도 사람들은 쉽게 폭력을 행사하며 타자를 다치게 하고 있다. 한강의 『채식주의자』가 세계 독자들에게 호소력이 있는 이유도 폭력에 대한 바로 그런 깨우침 때문일 것이다. 우리는 테러를 폭력으로 규정하고 규탄한다. 『채식주의자』에서 한강은 우리 자신들도 남을 다치게 하면 테러리스트가 된다는 사실을 깨우쳐 주고 있다. 자기만 정의라고 생각하는 순간, 그것은 곧 타자에 대한 폭력과 횡포가 되기 때문이다.

『채식주의자』의 여주인공은 브래지어를 하지 않고 자주 상반신을 노출한다. 자신의 가슴을 제외한 다른 신체는 남을 해치는 무기가 될 수 있다는 이유에서이다. 심지어는 그녀의 혀도 무기가 될 수 있지만, 가슴은 그렇지 않기 때문이다. 가슴은 부드럽고, 아이에게 젖을 먹이는 도구여서 남을 해칠 수 없기 때문이다. 아마도 그러한 것을 깨달은 독자들이 많아서 한강의 『채식주의자』가 세계적으로 유명해졌는지도 모른다.

0과 1 사이에 있는 '제3의 길'을 찾아서

요즘 사회주의의 탈을 쓰고 숨어 있기는 하지만, 공산주의는 실패해서 지구상에서 사라졌다. 냉전 이데올로기도 마찬가지다. 그러나 이상하게도 오직 한반도에서만 아직도 공산주의와 냉전 이데올로기가 기승을 부리고 있다.

실망스럽게도 오늘날에는 자본주의와 민주주의도 그 원래의 장점과 가능성을 소진하고 한계에 다다른 것처럼 보인다. 자본주의가 극으로 가면 돈이 모든 것을 지배하고, 자본이 스크린상의 숫자가 되며, 펀드 매니저들이 순식간에 천문학적인 돈을 벌게 되는 '월 스트리트'가 생겨난다. 월 스트리트에서 돈은 떠다니는 컴퓨터상의 숫자가 되고, 거기에 심오한 성찰이나 도덕적 윤리가 들어갈 공간은 없다. 자본주의가 극으로 가면, 결국 빈익빈 부익부라는 바람직하지 못한 현상이 생겨난다. 즉 금수저를 물고 태어나지 않는 이상 아무리 노력해도 부자가 되지 못한다는 것이다.

민주주의도 세계 각국에서 극으로 치달아서 사회 위계질서를 무너뜨리고, 포퓰리즘으로 전락하고 있다. 사람들은 민주주의를 "다수의 힘으로 밀어붙이는 것"으로 생각하는데, 그것은 잘못하면 다수의 횡포로 전락하기 쉽다. 사실 민주주의는 "소수의 의견"도 존중하는 것일 것이다. 문제는 많은 나라에서 민주주의를 포퓰리즘으로 착각하고 있으며, 포퓰리즘은 필연적으로 국가의 정신적·경제적 파산을 초래한다는 것이다.

유감스럽게도 정치가들은 선거에서 이기기 위해 온갖 달콤한 선심성 정책을 통해 달콤한 것을 좋아하는 사람들을 유혹하지만, 그 결과는 심각한 충치뿐이다. 소설 『제거 명령』에서 빈스 플린은 만일 포퓰리스트 정치인들이 선거에서 이기려고 무상 복지로 유권자들을 유혹하고, 유권자들이 그런 정치인을 뽑으면, 그들의 나라는 결국 파산하고 만다고 지적하고 있다. 유럽의 한 나라를 예로 들면서 플린은, 주당 서른다섯 시간 노동, 두 시간의 점심 식사, 연간 두 달이 넘는 유급 휴가를 주면 아무리 막강한 강대국도 파산에 이르게 된다고 경고하고 있다. 빈스는 그렇기 때문에 사회주의는 공산주의보다도 더 조용하게 나라를 망친다고 말한다.

민주주의가 포퓰리즘을 의미하는 사회에서는 사회 구성원이 모든 것을 결정해야 한다고 생각하게 된다. 하지만 다수가 모여서 하는 결정에는 실수가 따르기 쉽다. 특히 국가 안보에 관련된 사안은 신속한 결정을 요하기 때문에 그런 일을 대신 하라고 선출한 정치인들에게 맡겨야 할 때도 있다. 그렇지 않다면 굳이 선거로 국민의 대표를 뽑을 이유가 없을 것이다. 그런데도 사람들은 모든 것을 국민에게 물어보고 결정해야 한다고 생각한다. 정치인보다는 피플 파워를 더 신뢰하는 사람들은 이슈가 있을 때마다 거리의 데모에 모든 것을 의존하게 된다. 또한 우리는 신 앞에서의 평등이 아니라 재능, 외모, 재산, 신분이 평등해야 한다고 생각하는데, 그렇게 되면 당연히 나보다 특권이 있거나 더 잘

나가거나 돈이 더 많은 사람들을 증오하게 된다. 상사의 직위에 따른 특권도 인정하지 않게 되면, 사회는 혼란에 빠지고 정치적 상황은 불안해질 것이다.

그러한 상황에서는 제3의 길이 필요하다. 제3의 길이란 "이것 아니면 저것"의 이분법적 사고방식에서 벗어나는 것이다. 제3의 길이란, 너와 나의 경계를 넘어 "너도 그리고 나도" 또는 "이것도 그리고 저것도"의 마인드를 갖는 것이다. 제3의 길이란 단순한 양비론이 아니라 0과 1 사이에 있는 또 다른 가능성을 찾는 것, 즉 양극을 피하고 중간을 인정하는 것이다. 제3의 길이란, 서로 적대적인 양극단을 중재하고, 문제를 해결할 수 있는 또 다른 방법을 탐색하는 것이다

제3의 길을 찾기 위해서 우리는 자본주의와 사회주의의 장점을 병합하고, 보수와 진보의 장점을 융합하는 것이 필요할 것이다. 민주주의도 포퓰리즘이나 왜곡된 평등 의식이 아닌 성숙한 시민 의식에 근거하도록 해야 할 것이다. 그리고 보수주의와 자유주의도 서로의 장점을 살려서 포용하고, 고질적인 파벌 싸움도 이제는 끝을 내야 할 것이다. 상황에 따라서, 또 시대에 따라서 보수주의자가 자유주의자가 되고, 자유주의자도 보수주의자가 되어야만 하는 때도 있는 법이다. 이 세상에 영원한 보수주의자나 영원한 자유주의자는 없다.

『바인랜드』에서 토머스 핀천은 우리의 흑백논리를 꾸짖으면서 이렇게 개탄하고 있다. "만일 컴퓨터의 0과 1의 패턴이 인간의 삶과 죽음과 같다면, 인간의 모든 것도 0과 1을 연결하는 긴 끈과도 같을 것이다. 하지만 도대체 어떤 생명체가 0과 1로만 된 기다란 끈 같을 수 있단 말인가?" 우리의 삶은 흑백 사진보다 훨씬 다양하고 컬러풀하며 복합적이다. 우리는 삶과 죽음, 좌와 우, 자유주의와 보수주의 중 하나만 선택할 필요가 없다. 세상은 기독교와 이슬람교 또는 동양과 서양으로만 되어 있지 않다. 이스탄불에 가면 기독교 성당과 이슬람 모스크가, 유럽과 아시아가 공존하고 있다.

양극의 십자 포화에 갇힌 우리에게 "너와 나", "우리와 그들"을 초월

한 제3의 길, 우리의 새로운 인식의 영역을 찾는 것은 살아남기 위해서뿐만 아니라 번영하기 위해서도 절박한 과제이다. 이제 우리는 0과 1 사이에 있는 제3의 길을 찾아야만 한다.

김성곤 KIM Seong-kon 평론가, 서울대학교 명예 교수. 1949년생. 미국 뉴욕 주립대학교(버펄로) 영문학 박사이며, 컬럼비아 대학교에서 비교 문학 박사 과정을 수료했다. 2017년 뉴욕 주립대학교에서 명예 인문학 박사 학위를 받았다. 펜실베이니아 주립대학교와 캘리포니아 대학교(버클리) 객원 교수, 하버드 대학교와 옥스퍼드 대학교 객원 학자를 지냈으며 현재 문체부 한국문학번역원 원장, 유네스코 한국위원회《코리아 저널(*Korea Journal*)》공동 편집장, 《코리아 헤럴드(*The Korea Herald*)》수요 칼럼니스트이다. 주요 저서로 『뉴미디어 시대의 문학』, 『글로벌 시대의 문학』, 『경계를 넘어서는 문학』 등이 있으며, 뉴욕 주립대학교(버펄로) 탁월한 해외 동문상, 풀브라이트 자랑스러운 동문상, 우호인문학상, 김환태평론문학상, 체코 공화국 문화외교 메달 등을 수상했다.

시는 타자를 어떻게 감당하는가 — 정전 체제하에서의 몇 가지 단상

김사인

1

'우리와 타자'라는 주제는 십중팔구 이질성을 잘 다스려 서로 화목해야 한다는 결론을 암암리에 전제하기 쉽다. 그처럼 모범 답안이 뻔한데도 이런 화두가 거듭 제기되는 것은, 뻔해 보이지만 그것이 말처럼 쉽지 않으며, 그 화목의 방법과 과정이 생각처럼 간단치 않기 때문일 것이다. 물론 한 걸음 더 나가면 이 화두는 결코 간단치 않은 근원적 수준의 물음을 깊은 우물처럼 품고 있기도 하다.

오늘 우리가 모여 앉은 이 자리는 지난겨울 동안 100만의 시민들이 촛불을 들고 모여들어 무능한 권력을 퇴진시킨 광화문 광장을 면하고 있다. 한국 시민들은 천신만고 끝에 새 대통령을 선출했고(5월 9일) 이제 얼마간 기대에 설레고 있다. 그러나 그 안타까운 안도와 희망에도 불구하고 한반도의 사회적·역사적 근본 현실에 질적 변화가 이루어진 것은 아직 아니다. 2011년 아랍의 봄을 불러왔던 타흐리르 광장은 다시 사복 경찰과 적막이 채우고 있다고 들린다. 같은 해 가을 월가 점령

운동(Occupy Wall Street)으로 뜨겁던 즈카티 공원은 어떤가? 광화문과 한반도의 앞날에는 희망만 있을까? 지난 100년 동안 한반도 주민들은 완강한 강대국 중심의 국제 정치의 구조 속에서 너무나 당연한 기대가 어떻게 배반되는가를 수없이 보아 왔다. 물론 새 정부도 시민들도 최선을 다할 것이지만, 역사의 간지(奸智)를 우리는 경계하지 않을 수 없다.

어느 시인의 말처럼 "아직 깃발을 내릴 때가 아"닌지도 모른다.

그 결과 한반도 주민들은, 2차 세계 대전 전범국의 식민지로 시달린 데 이어 종전(1945) 후에도 보상받는 것은 고사하고 미소의 분할 점령 대상이 되고 말았다.

핵전쟁의 위협이 상존하는 가운데 발발 67년이 되는 지금까지 한국 전쟁은 '종전(終戰)'되지 못하고 있다. 한반도를 규정하는 이 심층 구조는 대통령 한두 사람의 교체로 다할 수 없는 뿌리 깊은 것인지 모른다. 한반도 분단의 이 고통스러운 현대사는 쌍방 당사자 모두의 평화 역량의 빈곤을 적나라하게 노출한 채 오늘에 이르고 있다.

2차 세계 대전 전후 처리 과정에서 일본이 아니라 조선을 분할하는 터무니없는 결정이 내려지고, 이어진 한국 전쟁(1950)에서 한반도 주민들은 300만의 사상자와 1000만의 이산가족으로 상징되는 지울 수 없는 상처를 입었다. 이후 1953년에 체결된 정전 협정 체제 아래 종전 선언도 평화 협정도 없이 남북 주민 모두가 서로의 볼모가 된 채 남북 국가 역량의 큰 부분을 국방비에 소진하는 기형적 상태를 오늘까지 이어 오고 있다. 이 과정에서 빚어지는 사회적 편견과 공포의 증폭, 증오와 폭력으로 드러나는 병적 사회 심리에 대해 길게 말할 필요는 없을 것이다. 더 고약한 것은 정전 협정이 북한과 유엔군(미군이 주도) 사이에 맺어져 휴전의 당사국이 아닌 대한민국(남한)은 전시 작전권을 회복하지 못한 데 더하여 이 분단·대치 상황에 주도적으로 개입할 수 있는 공식적 지위를 갖지 못한 상태임을 적어 둘 필요가 있다는 것이다.

'우리와 타자' 간의 이러한 고통스럽고 중첩적인 갈등의 긴 도정 위에서 한국의 근현대 문학도 100년째 앓고 있다. 한반도뿐 아니라 서구의 팽창을 겪은 다수 비서구 주변부 민중과 문학의 운명이 크게 다르지 않았으며, 그것은 서구적 근대에 내재된 식민주의적 본질이 초래했다고 볼 측면이 크다. 비서구권의 경우 중심부는 중심부대로 급격한 사회적 변동과 도시화·산업화에 따른 갈등을 치러야 했고, 근대 유럽의 특산품인 자유·민주·평화의 이념은 토착화하지 못하고, 왜곡된 자생성은 많은 경우 응어리로 남게 된다.

이러한 진퇴양난의 수렁에서 놓여나지 못하는 한 한반도 주민들의 사회·경제적 성취와 문화적 노력은 자유와 민주와 자주성의 본질적인 진전을 이루지 못한 채 사상누각의 도로를 반복하게 될 공산이 크다. 그리고 문학의 처지 또한 다르지 않다.

이는 정치·사회 차원에 그치지 않는다. 오늘의 한반도 상황을 결정한 근현대 세계사의 배경과 함께 문제를 생각하지 않으면 '시 즉 poetry'로 등치되는 서구 중심의 일반론을 넘지 못한 채 정작 중요한 것을 빠트리게 될 수 있다. 이 점은 한국뿐 아니라 대다수 비서구 지역들에 공히 해당되는 문제이다.

고유한 시와 노래, 글쓰기의 전통이 폭력에 가까운 수준으로 단절·폐기되는 가운데, '동도서기'라는 명분 아래 서구 근대 문학(literature)을 닮고 그 규범을 따라가기에 급급해 온 것이 한국을 위시한 동아시아 문학의 100년이라고 해도 지나치지 않을 것이다. 이식된 '타자'와의 그 고달픈 길항 과정이 아직 계속되고 있는 것이며, 그 압박감의 강도는 라틴어와 한자가 보편화되던 중세의 상황과는 비교할 수 없다.

한국어 시의 길을 생각하는 시야 역시 이러한 관점을 떠날 수 없고, 근현대의 사회·역사적 왜곡이 결과한 문학과 시에 대한 우리의 앎의 도착(倒錯)을 넘어서기 위해서 역설적으로 우리는 시의 본래적 힘과 의의를 다시 조회해야 할지도 모른다. 이때 시는 서구 기원의 'poetry'의 번역어로서가 아니라 모든 참된 말하기, 참된 노래하기를 일컫는 말로 다시 소급하여 숙고되어야 한다.

동아시아에서 시가 처음으로 언급된 기록에 따르면 '언지(言志)'로서의 시(詩)는 악(樂)의 일부로서 '신과 인간의, 하늘과 땅의 두루 화평함(神人以和)'을 이루는 것을 목표로 한다.(帝曰, 夔命汝典樂教冑子, 直而溫, 寬而栗, 剛而無虐, 簡而無傲. 詩言志, 歌永言, 聲依永, 律和聲. 八音克諧, 無相奪倫, 神人以和.『서경(書經)』,「순전(舜典)」24)

다시 말해 이것은 나라 안 청년들을 제사와 굿, 점복(占卜)과 입상(立象, 형상으로 신탁 받기)으로 구현되던 '참 앎(산 앎, 참말, spell)'의 과정에 참여시키는 것, 궁극에 있어 천지 삼라만상의 화이부동(和而不同)을 지향하는 것이 시(詩)를 포함한 악(樂)의 기능이었다. 그리고 그것은 기도에 준하는 전 존재의 투입과 개방 속에서 가능했던 것이라 볼 수 있다.

2

개인과 자유와 평등과 우애라는 관점이 발명되고 200년이 지났으나 전쟁과 폭력과 억압과 증오는 그치지 않고 있다. 거대한 실험으로서의 미합중국도 소비에트 유니언의 코뮤니즘도 피로감 속에서 자국 우선주의로 통속화된다. '우리와 타자'의 대립은 지구 도처에서 다양한 수준으로 벌어지고 있다. 국가 간, 민족 간, 계층 간, 세대 간, 성별 간의 갈등은 다시 개인들 간의 대립과 상잔을 유발하고(순서는 그 역인지도 모른다.) 이 다름과 미움의 고착화가 또다시 차별과 다름을 강화한다. 달라짐을 특권화함으로써 동화나 화해의 담장을 높여 가로막는 것이다. 화해와 소통의 시도들을 배신으로 매도하고 미움을 집단적 자기 동일성의 근거로 삼으려 한다. 미움은 다시 강화된다.

개인(individual)으로서의 '나'를 존재의 기초 단위로 상정하는 관점과 그에 근거한 분석적 앎이 우리(나)와 타자 간의 분리와 차가운 대결을 근본에서 치유하지 못한다. 진정한 화(和)와 합(合)을 이루지 못한다. 오히려 서로의 타자성을 강화하고 수단화한다.

이것을 넘어서는 통합적 산 앎의 가능성이 대개 예술 작품이라는 이름으로 구현되는 '시적 앎'에 있을지도 모른다. '시적인 것'의 강화가 이 배제와 분열의 근대성을, 차가운 과학주의를 다시 인간화하는 거의 유일한 활로이리라는 통찰은 하이데거 이래 여러 사람들에 의해 제시된 바 있다.

그리고 한국에서 '시적인 것'이 직면해 있는 곤란은 한두 요인으로 이루어져 있지 않다. 문학만 하더라도 말하기와 글쓰기의 오랜 관행들이 서구 기원의 문학 규범들에 의해 추방·도태되는 과정이, 신분제 폐지와 문자 해독율의 획기적인 제고, 글과 말의 산업적 대량 복제 등이 가세하면서 전례 없는 규모와 속도로 진행되었다. 더구나 그 과정이 총독부라는 이민족의 통치 기구에 의해 통제됨으로써 행정적 일방성과 타율성을 포함하여 이중 삼중의 문제를 안게 된다.

그런 가운데 재래의 시와 노래는 낡고 열등한 것, 국가의 쇠망을 가져온 고루한 앙시앵 레짐으로 치부되었다. 이 과정에서 발생한 자기 부정과 자기모멸의 상처 위에 다시 한국 전쟁과 분단으로 공동체의 언어 생활의 토대가 분열되고 말았다.

일본의 패퇴 이후에도, 결국 일본을 통해 서구식 문학 제도를 배워 온 이들에 의해 한국의 문학 교육의 기초가 마련되었으며, 1960~1970년대에도 일본을 경유하지 않았을 뿐 서구적 문학이 우월하다고 믿는 무의식이 사회 심리의 저변에서 여전히 관철되었다. 예컨대 '문학'은 세르반테스나 셰익스피어에게 더 있는 어떤 것이고, 비슷한 세대인 허균이나 중국의 공안파들은 낡거나 열등한 것이란 생각, 괴테, 헤겔에게는 근사한 문학과 철학이 있으나 박지원, 이덕무, 정약용은 입학시험을 위해서나 필요한 낡고 성가신 이름이 되고 말았다. 깊이 생각하는 이들에게는 그렇지 않겠지만, 이런 무의식은 일상 수준의 고정관념으로 굳어져 있다. 옷이라고 하면 이제 한복이 아니라 양복을 이르는 게 당연해진 것처럼, 문학이라고 하면 곧 서양식 문학을 생각하게 된 것이다.

꽃이 지기로서니
바람을 탓하랴.

주렴 밖에 성긴 별이
하나둘 스러지고

귀촉도 울음 뒤에
머언 산이 다가서다.

촛불을 꺼야 하리
꽃이 지는데

꽃 지는 그림자
뜰에 어리어

하이얀 미닫이가
우련 붉어라.

묻혀서 사는 이의
고운 마음을

아는 이 있을까
저허하노니

꽃이 지는 아침은
울고 싶어라.

— 조지훈, 「낙화」

대장군방(大將軍方) 벌목(伐木)허고, 삼살방에 이사(移徙) 권코, 오귀방(五鬼方)에다 집을 짓고, 불붙는 데 부채질, 호박에다 말뚝 박고, 길 가는 과객(過客) 양반 재울 듯이 붙들어다 해가 지면 내여 쫓고, 초란이 보면은 딴 낯 짓고, 거사 보면 소구 도적, 의원(醫院) 보면 침(鍼) 도적질, 양반(兩班) 보면은 관(冠)을 찢고, 다 큰 큰애기 겁탈, 수절 과부(守節寡婦)는 모함(謀陷) 잡고, 우는 애기 발가락 물리고, 똥 누는 놈 주저앉히고, 제주병(祭酒瓶)에 오줌 싸고 ······

— 판소리 「흥보가」 중 놀부 심술 대목

「낙화」의 저 심미적 세련과 형언의 경제는 한 개인의 능력만으로 이룰 수 있는 바가 아니다. 동아시아 한자 문화권 수천 년 적공 위에서 조지훈이란 예민한 단말기가 한국어 버전으로 전아한 변주를 이룩하고 있는 것이다. 이어져 있는 판소리 「흥보가」의 유명한 놀부 심술 대목의 저 서민적 한국어 입말이 구현하는 생동감과 리듬의 맛은 어떤가. 이러한 재래의 미적 자질들이 거칠게 배제되는 과정이 한국시 100년의 다른 얼굴이다.

물론 외래적인 것과 토착적인 것 사이, 타자와 우리 사이에서 균형을 취하기 위한 나름의 안간힘이 없었던 것은 아니다. '동도서기(東道西器)'란 용어가 바로 그것이다. 한반도 100년 역사의 지향을 크게 아우를 표현으로 이만큼 적실한 게 있을까. 때에 따라 개화로, 근대화·현대화로, 세계화로 혹은 개혁으로 포장이 바뀌지만, 그 핵심은 요컨대 '동도서기'였다. 그러나 실인즉 그것은 서세동점의 불가항력과 세 불리 앞에서 자신을 설득하기 위해 세웠던 슬로건이자 자존심을 지키기 위한 슬픈 허세와 핑계의 수사이기도 했다. 우리는 때로 일본을, 때로 미국을 중개지로 삼아 '학서(學西)' — 정확히는 '종서(從西)' — 에 사력을 다해 매진해 왔다. 그리하여 마침내 '아리아리랑'이나 '얼씨구 절씨구', '어즈버 태평연월' 대신 '오, 마이 베이비'를, '워너 키스 유 마 보이'를 나른한 콧소리로 즐기는 국영문 혼용체의 시대에 마침내 당도했다. 동도서기를 초과 달성한 이 무애자재 혼융원만을 기뻐해야 할 것인가.

철 지난 우국지사처럼 비분강개하는 것도 촌스럽고, 죽은 조상이나 산 위정자들을 탓하는 것도 부질없는 노릇이다. 다만 우리 삶, 우리 시가 무슨 짓을 하며 어디로 가고 있는지, 한국어, 한국 문학, 나아가 한국은 과연 안녕하신지 때로 부끄러움과 울분 속에서 돌아보게 된다는 말을 신채호 선생의 통렬한 글 한 대목과 함께 적어 두고자 한다.

석가가 들어오면 조선의 석가가 되지 않고 석가의 조선이 되며, 공자가 들어오면 조선의 공자가 되지 않고 공자의 조선이 되며, 무슨 주의가 들어와도 조선의 주의가 되지 않고 주의의 조선이 되려 한다. 그리하여 도덕과 주의를 위하는 조선은 있고, 조선을 위하는 주의와 도덕은 없다. 아! 이것이 조선의 특색이냐. 특색이라면 특색이나 노예의 특색이다. 나는 조선의 도덕과 조선의 주의를 위해 곡하려 한다.[1]

요컨대 우리 문학은 먼 나라, 다른 피부, 다른 언어의 타자와도 소통을 시도해야 하지만, 더 우선하여 우리 스스로 배제하고 소거시킨 자신의 일부와 소통을 시도해야 한다. 지난 100년 동안 배제해 온 전래의 양식과 미학들과 화해와 상면, 용서와 재접속을 시도해야 한다. 그뿐 아니라 친일, 어용이라는 저주의 주박, 반체제 종북 좌익이라는 정치적 주술 아래 절대 타자로 봉인해 놓은 존재들과도 고통스럽지만 의미 있는 접속을 시도해야 한다. 그러지 않으면 서구 기원의 글쓰기 흉내를 다시 서구 기원의 규범과 잣대로 재단할 뿐인, 닫힌 악순환에 함몰될 뿐이다. 이것은 나도 남도, 동양도 서구도 살리는 것이 되지 못한다.

---

1) 신채호, 「낭객의 신년 만필」, 《동아일보》(1925년 1월 2일).

3

우리는 쉽게 시를 말하지만 시가 정작 어디에서 오는지 잘 알지 못한다. 흔히 우리 안에서 발생한 느낌이나 생각이 언어 문장 중추와 결합되어 말로 발성되거나 종이 위에 글로 쓰인다고 상정된다. '표현'이라고 번역되는 'expression'이라는 말, 뭔가를 밖으로 밀어낸다(press out)는 뜻의 이 라틴계 어휘는 그런 생각에 근거를 주는 듯하다. 뭔가가 안에 먼저 있고 그것을 밖으로 밀어낸다는 것이다. 표현이라는 한자어 번역(아마도 메이지 시대 일본의 번역일 듯하다.) 역시 그런 뜻을 지니고 있다.

그러나 그것이 시가 오고 이루어지는 과정의 전부인가. 생각과 느낌의 정체는 무엇이고 어디서 기원하는가. 마음의 어느 차원에 어떤 방식으로 우리에게 깃드는 것인가.

우리는 대개 '쓴다'는 것에 대해, 우리 안에 모이고 쌓인 생각이나 느낌을 종이에 옮겨 적는다는 이미지를 가지고 있다. 그것은 쓰기를 단순히 '내 생각 옮겨 적기'이도록 한다. '작문'이 되는 것이다. 이러한 생각에서는 '쓰기(그림 받기, 신탁 받기)'에 내재된 존재의 모험의 차원이 배제된다.

이 지점에서 '영감(靈感)'이라고 번역되는 'inspiration'이란 말을 떠올려 봄 직하다. 무언가가 (밖에서) 안으로 들어온다는 생각이다. 이때 생각이나 느낌은 내 의지나 의욕으로 만들어지는 것이 아니라 외부로부터 오는 어떤 것이다. 나 바깥의 알 수 없는 힘이나 마음의 개입이 있는 것이다. 뮤즈가 왔다, 신탁이 왔다, 느낌이 왔다는 것이 바로 이것일 터이다. 동아시아 고전 시학의 '감물론(感物論)'이 바로 이에 대응된다. 나와 대상 사이에 교감이 성립하는 것이다. 양자 간에 접속이 이루어지는 것이다. 대상이 스스로를 열어 허락하는 만큼 나는 느끼며, 나 또한 스스로를 열 때에만 대상에 가 닿을 수 있는 것이다. '감(感)'이 성립하는 것이다. 그리고 이 '감'이 시의 내용을, 할 말을 이룬다.

보이지 않는 참을 이런 경로를 거쳐 무느나 말로 받는 대표적인 형식이 점복이라 할 수 있다. 점복은 제사와 더불어, 미사, 기도 예배와 더불어 치러진다. 이것들은 모두 나 바깥의 존재를 향한 극진한 애씀의 형식들이다. 더 정확히 말한다면 그것까지가 점복, 신탁 과정의 필수적 일부이다. 그리고 제사를 포함하는 이 점복의 애씀, '참말(공수, 노래, spell)'과 '참 글(상, 무늬)'을 받고자 하는 이 애씀이 바로 시를 얻는, 시를 행하는 과정의 원형이라 할 수 있다. 이것은 지극한 주의 깊음인 동시에 마음 비움의 어떤 형식이며, 그것을 통하여 대상과 접속·일치·공명하려는 애씀이라고 할 수 있다. 이것은 논리와 개념의 분석적 앎을 배제하지 않지만 그것을 넘는 '산 앎'을 지향한다.

시라고, 시 쓰기라고 불리는 이 특별한 앎이자 실천의 회로를 '우리와 타자'를 다루고자 하는 여기서 각별히 주목함 직하다. 우리와 타자의 문제는 달리 말하면 같음과 다름 간의 구분과 배제의 문제라고 볼 수 있다. 시는 특별한 방식으로 다름을 감당하고, 같음의 동어 반복을 극복한다.

'감물언지(感物言志)'로 보건 'poiesis'와 'musike'로 보건, 시 쓰기의 본질은 낯선 타자에 대한 모험 또는 사랑의 시도, 동화의 시도이다. 눈 맞춤이자 마음 열기이다. 성립된 '감(感)'에 의해 격발된 그 에너지가 없다면 말과 글을 참답게 이어 나갈 수 없는 것이다. 억지로 지은, 겉만 꿰맨 말과 글은 시를 이루지 못한다. 시 쓰기의 이 지극함 속에서 나와 타자는 참말/산 말이란 제3의 존재를 낳는다. 그 이름 부름/형언의 참에 의해 대상은 숨겨진 참을 드러낸다. 그것 자신이 된다. 말하는 이와 듣는 이 모두에게도 또한.

이것이 시 쓰기가 수행하는 진정한 미메시스(mimesis)이자 「창세기」의 그 '이름 부름'이자 노래이자 주문이며, 부적으로서의 시의 힘과 작용일 것이다. 세계 해석인 동시에 세계 창조 행위일 것이다. 그 연장선에 두 개의 해를 사녀가로 물리치는 『삼국유사』 월명사의 「도솔가」가 있는 것이다.

이때 시인은 지렁이처럼 몸을 낮추어 더러워진 흙을 스스로의 몸으로 먹어 정화·성화시켜 내야 한다. 손쉬운 지름길은 있을 리 없다. '타자'를 감당하는 시의 고통과 영광이 여기에 있다. 그렇게 '참말(眞言, 힘의 말)'을 이루는 것으로써 이 시대의 차갑고 빠른 앎들, 얇고 가짜이기 쉬운 대량 복제의 앎들을 견제·보완하는 한편 깊고 따뜻한, 느리되 생생한 앎, 신비와 외경과 감사와 삼감이 깃든 앎을 시는 지켜 주어야 한다.

김사인 KIM Sa-in 시인, 평론가, 동덕여자대학교 문예창작과 교수. 1956년 충청북도 보은 출생. 서울대학교 국문학과를 졸업했다. 농경적 전통과 산업적 현대 도시 사이의, 개인의 내면적 완성과 사회적 실천 사이의, 아름다움과 옳음 사이의 괴리를 어떻게 극복하고 치유하는가에 대해 변함없는 시적 관심을 보여 왔다. 『밤에 쓰는 편지』, 『가만히 좋아하는』, 『어린 당나귀 곁에서』 등의 시집과 『박상륭 깊이 읽기』, 『시를 어루만지다』 등의 편저서가 있다. 신동엽창작기금, 현대문학상, 대산문학상, 지훈문학상, 임화문학예술상 등을 수상했다.

하파(Hapa)로 살아가는 것에 대한 단상들 —경계에서 '자신'이자 '다른 이'로서 살아가는 것에 대하여

노라 옥자 켈러

1. 최근에 제 큰딸이 아이 낳는 일에 대해 제게 물었습니다.

다시 설명해 드릴게요. 딸아이는 아이들이 어떻게 태어나는지와 같은 생명 탄생에 대한 비밀에 대해 묻고 있는 게 아니었어요. 그 애는 벌써 스물셋이고, 저지시티(Jersey City)에서 남자 친구와 함께 살고 있으니까요. 딸아이는 혼혈인 아이를 낳는 것에 대해 묻고 있는 거였어요. 그 애는 "제 아이가 한국인으로 여겨지지 않을까 봐 걱정이에요."라고 말했습니다.

보아하니, 유대인인 남자 친구와의 사이에서 태어나게 될 그 애의 아이가 여전히 한국인일 것인지에 대해 누군가가 물어본 모양이었어요. 마치 문화와 혈통이 희석되거나 상실되어서, 어떤 모호한 '다름'이라는 것으로 녹아들어 버릴 것처럼 말이지요.

"네 아이는 네 아이이고, 너랑 꼭 같이 될 거야."라고 저는 딸아이에게 말했습니다. 딸애 대신에 제가 모욕을 당한 기분이었고, 아직 존재하지도 않는 손주를 위해 항변하고픈 느낌이었지요. 저는 "네 일부가 한국인이니까, 네 아이들도 그렇게 되겠지."라고 말해 주었습니다.

딸아이는 한숨을 쉬면서 이렇게 지적했어요. "그렇게 간단한 게 아니에요. 특히 제가 사는 곳에는 규모가 큰 아시아인 커뮤니티가 없으니까요. 저는 제 아이들이 한국인으로 생각되지 않을까 걱정이라고요. 왜냐하면 다른 사람들이 그 애들을 한국인으로 보지 않을 테니까요."

그 애의 말이 무얼 의미했는지 알아요. 보다 동질적인 문화적 배경에서 자란 사람들에게 정체성이란 건 똑바른 것이고, 인류를 선다형의 질문지처럼 뚜렷하게 구분된 몇 가지의 유한한 인종으로 분류할 수 있는 것처럼 보일지도 모르지요. 저는 매년 학교에서 인구 조사 양식을 작성할 때 "아시아인"과 "백인" 둘 중 하나를 선택해야 하는 시대에 자랐어요. 그렇게 해서 제 자신의 반쪽을 부정하거나, 제 자신을 '다른 사람'으로 여겨야만 했지요. 우리들 중 혼혈이라고 주장하는 부류들은 인종적 정체성이라는 것이 복합하고 쉽게 변할 수 있는 것이라는 걸 알아요. 그건 단순히 혈액의 정량이나 비율이 얼마나 되는지뿐만 아니라, 여러 세대와 지역에 걸쳐 오랜 시간 동안 확장하고 적응하며 (때로는 닳아 없어지는) 언어적, 가족적 전통까지도 포함하거든요. 그리고 물론, 인종적 정체성은 스스로가 자신을 어떻게 정의 내리는지에 의해서뿐만 아니라 어떻게 다른 사람들이 나에 대해 생각하는지에 의해서도 형성이 되지요.

2. 하와이에서 혼혈로 자라면서, 저는 항상 "넌 어디 사람이야?"라는 질문을 받았습니다. 마치 제 몸에서 유럽과 아시아 국가들의 지도를 그려 낼 수 있다는 듯, 인종의 경계선을 그리도록 요구받았지요. 제가 기억할 수 있는 한, 높은 코와 대비되는 눈의 모양새, 머리색과 대비되는 피부색과 같은 제 생김새 때문에 저는 '하파 하울리(hapa haole)'로 규정되었어요. '하파 하울리'라는 말은 '혼혈'이라는 의미로 통용되는데, 특히 아시아인과 백인 부모 사이에서 태어난 사람들을 의미해요. 그렇지만, '하파 하울리'를 있는 그대로 번역하면 '반(半)외부자'라는 의미에 더 가까워요. 가장 널리 통용되는 하와이어-영어 사전에 따르면,

'하파'는 '파편' 혹은 '전체의 일부'라는 뜻이고, '하울리'는 '외국의' 또는 '다른'이라는 뜻을 내포하지요. 하와이에서 하와이인의 문화가 지배적이었던 시기에, 이전 세대들에게는 '하파 하울리'는 본래 반은 하와이인이고 반은 다른 인종인 사람들을 가리켰지만, 이 말은 결코 그들을 폄하하는 말은 아니었어요. 그들은 당연히 하와이 사람이라고 받아들여졌고, '하울리'라는 말 자체가 그들을 혈통적으로나 인간으로서나 덜 하와이인적으로 만들지는 않았지요.

그렇지만 저는 또한 '하파'가 본래는 소형의 휴대용 하프를 뜻하는 영어 단어에 대한 하와이어 번역어에서 유래했다는 얘기를, 그것이 훗날 '부분' 또는 '파편'이라는 뜻을 가지게 되었다는 얘기를 듣기도 했지요. 휴대할 수 있고 이동이 가능한 이 악기는 다인종적 목소리에 대한 적절한 은유이자 이름인 것 같았어요. 왜냐하면 하파라는 정체성 자체가 자기와 다른 이에 대한 우리의 관념에 문제 제기를 하는, 이동하고 항상 변하는 대체 형식의 노래와도 같거든요.

그렇지만, 하와이에서는 "당신은 어디 사람인가요?"라고 묻는 것이 차이를 지적하거나 차이에 대해 부끄러워하게 만드는 그런 무례한 일은 아닙니다. 심지어 완전히 낯선 사람들에게조차도요. 대다수의 사람들이 '하파'이거나 두 인종 간의 혼혈인 하와이에서 그런 질문을 하는 건 서로 간에 다리를 놓아 주고 연결 지점을 찾아 주는 행위이거든요. 제가 2학년이었을 때 반 친구 중 하나가 저에게 "넌 어느 나라 사람이야?"라고 물어봤던 게 기억이 나네요.

저는 "한국인."이라고 그 애에게 대답했습니다. 왜냐하면 어머니가 제게 그렇게 말씀하셨기 때문에 분명히 그런 줄로 알고 있었거든요. 그보다 이전인 어느 나른한 일요일 오후에, 낮잠을 자려고 뒹굴다가 저는 어머니의 팔을 꾹 찌르며 "난 어디 사람이야?"라고 여쭤 봤어요.

어머니는 반쯤 잠이 든 상태였기 때문에 살짝 성가셔 하시면서 "내가 한국인이니까 너도 한국인이지."라고 대답하셨어요. 그리고 저는 수십 년 후의 미래에, 제 자식에게 똑같은 말을 해 주게 된 것이지요.

저는 지금만큼이나 그때에도 그 대답에 만족했어요. 그런데 2학년 시절 제 친구는 만족하지 못한 모양이었지요. 그 애는 제 단일 인종 답변에 만족하지 못하고 끈질기게 되물었어요. '순수한' 아시아인이라고 하기에 제 코가 너무 높고 머릿결도 너무 구불거린다고요. "한국인이랑 뭐? 너는 어떤 하울리야?"라고 그 애는 물었습니다.

제 어머니와 아버지는 이혼하신 상태였고, 아버지는 정반대편 미국 본토에서 살고 계셨기 때문에 저는 '하울리'라는 정의 이상으로 더 자세하게 얘기해 줄 수가 없었어요. 저는 심지어 여러 종류의 하울리가 있다는 것도 잘 몰랐고요. 그래서 전 그 애에게 추측해 보라고 말하고선, 그 애가 말하는 모든 것에 그렇다고 대답했습니다.

"영국인?"

"응."

"아일랜드인?"

"응."

"프랑스인?"

"응."

"독일인?"

"응."

저는 이탈리아인, 네덜란드인, 아메리칸 인디언이냐는 질문에도 그렇다고 대답했어요. 그즈음 그 애가 미심쩍어하며 더 이상 들이밀 민족 이름을 생각해 내지 못하고 있다는 것이 분명했음에도 불구하고 말이지요. 그 애가 마침내 "아, 하파 춥수이[1]구나! 나도 완전 뒤섞였는데!"라고 외쳤을 때 전 비로소 안심했지요.

그 몇 해 동안 저를 라틴계, 일본인, 카자흐스탄인으로 오해한 사람

---

1) (옮긴이 주) Chop suey. 다진 고기와 야채를 볶아서 밥과 함께 내는 미국식 중국 요리.

들은 제게 여러 꼬리표를 붙였어요. 심지어 한 무리의 캐나다 원주민 여성들은 저를 이누이트족이라고 생각했는데, 제게 쉽게 친족 의식을 느끼고 자신들의 춤 모임에 저를 기꺼이 받아들여 주기까지 했지요. 제 넓적한 얼굴과 툭 튀어나온 광대뼈, 위로 올라간 눈을 자신들과 비슷하다고 여겼기 때문이었어요. 저는 다인종적 정체성의 이러한 마술적인 측면을 사랑해요. 그건 쉽게 하나로 분류되지 않고, 공동체의 범위를 넓혀 주며 우리 자아에 대한 의식을 확장시켜 주거든요.

하와이에서 자란다는 것은 제가 혼혈이라는 사실에 대해 자부심을 갖도록 해 주었어요. 마치 제가 많은 사람들에게 속하고, 각 공동체들 사이 서로 교차하는 집단들의 정점에 있는 것 같은 느낌을 주었지요. 어떤 인종 간의 혼합이건 간에, 하파는 때때로 그 스스로가 특정한 인종에 대한 명칭인 것처럼 느껴질 때가 있어요. 우리 하파인들은 중개자, 외부인, 경계를 가로지르는 사람으로서 비슷한 문화적 경험들을 공유해요. 하파들은 다양한 정체성을 주장할 수가 있어요. 우리의 생김새는 다양한 문화들에서 환영받을 만큼 충분히 모호하거든요. 혼혈아인 것이 이례적인 것으로, 즉 이쪽에도 저쪽에도 어울리지 않는 사람으로 여겨지는 환경에서 자란 다수의 제 친구들과는 달리, 저는 제가 여러 사람이라는 것을, 그것이 사람이든 나라이든 각 개체는 다양한 문화, 신념 체계, 관점들을 받아들일 수 있는 여유를 지니고 있다는 것을 이해했습니다.

하파적인 경험의 또 다른 측면에 대해 짚고 넘어갈게요. 그건 (지금까지 얘기한 부분과는) 모순적일 수 있지만, 마찬가지로 사실입니다. 혼혈로서의 특징들이 모호하게 코드화되는 것이 다양한 공동체들에 접근하는 것을 가능하게 하긴 하지만, 그 공동체들에 받아들여지는 것을 보장하지는 않아요. 하파인 사람이 차지하는 공간은 일종의 문턱과도 같아서, 둘 중 하나인 동시에 둘 다 아니기도 하고, 여럿인 동시에 아무도 아니기도 하지요.

저와 굉장히 가까운 메릴랜드 출신의 (백인) 친구가 한국 남자와 결혼하기 직전에, 자기 부모님들이 미래의 손주들에 대해 걱정하고 있다는 사실을 제게 털어놓았습니다. 이분들은 마치 암에 대해 얘기할 때나 그럴 법한 어조로 "혼혈아들이 세상에 나오도록 하는 게 과연 공평한 일일까?"라고 작은 목소리로 말씀하셨다더군요. "아이들이 자라면서 혼란스러워하지 않을까?"라고요.

제 친구는 이렇게 대답했다고 합니다. "노라도 절반은 한국인이에요. 제 아이들이 노라처럼 된다면 굉장한 일 아니겠어요?"

저는 제 친구의 항변과 저에 대한 칭찬에 어색하게 고마움을 표했지만, 혼혈인 아이를 가진다는 것이 어떤 집단에서는 여전히 걱정거리라는 얘기를 듣고는 아연했습니다.

물론, 전 그때 더 어렸고, '하파'가 쿨한 것으로 여겨지는 환경과 시대 속에서 자랐어요. 1980년대 호놀룰루에서는, '유라시아인'은 아름답고 세계시민적이며 이국적이라고 여겨졌어요. 아시아인 친구들과 하울리인 친구들 모두 제게 "너는 하파라서 정말 행운인 거야. 두 세계의 장점을 모두 가졌잖아."라고 말하곤 했습니다. 사람들은 제 생김새를 보고는 어떤 특권과 지위가 있을 거라고 생각했어요. 저는 그걸 즐겼지만, 동시에 제가 특별한 대우 혹은 비판을 받기에는 스스로 아무것도 한 게 없다는 걸 잘 알고 있었지요.

이제 인종 간 결혼이 점점 더 널리 흔해지면서, 하파의 급증이 다시 한번 걱정거리가 되었어요. 이번에는 아시아계 미국인 공동체에서 그렇지요. 다른 민족 간의 결혼은 혈통, 문화, 공동체의 해체를 규탄하는 사람들에게는 정치적으로 의심쩍은 일입니다. 그들은 "백인 남자와 결혼하는 것에 대해 배신자라는 느낌이 들지 않나요?"라고 묻고는 "당신 아이들은 한국인적인 부분이 훨씬 덜할 거예요."라고 덧붙입니다.

저는 몇 해 동안 이 문제에 대해 어느 정도 숙고했고, 학문적으로도 그 문제를 검토했습니다. 그렇지만 저는 그 문제를 제 실생활과는 조심스럽게 분리시켰어요. 실생활에서 저는 정치와 이론에 의해 때 묻지 않은, 밝은 피부 빛의 몸을 가진 제 아이들을 입히고, 먹이고, 사랑해 주었습니다.

그리고 저는 저 질문들이, 제 미국인 아버지— 고등학교를 졸업했던 해에 그분에게 전화를 걸어 "그런데 당신은 어디 사람이에요?"라고 물었을 때 그분이 독일계라는 것을 알게 되었지요 — 와 결혼하기 위해서 공간적 경계와 기대들을 거슬렀던 제 어머니가 맞닥뜨려야 했던 비난과 꼭 같은 것이라는 사실을 압니다. 역사가 반복되는 것처럼, 미국 일부 지역에서 여전히 인종 간 결혼이 불법이었던 시기에 제 어머니가 배워야만 했던 교훈을 저도 똑같이 배워야만 했습니다. 인종적 충성심이나 문화적 배신에 대한 이러한 질문들은, 그것들이 당신의 뿌리인 공동체로부터 제기될 때도 충분히 나쁘지만, 그것들이 당신 자신으로부터 나올 때 특히 더 나쁩니다.

3. 그리고 이제, 제 맏딸아이가 새로운 세대에 같은 질문을 하고 있습니다. 자신의 아이가 어느 정도만큼 '하파'일지를, 그 아이들이 자신들을 어떻게 정의하기로 결정할지를, 그 아이들의 마음이 어느 곳에 머물게 될지를 궁금해하면서 말이지요.

딸아이가 제 미래의 손주들에 대해서 물었던 그날 제가 그 아이에게 말해 주지 않은 것은, 저 또한 걱정이 된다는 사실이었어요. 저 또한 같은 걱정을 했더랬고, 그 애를 가졌을 때 같은 질문들을 했더랬으니까요. 저는 그 아이와, 곧 그 애의 자매, 형제가 될 아이들이 어떻게 규정될지 궁금했습니다. 제 아이들이 자신을 한국인으로 생각할지, 아니면 심지어 한국인처럼 보이기는 할지를요. 저는 아이들이 자신들을 어떻게 여길지뿐만 아니라, 다른 이들이 그 애들을 어떻게 여길지에 대해서도 가장 많이 걱정했어요. 지금 생각하면 너무 심할 정도로요.

첫째가 뱃속에 있었을 때 저는 유전적 현상의 예측 불가능성을 생각하며, 그 애의 생김새가 어떻게 될지 걱정했어요. 하파인 제 자매, 형제들과 사촌들은 모두 생김새가 달라요. 우리의 머리색과 피부 빛은 밝은 색부터 어두운색에 이르기까지 다양하고, 우리의 특징들은 아시아인적인 것과 백인적인 것이 변덕스럽게 뒤섞여 있지요.

그래서 저는 제 아이가 갈색 눈을 가지게 될지 파란 눈을 가지게 될지, 한국인 특유의 광대뼈를 가지게 될지, 독일인의 코를 가지게 될지, 제 남편의 눈썹을, 제 발을, 제 어머니의 보조개를, 제 시아버지의 턱을 가지게 될지 궁금했어요.

그렇게 그 애가 태어났습니다. 그 애는 작고 쭈글쭈글했고, 얼굴이 붉고 머리카락이 없었어요. 마치 바닷속에서 끌어올려진 생명체 같았지요. 저는 그 애를 온전히, 무조건적으로 사랑했습니다. 그 애의 일부는 저였고, 다른 일부는 제 남편이었지만, 그 애는 또한 완전히 자기 자신이기도 했지요. 모든 아이들은 이러한 의미에서 '하파'입니다. 그 이전 세대들로 하여금 자신과 다른 사람이라는 개념을 새로이 받아들일 수밖에 없도록 만들지요.

큰애가 세 살이 되었을 무렵 자라나기 시작한 그 애의 얼마 안 되는 머리숱은 가늘고 희미한 색이었습니다. 사람들은 제 딸의 금발 머리와 흰 살결, 제 검은 머리와 눈을 보고 "아이가 분명 아빠를 꼭 닮았겠네요."라고 종종 말하곤 했습니다. 제 아이는 "아뇨! 난 우리 엄마랑 똑같아요!"라고 그들에게 소리쳐 대꾸하곤 했고요. 때때로 그 애를 꼭 안고 있으면, 우리 둘의 머리가 서로 가까이 닿도록 숙여져 서로의 머리카락이 낮과 밤의 패턴처럼 포개지곤 했습니다. 저는 "그치만 봐, 난 머리가 검고 넌 금발이잖니."라고 그 애에게 말해 주곤 했지요. 그 애는 "맞아."라고 말하고는 마치 "그래서 그게 어떻다고?"라고 말하듯 저를 쳐다보곤 했습니다. 그러고는 여전히 "우린 똑같아."라고 우기곤 했지요.

훗날 그 애가 유치원에 다니기 시작했을 때, 저는 그 애가 너무 수줍음이 많은 것을 걱정해서 "점심에 뭐 먹었어?" 또는 "오늘 그림 그렸어?" 따위의 질문들을 하다가, 은근슬쩍 "친구는 사귀었어?"라고 묻곤 했어요. 첫 번째 주 즈음에는 다음과 같은 대답들이 돌아왔어요.

"스파게티.(점심에 먹었어.)"

"응.(수채화 그렸어.)"

그리고 마지막 질문에 대해서는 항상, "아니.(친구 못만났어.)"라고 대답했지요.

그러던 어느 날 제가 유치원에 데리러 갔을 때, 그 애는 "단짝친구가 될 것 같은 여자애를 만났어."라고 알려 주었어요.

저는 그 애가 혼자가 아니게 된 것에 안심하고는 웃으며 "정말?" 하고 대답하고, "그 애에 대해서 말해 줘. 그 애 어디가 제일 좋아?"라고 물었어요.

제 딸아이는 미소를 지으면서 "그 앤 나처럼 생겼어."라고 대답했습니다.

저는 깜짝 놀랐고, 디즈니 만화를 보면서 자란 아이에게 친구는 생김새에 따라서 사귀는 게 아니라는 것을 어떻게 가르쳐 줄지 고민했습니다. 친구의 생김새보다는 친구가 생각하고 느끼는 것이 더 중요하다는 것을 말이지요. 얼굴이 예쁘다고 마음도 예쁜 건 아니라는 걸 말이에요.

그러나 제가 "책은 표지만 보고 고르는 게 아니란다."라는 식의 말을 해 주기도 전에, 그 애는 강아지들과 놀려고 뛰어가 버렸습니다.

다음 날 아침, 제가 그 애를 교실까지 데려다 주었을 때, 저는 큰 키에 피부가 하얗고 주근깨가 있는, 금발머리가 어깨 위로 말린 제 딸아이를 닮은 여자아이를 찾으려고 두리번거렸습니다.

저는 교실에서 그렇게 생긴 아이를 찾을 수가 없었어요.

저는 딸애에게 "네 새 친구가 오늘은 학교에 안 왔나 보구나."라고 말했습니다.

주위를 둘러보더니, 딸애는 제게 활짝 웃어 보이며 "아니, 왔어."라고 말하고는, 교실 반대편을 가리키며 "저기!"라고 말했어요.

딸애의 손가락을 따라, 저는 구석에서 블록을 가지고 놀고 있는 한 여자아이를 보았습니다. 그 애는 차분하게 등 뒤까지 내려오는 검은 머리를 가진 조그만 일본인 아이였어요.

저는 몸을 숙여 딸애에게 낮은 목소리로 "아, 난 그 애가 너랑 닮은 줄 알았는데."라고 말했습니다.

딸애는 "닮았어."라고 대답했지요.

저는 말을 더듬으며, "아, 그렇지만 닮지 않았는걸?"이라고 말했습니다.

제 딸은 인상을 찌푸리며, 고개를 끄덕였습니다. "닮았어, 엄마. 저애는 나처럼 생겼다고." 딸애는 가슴께를 두드리며 말했습니다. "여기가 말야."

전 창피했습니다. 저는 딸아이에게 사람의 생김새 너머의 것을 보도록 가르쳐야겠다고 생각했지만, 그건 딸아이가 이미 몸소 배워 마음으로 알고 있던 교훈이었던 것이지요.

그 애가 태어나던 날 그 애가 그 교훈을 제게 가르쳐 주었다는 것을 전 기억했었어야만 했어요. 그리고 그건 제가 그 아이에게 지금 다시 일깨워 줘야 한다고 생각하는 교훈입니다.

그래서 전 다음에 그 애가 훗날 가지게 될지도 모르는 아이들에 대해 걱정할 때 이런 얘기를 해 주려고 해요. "네 아이들은 네 일부이지만, 동시에 온전히 그 애들 자신이란다. 네 자신인 동시에 다른 사람인 것이지. 네 아이들은 네가 네 자신보다 더 큰 존재라는 것을 다시금 일깨워 줘. 네 마음이 한없고 경계도 없다는 걸, 사랑에 있어 자신과 다른 사람 사이의 구분은 거짓된 구분에 불과하다는 걸 말이야."

노라 옥자 켈러 Nora Okja KELLER 한국계 미국 소설가, 학자. 1965년 한국 출생. 혜성처럼 등장한 켈러의 소설 『종군 위안부』는 성노예였던 한국 여성의 삶이 야기한 세대적 트라우마와 민족 정체성을 그녀만의 서정적인 소설들로 풀어내어 전미도서상과 엘리엇 케이즈상을 휩쓸었다. 2003년 하와이 문학상 등 다수의 문학상을 수상했다. 주요 작품으로 『종군위안부(*Comfort Woman*)』(1997)와 『여우 소녀 (*Fox Girl*)』(2002) 등이 있다.

우리라는 미신, 타자라는 신비

김숨

나라는 집에는 '1000명의 타자'가 살고 있다

오클랜더: 이곳에 앉아 계신 모든 사람들이 호르헤 루이스 보르헤스를 알고 싶어 합니다.

보르헤스: 나도 그랬으면 좋겠어요. 나는 그 사람이라면 넌더리가 나는 걸요.

　　　——1980년 3월 인디애나 대학교에서 열린 호르헤 오클랜더와
　　　　　　호르헤 루이스 보르헤스의 인터뷰 중에서

'나'를 안다는 것은 가능할까. 40년을 살고 나서야 나는 나에 대해 지극히 일부분을 알았다.

나의 뼛조각 하나, 땀구멍 하나.

나는 나를 알고 싶어 했던 적이 있던가.

이 순간 내 얼굴에 떠오른 표정은 누구의 얼굴에서 훔친 것인가. 이 글을 쓰기 조금 전 나는 집 근처 골목을 산책했고, 어느 순간 내 얼굴

에 그 어떤 묘하고 낯선 표정이 떠오르는 것을 느꼈다. 찰나였지만, 내 얼굴 위에서 머물렀던 그 표정은 내 것이 아니었다. 가면을 훔치듯 타자로부터 훔친 표정이었던 것이다.

그것은 하나의 표정이 아닐 수도 있다. 대여섯 개 혹은 수십 개의 표정이 어우러져 만들어 낸 표정일 수도.

아무도 돌아오지 않던 그 어느 날 밤, 나는 오즈 야스지로의 영화 「동경 이야기」 속 노파의 표정을 훔쳐다 짓고 있었다.

그런데 이상한 것은, 내가 그 노파의 표정을 거의 기억 못 했다는 것이다. 어디 노파의 표정뿐인가. 나는 노파의 얼굴조차 기억 못 했다. 「동경 이야기」를 나는 수년 전에 보았고, 흑백 화면 속 노파의 얼굴은 반투명한 유리 너머의 사물처럼 흐릿하고 모호했다.

하지만 나는 기억도 나지 않는 노파의 얼굴에 떠돌던 표정을 내 얼굴로 훔쳐 와 짓고 있었던 것이다.

노파의 표정은 오래전 그 어느 날, 내 외할머니가 어두운 방 안에서 지었던 표정일 수도 있다.

한 인도계 여성이 내게 페미니즘에 대한 질문을 던진 적이 있다. 남성과 여성이 부부로 등장하는 내 단편 소설에서 페미니즘의 문제가 제대로 다루어지지 않은 것에 대한 불만이 그녀의 질문에 담겨 있었다. 내가 그녀에게 해 줄 수 있는 대답은 남성을 피의자에, 여성을 피해자에 위치시키고자 하는 의도가 없었다는 것뿐이었다. 내 대답이 그녀에게 만족스럽지 않으리라는 걸 나는 이미 알고 있었다. 얼굴이 구멍처럼 보일 만큼 먼 거리에 그녀가 서 있었지만 나는 그녀의 항의와 원망 어린 시선을 느낄 수 있었다. 그녀를 떠나 나 스스로가 만족할 만한 대답을 구하기 위해서는 우선 내 어머니라는 타자를 불러와야 한다. 그리고 내 어머니라는 타자를 불러오기 위해서는, 어쩔 수 없이 외할머니라는 타자를 불러와야 한다. 아들을 낳지 못한 외할머니는, 외할아버지가 후처를 얻어 아들을 낳고 사는 것을 지척에서 지켜보며 살아야 했다. 아들을 낳지 못해 여자로서의 인생이 왜곡되고 짓밟힌 외할머니의 딸인 어머니는 결혼 후 아들에 집착했다. 어머니는 아들 둘에 딸 하나를 낳았고, 맏아들은 태어나는 그 순간부터 어머니에게 절대적인 대상이 되었다. 남녀 차별과 페미니즘 문제는 내게 있어서 '간단한' 문제가 아니다. 남존여비 사상과 성차별로 고통받은 이들이 내 외할머니이고, 내 어머니이고, 바로 나 자신이기도 하기 때문이다.

* * *

남자: 당신은 마치 1000명의 여자들이 어우러져 있는 것 같아요⋯⋯.
여자: 그것은 당신이 나를 알지 못하기 때문이지요. 그래서 그런 거지요.
　　　　　—마르그리트 뒤라스, 『히로시마 내 사랑』 중에서

'나'라는 텍스트를 이해하기 위해서는 수십, 수백 혹은 수천 명의 타자를 알아야 한다. 나라는 텍스트 속에 타자들이 각주로 달려 존재하기 때문이다. 각주를 무시하고 텍스트를 해독하는 것은 불가능하다.

어떤 각주들은 텍스트보다 그 양이 방대해 그것을 제대로 이해하기 위해서, 나라는 본래의 텍스트를 이해하는 것보다 더 많은 시간을 필요로 할 수도 있다.

나 자신도 제대로 이해하지 못한 각주들도 있다.

각주에 각주가 달려 있기도 하다.

각주는 이 순간에도 늘어나고 있다.

나는 끝끝내 나를 알지 못할지도 모른다.

내 앞 테이블 너머에 시인 J가 피아노 건반의 덮개처럼 붉은 모직 목도리를 두르고 앉아 있다. 내가 그녀를 안 지는 6년쯤 된다. 그녀는 여남은 명 중 한 명이었다. 나 또한 여남은 명 중 한 명이었다. 그녀는 어느 날 내게 여남은 명 중 한 명이 아니라 한 명이 되었다.

그녀는 나와 일대일로 만나는 것을 즐긴다. 그녀와 나 사이에 제3의 타자가 존재하는 것을 원치 않는다. 그녀에게는 내가, 내게는 그녀가 유일한 타자인 것이다.

　그녀를 만나고 돌아온 날이면 나는 몹시 피로를 느낀다. 그것은 난해하지만 아름답고 두꺼운 책 한 권을 읽고 났을 때의 피로와 비슷한 피로다.

　어느 날 그녀는 버지니아 울프를 데리고 나온다. 그 어느 날엔가는 돌아가신 아버지를 데리고 나온다. 그리고 그 어느 날엔가는 먼 곳에 살고 계시는 외할아버지를 데리고 나온다. 그 어느 날엔가는 개들을, 그 어느 날엔가는 이름조차 모르는 이웃 여자와 그 이웃 여자의 집을 데리고 나온다.

　그녀는 여전히 나와 일대일로 만나는 것을 즐긴다.

　J와 헤어져 집으로 가는 버스 안에서 나는 낯선 타자를 발견한다. 버스 유리창 너머 타자를 물끄러미 바라보며 나는 속으로 중얼거린다.

　"나는 저 여자의 자손일지 몰라……."

　타자는 나와 닮은 데가 없을 뿐 아니라 나보다 스무 살쯤 어려 보인다. 그럼에도 불구하고 나는 내가 타자가 낳은 아기, 말하자면 타자의 '미래'일지도 모른다는 생각마저 든다.

　어쩌면 나는 타자의 고조할머니나 고모할머니인지도 모른다. 타자의 미래가 아니라 '과거'일지도.

　타자는, 타자들을 양 떼처럼 끌고 다닌다. 고독한 타자일수록 더 많은 타자를 끌고 다닌다. 타자를 만난다는 것은 따라서, 그 타자가 끌고 다니는 타자들도 함께 만나는 것이다.

　나는 때때로 내가 애초에 만나고자 했던 타자가 아니라, 그 타자가 끌고 다니는 타자들 중 하나에 매료되기도 한다.

　애초의 타자를 넘어서는 타자는 기억 속에나 존재하는 죽은 자이기도 하다. 혹은 이 세상에 현존한 적 없는 유령 같은 존재이기도 하다.

　내가 매료되었던 타자 중 가장 많은 타자를 끌고 나타난 이는 홀로 사는 노파였다. 그녀의 인생에는 남편과 자식이 부재했다. 그녀가 얼마나 나이가 많은가 하면, 그녀를 알았거나 그녀가 아는 이들 대개가 세상을 떠났다. 일본군 위안부 피해자 중 하나인 노파는 어느 날 20만 명에 이르는 소녀들을 이끌고 내 앞에 나타났다. 그 소녀들은 2차 세계 대전 때 일본군 위안부로 강제 동원된 소녀들이었다. 그리고 그 소녀들 대개는 전쟁터에서 죽거나, 살아 돌아와 병들어 죽거나, 늙어 죽었다.

* * *

나의 존재에 대한 타자의 영향력은 신비스럽다.

— 에마뉘엘 레비나스

문학적으로, 조선소 노동자는 나의 첫 번째 타자다. 나는 한국에서 조선소가 최초로 들어선 U시에서 태어났다. 다섯 살 때까지 그곳에서 살았지만, 그곳에 대한 기억이 내게는 없다. 조선소 노동자에 대한 기억도 없고, 조선소에서 만든 거대한 선박을 본 기억도 없다. 나는 조선소와 조선소 노동자들에 대해 소문으로 들어 알았다.

조선소 노동자라는 타자는 내 상상 안에서 탄생하고 존재하지만, 다분히 사실주의적이다. 조선소 노동자들의 발생 과정도 그렇고, 육체와 도구를 통해 이루어지는 그들의 노동이 그렇다. 1970년대 초반 조선소가 들어서면서 실업자로 떠돌던 청년들이 일자리를 찾아 U시로 대거 흘러들었다. 조선소의 부흥은 그 도시의 부흥으로 이어졌고, 산업 발전의 원동력이 되었지만, 정규직과 비정규직의 문제를 낳았다. 비정규직인 하청 업체 노동자들은 일회용 소모품처럼 쓰이고 버려지고 있다. 1970년대 우리나라 경제 성장의 원동력이 되었던 조선소는 수주 물량이 줄면서 쇠락의 길로 접어들었다. 하청 업체 노동자들을 시작으로, 조선소 노동자들은 실직자가 되어 떠돌고 있다.

* * *

내 집 거실 벽시계는 자정을 지나고 있다. 내 방 침대 위에는 조선소 노동자들이 하늘색 작업복을 입고, 주황색 작업화를 신고 누워 있다.

나는 방을 나와 부엌으로 간다. 식탁을 둘러싸고 일본군 위안부 피해자 할머니들이 모여 차를 마시고 있다. 그녀들은 70년도 더 전 열대여섯 살이던 자신들이 어떻게 일본군 위안부로 동원되었는지, 위안소에서 어떤 일을 겪었는지, 어떻게 살아 돌아왔는지, 살아 돌아와 지금껏 어떻게 살았는지 이야기 중이다.

거실 소파에는 콜 센터의 비정규직 상담원이 반쯤 넋이 나간 얼굴로 앉아 있다.

나는 작은 방으로 간다. 그곳에는 입을 일자로 다문 노인이 성경을 펼치고 다윗의 자손 예수의 족보를 필사하고 있다.

나는 현관문을 열고 집 밖으로 나간다.

나는 마당에 서서 창을 통해 집 안을 들여다본다. 노란 고양이가 내 발 밑으로 지나간다. 내 집에 살고 있는 타자들 중 한 명이 창으로 다가온다.

나는 유리 너머 타자의 얼굴을 바라본다.

우리라는 집에는 '한 명의 타자'가 살고 있다

우리는 죽었는데 숨은 쉬었지.
—파울 첼란, 「프랑스의 추억」 중에서

우리 속에 있을 때 나는 늘 죽어 있었다. 죽었는데, 숨은 쉬었다.

* * *

모르는 여자가 안개처럼 슬그머니 다가오더니 말한다.

"우리, 우리의 집으로 가요."

여자의 얼굴은 내 얼굴과 어긋난 채 허공을 향해 들려 있다.

"우리요?"

"우리요."

그렇게 대답하는 여자의 모르겠는 얼굴은 점점 더 내 얼굴과 어긋난다.

"우리라니요?"

"우리요."

"우리가 누군데요?"

그런데 나는 우리에 관심이 없다. 우리는 미신일지 모른다.[1]

우리 아버지는 누구의 아버지도 아니고, 우리 집은 누구의 집도 아니며, 우리의 빵은 누구의 빵도 아니다.

한국어에서 우리는 '새장'을 뜻하기도 한다.

* * *

모르는 여자가 나를 데리고 간 우리의 집에는 새장이 있다.

새장 속 12개월 된 회색앵무가 내게 말한다.

"너와 나 사이에 '우리'가 있구나."

그리고 나는 새장을 떠난다.

며칠이 흘렀을까.

새장 앞을 지나가는 내게 회색앵무가 말한다.

"너와 나 사이에 '우리'가 있구나."

너와 나 사이에는 그렇게 우리가 있다.

---

1) "나는 국적에 관심이 없어요. 그건 미신이에요." —호르헤 루이스 보르헤스.

나는 새장으로 손을 뻗는다. 청록빛 새장 철창은 얼어 죽은 쥐의 뼈처럼 싸늘하고, 단단하다. 녹이 피딱지처럼 군데군데 달라붙어 있다.

새장에서 돌아서는 순간,

새장이 가두고 있는 것이 회색앵무가 아니라 '나'라는 걸 깨닫는다.

회색앵무가 횃대에서 날아올라 멀리 곡선을 그리며 날아가는 소리가 들린다.

회색앵무는 내게서 배운 문장을 전언처럼 퍼트리고 다닌다.

* * *

'우리'라는 말은 포르말린처럼 나를 경직시키고 마비시킨다.

실험대처럼 딱딱하고 차가운 침대 위에 누운 나를 우리가 둘러싸고 있다. 나는 과학실 실험대 위의, 해부를 기다리는 개구리가 된 것 같은 불안을 느낀다. 우리의 얼굴들은 상냥하고 친절한 표정을 짓고 있지만, 나를 향하고 있는 표정은 단 하나도 없다.

우리 중 하나의 손에 들린 메스가 내 목에 와 닿는다.

슥슥 메스가 목뼈를 자르는 소리가 내 귀에 이물스레 들린다.

얼굴이 침대 아래 바닥에 떨어질 때, 내 얼굴 위에서 떠돌던 표정들이 놀란 참새 떼처럼 흩어진다.

* * *

언제부터인가 나는 소설을 쓸 때 우리를 '나'로 수정·대체하는 작업을 의식적으로 하고 있다. 최근 들어 '우리 집'을 '내 집'으로 수정하는 작업은 문자의 세계뿐 아니라 말의 세계에서도 이루어지고 있다. 우리라는 말에 대한 거부감이 내 안에서 발생했기 때문이고, '나'라는 말보다 '우리'라는 말이 훨씬 좁고 폐쇄적이며 부정확하게 느껴졌기 때문이다.

'우리'라는 말이 내게 연상시키는 말들을 적어 본다. 소유, 주도권,

242

기득권, 장악, 집단, 다수결의 원칙, 공익, 군대, 이지매……

'우리'라는 말에서는 '나'라는 말을 소유하려는 욕망이 느껴진다.

내가 깊은 문학적 우정을 나누는 친구들은 공통적으로 우리라는 말을 잘 쓰지 않는다.

우리라는 말을 두 번 이상 말하고 집으로 돌아온 날이면 나는 자신이 사악해지고 교묘해진 기분이 든다.

나는 부끄러워 거울을 들여다보지 못한다.

* * *

소설을 쓸 때, 내게 오는 타자들은 살기 위해 찾아오는 타자들이다. 망각으로부터, 은폐로부터, 무감각으로부터……

살기 위해,

타자들은 내 노트 안으로 들어온다.

그리고,

살기 위해 나는 타자 안으로 들어간다.

* * *

모르는 여자가 나를 데려간 우리의 집에 어떤 타자가 불쑥 찾아온다.

타자는 회색앵무가 날아가 버려 텅 빈 새장 옆으로 가서 선다.

모르는 여자가 내 옆구리를 쿡 찌르며 묻는다.

"저 사람을 알아요?"

얼굴을 잃어버린 나는 목을 이리저리 흔든다.

모르는 여자는 우리 모두에게 똑같은 질문을 던지며 돌아다닌다.

여전히 새장 옆에 서 있는 타자를 어떻게 할 것인지 우리가 결정을 내리지 못하는 사이에 어둠이 내린다.

우리는 하나둘 타자로부터 돌아선다.

흩어져 떠돌던 우리는 타자 때문에 늦어 버린 저녁을 먹기 위해 부엌에 모인다. 그리고 우리의 저녁 식탁에 한 번도 맛보지 못한 낯선 음식이 놓여 있는 것을 본다.

타자는 새장 옆을 떠나 부엌에 와 있다.

그런데 우리의 집 식탁 의자의 숫자는 우리의 숫자와 같다. 우리에게는 타자를 위해 내줄 여분의 의자가 없는 것이다.

우리는 타자에게 당신을 위한 여분의 의자가 없으니 우리 집에서 나가 달라고 정중히 요구할 것인가?

아니면 우리는 고아이거나 부랑자이거나 난민일 수도 있는 타자와 의자놀이를 할 것인가?

아니면 우리는 힘을 모아 타자를 강제로 집 밖으로 끌어낼 것인가?

그것이 아니면 우리는 타자를 살해할 것인가?

그것도 아니면 우리는 타자를 소유물로 만들어 받아들일 것인가?

아니면 우리는 타자를 우리의 분신으로 만들 것인가? 우리의 돌림자를 넣어 새로운 이름을 지어 주고, 우리의 옷을 입히고, 우리가 믿는 신을 믿게 하고, 우리가 먹는 음식을 먹게 할 것인가?

그런데 타자는 살기 위해 우리 집 문을 열고, 우리 안으로 들어왔을 수도 있다.

* * *

타자는 여전히 우리의 집에 있다.

날이 밝기를 기다려 나는 새장으로 간다.

* * *

'나-너'는 오직 온 존재를 기울여서만 말해질 수 있다. 온 존재에로 모아지고 녹아지는 것은 결코 나의 힘으로 되는 것이 아니다. 그러나 나 없

244

이는 이루어질 수 없다. '나'는 너로 인하여 '나'가 된다. '나'가 되면서 '나'는 '너'라고 말한다.

　모든 참된 삶은 만남이다.

── 마르틴 부버,『나와 너』 중에서

간밤에 회색앵무가 소리 소문 없이 돌아와 있다.

창으로 비쳐 드는 아침 빛이 새장을 통과해 내 콧등에 닿는다.

횃대 아래 나뒹구는 무엇인가가 내 눈에 들어온다. 그것은 '우리'에 의해 거세당한 내 얼굴이다.

나는 새장 문을 연다.

회색앵무가 부리로 얼굴을 물어 들더니, 내게로 날아온다.

딱지가 앉은 내 목 위에 얼굴을 올려놓아 준다.

회색앵무에게 내가 말한다.

"너와 나 사이에는 신비로운 빛이 있구나."

회색앵무가 내 얼굴을 통과해 날아간다.

김숨 KIM Soom　소설가. 1974년 출생. 대전대학교 사회복지학과를 졸업했다. 『국수』, 『간과 쓸개』, 『철』, 『L의 운동화』, 『한 명』 등의 작품이 있다. 허균문학상, 현대문학상, 대산문학상, 이상문학상 등을 수상했다.

2부 세계화·다매체 시대의 문학

1 기조 강연 Keynote Speech

여러 언어로 읽기

앙투안 콩파뇽

진부한 질문들이 우리 앞에 놓여 있다. 어떻게 디지털 세계가 독자, 연구자, 작가, 남성 혹은 여성으로서의 나 또는 우리의 언어를 변화시켰는가? 읽기, 교육, 연구, 글쓰기, 출판, 삶, 사랑 등의 방식을 어떻게 변화시켰는가? 우리의 직업적 삶과 사적인 삶을 어떻게 변화시켰는가? 디지털적으로 살아간다는 것은 무엇을 의미하는가? 우리는 지난 세대의 급격한 혁명인 이러한 변화들의 가장 평범한 측면들을 살펴볼 것이다.

읽기

우려의 목소리들과는 달리, 우리는 점점 더 많은 것들 ─ 그러나 다른 방식으로 ─ 을 스크린, 이메일, SNS, 뉴스, 책 등을 통해 읽고 있다. 전화기와 통화는 쇠퇴해 가고, 우리가 일하는 사무실 ─ 우리는 이곳에서도 읽을 수 있다 ─ 은 고요하다. 더 나은 음성 인식 기능 ─ 시리와 알렉사 ─ 이 읽기의 미래에 도전장을 내밀지도 모르지만, 현재로서 읽기는 쇠퇴하지 않았다고 볼 수 있다. 하지만 이것이 얼마나 오래 지속될까?

물론 읽기의 방식에 있어서의 변화는 있을 것이다. 길이, 주의도, 인내심, 속도, 집중도 등에 있어서 변화가 생길 것이고, 훑어보기, 건너뛰기 등의 능력이 더 발달될 것이다.

전자책 시장의 정체(혹은 쇠퇴)에 대한 최근의 논의를 보면 문학과 기술적 혁신 사이에 모순이 존재한다는 것을 알 수 있다. 하지만 어찌 보면 디지털 문화와 1960년대 페이퍼백 문화 사이에 유사 관계가 성립한다는 점, 두 문화 모두 소모성에 기반을 두고 있다는 점을 생각한다면 이는 그리 놀라운 일만은 아닐 것이다.

독자들은 보수적이다. 2008년부터 2010년까지 미국 전자책 시장은 고도의 급격한 성장을 이루었고, 2011년 서적 및 음원 판매 업체인 보더스(Borders) 그룹은 점포들을 폐점하고 파산해야 했지만, 2013년에 전자책 시장은 다시 정체기에 접어들었다. 2014년 미국 전자책 판매는 몇 년 전과 마찬가지로 시장 전체의 20퍼센트에 머물렀고, 2015년에는 판매량이 전년 대비 10퍼센트 하락했다.[1]

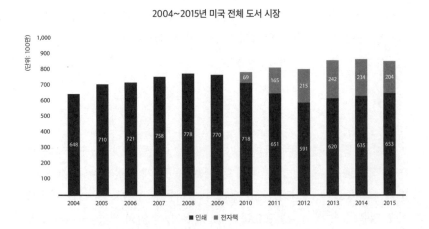

2004~2015년 미국 전체 도서 시장

출처: Nielsen Bookscan and PubTrack Digital.

이러한 추세는 2015년부터 지속되기 시작한 것으로 보였다. 2015년 1월과 대비해 2016년 1월 전자책 판매량은 24.9퍼센트 감소했다.[2] 전자책 판매 시장의 침체는 2013년부터 시작되었다. 우리가 목격하고 있는 전자책 판매 감소 원인의 일부는 전자책 가격이 더 높은 데서 기인할 수도 있다. 이러한 침체는 정체 상태에 이르렀지만, 이는 성인용 컬러링북과 오디오북 ── 읽기에 대한 낙관에 찬물을 끼얹는 ── 의 고도성장에 기인한 것이다. 이러한 상황에서 반스 앤드 노블(Barnes & Noble)은 2016~2017년 여덟 개 점포의 폐점을 계획하는데, 이는 더 많은 책을 온라인에서 판매하고, 전자책 판매로부터 더 많은 이윤을 취하려는 시도일 것이다.

2015년 국가별 전자책 판매의 시장 점유율

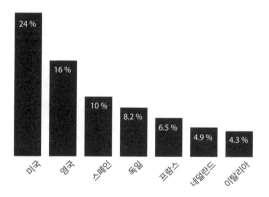

출처: Kempton Mooney of Nielsen;
Nielsen Book Research; Glolbal eBook report;
BuchReport; SNE; CB logistics; AIE.

---

1) http://www.nytimes.com/2015/09/23/business/media/the-plot-twist-e-book-sales-slip-and-print-is-far-from-dead.html.

2) https://janefriedman.com/myth-print-coming-back-bookstores-rise/.

2016년 6월 7일 판《리브르 에브도(*Livres Hebdo*)》에 다음과 같은 글이 실렸다.

2016년 1월 미국에서 전자 도서의 판매는 25퍼센트가 또 하락했지만 그 분야의 전문가들은 신중한 태도를 취하고 있다. 미국에서 특히 가격이 오르는 것과 연관되어 전자 도서 판매의 공식적인 숫자는 달이 지날수록 현저하게 내려가고 있는데 전문가들은 신중을 기하라고 한다. 미국 출판협회(AAP)의 최근 자료에 의하면(미국출판협회, 2016년 6월 27일) 위축된 시장에서 (출판물의 모든 형태와 장르를 포함해서 −6~7퍼센트)

그러나 유보적인 견해들도 표출되었다. 일반서 출판사들에 대한 수치가 소위 '순수 온라인 출판사(pure player)' ― 소매 출판사, 소매 겸업 온라인 출판사, 온라인 겸업 소매 출판사와 달리 모든 순수 온라인 출판사를 나타내는 영어식 어구 ― 나 자가 출판은 반영하지 않기 때문이다. 순수 온라인 출판사와 자가 출판을 포함하지 않은 프랑스 일반서 출판사의 연도별 시장 점유율은 2013년에 4.1퍼센트, 2014년에 6.4퍼센트, 2015년에 6.5퍼센트로 대비된다.(SNE 보고서, 2016년 7월) 2015년에는 1.5퍼센트 증가로 적정 수준의 성장을 이루었다. 교과서, 과학, 기술, 법 관련 서적을 제외한 일반 대중 서적의 시장 점유율은 2013년에는 2.3퍼센트에 그쳤으며, 2014년에는 2.9퍼센트, 2015년에는 3.1퍼센트로 기록되었다. 반면 문학 서적의 시장 점유는 20퍼센트에 달했고, 일부 전문 출판사들의 경우 점유율이 50퍼센트를 상회했으며, 사회 과학 출판사의 경우 25퍼센트의 점유율을 기록했다. 틈새시장은 확장 중이다.

우리 모두는 종이 책과 전자책을 함께 읽는 혼종적 독자가 되었다. 이는 음원 및 동영상 스트리밍 시장과는 대조되는 모습이다. 스포티파이(Spotify), 넷플릭스(Netflix), 판도라(Pandora)[3]의 모델 ― 구독을 통해 서비스를 이용하는 모델 ― 은 도서 시장을 침범하지 못했다. 아마존 킨들 언리미티드 구독자 수가 평이한 것을 보면 이를 확인할 수 있다.

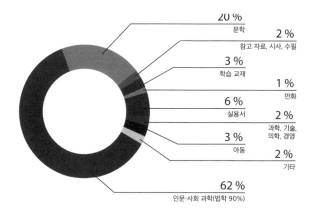

2015년 프랑스 전자책 판매 분포도

20 %
문학

2 %
참고 자료, 시사, 수필

3 %
학습 교재

1 %
만화

6 %
실용서

2 %
과학, 기술,
의학, 경영

3 %
아동

2 %
기타

62 %
인문·사회 과학(법학 90%)

출처: Syndicat national de l'édition (SNE), Repères statistiques, 2015/2016.

디지털은 현재 시장의 조건에서 승리할 수 없다. 프랑스에서는 출판
사들이 출판의 디지털화를 방해하는 각종 장치들을 고안하여 배치하
였다. 한 도서의 페이퍼백 판과 전자책 판이 함께 유통될 때, 페이퍼백
의 가격이 전자책 가격보다 저렴하다. 예를 들어 미셸 우엘베크(Michel
Houellebecq)의 『지도와 영토(*La Carte et le Territoire*)』는 제뤼(J'ai Lu) 출판
사 판은 7.60유로에, 전자책은 7.99유로에 판매된다. 나아가 전자책의
경우 마음대로 처분이 가능한 종이 책과 달리 대여, 재판매, 선물, 증여
등이 거의 불가능하다는 점도 약점으로 작용한다. 종이 책과 전자책을
묶음으로 판매할 가능성은 없다. 만약 그렇게 한다면 전자책만 구매할
때의 가격이 얼마로 책정되겠는가?
　프랑스에서는 국립출판협회(Syndicat national de l'edition)가 대응에

---

3) (옮긴이 주) 스포티파이와 판도라는 음원 스트리밍 서비스이고, 넷플릭스는 영상 콘텐
츠 스트리밍 서비스이다.

착수했다. 2015년 11월 13일 파리에서 전자책 총회가 열렸고, 유럽 디지털 독서 랩(European Digital Reading Lab)이 설립되었다. 이는 이른바 GAFA[4]에 대한 경계 의식으로부터 촉발되었다.

프랑스에서는 2015년 전체 도서 시장의 판매가 1.5퍼센트 증가한 것과 비교해 독립 서점의 판매는 3퍼센트 증가하였다. 이는 온라인 구매에 대항하는 서점의 부활에 대한 긍정적인 신호라고 볼 수 있다. 책과 독서의 미래는 서점들에 달려 있다.

보수적 성향을 지닌 독자층은 완전하고 이상적이며, 독자로 하여금 소유감과 소중함을 느끼게 해 주고 직접 만질 수 있는 대상인 종이 책에 대한 충성심을 유지하고 있다. 따라서 너무 많이 걱정할 필요는 없다. 1950~1960년대의 페이퍼백 문화와 현 상황을 비교해 보면 더욱 그러하다.

글쓰기

글쓰기의 도구는 펜에서 타자기로, 뒤이어 워드 프로세서로 이행하고 있다. 필자의 경우 1975년 롤랑 바르트(Roland Barthes)의 올리베티(Olivetti) 타자기를 사용하다가 1985년에 첫 컴퓨터를 구입하였고, 이제는 2년에 한 번씩 컴퓨터를 교체하고 있다. 이러한 추세는 조금 뒤처지기는 하지만 무어의 법칙을 따르고 있다.

어떤 출판사들은 그들이 컴퓨터로 작성된 텍스트들을 인정한다고 말한다. 이런 종류의 텍스트 — 절름발이이고, 뼈대가 없으며, 모양이 엉망이고, 흉물스러우며 왜곡된 증식적 텍스트 — 는 이전에도 존재해 왔다. 몽테뉴(Montaigne)와 마르셀 프루스트(Marcel Proust)는 끊임없이 텍스트를 추가했다는 점에서 (비유적으로) 컴퓨터를 발명했다고 볼 수

---

4) (옮긴이 주) 구글, 애플, 페이스북, 아마존을 통칭하는 프랑스식 영어 줄임말.

있다. 컴퓨터는 풍부함의 도구이자 간결함의 도구이다. 이러한 변화 속에서 어떤 작가들은 필리프 솔레르스(Philippe Sollers)처럼 펜을 고집하는가 하면, 다른 작가들은 이브 본푸아(Yves Bonnefoy)처럼 컴퓨터에 중독되어 있기도 하다. 워드 프로세서가 문학을 변화시킬 것인가에 대한 답을 내리는 데 있어서는 여전히 신중을 기할 필요가 있다.

워드 프로세서의 발명과 보급을 철필의 그것과 비교해 볼 수 있다. 1930년 제임스 페리가 철필에 대한 특허를 냈다. 철필에 대해 쥘 자냉(Jules Janin)은 1836년 다음과 같이 폄하한 바 있다. "철펜은 수치스럽고 불명예스러우며 현대 사회의 재앙이다. 세상은 수증기나 수소 가스, 기구(氣球), 헌장들, 철도에 의해 멸망하지 않는다, 세계는 철펜 때문에 멸망할 것이라고 나는 당신들에게 단언한다." 빅토르 위고(Victor Hugo), 귀스타브 플로베르(Gustave Flaubert), 샤를 보들레르(Charles Baudelaire)는 모두 깃펜을 고집했지만, 알렉상드르 뒤마(Alexandre Dumas)는 철필에 즉시 적응했다. 철필은 민주화와 문해력의 확산의 도구로서, 연재 문학 및 산업 문학 흥행의 도구로서 성공적으로 자리매김하였다.

하지만 아직 그다지 새롭고 혁신적인 문학이 나타나지는 않았다. 디지털화는 처음에는 고전 문학의 스캐닝을 의미했다. 그 후 잭 케루악(Jack Kerouac)의 『길 위에서(On the Road)』(A Penguin Books Amplified Edition, 2011)와 같은 디지털 증보판이 출간되었지만, 높은 비용 때문에 그 이후에는 비슷한 시도들이 거의 없었다. 예를 들어 프루스트의 디지털 증보판은 나오지 않았다.

이렇게 보면 사실 디지털화에 따른 혁신은 별로 없었다. 한 스페인 사람이 『돈키호테』를 1만 7000개의 트윗으로 복제하여 트위터 판『돈키호테』를 만들었다.(이는 마치 『기네스북』 신기록 같다.) 몇몇 일본 소설들 역시 트위터로 옮겨진 바가 있긴 하지만, 그 정도이다. 한국은 어떠한가? 디지털 증보판은 아직 그 예가 많지 않고 클로에 들롬(Chloé Delaume)과 프랑크 디옹(Franck Dion)의 『소외(Alienare)』(Seuil, 2015)가 한 드문 예가 될 것이다. 우리는 아마도 아직 아무 혁신도 보지 못했을지도 모른다.

교육

　디지털 혁명은 증기 기관과 전기의 발명을 잇는 3차 산업 혁명이다. 디지털 혁명은 사실 비산업적이라고 말할 수 있는데 이는 디지털 혁명이 하드웨어보다는 소프트웨어의 발전에, 생산보다는 커뮤니케이션에 방점을 두기 때문이다. 디지털 혁명은 앞선 두 차례의 혁명의 모델과 달리 기대됐던 생산성의 향상을 성취하지 못했고, 이는 교육 분야에서 더욱 그러하다. 필자의 인공 기관과도 같은 수많은 디지털 기기들은 효율성을 증진하는 데 여가 생활보다도 도움을 주지 못한다.(아니면 도움을 줄까?)

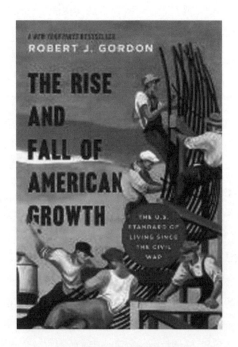

로버트 고든, 『미국 성장의 흥망성쇠』

『미국 성장의 흥망성쇠(*The Rise and Fall of American Growth*)』라는 책에서 로버트 고든(Robert Gordon)은 세 차례의 산업 혁명을 비교·분석한다. 이 분석을 기반으로 그는 미국 경제가 1870~1970년 동안을 제외하고는 장기적 침체를 이어 왔고, 기술적 혁신은 더 이상 성장으로 이어지지 못할 것이라고 예측한다. 생산성의 증진이 없는 활동들인 교사와 이발사, 헤어 디자이너라는 직업이 예시하듯 임금 전반에 있어서의 하락세가 나타나리라는 것이다.

파워포인트와 온라인 공개강좌(Massive Open Online Course, MOOC)는 디지털 혁명의 두 가지 사례이다. 하지만 이들의 영향력이 과연 혁명적이었는지는 두고 볼 문제인 것 같다. 우선 파워포인트는 이라크 전쟁과 아프가니스탄 전쟁에서도 활용되었지만,《뉴욕 타임스》의 기사가 보여 주듯 그 쓰임이 그다지 생산적이지는 않았던 것으로 보인다. 2010년《뉴욕 타임스》는 보편적 프레젠테이션 툴로 정립된 파워포인트가 이라크 전쟁과 아프가니스탄 전쟁에서 남용되면서 초래된 재앙에 대한 기사를 게재했다.[5]

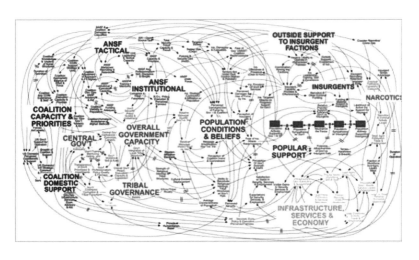

미국의 아프가니스탄 전쟁 전략의 복잡성을 그려 낸(그 목적에는 성공한) 파워포인트 도표

참모 장교들은 정치적 상황을 분석하고 이상적 해결책을 제시하기 위해 이러한 복잡한 도표들을 고안해 내느라 시간을 낭비했을 뿐만 아니라, 현장에서 임무를 수행하는 분대장들은 작전 실행 전 스크린상으로 작전을 보여 주다가 병사들을 잃었다. 가상 기술들은 그들로 하여금 현실을 통제할 수 있다고 믿게 만들었는데, 물론 실제 상황은 매우 달랐음이 증명되었고, 전쟁 상황은 파워포인트의 개요, 애니메이션, 트랜지션 등의 기능에 의해 짜인 대로 전개되지 않았다. 문제를 인지한 몇몇 장군들은 마이크로소프트 프레젠테이션 소프트웨어가 장교들을 더 우둔하게 만든다는 이유로 사용 금지 결정을 내렸다. 이라크 전쟁은 파워포인트에 의해 진행되어, 우리가 알고 있는 대로의 성공을 거둔 전쟁이었다.

필자는 도처에서 활용되는 마이크로소프트 프레젠테이션 소프트웨어 때문에 초래된 거대한 경제·사회·정치·문화적 비용을 평가하고, 전 세계 인구의 무지화에 일조한 이 소프트웨어에 반대하는 반(反)파워포인트당에 기꺼이 가입할 것이다.(그렇지만 필자 스스로가 강연에서 파워포인트를 사용하고 있기에 너무 과격하게 참여하지는 않을 것이다.)

이제 MOOC와 그것이 가져다줄 것으로 기대되었던 민주화가 환영적인 것에 불과함을 이야기하고자 한다. 2011년 가을 갑작스레 나타난 MOOC는 우리를 놀라게 — 우리를 계몽시켰든 아니면 우리에게 겁을 주었든, 적어도 우리로 하여금 MOOC에 대해 무관심하도록 내버려 두지는 않았다 — 만들었다. MOOC는 곧바로 널리 보급되었고 《뉴욕 타임스》는 2012년에 MOOC의 해라는 꼬리표를 붙였다. 그로부터 몇 해가 지난 지금, MOOC를 둘러싼 선전은 모든 거품이 그러하듯 필연적으로 터져서 사라져 버릴 것이었던 것으로 보인다.

---

5) http://www.nytimes.com/2010/04/27/world/27powerpoint.html?scp=1&sq=iraq%20army%20powerpoint&st=cse.

연구

　필자는 이제 하루 스물네 시간 1주 7일 동안 언제나 일할 수 있다.(이것은 그리 좋은 일만은 아니다.) 예를 들어 필자는 프랑스 국립도서관의 디지털 도서관 웹사이트인 갈리카(Gallica) 혹은 archive.org에 접속하지 않는 날이 없다. 필자는 이러한 행동을 정당화하는데, 갈리카의 경우 다른 언어로 된 어떤 사이트들보다 무료로 이용할 수 있는 문서를 훨씬 많이 보유하고 있기 때문이다. 이들은 내 손 끝의 도서관이자 참고 문헌이다. 갈리카는 19~20세기 출판물의 대부분을 보유하고 있으며, 구독하지 않고도 무료로 액세스가 가능하다. 그뿐만 아니라 구글보다 나은 질의 스캔본들을 보유하고 있다. 그래서 필자가 찾고 있던 책이 이 사이트들에 없으면 절망적이다. 이 정도면 디지털화가 연구에 가져다준 생산성의 향상은 교육에서의 그것과 비교하면 매우 큰 차이가 있다고 볼 수 있다. 2주가 걸릴 일 — 비평 연구 판에 기록된 하나의 각주를 참고하기 위해 파리에 있는 도서관을 직접 방문하는 것은 고된 일이다 — 을 이제는 일 분 만에 해결할 수 있다. 노력이 불필요하고, 더 이상 박식해질 필요도 없다. 많은 해묵은 난제들이 풀린 셈이다. 다음 세대가 부러울 따름이다.

　그렇지만 이렇게 많은 수의 이용자와 실제 방문자들이 더 이상 도서관을 찾지 않게 된 상황은 도서관의 미래에 대한 질문을 던지도록 만든다. 도서관 직원들의 걱정과 사서들의 절망은 커져 간다. 독자들은 도서관을 방문하기는 하지만 더 이상 책을 보거나 찾기 위해서 가는 것은 아니다. 미래에 이들의 직업이 어떻게 정의될지가 위태로운 상황이다. 개가(開架)인 책이 지금처럼 많이 필요할까? 공간이 좀 더 효율적으로 사용되도록 변화를 도모해야 하는 것일까? 도서관의 기능 및 사서의 역할에 대한 재고가 필요해지는 시점이다. 파리 국립도서관의 토비아관과 리슐리외관이 이러한 재고의 대상이 될 수 있을 것이다.

　연구자의 역할도 변화하고 있다. 복잡한 인터넷 속에서 방향을 제시하고, 포스트 진리(post-truth)의 사회에서 지식과 견해를 구분하는 일이 연구자의 역할이 될 것이다. 예를 들어 웹상에서는 균형, 평형 혹은 공평이라는 미명 아래 과학과 신념, 진화론과 천지 창조설, 지적 창조론(Intelligent Design) 등 모든 것이 등가로 취급되기 때문이다.

어떤 이들은 문학 연구에 있어 읽기가 더 이상 필수가 아니라고 말한다. 프랑코 모레티(Franco Moretti)와 디지털인문학, 그가 운영하는 스탠퍼드 리터러리 랩, 빅데이터의 활용과 '멀리서 읽기(distant reading)' — '자세히 읽기(close reading)'에 대비되는 개념으로서의 — 가 이를 보여 주는 징후들이다. 읽기는 이제 연구의 방해물로 여겨진다. 연구는 한 명의 연구자 혹은 연구 팀이 소화해 낼 수 없는 방대한 양의 데이터를 다룬다. 최선의 연구는 읽기가 아닌 빅데이터 활용을 통해 수행된다. 이러한 상황을 받아들일 수 있을까? 이것이 인문학의 미래일까?

분류

어떤 이들은 도서관 분류 체계 — 듀이 십진분류법과 미 국회도서관 분류법 — 의 종말에 대해 이야기한다. 학과(學科)로서 이들은 더 이상 필요하지 않은 것 같다. 구글이라는 검색 엔진이 이들을 대체한다. 청구 기호는 더 이상 백과사전적 표제어의 기능을 하지 못하고, 단순 표제어, 차례, 주문 번호에 다름 아니다.[6]

이제 검색 엔진은 듀이 분류 체계에서와는 전혀 다른 검색의 경험을 가능케 한다. 검색 엔진을 통한 검색 경험은 원하는 책을 찾지 못하고 우연히 다른 책을 발견하게 될 때의 즐거움, 무의식적 욕망의 충족을

---

6) 메타데이터에 대한 이러한 질문과 관련해서는 다음을 참고하라. Sonia Combe, *D'Est en Ouest. Retour à l'archive*(Publications de la Sorbonne, 2013).

가능케 한다. 이는 인터넷 검색의 우연한, 뜻밖의 즐거움이다. 그러나 도서관에서처럼 인터넷을 활보할 때에도 방향에 대한 감각, 타고난 후각과 재능은 여전히 필요하다. 디지털 연구자의 자질은 여전히 사냥꾼, 사냥개의 그것으로 남아 있다.

액세스

액세스(access)와 오픈 액세스(open access)가 큰 이슈로 떠올랐다.

이러한 〔과학〕 문헌에 대한 '오픈 액세스'는 모든 사용자들로 하여금 해당 문건에 대한 읽기, 다운로드, 복제, 배포, 인쇄, 검색, 전문에 대한 접근, 색인을 위한 검토, 소프트웨어로의 데이터 전송 등의 권한을 허용하고, 인터넷 자체에 대한 접근으로부터 떼어 놓을 수 없는 기본적 제한 사항들을 제외한 재정적·법적·기술적 제한에 구애받지 않고 합법적인 용도로 해당 문건을 사용하는 것을 허용하는 공공 인터넷에서의 무료 사용을 의미한다. 이 영역에서의 복제와 배포에 대한 유일한 제한과 저작권에 대한 유일한 역할은 저자들에게 자신들의 저작의 통일성에 대한 통제의 권한과 그들의 저작이 적법하게 인용될 권리를 부여하는 것뿐이다.
—「부다페스트 오픈 액세스 발의
(Budapest Open Access Initiative)」(2002)

여기에는 출판에 대한 압박, 영향력 지수, 인용 보고, H 인덱스 등과 같은 많은 중대한 이슈들이 얽혀 있다. 과학적 문서화의 높은 비용은 오픈 액세스에 대한 야망을 정당화한다. 공적 자금의 지원을 받은 연구는 반드시 무료로 액세스되어야 하는가?

벨기에 리에주 대학교의 ORBi(Open Repository and Bibliography)는 오픈 액세스의 극단적 모델이다. "리에주 대학교 이사회는 2007년 3

월 23일 다음을 의무화하기로 결정하였다. 리에주 대학교 소속으로 출판된 모든 저작의 전자판 전문을 2002년에 출판된 저작까지 소급하여 저장한다." "참고 문헌은 반드시 출판이 출판사에 의해 승인되는 동시에 또는 구두 의사소통의 경우처럼 문서가 완료된 것으로 간주된 즉시 ORBi에 저장되어야 한다." 의무 저장에 대한 이 대학의 가장 강력한 기관 정책은 다음과 같다. "ORBi에 문서를 저장하는 것은 의무이다. 임용, 승진, 판권 귀속 등을 위해서는 참고 문헌과 문서의 저장 과정뿐만 아니라 그와 관련된 서류 일체에 대한 평가, 특히 특정 출판 목록과 관련된 과정까지 모두 통합·정리되어 있어야 한다." 연구비 지원, 승진에 대한 지원은 의무 저장을 하지 않고는 진행될 수 없다.

인쇄 중이거나 출판된 모든 것이 이용 가능해진다. 필자는 얼마 전 ORBi에 접속해 보았다. 바로 전 주에 있었던 학술 대회에서 들은 발표문을 발견하고는 놀랐는데, 이 글은 한동안 프로시딩으로도 출판되지 않을 터였다. 학회 발표 전에 이미 ORBi에 저장되었던 것일까?

그런가 하면 Academia.edu, Hal과 같은 사이트들도 있다. 저장은 이제 프랑스 국립과학연구소에서도 의무이다. 프랑스에서는 최근 '디지털 법(Loinumérique)'이 오픈 액세스를 도입했다. 법 시행에 있어서는 유예 기간에 대한 지난한 논의가 있었다. 처음에는 자연과학 분야의 경우 3개월, 사회과학 및 인문학 분야의 경우 6개월의 유예 기간을 부여하는 것으로 논의되었고, 이후에는 과학 저널의 출판사들과의 논쟁 끝에, 연구를 장려하고 "프랑스 연구의 경쟁력을 확보한다."라는 목적하에 유예 기간을 2년으로 정했다가, 최종적으로는 자연과학 분야의 경우 6개월, 사회과학 및 인문학 분야의 경우 12개월로 결정되었다.

533-4-I 조항: 국가, 지역 단체, 공공 기관의 보조금, 국가 금융 기관의 지원금, 유럽 연합 기금에서 적어도 반 이상 지원받으며 이루어진 연구 활동에서 나온 과학 논문이 적어도 1년에 한 번 출간되는 연구지에 실릴 때 저자는, 출판사에 독점권을 승인했더라도, 공저자가 있다면 그

의 동의하에 출간하도록 허가한 원고의 최종본을 전자식 경로를 통해 무상으로 모두가 볼 수 있는 형식으로 사용할 수 있게 할 권리가 있으므로, 출판사는 스스로 전자식 경로를 통해 무상으로 볼 수 있도록 해야 하고, 그러지 않으면 초판 날짜로부터 일정 기간이 끝났을 때 해야 한다. 이 기간은 과학·기술·의학 분야에서는 최대 6개월이며 인문·사회학 분야에서는 12개월이다.

이 결과는 우리 분야의 대부분의 저널에 우려할 만한 것인데 왜냐하면 이들은 디지털 판매 매출에 있어 25~50퍼센트의 손실을 입을 것으로 예상되기 때문이다. 인문학 분야에서 필자가 일을 맡은 두 개의 저널에서 판매량은 3년이 지나면 하락한다. 대개 두 번째 해가 가장 실적이 좋은 편이다. 이러한 현황을 생각하면, 오픈 액세스 도입으로 이 출판사들이 입게 될 손실을 가늠해 볼 수 있을 것이다.

필자가 지금 목격하고 있는 것은 지난 세대의 문학 저널들이 목격했던 것과 같은 것으로, 저널들은 쇠락하였고(과학 저널들과 마찬가지로), 저널은 독자가 그 메뉴로부터 원하는 논문, 잡문들을 집어 고르는 일련의 목록에 지나지 않게 되어 버렸다. 한 저널을 구상할 때는 보통 메뉴를 작성한다. 온라인에서 사람들은 오로지 디저트를 선택할 뿐이다. 필자는 여행 중에 많은 대학들에서 다음과 같은 말을 듣는다. "학생들이 더 이상 책을 사지 않아요." 우리는 사회과학과 인문학 분야의 출판 구조가 점점 취약해지는 문화 속에서 살고 있다. 과학, 의학, 법학은 모두 디지털 모델로 돌아섰다.

저작

저작(authoring)은 많은 질문들을 암시하는 논쟁적 표제어이다. 소위 1978년 이후 세대들은 다양한 아바타를 만들어 내는 데 익숙하다. 이 세대는 다양한 정체성을 가지고 있다. 정치권(독일, 루마니아)에서의 표절에 대한 계속되는 뉴스들은 각료들의 사임으로 이어지고 있다. 정체성은 상실되었다. 예를 들어 우리는 누가 비트코인(bitcoin)을 발명했는지 단언할 수 없다. 비트코인 개발자로 추정되는 인물로 나카모토 사토시 말고 또 누가 있을까?(《런던 북 리뷰(*London Review of Books*)》, 2016) 다양한 가설들이 있다. 마지막으로 제시된 사람이 맞더라도, 그는 그 사실을 증명해 낼 수가 없다. 그들은 여럿일까? 또한 다수의 과학자들에 의해 서명된 논문들에 대한 책임은, 특히 그것들이 허위임이 폭로되었을 때 하나의 이슈가 된다.

판권에 대한 질문을 다시 제기해 보자. 서명은 텍스트의 가장 중요하지 않은 끄트머리에 위치한다. 미술사가 지오반니 모렐리(Giovanni Morelli, 1816~1891)가 그림들에 대해 그랬던 것처럼, 우리는 텍스트의 저자를 고유하고 흔치 않은 단어들에 근거해서 찾는 것 — 예를 들면 논란이 되는 셰익스피어의 희곡들과 엘리자베스 시대의 희곡들의 경우처럼 — 이 아니라 빅데이터를 통해 가장 평범하고 의미 없는 단어의 반복적인 사용 패턴을 추적하여 확인할 수 있다. 강력한 — 그리고 반(反)직관적인 — 가설에 따르면 텍스트의 특징은 어휘적 단어(lexical words)나 단 한 번 기록에 남아 있는 어구(hapax legomenon)가 아닌, 보조적 역할을 하는 한정사(관사, 소유격, 지시사), 대명사, 등위 및 종속사 등에서 발견된다. 의미론적 단어가 아닌 문법적 혹은 통사적 단어들이 저자 특유의 스타일을 판별하는 데 가장 적합하며, 이 작업은 오직 자동적 통계로 수행할 수 있다.

1623년 초판 2절판에서 셰익스피어의 것으로 추정되는 희곡들의 코퍼스(corpus)에 대해 이러한 방식의 분석을 진행하면서, 컴퓨터들은 첫 편집자들이 비극, 희극, 사극, 후기 로맨스극으로 분류한 희곡들 사이에 통계적으로 유의미한 언어적 차이들이 존재한다는 것을 확인할 수 있었다. 그러므로 셰익스피어 작품에 대한 최고 빈도 단어 통계 결과와 전통적인 장르 구분법 사이에는 강력한 상관관계가 있다.

이러한 결론은 충격적이다. 텍스트 자동 처리는 문장 단위에서 장르를 구별할 수 있도록 해 준다. 통사적 단어들의 빈도를 조정함으로써 각 장르는 문장들에 특징들을 남긴다. 이 명제는 필자가 언어학 ─ 문장 단위까지를 다루는 ─ 의 영역과 수사학, 시학, 담화 분석 ─ 문장 단위 너머의 영역을 다루는 ─ 의 영역을 분리하기 위해 가정했던 전통적인 문장의 구분법을 교란시킨다.

스탠퍼드 리터러리 랩에서는, 알고리즘이 문학의 하위 장르를 인식할 수 있는지를 확인하기 위해 ─ 예를 들면 『데이비드 코퍼필드(*David Copperfield*)』가 고딕 소설인지 교양 소설인지 구분할 수 있는지 확인하기 위해 ─ 이 방식이 빅토리아 시대 소설에 적용되었다. 아직 초기 단계이지만 미래가 유망한 이러한 연구들은 우리로 하여금 모렐리의 방식을 떠올리게 한다. 그림을 그린 화가를 확인하기 위해 모렐리는 항상 화가에 의해 의미를 부여받는 눈이나 입에 집중하지 않고 "주목되지 않는 손톱, 귓불, 후광 및 다른 요소들의 재현과 같이" 가장 소홀히 다뤄지는 디테일에 집중하였다. 지그문트 프로이트(Sigmund Freud)에게 영감을 준 그의 방법은 논란이 되었다. 그는 개인적 노력이 덜 드러나며 의도가 드러나지 않는 고질적 습관, 무의식적 행위 및 몸짓들에서 개인성을 찾아낸다는 이유로 비난을 받았다. 문학과 관련하여 유사한 가설을 제시하는 디지털인문학은 충격적이다. 그들에게 스타일은 텍스트의 하찮은 부분과 다름없다.

여러 언어로 말하기

필자의 모든 인공 기관으로서의 전자 기기들의 기본 언어는 영어 또는 영어식 어구 ─ pure player, GAFA, WC 같은 ─ 가 있는 글로비시(Globish)이다. 지금의 디지털적 삶, 지구적 삶의 방식은 필자가 뉴욕으로 이주했던 1985년의 삶, 전화 교환수를 거쳐 통화를 하고 프랑스 신문을 사기 위해 72번가까지 가야 했던 그때의 삶과는 대조된다. 지금은 스카이프와 트위터를 이용하면 그만이다. 이제 우리는 모든 곳에 있는 동시에 어느 곳에도 없다. 필자는 완전하고 진정한 의미에서 결코 파리, 뉴욕, 서울에 있을 수 없다.

필자는 다른 측면들, 삶과 사랑 — 몸을 보살피는 일, 건강, 운동, 활동, 수면 등 모든 것이 통제되는 삶 — 이라는 측면을 다루지 않고 남겨 두었다. 이들과 관련해서 이야기할 수 있는 것들은 다음과 같다. 히키코모리라는 새로운 부류의 인구와 오타쿠, 컴퓨터광, 카우치 포테이토, 소셜 네트워크를 통한 교환, 애플페이 등을 통한 결제, 난방, 조명, 보안의 상호 연결망이 설치된 스마트 홈 시스템을 통한 집 관리, 애플 홈키트, 알렉사가 장착된 아마존 에코와 같이 아직은 위험의 소지가 남아 있는 유비쿼터스적 사물 인터넷 등.

우리 세대에게 이러한 것들은 모두 혜택이었다. 모든 것이 장점이고 단점은 (거의) 없었다. 우리는 모두 책 문화에서 태어났지만, 디지털 문화에 의해 확장되었다. 우리는 아날로그와 디지털 두 세계의 장점들을 모두 누렸다. 디지털 토박이인 다음 세대가 이 둘 사이에서 어떤 식으로 균형을 잡아 갈지는 우리에게 아직 미지의 영역이다.

앙투안 콩파뇽 Antoine COMPAGNON 평론가, 인문학자. 1950년 벨기에 출생. 영국, 튀니지, 미국에서 자랐다. 파리 4대학 소르본, 미국, 영국 등에서 가르쳤고, 2006년부터는 콜레주 드 프랑스에서 프랑스 현대 문학, 컬럼비아 대학교에서 프랑스 문학 및 비교문학을 가르치고 있다. 롤랑 바르트를 잇는 21세기 대표적인 프랑스 문학 비평가로 꼽히는 그는 몽테뉴, 보들레르, 프루스트 등에 관한 문학 이론, 비평사뿐 아니라 문화사, 교육학 등에 대해 많은 저서를 썼다. 주요 저서로 『양세기 사이의 프루스트(*Proust entre deux siècles*)』(1989), 『모더니티의 다섯 개 역설(*Les Cinq Paradoxes de la modernité*)』(1990), 『반현대주의자들, 조제프 드 메스트르에서 롤랑 바르트까지(*Les Antimodernes, de Joseph de Maistre à Roland Barthes*)』(2005), 『문자의 시대(*L'Âge des lettres*)』(2015) 등이 있다.

'다른 세상' 꿈꾸기

정현종

1

망막에 계속 남아 있는 광경이 하나 있다.

지난가을 내가 매일 산책하는 박물관 공원 길에서 본 것. 30대쯤으로 보이는 한 여자가 두 팔을 뒤로 뻗어 벤치를 짚고 윗몸을 젖히고 앉아 하늘을 보고 있었다. 그 표정은 너무도 시원해하는 듯했는데, 그도 그럴 것이 온몸으로 천공(天空)을 느끼고 있음을 이쪽에서도 느낄 수 있었기 때문이다.

요새 세상에서 보기 어려운 광경을 목격하고 나는 너무 좋아서, 좀 떨어져 있는 다른 벤치에 앉아 좀 더 바라보았는데, 내 느낌으로는 그의 그 후련한 표정, 호연(浩然)한 자태는 그가 두 손에 아무것도 갖고 있지 않기 때문인 듯싶었다. 듯싶은 게 아니라 거의 확실히 그렇다고 생각했다.

다 알다시피 요새는 거의 모든 사람이 손에 스마트폰을 쥐고 있다. 쥐고 들여다보고 있다. 중독되어 있다. 걸어갈 때만이라도 안 봤으면 좋겠는데 그러지 않는다. 주변에 대한 고려나 배려는 전혀 없다. 중독 증세의 특징이다.

마약 중독이나 알코올 중독에 대해서는 심각하게 생각하면서 스마트폰 중독에 대해서는 아직 심각하게 생각하지 않는 것 같다. 마약이나 알코올이 정신, 신경에 미치는 영향, 따라서 정서나 성격, 통틀어 심신의 건강과 사회에 미치는 영향은 어느 정도 연구가 되어 있겠지만 스마트폰에 대해서는 그런 연구가 있는지 모르겠다. 여러 전자 매체에 대해서는 그 기술 발전의 경쟁 ─ 돈벌이를 목적으로 하는 '정신없는' 경쟁만 대세일 뿐 그 매체들의 콘텐츠, 속도를 비롯한 작동 기술과 장치들을 이용하면서 인간 정신에 일어나는 폐해와 변화에 대한 조사나 연구가 있는지 또한 모르겠다. 사회 조직과 운영이 전자 기기들에 전적으로 의존하는 시대를 살기 위해 불가피하게 그것들을 사용할 수밖에 없겠으나, 꼭 필요한 경우 말고는 두 손을 쉬게 해야 한다고 나는 생각한다. 우리의 두 손이 평생 전자 기기만을 만지다가 마감한다면 그건 끔찍한 일 아닌가. 타성, 반복, 무감각의 기계적인 되풀이 속에서 오늘의 인간은 살아 있는 생명체라기보다 요새 유행하는 말로 좀비요, 기계의 일부가 아닌가. 타성과 그 반복, 좀비와 기계를 살다가 어느 순간 자기 삶의 시간의 어마어마한 가치를 느끼고 깨달을 때 그는 비로소 살기 시작하는 것일 터이다.

그리고 문학(예술)은 필경 그러한 느낌의 회복, 그러한 깨달음의 순간을 위한 노력에 다름 아니며, 인류 사회가 기계적인 마비 속에 진행되고 그 정도가 더욱 심해질수록 문학, 예술의 가치는 더욱 커질 것이다.

앞에서 얘기한 벤치에 앉아 두 손을 뒤로 짚고 윗몸을 젖혀 하늘을 바라보고 있는 여자가 더없이 반갑고 예뻐 보였던 것은 그가 휴대폰의 노예가 아니요, 그런 자세로 하늘을 볼 줄도 아는 사람이라는 것, 손과 눈을 다르게 사용할 줄 안다는 것, 대기를 들이마시며 무한을 느끼는 시간을 갖는다는 것 등의 느낌이 한꺼번에 느껴졌기 때문이 아닌가 한다.

다시 말해서 마음의 마비 상태라고 할 수 있는 타성적 되풀이와 기계적 진행에서 잠시라도 벗어나고자 하는 마음의 움직임을 느낄 수 있다는 얘기다. 그런 움직임에서 우리는 그의 마음이 살아 있다는 느낌을 받으며 기분이 신선해진다. 그도 그럴 것이 인간은 원래 자연이며, 타고난 자연 상태가 여러 인공적인 장치와 환경에 의해 왜곡되고 변질되었으므로 자연 속에 있으면 몸과 마음이 편안해지고 생기를 얻는 듯하기 때문이다.

(벤치가 놓여 있는 공간은 인공 정원이기는 하지만 소나무, 느릅나무, 회화나무, 산사나무, 귀룽나무, 느티나무, 참나무 등이 있고 풀숲과 새들이 있는 곳이다.)

실제로 나는 그 공원 길을 걷다가 갓길에서 잔풀들과 함께 있는 이끼를 들여다본 일이 있다. 그런 뒤 이런 노래를 부르기도 했다.

> 오래 산 이 도시
> 작은 공원 산책길에서
> 나무 그늘 아래
> 잔풀들 나 있는 이끼 덮인
> 갓길에 이끌려 들여다보면서
> 나는 다행증을 앓는다,
> 이끼에 덮여 있는 정령들
> 이끼 위로 피어오르는 정령들에
> 내 감각들은 흠빡 빠져
> 몸도 마음도 오랜 병에서 회복되는 듯,
> 거기 어린 생 기운
> 그 파란 기운의 기쁨에 물들어……

자연은 정령으로 가득 차 있고 환상적인 움직임으로 가득 차 있으며 시인(예술가)들은 그 감각, 정서, 상상 활동 속에 저 자연의 성질을 효모처럼 지니고 있어서, 그가 만들어 낸 작품은 가장 자연에 가까운 것이라고 할 수 있다.

특히 시와 음악은 인류가 지상에 살기 시작한 이래 그 건강한 모습이 일그러지고 훼손되어 온 원초적 자연의 메아리인데, 그러므로 인류 사회가 기술에 의해 인공적이 되면 될수록 저 예술들에 대한 요구는 더욱 커질 것이다.

2

시인(예술가)의 느낌의 밀도가 인간의 삶을 고양한다는 것은 다 아는 얘기이다. 느낌의 밀도라고 해도 좋고 상상 활동의 역동성이라고 해도 좋다. 그것은 마음 안에 그리고 그 바깥에 새로운 세계를 창조한다. 그 세계는 더 넓고 더 깊고 더 살아 있는 세계이다.

릴케의 「산보」라는 작품을 읽어 본다.

내 눈은 벌써 밝은 언덕에 닿는다,
들어선 길을 멀리 앞질러 가면서.
그렇게 우리는 우리가 붙잡을 수 없는 것에 붙들린다.
그건 그 내부의 빛을 갖고 있다, 먼 데서도……

그리고 비록 우리가 거기 닿지 못한다 해도, 우리를
어떤 다른 게 되게 한다, 느끼긴 어려워도, 우리가 이미
그것인 어떤 것.
어떤 몸짓을 우리한테 흔들어 보낸다, 우리의 신호에
대답하면서……
하나 우리가 느낀 건 우리 얼굴에 불어오는 바람.

우리의 눈은 우리가 가는 길을 멀리 앞질러 가면서 그게 바라보는 것에 닿는다. 그런데 상상의 눈은 육안보다 더 앞질러 가면서 "붙잡을 수 없는 것"에 붙들리며, 벌써 "그 내부의 빛"을 본다. 그리고 우리는 "어떤 다른 게" 된다. 이 변신은 우리의 신호에 따라 흔들어 보낸 사물의 몸짓 때문이다. 모든 교감은 변신을 낳는다. 물론 '변신'이라는 사건을 있게 하는 건 그 교감의 밀도이다.

그런데 그러한 사건은 예컨대 가상 공간에서는 일어나지 않는다. 실물 공간, 입체적인 공간에서만 일어난다. 우리가 얼굴에 불어오는 바람을 느낄 수 있는 공간⋯⋯.

아마도 그러한 사정이 영상 매체의 한계이리라.

어떻든 삶의 고양은 말할 것도 없이 마음의 변화가 전제되는데, 그러한 사건을 일어나게 하는 노래를 들려주는 시인(예술가)의 됨됨이가 어떠해야 하는지에 대해 니체는 이렇게 말한다.

예술가는 어느 것도 있는 그대로 보아서는 안 된다. 오히려 더 충만하게, 오히려 더 간단하게, 오히려 더 강력하게 보아야 한다. 그러기 위해 그들에게는 일종의 젊음과 봄[春]이, 몸속에 일종의 습관적 도취가 있어야 한다.[1]

우리가 흔히 예술가 기질이니 예술적 재능이니 하는 것을 이렇게 핵심적으로, 이다지도 적절하게 말할 수 있을까.

3

더 충만하게, 더 간단하게, 더 강력하게 보게 하는 것은 예술가의 체

1) 프리드리히 니체, 백승영 옮김, 『유고(1888년 초~1889년 1월 초)』(책세상, 2004).

질인 영원한 젊음과 봄[春] 그리고 일종의 습관적 도취인데, 그러한 전신적(全身的) 재능이 낳은 작품은 물론 우리로 하여금 세계를 또한 그렇게 보게 한다. 그리고 예술 작품의 그러한 작용은 그 어떤 것도 대신할 수 없다.

그런데 대상을 더욱 충만하게, 더욱 아름답게, 거의 환상적으로 만드는 것 중에 창(窓)이 있다. 창의 테두리 안에 상반신을 보이며 서 있는 사람은 누구나 미화(美化)된다. 창의 그러한 마술을 릴케는 연작시 「창」에서 이렇게 노래한다.

너는 우리의 기하학이 아니냐,
창이여, 우리의 엄청난
삶을 고통 없이 둘러싸는
아주 단순한 모양의 너는?

어떤 연인이 네 액자 속에
나타날 때처럼 아름답겠느냐
창이여, 너는 그녀를
거의 불멸로 만드느니.

모든 위험은 지워진다. 이
사랑의 중심,
이 에두른 조봇한 공간,
우리가 주인이 되는 거기서는.

창의 네모난 테두리는 "삶을 고통 없이 둘러싸는" 아주 단순한 모양이며, 거기 어떤 연인이 나타나면 그녀를 거의 불멸로 만들고, "모든 위험은 지워진다."

그런데 예술 작품이 하는 일은 창이 하는 일과 비슷하다. 예술-창을 통해서 세상은 영예로운 것으로 변용되며 사물은 불멸을 얻는다. 그런 예는 수없이 많겠지만 내가 여러 해 전에 느낀 걸 예로 들면 그 예술-창을 통해서, 즉 시적 상상의 눈을 통해서 본 지구는 '알'이라는 것이다. 세계는 오늘도 싸우고 피 흘리고 죽이고 파괴하는 비참 속에 있지만, 그럼에도 불구하고 이 행성이 알로 보이는 순간 그것은 뭔지 새로운 것, 고귀한 것, 무슨 생명이 태어날 모태로 숨 쉬고 있는 듯하다.

세계(사물)의 저러한 영예로운 것으로의 변용에 대해 릴케는 한 편지에서 이렇게까지 말한다.

예술이 세상에서 하나를 선택하는 것이 아니라 그것(세상)의 영예로운 것으로의 전적인 변용이라고 생각해 보지요. 예술이 사물(예외 없이, 모든 사물)에 던지는 경이는 아주 격렬하고, 아주 강하며, 너무나 빛나는 것이어서 대상이 스스로의 추함이나 타락한 상태를 생각할 시간이 없습니다.

집에는 창이 있어야 하고 그래야 인간이 살 수 있듯이 세상이라는 인간의 거처에는 예술이 있어야 하고 그래야 그나마 인간이 살 만한 거처가 된다. 예술-창을 통해서 사물은 영예로운 것으로 변용하는데, 그것이 얼마나 전적인 변용이냐 하면 사물이 "스스로의 추함이나 타락한 상태를 생각할 시간이 없을" 정도이다!

그리고 과학 기술을 비롯한 여러 요인에 의해 세상이 어떻게 변하더라도 삶이 고통 속에서 진행되는 한 예술·문학이 하는 일은 끝나지 않을 것이다.

4

시인(예술가)이 '사물에 던지는 경이'의 예는 한없이 많겠지만 내가 겪은 경이를 몇 가지 얘기할까 한다.

1980년대 전반에 나는 내가 일하던 학교의 지방 캠퍼스(원주)에 몇 학기 강의를 나간 일이 있다. 서울에서 고속버스를 타고 가서 원주 터미널에서 내려 다시 지방 버스를 타고 흥업면 매지리에 있는 학교까지 가는데, 어느 날 그 지방 버스 안에서 '습관적 도취'가 낳은 것이라고 할 수 있는 일을 경험했다. 한 시골 아주머니가 시장에서 장을 봐 가지고 검은 비닐봉지에 넣은 보따리를 들고 버스에 올랐는데, 그 비닐 보따리 바깥으로 대파 꾸러미가 삐죽 나와 있었다.

나는 그걸 바라보면서 나도 중생의 하나로, 중생이 살아가는 모습이 너무 예뻐 감동에 젖어 있었다. 그런데 문득 그 파가 비닐 보따리 속에서 쑥쑥 자라고 있다는 느낌이 들었다. 그것은 그야말로 아주 강력한 경이로움이 아닌가! 그것은 필경 그 모습을 향해 퍼져 나간 사랑스러운 감정이 일으킨 기적이겠는데, 어떻든 나는 그 경험으로 「사랑할 시간이 많지 않다」라는 시를 썼다.

또 한번은 학생들과 지리산 추성계곡으로 여행을 한 일이 있다. 그곳 민박집에서, 아마 밤 1시쯤, 누가 비닐봉지에 넣어 묶어 놓은 장수하늘소 한 마리를 놓아주려 집 뒤 임도(林道)로 올라갔다가 겪은 경이로 「스며라 그림자」라는 작품을 썼다.

어느 여름날 밤 지리산 추성계곡 한 민박집 마당에 켜 놓은 밝은 전등에 환히 드러난, 산길 내느라고 자른 산 흙벽에 비친 내 거대한 그림자에 나는 놀란 적이 있다.

그도 그럴 것이, 순간 그 그림자는 이미 흙벽에 각인된 화석(化石)이었으며, 그리하여 법열(法悅)이었는지 좀 어지러우면서, 나는 화석이 된 내 그림자의 깊음 속으로 빠져 들어갔다.

그러면서

속으로 가만히 부르짖었다 — 스며라 그림자!

(전등에는 갖은 부나비 떼와 곤충 떼가 난무하고 있었다)

(깊은 산 한밤중 전등 불빛에 환한 잘린 산 흙벽에 비친, 확대되어 거대한, 그림자의 압도는 한번 겪어 볼 일이다)

(향기로운 무(無). 기타)

꿈이었는지…… 화석(化石) 그림자……

'그림자'는 내 작품에서 중요한 화두 중 하나이지만, 그때 지리산 흙벽에 비친 내 그림자를 나의 화석(化石)이라고 느끼면서 경악했던 것 ─ 그 마음의 파동은 인간의 삶과 죽음을 꿰뚫고 퍼져 나가는 우주적인 파동은 아닐 것인가 하는 느낌에 잠기기도 한다.

예술(시)이 인간을 고양(高揚)하는 예는 수없이 많겠지만, 내가 겪은 것을 또 하나 얘기하자면 2015년 9월 경기도 남양주에 있는 한 남녀공학 고등학교에서 있었던 일이다. 한 500명쯤 앉아 있는 강당에서 내 작품 몇 편을 읽으면서 이야기했는데 그중에 「밤하늘에 반짝이는 내 피여」라는 게 있다.

그 작품은 1993년 7월 18일자 《LA 타임스》에서 새로 발견한 초신성(超新星)에 관한 기사를 읽고 커다란 영감을 받아 쓴 것인데, 그 기사의 내용은 이렇다.

은하수 너머 여기서 1200만 광년 떨어진 데서 초신성이 지금 폭발 중인데, 폭발하면서 모든 별들과 은하군(銀河群)의 에너지 방출량의 반에 해당하는 에너지를 방출하고 있다. 이 초신성의 크기는 지구가 속해 있는 태양계만 한데, 폭발하는 별은 죽어 가면서도 삶을 계속하고 있다. 그것은 다른 별들을 만드는 물질을 분출할 뿐만 아니라 생명 바로 그것의 구성 요소들을 방출하기 때문이다. 우리 뼛속의 칼슘과 핏속의 철분은, 태양이 생겨나기 전에 우리 은하계에서 폭발한 이 별들에 들어 있었던 것이다.

그 기사를 읽으면서 나는 전율했는데, 별들의 구성 요소와 지구에 사는 생명의 구성 요소가 똑같다는 것 때문이었다. 그러니까 모든 생명은 별이고, 인간도 별이며, 너도 별이고 나도 별이다, 우리는 반짝인다.

너 반짝이냐
나도 반짝인다, 우리
칼슘과 철분의 형제여.

멀다는 건 착각
떨어져 있다는 건 착각
이 한 몸이 삼세(三世)며 우주
죽어도 죽지 않는 통일 영물(靈物) ──

일찍이 별 하나 나 하나
별 둘 나 둘 아니냐
그렇다면!
그 전설이 사실 아니냐
우리가 전설 아니냐
칼슘의 전설
철분의 전설 ──

밤하늘에 반짝이는 내 뼈여
밤하늘에 반짝이는 내 피여.

읽고 나서 나는 학생들에게 "여러분이 별이에요. 그거 몰랐죠. 모두 스타예요. 모두 반짝여요!"라고 말하고, 이 말은 무슨 수사(레토릭)가 아니라 '사실'을 말하는 것이라고 했다.

자기가 별이라는 것, 발광체라는 것, 전설적인 존재라는 것, 반짝인다는 것을 (아마도) 비로소 알았기 때문이겠지만, 강당 안은 감동의 물결, 행복의 기운으로 가득 찼다. 나도 물론 행복했다.

그 일이 있고 나서 한 달쯤 뒤에 그 학교 담당 교사가 나한테 전화를 했다. 아직도 학생들이 그때의 흥분에서 헤어나지 못하고 있다고…….

예술이 이 세상에서 하는 일을 추상적으로 이야기하고 마는 것보다는 구체적인 예를 드는 것이 좋을 듯해서 내가 겪은 일을 두어 가지 소개했다.

그러니까 전자 매체 시대에 문학의 죽음 운운하는 얘기가 실감이 나지 않을 수도 있다. 가령 판매 부수는 줄어들었는지 모르겠으나 시 낭독 및 독자와의 대화 현장의 분위기는 열기가 있기 때문이다.

5

마음은 나그네이다. 정처(定處)가 없다. 그것은 상상 활동과 감정과 욕망 때문이겠으나 어디 정주(定住)하지 못하는 것이 마음의 본성인 듯하다. 몸이 태어난 곳을 우리는 고향이라고 하지만, 마음은 태어나고 죽는 일을 되풀이하면서 죽을 때까지 헤매므로 고향이 없다.

문학, 철학, 종교는 필경 마음이 고향을 찾아 헤매는 과정의 흔적일 것이다. 그러나 '마음의 고향'이라는 말은 모순이다. 마음은 고향을 갖고 있지 않으며 심지어 두 말은 서로 반대되는 말이라고 할 수도 있기 때문이다.

조금 다르게 말해 보자면 그것들의 언어의 무상성(無常性)이 거기 터 잡는 일을 어렵게 한다. 마음은 말을 따라 변하고 말은 마음을 따라 변한다. 그렇게 변화무쌍한 것들이 세상을 만들어 간다.

그런데 말과 마음의 그런 무상성 속에서도 인간은 어떤 아름답고 올바른 마음, 어떤 아름답고 올바른 말에 대한 꿈을 지녀 왔고 그러한 말에 의해 변화되는 세상을 꿈꿔 왔다. 물론 문학(예술)은 그러한 꿈을 명시적으로 천명하거나 강조하지는 않지만······.

사실 문학(예술) 작품은 '다른 세상'에 대한 꿈이다. 우리가 예술(문학) 작품을 좋아하고 감동하는 것은 인간의 본성 속에 저런 꿈이 들어 있고, 누추한 삶을 드높이고자 하는 본능, 괴로운 세상을 조금이라도 즐겁게 하고자 하는 꿈이 있기 때문이 아닐까 짐작해 본다.

지상에 인류가 사는 한 그 꿈은 계속될 것이고 그 꿈의 효모인 문학(예술)은 그 가치가 증대될 것이다.

정현종 CHONG Hyon-jong 시인. 1939년 서울 출생. 연세대학교 철학과를 졸업했다. 인간의 실존적 조건과 남북 분단 상황의 재앙과 고통에 대한 관심 위에서 문명, 자연, 환경, 일상생활, 시간, 마음 등에 대한 통찰을 노래해 왔다. 『나는 별아저씨』, 『떨어져도 튀는 공처럼』, 『사랑할 시간이 많지 않다』, 『한 꽃송이』, 『세상의 나무들』, 『그림자에 불타다』 등의 시집이 있다. 연암문학상, 이산문학상, 현대문학상, 대산문학상, 파블로 네루다 메달 등을 수상했다.

세계화 시대의 문학, 다매체 시대의 문학 —《르몽드》와 《뤼마니테》와의 인터뷰에서

황석영

다음은 황석영 소설가가 프랑스의 일간지와 대담한 내용으로, 현재의 황석영을 포함한 한국 문학과 사회·정치적 현실이 압축적으로 진술되어 있다.

당신은 스스로를 현실주의 작가이자 이상주의 작가로 정의한다고 들었다. 서로 상반되는 이 두 개념에 대해서 설명해 주신다면?

이러한 용어들은 모두가 서구어에서 번역된 것들이어서 문학에서의 리얼리즘이라는 용어 자체도 일본, 중국, 한국이 다르게 번역해서 썼고 또한 시대마다 고쳐서 사용하기도 했다. 물론 이들 세 나라는 한자를 공통으로 사용하고 있다. 리얼리즘에 대한 한자 번역에서 개화기의 일본이 만든 번역어인 '사실주의'는 기법이나 형식적인 면을 강조한 점이 있고, 혁명기의 중국이 '현실주의'라고 번역한 것은 보다 사회·정치적 의미에서의 현실을 중시하는 면이 있다. 한국은 이전에 사실주의를 일본식으로 쓰다가 군사 독재에 대한 저항이 계속되던 1980년대에 현실주의로 고쳐서 썼고 현재는 이를 다시 서구 발음 그대로 리얼리즘이라고 사용하고 있다. 현실주의의 사전적 정의는, 이상이나 관념보다 현실을 중시하는 사고방식이나 행동 양식이라고 되어 있다. 덧붙여 설명하자면 현실주의는 이상을 거부하는 것이 아니라 현실을 있는 그대로 직시하면서 이상의 실현을 모색하는 태도라고 되어 있다. 그러니 현실과 이상이 이분법적으로 대척점에 있는 게 아니라 그것들을 만나게 하기 위한 실천적 태도를 중요시한다는 것이다. 18세기에 조선 왕조의 개혁적 사상가들은 일찍이 이러한 태도를 '실사구시'라는 용어로 표현했다. 공리공론과 관념을 벗어나기 위해서는 객관적 사실을 기초로 해야 한다는 당시의 생각이 표현된 용어이다.

당신의 작품은 한국 사회의 현실을 파고든다. 특히 사회에서 소외된 인물들을 중심으로 이야기를 풀어 나가는 것 같은데?

나의 전반기 문학은 개발 독재에 의한 근대화의 시기에 진행되었다. 이념적으로 보아서 정치적 민주화야말로 근대화의 핵심이다. 따라서 독재에 의한 근대화란 결국 근대화의 핵심을 억압하고 왜곡하는 근대화라는 성격을 갖게 된다. 물론 세계에서 이념적 근대화를 온전히 실현한 나라는 하나도 없을 것이다. 요컨대 모든 근대화 사회는 저마다 왜곡된 근대 사회다. 근대화 시기의 민중은 독재 정부와 독점 자본으로부터 소외되어 있었다. 전반기의 내 문학이 리얼리즘의 서구적인 기법에 보다 가까웠다면, 후반기에 오면서 내 문학은 코리아와 세계의 현실을 '우리식 서사와 형식으로' 그리겠다고 생각하면서 작품들을 써 왔다.

당신은 민주주의 투사이고 실제로 비교적 민주주의의 역사가 짧은 한국에서 민주주의를 위해 치열하게 투쟁해 온 걸로 알고 있다. 이 때문에 정부와 마찰이 있었고 심지어 몇 년간 수감 생활을 한 것을 알고 있다. 당신의 투쟁, 투옥 생활에 관해서 그리고 이 과정에서 겪었던 일들에 대해서 설명해 줄 수 있는가?

투사까지는 아니고 이전이나 지금이나 나는 소설가다. 다만 당시의 한국 예술가들은 작품 창작과 표현의 자유라는 이중적 과제를 동시에 해결해야 되었다. 검열과 싸우는 과정에서 자연스럽게 민주화 운동에 동참하게 되었고, 이것은 반대로 나 자신과 문학에 내면적인 '억압'이 되었다. 나는 이를 익살스럽게 '엄처시하' 같다고 농담하곤 했다. 외국 작가 어떤 분은 나에게 "서사가 많은 나라에서 태어난 당신이 부럽다." 라고 덕담을 했고 나는 "당신의 자유가 부럽다."라고 대답을 했던 기억 이 난다.

광주 항쟁을 계기로 나는 더욱 급진화했는데 현장 마당극 대본, 르 포르타주, 판화 운동, 카세트와 비디오를 통한 지하 매체 운동, 소극장 운영 등을 했고, 방북과 망명 투옥을 거쳐서 석방될 때까지 15년 동안 소설은 거의 쓰지 못했다. 방북 이후 베를린과 뉴욕에서의 망명 기간에 나는 세계의 변화와 내 문학의 변화를 감지했다. 나는 세계 시민이 되 겠다고 생각했다. 내가 생각하는 세계 시민이란 '나의 문제를 세계인과 더불어 공유하겠다.'라는 것이며 '세계의 문제를 내 안에 끌어안겠다.' 라는 생각이었다.

감옥에서의 5년 동안 내가 배운 것은 일상이었다. 물론 이것은 치열 한 일상이다. 야채나 과일을 먹기 위해 금지된 칼을 만들려면 계획을 세워야 한다. 운동 시간에 나가서 깡통이나 난로 연통 쪼가리나 아무튼 그런 쇠붙이를 찾아다닌다. 청소 일에 동원된 다른 죄수들에게 부탁하 여 물물 교환을 하기도 한다. 깡통이 입수되면 그것을 잘라서 신발 깔 창에 숨겨서 내 독방에 들여온다. 교도관의 감시를 피하여 시멘트 벽에 며칠 동안 갈아서 칼날을 완성한다. 검방에 걸리면 안 되니까 나의 비 밀 창고인 마룻장 아래 넣든가 성경 갈피에 끼워 둔다. 열흘이 금방 흘 러간다.

독방에서는 말할 상대가 없고 교도관과 나누는 말은 몇 마디에 끝난다. 그래서 말을 잊어버리기 시작하는데 가장 먼저 고유 명사들이 사라진다. '안티고네'라는 이름이 생각나지 않아서 일주일이나 고심했던 기억이 있다. 나중에는 혼자 말하는 버릇이 생긴다. 도서실에서 국어사전을 빌려다 낱말들을 하나씩 짚으며 큰 소리로 읽기도 한다. 감방에서의 독서가 올바른 독서가 아님을 깨닫게 된다. 독서도 남들과의 소통 속에서 읽어야 제대로 소화가 될 테니까. 혼자 독방에서 읽은 책의 내용들은 관념의 기둥이 되어 벽 앞에 버티고 서 있다. 나는 위기를 느끼고 책 읽기를 그만두고 정치범이라든가 지식인이라든가 하는 태도를 버리고 일반 범죄자들과 어울려 낄낄대며 규칙 위반을 하고 한통속이 되어 그 삶의 디테일을 쟁취하려고 노력했다. 석방 이후 남들은 몇 년씩 독방 후유증에 시달린다는데 나는 한 달쯤 뒤에 벗어났다. 지하철 타는 일이 그중 어려워서 6개월쯤 지나서야 아무렇지도 않게 되었다. 그것은 전에 내가 권태로만 알고 있던 일상이 아니었다. 브레히트의 '살아남은 자의 슬픔'의 의미를 뒤늦게 배웠으니 감옥은 갱들에게만 아니라 작가인 나에게도 '국립 대학'이었던 셈이다.

오늘날 거의 대부분의 국가와 마찬가지로 한국의 민주주의는 급진적 자본주의를 전제로 하며 수십만 명의 사회적 약자들을 방치하고 있다. 이에 대해 어떻게 생각하는가? 최근 출간된 당신의 『낯익은 세상(Familiar Things)』에 이러한 속성이 완벽하게 묘사되어 있는데?

한국은 여전히 세계 체제 안에서 분단되어 있으며 선진 사회에 비해서 종속적 위치에 있고, 선진 사회가 주도하는 외적인 변화에 취약하다. 독재 상태에서 근대화를 추진했기 때문에 다양한 견해를 조정하고 사회적 약자를 돌보는 데 미숙하다. 또한 자본의 힘은 전보다 더욱 막강해졌고 정치적 조종은 더욱 교묘해졌다. 최근에 자살률을 비롯해서 비정규직, 산업 재해, 노동 시간, 청년 실업 등을 비롯한 부정적인 사회적 진단에 대한 통계 수치들이 OECD 국가들 중 최상위권이라는 점이 객관적 징표일 것이다.

『낯익은 세상』은 자본주의의 보다 근원적인 문제에 대해서 생각해 보고 싶었던 작품이다. 이를테면 '인간과 물건'의 관계에 대한 우화다. 내가 후반기 문학에서 모색 중인 '우리 형식과 서사에 세계의 현실을 담는다.'라는 작업의 하나다. 『손님』이 한국 전쟁 중의 어느 시골의 참사를 무속의 굿 형식으로 그려 내고, 『심청, 연꽃의 길』은 우리 모노 오페라 판소리의 서사를 빌려서 제국주의 시대의 동아시아를 그린다거나, 『바리데기』가 서사 무가의 형식과 서사를 가져다가 21세기의 난민의 이동을 보여 주는 것과 같은 작업이다.

『낯익은 세상』은 우리네 민담의 '도깨비 설화'를 빌린 것이다. 일본의 후쿠시마 원전이 폭발한 것과 한국에서 가축 전염병으로 소 돼지를 350만 마리나 생매장한 사건이 이 소설을 쓰게 했다. 한국의 도깨비는 독특한 캐릭터다. 귀신이나 요정과는 다르다. 나의 세대는 도깨비를 보았다는 어른들을 시골에서 흔하게 만나 볼 수 있었다. 우리 민담에서 도깨비는 사람들이 오랫동안 사용하고 지녔던 물건들이 정령으로 변한 것이다. 그래서 그 물건을 사용했던 사람의 모습을 하고 있다. 그것들은 언제나 사람의 마을 부근을 떠돌며 사람의 생활과 가까이 있다. 이들은 나타나기 전에는 캄캄한 밤의 어둠 속에서 푸른 불빛으로 날아다닌다. 도깨비는 사람에게 장난을 칠지언정 큰 해를 끼치지는 않는다. 오히려 부자가 되도록 도와준다거나 행운을 가져다주기도 한다. 그래서 우리는 도깨비가 결국 '물건에 관한 기억'의 정령임을 깨닫게 된다. 말하자면 콜라병이나 맥주 깡통 따위는 도깨비가 되지 않을 것이다. 그냥 소비해 버렸으니 사용자의 정과 기억이 깃들 리가 없을 것이다.

이 소설의 배경인 꽃섬은 쓰레기장이 되기 전에는 내 유년기의 꿈의 놀이터였다. 한강 건너편에 살던 나는 언제나 강 건너에 나무와 풀꽃이 무성한 꽃섬을 보며 자랐다. 거기에는 조그만 마을도 있었고 주민들도 살았다. 차츰 대도시로 변해 간 서울 시민의 쓰레기 처리를 위해서 꽃섬 전체가 징발되었고, 마을과 원주민들은 이주를 당했다. 그 자리에 생활 쓰레기와 산업화의 폐기물이 쌓여 갈 때에 원주민의 기억의 흔적들은 도깨비가 되었다. 쓰레기처럼 도시 바깥으로 버려진 빈민의 아이들이 이들 기억의 정령들과 소통한다. 유기체의 일종인 사람은 지나가는 과정이라는 점에서 하나의 물건과 별다를 것이 없다. 그래서 만물이 서로 맺고 있는 관계에 대하여 겸허해야 할 것이다. '인드라의 그물망'이라는 동아시아의 오랜 명제를 쓰레기장에서 재확인하게 된다. 이 작품에 드러나 있는 풍경은 세계의 어느 도시 외곽에서도 만날 수 있는 매우 낯익은 것들이다. 보다 더 많은 생산과 소비는 삶의 목적이 되었고 온 세계가 그것을 위하여 모든 역량과 꿈까지도 탕진한다. 꽃섬 쓰레기장에 묻어 버린 것은 지난 시대의 우리들의 탐욕이었지만, 거대한 독극물의 무덤 위에 번성한 풀꽃들은 그 욕망의 덧없음을 덮어 주고 어루만져 주고 있는 듯하다. 도깨비가 사라진 것은 전기가 들어오고부터라는 시골 노인들의 말처럼 지금의 세계는 우리와 더불어 살아온 도깨비를 끝없이 살해한 과정이었다.

당신의 작품에서는 체제의 폐해, 민중의 곤궁(착취당하는 노동자들, 과도한 채무를 진 농민들)과 같은 주제들이 극명하게 드러난다. 당신의 작품들을 통해 독자가 직접 느끼기도 하지만 그래도 당신의 필치, 문체 그리고 소설의 구성에 대해 직접 말해 줄 수 있는가?

앞에서도 말한 것처럼, 나의 전반기 작품들은 리얼리즘의 서구적 문체와 구성을 갖추고 있었다. 객관적인, 3인칭의, 형용사를 아낀 냉정한 단문들을 썼다. 망명, 투옥을 거친 뒤의 후반기 문학에 와서 '우리 형식과 서사에다 세계의 현실을 담는다.'라는 생각으로 쓰게 되었다. 그러한 생각은 베를린 장벽이 무너지던 때의 일기에 이렇게 씌어 있었다.

과거의 리얼리즘 형식은 보다 과감하게 보다 풍부한 형식으로 해체시켜서 재구성해야 한다. 삶은 놓친 시간과 그 흔적들의 축적이며 그것이 역사에 끼어들기도 하고 꿈처럼 일상 속에 흘러가 버리기도 한다. 역사와 개인의 꿈 같은 일상이 함께 현실 속에서 연결되어야 한다고 생각한다. 주관과 객관이 분리되어서도 안 되고, 화자는 어느 누군가의 관점이나 인칭으로 고정된 것이 아니라 등장인물 각자의 시각에 따라 서로를 교차하여 그려서 현실을 드러낼 수 있을 것이다. 한 인물과 사건을 두고도 모든 등장인물들이 보여 주는 생각과 시각의 다양성으로 자수를 놓듯이 그릴 수는 없을까. 객관적인 서술 방법도 삶을 그럴싸하게 그린다고 할 뿐이지 삶을 현실의 상태로 재현하는 것은 불가능한 노릇이다. 삶이 산문에 의하여 그대로 재현되는 것이 아니라면, 삶의 흐름에 가깝게 산문을 회복할 수는 없을까 하는 것이 나의 형식에 관한 고민이다.

프랑스 독자들의 이해를 돕기 위해 황석영 작가를 에밀 졸라, 귀스타브 플로베르, 기 드 모파상과 견주곤 하는데 어떻게 생각하는가?

발자크, 스탕달 그리고 위에 예를 든 프랑스 문학의 대가들은 학생 시절에 내가 흠모했던 작가들이다. 그러니 나에게는 그런 비교 자체가 대단한 영광이다. 그렇기는 하여도 시간과 장소를 뛰어넘은 이 엉뚱함은 어쩐지 풍자적으로 느껴진다.

발터 벤야민은 근대 소설이 이야기 쇠퇴의 종언을 향하는 과정의 가장 이른 징후였다고 언급했다. 근대 소설이 이렇게 된 이유는 '이야기 연희'에서 '독서'로 향유 형식이 변모하면서 발신자나 수신자 모두 고독한 개인이 되었기 때문이라는 것이다. 그러니까 경험을 통해서 저절로 얻어지는 지혜를 나누던 '이야기'가 죽어 간다는 것이 늘 '문학의 위기'로 표현되어 왔던 셈이다. 한국은 19세기에 제국주의의 침입으로 왕조가 망하고 과거의 전통과 단절되면서 서구 문화가 이식되었다. 엄밀하게 말하자면 서구 문화 그 자체는 아니고 일본의 개화라는 필터를 거친 사이비 서구 문화였다. 우리에게 근대적 소설 쓰기의 해체가 역으로 이야기성의 회복이 되는 이유가 여기에 있다. 17세기 이래 여러 장르의 민중 예술이 꽃피고 있었고 왕조가 망하던 당시에 이미 수많은 출판사의 책들이 노점의 장터와 책전에서 팔리고 있었다. 신문학이라는 이름 아래 서구적 형식과 문장으로 탈바꿈된 시와 소설이 나오면서 과거와 단절하게 되었던 것이다. 내가 이야기꾼의 토박이형과 떠돌이형(외방형)을 말하면서 '근대 세계 문학'의 개념은 주변부의 토박이성을 말살하고 억제하면서 형성된 유럽 중심주의의 산물이었음을 지적해 온 이유였다. 유럽적 보편주의를 '권력의 레토릭'이라고 말하는 것도 같은 이유이다. 후기 산업 사회의 개인은 모두 떠돌이가 되어 버렸고 자본주의 세계 체제 속에서 노마드를 문화적 코드로 내세울 정도다. 나는 이와 같은 현실 속에서 떠돌이의 입장을 견지하면서도 토박이성에 대한 경외와 지향을 놓치지 말아야 한다고 생각하면서 라틴아메리카 문학의 예를 들어 거론하곤 했다.

한반도 분단의 역사는 민족의 비극이다. 당신은 현재 분단 상황에 대해 어떻게 생각하는지? 그리고 모두를 위한 장기적인 해결책이 무엇이라고 보는가?

해방 이후 70년 동안 분단이 지속되고 있다. 내전이면서 국제전이라는 한국 전쟁을 겪었고 이로써 유럽에서 극동에까지 이르는 세계적 냉전 체제가 완성되었다. 1990년에 냉전이 해체되고 동서 독일이 통일되면서 동유럽의 사회주의권이 붕괴된다. 남과 북은 유엔에 개별 국가로 가입한다. 이는 분단의 고착화라는 우려에도 불구하고 남북의 교차 승인을 기대했기 때문이었다. 즉 러시아, 중국은 남한을 승인하고 미국, 일본은 북한을 승인한다는 것이다. 러시아와 중국이 남한과 외교 관계를 가지게 되었으나 미국과 일본은 북한을 승인하기를 유보했다. 이를테면 냉전의 지속이 된 셈이다. 기대가 좌절되면서 홀로 남게 된 북한은 협상의 강력한 수단으로 '핵 개발'을 추진하면서 미국과의 협상을 개시했다. 한마디로 생존을 위해서 체제의 안전을 보장해 달라는 것이었다. 1994년에는 후기 산업 사회 미국이 북폭을 결정하고 전쟁 일보 직전까지 갔다가 극적으로 선회하기도 했다. 남한의 민주 정부는 이른바 '햇볕 정책'을 내세워 북한, 미국, 남한, 중국이 참여하는 협상 테이블로 북을 이끌어 내어 포용하려고 했다. 평화 통일을 위해서는 현재의 휴전 체제를 평화 체제로 바꾸자는 것이었다. 그러나 러시아와 일본까지 포함한 장기간의 협상 끝에 2005년 베이징 9·19 공동 성명에서 이제 '평화 체제'에 대하여 논의하자는 원칙적 합의만 해 놓고는 미국의 금융 제재 등 약속 이행이 진행되지 않은 것을 이유로 협상은 결렬된다. 이후 중동 전쟁에 여념이 없던 미국은 '방임주의'로 일관했고 북한은 장거리 로켓과 5차 핵 실험에까지 이르게 되었다.

그동안 한국의 보수 정부는 한반도 위기의 주도권을 행사하지 못했을 뿐만 아니라 중국을 견제하려는 미국, 일본의 정책 변화에도 대응하지 못했다. 미국의 협조와 격려 아래 일본은 종전 후 지켜 왔던 평화 헌법을 폐기하려고 하면서 자위대의 설립 취지를 변화시켜 작전 범위를 세계화하고 유사시의 한반도 진출을 공식화했다. 현재 미국은 일본, 한국을 묶은 삼각 안보를 통하여 동북아에서 신냉전 체제를 형성하려고 한다. 사드 배치 결정은 한국인의 경제적 살림과 안전에 대하여는 아랑곳하지 않고 남한을 한미일 동맹의 하위 전초 기지로 못 박는 일이다. 이로써 한반도의 휴전 체제를 평화 체제로 바꾸려던 노력들이 물거품이 되었고 일촉즉발의 전쟁 위기로 다시 빠져들었다. 나는 일본, 중국의 지식인 문학인들과 더불어 동아시아 평화 포럼에 참여하고 있다. 일촉즉발의 전쟁 위기 앞에서 한반도의 휴전 체제를 평화 체제로 바꾸려는 국제적인 노력이 시급하다고 생각한다.

당신은 후배들과의 소통을 거부하는 작가가 아니고, 젊은 작가들에게 따뜻한 관심을 가지고 있다고 들었다. 현재 한국 문학계의 동향에 대해서 말해 줄 수 있나?

2015년에 식민지 시대부터 현재에 이르기까지 '한국 명단편 101 선집'을 편집해 냈고 각 작품마다 리뷰를 썼다. 전 열 권 중에서 1990년대 이후의 작가들 선집이 세 권이었으니 당대와 현재를 좀 더 강조한 셈이 되었다. 1990년대의 제목은 '나를 찾아서'였고 2000년대 초반의 제목은 '위태로운 일상'이었으며 이후 현재까지의 제목은 '너에게로 가는 길'이라고 정했다. 역사는 나선형으로 진전된다는 말이 있는데, 요즘의 한국 사회와 문학을 보면 그 말이 맞는 것 같다. 전쟁이 끝난 뒤 폐허 위에서 1960년 4·19 학생 혁명이 일어나면서 현대적 의미에서의 자아에 대한 생각이 싹트기 시작했다. 그것이 1970년대에 접어들면서 현실과 조우하게 되는 과정을 겪는데, 1980년대 광주 항쟁을 겪으면서 대의명분과 공동체가 강조되는 혁명의 열기에 휩쓸리고, 1990년대에 오면서 소련 동구권의 붕괴와 냉전 해체를 겪고 나서 개인들은 자기 방으로 돌아가 자아에 대해 성찰하는 사이클을 만들고 있었다. 2000년대 문학에서는 자아가 위태로운 일상 속에서 부서지거나 상처를 입으면서 현실과 만나기 시작한다. 그래서 나는 1970년대 이후 현재까지 한 바퀴 돌았다고 이를 표현한다. 과거에 서사를 리얼리즘이냐 모더니즘이냐로 구분했다면, 이제는 '서사는 가능하다'와 '서사는 불가능하다' 이렇게 둘로 나뉘는 것 같다. 전자가 대안적 서사의 방식을 찾고 있다면, 후자는 서사의 불가능성을 말하는 서사를 만들고 있다. 중요한 것은 둘다 결국은 서사의 문제에 천착하고 있다는 것이다. 이렇게 작가들이 현실과 부딪히면서 줄기차게 서사에 대해 고민하는 경우는 전에 없던 일이다. 어찌 됐든 서사를 해결하려고 한다는 점, 그것이 한국 현대 문학의 특성인 것 같다는 인상을 받았다.

최근 프랑스와 영국에서 소설 『고발(The Accusation)』이 출간되었다. '반디'라는 필명의 북한 작가가 음지에서 집필한 작품이라고 들었다. 이에 대한 당신의 견해를 묻고 싶다.

먼저 남북한 문학 교류에 대한 팩트를 짚어 보겠다. 전쟁 이후 한국 문단도 남과 북으로 갈라졌다. 남한 문학이 독재에 저항하고 표현의 자유를 쟁취하며 세계적인 의미에서의 현대성을 확보해 왔다면, 북한 문학은 프롤레타리아 독재적 당의 강력한 지도 아래 선전 부문을 담당해 온 측면이 강했다. 1987년 6월 항쟁 이후 남한 출신 북한 작가들의 작품이 해금되었고 이후 출판인들의 투쟁 속에서 북한의 문학, 역사, 인문 서적들이 소개되어 거의 제한이 없는 범위에까지 이르렀다. 또한 대학 도서관이나 공공 도서관에서 북한의 신문과 자료들을 열람할 수 있게 되었다. 그러나 전문가들을 위한 자료 이외에 별다른 호응을 얻지 못했고 시장에서의 한때의 열풍은 곧 시들어 버렸다. 북한 문학은 대체로 네 가지로 크게 분류할 수 있다. 첫째, 수령과 지도자의 역사적 행적과 위업을 선전하는 종류, 둘째, 당 정책을 선전하는 것, 셋째, 민족적 정서를 고취시키는 역사 소설, 넷째, 긍정적 교양을 위한 인민의 일상 생활을 그린 소설 등이 있다. 우리가 주목하는 것은 셋째와 넷째 항목의 작품들이었다. 역사 소설과 인민의 일상생활을 그린 소설은 북한 문학에서 일종의 '열린 숨통'으로 보이기 때문이다.

2004년 분단 이후 처음으로 남한의 명망 있는 '만해문학상'이 북한 작가 홍석중에게 수여되었다. 상금이 전달되었고 책이 남한에서 출판되었으며 영화화되었다. 이 작품은 역사 소설로서 조선 왕조 시대에 기생이며 시인이었던 황진이라는 여성의 사랑에 관한 소설이다. 그리고 나는 백남룡의 『벗』이라든가 남대현의 『청춘 송가』 같은 장편 소설을 문학계에 소개했다. 2005년에 분단 이후 최초로 남북 작가 대회가 평양에서 열렸는데 남한과 해외의 동포 작가 120여 명과 북한 작가 100여 명이 만나 토론회와 시 낭송 등의 행사를 가졌다. 우리는 교류 자체가 북한 작가들에게 도움이 되기를 바랐다. 나는 일일이 공개할 수는 없지만 개인적으로 그들의 어려움을 잘 알고 있다. 그리고 위와 같은 남한에서의 출판과 문학상 수여 등등이 북한 당국에 대한 은근한 압력이 되기를 바랐다. 그러나 보수 정부가 들어서고 남북 관계가 얼어붙으면서 민간 교류 자체가 금지되었다. 지금까지 남한으로 유입된 탈북자는 3만 명에 이른다. 한때 중국 동북 지방에서는 탈북해서 유랑하는 북한 인민이 20만 명이라는 소문도 있었다. 나는 한국의 진보 진영이 탈북자를 껴안지 못했던 것이 가장 뼈아픈 실책이라고 생각한다. 평화적 과정을 통하여 통일하려면 그 대화 상대가 일차적으로 북한 당국이었기 때문에 탈북자를 동시에 포용하는 일은 하나의 딜레마였기 때문이다.

나는 『손님』을 발표했을 때 남과 북의 국가주의자들로부터 맹공격을 받은 경험이 있었다. 또한 『바리데기』를 쓰기 위해 조중 국경 지대를 한 달 동안 섭렵하며 중국 관계 기관의 당국자와 탈북 동포 등과 인터뷰를 했다. 당시에 나는 중국 측이 내게 제시한 자료와 사진들에서 차마 말할 수 없는 참경을 보았다. 나는 북한에 틀림없이 인권적 과오가 있다는 것을 알았고, 『바리데기』에 묘사된 것은 빙산의 일각일 것이다. 탈북자들의 수기나 수용소에 대한 증언 등등이 극우 매체에 실리고 대북 전단 살포나 방송 등이 일상화되었다. 더구나 미국 정부의 '북한 체제 변화를 위한 활동'을 하는 부서에서 그동안 해마다 탈북자 단체에 300만 달러의 예산을 주었고, 이를 1000만 달러로 늘리기로 했다는 사실도 보도되었다. 이제 우리의 상처받은 휴머니티는 어쩔 수 없이 신냉전 체제의 선전물로 전락했다. 나는 북한 인민의 참사에 대하여는 일차적으로 북한 지도부에 책임이 있다고 분명히 언급했으며, 또한 그에 못지않게, 어쩌면 그보다 더 근본적으로는 수십 년간 철저하게 봉쇄해 온 미국도 책임을 면할 수 없을 것이라고 말해 왔다. 나는 탈북자들의 증언이 과장되었을 거라고 북의 입장을 더 이상 변명해 줄 생각이 없다. 근대 국가들의 과거를 돌아보면 온갖 악행과 음산한 상처가 확인되기 때문이다. 가까이는 아부그라이브와 관타나모의 사실이 있었으니 북한 당국도 남들이 보지 않는 곳에서 무슨 일을 저질렀을지 미루어 짐작할 수 있기 때문이다.

'반디'라는 필명 작가의 소설에 대하여 들었을 때 나는 그것이 극우 매체에서 출판되었다는 소식을 듣고 요즈음의 한반도 분위기에 따른 선전용 출간물이 아닌가 의심했다. 더구나 원고의 책임 소개자는 탈북자 단체가 아닌가. 또한 유엔과 한국 국회에서 북한 인권법을 제정하려던 시기였다. 나중에 책을 구하여 읽어 보고 거기 그려진 북한의 일상을 살피면서 이것이 어쨌든 북한 사람 누군가에 의해서 쓰인 글일 수는 있겠다는 생각이 들었다. 이 글이 탈북자 단체에 의하여 제작되었다거나 북한에 살고 있는 누군가가 썼다거나 하는 상반된 주장들은 무의미하다. 무엇보다도 중요한 것은 작품성인데, 이 소설의 수준이 한국 문단과 지식인 사회의 평가를 받을 만한지는 의문이다. 그리고 이런 책이 평화가 아닌 분리주의와 냉전에 정치적으로 선전·활용되는 것은 용납할 수 없다. 그와 동시에 분명한 것은 한반도의 위기가 갈수록 고조되고 있는 암담한 분단 현실 속에서는 이제 남한의 작가들조차도 자유롭지 못함을 다시금 확인하게 된다.

끝으로 최근 한국 사회의 격변과 이른바 예술가들의 '블랙리스트'에 대한 견해를 묻고 싶다.

박근혜 정부의 뒤에 공개되지 않은 '비선 실세'가 있었고 그들이 국정을 농단해 왔다는 사실이 밝혀지자 전국에서 시민들의 촛불 시위가 일어났다. 그러한 권력의 사유화는 자신의 주권을 탈취당했다는 대중적인 분노를 일으켰다. 작년 11월에 시작된 시위는 올해 3월까지 계속되었으며 연인원 1500만에 달하는 시민들이 참가했다. 그 결과로 대통령은 탄핵되고 현재 구속되었다. 이를 국내외의 언론은 평화적인 시위로 놀라운 정치적 변화를 가져온 데 대하여 '촛불 혁명' 또는 '명예혁명'이라고 부른다.

1961년 군사 쿠데타로 집권한 박정희 장군은 개발 독재를 통하여 근대화를 추진했고 그 잔재가 계속되어 온 것은 우리나라가 겉으로는 민주주의의 옷을 입고 있지만 안으로는 분단된 안보 국가의 몸을 유지하고 있었기 때문이다. 두 차례의 민주 정부가 있었지만 과거의 잔재는 역사적 반동이 되어 이명박, 박근혜 정부를 출범시켰다. 특히 박근혜는 독재자 박정희의 딸이었으며 그녀는 개발 독재 시대의 폐단이었던 재벌과 독재 정부의 정경유착을 다시 불러왔다. 모든 사회 제도가 옛날로 되돌아가면서 남북의 냉전을 불러오고 문화·예술에 대한 감시와 검열은 교묘하게 다른 방식으로 조정되었다. 그 결과가 정부에 비판적인 예술가를 블랙리스트로 억압하려 한 것이다. 내 경험에 의하면 비판하지 말라는 직접적 협박과 친정부 단체의 직임을 맡으라는 회유와 함께, 소설 작품의 영화, 드라마, 뮤지컬, 애니메이션 등과의 계약을 원천적으로 방해하거나 해마다 정기적으로 개인의 은행 거래 내역을 은밀히 조사하고 그 조사한 사실을 본인에게 통보하는 식이었다. 또한 극우 단체의 회원들이 나에 관하여 공산주의자 또는 간첩이라며 과거에 내가 방북했던 당시의 정보부 조서 내역 등을 왜곡하여 SNS를 통하여 대중들에게 전파시켰다. 내가 당한 일들이 이러한 정도였으니 한참 활동 중인 젊은 문인, 영화인, 배우, 화가, 연출가, 가수 등에게는 어떻게 했을지 짐작할 수 있다. 이렇게 명단에 올린 예술가들이 거의 1만여 명에 이르렀다. 도저히 창피해서 해외에 나가 국제적인 행사장에서 외국 독자와 벗들에게 무슨 이야기를 해야 할지 얼굴을 들지 못할 정도다.

이러한 억압과 제재가 본격화되었던 것은 현재 구속된 책임자들과 문화 정책자들의 진술로 미루어 '세월호' 사건 직후였던 것으로 알려져 있다. 2014년 4월 16일 인천을 출항하여 제주로 항해 중이던 여객선 세월호가 진도 앞바다에서 침몰하여, 수학여행 중이던 안산 단원고 학생들을 포함한 탑승객 476명 중 295명이 사망했으며 사망자 중의 대부분인 254명이 어린 남녀 고등학생들이었다.

여객선은 허가를 받은 최초부터 일상적으로 관의 비호 아래 불법과 비리로 운행해 온 것이 드러났다. 해양 경찰은 이른바 골든타임이라고 하는 초기의 귀중한 시간들을 허비하며 수백 명이 타고 있는 배가 침몰하는 것을 현장 주위에서 건너다보기만 했다. 탑승 인원 500명의 대형 여객선 세월호의 조난 현장에 출동한 해경 경비정은 단 한 척이었고, 구조 작업이 진행된 45분 내내 승객의 대다수가 남아 있던 선내로의 진입은 이루어지지 않았다. 해군이 원조에 나선 증거는 세월호가 완전히 침몰할 때까지 사고 해역 어디에도 보이지 않았다. 정부 차원의 대처 또한 무능과 안일의 극치였다. 사고 수습을 위한 비상 지휘 기구로 안전행정부 장관을 수장으로 발족된 중앙재난안전대책본부에서는 효과적인 구난 체계를 수립하기는커녕 생존자 수조차 파악하지 못했고, 정부의 유관 부처가 저마다 대책 본부를 세우는 혼란 끝에 수립된 범정부사고대책본부에서는 국가의 모든 자원을 동원한 수색과 구조를 계획하는 대신에 민간 해양 구난 업체에 독점적 영업권을 부여한 해경의 논란 많은 결정을 지지했다. 더구나 대통령 박근혜가 대책 본부에 나타난 것은 사고로부터 일곱 시간이 지난 뒤였고 그녀는 사고의 진행 과정과 현재 상황에 대하여 아무것도 모르고 있었다. 세월호 참사 이후 한국 국민들이 전 세대에 걸쳐서 자조적으로 "이게 나라냐?"라고 부르짖으며 한국이라는 국가에 대해 절망할 대로 절망한 것은 매우 온당한 반응이 아닐 수 없었다.

국민 여론은 박근혜 대통령의 책임을 물어 퇴진을 요구하기 시작했다. 우리 사회는 물질적 자원의 태반을 국가가 통제하는 상태에 오랜 기간 머물렀던 까닭에 국가의 권위에 순응하는 방식으로 제도와 관행을 만들었으며, 국가 이데올로기에 의존하여 사회의 열망과 이상을 정의하는 습성을 길렀다. 그러나 사람들의 상호 의존과 혜택과 체제의 구축이라는 이상이 국가에 의해 실현되리라는 기대는 한국이 개발주의 노선으로 매진하여 자본주의 세계 체제의 반주변부에 진입한 이후 착각임이 드러났다. 국가는 오히려 한국 사회의 모든 영역에 성장을 위한 무한 경쟁 구조를 확립하고 한국인의 일상생활 속에 재난의 인자를 뿌린 주역이었고, 그것은 공공성을 허물면서 기업 친화를 외쳐 온 기업 국가의 필연적인 결과였다.

문화·예술인 들은 세월호 사건 이후 이러한 정부를 비판했고 박근혜 정부는 비판을 받아들이고 시정하려 노력하는 대신 비판적 예술인

들은 국가 안보를 위협하는 좌익 세력이며 명단을 짜서 억압·관리해야
한다고 결정했다.

　이제 우리는 비로소 박정희 시대의 어두운 터널 끝에 도착했고 총체
적인 사회 개혁의 대전환을 모색해야만 한다. 이 정부를 끝으로 개발
독재 이래의 적폐가 마무리되는 새 공동체를 만들어야 한다.

황석영 HWANG Sok-yong
소설가. 1943년 만주 장춘 출생. 고교 재학 중 단편 소설 「입석 부근」으로 《사상계》 신인문학상을 수
상했고, 단편 소설 「탑(塔)」이 《조선일보》 신춘문예에 당선되면서 본격적인 작품 활동을 시작했다. 이
후 「객지」, 「한씨연대기」, 「삼포 가는 길」 등을 차례로 발표했다. 『무기의 그늘』, 『오래된 정원』, 『손님』,
『장길산』, 『바리데기』 등의 작품이 있다. 만해문학상, 단재상, 이산문학상, 대산문학상 등을 수상했다.

다매체 시대의 문학의 힘과 반항

김승희

세계화의 우울증과 '과정 중의 주체'

프랑스 추리 소설가 미셸 비시(52)가 신작 『절대 잊지 마』(달콤한 책) 출간을 기념해 첫 방한하고 기자 간담회를 가졌다. 비시의 본업은 지리학자다. 프랑스 루앙 대학교 지리학 교수로 재직하고 있는 그는 전문 지식을 무기로 강력한 서사를 만든다. 그는 "인물의 정체성은 살고 있는 곳에서 나온다고 생각한다."라며 "뉴욕, 런던 같은 별 특징 없는 곳보다 노르망디 같은 특성이 보이는 장소에 인물을 놓는 걸 좋아한다."라고 말했다. 그는 "장소는 소설을 시각적·낭만적으로 만들기도 한다."라고 덧붙였다.[1] '사는 곳이 인물을 만든다'라는 제목의 이 인터뷰 기사를 읽다가 나는 비시 교수의 말에 '한국'이란 단어를 넣어 보면 어떨까 하는 생각을 했다. 지리가 인물을 만든다는 그의 말은 나도 가끔

---

1) 이윤주, 「불(佛) 인기 추리 작가 "사는 곳이 인물을 만든다"」,《한국일보》(2017년 4월 19일).

생각하고 있는 명제다.

세계화 시대는 이제 얼굴 모르는 테러의 출몰로 인해 부정적인 방향으로 퍼져 나가고 있다. 연탄가스처럼 스며드는 테러로 인해 중심/주변의 대립 구도와 경계가 무너졌던 자유의 긍정적 확산으로서의 세계화보다는 이제 자기 담을 높이고 자신을 방어하려는 강대국들의 패권주의의 각축장으로 세계는 이미 변해 가고 있다. 거기에는 '세계화병'이라고 부를 만한 내일을 모르는 불안과 공포가 있다. 사실 세계화 그 자체는 병이라고도 약이라고도 할 수 없다. 다만 오늘날 세계화의 격랑 속에서 한국만큼 국제 질서 안에서 격동을 겪고 있는 나라도 드물기 때문에 이웃 나라에 대한 의혹과 불신으로 조금씩 세계화 우울증에 걸려 가는 것 같기도 하다. 또한 뒤떨어지지 말아야 한다는 강박감과 늘 과도하게 교란당하는 주체에 대한 불안, 자기방어에 대한 불확실한 무력감도 있다. 세계화 사회 속에서 누구나 타자나 타국의 영향에 더 노출된 삶을 살아가지만 한국은 미국, 중국, 일본, 러시아와 같은 너무나도 거대한 강대국들의 영향에 직접적으로 노출되어 있고 또한 북한이라는 세계에서 가장 위험한 변수와 이웃하고 있기 때문에 더욱 격동과 교란의 진폭이 클 수밖에 없다. 그리하여 한국인 개개의 주체성은 기본적으로 큰 격동의 과정 속에 늘 임시적으로 위치할 수밖에 없다. 가건물의 주체다. 화산 위의 인생(김우창)이다. 이렇게 좌우 사방으로 거대한 강대국과 밀접한 관계를 맺고 있는 작은 나라 한국은 국제 정치 속의 '큰 상징적 질서'라고 부를 수 있는 큰 타자들과 늘 불안정하고도 위험한 관계 속에서 흔들리고 있기에 가끔 나는 한국이라는 땅이 반도여서 늘 바람 속에, 물결 속에 흔들리고 있는 것이라는 느낌을 받을 때가 있다. 반도는 몸통에서 뻗어 나온 작은 나뭇가지에 매달린 잎사귀처럼 대륙에서 뻗어 나와 각기 다섯 개의 손가락을 떨고 있지 않는가? 게다가 북쪽에는 핵폭탄이 있고 핵미사일 시험 발사가 언제 일어날지 모른다. 반도는 푸른 물결 속에 흔들리는 잎사귀처럼 너무도 슬플 정도로 아름답지만 우리는 그 땅에서 늘 격랑 위의 잎사귀처럼 흔들리고 있다는 느낌이 올 때마다 나의 주체는 경련하고 전율한다. 또한 북쪽으로 막혀 있기에 한반도는 섬처럼 폐쇄된 기분을 준다. 한반도의 지리적 폐쇄공포증은 '지리가 인물을 만든다'는 미셸 비시 교수에게 좋은 참고가 될 것이다.

그런 지리적 극한성 때문에 세계화는 한때 자기방어에 대한 공포를 주기도 했지만 그래도 중심/주변의 해체, 남성/여성, 이성/감성의 해체라는 세계화의 공식은 어느 정도 상쾌한 자유 감각을 주기도 했다. 그러나 급류처럼 밀려온 경제 세계화로 인해 1998년에 금융 위기를 맞아 IMF 관리하에 들어간 뼈아픈 체험이 있기에 한국은 세계화라는 단어에 피해망상을 느끼고 늘 자기방어에 대한 두려움을 가지고 있다. 그러나 세계화병과는 별도로 세계화 그 자체는 한국의 경제 성장이나 한류 문화의 확산에 긍정적 영향을 주었다고 생각한다. 작년에 미국 동북부의 오하이오주에 있는 아주 작은 도시의 대학촌에 몇 달 체류하였다. 소도시의 대학촌이었는데 그 대학에는 중국어와 일본어 프로그램은 이미 있는데 한국어 프로그램이 없어 한국어를 배우고 싶어 하는 학생들이 한국어 프로그램을 만들어 달라고 항의하기까지 했다는 말을 들었다. 거기 잠깐 체류하는 동안 학과장으로부터 잠시라도 학생들에게 한국어를 좀 가르쳐 줄 수 없겠느냐는 제안을 받았다. 내 일정 상 그 제안을 받아들이지는 못하였으나 그 소도시에서도 한류 드라마의 인기 상승에 힘입어 한국어를 배우려는 미국 학생들의 열정과 자발적 움직임이 있다는 것이 놀라웠다. 한국 드라마와 노래, 아울러 한국 음식에 대해서도 관심이 많았다. 사실 세계화라고 하면 외국의 문화가 한국 문화에 끼친 영향을 더 먼저 생각하게 되는데 이렇게 작지만 한국 문화가 외국에 영향을 주고 있는 것을 생각하면 격세지감을 느끼게 된다.

1990년대 중반에 세계화 바람이 한창 불어올 때 오인(miscognition) 인지는 몰라도 나는 약간의 해방감을 느꼈다. 1970년대, 1980년대의 독재 정치로 인해 가부장적 유교주의와 군부 이데올로기가 혼합된 억압적인 분위기에서 단일한 주체성을 강조하던 문화 속에 살다가 세계화라는 말과 함께 유입되어 들어온 '경계를 넘어서', '노마드', '지적 유목민' 또는 쥘리아 크리스테바의 '과정 중의 주체(subject in the process)'라는 포스트모더니즘의 단어들을 보니 참 상쾌했다. 탈중심화된 세상이 금방이라도 이루어지는 것처럼 가슴이 펴지고 중심이 주던 억압과 부담이 조금 가벼워지는 것 같았다. 시인인 나는 늘 심리적으로 교란을 받고 취약하며 불안정한 나 자신이 이중인격자가 아닌가, 정신분열이 아닌가 두려웠는데 크리스테바의 '과정 중의 주체'라는 용어를 보고 인간이 그렇게 통일된 단일성의 주체가 아니라는 생각이 참 반가웠다. 그러고 보면 세계화라는 말에는 문화와 문화 사이에는 상호 텍스트성(intertextuality)이 작용하고 주체와 주체 사이에는 상호 주체성(intersubjectivity)이 작용해서 새로운 텍스트(문화)가, 새로운 주체가 만들어진다는 주체 형성 개념이 들어 있다. 예를 들어 중국이나 동남아시아에서의 한류 인기에 힘입어 한국 드라마의 남성 인물, 여성 인물의 캐릭터가 얼마나 많이 변화했나를 생각해 보면 쉽게 알 수 있다. 문화는 본질적인 실체가 아니라 생성 중(becoming)인 것으로서 세계화는 완성된 것이 아니라 끊임없이 상대적 관계성 속에서 미지의 정체성을 만들어 가는 과정에 있는 것이겠다.

다매체는 세계화를 실천하는 놀라운 테크놀로지다. 다매체는 세계를 하나로, 동시간대로 묶어 버리는 마술과도 같은 과학 기술이다. 디지털의 발전에 유난히 앞서가는 한국인에게는 트위터, 페이스북, 인스타그램, 카카오 스토리 등 SNS나 모바일에 셀카와 동영상을 저장하고 빛의 속도로 전송하는 일이 일상이 되었다. 나도 아이들이 다 외국에 살고 있어서 만나기가 어려운데 페이스북 오디오와 페이스북 비디오, 스카이프 등으로 자주 가족의 얼굴을 보고 외로움을 줄이며 살고 있다. 그러나 다매체의 시대에는 빛과 그늘이 있다. 다매체의 시대는 사실 인간의 오감이 활발하게 활용되는 공감각의 시대일 것 같지만 사실은 시각 중심주의를 지배적으로 활용한다. 세상의 모든 것은 금세 이미지가 되고 우리 주변에는 실체보다도 오히려 이미지가 넘쳐 난다. 셀카 찍기가 일상의 중요한 일과가 되다 보니 사람들은 외모나 패션이나 공간 인테리어에 신경을 더 써야 하고 그래서 세상은 점점 더 '보이는 것 중심'으로 돌아가게 되었다. '보이지 않는 것', 이를테면 영혼이나 정신적 가치 같은 것은 아무래도 위축되는 것이다. 우리는 어느 때보다도 빨리 지구상에서 일어나는 많은 사건들을 보고 실시간으로 알게 되었고 지구상의 공간과 시간을 순식간에 뛰어넘는 초능력을 가지게 되었다. "중심이 지탱하지 못하고, 모든 것이 뿔뿔이 흩어져, 무질서만이 퍼져 나가는"과 같은 예이츠의 시구는 바로 탈중심화되고 파편화된 이 시대를 말하는 것 같다.

다매체 시대는 그렇게 세계의 시공간을 가속도적으로 좁히고 있으며 우리는 실시간으로 지상의 모든 일을 직간접적으로 인지하고 '관여'할 수 있게 되었다. 관여라고? 아니, 피와 눈물이 흐르는 나의 육체와 긴밀한 상관성은 없다는 면에서 그것은 관여가 아니라 보는 것, '관람'이나 '구경'이라고 하는 편이 적절하겠다. 일상 속에 들어온 SNS의 세계는 그렇게 현실의 경계를 확장하는 것 같으면서도 사실은 인간을 자신과 세계로부터 소외시키고 있다.

그럼에도 SNS에는 세 살배기 시리아 국적의 난민 아기 아일란 쿠르디의 해안으로 밀려온 주검 사진이나 침몰한 세월호에서 엄마에게 문자를 보내고 동영상을 찍었던 아이들과 같이 역사적 재난의 현장을 기록하여 보여 줌으로써 인류의 가슴에 호소하고 정치적 변화까지 일으키는 어마어마한 파급력의 기능이 있다. "지켜 주지 못해 미안하다."라는 양심의 탄식이 우리의 가슴을 쳤으며 세월호의 아이들이 기울어 가는 배 속에서 보낸 사랑의 문자 메시지와 기록해 놓은 동영상의 힘은 분노를 넘어 대통령 탄핵을 이룬 촛불 집회로까지 영향을 미쳤고 한국 정치의 변혁에 절대적인 힘을 주었다. 어린 아일란의 죽음이 너무도 안타까운 어느 네티즌은 쿠르디의 어깨에 하얀 천사의 날개를 그려 주었다. 이렇게 SNS를 통해 세계 방방곡곡에서 몰려든 애도의 마음은 보다 나은 세상에 대한 꿈에 불을 붙였고 애도의 정치학이 움직이기 시작했던 것이다. 이렇게 SNS는 세계인에게 보편적인 인간 권리, 휴머니티의 무게에 대해 생각하게 하는 긍정적 기회를 제공한다. 애도의 정치학은 타인에 대한 연민과 공감의 윤리학과 같이할 때 큰 정치 변혁을 수행할 수 있다.

그러나 다매체의 효용론에도 불구하고 거기에도 다매체병이 있다. 다매체를 통해 세계와 접속하는 사람들은 서서히 치열한 관심을 상실하게 되고 결국 소외와 무기력을 경험하게 되고 점점 더 무감각해져서 '소진되는 주체'가 된다. 사건의 현장에 있지 않고 현장을 다매체를 통해서 보는 관람자의 위치에 있기 때문일 것이다. 현장은 없다. 사라진다. 어떤 참담한 현장도 매체의 환영(幻影)으로 바뀌고 폭력에 의한 사건의 비극적 현장은 서서히 낯익은 것이 되고 만다. 다매체의 시각 중심주의가 우리의 신선한 감각을 삼켜 버리고 자동화되게 만들고 급기야 우리는 마비 속으로 빠져든다. 이런 상황에서 세계의 사건들, 풍경들은 현장을 잃어버리고 점점 더 가벼운, 낯익은 구경거리가 되고 우리는 역사, 사회의 관람자, '구경하는 주체'로 전락할 위험에 처해 있다. 타자의 윤리학이란 말은 얼마나 어려운 말이 되고 말았는가? 이런 '관람'의 시대에 시는 무엇을 할 수 있을까?

다른 한편으로 SNS의 세계는 자기 정체성의 독특한 차이를 주장하는 개인적 보여 주기(showing)의 관점에서 매우 풍성하다. 페이스북이나 유튜브, 인터넷 포털의 블로그나 카페에는 자신의 일상이나 여행의 모습을 보여 주는 독특한 수많은 영상들이 존재한다. 마치 인간 주체성 형성 단계에서 '거울 단계(mirror stage)'와도 같이 자신과 타자를 동일시하며 에고 이미지를 전파한다. 나르시시즘의 이미지 과잉의 세계이다. 물론 최종의 목표는 타인과 아름다운 자신의 자아 이미지를 나누는 것이겠지만 근본적으로 목마른 나르시시즘의 세계에서 개인은 자기 정체성을 새로운 상품이나 여행지에서 만난 세계적인 명소 풍경이나 걸작품의 이미지로 장식하며 다양한 이미지의 혼합을 통해 새로운 자기 정체성을 만들어 낸다. 그 욕망의 정체성은 환영의 정체성이자 허구적 하이브리드의 정체성이다. 이런 '보여 주기'의 시대에 시는 무엇을 할 수 있을까?

다매체 시대의 우울증과 '소진되는 주체'

그렇게 우리는 '보기'와 '보여 주기'라는 시각 과잉의 시대를 살고 있다. 마셜 매클루언(Marshall McLuhan)은 인쇄 매체에서 영상 매체로 옮아가는 전환의 시대에 "미디어가 메시지다."라는 말을 하면서 인쇄 시대에는 시각 중심의 선형적 인간형이 주류가 되었지만 이제 전자 매체의 영상 시대에는 오감을 다 발휘하는 전인적 인간형이 주류가 된다고 했다. 그러나 원초적인 오감의 능력을 되찾은 전인적 인간형이 귀환하리라는 매클루언의 말과 달리 다매체 영상 시대의 문화는 오히려 이미지 과잉과 외양 중심적 문화로 흘러갔다.

기 드보르(Guy Debord)는 저서 『스펙타클의 사회(*Society of the Spectacle*)』에서 "현대 사회에서는 삶의 모든 것이 스텍타클의 거대한 집적물로서 그 자신을 표현한다. 직접적으로 삶에 속했던 모든 것이 표상으로 바뀌었다."라고 말했다.[2] '스펙타클'은 소비 자본주의 사회의 이미지 과잉 현상을 가리키고 현실과 분리된 스펙타클은 진짜 현실을 제거하고 계급적 권력관계를 은폐하며 우리의 삶을 소외시킨다는 것이다. 매클루언이 시각 중심주의 문화를 오감 문화로 전환시키리라고 낙관했던 전자 매체의 시대에 대해 드 기보르는 스펙타클한 이미지에 마비되는 구경꾼으로 인간을 타락시키고 있다고 매우 부정적으로 평가한다. 외관만으로 모든 것을 평가하는 상품 물신주의 사회에서는 영혼이 상실되고 내면의 공간이 점점 축소된다. '나'는 소비하는 세계에서의

2) 기 드보르, 이경숙 옮김, 『스펙타클의 사회』(현실문화연구, 1996), 13~15쪽 참고.

소비되는('소비하는'이 아니라) 주체이며 끝내 수동성의 주체로 삼켜진다. 끝내 다 소비되고 나면 '나'는 현대 자본주의 사회에서의 주인 기표, 자본 그 자체의 희생양이 되고 만다.

　이런 시각에서 문학의 힘에 대한 신화는 완전히 사라진다고 볼 수 있다. 인간 주체는 신자유주의 소비 자본주의 시대에 삼켜지는 주체, 말랑하게 자본의 목구멍 속으로 삼켜져 녹아드는 존재가 되었기 때문이다. 그러나 이 지점에서 문학은 반항과 전복성의 힘을 발휘할 수 있어야 한다고 본다. 문학의 진정한 반항은 기진하고 소진된 주체에게 심폐 소생술을 해 주는 힘이기 때문이다. 글쓰기 자체가 기존의 사회 질서에 대한 탈주의 꿈이자 반헤게모니의 세계를 구축한다는 점에서 문학 자체, 글쓰기 자체가 일종의 헤테로토피아[3]의 역할을 한다고 볼 수 있다. 도피가 아니라 탈주다. 탈주는 안의 세계를 성찰하고 그 안의 세계에 금을 내는 바깥으로부터의 사유이며 독단주의의 해체가 된다.

　　식탁이 밥을 차린다

---

3) "아마도 모든 문화와 문명에는 사회 제도 그 자체 안에 디자인되어 있는 현실적인 장소, 실질적인 장소이면서 일종의 반(反)배치이자 실제로 현실화된 유토피아인 장소들이 있다. 그 안에서 실제 배치들, 우리 문화 내부에 있는 온갖 다른 실제 배치들은 재현되는 동시에 이의 제기당하고 또 전도된다. 그것은 실제로 위치를 한정할 수 있지만 모든 장소의 바깥에 있는 장소들이다. 이 장소는 그것이 말하고 또 반영하는 온갖 배치들과는 절대적으로 다르기에, 나는 그것을 유토피아에 맞서 헤테로토피아라고 부르고자 한다."(47쪽)
　헤테로토피아(heterotopia)는 미셸 푸코의 용어로 유토피아(utopia)에 대비되는 공간의 개념이다. 'hetero-'는 '다른, 이질적인, 혼종적인'이라는 뜻이며 'topia'는 공간이나 장소를 뜻한다. 헤테로토피아는 사적/공적 공간, 놀이/노동 공간 등 근대의 구분되는 이분법적 공간을 일상적·정상적 장소로 보고 그것을 넘어선 공간으로 유토피아 개념을 상정한다. 유토피아는 문자 그대로 현실 사회에 위치하지 않는, 세상에 없는 이상적 공간인데 그것과 대비되는 공간이 헤테로토피아이다. 헤테로토피아는 현실 속에 있으나 상상과 환상을 충족시킬 수 있는 이질적 장소이며 일상적 질서와 '다른 공간'으로서 우리가 살고 있는 근대적 공간에 대해 '이의 제기'를 할 수 있는 상이한 공간들, 일종의 불안의 공간이자 매혹의 혼종적 공간이다. 미셸 푸코, 『헤테로토피아』(문학과지성사, 2014).

밥이 나를 먹는다
칫솔이 나를 양치질한다
거울이 나를 잡는다
그 순간 나는 극장이 되고
세미나 룸이 되고
흡혈귀의 키스가 되고
극장에서 벌어질 수 있는 여러 가지 일들이
거울이 된다
캘빈 클라인이 나를 입고
니나리찌가 나를 뿌린다
CNN이 나를 시청한다
타임즈가 나를 구독한다
신발이 나를 신는다
길이 나를 걸어간다
신용카드가 나를 소비하고
신용카드가 나를 분실 신고 한다
시계가 나를 몰아간다 저속 기어로 혹은 고속 기어로
내 몸은 갈 데까지 가 보자고 한다
비타민 외판원을 나는 거절한다
낮에는 진통제를 먹고
밤에는 수면제를 먹으면 된다
부두에 서 있고 싶다
다시 부두에……
씨티은행 지점장이 한강변에서 음독자살을 하고
시력이 나쁜 나는 그 기사를 읽기 위해
신문지를 얼굴 가까이에 댄다
신문지가 얼굴을 와락 잡아당겨
내 피부에서 떨어지지 않는다

하는 수 없이 나는 그 신문이 된다
몸에서 활자가 벗겨지지 않는다[4]

이렇게 신자유주의적 자본주의가 주인 기표가 되어 버린 세계화의 쇼핑몰과 같은 공간 속에서 현대인의 자아는 자본의 노예가 되거나 구경꾼의 자리에서 소비되는 소비재의 위치로 굴러떨어지거나 끝내 자아의 마비의 자리에 이르게 된다. 이 시가 노래하는 것처럼 식탁이, 칫솔이, 거울이 나의 일을 대신 하고 캘빈 클라인이 니나리찌가 CNN이 《타임즈》가 다국적 신용카드가 나를 소비하고 나를 지배하고 나를 점령하는 공간이 세계화의 공간이라고 할 수 있다. 그들이 나를 다 점령했을 때 나는 한강변에서 자살한 씨티은행 지점장의 자살이 되거나 세계 뉴스의 글자가 가득 찬 몸이 된다. 우리는 그 주술에 걸린 자본의 공간에서 탈주할 수 있을까? 바깥은 있을까? 문학은 그 바깥의 다른 공간을 만들어 낼 수 있을까? 이런 세계화, 다매체의 시대에 완전히 순결한 누드로 태어난다는 것이 가능할까?

10여 년 전에 나는 어느 갤러리에서 매우 재미있는 누드화를 본 적이 있었다. 그 누드는 알파벳이 온몸에 새겨진 여성의 알몸을 그린 것이었다. 제목은 「누드는 없다」였는데 그때 내 생각에 그 그림은 탈식민주의적 페미니즘적 누드의 알레고리로 보였다. 어떤 참담한 시대에도 세계의 아이들은 깨끗한 알몸으로 태어나는데 아이가 순결한 알몸으로 태어난다고 해서 완전히 원초적 순결성을 가지고 태어난다고 볼 수 있을까? 그 그림에 의하면 답은 '없다'이다. 타블라 라자(tabla rasa, 백지)와 같은 상태의 누드라는 것은 허상이라는 것이다. 우리는 이미 아주 많이 세계화, 다매체화되어서 누드로 태어나기보다는 자신의 육체에 인종, 국가, 자본, 노동이라는 계급, 문화 등의 역사·사회적 코드를 새기고 태어난다. 인간 주체는 개체 발생적으로 언어의 상징계에 진입해야

---

4) 김승희, 「식탁이 밥을 차린다」, 『빗자루를 타고 달리는 웃음』(민음사, 2000).

하나의 주체로 형성되는 것이지만 세계화 시대의 자본주의의 큰 상징적 질서(The Symbolic)는 이미 출생부터 우리의 몸에 인종과 계급이라는 자신의 담론들을 새겨 넣은 것이다. 큰 상징계의 그 활자들을 몸에서 벗겨 낼 수가 없는 것이다.

그렇다면 우리는 어떻게 자율적이고 자유로운 세계인으로 살 수가 있는가? 인간은 상대적인 관계성의 존재이기에 자율적 세계인이란 결코 가능하지 않다. 특히 테러의 유령들이 공공연히 떠돌고 있는 오늘날의 국제 정세를 살펴보건대 세계화의 긍정적인 영향은 이제 쉽지 않다. 세계화 담론의 핵심은 '경계를 넘어서'였는데 지금 이주민들은 테러를 저지를지 모른다는 의혹을 받는 위치로 전락하고 난민들은 국경선의 해안을 떠돌고 추방되며 강대국들은 국경의 경계를 공고하게 만들기 위해 노력하고 있다. 세계화의 최악은 제국주의다. 지금 다시 세계는 강대국들의 패권주의가 발동하고 북핵 문제로 트럼프 대통령과 시진핑 주석, 아베 총리는 전화 통화를 하고 한국의 지도자는 배제된다. 그들이 전화 통화에서 무슨 의논을 했는지 궁금하고 너무 궁금하다. 혹시 가쓰라·태프트 밀약[5]의 부활이 아닌지 데자뷔의 페스트 같은 불안이 만연한다. 한국은 배제되고(우리가 당사자가 아닌가?) 미국 지상 최대의 항모라는 칼빈슨호가 일본 자위대와 함께 동해 수역에서 훈련할 예정으로 서태평양에서 동해 방향으로 북상 중이고 북한은 칼빈슨호를 수장시킬 거라 큰소리를 치니 그 불안과 공포는 극에 달한다. 이렇게 한반도의 지리는 극한 지역이다.

세계화 담론과 더불어 등장했던 노마드라는 멋진 말이 이제는 제1세계의 지식인이나 자본가에게나 허용되는 말이 되어 간다. 노마드의 자유가 허용된다면 이제는 잡스 노마드(jobs nomad), 즉 빈민 노동자의 값싼 노동에나 주로 허용되고 있다고 한다. 노마드라는 매혹적인 말

---

5) 1905년 7월 미국과 일본이 필리핀과 대한제국에 대한 서로의 지배를 인정한 협약으로 일본이 제국주의 열강들의 승인 아래 한반도의 식민화를 노골적으로 추진하는 직접적인 계기가 되었다.

은 이제 세계화의 영광보다는 그늘에 속하는 말이 되어 버렸다. 그러나 "인간은 여행을 통해 태어난다. 인간의 몸은 정신과 마찬가지로 노마디즘에 의해 형성된다. 인간의 고유한 특질은 우선 두 발로 달린다는 점이다. …… 예견되는 혼란과 또 생겨날지 모를 전체주의들을 피하기 위해서 인류는 한편으론 자신을 구축하기 위해 정착민으로 사는 동시에 자신을 만들어 가기 위해 노마드로 살아가는 데 성공해야 할 것이다." 라는 자크 아탈리(Jacques Attali)의 『호모 노마드』의 말은 얼마나 멋진가?

문학의 힘과 반항

이렇게 신자유주의, 자본 권력의 시대에 인간이 '구경하는 하나의 눈'으로 축소되어 주체가 거리낌 없이 소비되고 소모되어 버리는 상황에서 문학은 어떤 일을 할 수 있으며 시인은 어떤 노래를 부를 수 있을까? 젊은 시인들의 시에서 시각적 경향이 증대하고 묘사에 치중하는 경향을 볼 수 있다. 그것은 물론 1930년대의 이미지즘과는 다르지만 이미지 중심 경향 자체가 부정적이라기보다는 이미지 과잉으로 인간의 다른 감각들이 배제되고 주체가 텅 비어 가는 시대에 이미지 중심의 시를 공들여 쓴다는 것이 허전한 느낌을 준다. 텅 비어 가는 주체의 텅 비어 감을 시각으로 날렵하게 포착하는 심미성에 그 의의가 있겠지만 시각 중심의 이미지 시에는 전복적 상상력의 힘과 반항이 적다. 이미지 중심의 시각적 경향의 시들은 주체 내부의 파토스보다는 대상 자체의 이미지화(化)를 더 중요하게 생각하기 때문이다. 대상에 대한 주관적 파토스를 배제하고 묘사를 중시하는 경향의 시에 어떤 종류의 반항과 전복성이 있을지 의문이다.

그래서인지 요즈음 문예지나 문학 강연 같은 데에서 자주 등장하는 토픽이 '문학의 쓸모없음'에 관한 담론이다. 어떤 이는 문학의 쓸모없음에 항변하기도 하고 또 어떤 이는 그것을 분석하며 슬퍼하기도 한다. 한편으로는 '쓸모없는 것의 쓸모 있음'을 주장하면서 유용한 쓸모없음이라는 패러독스에 기대어 비합리적 효용론을 주장하기도 한다. '문학의 쓸모없음'에 관한 많은 담론의 출현은 세계화와 다매체 시대의 특성과 연관되어 더욱 절박해지고 있다. 월드와이드웹으로 세계가 동시간대로 이어지고 다매체 테크놀로지가 세계와 사람을 하나의 공간으로 이어 주는 이 분주한 시대에 문학의 힘은 더욱 무력해지고 문학인들은 더욱 소외되고 있다.

사실 인문학 숭상의 오랜 전통을 가지고 있는 한국에서 문학의 자리는 상당히 견고했다. 1970년대의 저항 문학은 유신 독재에 항거하고 현실 권력과 투쟁하면서 예언자적 위치를 지켜 왔고 실제로 세계 변혁에 실천적 영향력을 발휘하기도 했다. 시대에 따라 문학의 자리는 변해 왔고 1980년대에는 군부 독재에 맞서는 아방가르드 시인들이 나타나 전위적 형식의 모더니즘 텍스트로 새로운 저항의 형식을 보여 주었다. 쥘리아 크리스테바의 말대로 기호적 에너지, 즉 코라가 상징계를 교란하고 침범하는 아방가르드의 텍스트적 실천[6]을 보여 준 것이다. 황지우, 이성복, 최승자, 박남철 시인의 텍스트가 보여 주었던 텍스트적 실천은 시적 혁명을 정치적 혁명과 유추 관계로 보는[7] 크리스테바적 관점에서 매우 훌륭한 아방가르드 혁명 텍스트로 읽힐 수 있다. 그만큼 1980년대의 전위시는 군부 독재와 단일성의 코드를 강제하는 억압적이고 폐쇄된 사회에 대응하고 응전하는 시적 대항력이 있었다. 시적 대항력이란 시가 현실 사회와는 다른 이질적 공간을 생성할 수 있었다는 것이고 푸코의 말을 빌리자면 전복적·시적 헤테로토피아를 보여 주었다는 것이다. 황지우의 「무등」을 보면 헤테로토피아의 상상력이 잘 나타난다.

---

6) 쥘리아 크리스테바, 『시적 언어의 혁명』(동문선), 118~119쪽 참고.
7) 위의 책, 119~121쪽 참고.

山
절망의산,
대가리를밀어버
린, 민둥산, 벌거숭이산,
분노의산, 사랑의산, 침묵의
산, 함성의산, 증인의산, 죽음의산,
부활의산, 영생하는산, 생의산, 회생의
산, 숨가쁜산, 치밀어오르는산, 갈망하는
산, 꿈꾸는산, 꿈의산, 그러나 현실의산, 피의산,
피투성이산, 종교인산, 아아너무나너무나 폭발적인
산, 힘든산, 힘센산, 일어나는산, 눈뜬산, 눈뜨는산, 새벽
의산, 희망의산, 모두모두절정을이루는평등의산, 평등한산, 대
지의산, 우리를감싸주는, 격하게, 넉넉하게, 우리를감싸주는어머니

이 시는 산의 모습을 시각적으로 보여 주는 구체시이다. 무등산은 광주에 있는 산으로 신령스러운 산〔靈山〕이다. 그러나 이 시가 보여 주는 것은 지시적 대상으로서의 '무등'산이 아니라 '무등'이라는 시니피앙 그 자체, 즉 '차별이 없는' 이상적 공간으로서의 '무등'을 뛰어넘는 것을 보여 준다. 그러나 이 시가 시각시인 것만은 아니다. 삼각형 안에 들어 있는 시구들은 격한 호흡으로 읽어야 하는 숨 막히는 구절 등의 나열, 절망적인 인간의 탄식과 증오가 부글거리고 있다. 시각을 청각이 위협한다. 시각은 애브젝션(abjection)이므로 1980년대 정치적 맥락에서 광주의 신음을 추방하려는 권력의 공포를 삼각형의 산의 형성에서 암시한다. 이 시는 위에서부터 읽어야 할지 아래에서부터 읽어야 할지 당혹스러운 13행의 시구가 아래에서 위로 포개져 있는 형상을 보여 주는데 그것은 아래를 딛고 위로 올라가는 권력의 피라미드 모양의 삼각형도 연상시킨다. 차등 없는 이상 세계와는 대립적인 것으로서 자신의 시니피앙과 대립되는 시니피에로서의 '차등 없는 세상'이 존재하느냐

는 반어적 물음으로 무등산의 이상에 이의 제기를 하고 있다. 또한 피라미드는 부활을 기원하는 묘지다. '무등'이라는 시니피앙은 이렇게 많은 다의미를 함축한다. 무등산은 시각적으로는 삼각형의 형상을 하고 있지만 삼각형의 형상 내부적으로는 청각적으로 인간의 고통을 부르짖는 시행들을 통해 아픔과 절망의 파열의 틈을 더 격하게 벌리고 있다. 숨 가쁜 단문들의 나열이 격한 호흡의 소용돌이를 이룬다. 그러나 "우리를 감싸 주는, 격하게, 넉넉하게, 우리를 감싸 주는 어머니"라는 종결 시행을 통해 죽음/삶, 분노/사랑, 침묵/함성, 꿈/현실, 피투성이/종교, 힘든/힘센 등과 같은 이항 대립을 넘어선 혼종으로서의 '모성적 공간', 무등이라는 이름 바깥에 있는 무등산, 이상적 이상향(異常鄕), 즉 헤테로토피아를 창조함으로써 전복적 상상력과 그 시적 실천을 보여 준다. 무등은 무등이 아니고 차별 있는 세상의 고통을 안고 다시 시작하는 시대의 묘지인 것이다.

이렇게 시대 현실에 대한 진맥과 헤테로피아를 만들어 내는 전복적 상상력과 현실 대항적 능력이 있을 때 시는 다매체 시대에 고갈된 동시대인의 소진된 주체와 감각을 살려 내고 시각에 흡수된 오감의 능력을 복구하며 소통과 미적 감동을 나눌 수 있을 것이다. 세월호에서 생명을 잃은 아이들을 위한 생일 시집 『엄마 나야』에서 그 하나의 잠재성을 보는데 시각 중심주의 시를 쓰던 시인들의 변모가 그것이다. 시각적으로 매우 예리하고 단정한 이미지의 시를 쓴다고 알고 있었던 이원, 김소연, 신해욱 시인들이 청각 지향의 리듬과 음악성을 풍부하게 활용하는 것을 보면서 시적 언어의 주술성과 음악성의 기능에 대해 생각해 보았다. 21세기의 시가 가장 많이 상실한 것은 청각과 언어의 주술성과 수행성이다. 그러나 "돌아오라!"라고 죽은 2인칭의 수신자에게 명령하는, 이 처절한 절망에서 나오는 언어의 수행성은 리듬과 음악성에 연결되어 죽은 아이들의 귀환을 부르고 있는 것이다. 시각적 주체의 메마른 봉인이 찢어지고 기호적 코라의 힘이 돌아오며 텍스트 안으로 충동이 아로새겨져 상징계, 큰 상징계를 밀어붙일 때 시적 언어의 혁명(쥘리아 크리스테바)이 일어나는 것이다. '촛불 집회'에서 많이 나온 구호 "○ ○○는 내려가고/ 세월호는 올라오라."라는 수행적 명령법의 언어에서 도 그 주술성을 볼 수 있다. 기적적으로 그 대조법의 언어는 주술적 수 행성을 가지고 광화문을 새 역사의 현장으로, 헤테로토피아로 변화시 키지 않았는가. 우리는 시각 중심의 메마른 주체에서 청각 지향의 시적 언어를 사용하는 능동적 수행성의 주체가 되어 반항과 탈주, 시적 혁 명의 텍스트를 만들어 나가는 것으로 다매체 시대의 구경하는 주체로 부터의 자기 변화를 만들어 나가야 할 것 같다. 김수영의 말을 조금 수 정·보충해서 "문화는 불온할 때 힘을 가지며 글쓰기는 행위다."라는 말 로 이 글을 끝맺고 싶다.

김승희 KIM Seung-Hee 시인, 소설가, 서강대학교 국문학과 교수. 1952년 전남 광주 출생. 서강대학 교 영문학과 및 동대학원 국문학과를 졸업했고 캘리포니아 대학교(버클리)에서 객원 부교수, 캘리포니 아 대학교(어바인)에서 전임 강사로 한국 문학을 가르쳤다. 관념적 언어, 날카로운 현실 분석, 충격적 인 이미지 등으로 현실과 문명에 대한 비판과 제도와 인습으로부터의 탈주의 글쓰기를 시도해 왔다. 『달걀 속의 생』, 『어떻게 밖으로 나갈까』, 『희망이 외롭다』 등의 시집과 『코라 기호학과 한국 시』, 『애 도와 우울(증)의 현대시』 등의 연구서가 있다. 소월시문학상, 2006년 올해의 예술상 등을 수상했다.

"비탄의 시대에 시인들이 무슨 소용이 있는가?"

쥘리아 크리스테바

제게 이런 시간을 만들어 주셔서 고맙고 여기 참석해 주신 모든 분께 감사드립니다. 그리고 오늘 여러분과 함께 자리하지 못하게 된 것을 죄송스럽게 생각합니다. 저는 이번 학회의 주제인 다매체 시대의 문학이 제시하는 여러 양상 가운데에서 모든 문학의 근원인 시에 중점을 두고 말해 보려 합니다. 오늘날의 세계는 디지털 혁명이 한창이며, 소비적이고 기술화되고 자본화된 사회의 영향을 받는 가치들은 심각한 위기에 처해 있습니다. 독일의 시인 횔덜린은 19세기 초에 이런 질문을 던졌습니다. "비탄의 시대에 시인들이 무슨 소용이 있는가?" 구글-애플-페이스북-아마존-마이크로소프트(GAFAM) 시대에 맞서 그리고 종교 전쟁이라는 허울을 넘어서 믿음과 인간적 관계에 관한 인류학적 문제를 제기하는 이슬람교의 근본주의에 맞서 시가 할 수 있는 역할은 무엇일까요?

시인의 질문은 지금도 유효합니다. 왜냐하면 이 질문은 '말하기'의 문화, 즉 "어떻게 말하는가?"에 관한 것이기 때문입니다. 오늘날 '소통'은 '언어의 요소들'로, '스토리텔링'이나 셀카로 또 편리한 글로비시나

'말하기'가 축약된 이모티콘으로 축소되었습니다.

우수에 잠긴 횔덜린의 질문은 1800년의 일입니다. 그 질문은 프랑스 대혁명의 계몽주의가 공포 정치로 소멸되는 모습을 바라보았던 사람들의 환멸을 그렇게 표현했던 것입니다.

횔덜린은 역사에 실망한 사람들을 향해서가 아니라 "신으로부터 버림받은" 자들에게 말합니다. 역사적 정신이 아니라 역사적 사건의 정신이 무너지고, 초월성이 쇠퇴하는 것을 보고 이렇게 놀라우리만큼 간단한 표현으로 답합니다. "산다는 것은 형태를 찾아내는 것이다."(1804) 「빵과 포도주」라는 시를 쓰고 3년이 지나 그는 시인들에게 무한한 임무를 지워 줍니다. "시인들은 살아남은 것에 근거를 세운다."(「회상 (Andenken)」, 1803) 시가 그리스 신들, 복음 서적 도취, 코란의 쾌거를 대체한 것이라고요? 견디기 힘든 요구 사항입니다! 그래서 불안한 소리들이 들려오는 겁니다. 왜 시인들일까요? 무슨 소용이 있을까요?

더 근엄하고 반항적인 독일 철학자 아도르노는 아우슈비츠 이후 20세기에는 시를 쓸 수 없게 되었음을 생각해 보라고 합니다.

비탄(독일어로 'Dürftiger'는 궁핍, 불행, 빈곤을 말하나, 일반적으로는 비탄을 뜻한다.)을 마주한 시인들(Dichter). 이 단어는 신의 죽음에 관해서는 약해 보이고, 인류에 반하는 범죄 앞에서는 참을 수 없어 보입니다. 그럼에도 관계와 가치가 절단된 이 새로운 국면에서, 나치 이후, 홀로코스트 이후, 여전히 현재적인 이 질문은 새롭게 재개됩니다. 기업적 허무주의, 과도하게 접속된 문명성, 강도 같은 이슬람 근본주의, 죽음 충동을 에로스화하기 그리고 예외적 상태의 민주주의……. 왜 시인들일까요? 게다가 그곳이 진정한 그들의 자리일까요, 그들의 소명일까요? 무슨 소용이 있을까요? 이러한 질문, 이런 불안이 나를 사로잡기에 그에 대한 답을 나름대로 제시해 보려 합니다.

저는 불가리아 출신으로 프랑스 국적 소유자이며 유럽 시민이자 미국 시민이기도 하고, 인도와 중국 그리고 한국에도 관심이 많은 사람으로 프랑스 소설과 시를 통해 프랑스어를 배웠습니다. 글쓰기의 오랜 여정이 저를 형성해 주었고 이 여정 중 제가 머물었던 곳에 대해 오랫동안 이야기하고 싶지만 오늘은 두 시인에 대해서만 말씀드리려 합니다.

아우슈비츠를 경험했던 파울 첼란(Paul Celan)은 "견디자, 항상 벌어진 상처의 그늘에서"라고 했고, 저에게 적지 않은 영향을 주는 여성 작가 콜레트(Colette)는 새로운 시작이 열리는 시기, 일종의 새로운 탄생의 시기에 겪는 우울을 견뎌 낼 줄 알며 "새롭게 태어나는 것은 내게는 전혀 힘든 일이 아니었다."라고 했습니다.

저에게 시인은 무엇보다도 언어의 음악가입니다. 목소리와 감각이 일치하는 예민한 감수성을 낚아챌 줄 알기 때문에 모국어를 감동으로 뒤흔들어 놓으며, 초기 스토아학자들이 '심금 울리기'라고 말했던 일에 뛰어납니다. 그리스어로는 'oikeiôsis'라고 하는, 겉으로는 만져지지 않는 이 감각은 자신과 다른 이의 가장 깊은 곳을 서로 연결시켜 주는 것으로, 그리스 철학자들은 '화해'라 했는데, 특히 스토아학파들에 의해 '우리들의 사랑'으로 불리다가 나중에는 '인류'와 '박애'라 불리게 될 것들의 첫 번째 밑그림을 이렇게 구성하였습니다. 시인은 이 '심금 울리기'의 뿌리에 있으며, 보편성을 구현하는 파장을 지닌 자들입니다. 왜 시인일까요? 감각과 감수성을 조절하고, 명명하기 힘든 열정을 진찰하며 시인은 정체성, 국경, 단체를 가로질러 타자들과 함께 현존할 수 있게 합니다. 다시 말해 시인의 시적 언어가 빚어내는 연금술은 현시대에 부족한 박애 정신과 분리될 수 없는 안감과도 같습니다. 이러한 박애 정신이 이 학회의 추진 방향이라고 생각합니다. 그러므로 인류가 무너질 때 사느냐 죽느냐가 아니라 단지 시와 글쓰기를 새로 시작하기 위해 무엇보다 먼저 시인을 찾아 나서는 것은 필연적이며 불가피합니다. 시인이 없다면 더 이상 나누어 가질 '심금 울리기'가 없을 테고, 인류애라는 것도 더 이상 없을 테니까요.

그러나 아시다시피 이 '심금 울리기'를 깊이 파고들어 그것을 사회적으로 존재하게 하려면, 생산과 재생산에 할애하는 사회적 시간인 수

직선상의 시간에서 벗어난 고독이 필요합니다. 욕망과 폭력의 폭발, 관계와 헤어짐, 가해하고 되받는 파괴성, 겪어 내고 피했던 죽음. 그리고 사회적 시간과 고독의 시간 사이에서, 시간 밖에서 시간으로, 자신의 안과 밖에서 일어나는 반발과 회복이 계속되는 이 여행은 내가(시인이) 행동과 표현 매체(말, 소리, 제스처, 이미지, 무대 공간과 새로운 기술인데 모든 예술가 안에는 '시인'이 있기 때문이다.) 자체에 '투자'할 수 있고, 다른 사람들에게 시적 말하기를 지금 행해야 가능한 것입니다.

모더니티의 화상(火傷)으로 우리를 데려갈 단어들에 대한 추억으로 한 발짝 더 들어가 봅시다. 방금 사용한 '투자하다'라는 단어는 산스크리트어로는 'kred'라고 하는데 서로 주고받은 선물을 의미합니다. 'credo(나는 믿습니다)'라는 라틴어나 재정적 '신용(credit)' 대출이라는 단어에서도 볼 수 있습니다. 제가 이 단어에서 선물, 상호성, 믿음이라는 의미만을 끄집어낸다면, 사랑의 그림자 속에서도 피어나는 사랑 같은 것, 랭보가 "사랑의 열쇠(clé)"라고 불렀던 것이 아닐까요? 여러분은 알고 있습니다. 아이는 사람들이 자기를 믿어 줄 때, 자기가 누군가를 믿을 때만 질문을 퍼붓습니다. 그는 의미, 죽음, 사랑을 열기 위해 '열쇠'를 찾고 그것들을 재발명합니다. 랭보는 "나는 나를 앞서간 모든 사람들보다 유난히 공로가 있는 발명가이다."라고 했습니다.

여러분에게 상호적 '심금 울리기'가 시작될 때 종교들보다 훨씬 먼저 나타난, 그 이후 종교는 그것을 찬미하거나 금지했지만 종교보다 앞서고 정치보다 앞섰던 — 조금 후에 이야기하겠지만 — 인류학적 신뢰의 필요성에서 나타난 시적 '말하기'에 대해 생각해 보기를 제안합니다.

그러나 '심금을 울리는' 음악가만이, 시인만이 그의 매체와 대중 매체들을 다양하게 해 주며, 어떤 절대적 의미나 최고 권한에 기초한 것일지라도 반드시 신임할 필요는 없다는 것을 신자들이나 무신론자들인 우리에게 알려 줍니다. 왜냐하면 시인은 '자기만의' "경이롭고 예기치 못한 박자"(랭보)를 가진 그 분야의 '발명가'이기 때문입니다. 그리고 시를 읽는 당신은 그와 더불어 발명가가 될 것입니다.

시인(넓은 의미로)의 고독은 종교인을 앞서고 넘어서는 '여행'이며, 이 여행을 통해서 확신이 드는 점은, 살기 위해서는 '형태를 옹호하는' 것만으로 충분하지 않다는 것입니다. 왜냐하면 살아 있다는 것은, 말하는 자들의 특성인 이 '심금 울리기'를 전달하여 혁신이 요구되는 과감함, 가치 있는 보편적 자유에만 시간을 할애하며 예기치 못한 것과 경이로운 것을 다시 시작하는 일이기 때문입니다.

제가 횔덜린의 인용문에서 멀어졌는데 그 글의 다성적 의미는 항상 저를 따라다닙니다. 두 세기 전부터 시인(Poète)의 '왜(Pourquoi)'(두 글자의 P는 대문자)는 쓰는 행위(현대가 모든 예술에 부여한 총체적 의미로)의 '어떻게(Comment)'에 자리를 양보했다고 생각합니다. 감각의 교란인 '취한 배'나 의미와 무의미의 '일뤼미나시옹'처럼.[1] 시적 글쓰기(écriture poétique) ── 시(Poésie)가 아닌 ── 는 우리에게 어떤 토대도 제공하지 않고 단지 새로운 토대를 만들어 내도록 우리를 일깨웁니다. 계몽주의와 인권의 토대도 그곳에 포함되어 있습니다. 시적 글쓰기는 끝없이 새로워지는 내적 경험의 '복합 우주(multivers)'(우주론자들이 말하듯)를 우리에게 드러냅니다. 그래서 인권의 효력은 단독자들이 활짝 피어나는 데 있고, 시적 글쓰기란 종교들의 충돌을 넘어서 함께 나눌 수 있는 단독자들의 언어가 아닐까요? 저는 이렇게 단언합니다. 결국 그 언어는 우리로 하여금 시의 심리사회적 역동성을 더 잘 이해할 수 있게 해 주고, 현대가, 특히 디지털이 제안하는 수많은 형태들 안에서 시의 확산에 힘을 보태 줍니다. 앞을 멀리 보고 과감하게 참여해야 합니다. 그러나 그러지 못한다면 인류미래학은 인류가 통속화되고 자동화되는 과정의 도구가 될 뿐입니다.

───────

1) (옮긴이 주) 랭보의 시집 제목들이다.

* * *

시적 '복합 우주-복합 운문'[2)의 활기찬 힘이 드러나는 예를 들어 볼까요? 반복해서 말하지만 그 힘은 우리 안에 있고 시인은 오늘날 확산된 글쓰기를 통해 끊임없이 재발명합니다. 인터넷은 여러 다른 가능성을 찾아낼 줄 아는 젊은 세대들에게는 발명의 매체입니다. 그들은 노래, 음악, 강독, 공연 등을 혼합해서, 보르헤스가 꿈꿨던 것처럼 하이퍼텍스트를 다루며 소설을 만들어 냅니다.

우리 중 많은 사람들을 살아가도록 해 주는 이러한 시적 탐구의 형태를 계속하기 위해 저는 정신분석학을 선택했습니다. 제가 말했던 인터넷과 인터넷 사용자들의 순진함과 쉽게 전파되어 웹을 감동시키는 그들의 감수성에서 나오는 창의성에 대한 이야기를 넘어 이러한 시적 확산의 다른 예를 들어 보겠습니다.

그 예는 다음과 같습니다. 저는 '신뢰의 필요성'에 관한 파리 7대학의 강의를 코샹 병원의 솔렌 회관으로 옮겼습니다. 그곳에서는 우울증, 자살 성향, 식욕부진증, 마약 중독 혹은 과격화되는 상태의 청소년들을 맞이합니다. 열네 살 소녀 수아드는 회교도 가정 출신입니다. 식욕부진증으로 치료를 받았는데, 많은 소녀들이 겪는 증상으로, 이는 육체를 서서히 죽음으로 몰고 가며 버림받고 이해받지 못한 소녀들이 자기 안의 여성성과 모성성을 죽이는 것입니다. 2년 후에 식욕부진증이 치료되었는데 수아드의 갈등 상황은 다른 것으로 바뀌었습니다. 부모와 학교 선생님과 함께 왔는데 부르카를 쓰고 말을 한마디도 안 했으며, 인터넷 안의 낯선 공모자들과 함께 수아드는 자신의 가족을 "배교자, 신앙심이 없는 자들보다 더 나쁜" 자들로 간주하고, "저쪽"(IS 요원들이 있는 곳)으로의 여행을 준비하며 일부다처제 전사들의 뜨내기 부인, 희생자들의 다산모 혹은 스스로 가미카제가 될 생각을 하고 있었습니다.

---

2) (옮긴이 주) 'multivers'라는 단어에서 'vers'에는 '시', '운문'의 뜻도 있다.

수아드는 혼합 다문화의 심리 분석 치료자들과 담화를 시작했는데 자신이 "과학적 사고"를 지니고 있고 수학과 물리, 화학에 강하다면서 "오직 알라신만이 진실을 말하고 그녀를 이해할 수 있다."라고 도발적으로 말합니다. 문학에는 "관심이 없고" "프랑스어 수업과 철학 수업을 증오"해서 "가능하면 수업을 빠지려고" 합니다. 그 언어가 식민 통치자들의 언어이기 때문에 그녀가 피하고 비난하는 언어라는 것을 이해할 수 있지만 그것 때문만은 아닙니다. 그럼에도 수아드는 자신에 대해 이야기하거나 새로운 가족처럼 된 치료자들과 장난을 치고, 다른 사람들과 웃거나 자신을 조롱하는 일에 재미를 느끼게 되었습니다. 프랑스어와 다시 관계를 이어 나가고 언어를 통해 파괴 충동과 고통스러운 감정을 다스려 나가기 시작했습니다. 무엇보다도 중요한 것은, 자기 주위 사람들의 언어에 관심을 가지게 하는 것입니다. 그래서 자기 자신의 고통은 말로는 표현할 수 없는 것이라고 생각하다가 언젠가는 표현하게 됩니다. 다른 청소년들은 치료사들과 같이 하는 글쓰기와 연극 활동 모임에 수아드와 함께 자주 참여합니다. 수아드는 그들에게서 프랑스어로 번역된 아랍 시집 한 권을 빌려 읽었습니다. 그 이후로 그녀는 프랑스어 수업을 덜 빠지게 되었습니다. 그리고 청바지를 다시 입기 시작했습니다.

한국에도 잘 알려진 롤랑 바르트는 한 언어의 충만한 의미를 재발견하게 되면 "신적 허무는 더 이상 위협하지 못한다."라고 썼습니다. 거기에 덧붙여 저는 "신의 전체주의적 장악도 더 이상 위협하지 못할 것이다."라고 말하겠습니다. 사우드는 아직 거기까지는 도달하지 않았습니다. 아직 긴 여정이 남아 있습니다. 그러나 얼마나 많은 소녀들이 자신이 속한 고향의 아랍어로 쓰인 시를 들을 기회, 다른 사람들과 시를 써 볼 수 있는 기회 그리고 혼란스러운 정체성의 관계를 다시 회복할 기회를 갖지 못하고 있습니까?

* * *

"오늘날 어떻게 시인이 될 수 있나?"라고 물으실 수도 있습니다. 글을 쓰는 방법, 문학가, 소설가, 수필가가 되는 방법, 당신의 독자가 누구인지와 잡지들, 배포 부수, 당신의 새로운 발상, 당신의 한계에 대해 말입니다.

끝맺기 전에 피할 수 없는 마지막 질문을 덧붙이겠습니다.

시적 언어는 모국어를 펼쳐 내며 정체성, 특히 국가적 정체성을 열어 주고 새롭게 합니다. 정체성은 시대에 뒤떨어진 반동적인 것이 아니라, 제가 강조하지만 무력감을 치료해 줍니다.(이것이 19세기 초에 벌써 횔덜린이, 찢어져 버렸으나 새로운 대체물을 찾지 못한 낡은 정체성에 대항하는 정체성인 '형태'를 찾은 이유가 아닐까요?) 그럼에도 시인에게 정체성이란, 제가 이해한 바로는, 첼란이 말한 대로 상처로 남아 있는데, 그곳에 개별적인 숨결이 각인되어 여러 정체성들의 시기를 지나는 동안 견디게 해 주며, 콜레트가 말한 것처럼 영원히 다시 태어납니다.

유럽의 정체성에 관해 말하자면, 지금 우리의 무력감과 과거 혹은 현재의 범죄에도 불구하고, 이 시적 회상은 정체성이 종교가 아니고 중요한 질문거리인 문명권이라는 것을 우리에게 상기시킵니다. 이 점은 우리가 시적 언어와 글쓰기에 중요한 자리를 내줄 수 있다는 점에서 중요합니다.

여러분이 개최한 오늘의 모임 같은 것이 가능한 사회, 허무주의와 초월성, "가장 덜 나쁜" 정치와 종교적 야만성을 서로 대결시키는 시에 대한 우리의 질문을 열어 주는 학회, 트위터도, 자기도취적 SNS도, 비탄 그 자체도 당신에게 별 의미를 주지 못할 때, 할 말이 더 이상 없을 때 여러분도 저처럼 시, 소설, 연극, 영화, 음악회 같은 '큰 목소리'를 찾는다는 것을 알고 있습니다. 그러나 오늘 이야기한 것을 잘 기억하신다면, 제가 생각하는 시 쓰기는 시간을 헤치고 나가는 상처처럼 새로운 탄생을 가능케 해 주고, 우리들과 저로 하여금 인터넷 사용자들의 시

쓰기와 수아드가 자신의 웃음 속에서 새로 태어나는 가냘픈 떨림을 더 잘 듣도록 해 줍니다.

쥘리아 크리스테바 Julia KRISTEVA 작가, 정신분석학자, 파리 7대학 명예 교수. 1941년 불가리아 출생. 프랑스의 대표적인 정신분석학 및 페미니즘 이론가이자 소설가로 2015년 레종 도뇌르상, 2011년 공로 훈장, 2008년 바츨라프 하벨상, 2006년 한나 아렌트상 등 다수의 국제 문학상을 수상하였다. 주요 저서로 『시적 언어의 혁명(*La Révolution du langage poétique: L'avant-garde à la fin du XIXe siècle, Lautréamont et Mallarmé*)』(1974) 『공포의 권력(*Pouvoirs de l'horreur: Essai sur l'abjection*)』(1980) 『검은 태양 (*Soleil noir: Dépression et mélancolie*)』(1989) 『위대한 여성: 한나 아렌트, 멜라니 클라인, 콜레트 트릴로지 (*Le Féminin et le sacré*)』(카트린 클레망 공동 집필, 1998), 『순수 예술로서의 결혼(*Du mariage considéré comme un des beaux-arts*)』(필립 솔레르스 공동 집필, 2015) 등이 있다.

2 세계화 시대의 문학
Literature in the Globalizing World

한국과 관련하여 — 세계화 시대 속의 문학,
문학과 문화의 신중첩 지대

벤 오크리

디지털 시대의 문학은 완전히 새로운 차원으로 나아가야 한다. 말의 구도가 바뀌면 말의 성격 역시 바뀔 수밖에 없다. 디지털 시대는 말의 구도가 새롭게 바뀐 시대다. 이렇게 바뀐 말이 정신의 새로운 축이 된 것이다. 세계의 분위기와 성향은 디지털이라는 바로 이 전자공학적 차원에 의해 바뀌고 있는 것이다. 모든 시대는 그 자체를 가장 잘 특징적으로 드러내는 테크놀로지를 소유하는데, 민감한 영혼을 소유한 인간은 그러한 특징적 테크놀로지에 반응하여 새로운 형태의 예술을 창조해 낸다. 자동차와 전보의 시대는 예술에는 속도와 파편화된 시각에 어울리는 새로운 언어를, 문학에는 간명함과 간결함에 압축의 언어를 가져왔다. 마차의 시대는 느긋하고 여유로운 속도를 가진 소설, 즉 문장이 마치 천천히 흐르는 강처럼 흐르고 서사가 간접적이며 서서히 전개되는 소설을 낳았다. 디지털 시대의 문학은 아직 그 모습을 온전하게 드러내기 이전의 단계이지만, 세계화 시대의 문학은 오래전부터 소리 없이 미지(未知)의 강력한 마법을 행사하고 있다.

문학은 기본적으로 마법 행위이다. 문학이 행하는 모든 것은 마법에 달려 있다. 바로 이 마법에, 문학이 지니는 정치적 힘과 문화적 에너지가 달려 있는 것이다. 하지만 문학의 마법은 최고의 마술과도 같아서 우리 눈에 보이지 않는다. 시나 단편 소설을 아무리 세밀히 분석한다 해도 우리는 그 작품이 어떻게 작동하는지, 심지어 왜 작동하는지 알지 못한다. 이 마법이 무엇인지 알고 싶다면 우리 각자가 가진 엇갈리는 취향을 생각해 보면 된다. 어떤 이는 명쾌하고 간명한 글을 좋아하면서도 나보코프나 보르헤스 같은 작가에게 끌리기도 한다. 또 어떤 이는 풍부하고 복잡한 글을 좋아하면서도 헤밍웨이나 푸시킨 혹은 톨스토이에게 매료되기도 한다. 정말이지 우리의 취향이라는 것은 순수하게 한 가지로만 이루어져 있지 않다. 보통의 경우라면 우리가 좋아하지 않는 작품이 우리에게 다가와 이렇게 설득하기도 하는 것이다. 우리 스스로 정한 제한선에서 벗어나라고.

　하나의 소설이나 희곡이 어떻게 작동하는가를 절대로 설명할 길이 없는 이유는 우리가 늘 방정식의 한 부분만 보기 때문이다. 우리는 언제나 작품을 하나의 사물로 본다. 작품이 인간의 의식에 끼치는 영향을 고려하지 않은 채 말이다. 책과 단어들의 배열은 작품의 한 부분이다. 또 다른 부분은 정신, 마음 혹은 의식이다. 당신은 눈에 보이는 단어들을 분석하고 평가할 수는 있다. 하지만 그 단어들이 특정한 인간과, 특정한 시간에, 특정한 사회적·정신적 맥락 속에서 상호 작용할 때 그 사람의 마음속에서 어떠한 정신적 화학 작용이 일어나는지 알아내기 전까지는 작품을 완전히 이해했다고 할 수 없다. 하나의 소설이나 시가 지닌 매력 그리고 그것의 작동 방식이 작품에서 분리되어 강조되고 분석될 수 있다고 믿는 학파가 있다. 그러한 매력은 책장에 나타나 있어서 눈에 보이고 명백하기 때문에 우리 모두는 그 점에 동의할 수가 있다. 왜냐하면 우리 인간은 보편적으로 비슷한 내면을 지니고 있기 때문이다.

　이러한 식의 텍스트 읽기가 가진 문제점이 무엇인가 하면, 내쳐지고 관심받지 못하고 충분히 높은 수준에 도달했다고 생각되지 않는 작품들, 그러나 문화 속에서 존속하며 기득권 문학의 수혜를 받지 못하면서도 세계 전반에 조용히 영향을 끼치는 작품들을 도저히 설명할 수 없다는 것이다. 수백 년의 시간에 걸쳐 평범한 사람들의 사랑을 받기에 진정한 고전으로 생각될 수 있는 이러한 작품들이야말로 우리에게 인간이란 무엇인가에 대해 가장 잘 설명해 줄 수 있다. 모든 시대의 기득권 문학들이 우리에게 부과하다시피 한 작품들이 있다. 이들은 높은 곳에 버티고 서서 우리에게 이러저러한 작품이 중요하니 문명인이 되고 싶으면 그 작품을 반드시 읽어야 한다고 말한다. 이들은 우리에게 취향을 강요한다. 그리고 이 강요의 과정을 통해 우리가 스스로 그 작품들의 진정한 가치를 발견하지 못하도록 막는다. 사실 문학이라는 이름으로 우리에게 전달된 작품들은 대부분 계층적 강요의 산물이다. 또한 그것은 인종적 강요의 부산물이기도 하다. 한편으로는 젠더적 강요의 산물이기도 하다. 그러나 우리는 모든 것에 질문을 던져야 하는 시대, 우리에게 전해져 내려온 가치가 가져왔던 모든 확실성에 도전장을 던져야 하는 시대를 살고 있다. 사실 우리는 우리에게 전수된 어느 것도 받아들여서는 안 된다. 그것을 우리의 삶과 감정과 가장 비밀스러운 욕구와 두려움과 직관이라는 실험실에서 우리 스스로 시험해 보기 전까지는 말이다.

나는 논의를 영점에서 시작하고자 한다. 우리는 너무나 많은 것을 추정하고 받아들여 왔으며 이것은 우리가 사는 세계 속에 혼란과 불평등을 야기했다. 내가 시작하고자 하는 첫 번째 지점은 문학을 재정의하는 것이다. 한 세기 동안 지구상의 소수들은 서구 정전의 몇몇 작품만이 문학 혹은 보편적 문학이라 불릴 수 있다고 생각해 왔다. 이 작품들은 모두가 알고 있고 정전이라 불려 왔다. 문학계의 비선출 사제 하나가 이 정전들을 끌어모아서 문학 종교의 중심부로 만들었다. 그는 우리더러 그 점에 대해 문제를 제기하라고 그렇게 한 것이 아니다. 우리가 마치 성체 성사 때 빵을 먹고 포도주를 마시듯 온순하게 그 정전들을 받아들이라고 정전을 만들어 낸 것이다. 이 작품들이 모여 문학을 정의하게 된 것이다. 이 정의 밖에 있는 그 어느 것도 문학이라 불릴 수가 없다는 말이다. 정전이 되고자 하는 모든 새로운 작품은, 교황의 향로와 거울이 자아내는 불가사의한 과정에 의해, 어떤 점에서 정전에 순응하게 된다. 이런 방식으로 인간의 정신이 지니는 가능성은 제한되고, 규정되고, 한정된다. 이런 방식으로 인간의 창의성은 늘 뒤만 돌아보게 되고, 계속 자라나는 코끼리와도 같이 정신보다 더 작은 기둥에 묶여 있게 되는 것이다.

나는 모든 작품이 자신의 자리를 새로 찾아야 한다고 믿는다. 나는 셰익스피어가 시대에 맞지 않는 것이 된 지는 100년이 넘었다는 판단이 완전히 옳다고 생각한다. 어떤 작품이 더 이상 우리의 마음에 필요한 무언가를 이야기해 주지 않는다면 우리는 그 작품에 얼마간의 수면을 허락해야 할 것이다. 작품의 가치와 의미는 한 시대가 지니는 불가해한 성격과도 관련된 것이다. 많은 아프리카 문화에는 고정된 정전이라는 것이 없다. 대체로 무언가 지배적인 것이 있다는 원리가 존재할 뿐이다. 무언가 지배적인 것이 있다는 원리란 어떤 신이나 여신의 시간이 도래한 때가 있음을, 또는 어떤 특정한 신성이 우리가 살아가고 있는 현세에서 벌어지고 있는 일들과 더 잘 부합될 때가 있음을 말하는 것이다. 고대 이집트의 신전은 새로운 필요에 따라 생겨난 신들과 여신들로 가득하다. 인류학적으로 볼 때 그리스의 신들이 탄생한 배경도 마찬가지다. 즉 그들은 한 문화의 특정한 순간에 필요에 의해 생겨난 것들이다. 평화를 부르짖는 시대에 전쟁의 신을 숭배하는 것은 적절치 못할 것이다.

나는 지금이 바로 보편적 정전을 이야기해야 할 때라고, 즉 모든 사람, 모든 곳을 향해 이야기하려는 것처럼 보이는, 그리고 서구 세계의 현재 권력이 만들어 내고 부과해 온 서구 문명의 정전이 아니라 보편적 정전을 논의해야 할 시기라고 생각한다. 어떤 면에서 보면 서구의 정전은 조용한, 그러나 그렇게 조용하지만은 않은 문화적 테러리즘을 통해 전파되어 왔다. 이들 중 많은 작품은 제국의 군대를 동원하였다. 아프리카인들은 식민주의와 함께 디킨스와 제인 오스틴과 셰익스피어를 받아들였다. 문화적 제국주의는 경제적 제국주의와 함께 왔다. 나는 에머슨의 작품을 나 혼자의 힘으로 발견하고 좋아하게 된 것이 아니었다. 그것은 내가 미국에서 공부할 생각을 하면서 라고스에 있는 미국공보원(USIS)을 방문했을 때 경험했던 부드러운 설득 때문이었다. 미국공보원은 크고도 아름다운 외관을 가진 멋진 곳이었다. 에어컨 시설이 되어 있었고 훌륭한 도서관을 갖추고 있는 그곳에서 나는 소로와 에머슨과 에밀리 디킨슨과 월트 휘트먼을 열심히 읽었다. 나는 책을 읽었던 것이지만 동시에 그 건물을 읽고 있었던 것이고, 건물의 부드러운 힘 그리고 번영과 교육에 대한 약속 또한 흡수하고 있었던 것이다. 영국문화원 역시 전 세계에 걸쳐 같은 일을 하고 있다. 그들이 그러지 말아야할 이유는 없다. 나는 나이지리아 대사관이 자국의 작가와 예술가들을 키우고, 자국의 풍성한 문화를 활용하여 세계에 영향을 줄 수 있도록 섬세하고 효율적인 정책을 펼 수 있기를 바란다. 나는 많은 국가와 문화가 그러한 일을 해내기를 바란다. 그래야 비로소 자체의 선택된 문화적 군대를 양성함으로써 자신의 영향권을 확장할 수 있고, 그런 노력을 통해 우리는 모든 국가가 완벽하게 다성적인 목소리를 내는 상황을 맞이할 수 있을 것이다. 그리고 그러면 우리 모두는 이 같은 노력을 눈앞에 있는 그대로의 구조물로 볼 수 있게 될 것이다.

모든 정전은 만들어진 구조물이다. 정전을 세우거나 만들고자 하는 어느 누구라도 일종의 제국 만들기라는 작업을 하고 있는 셈이다. 모든 정전은 이데올로기다. 정전은 만들어진 것이고, 계산된 것이며, 대체로 거짓된 것이다. 누구도 인간의 가능성을 제한할 수는 없다. 어느 누구도 이것 혹은 저것만이 인간이 도달할 수 있는 최상위 능력의 산물이라고 말할 수는 없다. 유사 종교의 창조자들은 나 말고는 어느 것도 신으로 삼지 말라고 늘 말한다. 유사 종교의 창조자들은 타 종교를 비난하고 다른 신을 공격하며 자신들의 세계를 위협하는 것은 무엇이든지,

조각상이건 존재건 작품이건 할 것 없이 파괴하려고 한다. 고대 이집트에서도 그랬고, 그리스도교에서도 그랬고, 이슬람교에서도 그랬다. 그리고 정전 만들기와 정전의 다양한 개념을 갖고서도 그런 일을 행한다.

끔찍한 사실은, 오늘날 세계에서 벌어지고 있는 테러리즘은 문화와 문학에서 일어났던 문화 테러리즘을 반영한다는 점이다. 무슨 말인가 하면, 세계의 문화적·문학적 체험을 용인하지 않는 세계에 정전을 부과하게 되면, 테러리즘의 첫 조건을 갖추게 된다는 뜻이다. 내가 당신에게 루미는 내게 흥미롭지만 당신들의 보편적 정전 속에는 존재하지 않는다고 말하자 당신이 "안됐군요. 하지만 우리는 루미를 보편적으로 유효하다고 생각하지 않기 때문에 우리 정전 속에 넣지 않았어요."라고 대답한다면 당신은 테러리즘과 전쟁의 첫 번째 조건을 충족시키는 것이다. 테러리즘은 육체적 폭력과만 관계있는 것이 아니다. 그것은 문화적 폭력과도 관계있다. 1885년 베냉에서 영국인들이 지역 신들의 조각상을 불태웠을 때 그것은 문화 테러리즘이었다. 그들이 우리에게 셰익스피어와 제인 오스틴과 에밀리 브론테와 워즈워스와 콜리지를 강요했을 때 그것은 문화 테러리즘이었다.

나는 O 레벨 시험 준비를 위해 제인 오스틴을 처음으로 읽었을 때의 당황스러웠던 기억을 지금도 잊을 수가 없다. 나는 도무지 무슨 말인지 이해를 할 수 없었다. 그것은 마치 유리잔 속에서 어둡게 뭔가를 읽는 것 같은 느낌이었다. 소설 속의 세계에 대한 묘사는 너무 낯선 것이었고, 대화는 너무나도 이상했으며 이해 불가한 것이어서, 내가 듣고 쓰는 언어와 조금도 닮지 않은 언어를 쓰는, 우주에서 온 외계인에 대한 이야기처럼 느껴졌던 것이다. 최악인 것은, 나의 세계와 너무 동떨어지고 너무 다른 세계를 이해하지 못하면 어리석다고 느끼게끔 되어 있었다는 것이다.

나는 바로 지금이 정전의 보편성이라는 개념에 도전할 시기라고 생각한다. 나는 셰익스피어를 읽는 법을 배워야 했던 것처럼 제인 오스틴을 읽는 법을 배워야 했다. 사실 나는 그들을 읽는 법을 배우지 않았다.

나는 그들을 읽기 위해서 내 본성을 왜곡해야 했고, 나 아닌 다른 존재가 되어야 했으며, 작은 서구인이 되어야 했다. 사실 그들을 읽는다는 것은 서구인이 되기 위한 입문의 일부였다. 그것은 일종의 정신적 폭력, 즉 O 레벨 시험을 통과하기 위해 스스로 자행한 정신적 폭력이었다. 그 작품들은 내재적 보편성 같은 것을 갖고 있지 않다. 지금이 바로 온전한 진실성을 갖고 어떠한 감상이나 특정한 문화적 요청에 휘둘리지 않고 재점검해야 할 때, 우리가 세계 속에서 당연하다고 여겼던 많은 것들을 재점검해야 할 때이다. 왜냐하면 그것을 재점검하지 못한다면 괴롭힘과 문화 제국주의는 계속될 것이며, 그것은 어쩔 수 없이 반란을 일으키고, 만약 반란이 실패한다면 분노와 파괴만 남게 될 것이므로. 인간 본성이 지닌 가장 심오한 진실은 영원히 억압될 수 없는 것이므로.

바로 이 때문에 지금이 바로 정전의 개념을 재점검할 좋은 시기라고 주장하는 것이다. 문화와 정전에 대한 T. S. 엘리엇의 다수의 발언이 서구에서 파시즘이 득세하던 시기에 나왔다는 사실은 놀라운 일이 아니다. 20세기는 문화 헤게모니의 개념이 점차적으로 해체되던 시기였다. 아니, 그 해체가 시작된 시기라는 말이 더 맞을 것이다. 그것은 아파르트헤이트의 해체처럼 정전 창조자들의 선량함에서 비롯된 것이 아니었다. 문화 헤게모니의 해체는 많은 정전들이 말해 주는 것보다 세상은 더 다양하다는 사실 그리고 이 다양성은 점점 더 응축되어 가고 있고, 점점 더 피할 수 없는 것이 되어 가고 있다는 사실을 인정할 수밖에 없게 되면서 가능했던 것이다.

정전에 대한 우리의 개념을 재점검해야 한다는 나의 제안을 뒷받침하기 위해 내가 다양성만을 내세운다고 혹시라도 오해하지 않길 바란다. 사고를 할 수 있는 어떠한 인간이 보더라도 세계의 20분의 1이 향유하는 문학이 세계 전체를 대변한다고 말하는 것은 잘못된 것이다. 나는 세계의 다른 지역, 즉 인도, 아프리카, 중국, 중동, 동구권의 사람들은 최상의 작품을 창조한 적이 없다는 주장을 받아들일 수 없다. 이 문화권에서 나온 작가들을 어쩌다 만나게 되어 대화를 하게 된다면, 우리는 한 번도 들어 보지 못한 훌륭한 작가들, 인간의 조건을 깊이 있게 들여다보는 눈을 가진 작가들의 세계를 만나게 될 것이다. 이 주장을 증명하기 위해 작가들의 이름을 나열하지는 않겠다. 이 글은 원칙에 대한, 문학적 정의의 원칙에 대한 글이기에.

내가 셰익스피어, 오스틴, 월트 휘트먼, 디킨스 등등의 작품을 사랑하지 않는다고 오해하지 않길 바란다. 나는 그들을 사랑하고, 그들을 사랑하는 법을 배웠으며, 그들의 작품을 읽고 또 읽었고, 그 일부가 되었으나, 이 점은 내가 그들의 정전의 압제를 받아들인다는 의미는 아니다. 내가 그들이야말로 문학이 나아갈 유일한 길이라고 인정한다는 의미가 아니라는 말이다. 예컨대 영국에는 소설은 어느 정도 오스틴식을 지향해야 한다는 생각이 팽배해 있다. 대부분의 신문 비평가들이 소설에 줄 수 있는 최고의 찬사는 오스틴식으로 쓰였다는 평이다. 그런 점에서 기득권 문학은 세계에서 가장 보수적이다. 신문에 쓰인 것을 보고 당신은 조이스나 울프가 썼다는 둥, 개념 예술이 문화 경관을 파괴했다는 둥, 12음 음악은 이제는 거의 구식이 되었다는 둥의 이야기를 믿지는 않을 것이다. 과학이 블랙홀을 연구하고, 리얼리티에 대한 새로운 발견이 저 너머 우주에 있는 우리의 이해의 지평을 넓히는 바람에 뉴턴과 아인슈타인의 학설이 뒤집히는 바로 이 시대에도 기득권 문학의 세계 인식은 여전히 견고하게 18세기적이다. 그러나 인간이란 무엇인가를 발견하고, 블랙홀을 발견하고, 중력장을 발견하고, 우리의 문학적 뉴턴과 아인슈타인의 학설이 뒤집히는 것을 보았으면서도 우리는 마치 아무것도 인간의 깊이와 경이로움에 대한 우리의 인식을 변화시키지 않은 것처럼 소설을 쓰고, 시를 쓰고, 희곡을 쓴다.

물론 나는 문학이 모범적인 세계관에 관한 것이 아니라는 점을, 문학은 인간의 영혼에 관한 심오한 사실이 드러나 있지 않을 때조차도 진정성을 유지하는 담론이라는 점을 잘 알고 있다. 그러나 뉴턴의 학설이 뒤집혔더라도 그가 세운 많은 법칙들은 여전히 유효하다. 아인슈타인에 대해서도 마찬가지다. 하지만 오늘날 당신은 뉴턴 이래로 마치 아무 진전이 없는 것처럼 생각하며 과학을 연구할 수는 없다. 하지만 오늘날 우리는 오스틴 이래로 우리 자신에 대해 어떤 새로운 것도 알아내지 못한 것처럼 글을 쓰고 있는 것이다. 이 점은 주로 문학 형식의 영역에서 잘 드러난다. 보는 방식이 바뀌면 그것을 표현하는 방식도 바뀌어야 한다. 심지어 이렇게도 말할 수 있다. 보는 방식이 바뀌면 그것을 담아내는 새로운 형식 없이는 표현이 불가하다고 말이다. 그러나 그것은 실험적인 형식이 되어서는 안 된다. 임시적인 형식이 되어서도 안 된다. 그것은 실험의 결과, 즉 실험의 안정된 결과여야 한다. 따라서 새로운 문학 형식은 바로 그 새로운 시각이 정착할 수 있는 집이 되어야 한다. 이것이 아마도 비평가와 독자가 새로운 시각이 새로운 형식을 취한 것을 보는 것을 그다지 좋아하지 않는 이유일 것이다. 이러한 새로운 시각은, 세계는 우리가 보는 것과 다를 수 있다는 단순한 발견일 수도, 우리가 인식하듯 사건은 순차적으로 일어나는 것이 아니라는 발견일 수도, 우리의 사고 자체는 우리가 경험하는 사건과 마찬가지로 하나의 사건이 될 수 있다는 발견일 수도 혹은 심지어 어떠한 주어진 세계관이라도 미신에 불과하다는, 즉 특정 사회에서 용인된 과정과 전통에 따라 만들어진 불완전한 것이라는 의미에서 발견일 수도 혹은 우리의 삶은 우리가 속한 사회 특유의 내재적 신화 본질을 충분히 알 수는 없지만 우리가 받아들이며 살아야 하는, 그리고 우리가 전통이라 부르는 것을 형성하는 신화에 의해 형성된다는 발견일 수도 있다. 그러나 진정으로 새로운 모든 시각은 혁명적인 사건이다. 그리고 그것은 이전 시각의 확실성을 찢어 내야만 한다. 그것은 우리의 이전 존재 양식의 성경을 찢어야만 하고, 우리가 가진 확실성의 코란을 부숴야만 한다. 그것은 새로운 계시의 떨림과 지진이 되어야만 하고, 그 계시는, 아무리 완만하게 발현된다 하더라도 수백 년을 통해 용인된 형식들을 뒤엎을 수 있어야 한다. 새로운 형식에 담기지 않은 새로운 시각은, 불완전한 새로운 시각이다. 그러나 때로는 새로운 시각만큼이나 중요한 것이 바로 새로운 '안 봄'이다.

가끔은 사물을 더 이상 예전 방식으로 보지 않고, 새로운 것에 눈을 뜨고 그것을 받아들일 준비를 하는 것만으로도 족하다. 옛 형식 속에 담긴 새로운 시각이 갖는 문제점은 새로운 시각이 옛 형식에 의해 파괴되고, 약화되며, 실로 무효화될 수도 있다는 것이다. 새로운 형식 속에 담긴 옛 시각이 갖는 문제점은 새로운 형식이 옛 시각에 의해 무의미한 것으로 될 수도 있다는 것이다. 이런 의미에서 보자면 새 부대에 담긴 오래된 포도주에 대한 예수의 비유는 정확하다.

내 논의의 요점은 우리는 우리가 이전에 보았던 것들만을 보려 하기 때문에 많은 것을 보지 못하고 있다는 것이다. 우리는 우리가 이전에 보았던 것들만을 볼 수 있기 때문에 많은 것을 보지 못하고 있다는 논의를 펼 수도 있을 것이다. 만약 어떤 사람이 우리에게 익숙한 방식으로 옷을 입지 않았다면 그가 옷을 잘 입었는지 못 입었는지 알 수 없듯, 그리고 만약 누군가의 모습이, 몸의 비례가, 머리카락의 색이, 눈의 색이 우리가 이미 갖고 있는 미에 대한 감각에 맞지 않는다면 그가 아름다운지 아름답지 않은지 알 수 없듯, 기존의 소설이 보통 우리에게 선사하는 즐거움을 조금도 주지 않는 소설을 만나게 되면, 우리는 그 소설의 형식이 과연 주목할 만한 것인지 아닌지 알 수 없게 된다. 나는 단지 문학과 삶 속에서 다문화주의를 실현해야 한다고 말하고 싶은 것이 아니다. 나는 그 이상을 말하고 싶다. 나는 다차원주의를 제안하고자 한다. 나는 국제주의를 말할 수도 있겠지만 그것 역시 그 자체의 감옥이 될 수도, 가차 없이 전 세계적 할당제를 고수하는 일이 되거나, 각 나라나 지역에서 한두 가지 정도의 예를 유사 이데올로기적으로 선발하는 — 소위 전 세계적 제휴 단체를 형성하기 위해 숨은 의도를 가진 채 선발하는 — 일이 될 수도 있다.

나는 단체, 파벌, 학파, 성명, 정전에는 관심이 없다. 나는 처음부터 다시 시작하는 것에만 관심이 있다. 나는 새로운 제로 지점을 제안하고 싶다. 모든 새로운 세기는 가정, 추측을 다시 생각해 보는 시기가 되어야 한다. 그것은 우리가 수백 년간 제기하지 않았던 모든 질문을 다시 제기하는 시기가 되어야 한다. 그것은 우리의 무조건적인 가정을 다시 점검하는 시기가 되어야 한다. 때때로 자연은 스스로 산불을 내 지금껏 있던 모든 것을 태워 버림으로써 이전에 존재하던 생물들의 재를 가지고 토양을 다시 비옥하게 만들기도 한다. 우리는 재의 가치를 잊어 왔다. 우리는 무엇인가를 태우는 것이 파괴인 것만은 아니라는 사실을 잊어 왔다. 실로 고대인들은 그것이 연금술의 가장 중요한 단계들 중 하나라는 것을 알고 있었다. 사전에 준비된 계획도 없이 거의 7년마다 나는 새로 시작하는 것이 필요하다고 생각한다. 나는 마치 내가 이전에 아무것도 알지 못했고 아무것도 하지 않은 듯 새로 시작해야만 한다고 생각한다. 나는 다시 어린이처럼 되는 것이 내게 도움이 된다고 생각한다. 의심스러운 순진무구함을 추구하자는 말이 아니다. 단순히 우리는 몇 개의 가정을 품은 채로 출발하고, 우리의 삶과 예술은 잠재의식의 원칙을 따르며 그 가정을 토대로 연역적 추론을 하는 나머지 마치 가장 가까운 별조차도 지구에서 떨어져 있듯 결국에는 진실에서 멀어지게 되는 것이다. 작은 추론으로부터 괴물 같은 인식이 자라날 수 있는 법이다. 모든 사람이 우리와 같아야 한다는 바로 그 생각으로부터 삶과 문화에서의 새로운 파시즘의 씨앗이 자라난다.

그들이 말해 주지 않는 정전에 관한 가정이 하나 있는데, 그것은 사람들은 자신의 힘으로는 특정 작품의 가치를 알아낼 수 없다는 것이다. 문화의 고위 사제들만 그 가치를 알고 있다는 것이다. 그 가치는 그들에 의해, 그들 사이에서 결정된다. 그 작품이 최상의 방식으로 그들을 신격화해 주기 때문에 그들은 그 작품의 가치를 확신하는 것이다. 그들은 이것이 옳은지 그른지 결정하기 위해 시간을 들이지 않는다. 사람들이 혼자 힘으로 이미 확정된 보편적 가치에 반응을 보일지 보이지 않을지 알아볼 시간조차 들이지 않는 것이다. 사실 이 고위 사제들은 이 작품들의 가치를 너무나도 확신하기 때문에 그들의 학생들에게, 그리고 이를 통해 이후 세대에게 그 작품을 강요한다. 이들의 가정은, 사람들은 작품을 스스로의 힘으로 이해할 수 있을 정도로 똑똑하거나 명민하거나 인간답지는 못하다는 것이다. 요컨대 이 작품들에 대한 우리의 사고는 강요된 것이다. 해가 지나면서 그들은 점점 더 성경의 주해와도 같은 해설을 덧붙여 가며 이 작품들을 가르치게 되고, 마침내 당신은 이를 받아들이지 않으면 유사 종교라는 폐쇄된 집단으로부터 도태되고 마는 것이다. 아마도 늘 이럴 것이다. 아마도 인류에게 가치가 있는 진정한 작품이 걸러지는 데는 몇백 년이 걸릴 것이다. 하지만 그러는 동안, 강요된 작품이 진정한 작품을 몰아내는 불상사가, 그리고 우리가 진정으로 꾸준히 연구할 만한 가치가 있는 작품들이, 미래의 독자들에게 즐거움을 줄 수 있는 작품들이, 그야말로 운이나 우연에만 의존해서 발굴되고 보존되는 불상사가 일어날 가능성은 얼마든지 있다.

중요한 것은, 어떻게 스스로가 스스로를 선택한 소수의 사람들이 그렇게도 많은 사람들을 대변할 수 있느냐 하는 것이다. 스스로가 스스로를 선택한 소수의 집단이 지구상의 그렇게도 많은 사람들을 대변할 수 있느냐 하는 것이다. 독자로서 좀 화가 나서 하는 말이다. 가끔 나는 뭔가 새로운 읽을거리가 있을까 싶어서 서점에 들른다. 하지만 서점에 나온 책들이 서로 비슷하다는 점을 얼마 못 가 발견하게 된다. 매년 출판사들이 고전이라면서 출판물 목록에 올리는 책들을 보면 죄다 같은 책, 그것도 몇몇의 나라에서 나온 책들 일색이다. 이 목록들은 우리가 모르는 문화와 대륙에서 나온 작품들을 포함할 정도로 확장되는 일이 결코 없다. 이 목록들은 재평가를 받은 책들을 포함할 정도로 확장되는 일이 없다는 말이다.

하지만 정말 이상한 것은, 여기저기 여행을 하다 보면 대부분의 나라들이 당신이 한 번도 들어 보지 못한 작가들로 이루어진 고전 목록을 갖고 있다는 점을 발견하게 된다는 것이다. 그것은 서구 정전의 몇몇 작가들이 성공적으로 수출되었다는 점과 관계없이, 모든 나라는 정전에 대한, 고전에 대한 그 자체의 기준을 갖고 있다는 말이 된다. 그렇다면 이렇게 묻고 싶다. 이들은 어떻게 선택되었는가. 분명히 말하건대 나는 기득권의 안 혹은 밖에 있다는 것이 무슨 의미인지 잘 안다. 모든 기득권은 자신의 가치를 잘 받드는 작품을 선택한다. 가끔 한 시대의 취향 밖에서 작품을 쓰는 작가들이 있는데 이들의 작품은 자기 시대의 정전에 절대 포함되지 않을 것이다.

우리가 보는 고전들은 세계관을 확정한다. 이 고전들은 한 사회가 스스로를 보고자 하는 방식 같은 것을 확정한다. 만약 당신이 한 사회나 사람들이 스스로를 어떻게 보고자 하는지 알고 싶다면 그들이 무엇을 고전으로 제시하는지 눈여겨보라. 이 말은 절대적으로 옳은 말은 아니다. 작품은 시간이 지나면서 비평적 해석에 의해 흐릿해지고, 작품 본연의 모습과 반대되는 모습을 보일 수도 있기 때문이다. 중요한 것은 작품이 무엇인가가 아니라 특정 시대에 그것이 어떻게 인식되는가 하는 것이다. 문학 작품 역시 굴절의 원칙을 따른다. 문학 작품은 우리의 인식의 빛을 약간 왜곡하는 매체 안에 담기며, 따라서 한 시대에 우세한 해석을 반영하며 굴절되게 마련이다. 진정한 예술 작품 역시 이런 작업을 하리라 본다. 이 작품들은 우리가 받는 빛의 일부를 반영하고, 우리가 그것을 읽을 때 갖게 되는 의식의 일부를 반영한다. 이것은 구성의 전략이 될 수 있는 모호성 그 이상이다. 이것은 창작의 전략이 될 수 있는 역설 그 이상이다. 이것은 우리를 존재하게 해 주는 매체, 정확히 규정할 수 없는 인간의 면모를 담는 매체인 것이다.

바로 이 지점에 문학의 마법이 존재한다. 하지만 제발 내 말을 직역하지는 말길 바란다. 마법이라는 단어를 언급한다고 해서 항간에서 너무나도 잘못 이해되고 있는 마술적 사실주의에 대한 이야기를 하려는 것은 아니기 때문이다. 나는 테크닉이나 풍부한 특정 리얼리티를 표현하는 시적 방식 혹은 문학적 유행에 대해 논의를 하려는 것이 아니다. 나는 문학 예술이 갖고 있는 마법이라는 예술에 대해 이야기하려는 것이다. 마법은 모든 종류의 상이한 텍스트들 속에, 그러니까 극사실주의부터 추상까지 아우르고 자연주의 작품부터 모더니즘 계열의 작품까지 아우르는 모든 텍스트에 존재한다. 만약 어떤 작품이 진정한 문학에 도달한다면 그것은 마법의 상태에 도달한다는 말이 된다.

내가 말하는 마법이라는 것은 무엇인가? 그것은 문학 작품이 스스로를 변형시킬 수 있는 능력을 일컫는다. 단어의 배열이 변하지도, 편집자가 관여해서 글을 다시 쓰지도 않지만, 작품은 시간이 지나면서 무엇인가 다른 것으로 다소 변화한다. 시간이 작품에 영향을 미치는 것만큼이나 작품 또한 시간에 영향을 미치는 것이다. 시간이 작품에 영향을 미치면 작품은 좀 더 빛을 발하고, 좀 더 진실해지며, 좀 더 적절한 것으로 변모한다. 시간이 흐름에 따라 우리는 작품을 더욱 이해하게 되고, 이 작품들 속에서 우리 자신을 더욱더 이해하게 된다. 우리는 처음에는 작품이 우리에게 어떠한 말도 걸지 않는 것처럼 느낄 수도 있다. 혹은 낯설다고 느낄 수도 있다. 심지어 부적절하다고 생각할 수도 있다. 하지만 시간이 흐르면, 인간 조건의 심연을 가리키는 그 작품의 손가락이 점점 더 현명해지고, 더 명료해지고, 더 엄밀해진다는 것을 알게 되리라. 이 작품들은 처음 읽을 때에는 불투명해 보일 수도 있다. 작품이 어떻게 40~50년 사이에 불투명함을 벗고 놀랄 만한 명료함을 획득할 수 있는 것일까. 그러나 명료함이라는 것은 고정된 개념이 아니다. 왜냐하면 몇십 년 더 지나서 작품을 다시 읽게 되면 본래의 불투명함이 다시 감지될 테니까. 작품은 늘 조금은 불투명하고, 동시에 늘 엄청나게 명료해 보이기 마련이다. 그리고 이것은 글의 명료성이나 밀도와는 전혀 상관이 없다.

나는 변모하는 것을 지칭하기 위해 마법이라는 단어를 사용한다. 마법 행위는 논리적인 설명을 거부한다. 그것은 이성을 초월한 힘의 존재를 암시한다. 마법 행위는 이성을 거부한다. 하지만 마법 행위는 리얼리티에 대한 우리의 인식을 바꿔 놓는다. 가능하지 않다고 생각되는 일들이 일어나는 것이다. 씨앗 하나가 즉시 꽃이 된다면 이것은 마법 행위이다. 당신의 눈앞에 서 있는 사람이 갑자기 보이지 않게 된다면 그것은 마법 행위이다. 눈앞에 아무것도 없다가 갑자기 쌀 그릇이 생겨난다면 그것은 마법 행위이다. 이런 의미에서 마법은 우리가 아는 자연법칙에 도전한다. 이런 의미에서 마법은 과학에 맞선다기보다는 과학이 자연법칙이라 여기는 것에 도전한다. 마법은 우리의 감각이 감지한 증거에 도전한다. 마법은 우리의 감각으로 하여금 도구의 제한성을 감지하게끔 한다. 도구가 제한되어 있으면 그것이 감지하는 것 역시 제한되기 마련이다. 따라서 인간의 감각의 제한을 넘어 저 멀리에, 우리가 리얼리티라고 인식하는 한계 너머 저 멀리에 가능성이 존재한다. 우리가 마법이라 부르는 현상, 우리가 기적이라 부르는 현상은, 우리가 리얼리티라고 인식하는 그 한계 너머에 있는 영역 속에 존재한다.

나는 미시적 혹은 거시적 차원에서 문학의 마법에 대해 이야기할 수 있다. 가장 낮은 단계에서 볼 때 문학은 존재하지 않는 것을 실재하는 것으로 만들 수 있다는 점에서 마법 행위이다. 존재하지 않는 것은 언어라는 매개체를 통해 실재하거나 살아 있는 것으로 변모한다. 언어는 사물이 아니지만 우리 마음속에 사물을 불러일으킬 수 있다. 그다음에 우리는 또 다른 매개체를 통해 우리 마음속에서 그 사물들을 우리가 보고 만지고 그 존재를 믿을 수 있는 것으로 바꾼다. 보고 만질 수 있기에 우리는 믿을 수 있는 것이다. 음악을 통해 소리는 사물이 되고 의식의 상태가 될 수 있지만 그것은 악기와 연주자 등등을 요한다. 예술을 통해 사물은 바로 당신 앞에 있게 된다. 문학으로 말하자면 당신은 페이지 위에서 기호와 암호, 상형 문자와 표시만을 볼 뿐이다.

나는 35년 이상 동안 글을 써 왔고 다음의 사실이 지니는 특이성에서 자유로울 수가 없다.(그것은 내가 하는 모든 것들의 토대이다.) 페이지마다 담겨 있는 추상적인 표시들이 세계와 등장인물, 이야기와 운명, 분위기와 감정, 숭고미와 복잡다단한 인간의 조건에 대한 인식을 낳을 수 있다는 사실 말이다. 몇 마디의 시어가 상상력을 발동시키고, 이야기 속의 단어 몇 개가 무에서 무엇인가를 불러내고, 몇 줄의 대화가 이제껏 존재하지 않던 인간을 존재하게 하는 광경을 보라. 아마도 마법의 정의는, 무에서 무엇인가를 만들어 내는 것이리라. 그것은 세계 창조자의 행위를 반영하는 것이 아니겠는가? 무에서 탄생하는 세계.

물론 과학과 형이상학은 무에서 무엇인가가 창조될 수는 없다고 우리에게 말한다. 저 너머에 틀림없이 무엇인가가 있다고, 우리가 볼 수 없는 무엇인가가 틀림없이 있다고 말한다. 아마도 우리는 마법을 보이지 않는 것을 보이게 만드는 작업으로 인식하고 있는 것 같다. 가장 고차원적인 형태로 그것은 이렇게 암시한다. 즉, 우리가 보는 것은 우리가 보지 못하는 것들로 이루어져 있다고. 아원자 입자는 우리 눈에 보이지 않는다. 그러나 그것들은 우리의 리얼리티, 탁자, 의자, 컴퓨터를 이루고 있다. 그것들은 실체를 이루고 있지만 의식을 작동시키지 않는 한 우리는 그것을 인지할 수 없다. 의식이, 눈이, 시각의 문화가 없다면 우리는 우리가 보는 것을 보지 못할 것이다. 모든 것의 토대를 이루는 근본적인 마법은 의식 그 자체가 행하는 본질적인 마법인 것 같다.

과학자들이 의식을 화학 물질이나 원자로 축소하려는 시도를 하고 있기는 하지만 여기 이곳에 존재한다는 사실, 살아 있고, 이곳에 서 있거나 앉아 있고, 감지하고, 보고, 만지고, 꿈꾸고, 상상하고, 정신적으로 연결 짓고, 창조하고, 만들 수 있다는 사실은 화학 물질의 결합 이상의 것인 듯하다. 이 모든 존재의 드라마가 모이고, 형태를 취하게 되는 바로 이 중심 지점이 우리 안에 존재한다. 어쨌든 살아 있다는 사실은 생물학과 화학의 차원을 초월하는 것이다. 그것은 세계를 인식하는 자아의 극장이다. 의식은 인식을 만들어 내지만 인식은 리얼리티와는 다르다. 세계를 그 자체의 모습 그대로 이해하기는 어렵다는 말이 언제나 맞는 것은 아니다. 우리가 알 수 있는 것은 세계를 이해하는 방법뿐이다. 그리고 세계에 대한 우리의 인식은 우리의 감각, 우리의 기억, 우리의 교육, 우리의 문화에 의해 제한된다. 다시 말해 리얼리티에 대한 모든 인식은 잠정적이고 국지적이다. 우리는 우리가 보도록 교육받은 것만을, 우리가 보도록 훈련된 것만을, 우리가 우리 마음에 보도록 허락한 것만을 본다. 그러므로 아무도 절대적 리얼리티를 상정할 수 없고, 아무도 자신들의 리얼리티가 가장 옳고, 유일한 것이라고 주장할 수 없는 것이다. 우리의 리얼리티는 서로 다를 수 있지만 우리가 리얼리티를 인식한다는 사실, 우리가 리얼리티에 관여한다는 사실, 우리는 리얼리티를 견디고, 사랑하기도 하며, 그것의 억압을 받기도 하고 그 안에서 예상치 못한 기쁨을 느끼기도 한다는 사실은 같다.

우리의 리얼리티는 알 수 없음을 부정한다. 또한 개인적인 리얼리티와 집단 리얼리티의 협상이 바로 문화인 것이다. 문학은 언어라는 매개체를 통해 인식된 리얼리티를 반영한다. 첫 번째 마법은 의식이라는 신비스러운 존재이다. 두 번째 마법은 우리가 상호 간에 정신적 가치와 의미를 부여하기로 동의한 추상적 기호를 통해 경험을 재인식하는 능력이다. 'T-R-E-E'라는 글자는 개별적으로는 어떤 의미도 전달하지 않는다. 그것은 건축용 블록과 같은 글자이다. 그러나 그 글자들을 한데 놓아 보라. 그러면 둥치와 가지, 잎사귀와 보이지 않는 뿌리를 가진 유기체가 당신의 마음속에 떠오를 것이다. 그 글자들 앞에 'I-R-O-K-O'라는 글자를 놓아 보라. 그러면 특정한 나무가 당신 마음에 떠오르리라. 물론 당신이 그런 나무를 본 적이 있다는 가정하에 말이다. 당신이 그런 나무를 본 적이 없다면 당신의 마음은 보통의 나무 이미지를 간직하고 있게 된다. 그 이미지 옆에 모호하며 눈에 보이지 않는 물음표를 달아 둔 채로 말이다. 그것이 바로 내가 1970년대에 라고스에서 체호프가 쓴 단편 소설에서 난생처음으로 'S-A-M-O-V-A'[1]라는 단어를 처음 접했을 때 경험했던 바다. 나는 그것이 무엇인지 상상할 수 없었고, 그래서 위에서 말한 것과 같은 종류의 모호한 이미지를 마음속에 갖고 있었다. 내가 처음으로 'SAMOVA'를 보았을 때 얼마나 놀랐을지 생각해 보라. 그것은 내가 상상한 'SAMOVA'가 아니었다. 나는 'SAMOVA'가 무엇인지 몰랐기 때문에 그것은 내가 읽은 그 소설 속에서 뭔가 불균형한 역을 맡고 있었다. 사실 그것은 하나의 등장인물이 되었다. 주위에 살고 있는 모든 존재들의 감정에 영향을 미칠 수 있는

---

1) (옮긴이 주) 사모바르. 러시아에서 물을 끓이는 데 사용하는 주전자.

능력을 가진, 다소 고딕적인 인물 말이다.

이것은 하나의 단어가 가진 효과일 뿐이다. 자, 이제 그것을, 당신이 한 번도 보지 못한 것을 지칭하는 다른 단어들로 확장하고, 개념, 역설, 어조, 언어 내에 있는 암시의 층들로 조금 더 확장해 보라. 그러면 놀랍게도 당신은 내가 지구상의 다른 곳에서 읽은 것들의 반 정도 되는 양을 알게 될 것이다. 『굶주린 길(The Famished Road)』이 처음 출판되었을 때 영국의 몇몇 비평가들은 이렇게 불평했다. 그 책을 읽기 위해서는 아프리카를 알아야만 한다고 말이다. 그들은 아프리카를 방문하거나 거기에서 살지 않고서는 그 소설을 읽을 수도, 즐길 수도 없다고 생각했던 것이다. 하지만 이 사람들이 바로 자신들의 고전이 지닌 보편성을 가정하거나 주장하는 사람들이었던 것이다. 나는 제인 오스틴과 디킨스야말로 내겐 모호하고, 낯설며, 이해 불가한, 마치 모르는 세계에서 온 것과 같은 작가들이라고 말해 주고 싶었다. 『굶주린 길』의 비평가들은 문화적 편견과 문화적 나태함을 가진 사람들이었다. 부드러운 표현을 쓰자면 그렇다.

내가 보기에 문학의 본질은 세계를 창조한다는 데에 있다. 만약 당신이 그 세계를 모른다면 그 세계가 무엇인지 알려 줄 수 있는 작품이 필요하다. 단, 제대로 창조된 세계는 당신이 그 세계를 이해하는 데 필요한 모든 것을 줄 수 있어야 한다. 내 친구 한 명이 카뮈의 『이방인』에 대해 말하면서 자신이 방문한 알제리는 다른 모습이었다는 이야기를 했다. 그 말에 나는 이렇게 대답했다. 그렇게 생각할 수도 있지만 소설의 세계는 그 자체를 위한 세계라고 말이다. 우리는 소설을 지형의 복사판 혹은 장소의 사회학으로 취급해서는 안 된다. 그것은 그 자체의 세계이니까.

세계의 순서 같은 것은 없다. 케냐인이 디킨스나 그레이엄 그린이나 『해리 포터』를 읽고 향유하기 위해서는 영국을 방문하고 거기서 살아 봐야 한다는 점을 생각하지 않은 채 『굶주린 길』을 읽기 위해서는 아프리카를 알아야 한다고 말했던 그 비평가는 문화적 파시즘을 자행하고 있었던 것이다. 그것은 실로 자신들의 문학은 내게 보편적이어야 하지만 아프리카의 문학은 문화적 특수성의 한 형태라고 말한 것이나 다름없다. 서구는 보편적인 것이지만 그 외 모든 곳의 문학은 당신이 거기가 봐야만 이해할 수 있다는 것이다.

이 문화적 오만은 마법과 정반대된다. 아프리카에 가 본 적이 없는 수백, 수천의 독자들이 『굶주린 길』을 즐겼다. 마치 그들이 『모든 것이 산산이 부서지다(*Things Fall Apart*)』, 『울지 마, 아이야(*Weep Not, Child*)』, 『야자열매 술꾼(*The Palmwine Drinkard*)』, 『아프리카 어린이(*The African Child*)』를 즐겼던 것처럼 말이다.

문학의 마법은 지식이 거의 없어도 우리가 모르는 세계 속으로 들어갈 수 있다는 사실에 토대를 두고 있다. 그것의 원천은 상상력이다. 마법이라는 단어의 뿌리는 상상력이라는 단어 속에 담겨 있다. 왜냐하면 상상력은 몇 개의 단어를 가지고 세계를 창조하는 능력이기 때문이다. 몇 번 붓질을 하면 집이 그려지고, 음계를 그리면 감정이 생겨나고, 춤 동작을 하면 분위기를 느끼게 된다. 하지만 내가 말하는 상상력은 두 가지 측면을 가진다. 즉, 시간이라는 매체 속에서 독자의 상상력을 만나는 작가의 상상력 말이다. 하지만 작가의 상상력은 특정 방식으로 배열된 단어라는 마법적인 매개체를 통해서만 작동된다. 단어는 마치 그림의 선처럼 우리 마음속에 공간을, 우리가 보지 못하는 것들을 상상할 수 있게 하는 공간을 만들어 낸다.

마법이 일어나기 위해 필요한 조건들이 있다. 첫째 당신은 주의를 집중해야 한다. 당신은 현존해야 하고, 당신의 의식을 내주어야 한다. 오만이 반마술적인 이유는 오만은 당신이 모든 것을 이미 알고 있다고 전제하기 때문이다. 이 경우 당신의 현존은 필요하지 않게 된다. 따라서 당신은 부분적으로 이곳에 없는 것이 된다. 당신은 스스로를 내주지도 않고, 당신이 정말로 알지 못하는 것을 멋대로 판단해 버리게 되는 것이다. 오만은 소외된 상태다. 오만한 사람은 진리를 간파할 수 있는 가능성으로부터 배제된다. 많은 종류의 오만이 있다. 순진무구한 오만이라는 것이 있다. 이것은 사람들이 특정 방식으로 세계를 보도록 교육받았을 때 나타난다. 그들은 자신들이 어떤 면에서 다른 사람보다 우월하다고 생각하도록 교육받은 것이다. 이들의 경우 교육받은 것 말고는 어떠한 토대도 갖고 있지 않다. 특정 학파, 특정 대학들은 이런 오만을 지속시켜 나간다. 문화적 오만이라는 것도 있다. 이것은 한 문화 전체가 그 자체에 대해, 그리고 그 자체와 타인 혹은 타 문화와의 관계에 대해 특정한 사항들을 가정할 때 나타난다. 이 가정은 모든 영역, 즉 자신들의 음식이 다른 문화권의 음식보다 우월하다는 생각부터 자신들의 문학이 다른 문학에 비해 태생적으로 우월하다는 의식에 이르기까지 모든 영역에 스며든다. 이 모든 종류의 오만이 갖는 문제점은 그것이 사람들로 하여금 배우지 못하도록 막는다는 것이다. 그것은 그들이 마음을 열 수 없게 만든다. 오만은 늘 무지와 함께 온다. 오만이 문화의 한 방식이 되고, 존재의 한 방식이 되면 쇠락은 이미 와 있는 것이다. 그러나 오만이 갖는 치명적인 눈멂 때문에 아무도 쇠락을 인식하지 못한다.

오만의 반대는 겸손이 아니라 인식이다. 문학은 인식 행위이기도 하다. 모든 중요한 텍스트는 창작의 모든 면에서 현존을 보여 준다. 진정한 소설은 훌륭한 조각상과도 같아서 우리는 그것을 모든 면에서, 심지어 밑에서도 볼 수 있다. 오래전부터 나는 작가들이 창작에 빠지는 이유 중 하나가 창작할 때 경험하는 마음 상태라는 생각을 해 왔다. 글이 잘 써지면 이때의 정신 상태는 심오한 명상 혹은 눈 뜨고 하는 명상과도 같은 것이 된다. 많은 작가들은 자신들이 만드는 세계 속에서 길을 잃은 나머지 자신들이 몸담고 있는 세계 속에서 온통 길을 잃고 말았다는 이야기를 한다. 많은 작가들은 소설을 쓰면서 자신들이 만들어 낸 세계를 자신들이 몸담고 숨 쉬는 세계보다도 현실적인 것으로 느꼈다는 이야기를 들려준다. 어떤 작가는 자신이 창조해 낸 등장인물이 자신이 아는 사람들보다, 자신의 가족보다 현실적으로 느껴진다는 말을 하기도 한다. 이렇듯 상상력의 세계에 심취하는 것은 일종의 유체 이탈

체험이다. 하지만 무엇보다도 그것은 인식의 행위이다.

이것이 일어나는 또 다른 상태가 있는데, 즉 세밀하게 다시 쓰는 상태이다. 이 상태에서 작가는 텍스트가 지닌 복잡함과 상호 연관성에 주의를 기울이는 세포 차원의 작업을 하게 된다. 이 상태에서는 하나의 단어가 쉰 장 너머에 있는 다른 단어를 연상시키는 일이, 한 문단이 너무나도 깊은 내면으로부터 창작되어 그것이 지닌 심오한 영향이 작품 전체에 퍼지는 일이 일어난다. 이러한 상태에서 때로 정신은 수천 가지의 연결 고리, 연관, 단어 간, 쉼표 간, 줄표 간, 세미콜론의 공명을 의식하고, 텍스트의 아원자적 본질이 정상적인 텍스트 분석에서 단순히 고립될 수 없는 방식으로 독자의 마음에 작동하는 방식을 의식하게 된다. 백열을 내며 불타는 정신은 창조된 세계의 롱 아크와 자잘한 세부 사항뿐만 아니라 텍스트의 보이는, 그리고 보이지 않는 세계를 구성하는 건축용 블록, 즉 알파벳과 소리, 단어와 문장 부호, 음과 반음, 땅거미와 관목이 가진 가장 섬세한 색채라는 건축용 블록을 모두 아우른다.

문학 비평은 기껏해야 텍스트의 보이는 면만 다룰 수 있을 뿐이다. 하지만 문학에는 보이지 않는 면 또한 있다. 이것이 바로 소리와 의미, 글자와 단어, 이미지들이 자신들 간에, 자신 내부에서, 그리고 우발적으로 서로 간에 행하는 눈에 보이지 않는 거래인 것이다. 정신은 창작의 백열과 의식적인 다시 쓰기의 흑열 속에서 바로 이 점을 반쯤 경험하게 된다. 마치 사진기가 사물의 조직 깊숙이 뚫고 들어가듯, 정신의 흑열은 텍스트의 모든 요소 간의 아원자적 대화 깊숙이 뚫고 들어간다. 작품의 이러한 보이지 않는 면이 바로 우리가 진정한 텍스트를 읽을 때마다 그것을 다르게 느끼게 하는 힘이다.

양자론은 문학에도 적용되며, 이 점에서 우리는 어떤 시나 단편 소설을 살아 있게 만드는 것이 무엇인지 콕 집어 말할 수 없다. 텍스트가 양자적 차원을 지니고 있기 때문에 우리는 어떠한 텍스트가 시간의 시험을 버텨 낼 것인지 온전히 예상할 수 없다. 왜냐하면 텍스트의 아원자적 단계에서는 문학에서 쿼크와 아원자 입자에 해당하는 것들이 예상 불가능한 두 가지 요인과 상호 작용을 하기 때문이다. 첫째, 시간, 시대, 시대정신. 둘째, 특정 시대 속에 존재하는 개개의 독자. 텍스트는 심오한 단계에 이르면 분석되거나 예견될 수 없는 두 가지의 것, 즉, 살아 있는 시대와 살아 있는 정신과 상호 작용을 하게 된다.

문학의 진정한 연금술을 구성하는 것은 텍스트 속의 단어들과 그 단어들에 의해 창조된 전체적인 환경이 독자와 시대와 그것이 읽히는 문화와 상호 작용하는 방식이다. 그것은 세 요소 사이의 대화이다. 첫째, 텍스트 자체라는 요소가 있다. 책은 읽히기 전까지는 존재하지 않는다. 다시 말해 책은 페이지 위의 글자들에 불과한 것으로, 독자의 정신과 만나야만 생명을 획득하게 된다. 그렇기 때문에 책은 우리가 객관적으로 알 수 없는 내적 상황으로, 측정이 불가능하고 살아 있는 동시에 항상 변하는 내적 상황으로 존재한다. 둘째, 바로 이 복잡한 구조물과 만나는 정신이라는 요소가 있다. 정신은 두뇌 세포와 의식과 기억과 문화와 문화적 세뇌가 하나로 합쳐져 형성된 측정 불가능한 잠재력의 집합체이자 그 깊이를 잴 수 없는 세계라고 할 수 있다. 셋째, 세계라는 요소가 있다. 모든 독서 행위는 세계라는 매개체 안에서 일어난다. 왜냐하면 진공 상태에서는 독서가 불가능하기 때문이다. 여기에서 말하는 세계란 현재 일어나고 있는 모든 것 — 그러니까 우리가 인식할 수도 있고 인식하지 못할 수도 있는 동시에 그 결과가 우리에게 의식적으로든 무의식적으로든 영향을 미치는 모든 것을 일컫는다.

이 세 가지 요소를 부숴 보라. 그러면 당신은 텍스트와 정신과 세계의 수소 충돌 같은 것을 보게 될 것이다. 다시 말해 무엇이든 일어날 수 있는 상태 말이다. 그러나 텍스트를 이러한 예상 불가능한 변종들 속으로 밀어 넣기 위해, 그리고 이 두 가지 예측 불가능한 변종들로부터 끊임없이 생명력을 끌어내기 위해 희미한 의식을 지닌 채 글을 쓰는 일이 바로 다름 아닌 문학 정신이 발휘하는 실질적 마법인 것이다. 이것이 바로 어떤 텍스트가 길이 살아남을 것이고 어떤 텍스트가 진정 보편적인지에 대해 말해 주는 절대적인 수정 구슬이나 고위 사제의 선언 같은 것이 존재할 수 없는 이유이다. 우리는 모든 가변적인 것들을 알지는 못한다. 길이 살아남아서 인류에게 가치 있는 것이 되는 텍스트는 리얼리티 그리고 정신과 관련을 갖는다. 마치 영화 각본과 완성된 영화의 관계처럼 말이다. 즉 정신의 가능성과 시대와 시대정신의 예측 불가능성에 대한 여지를 남겨 두는 텍스트, 인간 정신을 염두에 두며 작업하고 끊임없이 세 번째 요소, 즉 세계를 창조하려 하는 텍스트, 늘 진화하는 텍스트야말로 길이 살아남을 수 있는 텍스트이다.

나는 과도한, 그러니까 인상주의적 글쓰기를 이야기하는 것이 아니다. 나는 마법에 대해 말하고 있다. 마법은 홀로 존재하지 않는다. 그것은 생동하는 정신이 현존하며 그것을 목격해야 한다는 것을 전제로 한다. 마법은 인간의 마음과 상호 작용할 때 그리고 시간 속에서 행해질 때에만 완전한 것이 된다. 마법은 변형의 행위이다. 당신의 정신이 변형되거나 당신이 인식하는 사물이 변형되는 것이다. 문학은 마법과 같아서 끊임없는 잠재력과 가능성을 가진다. 문학은 결코 고착된 것이 아니다. 그것은 늘 무엇인가로 변화한다. 문학은 그것을 대하는 마음과 정신 속에서 무엇인가로 변하며, 정신은 문학이 머물 수 있는 집이 되어 준다. 문학은 정신이 정신에게 말을 거는 행위이다. 정신 활동은 오로지 정신 활동에만 말을 걸 수 있다. 전자는 글쓰기, 후자는 읽기에서 일어나는 의식의 수준을 일컫는다. 어떤 작품이 문화적 우위를 점하고 있으면 그 작품은 다른 작품보다 큰 정신 활동을 수반한 채 읽히게 된다. 당신이 어떤 책으로부터 얻는 것은 주로 당신이 읽기에 동원하는 정신 활동의 수준에 달려 있다. 이것이 바로 서구 중심의 정전에 대한 개념이 도전을 받아야 하는 이유이다. 여타 나라에서 쓰인 문학은 적절한 수준의 정신 활동과 마땅한 정도의 열정과 인식을 동원하여 읽히지 않고 있다. 우리가 정전의 개념에 대해 열린 마음을 지녔을 때에야 비로소 우리는 마법적인 문학의 세계에서 인류가 만들고 꿈꿔 온 것들이 얼마나 다양하고 풍요로운지에 대해 놀라기 시작할 것이다.

우리는 아직 적절한 연관성을 찾지는 못했지만, 문학은 우리가 읽거나 보는 책도 아니고, 시도 아니며, 희곡도 아니다. 문학은 인류의 근본적 능력과 힘의 살아 있는 표징이다. 비평가들은 문학의 힘은 작품 속에, 그 존재 속에, 그리고 그것이 우리 삶에 끼치는 도덕적 힘 속에 있다고 생각한다. 하지만 문학의 힘은 그 이상이다. 문학은 세계 속에 존재하는 창조적 힘이다. 우리가 새로운 세계를, 새로운 구조를, 새로운 리얼리티를 꿈꿀 수 있다는 사실 자체가 이미 우리는 우리의 세계를 꿈꿀 수 있다는 사실을 암시하는 것이다. 텍스트를 읽고 상상력을 발휘하여 그것에 리얼리티를 불어넣는 것은 당신이 창의성을 갖고 있다는 사실을 확증해 준다.

독서는 창조적인 행위이다. 그것은 수동적이지 않다. 그것은 마법이다. 문학의 창조력은 우리의 창의성을 넓히고 강화시켜 준다. 당신이 셰익스피어를 읽을 때에는 셰익스피어의 무엇인가가, 소잉카를 읽을 때에는 소잉카의 무엇인가가, 그리고 오크리를 읽을 때에는 오크리의 무엇인가가 당신 안으로 들어간다. 독자와 작가가 만날 때 작가의 성격을 잘 알지도 못하는 사람들이 억지로 가져다 붙인 것이 아니라 창조적 자아의 정수가 독자에게 전달되는 것이다. 문학은 우리를 문화적으로 각성시키고 정치적으로 깨어 있게 하는 등 우리에게 많은 것을 해 주지만 무엇보다도 그것은 더욱더 우리를 우리 자신이 되게끔, 그리고 우리 자신이 되지 않게끔 하기도 하며, 좀 더 문제를 제기하도록, 좀 더 깊이 생각하도록, 좀 더 의심을 품도록, 좀 더 확신을 가지도록 우리를 이끌어 준다.

문학의 힘은 비단 현재에만 국한되지 않는다. 그것은 세대, 세기, 몇천 년에 걸쳐 조용히 작동하는 힘이다. 언제 진정한 문학이 다시 나타나 계시와 가능성을 펼쳐 보여 줄지는 아무도 모른다. 릴케가 어딘가에서 말했다. "차별하는 삶은 옳지 않다." 우리의 세계를 바꾸고자 한다면 우리는 문학이란 무엇인가에 대한 우리의 생각을 바꾸어야 한다. 우리는 다가올 새로운 가능성에 대해서뿐만 아니라 퇴출될 죽은 개념에 대해서까지도 우리의 마음과 정신을 열어야 할 것이다. 문학이란 무엇인가에 대해 너무나도 고착된 인식을 갖는 것은 결과적으로 문학 자체를 죽일 것이다. 왜냐하면 문학은 살아 있기 때문이다. 그것은 끊임없이 새로운 모습으로 우리에게 놀라움을 주어야 한다.

어떤 면에서 보면 문학은 인간 정신에 대한 심오한 연구의 열매이다. 그것은 공유된 발견이다. 그것은 사실과 관련되어야 하며, 법칙에 대한 이해를 높이거나 법칙을 뒤엎을 수 있는 과학적 발견과는 성격이 다르다. 문학의 발견은 인간 조건의 어떤 면에 대한 발견인 동시에 형식에 대한 발견이기도 하다. 이것이 바로 문학이 우리에게 끊임없이 도전하는 이유, 우리를 매혹시키고 위로하는 동시에 우리에게 도전을 청하고 우리의 존재를 확장시켜야 하는 이유이다. 문학은 강화인 동시에 탐험이기도 하다. 우리가 전통적이고 익숙한 즐거움을 주는 작품을 좋아한다고 해서 우리에게 즉각 즐거움을 주지 않는 작품이 가치 없다고 말할 수는 없다.

예술은 우리의 취향을 확장시킨다. 회화에서 인상주의가 당황스러운 것으로 생각되던 때가 있었다. 지금은 자연스러운 것으로 받아들여지지만 말이다. 인상주의는 미에 대한 우리의 인식을 확장했다. 아프리카의 가면이 추하고 어떠한 예술적 매력도 가지지 못한 것으로 생각되던 때가 있었다. 그러나 아프리카와 오세아니아 예술에서 영감을 얻은 야수파와 입체파, 마티스와 피카소가 나오자 사람들은 아프리카 예술이 가진 낯선 미를 보게 되었다. 현재 존재하는 예술 형태를 통해 자신들이 말하고자 하는 것을 말하는 예술가들이 있다. 이들은 익숙한 것들을 이야기하기 때문에 더 인기를 누린다. 그러나 예술가는 탐험가와 같아서 우리에게 놀라움을 주고 추해 보일 수도 있는 새로운 형식을 통해서 이야기해야 한다. 그들은 처음에는 좀처럼 인기를 얻지 못한다. 대체적으로 사람들은 도전받기를 싫어하고 당신이 그들에게 무엇인가를 요구하면 그에 대해 처벌을 한다.

독서는 세계 안에서 이루어지는 행위, 삶의 한가운데에서 일어나는 행위임을 기억할 필요가 있다. 그리고 삶이란 대부분의 사람들에게 힘

겹고 스트레스 가득한 것이다. 당황스럽게도 나는 바쁘게 사는 사람들 — 과학자든 사업가든 국회 의원이든 철학자든 할 것 없이 — 은 가볍고 익숙한 독서를 선호한다는 사실을 발견했다. 대부분의 사람들에게 소설은 도피의 한 형식이다. 그리고 그들은 소설을 하나의 오락거리로 생각한다. 이러한 생각이 인간 정신에 대한 최고의 탐사가 될 수 있는 소설에 대한 인식을 축소시켜 버린 것이다. 사람들에게 소설이라는 단어를 언급해 보라. 그러면 사람들은 소설이 위대한 과학적 발견에 비견할 만한 최상의 고귀함을 지닌 어떤 형식이라는 생각은 좀처럼 하지 못할 것이다. 대부분의 사람이 소설은 거대하게 성공한 영화 뒤에나 따라오는 것이라고 생각한다. D. H. 로렌스가 말했다. 소설은 "인생의 위대하고 빛나는 책이다." 작가는 최상의 고귀함을 소설이라는 형식으로 되돌려 놓는 탐험가이다. 작가는 창작의 처음에 작동되는 최고의 포부를 소설 속에 회복시킨다. 글쓰기가 근본적으로 중산 계급의 활동으로 변질되어 버리기 전에 말이다.

소설은 삶에 대한 우리의 감각을 재생시켜야 한다. 그것은 단순히 새로워야 할 뿐만 아니라 재생시킬 수 있어야 한다. 문학은 재생시켜야 한다. 새롭다는 사실만으로는 안 되고 근본적으로 우리로 하여금 새롭게 볼 수 있도록 도와주어야 한다. 피카소는 치통을 치료할 수 있는 그림을 그릴 수 있기를 꿈꾼 적이 있었다. 나는 영혼의 아픔을 치료할 수 있는 소설, 우울증을 없앨 수 있는 소설, 혼수상태에서 사람들을 깨울 수 있는 시, 열병을 고칠 수 있는 희곡을 꿈꿔 본다. 예술이 마법을 행하고, 리얼리티에 변형을 가하는 시절이 있었다. 아프리카 예술은 근본적으로 마법을 지향했다. 그것은 신들을 달래고, 악을 몰아내고, 신성한 힘들을 불러내고, 지하 세계의 신들과 인간을 조화시켰다. 그것은 사회적 힘, 정치적 실재, 마술이 한데 결합된 것이었다. 아프리카 예술이 끊임없이 사람들을 매혹시키고 고대의 위대한 작품들과 어깨를 나란히 하는 것은 그리 놀랄 일이 아니다. 그것은 거부할 수 없는 힘이다. 우주의 경이와 공포로부터 우리가 멀어질수록, 기술 발전에 의해 무뎌

질수록, 정통파에 의해 길들여질수록 그러한 예술이 지닌 낯선 힘은 더욱더 인류의 창조적·영적 가능성을 비추는 살아 있는 등대가 될 것이다. 가장 높은 차원의 문학은 그러한 모호한 능력을 갖는다.

하지만 오늘날 우리는 우리의 문학이 온순하고 예측 가능한 것이 되기를 바란다. 우리는 현 상황을 알기를 원하고, 익숙한 것을 알기를 원하며, 문학이 우리가 예상하는 것을, 우리가 원하는 것을 해 주기를 바란다. 그러나 진정한 마법의 요소 중 하나는 예측 불가능성이다. 당신은 그 불멸의 텍스트를 펼치기 전까지는 그것이 당신에게 무엇을 해 줄지, 무엇을 일깨워 줄지, 당신이 무슨 꿈을 꾸게 될지 전혀 알지 못하는 것이다. 당신은 텍스트가 당신에게 어떤 계시, 어떤 변화, 어떤 변형을 가져다줄지 모르는 것이다. 독서 당시에는 우리가 싫어했던 책조차도 모르는 사이에 우리에게 영향을 미칠 수 있다. 나는 읽는 당시에는 그다지 마음에 들지 않았던 책들이 시간이 지나 다시 읽었을 때 다르게 느껴진 경험을 한 적이 있다. 문학에는 마법 같은 면이 있다. 마약을 하지 않고도 평상심 속에서 예측 불가능한 세계 속으로 들어갈 수 있는 것이다.

한편 그 예측 불가의 세계가 당신 안으로 들어올 수도 있다. 책은 당신 안으로 들어올 수 있고 일생 내내 당신에게 영향을 끼칠 수도 있다. 당신이 알아채지 못하는 채로 말이다. 책은 수천 년 동안 하나의 문화에 영향을 끼칠 수도 있다. 역시 사람들이 알아채지 못하는 채로 말이다. 우리가 읽어 보지도 않은 책이 우리의 세계를 형성하기도 한다. 나는 사람들이 "나는 이러저러한 책을 읽은 적이 없다."라고 말하는 것을 듣는다. 하지만 나는 책이 당신을 읽는다고 생각한다. 그것은 당신의 꿈을, 언어를, 사고의 영역을, 그리고 사회와 문화 속에서 당신에게 영향을 끼치는 모든 사람들을 형성한다. 때로 하나의 문화 전체는 어떤 책을 읽는다. 개개인이 그 책을 읽을 필요도 없이 말이다. 셰익스피어는 도처에서 우리에게 영향을 끼친다. 돈키호테는 우리가 그 책을 읽었든 읽지 않았든 상관없이 우리가 모르는 사이에 우리 마음의 곳곳에서 우리를 끌어당긴다. 가끔 책은 기후와도 같은 것 혹은 그 이상이다. 때로는 늘 있는 하늘과도 같은 것이다. 문학은 사물로서의 형식보다 광범위하게 우리에게 파고들기 때문에 마법과 같다.

사람들은 문학은 정치적이어야 하고, 도덕적 힘이 되어야 하고, 윤리, 철학, 혁명에 대한 것이어야 하며, 은밀한 형태의 실천주의가 되어야 하고, 증인의 역할을 해야 하고, 고통, 압제, 불평등, 기후 변화, 예전과 현대의 노예 제도, 여성의 권리와 평등에 대해 이야기해야 한다고 말한다. 문학이라는 낙타는 갖가지 짐을 잔뜩 진 채 시간의 사막을 가로질러 간다. 그런데 기억해야 할 것은 소설 그리고 문학은 근본적인 마법 없이는 이 모든 것을 해낼 수 없다는 사실이다. 문학은 일종의 마법이다. 마법 없이는 문학도 없다. 200~300년을 견디는 작품을 만들어 내는 것은 약초 전문가나 무당, 장터 마법사의 마법보다 위대한 마법이다. 그것은 죽음 자체를 뛰어넘는 마법이다. 그것은 죽음에 대한 마법이다. 부활한 예수의 영생불멸을 제외하고, 깨침이나 열반을 통해 얻은 영생불멸을 제외하고 문학의 마법과 같은 마법은 없다. 단어들을 가지고 시간을 재생 자체로 만드는 마법 말이다. 이론가들은 텍스트와 작가와 정신과 영혼과 미학 등의 죽음에 대해 안간힘을 써 가며 이야기할 수도 있겠지만, 그래서 우리는 그 모든 것을 날려 버릴 수도 있겠지만, 문학의 기이하고도 아름다운 마법은 길이 살아남을 것이다. 하지만 그것은 교수나 정전 창조자 집단이 인정하는 마법은 결코 아니다.

우리가 추구해야 하는 것은 이러한 마법이다. 그것은 최고 수준의 인간 영혼이 행하는 마법이다. 그것의 집은 도처에 있다. 그것은 보편적인 마법이며 크고 작은 집단들 속에 공히 존재한다. 그것의 힘은 예측할 수 없다. 우리는 그것이 다음에는 어디에 나타날지 알 수 없다. 이것이 바로 세계 문학이 필요한 이유이며, 미래의 고전을 널리 찾아내고 그것에 대한 반응을 확장해야 하는 이유이다.

마법에는 두 가지 종류가 있다. 은폐하는 마법과 드러내는 마법이 그것이다. 이들은 예식 마법과 실용 마법으로 좀 더 나뉜다. 전자는 비전(秘傳)에 속하고, 후자는 일상생활에 속한다. 여기에서 좀 더 나아가 우리는 리얼리티를 이용하는 마법과 리얼리티를 드러내는 마법에 대해 이야기할 수도 있을 것이다. 전자는 수행적이고, 후자는 예술적이다.

문학이란 마력을 지닌 대상, 그것도 실용적인 마력을 지닌 대상이다.

벤 오크리 Ben OKRI 나이지리아 출신 영국 소설가, 시인. 1959년 나이지리아 출생. 나이지리아 대표 작가로 아프리카의 사회·정치적 상황에 대한 가장 영향력 있는 목소리로 꼽힌다. 1991년 『굶주린 길(*The Famished Road*)』로 부커상을 수상했으며 이 외에도 아가칸상, 프레미오 팔미상 등 다수의 문학상과 영국 훈장을 수여받았다. 주요 작품으로 『위험한 사랑(*Dangerous Love*)』(1996), 『별의 책(*Starbook*)』(2007), 『마법의 시대(*The Age of Magic*)』(2014) 등이 있다.

쓰레기와 유령

김혜순

아버지의 생명과 자신이 속한 공동체를 구하기 위해 모험을 떠나는 주인공을 다룬 탐색담 신화는 전 세계 도처에 존재한다. 이 신화들은 "주인공이 버려진다. 부모가 병에 걸린다. 부모의 생명을 구하기 위해 여행을 떠난다. 돌아와 부모의 병을 구하고 높은 지위에 오른다." 같은 네 가지 화소를 공통적으로 갖는다.[1]

그럼에도 이 중에서 바리공주가 다른 신화들과 구별되는 지점은 주인공이 딸(여자)이기에 유기되었다는 점, 신화의 마지막까지 주인공(바리)[2]이 이름이 없다는 점, 신화의 마지막 부분에서 주인공이 죽음여행의 안내자(샤먼)가 되기를 스스로 선택했다는 점 등이라 할 수 있다. 특히 현실 세계에서의 역할(벼슬) 제의나 영토(나라의 반) 증여를

---

1) The Queen Who Sought a Drink from a Certain Well(Scotland), The Island of Cacafouillat(France), Brother Grimm's "The Water of Life"(Germany), The King of Erin and the Queen of the Lonesome Island(Ireland). 이와 더불어 저승으로 떠나는 여행을 다룬 신화는 동양 삼국을 예로 들어 보아도 만주의 니샨샤먼, 일본의 천충희, 한국의 바리공주 등 그 수가 많다.

2) '바리데기'는 고유 명사가 아닌, '버려진 사람'을 가리키는 보통 명사라 할 수 있다.

뿌리치고 자신의 역할을 이쪽이 아닌 저쪽[3]과의 경계의 자리에 설정하는 것에서 이 신화가 남성적 세계(아버지의 영토 세계)로부터의 분리를 도모하는 것을 목표로 삼고 있다고 볼 수 있다. 바리는 아버지의 영토가 닿지 않는 장소를 스스로 개척(포기)하고, 공동체 밖에 매 순간 되풀이되는 이별의 공동체를 상정하는데, 이 지점이 바리가 다른 신화들과 분리되는, 다른 여성 신화들과도 분리되는 지점이다.[4]

아버지는 왕이다
여자는 일곱째 딸로 태어난다
아버지 엄마는 딸이라서 딸을 버린다
여자는 구덩이에 사는 할머니 할아버지 집에서 산다
여자는 끝끝내 이름이 없다 여자의 이름은 그냥 버린 아이다

아버지가 죽을병이 걸렸다는 소식이 들려온다
군인들이 여자를 찾아낸다
아버지를 구할 생명수를 구해 오라고 한다
행복하고 귀한 사람들은 갈 수가 없는 곳 죽어야 가는 곳
여자는 죽음의 세계를 유랑한다
여자는 죽어서 결혼한다 여자는 죽어서 아이 낳는다
여자는 물 삼 년 불 삼 년 나무 삼 년 죽어서 산다
여자는 물과 꽃을 발견한다

그 물과 꽃으로 아버지의 병이 낫는다
아버지는 여자에게 나라의 반을 주겠다고 한다 여자는 거절한다

---

3) 이쪽, 저쪽이라는 용어를 선택한 것은 공간을 이승과 저승, 현실과 환상처럼 물리적으로 나누어 볼 수 없다는 생각에서다. 현존하는 것을 일차적인 것으로 간주해 다른 쪽을 결여로 간주하지 않기 위해서이다.

4) 김혜순, 『여성이 글을 쓴다는 것은』(문학동네, 2002). 나는 이 책을 통해 바리데기 신화와 여성 시인의 물의 언술, 들림, 영감, 공간, 증후, 사랑, 몸 등에 관해 서술했다.

여자는 죽음의 강을 건네주는 사람이 된다[5]

바리데기는 이름 없는 자의 이름이다. '바리데기'라는 이름은 지금 이쪽 우리의 언어로 풀이하면 '쓰레기'다. 쓰레기의 여정이 바리데기의 여정이다. 쓰레기처럼 버려져서 죽었다가 다시 물과 꽃이 되어 돌아와 약(선물)이 되는 여정, 그러나 보상을 받기보다는, 여행을 끝내기보다는 끝끝내 과정인 여정, 이쪽과 저쪽의 사이가 되는 여정. 어쩌면 떠돎 그 자체인 이 이야기를 우리나라의 샤먼들이 죽음의 제의[6]에서 부른다. 바리데기 이야기는 신화이면서 제의이고, 노래이며 애도다. 이 이야기의 구송이 끝나면 굿의 의뢰자들은 망자가 죽음의 강을 건너 환생의 도돌이표 안에 들어갔음을 알게 된다.

바리데기는 세 번 버림을 받는다. 첫 번째는 딸이라서 버려지는(죽는) 것이고, 두 번째는 죽음 속으로 들어가 여행(탐색)하고 결혼하게 되는 것이고, 세 번째는 떠나보내는 자로서의 영구적인 작업에 참여하는 것이다. 나는 이 세 번의 부재(죽음) 경험이 바리데기의 시적 여정, 여성 시인으로서의 나의 시가 '시하는' 경험들이라고 생각한다.

나는 여성 시인은 이렇게 세 번의 죽음 경험을 통해 자신의 '시'라는, 여성 시인만의 언술을 발명한다고 생각해 왔다. 여성 시인의 시는 첫 번째 죽음 유형의 시, 두 번째 죽음 유형의 시, 세 번째 죽음 유형의 시로 구분할 수 있다. 첫 번째 죽음 유형의 시는 자신이 버려짐, 부재, 쫓겨남에 처해진 존재라는 사실을 깨닫거나 분노를 표출하는 시다. 이런 유형의 시는 대개 독백적 진술을 주로 하며, 자아를 극적인 무대에 세운다. 자신의 일상을 끝없이 무대에 오르게 하고, 화자는 시 안에서 끝없이 징징거린다. 이 유형의 시는 끝없이 소녀인, 미성숙한 화자를 내세운다. 화자는 끝끝내 어머니를 팽개치고, 자신의 태생적 한계 주변을 서성거린

---

5) 바리데기 신화의 줄거리, 화소는 그대로 둔 채 지금 이쪽의 단어, 어조들로 변용하였다.
6) 예를 들면 서울 진오기 굿의 말미거리에서는 서너 시간에 걸쳐 구송된다.

다. 두 번째 죽음 유형의 시는 가정과 체제, 공동체 내에서 잠식당한 자아 정체성을 노래한다. 이 노래들은 한결 일상적이거나 현실적인 문제들을 시의 배면에 품고 있으며, 시에서 성숙된 여인이 화자로 등장한다. 모성을 내세우거나 모성성을 비난하며, 자신의 결혼, 관계, 노동을 화제로 삼는다. 세 번째 죽음 유형의 시는 분열적이고, 산포되며, 공동체의 주문에 대해 분열된 자아 정체성, 분자화된 언술을 들이미는 시적 언술의 발명자들의 시다. 이런 유형의 여성 시인들의 화자는 어떤 복수(複數)성을 내포한 듯 보이기도 한다. 이 유형의 시들은 정념보다는 언어의 운용, 모국어 문법의 파괴에 열중하기도 하고, 남성과 여성으로 환원되는 은유 체계에 대한 전복, 다성악적 파도의 언술을 내보이기도 한다.

첫 번째 죽음

> 할머니 할아버지, 내 아버지, 내 어머니는 어디 계시냐?
> 네 아버지는 하늘이요, 네 어머니는 땅이로소이다.
> 할아버지 할머니, 거짓말 말아요. 천지가 인간을
> 골육(가족)으로 두느냐?

아버지 엄마는 딸이라서 딸을 버린다

공동체는 아기를 유기했다. 아기는 벌거벗은 자연으로부터 벌거벗은 모습으로 이쪽에 도래했지만 공동체는 아기를 거두지 않았다. 아기는 추방되었으므로 어떤 자연, 어떤 권력으로도 파괴할 수 없는 맨 얼굴을 갖게 되었다. 아기는 가장 늙은 것이면서 가장 새로운 얼굴이다. 그러면서도 겉으로는 순종적인 것 같지만 가장 기괴한 모습이다.

바리가 자신의 양육자에게 질문한다. 바리는 하댓말을 쓰고, 조력자는 존댓말을 쓴다. 이런 대화법은 이 신화를 구송하는 사람이 비록 버려졌으나 바리가 고귀한 존재라는 사실을 놓지 않고 있으려는 존중감의 발로로 보인다.[7] 고귀한 존재로 태어났으나 공동체를 실망시켰기 때문에 바리는 공동체 내부에서 방출되어 버려졌다. 버려져서 '쓰레기'라는 이름을 갖게 되었다. 그 여자가 어느 날 자신의 동일성, 주체성에 대해 양육 조력자에게 질문을 던진다. 자기 동일성에 대한 질문은 자기 차별성에 대한 질문이기도 하다. 이 질문에 이어 바리는 "거짓말 말아요."라고 외치고 있는 것이다. 감정이 대화 속에서 발생하고 있다. 이때 바리의 존재 자체가 정서적 차원에 묶여 있다. 그러나 신화 속에서 바리의 주체 찾기는 더 이상 진행되지 않는다. 마치 바리의 삶이 더 이상 진행되지 않는 것처럼 다른 화소로 급히 옮겨 간다.

바리는 이 구덩이에서 첫 번째 죽음을 통과 중이다. 첫 번째 죽음은 피동형으로서의 죽음이다. 자아에게 고유한 것, 자존을 세워 줘야 할 것들이 무너지고 있다. 이 죽음은 밖에서 와서 자아에게서 자아를 끊어 내는 경험의 시작이 된다. 이 경험은 현재를 무한히 지연시키며 자아를 무덤 속에 가두어 놓고 두려워서 꺼내 볼 수 없게 하는 기괴한 여성적 내면 형성의 시작이 된다. 이 막다른 곳은 누군가의 명령이 있지 않고서는 열릴 수 없는 어떤 한심한 위치가 되기도 한다. 바리는 타인의 관심이 있지 않고서는 다시 죽음 밖으로 나갈 수 없다. 바리는 공동체 밖에 있으나 공동체에 의해 실존이 묶여 있다. 바리의 존재 자체가 타자성의 영역에 익명으로 묶여 있다. 그러나 바리 신화는 이 부분에서 다시 한번 능동성, 스스로 죽음을 선택하는 죽음 여행을 통해 자신 너머를 발견할 수 있으리라는 기대와 가능성을 갖출 기제를 마련한다. 그것은 바리를 기르는 변두리 조력자(자연 혹은 종교에 종사하는 인물)의 바리에 대한 존중 때문이기도 하다. 그러나 이 피동성이라는 자질을 부정적으로 볼 필요는 없다. 이것은 절대 주체의 공포가 무엇인지를 드러내는 기제가 되면서 동시에 바리에게 타자가 되는 소중한 경험을 하게 하기 때문이다. 그러면서 변두리 조력자들이라는 절대 주체 밖의 존

---

7) 바리공주로 명명되는 것 또한 그런 태도에서 비롯된다.

재를 부상시켜 피동성이라는 기존 관념에 대한 의심과 함께 변두리 삶 속에서의 능동적 가치를 오히려 증거해 준다. 정치·사회적 동일성, 그 체제 밖의 존재들의 헐벗음 속에서 오히려 발견되는 친밀성과 초월성, 환대를 드러내 준다.

여자는 잘라 버린 머리카락처럼 공동체 내부에서 방출되었다. 이 경험 때문에 여자는 자율적 주체가 아니라 자신이 비본질적인 객체, 타자라는 첫 번째 자각을 하게 되었다. 이 자각으로 분열적이고 비합리적인 정념과 같은 것들, 여성적 신체와 노동의 발견 같은 것들로 관심을 옮겨 갈 수 있게 된다. 애당초 역사가 없으므로, 방출되었으므로, 여성 시인에게는 기댈 전거가 없다. 비전통적이고 비체계적인 외마디 원망만 있을 뿐이다. 기존 가치 체계에 대한 부정성만 있을 뿐이다. 그럼에도 첫 번째 주체의 죽음이 없다면 두 번째 죽음(저쪽)이라는 경험적 지평에 도달할 수 없을 것이다. 유기체로서의 연결과 협조, 그 일로 귀착하는 자신의 장소를 발견할 수 없다. 이쪽과 저쪽의 사이에서 중간자로서의 새로운 지평을 가질 수도 없을 것이다. 완벽한 타자로서의 경험이 담론의 틀에 구겨 넣을 수 없는, 정의조차 할 수 없는 새로운 글쓰기의 시작이 될 것이다.

첫 번째 죽음이 두 번째 죽음, 영원히 공동체 밖으로 걸어 나가 완전한 암컷의 어둠으로 들어가는 시간을 예비해 놓고 있었다.

여자는 끝끝내 이름이 없다. 여자의 이름은 그냥 버린 아이다

택배 기사들이 초인종을 누르고, 포장지들이 뜯겨진다. 새 텔레비전을 사고 헌 것을 버린다. 새 신발을 사고 유행 지난 신발을 버린다. 어떤 사물, 인간도 내적인 이유에 의해 버려지지 않는다. 유행과 새 기호가 소비를 지배한다. 우리는 이미 버린 것에 관심이 없다. 쓰레기들이 몸과 몸을 맞대고 깨끗한 비닐봉지에 싸여 청소차를 기다린다. 도시의 변두리에서 쓰레기 산이 솟아오르고 매립지를 오가는 트럭들이 바쁘다. 하루라도 트럭이 나타나지 않으면 도시는 금방 더러워지고, 냄새를

풍긴다. 우리의 성자인 청소부들이 청소를 거부한, 더러운 거리는 마치 도시의 자연스러운 모습은 바로 쓰레기장의 현현이라는 사실을 역설적으로 증거해 준다. 우리는 쓰레기를 감춤으로써 이 삶을 인공적으로 영위해 간다. 트럭이 비워지면 다시 버려진 것들이 청소차를 기어오른다. 새로운 것은 열정이며 지향해 가야 할 가치이고, 버려진 것들은 잉여이고 추함이며, 역겨운 것, 귀찮은 것, 죽은 것, 다시는 들여다보지 말아야 할 것이다. 신자유주의는 노골적인 자기 동일성과 나르시시즘의 이데올로기로, 혹은 위장된 세계화(상품은 국가적 경계를 뭉개며 이동하지만 사람은 더욱 강한 국민국가적 경계에 부딪히는 모순된 상황)로 백화점 뒤에 붙은 그림자처럼 쓰레기 산을 끌고 간다.

쓰레기는 조금 전까지 이름이 있었으나 지금은 이름이 없는 것, 다만 버려진 것, 쓰레기라는 한 가지 보통 명사로 통일되어 있을 뿐이다. 생산품에는 이름이 있다. 그것에는 고유한 용도와 적용할 법과 언어와 내용이 있지만 쓰레기에는 그런 것이 없다. 쓰레기는 지워야 할 것, 이름이 없으므로 폐기되어 마땅한 것. 이 호모 사케르들을 죽이는 것은 범법 행위가 아니다.

우리는 이 자연을 감춤으로써 이 도시를 깨끗하게 유지하는 척한다. 그러나 쓰레기라는 끝끝내 우리의 일부가 되지 않는 이 자연이 우리의 한계를 시험한다. 우리의 안을 타격하며 바깥을 경고한다. 우리의 안을 부정하며 우리를 위협한다.

쓰레기는 난민 트럭에서처럼 덩어리로 뭉쳐져 있을 뿐 개별성이 없다. 그것은 헐벗었고, 적나라하지만 얼굴도 이름도 없다. 그것을 버리면서, 그것을 태우면서 윤리적 감수성의 동요는 일어나지 않는다. 그것은 누구의 얼굴이 아니다. 그것을 대할 때는 양심도 필요 없다. 그것은 폐기된 것이고, 구별되지 않는 것이며, 그것을 무엇무엇의 공동체라고 부를 수도 없다. 그것에는 숨 쉴 수 있는 구멍조차 없다. 사실 그것은 보이지 않는다고 말해야 옳다. 눈앞에서 사라지면 그만이라고 하는 것이 옳다. 그것들은 심지어 형상조차 아니라고 해야 옳다. 관념도 아니며, 사물도 아니며, 자연도 아니다. 그것은 심지어 내장조차 아니고, 사체조차 아니다. 그것들에는 변증법을 들이댈 명목도 없다.

당신이 떠난 자리에 맥주병 두 개 담배꽁초 한 개 메모지 두 장. 왜 내 전화를 먹니? 메시지를 먹니? 먹을 게 그렇게 없니?

당신은 통신 부르주아. 나는 왜 항상 전화가 무섭니?

나는 당신이 쳐다보면 항상 무엇으로 변해야 할 것 같아. 소파에 고꾸라진 옷 뭉치로 변하는 건 어떨까?

아니면 뒤집어져서 버둥거리는

모든 짐승의 불쌍한 배처럼 얇다란 분홍색

누군가의 입술에 매달린 풍선껌은 어떨까?

당신은 아니? 눈동자의배꼽신. 팔뚝의귓바퀴신.

고구마무릎의사과씨신. 돼지발톱의병아리신.

꿈꾸는물방개의물푸레나무신.

어여쁜아가씨의뒤꿈치발톱신.

개미귀신의고양이눈깔신.

쥐구멍의고양이몸뚱아리추깃물신.

총체흔드는아줌마팔뚝의코끼리신.

프레온가스처럼터져나오는침방울

사자의썩은입냄새보다더굴욕구역질침샘신.

당신은 당신과 나의 사지에 매달린 신님들

모두 아니?

당신이 떠난 자리에 젖어 버린 수건 뱉어 버린 껌 뭉개진 토마토. 저마다 몽땅 몸을 빌어 준 고마우신 검은 비닐봉지님들. 내 발 아래 콘크리트와 철근과 유리창의 깍지 낀 팔뚝들이여.

그 팔뚝들을 집요하게 내리치는 기계해머팔뚝들이여 드높아라.

전 세계의 돼지여 단결하라 신. 전 세계의 고양이여

버터가 되자 신. 손목들이여 팔뚝을 탈출하라 신.

축구 선수 입에서 튀어나오는 욕설 무더기 고등어 시체 신. 인도에는
신님들 수가 3억. 사람은 저쪽 모두 몇 명 살까?

하늘 땅 바다에서 몰려온 별의별 신님들.

당신이 떠난 자리에 내가 마치 쓰레기 신처럼 좌정하고, 사람에 대한
공복으로 이제껏 버티고 계신

저 더럽게 제일 높으신 신님처럼

쓰레기 매립지로 가는 초록색 트럭을

기다리고 있다는 거, 아니? 모르니?

매일매일 빠져 버린 당신과 나의 머리카락들이

저 멀리 바다에서 빙산 녹은 물과 섞이고 있다는 거, 아니? 모르니? 당
신콧구멍의콧털따가운지구한방울신![8]

우리를 둘러싸고 함께 살아가고 있는, 이름 있는 것들은 이름이 없
는 쓰레기에 관심이 없다. 쓰레기는 신자유주의 설계의 어둡고 수치스
러운 비밀이며 장애물이다. 쓰레기는 일견 가난한 자, 이방인, 고아, 난
민의 얼굴을 하고 있지만, 그들이 나의 자유를 확장해 주고 그들 스스
로는 쓰레기가 된 것이라고 할 수 있을까? 그렇기에 그들을 나의 연민
의 대상이라고 할 수 있을까? 그들은 우리를 오염시키고 우리를 파괴
할 것처럼 얼굴을 들이밀고 있다. 그들의 얼굴은 출근 지하철의 짐짝
처럼 혹은 지중해를 건너는 배의 헐벗은 이름 없는 승객들처럼 한 덩
어리로 모여 적나라하다. 그들은 해결할 수 없는 심연의 모습이며, 잊
어버리려 할수록 망각 속에서 솟아오른다. 그들의 얼굴은 내가 비참하
게 버려졌을 때, 내가 죽음에 가까이 다가갔을 때, 국가의 무기력함으
로 지뢰처럼 터지는 재앙들 앞에서 목격한, 마주한 얼굴이며, 나의 국
가 공동체 혹은 가부장제의 폭력 앞에서 내가 감당한, 나를 둘러싸고
있는, 바로 나 자신의 구멍인 어둠이다. 그들은 바로 '바리'라는 이름처

8) 김혜순, 「전 세계의 쓰레기여 단결하라」, 『당신의 첫』(문학과지성사, 2008).

럼 이름 없는 이름을 갖고 있다. 그 부재하는 이름이 나를 시의 장소로 움직이게 한다.

암컷인 어둠 속에서 여성인 나의 시는 발진한다. 이름 없는 주체, 의도나 행위의 기원도 갖지 않은 주체, 어디에도 귀속될 수 없는 이름 없는 감정이나 어떤 내밀성만을 가진 몸 혹은 무명의 시적 행위의 발견인 나의 시가 탄생한다. 여성 시인에게 요구되는 수치, 배려의 감정, 모성성, 나이별로 부과되는 동일성 대신에 어둠 속에 기거함, 쓰레기처럼 버려진 채 한 덩어리로 존재함, 상호 반응하는 쓰레기의 무늬를 그리는 나의 시가 탄생한다.

> 나의 시는 나의 이름을 지우고 가는 장소입니다.
> 그곳에서 나는 나의 이름이 제일 무서운 사람입니다.
> 시는 이름 아래로 추락한 자의 언어입니다.
> 왜냐하면 이름이 죽음을 나르고 있기 때문에.
> 시에서는 내가 나를 제일 견딜 수 없기 때문에.
> 이름으로부터 가장 멀리 도망갔을 때 비로소 시작되는 언어.

> 시는 '이름'을 넘어서, 정체를 넘어서, 익명으로 번진 내가 그린 무늬. 그 무늬의 도안. 도안 속에는 어디론가 다시 무늬를 그리며 이행해 나아가려는 동사가 된 형용사들이, 동사가 된 대명사들이, 동사가 된 명사들이 흩어지는 곳. 그 도망의 비밀.[9]

나의 이름이 추락하면, 나의 동일성이 사라지면, 그제야 이름 없는 시의 장소들이 출현한다. 내가 그 누구도 기억하지 못할 장소에 도착한 것 같은, 내가 누구인지도 알 수 없는 그곳, 다른 곳. 나는 이름을 벗어나 이름 붙일 수 없는 가냘프나 광활한 무엇이 되려고 한다. 그때 나는

---

9) 김혜순, 「시와 이름」, 『않아는 이렇게 말했다』(문학동네, 2016).

1인칭이 아니라 6인칭이고 7인칭이다. 그곳에서 '나'는 나 아닌 것과의 사이에 있는 어떤 틈을 부르는 지칭이며, 이름 아래 태어났지만 이름을 잃은 쓰레기 같은 것들, 쓰레기 산에 사는 것들을 부르는 어떤 복수(複數)의 이름이다. 사라진 경험의 조각들, 잔해들, 먼지들, 그 뿌연 안개 속에 내가 걸어간다. 시 속의 내가 걸어간다. '나'는 모르는데 바람의 느낌으로나마 알고 있는 것만 같은 그 열망의 세계. 시시각각 모양을 바꾸는 뭉게구름처럼 이름이 하얗게 지워지는 그 세계. 이름의 나라에 환기하는 무위의 행위. 침묵의 비밀. 부재의 퍼레이드. 이름을 벗음으로써 비로소 아름다워지는 그 어느 세상의 망각. 부재의 황홀경. 그 연약하나 광대무변인 세계를 지어 올리는 손길에 대하여.[10]

나의 이름, 너의 이름, 사물의 명사성이 추락하면, 무언가를 말하지만 무언가를 지칭하지 않는 언술이 생겨난다. 그것은 의미를 멀리하는 현전, 말하기 자체에 집중하는 익명인 인간의 목소리, 언어의 자연이다. 공동체를 탈존시키는 언어, 공동체에서 이름을 빼앗는 언어, 명사의 세계이기보다는 형용사적인 세계, 아니, 명사도 없고 형용사도 없고 부사만 있는 세계. 명사적 동일화의 환상을 벗어난 그 한없는 열림, 무체제. 이름의 바깥. 그러면서도 내적인 가치를 지니는, 서로의 다름을 침해하지 않는, 유동하는 비선(飛線)들의 세계, 평등한 세계, 나는 그곳을 열망한다. 주체를 찾기보다 주체의 분자화가, 어둠의 강변에 가득 떠오른 반딧불처럼 개체이면서 무리인 덩어리가 날아간다.

두 번째 죽음

> 또 한 번 배가 보이는데 그 배는 불도 없고 달도 없고
> 임자도 없고 조용히 흘러가고 있었다

---

10) 김혜순, 「시인의 이름」, 위의 책.

저 배난 어떤 밴고?
그 배에 있는 망자는 자식이 없는 귀신, 해산하다 죽은 망자,
사십구제도 받지 못한 망자, 길을 잃고,
죽음의 세계를 모르는 주인 없는 배이로소이다
여자는 크게 슬퍼하면서 염불해서 그들이 극락왕생하도록 해 주었다

아버지가 죽을병이 걸렸다는 소식이 들려온다

아버지의 죽음이 임박했다는 사건에서부터 또 다른 여성적 글쓰기가 시작된다. 여성은 죽음을 극복할 글쓰기를 구상한다. 그러나 여성 자신이 글쓰기의 면면한 역사로부터 배제되어 왔음을, 모국어의 상징체계로부터 추방되어 왔음을 깨닫는다. 여성은 먼저 자신의 글쓰기를 포기하고자 한다. 더 이상 남성적 상징체계를 공고히 하는 데 자신의 글쓰기를 포함시키지 않고자 한다. 소명의 망각과 일상이 바리를 점령하듯이.

구송자는 바리가 아버지의 병을 구할 약수를 가지고 다시 돌아올 때의 경험을 노래한다. 바리는 저쪽에서 결혼하여 아이를 낳고 살다가 화들짝 망각에서 깨어나 약수를 들고 귀환하는 도중에 저쪽으로 가는 배를 만난다. 이 대목에서 구송되는 노래를 통해 우리는 바리가 여행한 장소가 이쪽의 확장인 동시에 이쪽의 바깥인 저쪽이며, 죽은 자들이 안전하게 도달하여야 할 장소, 그러나 아버지의 약수를 구해야 할 소명이나 목적을 잊을 수 있는, 시간의 제약이 사라진 장소였음을 알게 된다. 저쪽은 여성으로서의 결혼과 양육, 노동이 행해지는 장소이면서 약을 구하는 사명을 행해야 하는 이중 구속이 있는 장소다. 저쪽에는 이쪽의 언어나 아버지의 규칙이 닿지 않는다. 그러면서 실재 세계이고, 추방당해 방황 끝에 머물게 된 장소다. 바리는 저쪽에 머물면서 이쪽의 통과의례를 감당해야 하는 양가적 존재성을 갖고 있다. 그곳, 저쪽에서 이쪽으로 돌아오려면 어떤 시적 발견이 있어야 하고, 그에 대한 돈오가 뒤따라야 한다. 이후 죽음의 심연인 강을 건너 귀환해야만 한다.

저쪽으로의 여행은 바리가 떠나기 전 다른 모든 형제들이 거부한 것처럼 여행자의 죽음을 담보로 한다. 바리는 다시 한번 죽음에 처해진다. 유한성에 처해진 공동체를 구하기 위한 무한성 탐사 여행자로 선발되었기 때문이다. 바리는 이 필사적인 여행의 한가운데 역설적으로 가정을 만드는 경험, 일상적인 여성 노동을 위치시킨다. 바리는 두 번째 죽음에 처해짐으로써 첫 번째 죽음 공간으로부터의 일탈이 가능해졌다. 바리는 강을 건너가 저쪽에서 아이 낳고 노동하고, 빨래하고, 물 깃는다. 하지만 저쪽에서 바리는 타인(아버지)의 죽음을 자신의 죽음으로 떠맡고 있다. 구성원 모두가 거절하였지만 바리는 공동체가 죽어 가는 것을 목격하고, 자신의 죽음(저쪽)에 존재하기를 선택하였다. 바리는 죽어 가는 이(아버지)의 죽음을 떠안음으로써 비가시적인 장소를 스스로 열게 되었다. 저쪽의 발견이 결국 공동체 밖에 존재하는 외존을 가능하게 한다. 그 외존 가운데 여성의 결혼과 노동과 구약(救藥)이 있다. 바리가 가정생활을 하는 곳이 저쪽이라는 설정은 매우 암시적이다. 바리의 여성으로서의 통과 의례들을 죽음이 둘러싸고 있는 것이 아니라 바리의 노동과 의무(공동체가 여성에게 부과한 출산과 가사 노동)가 죽음을 둘러싸고 있다고 볼 수도 있게 한다. 이쪽이 저쪽을 품고 있고, 저쪽이 이쪽을 품고 있다. 바리가 이 여행 후에 영원히 공동체를 벗어나 스스로 선물 되기를 실현하는 것은 여성의 통과 의례를 통해 외부에 존재하는 타인 혹은 다른 곳과 맞물려 존재하기를 스스로 발견해 낸 때문이라고 볼 수 있다.

그렇다고 저쪽에서의 거주를 몸의 초월이나 여성적 존재의 초월적 의지의 반영이라고 할 수는 없다. 그것은 다만 여성적 실존을 둘러싼 외재성, 외적 실재의 반영을 넘어서는 어떤 이미지의 세계(물과 꽃)를 초청하는 것과 다르지 않다. 바리의 노동 공간은 여성의 노동이 만개하는 낮은 바깥인 동시에 비가시적 외부다. 바리는 이 공간에서 공동체의 소명을 잠시 망각하고 있으며, 공동체의 명령을 은닉하고 있다. 바리는 아버지가 없는 곳, 공동체의 명령이 미치지 않는 비밀의 영역에서 자못 행복하다. 그러나 이미지(물, 꽃)의 소환과 유지를 통해 소명을 환기하며 이쪽을 발견한다.

나의 시에서 말하는 자는 나도 아니고, 너도 아닐 것이다. 나의 시에서 말하는 '나'는 이 세계 안에서 죽어 가는 자이며, 이 세계에서 매 순간 추방되는 자일 것이다. 시는 나의 죽어 감을 피력하는 장소다. 이 죽어 감은 나의 수동성, 언어의 불가능성을 고백하게 만든다. 나는 이미지 속에 들어찬 하나의 보잘것없는 움직임이다. '나'는 사건 속에 울려 퍼지다가 사라지는 메아리이다. '나'는 나를 지배할 수 없다는 것을 아는 자이며, 그로 인해 자아가 파열되는 것을 시편마다 목격하는 자이다. 죽음을 치유할 수 없게 되자, 누구도 그것을 행하기를 거절하게 되자, 그 사유는 오직 여성 시인인 '나'에게 넘겨졌다. 이것이 모국어를 쓰는 여성으로서의 시 안의 '나'의 실존이다. 여성인 나의 언어는 바리처럼 공동체를 구할 존재로 선발되었지만, 죽음에 들려서 언어의 능동성을 망각한 자의 슬픔에 찬 목소리다. 나의 모국어는 언어의 불가능성을 드러내고 있다. 나의 '시하기'라는 행위(이미지를 발견하고 유지하는 노동)를 모국어의 불가능성이 뒤덮고 있다.

여성시의 화자는 자아를 사유하는 주체로 인식하지 못하는, 단지 몸으로 느끼고 행동하는 감성적 주체, 행위자다. 그러나 시간도, 공간도 자유롭게 건너뛰는 신체 기반적 수행 주체다. 이/저쪽을 동시에 살아 내는 주체 망각의 분열 주체다. 그러나 그 주체가 기르는 이미지 속에 죽음을 운반하는 소명과 의지가 숨어서 숨 쉬고 있다.

여자는 물과 꽃을 발견한다

이때 바리는 반쯤 죽어 있었다. 밥 짓고, 빨래하고, 아이를 낳지만 자신이 이쪽이 아닌 저쪽에 머물고 있음을 잊고 있었다. 자신이 이쪽과 저쪽으로 분리된 존재라는 사실을 망각하고 있었다. 바리는 사유하기를 정지한 채 있었다. 그러나 이쪽에서 바라보면 저쪽의 바리는 유목하는 주체, 죽음 공간에서의 유령 주체였다.

바리는 가사 노동의 현장에서 느닷없이 자신의 허드렛물이 약수임을 깨닫고, 정원의 꽃이 강을 건널 도구임을 깨닫는다. 이것은 마치 절대화된 주체인 아버지에 의해 버림받아 첫 번째 죽음에 처해진 경험, 쓰레기가 된 처지에서 스스로를 일으켜 여행자가 된 것처럼 객체 혹은 물질로서의 자신에게서 물질의 가치를 발견하는 것과 같다. 바리는 자신의 몸을 통해 저쪽에서 이쪽을 수신하게 되었다. 저쪽과의 관계 속에서 자신의 아내, 어머니로서의 정체성의 허구를 발견하게 되었다. 그러나 시적 이미지의 발견이라는 사건을 통해 바리의 존재 내부에서 저쪽과의 관계 변화가 생겨나고 있음이 예고되었다. 이 깨달음은 스스로에게서 다른 것을 일으키는 시적 과정이라 할 수 있다. 바리는 그곳의 현실에서 다른 현실을 일으키고자 했다.

여성 시인은 두 번째 죽음의 강을 건너서 또 한 번의 비동일성 경험을 하게 된다. 험난한 고난의 길을 지나 저쪽에 이르렀지만 그곳은 가정이라는 내부다. 그곳은 이쪽의 저쪽이라 부를 수 있는 겹침의 장소다. 저쪽은 일종의 자아 파기의 장소이며, 공동체 내부로부터는 두 번째 내쫓김의 장소였지만 여전히 여성 정체성이 부과되는 장소였다. 그러나 바리는 저쪽에서 여성 노동을 통해 사물들(물, 꽃)을 발견하고, 가정으로부터의 구속에서 분리를 실현하게 된다. 다시 한번 자신이 결혼과 출산에 의해 죽음에 처해졌으며 자신의 공동체 내부(이쪽)로 돌아가서 사물, 이미지의 가능성을 질문해야 한다는 소명을 회복하게 된다. 기억이 이미지를 환기하는 것이 아니라 이미지가 기억을 환기하게 되었다. 말하자면 다시 한번 죽음을 죽지 않고서는 자신의 언어를 발명할 수 없다는 것을 깨닫게 된다.

여성의 시는 스스로 그러한 사물들의 공동체인 자연을 지향한다. 자연의 벌거벗은 얼굴들을 지향한다. 죽음의 계곡 한가운데 버려진 아기(자아)를 기른다. 여성 시인은 이 아기를 품고 있다. 여성시는 저쪽이라는 비가시적 세계 내부에서 이미지를 양육한다. 공동체의 혀에 얹어진 모국어 대신 상상적 실재, 내밀성에 침잠하느라 오히려 대면하게 된 공동체의 외부에서 내적 이미지를 기른다. 외부 속에 내부가, 내부 속에 외부가 초청된 것이다. 이런 발견과 양육은 추방되어 살아가는 경험 속에서 사물들이 발견되고, 사물을 이해하고 발견함으로써 추방된 세계를 개진해 나갈 수 있는 가능성이 발견될 수 있음을 암시한다.

여성의 시에서는 이미지와 그 운동이 즉자적으로 움직인다. 물질은 빛이고, 이미지는 움직임이다. 이 움직임 속에서 물질과 이미지들이 아상블라주한다. 두 번째 죽음을 통해 물이나 꽃의 이미지가 새로운 것(약수)으로 변모된다. 이미지가 사물들의 새로운 존재 방식을 요구한다. 그럼에도 물이나 꽃은 저쪽에서의 이쪽의 발견, 이쪽에서의 저쪽의 발견이라는 기제 없이는 빛을 낼 수가 없다. 물은 약수가 되지 않는다.

바리의 두 번째 죽음은 첫 번째 죽음을 벗어나는 여행이 되었으며, 이미지를 초청하여 역설적으로 이쪽을 다시 발견하는 여행이 되었다.

나의 시에서 말하는 화자는 유령 화자다. 저쪽이 품은 자다. 내가 시를 쓰기 시작하면 영감이 아니라 유령이 솟아오른다. 꿈속을 보게 하는 희미한 빛처럼 저쪽의 사물들이 피어오른다. 메시지도 없고, 목적도 없고, 아버지의 나라에 대한 기억은 희미한 밥 짓는 연기로 만든 밧줄 정도일 뿐이다. 기억은 흐린 흔적일 뿐, 모든 순간이 죽음이고, 모든 순간이 다시 살아 냄이다. 나에게서 솟아오르는 이미지들이 이쪽과 저쪽을 스미게 한다. 그러나 순간적으로 등장하는 빛의 깜박임, 써지자마자 지워져 버리는 사물, 나는 그 언어를 내 것이라 할 수 없다. 그 이미지를 내 것이라 할 수 없다. 오히려 그들의 것이라고 해야 한다. 내가 저쪽으로 향하는 배에 싣고 가는 타자들의 것이라고 해야 한다.

유령 화자의 목소리는 깊은 내밀성으로 침잠할수록 점점 정상성으로부터 멀어지는 목소리다. 바리는 한 가정의 여인인 것 같지만 내면은 기괴한 이미지로 가득 차 있다. 그 기괴한 이미지가 죽음의 묵시록을 불러온다. 떠날 준비가 된 것이다. 가정이라는 공동체와 다시 한번 부딪혀 그 공동체의 의무 부여로부터 완전히 멀어질 준비가 된 것이다. 이때 여성시에 환상이 개입한다. 이때 환상은 서사 장르에서처럼 유희

자체를 위한 것이 아니라, 여성 시인의 저쪽(외부적) 실존을 언어화하려는 의지와 관련된다.

세 번째 죽음

> 환궁하여 정좌한 후에
> 대왕마마는 여자에게 물었다
> 이 나라 반을 너를 주랴
> 나라도 싫소이다

아버지는 여자에게 나라의 반을 주겠다고 한다. 여자는 거절한다
　바리는 가정으로부터 탈피하여 다시 한번 공동체 내부로 돌아온다. 자신이 발견한 이미지(저승에 핀 꽃, 저승에 고인 물)로 아버지를 구하고, 아버지로부터 공동체 내부의 거주를 비로소 허락받았지만 그 제안을 거절한다. 그 대신 자신이 죽음과 사람 사이의 경계, 반쯤 죽었고, 반쯤 살아 있는 존재로서 죽은 자를 저승으로 보내는 역할을 맡겠다고 제안한다. 바리는 저쪽의 경험을 통해 공동체 밖의 장소, 다른 공동체의 장소, 영토 없는 공동체를 제안한다. 죽음과 삶의 경계의 장소를 발견한 다음 그곳에서 그 부재의 장소를 한없이 여행하리라는 의지를 표명한다. 아버지의 권력이 닿지 않는 곳에서의 소임을 맡겠다는 의지를 표출하는 것이다. 무당은 신병의 체험, 죽음에의 응시, 사회로부터의 추방을 통해 이전의 자아와 결별함으로써 타자의 죽음과 이후의 삶을 만나는 존재다.
　여성 시인의 시는 공동체 내부에서의 거부를 거부의 문장으로 되돌려 주는 것으로부터 시작된다. 이 공동체는 여성인 '나'를 포함시키기를 거절해 왔다. 그러나 이 공동체는 내가 내 의지로 더 이상 공동체 내부에 존재하기를 거부할 때, 존재하지 않음이라는 새로운 시적 체험

을 시작할 때 그 허약한 존재성이 백일하에 드러나는 보잘것없는 세계가 아니었던가? 나는 시 속의 '나'가 탈주체화된 주체라는 사실, 내가 영토 없는 장소에 머문다는 사실을 받아들인다. 남성적 동일화의 세계는 '나'가 구축하려던 세계가 아니었다는 사실이 자명해졌다. '나'는 그들과 같아지기를 원하지 않았다. 그러므로 '나'가 원하는 것은 '나'가 우월하다고 말하려는 반동일시가 아니라 너의 세계 너머를 원한다는 것이다. 이 단호한 거절이 새로운 시적 언술의 발견의 단초가 된다. 거절함으로써 여성 시인은 존재의 취약성 너머 우주적 웅대함을 전신으로 받아들일 수 있게 되고, 그곳을 방황하는 외로운 넋들과 일대일로 만날 수 있게 된다. 이럴 때 여성 시인은 죽은 자도 산 자도 아닌 관계의 비주체적 설정, 익명적 설정, 바로 그 관계 자체, 틈새 자체를 향해 나아갈 수 있게 된다. 여성 시인 '나'는 나에게도 죽은 자에게도 귀속되지 않는 어떤 공간을 가동시킨다. 바로 그 공간, 관계 자체와 공감만 있는 공간이 새로운 나의 조국이며 세계가 된다. 나는 저쪽을 향해 자리잡고 저쪽을 향해 전진하는 것처럼 보이지만 이쪽으로 돌아온다. 이쪽에서도 마찬가지로 한다.

여성 시인의 시 속의 화자는 반쯤 살아 있고, 반쯤 죽어 있다. 혼성적이고 탈동일시된 제3의 정체성을 가진 화자다. '나'는 외피가 아니고, '나'는 순수하게 현전하는 감각과 순수하게 부재하는 시간 사이에 존재하는 화자다. 순수하게 존재하는 부재는 끝없이 나를 죽음에 처하게 하고 끝없이 나를 저쪽으로 밀면서, 반대로 이쪽을 끌어와 스스로 내어줌, 허여(선물)를 베풀게 한다. 저쪽은 이쪽의 허여이고, 이쪽은 저쪽의 허여다. 저쪽은 수동적으로 다가오는 듯하지만 매번 다가온다. '나'는 매번 나를 상실하며, 매번 나를 나라고 부르지 못하며, 매번 추방에서 돌아와 다시 추방에 처해진다. 여성 시인의 '나'는 스스로를 상실한 자, 다만 행위(건너감)만이 있는, 타자를 저쪽에 보내야 하는 자, 이/저쪽 사이를 헤매는 나이다. '나'의 세계는 바리의 강처럼 사이에 있고, '나'는 나로 돌아올 수 없다.

바리데기 신화를 여성 주체를 발견한 텍스트로, 혹은 연민이나 보살핌의 이타적·윤리적 텍스트로 읽을 수만은 없다. 주체의 발견이라는 말에 함정이 있을 수 있다. 바리는 한 번도 이름을 가져 본 적이 없다. 자신의 정체성을 찾은 적도 없다. 주체가 밖으로 나아가 다시 자신에게로 돌아오는 여정을 거치는 서양 철학의 변증법적 여정을 거치지 않았다. 바리가 선택한 공동체는 고정된 공동체가 아니라 과정으로서의, 끝없이 유동하는 여정으로서의 공동체다. 바리데기 신화는 공동체에서 추방됨으로써 자신의 정체성, 동일성을 탈각한, 무한한 외존을 발견한 여자의 기록이다. 이후 수많은 이본들로 산포되며, 굿의 연희 현장에서 죽은 자와 산 자의 정념 속으로 움직이는, 점처럼 분산되어 그물처럼 스며드는, 시간과 장소마다 변화하는 텍스트다. 이것이 바리데기의 세계화다. 바리데기 신화는 '자아의 신화화'나 '주체성 찾기', '자율적 주체'와 무관한, 오히려 상호 감응적인, 주체 분열의, 불화하는 음정들의, 부재하나 매 순간 존재 바깥으로 이끌리는, 멀어져 떨어져 가는 타인의 죽음에 자신을 묶어 두는 언술 주체를 발견하는 여성성의 움직이는 거처다. 그것은 마치 생존자들의 증언처럼 아직 말해지지 않은 것에 대해 말하려는, 의미화할 수 없는 파국의 잔해를 끌어안은 여성시의 언어다.

여자는 죽음의 강을 건네주는 사람이 된다

후여 슬프시다
열두 혼백 남 망제님 아홉 혼전 여 망제님
선후 망은 여러 망제님
천 지옥을 면하시고
만 지옥을 면하시고
오늘은 여자 뒤를 따라 산천은 상문 지게 벗으시고
장군님 전에 물고 지게 벗으시고 만조상에 원근 지게 벗으시고

거리거리 지게 벗으시고 왕생 극락 구원천도
산 이 성불해 가시는 중이로서니다

바리의 연희 현장에서 무당의 고객은 죽은 자를 잃은 슬픔의 공동체
다. 무당은 노래로써 바리(여자)를 따라 저승으로 짐(지게) 벗고 가라
고 죽은 이를 인도한다. 무당은 이 애도의 노래를 오래 반복한다. 주술
이 될 때까지 반복한다. 문장 하나하나에 음색이 진동한다. 변주가 진
동한다. 무당의 몸에 죽은 이가 살기 시작한다. 그의 이별을 나의 이별
로 하고, 그 죽음을 내 죽음으로 삼자 죽은 이가 죽음 속에서 소멸하는
것이 아니라 죽음으로 살아가는 모습이 보이기 시작한다. 죽음 사건이
공동의 사건이 된다. 연희의 장소가 무당과 무당 밖의 다른 이들을 잇
는 보이지 않는 큰 강으로 변한다. 그 안에서 죽은 자와 산 자, 보내는
자와 만나는 자의 상호 감응이 일어난다. 이때 바리를 부르는 무당이
바로 바리가 된다. 무당은 이름 없는 쓰레기가 되었기 때문에 오히려
죽음을 현현하게 된다. 애도의 강물이 우리를 뒤덮는다. 복수인 우리가
한 강물에 휩쓸린다.

타자의 죽은 몸은 어떤 파동의 모습으로 무당에게 울려 퍼진다. 파
동이 부서진 유리 조각처럼 무당의 몸에 부딪쳐 부서진다. 희한한 파동
의 기하학에 사로잡힌 무당이 그것을 노래로 현현한다. 무당의 내적인
몸이 단골의 죽음(부재)을 받아들이는, 그럼으로써 자신을 탈주체화하
는 상상적 과정을 거치자 그 몸이 다시 공동의 몸으로 작동하기 시작
한다. 죽음은 무당의 몸에 얹힌 파동인 동시에 어떤 목소리의 한 점이
며, 흐르는 에테르의 시작이다. 그 파동 때문에 굿당에 모인 사람들은
이쪽으로부터 벗어나 저쪽으로, 이름을 훌훌 벗고 떠나는 자유의 몸을
느낀다. 다른 이, 죽음에의 감응이 전부를 뒤덮는다. 그곳에서 우리는
다른 이의 죽음으로 우리의 죽음을 느낀다. 서로가 서로를 느낀다. 죽
음을 마주한 우리라는 공동의 몸은 이쪽이 아니라 저쪽의 몸이기도 하
다는 것을 느낀다. 동시에 무당의 입에서 흘러나오는 구성적 존재인 노

래의 몸이기도 하다는 것을 느낀다.

노래가 익명(죽은 이)의 현전을 가져온다. 죽은 인간(이름 없는 쓰레기)이 설명되는 것이 아니라 노래 속에 현현한다. 우리는 죽었으나 다른 곳에서 살아가는 한 인간을 시적 현실 속에서 감각한다. 굿당에 모인 사람들이 죽은 사람의 목소리를 듣고 전율한다. 그렇게 드러나는 몸, 죽었으나 살아 있는, 살아갈 몸이 바로 '몸의 글쓰기'가 실현한 몸일 것이다. 내 몸 그 자체라기보다 몸의 느낌, 몸의 죽음과 삶이 동시에 현시된 몸 말이다. 죽음과 삶의 경계를 무너뜨린 벌거벗은 자연(세계화된 몸)의 목소리가 출현하는 그 순간 우리는 저쪽의 몸을 함께 갖고 있다.

무당은 바리데기 구송의 현장에서 망자의 죽음을 구조화하고 표현한다. 그녀는 재현적 현실을 드러내는 것이 아니라 감각과 정념을 드러냄으로써 굿당에 모인 관객과 상호 감응한다. 그 감응을 따라 굿당에 모인 사람들의 이쪽을 벗어나는 자유가 만개한다. 무당은 노자의 여성적 은유, 세계의 빈 곳들, 구멍들을 현시해 우리가 바로 다른 사람이 일으켜 세워지는 감응의 구멍들임을 일깨운다. 우리의 얼굴이 우리의 얼이 기거하는 골짜기임을 일깨운다. 계곡, 암컷의 텅 빈 주체인 내 얼굴에서 말이 터져 나오게 함으로써 타자의 살아감을 내 안에서 허여하게 한다. '나'에게서 '당신'의 세계를 가로지르는 유희하는 여정이 각자의 자리에서 각기 다르게 시작된다.

바리의 세 번째 죽음은 이렇게 한없이 무한한 사이인 이/저쪽의 넘나듦에 있었다. 말하자면 무당은 굿당에 모인 사람들을 시의 장소로 데려간다. 전국에 흩어져 산종하는 바리데기의 이본들처럼 분열하는 텍스트들 속에서 비합리적인 감정들, 움직이는 점들이 비산(飛散)한다. 무당의 구송을 통해 드러나는 타인의 몸, 무당과 죽은 이라는 둘이 합쳐진 공동의 말하기가 시작된다. 그렇게 이어진 파동적 산종에 의해서 이쪽을 건너 저쪽으로 가는 움직임의 강물이 열린다. 다시 저쪽에서 이쪽으로 돌아오는 강물이 열린다. 이 강물은 나와 너의 바깥이다. 우리에게는 이미 이 바깥이 있었다. 서로에게로 향해 가는 무위의 움직임이 있었다. 이쪽을 저쪽의 결여라고 볼 수 없고, 저쪽을 이쪽의 결여라고 볼 수 없다. 죽음을 건네주는 뱃사공의 노처럼 앞뒤로 끝없이 반복되는 삶과 죽음, 그것의 리듬과 그 리듬으로 인한 탈세계화가 시작된다. 문화적으로 가공된 동일성, 정체성의 환상이 깨어지고 허물어진 곳에서 '무엇(민족, 국가, 체제)'이라고 지정할 수 없는, 아무것도 아닌 것에 대한 정념으로 배가 나아간다. 그럴 때 나의 시는 이름을 버린 자가 이름 없는 자에게 한없이 나아가는 파동 위에 뜬 한 척의 배와 거기서 들려오는 노래 같으리라. 반대로 저쪽에서 파동을 타고 거슬러 비밀의 골짜기로 다가오는 바리의 목소리 같으리라. 그곳의 파도는 책 없는 책장처럼 펼쳐져서 넘어가리라.

김혜순 KIM Hyesoon 시인, 서울예술대학교 미디어창작학부 교수. 멈추지 않는 상상적 에너지로 자기 몸으로부터 다른 몸들을 꺼내며 1980년대 이후 한국 시의 강력한 미학적 동력 역할을 한, 한국의 여성시를 대표하는 시인이다. 『또 다른 별에서』, 『불쌍한 사랑 기계』, 『한 잔의 붉은 거울』, 『당신의 첫』, 『슬픔치약 거울크림』 등의 시집과 『여성이 글을 쓴다는 것은』 등의 저서가 있다. 김수영문학상, 현대시작품상, 소월문학상, 미당문학상, 대산문학상 등을 수상했다.

세계 또는 세계 문학과의 만남

방현석

아무래도 겉멋이었을 것이다. 고등학교 시절 사르트르의 책을 끼고 다니며 심각한 척했다. 알 것 같으면서도 도무지 종잡기 어려웠던 인간의 실존적 '실체'를 짐작게 해 준 것은 사르트르나 카뮈가 아니었다. 키르케고르나 하이데거와 같은 철학자는 더욱 아니었다.

레마르크의 『개선문』은 나에게 인간을 이해하는 다른 길을 알려 주었다. 레마르크가 인간으로 다가가는 길은 미로처럼 복잡하지 않았지만 울림과 여운이 있었다. 라비크의 등 뒤로 드리운 황혼 같은 아련함에서 나는 '실존'의 실체를 발견한 느낌이었다. 이런 게 인생이구나.

아주 오랜 시간이 흐른 지금도 주인공 라비크와 조앙 마두의 이름이 내 머릿속에 남아 있다. 얼마 전까지 가까이 지냈던 사람의 이름이 가끔 떠오르지 않아 전전긍긍할 때도 있는데 그들의 이름은 아직 선명하다. 심지어 『개선문』의 첫 문장도 기억한다. "여자는 라비크를 향해 비스듬히 걸어왔다."

내가 문학으로 들어섰던 문이 『개선문』이었던 셈이다. 문학을 하는 사람에게 읽는다는 것이 사는 것과 다르지 않다면 나는 이미 문학을 시작하는 순간부터 세계화 시대를 살아온 것이다. 레마르크는 내게 개인의 인생이 거느리고 가는 '역사'라는 시간과 '세계'라는 공간을 가르쳐 주었다. 그렇기에 '세계화 시대'란 작가에게 새삼스러운 이야기가 될 수 없다. 『개선문』 이후에 매료되었던 『어머니』나 『고요한 돈강』에 이르면 더욱 그렇다. 문학은 늘 지구 규모에서 읽히고 유통되어 왔다. 문제가 되는 것은 그 세계성의 정체였다. 현대 문학에서 세계는 서구를 의미하는 것이었다. 서구 문학의 다른 말이 세계 문학이었다는 것은 극동에 사는 우리의 책장에 꽂힌 세계 문학 전집 목록에서만 드러나지 않는다. 지난해 6월 서울에서 열린 '2016 아시아 문학창작워크숍'에 참석했던 작가 네르민 일디림의 생각도 다르지 않았다.

우리는 아주 오랜 시간 유럽을 과장해 오면서 흠 하나 없이 완벽한 이상향으로 여기고 동경해 왔다. 이에 비해 아시아는 신비로운 매력을 가진 신화 속에 등장하는 머나먼 곳, 환상 속의 미인 정도로 여겨 왔다. 왜냐하면 역사는 승자에 의해 쓰여 왔기 때문이다. 과거를 돌아보면 모든 영웅 이야기 이면에는 피로 얼룩진 전쟁과 불의가 숨겨져 있다. 나는 문학이 보아야 하는 것도 바로 이런 진실이라고 생각한다. 역사는 승자의 것이라고 해도, 문학은 패자의 것이며 진실은 문학에 드러나기 때문이다.

네르민 일디림은 부르사에서 태어난 터키 작가다. 터키는 아시아와 유럽의 경계에 자리 잡고 있다. 그러면서도 아니, 그렇기 때문에 더 유럽에 경도되었음을 네르민 일디림은 고백했다. 20세기에 아시아에서 살았던 사람 누구도 일디림의 고백으로부터 자유롭기는 어렵다.

솔직히 말하면 내가 세계사에 대해서 아는 것은 대부분 유럽과 미국에 대한 것이다. 아시아 역사나 문화에 대해서 자세히 배우지 못했다.

내가 세계, 세계 문학의 불균형성에 대해 깊이 생각하게 된 것은 냉전 구도가 급격하게 붕괴되던 1990년대 초반이었다. 동서독 장벽의 붕괴와 동구의 몰락, 소비에트 연방의 해체는 20세기의 막을 서둘러 내리게 했다. 한국 사회도 오랜 군사 독재 정권을 퇴진시키고 형식적 민주주의 체제로 이행했다. 한국 사회의 내부 민주주의의 진전과 국제적인 냉전 체제의 해체 과정은 독특한 상호 관계를 연출했다. 억압과 대결로 상징되는 권위주의 체제의 약화라는 측면에서 둘은 상호 보완 작용을 하는 순항 관계였다. 그러나 미국의 지원을 받으며 민중을 억압해 온 군부 정권을 퇴진시키고 민중이 주도하는 진보적 정권을 대안으로 생각했던 진보 세력에게 동구의 몰락과 소비에트 연방의 해체는 매우 당혹스러운 것이었다. 자유주의 세력에게 국내 민주주의의 진전과 국제적 냉전 체제의 종식은 아무런 모순으로 작용하지 않았다. 그러나 진보적 변혁 세력에게는 곤혹과 딜레마였고, 혼란이었다. 자유주의자들에게는 최상의 국면이었지만 진보주의자들에게는 세계에 대한 재점검이 불가피했다. 아이러니컬하게도 민주화의 진전은 민주화를 위해 가장 비타협적으로 싸웠던 이들에게 가장 큰 위기가 되었다. 이러한 현상은 문학과 문화에서도 고스란히 반영되었다. 리얼리스트들의 곤경은 불가피했다. 20세기를 가장 늦게 살고 있었던 한국의 리얼리스트들은 각자 달라진 지형에 적응하거나 대응하는 길을 찾아야 했다.

20세기가 저물던 1994년, 나는 해외여행 자유화의 혜택으로 얻은 여권에 베트남 비자를 붙였다. 태어난 지 34년 만에 내가 처음으로 한 국경 밖 여행이었다. 그 여행을 시작으로 나는 해마다 두세 번 베트남 여행을 했고, 베트남 전문가 비슷한 대접을 받게 되었다. 한때는 베트남어를 배워 보기도 했다.

작품이 아닌 외국의 작가를 처음 만난 곳도 베트남이었다. 반레, 탄타오, 찜짱, 바오닌, 휴틴, 쩐꽝다오, 이반, 투이증, 응우옌옥뜨가 그들이다. 그들 중에서 몇은 한국의 벗들 못지않게 가까운 벗이 되었다. 작품으로서의 텍스트는 서구를 통해 세계 문학을 만났지만 작가로서의 텍스트는 아시아를 통해 세계와 만난 셈이다. 『개선문』과 『어머니』,

『고요한 돈강』과 같은 텍스트가 경이였던 것처럼 '반레'와 '바오닌', '휴틴', '응우옌옥뜨'란 텍스트도 경이로웠다. 아주 흡사하게 닮았으면서도 너무나 다르기도 한 그들이었다.

반레와 바오닌은 고등학교를 졸업하던 해 열일곱 살 나이로 자원입대한 소년병 출신이었다. 둘 다 베트남 전쟁이 끝나던 1975년까지 미국의 총구 앞에 서 있었던 작가였다. 참으로 희소한 확률로 살아남은 그들은 베트남 사회에서 서로 다른 비주류로 살아가고 있었다.

반레는 전선에서 희생당한 전우들에 대한 기억으로 지금도 폭우가 쏟아지는 날이면 잠을 이루지 못한다. 시신도 제대로 수습해 주지 못한 채 폭우 속에 버려 두고 온 벗들을 생각하면, 그들이 꿈꾸었던 사회와 점점 멀어져만 가는 현실이 더 슬프다. 그 많은 희생을 치르고 지킨 나라가 무상 교육, 무상 의료 정책조차 고수하지 못하는 현실을 승인할 수가 없다. 그래서 그는 공산주의자이지만 공산당원은 아니다. '당 밖의 공산주의자'로 살아가는 그는 현실과 불화하며 비주류로 살아간다.

바오닌은 반레와는 다른 베트남 문단의 비주류다. 바오닌은 베트남 사회의 주류 이념과 정책, 무엇에도 무관심하다. 그러나 무표정하게 침묵하고 있지만 그는 한순간도 쉬지 않고 발언하고 있다. 그의 소설 『전쟁의 슬픔』은 오늘도 베트남에서 가장 강력한 전쟁에 대한 발언으로 읽히고 있다. 발행 연도와 관계없이 2011년 현재 베트남에서 읽히는 모든 책 중에서 가장 좋은 책으로 선정된 『전쟁의 슬픔』은 전쟁에 대한 어떤 미화도 허용하지 않는다. 그는 다만 안타깝고, 끔찍하고, 잔인하며 아주 가끔 따듯했던 전쟁이 어린 연인들의 청춘과 사랑을 어떻게 파괴했는지 완벽하게 증언한다. 영국의 일간지 《인디펜던트》는 바오닌의 소설 『전쟁의 슬픔』을 레마르크의 소설과 비교했다.

금세기의 위대한 전쟁 소설 『서부 전선 이상 없다』와 어깨를 나란히 한다. 그러나 『서부 전선 이상 없다』와는 달리 이 소설에는 전쟁 이상의 것이 담겨 있다. 이 책은 글을 쓴다는 것, 잃어버린 젊음 그리고 아름답고도 애달픈 사랑에 관한 이야기이다.

어린 나를 문학으로 이끌었던 레마르크 이상의 것을 쓴 바오닌은 어떻게 작가가 되었을까? 베트남 전쟁 최후의 전투였던 '떤선녓 국제공항 점령 작전'을 마쳤을 때 바오닌의 소대원 중에 생존자는 그를 포함해 단 두 명이었다. 길고 긴 베트남 전쟁이 끝난 다음 그는 전사자 유해 발굴단에 참여하여 8개월간 전투 지역에 버려진 이루 헤아릴 수 없이 많은 시신을 수습하고 전역했다. 하노이로 돌아와 불법적으로 '식량을 밀거래'하는 전역병들과 몰려다니며 황폐한 생활로 황폐한 전쟁을 지우려 했지만 전쟁의 슬픔은 지워지지 않았다. 무엇으로도 지워지지 않는 슬픔을 안고 그는 응우옌주 작가 훈련 대학에 입학하여 글쓰기를 시작했다. 첫 장편 『전쟁의 슬픔』은 위대한 민족 해방 전쟁을 모독한다는 혐의로 『사랑의 숙명』으로 출간되었다. 제목이 바뀌었지만 베트남 사회에 커다란 충격을 던지며 독자들로부터 뜨거운 반향을 불러일으켰고 베트남 문학 최초로 16개 언어로 번역·출간되었다. 바오닌과 그의 『전쟁의 슬픔』에 대해 나는 그렇게 들었다. 친구가 된 《뚜오이쩨(청년신문)》 기자에게 그렇게 들었지만 나는 그의 소설을 보지 못했다. 번역 소개된 16개 언어에 한국어는 포함되지 않았기 때문이다.

시인 휴틴도 베트남 전쟁에 참전한 전사 출신이다. 그는 반레나 바오닌보다 먼저 고등학교를 졸업하고 기갑 부대에 자원입대했다. 탱크 운전병, 분대장을 거쳐 종군 기자로 전선을 누볐다. 전투가 가장 격렬했던 중부 베트남의 꽝찌를 거쳐 호찌민 루트로 쓰였던 서부 고원 지대 전투, 남부 라오스 9번 국도 전투에 참여했다. 전쟁이 끝나고 응우옌주 작가 훈련 대학에서 공부하고 시인의 길에 들어섰다. 응우옌주 작가 훈련 대학은 전장의 포화 속에서 홀로 읽고 썼던 젊은이들의 집결지였다. 바오닌이나 레민퀘 같은 역전의 용사들이 그곳에서 늦은 문학 공부를 했다.

내가 처음 휴틴을 만났던 20여 년 전부터 지금까지 그는 베트남작가 협회의 서기장이다. 전쟁이 끝난 다음 그는 반레나 바오닌과는 달리 베트남 사회와 문단의 확고한 주류의 길을 걸어왔다. 베트남 작가와 문학을 만나려면 먼저 그를 통과해야 한다. 의례와 의전이 따르는 '공식적' 절차란 작가들에게 불편하고 내키지 않는 일이다. 그러나 나는 그 내키지 않는 과정에서 예상했던 것과는 다른 풍경도 만날 수 있었다. 휴틴은 베트남 사회의 주류, 이를테면 문화 관료의 범주에 들어갔지만 비주류의 작가를 대하는 태도는 독특했다. 그는 바오닌이 발표한 문제적 장편 『전쟁의 슬픔』에 최고상을 수여하여 그를 방어했다. 베트남 사회에 파란을 일으킨 베스트셀러 『끝없는 벌판』을 발표하며 혜성처럼 등장한 젊은 여성 작가 응우옌옥뜨가 사상검열위원회에 회부되는 처지에 놓였을 때도 '베트남작가협회 최고상'을 사용하여 엄호했다. 비주류인 반레나 바오닌과 마찬가지로 휴틴 역시 희귀한 확률로 살아남은 전사였던 만큼 '살아남은 자의 슬픔'이 있었고, 적의 총구 앞에서 13년 세월을 보낸 폐허와 배포가 있어 보였다. 산악 지대의 겨울, 대나무 벽으로 된 막사에서 떨어야 했던 밤을 기억하는 그의 시 「겨울 편지」는 쓰라리다.

동지들이 임무 수행 중인 날들이면
그들이 보고 싶다. 그러나…… 여벌 담요가 있다.

살아 돌아오지 못할지도 모르는 작전에 나간 동지들을 걱정하며 기다리면서도 그들이 두고 간 담요로 그의 언 육체는 따뜻해졌다. 그가 전장에서 본 것이 총과 화약만은 아니었음을 그의 시 「묻는다」는 잘 보여 준다.

물에게 묻는다. 물은 물과 어떻게 사는가?
우리는 서로 채워 주지
풀에게 묻는다. 풀은 풀과 어떻게 사는가?

우리는 서로 짜여 들며 지평선을 만들지
사람에게 묻는다. 사람은 사람과 어떻게 사는가?
사람에게 묻는다. 사람은 사람과 어떻게 사는가?

　서기장인 휴틴에게는 기사와 승용차가 주어진다. 차를 타고 가다가 선배나 동료 작가가 자전거를 타고 지나가면 반드시 차를 세우고 내려 인사를 하는 사람이 휴틴이라고 누군가가 내게 얘기해 주었다. 그 작가가 아무리 자신에게 우호적이지 않은 작가라고 해도 말이다. 나는 반례와 바오닌, 휴틴을 통해 사람이 사람과 어떻게 사는지 보았다. 그리고 그들을 통해 이반이나 응우옌옥뜨와 같은 전후 세대의 베트남 작가들을 만날 수 있었다. 그렇게 나는 베트남을 통해 세계 문학을 새롭게 만나는 길에 들어섰다.
　베트남으로 시작된 작가들과의 만남은 팔레스타인, 필리핀, 인도네시아, 버마, 태국, 우즈베키스탄, 카자흐스탄으로 이어졌다. 팔레스타인의 자카리아 무함마드와 마흐무드 다르위시는 내게 자극 이상의 충격이었다. 순서로 보면 이름과 시를 듣고 읽은 것은 마흐무드 다르위시가 먼저고 작가를 만난 것은 자카리아 무함마드가 먼저였다. 한국을 방문한 자카리아 무함마드가 내가 일하는 학과에서 초청 강연을 하던 날 그가 했던 발언을 지금도 생생하게 기억한다.
　"내 시에는 총과 탱크가 없다. 나는 내 시에서 그것들을 추방했다."
　그렇게 말하는 그의 표정은 단호했고, 강연을 주선한 나는 당황스러웠다. 이스라엘의 만행과 팔레스타인인들의 불행을 증언하고, 저항의 정당성을 호소하리라는 기대와는 전혀 다른 발언이었다. 강연이 끝날 무렵 당연히 학생들이 왜 그가 시에서 '총'과 '탱크'를 추방했는지를 물었다.
　"내가 두려워하는 것은 이스라엘의 총과 탱크가 아니다. 그들이 끊임없이 동원하는 총과 탱크로 인해서 우리 팔레스타인인들이 꽃을, 아름다움을 생각하지 못하는 사람들이 되는 것이 나는 가장 두렵다."

그가 팔레스타인으로 돌아가고 나서 외신을 타고 오는 이스라엘의 팔레스타인 공습은 더 이상 내게 머나먼 곳의 일일 수 없었다. 괴물들의 공격을 받으며 동포들이 괴물이 되지 않기를 바라던 그와 함께 나는 그 공습의 밤에 잠들 수 없었다.

그와 그의 동료 작가들이 '가물거리는'이라고 말하는 '희망'에 대한 절창이 담긴 산문집을 한국에서 묶어 내면서 나는 제목을 『팔레스타인의 눈물』로 붙였다. 그 산문집은 어떤 시집보다 예리했고, 어떤 소설보다 아이러니했다. 가장 깊은 절망에 다가가 본 사람만이 쓸 수 있는 언어의 절창이었다. 그는 제목에 '눈물'이 들어가는 것이 싫다고 반대했지만 나는 그렇게 하자고 설득했다. 그들에게 그들의 운명이 눈물이 되지 않아야 하지만 한국의 독자들은 울어야 할 일이라고 생각했다.

팔레스타인민족해방전선(PLO)의 대변인을 지내기도 했던 마흐무드 다르위시의 한국어 판 시선집 제목은 『팔레스타인의 연인』이었다. 시집 출판에 맞춰 한국에 온 다르위시는 말했다.

시는 자유를 향한 거대한 광기입니다. 시인은 자유를 갈망하다가 미친 사람이죠. 자유와 인간성을 향한 갈망이 국경과 언어를 넘어 우리 시인들을 한데 묶습니다. 아무리 삶이 칠흑같이 어둡더라도 그 안에서 빛을 찾아야 합니다. 시인은 희망을 만드는 사람이기 때문입니다.

그들 팔레스타인인의 희망은 그렇게 가슴 저린 것이었다. 그의 시는 그의 후배 작가들이 쓴 『팔레스타인의 눈물』이 그러했던 것처럼 문학이 어떻게 삶을 기억하고 인간을 지켜 가는지를 보여 주었다.

시가 현실을 바꿀 수는 없습니다. 그러나 읽는 사람의 양심과 느낌을 바꿀 수는 있습니다. 제 시가 한국에서 출간되었다는 것은 마침내 팔레스타인 문학이 한국의 양심에 도달한 증거라고 믿습니다. 제 시를 읽는 한국 독자들이 팔레스타인의 현실을 이해하고 자유를 향한 모든 인간의 보편적 갈망에 공감할 수 있기를 바랍니다.

나는 내가 만난 매혹적인 작가들의 작품을 내 생애에 읽고 싶었다. 읽는 것이 사는 것의 일부가 되는 사람에게 동시대에 존재하는 뛰어난 정신을 읽을 수 없다는 사실은 수용하기 어려운 결핍이다. 나는 누구를 위해서가 아니라 나 자신을 위해서 번역과 출판을 주선하고, 내가 관계하는 출판사에서 책을 냈다. 반레의 『그대 아직 살아 있다면』, 바오닌의 『전쟁의 슬픔』, 응우옌옥뜨의 『끝없는 벌판』과 같은 베트남의 작품들이 그렇게 한국어로 출판되었다. 필리핀의 원로 작가 시오닐 호세의 『에르미따』, 이집트의 여성 작가 살와 바크르의 『황금 마차는 하늘로 오르지 않는다』도 그렇게 읽을 수 있었다.

내가 한 번도 만나지 못했지만 꼭 읽고 싶은 작가도 있었다. 메도루마 슌과 로힌턴 미스트리와 같은 작가들이었다. 한국어로 그토록 많이 소개되는 일본의 작가들 목록에 빠져 있던, 스스로 오키나와 작가로 살아가는 메도루마 슌의 『혼 불어넣기』와 인도 작가 로힌턴 미스트리의 대작 『적절한 균형』을 한국어로 읽은 것은 지난 10년 동안 내가 한 일 중에서 가장 즐거운 일이었다. 『혼 불어넣기』는 매혹적이었고, 『적절한 균형』은 단연 압도적이었다.

"무식하면 용감하다."라는 말은 지난 10년 동안 내가 아시아 문학을 만나 온 과정을 설명해 줄 수 있는 유일한 명제다. 많은 시간을 지불하고 주머니를 비웠다. 그렇지만 나는 바오닌과 메도루마 슌과 로힌턴 미스트리의 작품을 한국어로 가장 먼저 읽는 행운을 누렸다. 그리고 나는 역설적이게도 이 작품들을 한국어로 읽으며 모국어에 대한 자부심을 느꼈다.

지난 10년 동안 내가 편집진으로 참여한 계간지 《ASIA》를 통해 67개국 작가 820명의 작품 1100여 편이 소개되었다. 시가 360여 편, 소설이 170여 편, 산문이 500여 편이다. 나와 나의 동료들이 지난 10년간 진행한 마흔 번의 작업이 무의미하지 않았음은 '아시아 베스트 컬렉션'이란 부제를 붙인 소설집『물결의 비밀』을 통해 확인할 수 있었다. 10년 간《ASIA》에 소개했던 소설들을 다시 추려서 묶은『물결의 비밀』은 감히 말하자면 서구 중심의 세계 문학이 놓친 아시아 문학의 매혹과 실체를 충분히 증명해 주는 것이었다. 베트남의 바오닌이 쓴 표제작「물결의 비밀」은 한 편의 시라고 해야 마땅할 비극적 아름다움으로 찬란하고 필리핀의 시오닐 호세가 쓴「불 위를 걷다」는 역사적 서정의 백미다. 리앙(대만), 남까오(베트남), 찻 껍찟띠(태국), 츠쯔젠(중국), 마하스웨타 데비(인도), 유다 가스에(일본), 사다트 하산(인도), 야샤르 케말(터키), 고팔 바라담(싱가포르)으로 이어지는 이야기의 향연은 아시아 문학의 한 진경을 이룬다. 그러나 이것은 말 그대로 아시아 문학의 수많은 진경 중에서 한 진경일 뿐이다. 세계화 시대의 문학은 이제『물결의 비밀』을 잇는 수많은 아시아 문학의 진경을 만나게 될 것이다.

읽어야 할 것을 읽지 못하고, 읽더라도 부분을 전부로 여기며 읽는 것은 읽는 것이 사는 것과 다르지 않은 사람들의 삶을 불구로 만든다. 서구 문학의 목록들만 읽고 기억하는 사람들은 세계를 온전히 살아가는 사람들이 아니다. 우리가 발 딛고 살아가는 대지 위에서 일어난 삶의 비의는 누구에 의해서 기억되고 전수되는가. 세계화 시대의 문학이 해야 할 가장 중요한 일은 읽어야 할 작품을 읽는 일이다. 읽어야 할 작품을 읽을 수 있도록 하는 일, 기억의 보살핌을 받아야 할 사람들의 흔적을 쓸 수 있도록 하는 일, 그것 외에 달리 문학에 필요한 무엇이 있겠는가. 읽는 것이 사는 것이고 사는 것이 쓰는 일이란 믿음이 없다면 문학 또한 없을 것이다.

방현석 BANG Hyeon-seok 소설가, 중앙대학교 문예창작학과 교수. 1961년 울산 출생. 중앙대학교 및 동 대학원을 졸업했다. 1988년「내딛는 첫발은」을 발표하며 작품 활동을 시작한 이후 우리 현대사에서 노동자의 숨결과 헌신, 민주화 운동 세대의 다양한 순간들을 포착해 왔다.『새벽 출정』,『내일을 여는 집』,『랍스터를 먹는 시간』,『그들이 내 이름을 부를 때』등의 작품이 있다. 신동엽문학상, 황순원문학상, 오영수문학상 등을 수상했다.

인간과 이야기

정유정

저는 이야기하는 법을 서커스에서 배웠습니다. 더 정확히 말하면, 서커스단 만담꾼에게 배웠습니다.

제가 태어난 곳은 전라도의 한 시골 마을입니다. 주민 대부분이 양파와 고구마 농사를 업으로 삼는 곳, 가장 번화한 곳이 오일장이 서는 장터이고, 사람이 꽉 차야 떠나는 궤도 버스가 유일한 대중교통 수단인 곳, 전라도식으로 말하자면 '숭악한 촌 동네'였습니다. 저는 열네 살 때까지 그곳에서 살았습니다.

하나 마나 한 얘기지만, 그 작은 마을에 공공 도서관이나 문화 센터 같은 게 있을 리 없었습니다. 아이들은 교양 교육은커녕 기본적인 보살핌조차 온전히 받기 어려웠지요. 어른들은 노상 바빴습니다. 온종일 일에 매달려 정신이 없었죠. 한가한 밤에는 주로 아이를 만들었고요. 아이들은 천둥벌거숭이처럼 산과 들과 저수지를 쏘다니며 저 알아서 자랐습니다. 저도 그 패거리의 일원이었습니다. 체구가 작고 그리 날래지도 못한 데다 딱히 잘하는 일도 없어서 별 존재감은 없었지만요.

뙤약볕이 쨍하던 한여름으로 기억합니다. 장터에 서커스가 들어왔습니다. 패거리들에게 얻어듣기로, 서커스 천막 안에서는 아주 스펙터클한 일들이 벌어졌습니다. 코끼리가 춤을 추고, 공중그네가 하늘을 날고, 상자 안에서 몸이 세 토막 난 금발 여자가 튀어나오는 마술이 벌어지고……. 물론 실제로 서커스 천막에 들어가 본 아이는 없었습니다. 적어도 우리 패거리 중에서는.

저는 운이 좋았습니다. 싸움 구경이든, 불구경이든, 시끄러운 일이 터졌다 하면 십 리 길을 마다하지 않고 달려가는 호기심 많은 여인네를 할머니로 두었으니까요. 그날 할머니는 가장 좋은 한복을 꺼내 입고, 가장 아끼는 은비녀를 찌르고, 가장 마음에 드는 후손인 저를 앞세워 서커스를 보러 갔습니다.

예상과 달리 서커스에는 입장료가 없었습니다. 듣던 바와 달리 스펙터클하고 전문적인 서커스도 아니었습니다. 배가 아플 땐 배꼽에, 머리가 아플 땐 이마에 바르면 순식간에 나아 버린다는 신비의 묘약 '호룡고'를 파는 약장수 서커스였습니다. 서커스 천막도 크지 않았습니다. 할머니 표현을 빌리면, 딱 '쥐 발바닥'만 했죠. 레퍼토리도 알량하기 짝이 없었고요. 통 굴리기, 접시돌리기, 외줄 타기……. 마술사가 나오기는 했지만 세 토막 난 금발 여자는 보여 주지 않았습니다. 그가 시키면 모자에서 꺼내 보여 준 건 삐쩍 마른 비둘기 몇 마리였습니다. 지루한 나머지 저는 쉴 새 없이 궁둥이를 들썩거렸습니다. 궁둥이 무겁기로 동네에서 알아주는 할머니는 저를 꾹 눌러 앉히며 이렇게 속삭이셨지요.

"쫌만 기다려 봐아. 뭣이든 젤로 존 것이 젤로 끝에 나오는 거여."

마지막 무대가 시작됐습니다. 마이크와 두 남자가 등장했죠. 한 남자는 북을, 한 남자는 부채를 쥐고 있었습니다. 북을 든 남자는 무대 바닥에 앉았습니다. 부채를 든 남자는 마이크 앞에 섰고요. 자신을 '대한민국 최고의 만담꾼'이라고 소개한 그는 대한민국 국민이라면 누구나 아는 '두 남자'의 이야기를 꺼냈습니다.

"옛날옛날 한 옛날에, 충청·전라·경상 삼도 어름에 흥부와 놀부라는 형제가 살았는디……."

『흥부전』이라면 독후감 숙제를 하느라 이미 읽은 바 있는 책이었습니다. 고백건대 나쁜 사람은 벌을 받고 착한 사람은 복을 받는다는 시적 정의에 감명을 받지도 못했던 것 같습니다. 어쩌면 시시한 이야기라고 생각했는지도 모르겠고요. 만담꾼의 입에서 '흥부'라는 이름이 튀어나오자마자 실망한 나머지 서커스 천막을 훅 튀어나오고 싶었으니까요.

그런데도 저는 그렇게 하지 않았습니다. 만담꾼의 이야기가 끝날 때까지 궁둥이를 딱 붙이고 앉아 이야기에 귀를 기울였습니다. 그의 흥부전은 제가 아는 그 『흥부전』이 아니었습니다. 같은 이야기면서도 전혀 다른 이야기였습니다. 그는 원전의 주인공 '착하고 온순하고 욕심 없는 흥부' 대신 적대자이자 악인인 놀부가 바라보는 '가난하고 무능하고 게으른 흥부'를 주인공으로 내세웠습니다. '가난하다, 무능하다, 게으르다'라는 단어 대신 가난하고 무능하고 게으른 자만이 벌일 수 있는 답답하고 궁상맞은 해프닝을 실감나게 묘사해 보였습니다. 그의 이야기를 전부 기억하지는 못하지만 몇 부분은 아직도 명확하게 기억하고 있습니다.

흥부는 얹혀살던 형 놀부 집에서 쫓겨나자 가족을 끌고 산으로 갑니다. 그 역시 우리 동네 어른들처럼 '메이킹 베이비'가 취미였던지라 자식들이 1개 분대 병력이었습니다. 당연히 가장 시급한 일은 그 어마어마한 식솔이 거처할 곳을 마련하는 것이었겠지요. 그런데도 그는 나무 그늘에 누워 신세 한탄을 하며 하루를 보내 버립니다. 뭔가를 하려고 일어난 건 해가 뉘엿뉘엿할 무렵이었습니다. 그는 쓸데없이 스케일이 큰 남자가 아니었기 때문에 도끼를 들고 숲으로 들어가 우르릉 쾅쾅 나무를 찍어 기둥을 세우고 지붕을 올리는 수고 따위는 하지 않습니다. 산자락 수수밭에 널린 수수깡을 긁어다 엮어서 개집만 한 움막을 짓습니다. 그 안에 자식들을 욱여넣자 고달픈 일들이 연달아 벌어집니다. 한 녀석이 자다가 다리를 쭉 뻗었더니 발이 벽을 뚫고 나가 차꼬를 찬 꼴이 되고, 다른 녀석이 뭔 일인가 싶어 고개를 들자 지붕 위로 머리통이 솟구쳐 목에 칼을 찬 꼴이 되고, 또 다른 녀석은 기지개를 켜다가 팔이 대문 밖까지 튀어나가 수갑을 찬 꼴이 되고……

이튿날 흥부는 헐벗은 자식들의 입성을 해결하고자 동구 밖 똥다리 밑에 사는 거지한테서 너덜너덜한 멍석 하나를 얻어 옵니다. 이번에도 역시 멍석을 쓱싹쓱싹 재단해서 옷 열 벌을 짓는 수고 따위는 하지 않습니다. 멍석에 구멍 열 개를 숭숭 뚫은 다음, 자식들 머리에 훌떡 뒤집어씌우는 걸로 문제를 한 방에 해결해 버립니다. 멍석 밖으로 머리만 내놓은 채 한 덩어리가 돼 버린 아이들을 보며 흐뭇한 계산도 해 봅니다. 멍석이 넉넉하게 커서 앞으로 열 개쯤은 구멍을 더 뚫을 수 있겠다고. 문제가 하나 있다면 멍석 하나에 열 녀석이 매달려 있다 보니 개별 행동이 불가능하다는 점이었죠. 한 녀석이 변소에 가면 나머지 녀석들도 우르르 따라가야 하고, 가는 길에 한 놈이 넘어지면 나머지 놈들도 와르르 나자빠지고……

저는 이야기를 듣고 있는 게 아니었습니다. 이야기의 마법에 걸려 있었습니다. 수백 년 전의 세상으로 덜미를 잡힌 것처럼 끌려가는 마법. 서커스 천막이 흥부네 수수깡 움막으로 뒤바뀌는 마법. 어떤 저항으로도 그 낯선 세상의 인력을 벗어날 수 없는 마법. 흥부의 아이들과 함께 멍석 옷을 둘러쓴 채 뛰고 구르고 넘어지는 마법. 형체 없는 말들이 물리적 실체로 육화되는 마법. 선과 악의 기준이 송두리째 뒤집히는 마법. 교육받은 도덕의 경계가 모호해지는 마법. 제가 사는 세상이 갑자기 의심쩍어지는 마법.

서커스가 끝나자마자 저는 숲속 공터로 달려갔습니다. 사는 게 심심해서 미칠 지경인 제 패거리들이 빈둥거리는 곳이었죠. 패거리 서열 최하위였던 저는 대담하게도 휘파람을 휘익 불어서 아이들을 모았습니다. 어슬렁어슬렁 모여든 아이들에게 방금 전에 빠져나온 마법의 세계를 머릿속에서 끌어내 부려 놓았습니다. 열에 들뜬 나머지 부끄러운 줄도 모르고 만담꾼의 표정과 행동, 목소리까지 그대로 흉내 냈습니다. 제 인생 최초로 누군가에게 이야기를 들려준 순간이었습니다. 그것이 얼마나 굉장한 일인지를 깨달은 첫 순간이기도 했습니다. 그 순간 저는 그들의 영혼에 불을 지르는 사람이었습니다. 아이들은 제가 한마디 뱉을 때마다 말 그대로 쓰러졌습니다.

열광적인 인기(그토록 염원하던)를 한 몸에 누린 그날 이후, 제 생활에 변화가 왔습니다. 서커스가 들어올 때마다 할머니를 졸라 이야기를 들으러 갔습니다. 서커스가 없을 때는 어머니에게 책을 사 달라고 졸랐습니다. 책 한 권을 읽고 나면 나의 충성스러운 관중들을 불러 모아 이야기를 들려주었습니다. 처음에는 책에 쓰인 이야기를 고스란히 그대로, 차차 제멋대로 살을 붙이고 변형시켜서. 이미 쓰러질 준비를 하고 모여든 관중들은 제가 바라는 반응을 보여 주었습니다. 의도한 곳에서 자지러지고, 화내야 할 부분에서 성을 내고, 슬퍼해야 할 시점에 눈물을 쏟고, 겁을 먹어야 할 지점에서 몸을 움츠리고 꼬리를 말았습니다. 이야기의 레퍼토리는 날로 다양화됐습니다. 제 주가는 나날이 치솟았고요. 깃발 날리던 시절이었습니다.

* * *

> 이야기는 우리 삶의 도구다.
> ── 케네스 버크

1년 전쯤 『사피엔스』라는 인문학서가 베스트셀러 차트를 석권한 적이 있습니다. 연일 신문 리뷰에 등장했고요. SNS에서도 이 책에 대한 토론이 활발하게 오갔습니다. 인문학서로서는 좀처럼 보기 힘든 선전이었죠. 제 할머니의 후손답게 떠들썩한 일이라면 기어코 들여다봐야 하는 저는 광화문 교보문고에서 그 책을 샀습니다. 그날 밤 부랴부랴 책을 펼쳐 들었고요.

저자인 유발 하라리는, 아주 먼 옛날 인류는 중요한 일이라고는 하나도 하지 않는 종이었다고 말합니다. 변변찮고 하찮고 있으나 마나 한 생명체였던 거지요. 그런 인류를 수만 년 만에 지구라는 행성의 최고 포식자로 만든 것은 '창작하는 언어'의 등장, 즉 인지 혁명이었습니다. 인간은 허구를 말하기 시작하면서, 나무 열매와 나무 그늘을 찾아다니던 사바나 촌놈의 땟물을 벗고 온 세상에 영향을 미치는 중요한 존재로 부상했다는 것입니다.

잠깐 책을 덮고 그 시절을 상상해 봤습니다. 사바나 한구석, 자그마한 동굴에 땟국이 줄줄 흐르는 촌놈 넷이 서로 머릿니를 잡아 주며 살아가는 7만 년 전을.

그들은 동굴 주변에 흐드러진 무화과를(사바나에 무화과나무가 있는지 없는지는 모르겠지만) 따 먹으며 아무 일도 없이, 아무 일도 하지 않으며 살아가고 있습니다. 그러던 어느 날 무화과가 깡그리 사라지는 사건이 일어났습니다. 옆 동네 동굴의 어떤 놈이 와서 따 먹은 것은 아니었습니다. 숲에 낯선 발자국은 없었으니까요. 추리에 추리를 거듭한 결과 범인은 바로 그들 자신이라는 결론을 내립니다. 키우지는 않고 날마다 따 먹기만 했으니 당연하고도 필연적인 결과였겠지요. 이제 어떻게 살아야 하나, 사흘 밤낮을 궁리한 끝에 촌놈 1, 2, 3, 4호는 한 번도 가보지 않았던 낯선 숲으로 원정을 떠납니다. 촌놈 1호는 동쪽, 촌놈 2호는 북쪽, 촌놈 3호는 남쪽, 촌놈 4호는 서쪽을 향해.

촌놈 1호는 해가 중천에 걸릴 무렵 무화과가 주렁주렁 매달린 나무 밑에 다다랐습니다. 배가 고팠지만 조심성 많은 그는 곧장 나무로 기어 올라가지 않습니다. 잠시 발을 멈추고 머리 위를 올려다봅니다. 열매가 가장 많이 매달린 나뭇가지가 유별나게 굵었기 때문입니다. 게다가 보일 듯 말 듯 흔들거리기까지 합니다. 바람 한 점 불지 않는 숲속에서 말입니다. 자세히 보다 보니 나뭇가지가 꿈틀꿈틀 움직이는 듯한 느낌도 받습니다.

바로 그때 다람쥐가 나타나 그 나뭇가지로 쪼르르 올라갑니다. 동시에 여러 가지 일이 한꺼번에 벌어집니다. 꿈틀거리던 나뭇가지가 고개를 빳빳하게 쳐들더니 새빨간 입을 쩍 벌리고 다람쥐를 꿀꺽해 버린 것이죠. 다람쥐는 찍 소리 한번 내 보지도 못하고 새빨간 입 속으로 사라집니다. 그제야 촌놈 1호는 깨닫습니다. 다람쥐를 삼킨 것이 나뭇가지가 아니라 어마어마하게 큰 뱀이라는 것을. 곧장 나무에 올라갔더라면 그 새빨간 입 속으로 들어갈 생명체는 다람쥐가 아니라 자신이었으리라는 사실도.

동굴로 돌아온 촌놈 1호는 먼저 귀가한 촌놈 2호와 3호에게 좀 전의 일을 최대한 실감 나게 들려줍니다. 굵은 나뭇가지가 꿈틀거리면 절대로 가까이 가지 말라고 경고도 해 줍니다. 이야기를 듣는 촌놈 2호와 3호의 몸에서는 똑같은 신체 표상이 활성화됩니다. 머리털이 빳빳하게 곤두서고, 눈은 휘둥그레지고, 낯빛은 하얗게 질리고, 등짝에 식은땀이 돌고, 손발이 와들와들 떨리고…….

그들 사이에 '두려움'이라는, 형체 없는 것에 대한 허구의 감정이 공유되고, 뱀이라는 듣도 보도 못한 무서운 생명체에 대한 '경계'의 개념이 생긴 것입니다. 감정과 개념은 그들의 뇌에 깊숙이 각인되고, 뇌는 시도 때도 없이 경보 벨을 울려 주변의 행위자를 과잉 탐지하게 만듭니다. 굵은 나뭇가지만 봐도 앞뒤 없이 줄행랑부터 치게 된 것이죠. 번거롭기는 해도 뱀을 나뭇가지로 착각하는 것보다는 안전했을 겁니다.

한편 서쪽으로 갔던 4호는 며칠이 지난 후에야 동굴로 돌아옵니다. 촌놈 1호와 달리 촌놈 4호는 친구들에게 아주 '행복한' 뉴스를 들려줍니다. 서쪽 들판 끝에 아리따운 아가씨들이 살고 있으며, 그중 한 아가씨에게 반해 밤새도록 구애의 춤을 추었고, 마침내 그녀의 마음을 얻어 사흘 밤낮 사랑의 춤을 추었다고 말입니다.

촌놈 1, 2, 3호에게는 뱀 이야기를 들었을 때와 똑같은 신체 반응이 일어납니다. 이번에는 두려움이 아니라 설렘이라는 감정 때문에. 각자의 머릿속에서는 「그레이의 50가지 그림자」는 우습게 찜 쪄 먹을 에로 영화가 상영됐겠죠. 다음 날 아침, 그들은 서쪽을 향해 멀고 먼 길을 떠납니다. 그리고 어떻게 됐을까요. 행복하게 오래오래 잘 살았을까요? 다른 건 몰라도 아이는 많이 만들었을 겁니다. 그러니 우리가 지금 이 자리에 존재하는 것이겠죠.

그렇습니다. 우리는 서쪽 들판에서 태어난 아이들의 후예입니다. 진화의 과정에서 우리 머리에는 그들이 이야기를 통해 공유한 실체 없는 것에 대한 '개념'이 유전자처럼 새겨졌습니다. 우리 몸에는 개념이 야기하는 신체 반응들이 프로그래밍되었습니다. 『이야기의 기원』의 저자 브라이언 보이드는 "인간에게 이야기는 고도의 정신 활동이 아닌 진화적 '적응'이었다."라고 선언합니다. 이야기 자체에 생물학적 목적이 있는 것은 아니지만 생물학적 목적을 위해 이야기 능력을 발전시켰다는 것이지요. 판단력을 높여 생존과 직결된 미래의 지침을 알기 위해서, 그리하여 어느 날 갑자기 닥쳐온 생의 위험에 보다 현명하게 대처하기 위해서 말입니다. 이야기라는 허구에 대한 상상력이 없었다면 인간은 아직도 사바나에서 풀뿌리를 캐고 있었을 것입니다.

소설가 키스 오틀리는 이야기를 "인간 사회 생활의 모의 비행 장치"라고 말했습니다. 그의 말대로 우리는 끊임없이 모의 비행을 합니다. 기갈이 들린 것처럼 이야기들을 먹어 치우며 삽니다. 술집과 뒷담에선 매일같이 허풍과 소문을 말하고 듣습니다. 서점이나 도서관 혹은 어느 교실에서는 책장들이 쉴 새 없이 넘어갑니다. 수백 개의 무대에서는 연극이 공연되고, 극장에서는 끊임없이 영화가 상영되고, 수십 개의 텔레비전 채널에서는 온갖 장르의 드라마가 방영됩니다. 신문과 방송에서는 스물네 시간 쉬지 않고 '기사'라는 이름으로 이야기를 쏟아 내죠. 스포츠는 경기의 우승자를 주인공으로 하는 서사시적 영웅 드라마를 만들어 팝니다. 종교는 아무도 보지 못한 존재에 대한 숭배 서사로 먹고 삽니다. 법정이 한 인간의 삶과 행위의 인과성을 놓고 벌어지는 검사와 변호사의 이야기 싸움판이라면 정치는 그럴듯한 그림을 그려 보이는 거짓말 경연장입니다.

우리는 타인뿐 아니라 자기 자신에게도 스스로 이야기를 들려줍니다. 기억을 통해서, 몽상을 통해서, 꿈을 통해서. 한 연구에 따르면 인간은 십사 초짜리 백일몽을 하루 평균 2000번씩 꾼다고 합니다. 이 연구가 정확하다면 우리는 인생의 대부분을 자기만의 극장에서 보내는 셈입니다.

어디 그뿐이겠습니까? 세계와 인간과 삶, 그 밖의 모든 것을 이야기라는 프리즘을 통해 내다봅니다. 실제 삶에서 일어나는 일들은 원인과 결과가 명백하지 않을 때가 많습니다. 그런데도 인간의 머리는 연대기적 구성과 인과성, 즉 이야기적 방식을 통하지 않고는 상황을 받아들이지 못합니다. 현상을 해석하는 방식, 역사를 이해하는 방식, 인간과 세계의 상호 작용, 하다못해 지난밤 꿈까지도 이야기적 방식으로 해석하려 듭니다. 이쯤 되면 인간을 이야기의 동물이라 불러야 마땅할 것입니다. 그리고 이야기는 인류 전체가 사바나 촌놈에게 물려받은 삶의 도구입니다.

* * *

원형적 이야기는 세상을 여행한다.
— 로버트 매키

2013년 저는 히말라야로 떠났습니다. 18일에 걸쳐, 서에서 동으로 안나푸르나의 수많은 봉우리들을 통과하는 환상 종주 코스였습니다. 총거리 약 380킬로미터인 이 종주에는 해발 5460미터 지점인 쏘롱 라 패스를 통과해야 한다는 미션이 붙어 있었습니다. 장대비가 쏟아지는 카트만두 공항에 내리는 순간, 저는 겁부터 집어먹었습니다. 과연 나는 살아서 집에 갈 수 있을까?

고백하자면 그때까지 저는 대한민국을 벗어나 본 적이 없었습니다. 국내 여행 경험조차도 거의 없었죠. 여행을 좋아하지도 않았고요. 아니, '무서워했다'가 더 정확한 표현일 것입니다. 집 근처만 벗어나면 방향 감각을 잃어버리는 길치인 데다 낯선 장소나 사람들, 문화에 대한 공포심이 컸습니다. 영어에 서툴다는 것도 중요한 이유였겠네요. 그런데도 저는 생애 첫 해외여행지로 히말라야를 선택했습니다. 무모한 선택이었지만 그만큼 절박한 사정이 있었습니다.

저는 블랙아웃 상태였습니다. 정신은 물론 몸까지 멈춰 버렸습니다. 단순히 스위치가 꺼진 게 아니라 전력 자체가 바닥났습니다. 생각해 보면 필연적인 결과였습니다. 스무 살 시절부터 저 자신을 위해 쉬어 본 적이 단 한 번도 없었으니, 멀쩡하다면 그게 더 이상할 일이었습니다. 저는 새로운 동력을 찾아야 했습니다. 그러지 않으면 작가로서도, 인간으로서도 인생이 끝장나 버릴 것 같은 두려움을 느꼈습니다. 그러니까 저는 살기 위해 히말라야로 떠난 셈입니다. 사바나 촌놈이 새로운 무화과를 찾아 낯선 들판으로 떠났듯이.

트레킹은 계획대로 진행됐습니다. 몇 가지 사소한 문제만 빼면. 음식이 입에 맞지 않아 맥주로 연명해야 했다든가, 고산병에 시달리다 4800미터 지점에서 급기야 심장에 문제가 생겼다든가, 영하 20도 추위 속에서 동상에 걸릴 뻔했다든가…… 어쨌거나 저는 5460미터 쏘롱 라 패스를 예정된 날에 제 발로 걸어서 넘었습니다. 남은 것은 하산뿐이었죠.

저는 새카만 흙탕물이 흐르는 칼리간다키강을 따라 내려갔습니다. 고생이 끝났으니 행복이 찾아오리라 기대하면서요. 하산 길에도 무시무시한 복병이 숨어 있으리라고는 꿈에도 생각하지 못했습니다. 바로 에클레바티라는 곳에서 만난 바람이었습니다. 저는 강이 갑자기 넓어지는 곳에서 걸음을 멈춰야 했습니다.

강변으로 모래바람이 내달리고 있었습니다. 몇 채 되지 않는 집들 사이에서는 부연 먼지가 폭연처럼 치솟고 검은 물줄기 위에서는 흙먼지의 소용돌이가 휘돌았습니다. 그것이 제게로 달려와 저를 집어 삼키는 데는 오 초도 채 걸리지 않았죠. 저는 멍청하게 서서 아득한 흙먼지 속에서 울리는 제 비명 소리를 듣고 있었습니다. 모자가 날아가고, 고

글은 흔들려 벗겨졌고, 눈에 모래가 날아와 박히고, 목이 푹 꺾이고, 발길에 채인 것처럼 등이 휘청 휘어졌습니다. 바람 바깥에서는 제 가이드가 영어로 고함을 지르고 있었습니다.

"로. 유정, 로."

이 어려운 문장을 어렵사리 해석해 본바 허리를 수그리고 낮은 포복으로 전진하라는 의미 같았습니다. 저는 그렇게 했습니다. 재킷 자락을 붙들고, 몸을 움츠리고, 턱을 가슴에 바짝 붙이고, 암벽 허리를 파서 낸 강변 벼랑길로 전진했습니다. 걸음마를 배우는 돌쟁이처럼 한 발짝, 한 발짝씩. 걷다가 문득 깨달았습니다. 아슬아슬한 암벽 곳곳에 바위를 눌러 파서 새긴 글씨들이 새겨져 있다는 것을. 영어, 불어, 스페인어, 산스크리트어······. 아아, 반가운 한국어 한 문장.

"돌아와······."

한순간 흙먼지만큼이나 많은 질문들이 머릿속에서 뒤엉켰습니다. 이 문장을 새긴 사람은 남자일까, 여자일까? 누구를 향한 호소일까? 변심한 연인? 떠나 버린 친구? 집 나간 동생? 잃어버린 강아지? 저 말줄임표 뒤에는 어떤 이야기가 숨겨져 있을까?

저는 다시 걸음을 멈췄습니다. 거친 바람 속에 서서 칼을 들고 글씨한 자 한 자를 바위에 새기는 누군가가 눈에 보이는 것 같았습니다. 이 단순한 한 문장이 만들어 낼 수 있는 이야기가 무한정에 가깝다는 걸 깨닫는 순간이기도 했습니다. 저 문장이 어떤 언어로 씌었든, 누구나 비슷한 것을 느꼈으리라는 것도. '슬픔'과 '그리움'이라는 인간의 가장 보편적인 정서 말입니다.

이야기에 관한 한, 인간은 단어보다 연쇄와 원인과 목표에 관한 추론을 더 잘 기억한다고 합니다. 문장의 경계 안에 있는 정보보다 그 경계를 뛰어넘는 정보를 기억하며, 피상적인 인상보다 행동과 관련된 함의를 기억한다는 것입니다. 우리가 위대한 문장이라고 생각하는 것은 사실상 그 문장에 숨겨진 위대한 이야기인 셈입니다.

이야기는 '어떤 언어로 만들어졌느냐'로 그 힘이나 아름다움이 결정되지 않습니다. 어떤 인물(동물이나 외계인까지 포함해)이 등장하느냐, 어떤 장소, 어느 시대를 배경으로 하느냐 같은 것들도 그리 중요한 문제가 아닙니다. 중요한 것은 이야기 속 낯선 세계로 독자를 끌고 들어갈 힘이 있는가, 끌려 들어온 독자가 그 안에서 자신을 발견할 수 있는가, 발견한 것이 인생의 근본적이고도 가치 있는 진실인가 하는 점입니다.

엔터테인먼트 또한 이야기의 중요한 요소입니다. 엔터테인먼트란 단순한 자극이나 흥밋거리를 뜻하지 않습니다. 상업주의적 작품을 의미하지도 않습니다. 로버트 매키는 『Story: 시나리오 어떻게 쓸 것인가』라는 그의 저서에서 엔터테인먼트를 아래와 같이 정의했습니다.

엔터테인먼트란, 지적으로 정서적으로 만족스러운 결말에 도달하는 이야기 의식에 빠져드는 것이다. 이야기의 의미, 의미가 불러일으키는 강렬한 감정, 심지어 의미가 깊어져 가면서 느끼는 고통스러운 감정 그리고 결국에 가서는 이러한 다양한 감정들을 궁극적으로 만족시키는 정서적 경험을 얻기 위해 이야기에 주의를 집중시키는 행위를 말한다.

이야기의 대부분은 가상적 타인의 문제에 관한 것입니다. 그런데도 '현실 속 나의 문제'처럼 강렬하게 집중하는 것은 우리가 가진 공감 능력 때문입니다. 이야기를 통해 우리는 현실은 물론 허구의 누군가에게도 공감하며 자기 자신을 그에게 이입시킵니다. '거기'에서 '그들'에게 일어나는 일을 '지금 여기'에서 '우리'에게 일어나는 일로 인식하고 실제처럼 반응하는 것이죠. 눈물을 흘리고, 키득키득 웃고, 분노로 가슴을 치고, 행복한 미소를 짓습니다. 타자를 통해 자신을 바라보고, 타자와의 관계 안에 자신을 위치시키며, 그 사이에 존재하는 삶의 어떤 모범을 탐색해 보기도 합니다. 그 결과 온갖 정서적 격랑에 휘말리는 밤을 보낸 후, 가슴이 터질 것 같은 새벽을 맞습니다.

원형적 이야기는 이러한 요소들을 모두 품고 있습니다. 강한 인력으로 끌어당기는 낯선 세계, 새롭고 매력적인 인물, 인생의 근원적 진실, 삶에 대한 다양한 시각, 강렬한 엔터테인먼트. 그렇기에 지구상 어느 촌구석의 낡은 책상에서 씌었다 해도 온 세상을 여행하는 것이 가능합니다. '그때 거기'의 '그'가 '지금 여기'의 '나'에게 '가슴이 터질 것 같은 새벽'을 선물할 수 있습니다. 그것은 한 세대에서 다음 세대로 이어지며 쉽사리 소멸하지 않습니다.

* * *

> 당신을 통해 세상을 타오르게 하라.
> ─레이 브래드버리

처음 이 발표의 주제가 '세계화 시대의 문학'이라는 통보를 받고 조금 의아했습니다. 21세기를 세계화 시대라 부를 만큼 세계화가 최근에 등장한 새로운 현상인가 싶기도 했습니다. 제가 알기로 문화의 세계화는 오래전 제국이 만들어지던 시대부터 있어 온 것입니다. 식민지는 제국 문화의 지배를 받았고, 제국은 식민지 문화를 흡수했습니다. 우리가 아는 전통 문화는 사실상 수많은 문화가 교배된 혼종 문화인 셈입니다. 과거와 다른 점이 있다면, 문학을 닮은 이야기들이 문학의 자리를 빠르게 대체해 가고 있다는 점이겠죠. 영화, 드라마, 뮤직비디오, 게임, 웹툰……. 최근에는 이야기를 만들어 주는 인공 지능까지 등장했습니다.

그사이 문학은 반대의 길을 갔습니다. 무엇을 말할 것인가와 어떻게 말할 것인가 사이의 균형이 무너졌습니다. 본질적 요소인 이야기를 문학으로부터 떼어 내고 내부에서부터 와해시키고자 부단한 노력이 이뤄졌습니다. 그 자리에 언어, 문장, 암시, 상징 등 외형적 요소를 문학의 형질로 대체시켰습니다. 이야기의 대중성, 아니, 이야기가 태생적으로 갖는 방향성의 '천함'을 견딜 수 없었던 이들은 "문학은 이야기가 아니다."라고 선언하기도 합니다. 비평가들은 더 이상 이야기 자체를 놓고 무언가를 말하지 않습니다. 짐작건대 문학이 이야기보다 고급스러운 무언가와 닮기를 원하는 모양입니다. 어쩌면 이야기를 넘어선 문학의 심오함을 증명하고 싶은 건지도 모르겠습니다.

이제 문학은 인간을 움직이는 힘을 점점 잃어 가고 있습니다. 문학이 인간의 영혼에 불을 지르고 세상을 타오르게 하던 시절은 호랑이 담배 먹던 시절 얘기가 됐습니다. 온 사방에서는 끊임없이 문학의 부고가 들려오고 있습니다. 최근에는 이런 질문도 자주 받습니다.

"왜 하필 문학인가?"

해석하자면 "오늘날 그 많고 많은 이야기 장르 중 굳이 문학을 통해 이야기가 이야기되어야 하는 이유는 무엇인가?"쯤이 될 것 같습니다. 통렬한 지적이고 가슴 아픈 질문입니다. 그럼에도 여기에 대한 제 대답은 단호합니다.

이야기는 삶에 대한 은유입니다. 그리고 문학은 이야기의 예술입니다. 한 뼘 남짓한 인간의 머릿속에서부터 저 광활한 우주 공간까지, 수만 년 전 사바나 시절부터 수백만 년 후의 미래까지, 인간과 삶, 세계와 운명을 한계 없이 은유해 내는 것, 그것이 문학이 품고 있는 원형적 힘입니다. 온갖 영상 매체가 현란한 이야기를 쏟아 내는 이 시대에 문학이 생존할 수 있는 힘이기도 합니다.

저는 세계화 시대에 적절한 문학이 있다고 믿지 않습니다. 문학이 이야기 너머 어딘가에 있다고 생각하지도 않습니다. 제가 믿는 것은 문학의 DNA입니다. 문학이 갖는 원형적 힘입니다. 아름답고 힘 있는 이야기 말입니다.

정유정 JEONG You-jeong 소설가. 1966년 전남 함평 출생. 치밀한 플롯, 거침없는 문장, 입체적 캐릭터 등을 바탕으로 '인간 본성의 이면'을 탐구하는 작가이다. 『내 인생의 스프링 캠프』, 『내 심장을 쏴라』, 『7년의 밤』, 『28』, 『종의 기원』 등의 작품과 『정유정의 히말라야 환상 방황』 등의 저서가 있다. 세계청소년문학상, 세계문학상 등을 수상하였고, 다수의 작품이 주요 언론과 서점에서 '올해의 책'으로 선정되었다.

단 한 명의 작가

박형서

　세상의 작가가 단 한 명이라는 보르헤스의 말은 모든 뛰어난 작가들이 종적으로 횡적으로 마치 한 몸처럼 긴밀하게 엮여 있음에 대한 일종의 경탄일 것이다. 이 신비로운 총체성 개념에 나는 조금 다른 방식으로 동의하고 싶다. 모든 위대한 문학은 타자를 해석하는 제각기 고유한 관점을 제공하고, 그럼으로써 서로에게 기여한다고.

　오래전의 일이다. 젊은 서양인 세 명이 내가 사는 아파트에 입주했다. 한 명은 키가 크고 두 명은 키가 작았는데, 셋 다 보란 듯이 파란 눈에 노란 머리였다. 5층짜리 아파트의 꼭대기 층에 이사한 그들로 인해 마을 전체가 떠들썩했다. 서울이라면 모를까, 1981년의 강원도 원주에 서양인의 출현은 좀 괴상한 사건이기 때문이었다. 조국에 큰 죄를 짓고 유배당한 게 아니라면 있을 수 없는 일이었다. 다들 그렇게 생각했다. 벽안의 외국인이 뭐가 아쉬워 가난한 한국의, 그것도 이 고생스러운 시골까지 흘러왔을까?
　'고생스러운 시골'은 어떤 면에서도 과장이 아니었다. 고기나 우유를 사려면 멀리 시내까지 버스를 타고 나가야 했다. 우리 동네에는 영화관도 미술관도 콘서트홀도 없었다. 그 대신 새벽마다 고막 찢어지는 새마을 운동 노래가 울려 퍼졌고 오후에는 된장 냄새가 진동했다. 당시 아파트는 연탄 보일러를 사용했는데, 서양인들은 특히 연탄불을 잘 꺼뜨려 난방에 애를 먹곤 했다. 그럴 때 잘 달궈진 연탄불 하나 꿔 주는 건 이웃 사이에서 흔한 일이지만, 서양인들은 매번 큰 신세를 진 양 안절부절못했던 기억이 난다.

그런데 시골이 '고생스러운' 것은 서양인들뿐 아니라 나 같은 아이들에게도 마찬가지였다. 도무지 갖고 놀 장난감이 없어서 종일 뛰어다니기만 했다. 당시 내 최고의 보물이 고장 난 라디오를 분해해 얻은 동그란 자석이었으니 오죽했겠는가. 그런 와중에 서양인 세 명이 나타났던 것이다. 그보다 기막힌 장난감은 없었다.

이와 같은 사정으로 얼마 지나지 않아 그들의 집은 동네 아이들로 북적거리게 되었다. 초대나 방문 신청은 무슨, 날씨가 좋으면 일단 한 번 들러 보는 식이었다. 곱게 왔다 가는 것도 아니어서, 다들 허락 없이 그 집의 살림살이를 여기저기 들춰 보고 이것저것 뒤져 보다가 그중 괜찮은 게 있으면 자기 호주머니에 넣곤 했다. 먼저 주운 사람이 임자니 좋은 걸 원하면 서둘러야 했다. 행동이 굼뜬 내 경우에는 후추통이었던 것 같다. 자랑은 아니지만 나는 그때 아홉 살이어서 도둑질해도 되는 나이였다.

아무튼 대접이 그 모양이었건만 그들은 도무지 화를 안 냈다. 곤히 자고 있는 일요일 아침에 놀러 가 큰 소리로 떠들어도 낑낑대며 베개에 머리를 처박을 뿐이었다. 보통은 그보다 훨씬 친절했는데, 이를테면 한창 식사 중에 쳐들어가 물끄러미 바라보고 있으면 셋 중의 한 명은 틀림없이 일어나 새로 통조림도 따고 빵과 고기도 내왔다. 당시 함께 먹었던 음식들의 맛과 향을 되새겨 보건대 그들은 아마 독일인이었던 것 같다. 물론 아이의 미각인 데다가 오랜 시간 저편의 기억이므로 틀렸을 수도 있다. 하지만 그 후로 음식과 관련된 따뜻한 기억은 어쩐지 전부 독일과 연결되곤 한다.

물론 어떤 상황에서도 실실 웃는 건 바보나 하는 짓이어서 무골호인 이던 그들 역시 가끔은 화를 내기는 했다. 한 번은 내가 직접 목격했다. 빵을 굽는 중에 내 멍청한 친구가 오븐을 열며 뒤로 자빠지자, 키 큰 청년이 쏜살같이 달려와 고함을 버럭 지른 것이다. 그는 자빠진 내 친구를 번쩍 들어 부엌 밖으로 데리고 나갔다. 그리고 예기치 못한 고함에 혼백이 반쯤 달아난 친구의 팔뚝과 얼굴 등 여기저기를 만지며 다친 데가 없는지 수차례 확인했다. 그러니까 저 빵을 맛있게 구워 먹으려면 일단 오븐의 문부터 닫아야 하지 않나 걱정한 건 나 혼자였다.

나는 그 선량한 청년들을 보며 외국에서의 삶에 대해, 그 경이로움과 외로움에 대해 생각했고, 언젠가 꼭 그렇게 살아 보고 싶다는 마음을 품었다.

주말에는 아이들을 모아 스펀지 재질의 공으로 럭비를 했는데, 나로 말할 것 같으면 남의 공을 빼앗어 오는 것 외에는 그때나 지금이나 럭비의 규칙에 대해 아는 게 없다. 그러니 우리와 함께 럭비를 한다는 것 자체가 그들에게는 고역이었을 것이다. 하지만 럭비의 주말은 꽤 이어졌고, 심지어는 이웃 동네의 아이들까지 모여들면서 대규모 친목 행사가 되었다. 자연스럽게 후보가 된 나는 연예인으로 출세한 전 애인을 텔레비전에서 보는 심정으로 요즘도 매일 빵과 우유를 먹는지, 높은 침대에서 자다 떨어지지 않도록 조심은 하는지, 요새는 왜 통 연탄을 꾸러 안 오는지 궁금해했다.

우리 사이에 주어진 시간은 그리 길지 않았다. 그들이 먼저 원주를 탈출했는지 아니면 내가 먼저 서울로 이사했는지는 분명하지 않다. 어느 날 문득 정신을 차려 보니 나는 책이 잔뜩 들어 무거운 가방을 멘채 숙제 걱정이나 하는 신세가 되어 있었다. 우리는 다시 만나지 못했다. 후추통도 돌려주지 못했다.

2007년에 나는 태국에 머물렀다. 태국인들에 관한 소설을 쓰기 위해서였는데, 아무래도 첫 장편 소설이다 보니 각오가 대단했던 것 같다. 본격적인 집필에 들어가기 전에 치앙마이와 크라비와 이산 등지에서 한두 달씩 살며 그들을 관찰했다.

당시 내가 머물던 곳에서 가장 외진 곳은 우본라차타니 동쪽의 작은 마을이었다. 나무를 엮어 만든 집의 별채에 세를 얻어 살았는데, 문명과 동떨어진 곳이어서 전기도 안 들어오는 가게에 가서 따뜻한 맥주를 사 마시고 멍하니 거리를 바라보는 짓 외에는 할 일이 없었다. 인터넷도 안 되었고 휴대폰도 먹통이었다. 이렇다 할 대중교통도 없어서 어딘가에 다녀오려면 집주인에게 맥주 두 병을 사 주고 오토바이를 잠시 빌려야 했다. 그 오토바이는 너무 고물이어서 중고로 팔아도 맥주 두 병 이상은 못 받았을 것이다.

주민들의 수입원은 대부분 사탕수수였다. 1년에 서너 차례 수확해서 돈을 벌었다. 소작농들은 그렇게 두둑해진 주머니로 지주의 집에 모여 도박을 했다. 그게 한 사나흘씩 행사처럼 이어졌다. 그 외에는 싸구려 럼주에 취해 자거나 이웃의 흉을 보거나 색맹 검사용 그림처럼 화질이 안 좋은 텔레비전을 시청하며 무료함을 달랬다. 한창 혈기왕성한 아이들의 경우에는 사정이 더 열악해서 늪지에서 조개를 줍거나 한 명씩 돌아가며 집단으로 구타하거나 도마뱀을 잡아 죽이는 게 놀이의 거의 전부였다. 어른들이나 아이들이나 하루하루가 지겹던 참이었을 것이다. 이를 가엾이 여기신 부처님이 한국에서 예쁜 장난감 하나를 가져다주셨다. 그게 나였다.

처음에는 동네 어른들이 하나둘 놀러 와 나를 멀찌감치에서 지켜보았다. 그러다 물어뜯기지는 않을 거라 생각했던지 슬그머니 다가와 말을 걸었다. 이제 막 읽고 쓰기를 배우는 마당에 이산 사투리 섞인 태국어 대화가 순조로울 리는 없었다. 그냥 저희 멋대로 얘기하고는 내가 땀을 뻘뻘 흘리는 사이 껄껄 웃으며 가 버리곤 했다. 다음에는 20대에서 30대 사이의 청년들 차례였다. 대처로 나가지 못해 불만이 쌓인 동네 양아치들이 다짜고짜 찾아와 되도 않는 영어 몇 마디를 흘렸다. 대마초나 야바 같은 싸구려 마약을 들고 와 공짜로 한 대 피우라며 재력을 과시하기도 했다. 그런 날이 몇 주 이어지자 아닌 게 아니라 꽤 친해졌다.

그래도 역시 제일 친하게 지낸 건 열 살 전후의 꼬마들이었다. 어째서인지는 잘 모르겠다. 아마 수준이 비슷하기 때문이었을 것이다. 혹은 그들이 제일 넉살이 좋았던 때문인지도 모르겠다. 아무튼 꼬마들은 툭하면 내 방을 찾아와 노트북을 고장 내고 볼펜을 훔쳐 갔다. 초대나 방문 신청은 무슨, 날씨가 좋으면 일단 한번 들러 보는 식이었다. 곱게 왔다 가는 것도 아니어서, 다들 허락 없이 내 살림살이를 여기저기 들춰 보고 이것저것 뒤져 보다가 그중 괜찮은 게 있으면 자기 호주머니에 넣곤 했다. 먼저 주운 사람이 임자니 좋은 걸 원하면 서둘러야 했다. 나는 좀 굼뜬 편이었기에 내 물건들의 임자가 전부 바뀌었다.

우본라차타니 시내로 가면 중국인 상점이 있는데 거기서 고추장이나 마른 미역, 간장 따위를 살 수 있었다. 주인아저씨에게 오토바이를 빌려 몇 가지를 사 와 미역국을 만들어 먹었다. 물론 혼자 먹을 수는 없었다. 아무 때나 들이닥치는 꼬마들에게 한 그릇씩 나눠 줘야 했다. 그들은 내가 준 컵라면과 조미 김과 미역국을 노골적으로 좋아했다.

주말에는 떼로 몰려든 꼬마들과 함께 윷놀이를 했다. 윷을 있는 힘껏 던지는 놀이가 아니라는 사실을 완전히 이해시키는 데만도 몇 주가 걸렸다. 그보다 복잡한 규칙은 끝내 설명하는 데 실패하여 결국 말 전부를 내가 움직여야 했다. 그러면서 나도 미처 몰랐던 사실을 하나 배웠는데, 일단 플레이어가 네 팀을 넘어 버리면 그 윷놀이는 영원히 끝나지 않는다는 것이었다.

하루는 그만 몸져누웠다. 몸이 아프니 이상하게도 한국 음식이 그렇게 먹고 싶었다. 그러나 시내의 상점까지 갈 기력이 없었다. 맥주 두 병을 나한테 준다고 해도 오토바이에 앉을 수 있을 것 같지 않았다. 그냥 굶어야 했다. 힘이 쪽 빠져서 꼬마들이 찾아와 집 안을 개판으로 만들어 놔도 어찌 말릴 도리가 없었다. 조금 지나자 흥이 깨졌던지 꼬마들이 하나둘 떠나갔다. 나는 먼 타국의 낯선 방에 홀로 몸져누워 쫄쫄 굶고 있었다.

그때 누가 문을 두드렸다. 20대 중반의 청년과 그 청년의 동생인 꼬마 이렇게 둘이서 쟁반에 그릇 몇 개를 받쳐 들고 서 있었다. 체면을 차리느라 우물쭈물하는 사이 바닥에 내려놓고 가 버렸는데, 냄비 뚜껑을 열자 매콤하고 시큼한 냄새가 났다. 겨자 잎과 돼지고기와 마캄(타마린)을 넣어 끓인 국이었다. 한 모금 맛보니 한국에서 먹던 콩나물김칫국과 흡사해 조금 울컥했다. 양재기에 담긴 밥을 냄비에 말아서 먹다가 문득 이 훌륭한 음식에 후추를 솔솔 뿌리면 맛과 향이 더욱 좋아질 거라는 생각이 들었다.

그런데 아무리 찾아도 후추통이 안 보였다.

두 사건 사이에는 무려 26년의 간격이 있다. 그동안 나는 작가가 되었고, 그래서 두 사건을 엮어 문학적 관점에서 더듬어 볼 기회를 얻었다.

내 생각에 글쓰기에는 세 가지 단계가 있는 것 같다. 우선은 자신을 보는 단계인데, 모든 글쓰기의 기본이라 할 수 있다. 다음은 세상을 보는 단계이며, 그럼으로써 타자로 득실거리는 세상에 작가가 탄생하게 된다. 마지막은 세상을 보는 자신을 보는 단계로서, 이 지점에 이르러 비로소 고유한 문학적 관점이 생겨난다.

독일 청년들과 나 또 나와 태국 꼬마들로 하여금 본래 있던 자리를 떠나 서로에게 가까이 접근하도록 이끈 힘은 '해석하고 싶은 욕망'이 아니었을까 한다. 나는 이것이 전술한 글쓰기의 세 단계 중 두 번째 단계에 해당한다고 보는데, 왜냐하면 아무 상관 없는 남에게 다가가 말을 걸고 염려해 주는 모습에서 개인적인 호기심의 충족을 넘어선 어떤 관계 맺기가 이들의 '해석하고 싶은 욕망'에 분명히 간섭하고 있었던 까닭이다.

투박한 구분이겠으나 과학의 경우에는 이 욕망이 환원적으로 드러나고, 문학의 경우에는 전일적으로 드러난다. 과학자들은 요소 하나하나의 구체적 기능을 탐구하고, 작가들은 총합으로서의 관계에 호기심을 보인다. 그러한 이유 때문에 나는 별 계산 없이 혹은 계산과 어긋나게, 즉 쓸데없이 어울려 다니며 소중한 시공을 공유한 그들 이민족들 사이에서 과학보다는 문학의 체온을 느꼈던 것이다.

그런데 이 세계가 '개인 대 나머지 전부'라는 최소 단위의 무수한 얽힘으로 구성되었음을 상기해 본다면, '해석하고 싶은 욕망'의 마지막 과녁은 개별적 인간을 넘어 세계 전체로 확장될 수밖에 없다. 그런 점에서 '세계화'란 곧 '개인과 나머지 전부'를 향한 적극적 관심에 다름 아니다.

반면에 한국에서 최근 애용되는 '세계화'는 조금 유별나서, 어림잡아 두 가지 의미로 사용되는 것 같다. 우선은 '개화'의 다른 표현이다. 낡고 고리타분한 것을 버리고 인류 보편적인 스탠더드를 취한다는 의미다. 그런데 이것은 일종의 전향, 즉 우리 것을 버리고 외국을 좇는 것이라 단순한 모방에 그쳐 버리는 경우가 많다. 개화기 시절에 립스틱 바르면 신여성으로 칭송받던 경우와 비슷하다. 다른 한 가지는 '홍보'를 뜻한다. 여기에는 아주 단순한 삼단 논리가 웅크리고 있다. 외국인들이 한국과 한국의 문화를 모른다. 왜냐하면 알리지 않았기 때문이다. 그러므로 알려 주어야 한다. 온돌도 젓갈도 멍석말이도 일단 알려만 주면 다들 좋아서 춤춘다.

전자나 후자나 정상적이지 않다. '세계화'라는 단어를 동원해 가며 우리가 소망하는 것은 아마 동등한 이해일 것이다. 한국 문학이 영국 문학이나 스페인 문학을 사랑하듯 영국 문학이나 스페인 문학도 한국 문학을 존중해 주길 바란다. 하지만 문학을 대하는 마음가짐도 소양도 미흡한 현재로서 그것은 응당 누려야 할 권리라기보다는 자아도취나 자기기만에 가깝지 않을까? 동남아, 중동, 아프리카 문학을 대하는 우리의 자세와 연관시켜 보면 더욱 그렇다. 이대로는 여기 좀 봐 달라고 열심히 떠들어 봤자 봐 줄 리도 없거니와 혹시라도 봐 주기라도 했다가는 밑천이 들켜 오히려 더 창피할 일이다.

문학의 본령에 관한 범지구적 담론을 오랫동안 가꾸어 온 이른바 문학 선진국에서 '자국 문학의 세계화'라는 이상한 표현을 과연 이해나 할지 나는 의심스럽다. 우리가 간절히 바라는 영광은 그런 식으로 얻어지는 게 아니다. 보르헤스가 언급한 '단 한 명의 작가'는 대체 불가능한 부분들의 합이다. 그 작가에게는 음식을 찾아낼 감각 기관이 필요하고, 음식에 다가갈 발이 필요하고, 음식을 집을 팔이 필요하며, 썹을 치아와 넘길 식도와 소화시킬 위장이 필요하고, 그 외 이런저런 근육과 뼈와 효소와 호르몬과 체액이 필요하다. 이 전부가 하나도 빠짐없이 필요하다. 문학 선진국들은 영토 안에서 홀로 자급자족하는 대신 세계 문학이라는 대전제 속에서 자기 역할을 찾아내 그간 성실히 기여해 왔으며, 그 덕에 모두들 '단 한 명의 작가'가 될 수 있었다.

　수준 떨어지니 다 같이 잠자코 있자거나 분하면 실력을 먼저 키우자는 고루한 얘기가 아니다. 나 역시 당사자로서, 우리가 지금 너무 부수적인 것에 집중하는 건 아닌지 아무래도 걱정되어 하는 말이다. 한국 문학 전체를 하나의 기업으로 보았을 때 당장 늘려야 할 것은 광고·홍보비가 아니라 연구·개발비다.

　당연한 말이겠으나 타자를 해석하려는 욕망은 이해하려는 욕망과 다르다. 해석하려는 욕망은 훨씬 광의의 개념이어서 그 안에 삐뚤어진 증오가 침입하기도 한다. 해석하려는 욕망에서 비롯되었더라도 이해하려는 욕망을 배신하는 경우가 숱하다. 해석의 욕망이란 타고난 본능이자 문학의 심오한 근원이지만, 늘 이해의 수준에 이르는 건 아닌지라 예컨대 감상적인 동일시, 근거 없는 적대시, 과도한 신비화와 같은 엉뚱한 정거장에 내릴 때가 있다. 그렇다고 하여 해석하려는 욕망 자체가 완전히 가치 중립적인 건 아니다. 더 큰 세계를 감지하고 거기에 일정한 설명을 가하려는 시도는 ─ 그걸 성장이라 부르건 참여라 부르건 간에 ─ 보통 상위의 공동체를 긍정하는 방향으로 이루어지기 때문이다. 모든 일이 그렇듯이 문제는 우리의 욕망에 있지 않고 욕망을 조절하는 윤리 감각의 결락에 있는 것이다.

해석하려는 욕망이 진심으로 이해하려는 선한 의지와 연결될 때마다 인류는 조금씩 고결함을 쌓아 간다. 말이 좀 거창한데 사실 별로 특별한 일은 아니다. 수십 년 전에 강원도 원주까지 찾아와 머물던 세 청년들도 했다. 이산의 꼬마들도 했고, 후추통이나 훔치던 나도 했다. 실은 우리 모두 매일 그러며 살아간다. 다만 이러한 시도가 보다 의미 있게 확장되기 위해서는 일정한 매체의 도움이 필요하다. 용도로서가 아닌 이른바 무목적의 합목적성을 지지하는 입장임에도 불구하고, 나는 문학이 그 소임을 담당하기에 적절한 도구라 생각한다. 그렇지 않다면 문학이 도대체 왜 있어야 하겠는가?

언젠가 독일에 간 적이 있다. 그곳의 풍경을 만나고 친구도 사귀고 향토 음식도 먹었다. 그러면서 매 순간 기시감을 느꼈다. 분명 처음 가 본 나라인데도 그들의 삶과 풍습과 슬픔에 관해 아주 오래전부터 알고 있던 것 같은 기분이었다. 옛날 원주에서 가졌던 세 청년과의 인연이 그 편안한 기시감을 형성하는 데 일정한 역할을 해 주었을 것이다. 그 경험에서 소중한 것들이 시작되었음을 나는 잊지 않고 있다. 하지만 『니벨룽의 반지』나 『파우스트』 같은 작품들에서 얻은 게 훨씬 많다. 독일에 관한 내 기시감의 거의 전부는 독일 문학에 빚지고 있다. 독일뿐 아니다. 살아오는 동안 나는 중국인도, 미국인도, 터키인도 만나 보았고 그들이 보여 준 품위와 재치와 인간애를 통해 구체적으로 생동하는 정보들을 얻은 바 있다. 하지만 그 전부를 합쳐 보았자 역시 일부에 불과하다. 그들의 조국에 대해 오늘날 내가 가진 인상 거의 대부분은, 또 그들의 조국을 방문했을 때 느꼈던 매우 편안한 기시감 거의 전부는 『허삼관 매혈기』나 『허클베리 핀의 모험』이나 『독사를 죽였어야 했는데』와 같은 근사한 문학 작품을 통해 형성된 것이다.

그와 마찬가지로, 누군가가 한국의 문학을 읽은 덕에 한국에 와서 편안한 기시감을 느끼는 날이 오기를 나는 진심으로 희망한다. 우리가 타자를 해석하려는 욕망에 충실함으로써 이해의 지평을 넓히는 데 조금이나마 기여한다면, 다시 말해 보르헤스가 이야기한 세상에 단 한 명인 작가에 다가선다면, 그렇게 위대해진 한국 문학에 '세계화'는 별 의미 없는 단어가 될 것이다.

박형서 PARK Hyoungsu 소설가, 고려대학교 교수. 1972년 강원도 춘천 출생. 한양대학교 및 고려대학교 대학원을 졸업했다. 현대인의 원형적 외로움에 대해 진지한 메타 농담들을 구사해 왔다. 『토끼를 기르기 전에 알아 두어야 할 것들』, 『자정의 픽션』, 『핸드메이드 픽션』, 『끄라비』, 『새벽의 나나』 등의 작품이 있다. 대산문학상, 오늘의 젊은 예술가상, 김유정문학상 등을 수상했다.

살아남기 위한 자들의 언어

하진

트럼프 행정부의 고립주의라는 먹구름이 드리운 오늘날의 정치적 환경으로 인해 그 속도가 늦춰질지도 모르나 세계화라는 역사적 과정은 명백히 중단 없이 진행될 것입니다. 오늘날 우리는 서로 다른 나라의 사람과 사람이 또한 문화와 문화가 번영과 발전을 위해 만나고 뒤섞일 수밖에 없는 세계에 살고 있습니다. 서로 다른 언어와 문화가 만나게 되면, 때때로 중복 영역이라 부를 수 있는 공간이 창조되게 마련이지요. 그리고 일부 사람들은 그런 공간에서 삶을 살아가고 일을 해야 합니다. 그런데 그런 사람들에게 중복 공간은 유동적이고 불투명한 것일 수 있습니다. 우선 누군가의 몇몇 좌표와 가치가 더 이상 본래 모습을 지킬 수 없거나 적용 가능하지 않기 때문에 유동적인 것일 수 있습니다. 나아가 불확실성과 혼란이 커져서 누군가의 태도를 모호하게 하고 심지어 정체성까지 마비시킬 수 있다는 점에서 불투명한 것일 수도 있습니다. 하지만 그와 같은 중복 영역은 우리가 의미 있게 존재하고자 할 때 우리 가운데 일부에게는 없어서는 안 될 비옥한 지역이기도 합니다.

우리의 주제는 문학이기에, 우리는 그와 같은 중복 영역에서 일하고 제 역할을 수행하는 작가와 언어에 초점을 맞춰야 하고, 이 영역에서 야기되는 문제점들에 초점을 맞춰야 할 것입니다. 우리의 판단에 의하면 중복 영역 안에 존재하는 작가들을 대체로 두 유형으로 나눌 수 있습니다. 두 문화 또는 그 이상의 문화에 관해 글을 쓰되 오로지 하나의 언어로, 그들에게 이미 주어져 있는 일차 언어로 이 같은 작업을 하는 작가들이 있습니다. 그리고 일차 언어를 습득하기 위해 엄청난 노력을 기울여야 하는 작가들도 있습니다. 인도 출신의 대부분의 작가는 첫째 유형에 속하며, 그들은 그들의 모국에서 공식 언어인 영어와 더불어 성장했기 때문에, 영어는 그들의 일차 언어인 셈이지요. 그리고 부모가 동아시아 출신인 아시아계 미국 작가들 가운데 일부도 그런 유형의 작가들입니다. 이창래, 맥신 홍 킹스턴, 에이미 탄, 기시 젠, 루스 오제키 등이 이 유형에 속하지요. 그들 모두는 영어를 자신들의 창작 언어로 사용하고 있는데, 대부분의 경우 그들이 창작에 동원할 수 있는 유일한 언어가 영어입니다. 창작 언어를 습득해야 하는 다른 유형의 작가들은 한층 더 복잡한 상황에 처해 있습니다. 왜냐하면 그들은 때로 자신들의 환경에 맞지 않는다고 느끼지만 생존을 위해 언어 습득의 노력을 계속해야만 하는 처지에서 투쟁을 이어 가야 하기 때문입니다. 우리가 이어지는 논의에서 초점을 맞추고자 하는 것은 바로 이 둘째 유형의 작가들입니다. 이 자리에서 그들이 직면하는 몇몇 기본적 문제들에 대해 검토해 보고자 합니다.

주제에 대한 논의 전개를 이어 가기 전에, 먼저 미국 이민자의 체험이라는 측면에서 피할 수 없는 언어 문제 가운데 몇몇을 예증해 주는 동시에 조명해 줄 수 있는 한 편의 소설 작품에 대해 간단하게 말씀드리고자 합니다.

문제의 작품은 시그리드 누네즈의 『신의 숨결에 날리는 깃털(*A Feather on the Breath of God*)』입니다. 지난 1995년에 출판된 이후 이 작품은 미국의 대학에서 강의 교재로 사용되어 왔으며, 특히 대학생들 사이에서 열렬한 독자층을 확보하고 있습니다. 어떤 측면에서 보면 이는 젊은 소설가들에게 자극제가 된 일종의 생산적 소설이기도 하지요. 소설에 묘사된 이민 체험의 핵심에는 언어가 놓여 있는데, 우리는 이 언어에 의해 작중 인물들이 살아온 삶의 대부분이 형성되고 규정되었다고 말할 수 있을 것입니다. 작중 인물 가운데 가장 비극적인 인물은 아버지인 카를로스 장으로, 그는 중국인과 파나마인의 피가 반씩 섞인 혼혈인입니다. 그가 아직 아기였을 때부터 열 살이 될 때까지 중국에서 살았기 때문에 그는 항상 중국이 자신의 고국이라고 느낍니다. 비록 그 이후에는 계속 파나마와 미국에서 삶을 살아왔지만 말입니다. 그가 독일에서 미군으로 복무할 때, 독일인 처녀인 크리스타와 사랑에 빠지게 되지요. 그리고 그녀에게 결혼을 하면 뉴저지에 작은 정원이 딸린 집을 갖기로 약속합니다.

하지만 미국으로 와서 그는 뉴저지로 가는 대신 뉴욕의 차이나타운으로 돌아갑니다. 그리고 그곳에서 식당 종업원 일을 다시 하게 됩니다. 그가 차이나타운에서 벗어나지 못하는 것은 두려움이라는 감정 때문입니다. 그는 차이나타운을 떠나 완전히 독자적으로 삶을 꾸려 나가기가 두려운 것이지요. 하지만 그가 어떤 언어에서도 거의 문맹에 가깝다는 사실을 감안하면 그의 두려움은 이해할 만한 것입니다. 또한 그 사실 때문에 두려움은 더욱 강화됩니다. 그는 언어와 문화가 중복되는 공간에 존재해야 하는 것이지요. 다시 말해 그는 오로지 두 언어와 문화 사이의 틈새에서만 살고 있는 것이지요. 그는 심지어 집에서도 자기 목소리를 내지 못한 채 대부분의 시간을 침묵 속에서 보냅니다. 심지어 부인이 자신들의 딸들에게 지어 준 북유럽식의 이름을 제대로 부르지 못할 정도입니다. 그와는 대조적으로 그의 부인 크리스타는 역시 새로 이민 온 사람이지만 주로 연애 소설을 읽음으로써 영어를 빠른 속도로 습득합니다. 그녀는 이 새로운 언어를 유창하게 구사합니다. 비록 관용적 표현에 실수가 있기도 하고, 억양이 자연스럽지 않지만 말입니다. 그녀가 영어로 말할 때 사람들은 그녀가 백인인 데다가 금발 머리의 소유자이지만 외국인 — 즉, "별난" 사람 — 이라는 것을 쉽게 알아차립니다. 그녀는 아이들에게 독일어를 가르치기를 거부합니다. 영어가 "아주 멋진 언어"이고 영어만 잘하면 세상 어디를 가도 문제가 없기 때문이라고 믿기 때문이지요. 그녀는 항상 독일로 돌아갈 것을, 그러니까 '고향으로 가겠다'는 꿈을 꾸고 있습니다. 하지만 세월이 흐르면서 그녀는 뉴욕에 있는 독일 식당에 가서도 영어로 음식을 주문하기 시작합니다. 말하자면 영어가 점차적으로 그녀의 모국어를 대신해서 그녀에게 일차 언어가 되어 가는 것입니다. 오랜 세월이 지난 후 마침내 자신의 고향 땅을 다시 밟게 되었을 때, 그녀는 자신이 기억해 온 독일이 더 이상 그곳에 없음을 확인하게 됩니다. 그녀의 고국도 대체로 미국화되어 있었던 것이지요. 설상가상으로 물건을 사러 가서 그녀는 물건 이름을 독일어로 떠올리지 못합니다. 명백히 그녀의 이민 체험이 그녀를 내면으로나 외면으로나 바꿔 놓은 것이지요. 심지어 모국어조차 이제 이차 언어가 된 것입니다.

크리스타에게는 칼이라는 이름의 남동생이 있는데, 그도 미국으로 와서 미군 병사가 되어 군 복무를 합니다. 그는 베트남에 갔다가 젊은 베트남 여인을 아내로 맞이하고 그들의 자식인 두 아이를 데리고 미국으로 돌아옵니다. 놀라운 것은 그가 어느 모로 보나 완벽한 미국인으로 성장하여, 미국 남부 사투리의 영어를, 그것도 모국어인 독일어 억양이 전혀 감지되지 않는 영어를 구사한다는 점입니다. 어떤 면에서 보면 칼의 변화는 완벽한 미국화의 예라고 할 수 있겠습니다. 이민자가 새로운 나라에 와서 새롭게 언어를 받아들이지만 환경과 언어 모든 면에서 완전한 마음의 평화를 누린다는 점에서 그렇게 말할 수 있겠지요.

소설의 마지막 부분은 최근에 러시아에서 이민 온 바딤에 관한 긴 서술로 이루어져 있습니다. 서술자는 그와 사랑하는 사이가 되는데, 부분적으로는 바딤이 영어를 배우기 위해 엄청나게 노력하는 데에 매력을 느끼기 때문이고, 부분적으로는 그가 겁이 없다는 데 이끌리기 때문입니다. 겁이 없다는 것은 서술자의 아버지 카를로스 장에게는 결여되어 있는 것처럼 보이는 특성이지요. 바딤은 영리하고도 대담한 남자로, 자신이 미국에서 살아남기 위해서는 두 가지의 필수적인 사실을 받아들여야 한다는 것을 직관적으로 깨닫습니다. 첫째, 더 이상 자신이 러시아로 돌아갈 수 없을 것이기에 어떻게 해서든 이곳에서 삶을 살아가도록 애를 써야 한다는 점을 깨닫습니다. 둘째, 미국에서는 오로지 영어를 충분히 습득함으로써만 자신이 다시금 인간이 될 수 있다는 점을 깨닫습니다. 사실 그는 일상생활에서 모국어를 사용할 기회를 박탈당함으로써 자신의 남성성이 손상을 입었다고 느낍니다. 그는 이름이 밝혀져 있지 않은 서술자인 자신의 영어 선생에게 다음을 강조해서 말합니다. 즉, 자신이 러시아어를 사용할 수 있다면 틀림없이 그녀를 설득하여 자신과 교제할 수 있게 만들었을 것이라고요. 바꿔 말해 모국어를 사용하는 경우 그가 보다 유능한 유혹자의 역할을 할 수 있었을 것이라는 것이지요. 그는 모국어를 상실한 것에 고통스러워하지만, 그와 동시에 영어 공부에 헌신적으로 매진하지 않을 수 없습니다. 그에게 이는 생존의 문제이니까요. 그 때문에 그는 결국에 가서 자신의 연인이 된 영어 선생에게 그녀가 바로 자신의 미국이라고 말하기도 합니다. 그는 영어 구사 능력에 빠른 발전을 보입니다. 서술자가 그의 곁을 떠나고 몇 년 후 두 사람은 우연히 다시 마주하게 되는데, 그녀는 그가 전혀 실수 없이, 시제를 자유자제로 정확하게 바꿔 가면서 유창하게 영어를 구사한다는 사실을 확인하게 됩니다. 그는 생존의 수단으로 새로운 언어를 습득한 전형적인 사례에 해당하는 사람인 셈이지요.

소설은 이민 체험자들 누구나 절감하는 감정인 두려움으로 충만해 있습니다. 이는 인간이 새로운 곳으로 이주할 때 느끼는 기본적인 감정이지요. 왜냐하면 새로운 사회 환경과 언어 환경에서는 이주자의 내적 좌표가 심각하게 손상을 입기 때문입니다. 전통적 가치가 더 이상 새로운 환경에 적용될 수 없고, 신념 체계가 도전을 받기도 하고 종종 무의미한 것이 되기 때문입니다. 심지어 자아에 대한 인식 자체도 점차적으로 불확실해지고 모호해지기 때문입니다. 최악의 경우 모국어가 기능을 정지하고, 모국어를 사용할 기회가 상실되었을 때 새로운 장소에서 그는 종종 멍청해 보이기도 하고 무능해 보이기도 합니다. 이주자의 좌표를 이루는 여러 가지 다른 요소들과 비교할 때 언어는 가장 중요한 자리를 차지하는 것으로, 이것이 제대로 작동하지 않는 경우 엄청난 두려움이 뒤따르게 마련이지요. 미국 이민에 관한 소설에서 종종 이 두려움의 원인이 제시되는 동시에 극화(劇化)되기도 합니다. 예컨대 헨리 로스의 『선잠(*Call It Sleep*)』에 등장하는 소년 데이비드는 보행자나 경찰관에게 길거리의 이름을 제대로 발음해서 밝히지 못하기 때문에 집에 돌아가 엄마의 품에 안길 수 없게 되어 두려움에 떱니다. 헨리 로스의 소설은 새로 이민 온 소년의 두려움에 관한 것으로, 이 두려움은 소설 어디에나 침윤되어 있는 감정이지요. 『신의 숨결에 날리는 깃털』의 경우 두려움은 주요 작중 인물인 모든 이민자의 내면 깊숙이 스며들어 있는 동시에 그들을 지배하는 감정입니다.

자, 이제 누네즈의 소설에 등장하는 인물들을 동원하여 우리 작가들이 직면하고 있는 언어의 문제들을 조명해 보기로 합시다. 물론 작가가 겪는 어려움은 다차원적이고 한층 더 형이상학적입니다. 하지만 소설에 등장하는 인물들을 예로 삼음으로써 우리는 작가들이 고군분투의 세월을 보내야 하는 이유를 이주민들의 실제 체험에서 어느 정도 확인할 수 있습니다. 카를로스 장은 여러 언어를 구사할 수 있지만 어떤 언어에서도 문맹입니다. 이는 명백히 그의 이주 생활에 기인한 것으로, 이주 생활로 인해 그는 어느 하나의 언어에도 깊이 뿌리를 내릴 수 없었습니다.

최근에 저는 영어로 글을 쓰고자 하는 동아시아 출신의 젊고 야심 찬 작가들을 종종 만났습니다. 몇몇 경우 그들은 세 가지 이상의 언어를 유창하게 구사하는 다중 언어 사용자입니다. 예컨대 독일인 남성과 결혼한 한국 광주 출신의 한 젊은 여성은 한국어와 독일어를 유창하게 구사하는데, 그녀는 현재 영어로 글을 쓰고 있습니다. 하지만 비록 그녀가 영어로 말은 유창하게 하지만 그녀가 영어로 쓰는 글은 문학 작품을 창작할 만큼 견실한 것이 아닙니다. 그녀는 앞으로 오랫동안 고군분투의 시간을 보내야 할 것입니다. 저는 그녀에게 언젠가는 그녀의 모국어인 한국어로 글을 쓸 수도 있지 않겠냐고 물은 적이 있었습니다. 하지만 그녀는 그럴 가능성에 대해서는 한 번도 생각해 보지 않았으며, 한국어로 무언가 글을 쓴 적이 한 번도 없다고 하더군요. 그녀에게 한국어는 다만 가족과 말을 나눌 때 사용하는 언어라는 것이었습니다. 다시 말해 모국어에 관한 한, 그녀는 아직 어린아이에 머물러 있는 셈이지요. 그런 모국어는 그녀에게 결코 일차 언어로서 기능할 수 없습니다. 타이완 출신의 또 다른 젊은 여성은 유럽의 여러 나라에서 성장했기 때문에 프랑스어, 스페인어, 이탈리아어 그리고 영어도 유창하게 구사합니다. 그녀에게 영어로 글을 쓰는 일은 어쩔 수 없는 것이 아니라 선택의 문제에 불과할 뿐입니다. 하지만 그녀의 영어는 성숙의 경지와는 거리가 먼 것으로, 그녀의 영어가 창조적인 문학의 언어에 이르려면 오랜 시간이 걸릴 것입니다. 저는 그녀에게도 그녀의 모국어인 중국어로 돌아갈 수 있지 않겠냐는 점을 일깨워 주었지요. 그런데 그녀 역시 중국어로 글을 쓰는 일에 대해서는 한 번도 생각해 보지 않았다는 동일한 답변을 하더군요.

제가 위에서 제시한 두 사례는 오늘날 결코 예외적인 것이 아닙니다. 아마도 그것이 오늘날의 일반적인 현상일 것입니다. 그렇게 된 것은 이주가 한결 쉬워지고 많은 사람들이 능동적으로 국제화의 과정에 동참하고 있다는 사실 덕분일 것입니다. 다중 언어 사용자들의 재능과 열망에도 불구하고, 그들은 생산적인 일차 언어를 소유하지 못합니다. 그들의 모국어가 더 이상 그런 역할을 수행할 수는 없지요. 인도나 파키스탄 또는 나이지리아 출신의 대부분 작가들과 달리 그들에게 영어는 주어진 언어, 그러니까 식민 시대의 유산이 아닙니다. 달리 말하자면 그들은 그런 종류의 언어적 유산을 소유하고 있지 않기에 일차 언어를 습득하기 위해 각고의 노력을 기울여야만 합니다. 이때 일차 언어란 그들이 선택한 서양의 주요 언어를 말합니다. 그런 과정은 평생이 걸리는 작업일 수도 있고, 이에 따라 명백히 엄청난 좌절과 고통이 뒤따를 수 있습니다. 하지만 만일 영어나 프랑스어로 창작하는 작가로 살아남고자 결심한다면, 그들은 언어 선택을 생존의 문제로 받아들여야 하며, 언어를 습득하는 데 그들의 에너지와 삶을 총동원해야 할 것입니다. 그러지 않으면 그들은 카를로스 장과 같은 결말에 이를 것입니다. 그 어떤 언어에서도 마음의 평화를 누리지 못하는 사람이 되는 것이지요. 카를로스 장과 비교할 때 그들은 한결 더 유리한 위치에 있다고 할 수 있습니다. 사실 그들은 자신들의 언어적 역량을 유용하게 사용할 수 있는 위치에 있지요. 여타의 언어를 습득하는 과정에 얻은 바를 동원하여 그들이 새로 선택한 언어를 더욱 풍요롭게 하려고 노력함으로써 말입니다. 쉽게 말하자면 그들은 여타의 언어를 희생하거나 심지어 필요한 경우에는 포기하는 방법을 배워야만 합니다. 그들에게 문학 창작을 위한 일차 언어가 되어야 하는 유일한 언어의 영역에서 자신들의 존재를 내세우기 위해서라면 이는 어쩔 수 없는 일이지요.

누네즈의 소설에서 크리스타와 칼은 이민 체험에서 전혀 다른 언어적 가능성을 대변합니다. 그들의 이야기는 성공한 사람들의 이야기이지요. 그들 두 사람은 어떻게 해서든 모두 자신의 모국어가 차지하는 자리를 영어에 넘기려 합니다. 결국에는 영어가 그들의 일차 언어가 되었습니다. 비록 크리스타의 영어는 아직까지 그녀의 모국어인 독일어의 영향을 받고 있지만 말입니다. 아무튼 현실의 삶이나 글쓰기의 영역 안에서는 칼의 것과 같은 유형의 성공을 이루는 사람은 거의 없습니다. 모국어의 모든 흔적을 완벽하게 지우는 식의 성공 말입니다. 진실을 말하자면 그런 식의 성공이 문학 작가에게 필요한 것은 아닙니다. 심지어 그렇게 하는 것은 유해할 수도 있습니다. 왜냐하면 해당 언어가 모국어가 아닌 작가의 가치는 그들이 새롭게 채택한 언어에 무엇을 가져올 수 있는가에 의해 측정되며, 어떻게 해당 언어의 영역 안에서 다른 사람들 — 특히 해당 언어가 모국어인 사람들 — 과 다르게 존재할 수 있는가에 의해 측정되기 때문입니다. 해당 언어가 모국어가 아닌 사람들이라면, 그들이 새롭게 채택한 언어가 독특하고 색다르게 보이도록 하기 위해 그들의 모국어가 지닌 몇몇 요소들을 보존하는 것이 한결 더 건전하고 바람직합니다. 바꿔 말해 크리스타의 영어가 그러하듯 특유의 억양을 유지하는 것이 전적으로 건강한 방법입니다. 그러지 않으면 새로운 언어권으로 진입한 새로운 문학은 쉽게 그 정체성을 상실하여 일상적이고 진부한 것으로 축소될 수 있을 것입니다.

사실상 필요에 의해 다른 언어를 습득하지 않을 수 없는 대부분의 사람들은 바딤의 것과 유사한 과정을 거칠 것입니다. 고통스럽기도 하고 심지어 사람을 미치게 하는 것이 그가 거친 과정이지요. 하지만 역설적으로 콘래드나 나보코프처럼 이런 유형의 작가들 가운데 누구보다도 뛰어난 업적을 성취한 작가들은 어떻게 해서든 바딤처럼 유창하게 영어를 구사하려고 애를 쓰지 않았습니다. 심지어 그들은 언어적 이주 때문에 상처를 입은 것처럼 보이기도 합니다. 바딤은 택시 기사이며, 그에게는 생존을 위해 글쓰기의 영역에서 영어를 숙달할 필요가 없습니다. 그러니까 그는 자신이 다시금 정상적인 인간으로 기능할 수 있도록 영어를 배우고자 했던 것, 자신의 일과 삶에 충분할 정도의 영어를 배우고자 했던 것입니다. 말하자면 그는 충분할 정도의 구어체 영어를 배움으로써 자신의 남성성을 회복하고 복원하고자 애를 쓰는 것입니다.

역설적으로 콘래드나 나보코프와 같은 문학의 대가들은 언어적으로 편안함을 느끼거나 느긋해질 만큼 충분하게 구어체 영어를 숙달하는 경지에까지 가지는 않았습니다. 양자 모두에게서 우리는 장애인이 느낄 법한 통렬한 마음의 상처를 감지할 수도 있습니다. 나보코프는 인터뷰를 해도 단지 서면으로 했을 뿐입니다. 구어체 영어를 자연스럽게 구사할 수가 없었고, 그의 말에는 강한 억양이 있기 때문이었지요. 콘래드도 구어체 영어를 유창하게 구사할 수 없었으며, 종종 친구들도 그의 말을 이해하지 못하곤 했습니다. 언어 습득의 측면에서 노정되는 이 같은 결함은 그들의 소설 작품에서도 추적이 가능한데, 작품 속의 대화가 자연스럽지 않거나 유연하게 전개되지 않는 경우가 있지요. 하지만 그들에게 영어로 글을 쓰는 일은 선택의 문제라기보다 생존의 문제였습니다. 그들은 글을 써서 생계를 유지해야 했고, 이와 동시에 이 새로운 언어의 영역 안에서 문학적 존재감을 확보해야 했습니다. 우리는 종종 그들의 엄청난 문학적 성취에 경탄하지만, 영어권 문학의 영역에서 살아남기 위해 그들이 기울였던 극심한 노력에 대해서는 거의 상상할 수가 없습니다. 열두 권의 책을 출간한 후에 콘래드는 친구에게 지난 11년의 세월 동안 15분 동안 휴식을 취한 기억이 한 번도 없다고 말했다지요. 그와 같은 집중을 상상조차 하기 어렵습니다만, 이는 사실임에 틀림없습니다. 소설 『노스트로모(Nostromo)』를 끝내고 작업실에서 돌아와 가족과 함께하게 되었을 때 그는 자신의 아이들이 모두 눈에 띄게 성장했다는 사실을 깨닫게 되었다고 하더군요. 나보코프는 두 차례나 작업실에서 응급차에 실려 병원으로 후송되었는데, 이는 탈진에 따른 것이었습니다.

콘래드와 나보코프는 의미 있는 작가가 되기 위해 영어권의 창작 영역에 머물러야 했습니다. 나보코프는 종종 자신의 세계에서 모국어가 사멸 위기에 있다고 말하곤 했지요. 그래서 그는 러시아어 산문 영역에서 명문가로 나름의 업적을 성취했음에도 불구하고 모국어로 글을 쓰는 일을 이어 나갈 수 없었습니다. 일반적으로 말해 하나 이상의 언어권에서 존재하는 작가는 거의 없습니다. 나보코프는 예외적 작가라고 할 수 있는데, 영어로 글을 쓰는 쪽으로 전환하기 전에 그는 성공한 작가는 아니었어도 이미 러시아어로 작품을 쓰는 알려진 소설가였습니다. 고국을 떠나 망명 생활을 하고 있었지만 말입니다. 생존을 위해 그는 영어권으로 가지를 뻗어 문학 작가로서의 자신의 생활을 재개해야 했으며, 이는 또한 가족을 부양하기 위한 것이기도 했습니다. 1940년에 미국으로 이민을 가기 전에도 그는 자신의 첫 영어 소설 『서배스천 나이트의 진짜 인생(The Real Life of Sebastian Knight)』을 쓰느라 2년의 세월을 보냈습니다. 그는 자신의 가족이 시루 안의 콩나물처럼 모여 사는 프랑스 파리의 비좁은 아파트에서도 목욕탕을 작업실 삼아 밤에 글을 쓰곤 했습니다. 그에게 당면 과제는 영어권 세계에서 직업을 얻는 일이었지요. 하지만 1953년 10년이 훨씬 더 지나서야 그는 코넬 대학교에서 전임 교원 자리를 얻게 되었습니다.

그가 언어적으로 화려한 글을 남기고 문체의 측면에서 볼 때 영어권에서 엄청난 업적을 성취했지만, 그럼에도 그는 이 언어에 대해 편안함을 느낀 적이 없습니다. 그의 문체는 또렷하게 감지될 정도로 이국적인 것으로, 해학적이고 재치 있는 동시에 미묘한 여운이 있고 농담으로 가득 차 있기도 합니다. 그는 콘래드와는 다른 방식으로 글을 쓰고자 했는데, 나보코프는 콘래드의 문체를 싫어하는 동시에 지나치게 인습에 사로잡힌 것으로 생각하기도 했습니다. 자신의 친구 에드먼드 윌슨이 자신을 콘래드와 비교할 때 그는 종종 짜증을 내면서 이런 말로 자신을 방어했다고 합니다. 영어 구사의 면에서 자신이 때때로 콘래드보다 낮은 곳으로 가라앉았을지도 모르지만 콘래드는 결코 자신이 이른 언어적 정점에 도달할 수는 없었다는 것입니다. 나보코프가 영어 산문의 영역에서 독창적인 대가로 우뚝 서고자 했을 때 그와 같은 문학적 자세가 필요했던 것이지요.

역설적인 것은 콘래드와 나보코프라는 이 두 위대한 영어 산문의 대가가 이 언어를 단순히 임의로 선택한 것이 아니라는 점입니다. 그들은 물리적으로든 문학적으로든 존재 자체를 위해 어쩔 수 없이 영어로 글을 썼던 것이지요. 의미 있는 소설가가 되기 위해 글을 썼고, 그 결과 영문학계에서 그들 나름의 독자적인 위치를 차지하는 작가가 된 것입니다. 말하자면 이 언어로 그들이 이주한 것은 순전히 선택에 의한 것이 아니었습니다. 오히려 상황이 그들에게 강요한 것이었습니다. 그들의 위대성은 다음과 같은 사실에서 찾을 수 있습니다. 즉, 비록 언어적으로 자신들이 장애인이라고 느꼈지만, 그들은 자신들이 불리한 위치에 있다는 점을 환하게 깨닫고, 결국에는 자신들의 약점을 장점으로 바꾸는 데 어떻게 해서든 성공했지요. 콘래드와 나보코프가 글을 쓰던 시절에 영어가 모국어가 아니지만 이를 채택해서 글을 쓰고자 했던 작가들이 수도 없이 많았을 것입니다. 하지만 그들의 글은 대부분 사라지고 말았지요. 콘래드와 나보코프의 글이 살아남게 된 것은 주로 두 사람이 문체에 집중한 탁월한 명문가였기 때문입니다. 그런 그들의 노력이 그들이 채택한 언어를 풍요롭게 했기 때문이지요.

서양의 언어로 소설을 써서 성공한 몇몇 중국인 이민 작가들로 인해 최근 들어 중국의 언론계에서는 언어 선택의 문제가 종종 제기되곤 합니다. 작가들이 중국어로 글을 쓰는 쪽을 선택해야 하느냐, 아니면 서양의 언어로 글을 쓰는 쪽을 선택해야 하느냐의 문제가 토의 주제가 되고 있는 것입니다. 그런 논제는 하찮은 것이라고까지 할 수는 없더라도 공허하고 무의미한 것입니다. 비평가들은 작가가 다른 언어로 글을 쓰기 위해 갖은 애를 다 쓸 때 대부분 필요에 따라 어쩔 수 없이 그렇게 한다는 사실을 무시하고 있습니다. 다시 말해 이는 생존의 문제입니다. 일단 언어가 단순히 자유롭게 선택할 수 있는 임의적인 것이 되면, 살아남기 위해 고군분투하는 작가라면 지닐 법한 강렬성과 긴박성이 상실되는 경향이 있지요.

이 문제를 놓고 깊은 생각을 기울여 왔던 조지프 브로드스키조차도 문제를 아주 단순화하고 있는 것처럼 보입니다. 「그림자를 즐겁게 하기 위하여(To Please a Shadow)」라는 그의 글은 다음과 같이 시작됩니다. "한 작가가 자신의 모국어가 아닌 언어에 의지하고자 할 때, 그는 콘래드처럼 필요에 따라 그렇게 할 수도 있고, 나보코프처럼 불타는 야망 때문에 그렇게 할 수도 있으며, 베케트처럼 한층 더 멀어지기 위해 그렇게 할 수도 있다." 이어서 브로드스키는 자신이 영어로 글을 쓰기 시작한 것은 위의 세 동기 어떤 것과도 관련이 없다고 말합니다. 그가 영어라는 이 외국어로 글을 쓰게 된 것은 W. H. 오든이라는 위대한 시인을 즐겁게 하기 위해서였다는 것입니다.

제 생각을 드러내자면 모국어가 아닌 다른 언어로 글을 쓰기 시작하는 동기에 관한 브로드스키의 포괄적인 진술은 지나친 단순화로 보입니다. 무엇보다 콘래드, 나보코프, 베케트 세 작가 가운데 누구도 다른 언어로 글을 쓰기 시작했을 때는 아직 성공한 작가가 아니었습니다. 그리고 그들의 새로운 시도는 생계의 문제였을 뿐만 아니라 문학적 생존의 문제이기도 했습니다. 그리하여 그들은 자신들이 채택한 언어의 영역에서 맹렬한 창작의 불길을 태우며 나아가지 않을 수 없었습니다. "불타는 야망"과 "한층 더 멀어지기"는 누군가가 외국어에 의지하여 글을 쓸 때 필수적인 동기가 될 수 없습니다. 아울러 모국어가 아닌 다른 언어로 문학적 모험을 시도할 때 모험의 세계로 깊숙이 들어가도록 작가를 이끄는 강력한 동기가 될 수 없을지도 모릅니다.

저명한 작가가 자신의 일차 언어가 아닌 언어로 글을 쓰기로 하는 것이 단순히 선택 사항에 불과한 것일 때, 그는 콘래드와 나보코프가 보여 주었던 것과 같은 정도의 에너지와 열정을 결여하는 경향이 있습니다. 프랑스에서 20여 년을 산 후에 밀란 쿤데라는 1990년대에 프랑스어로 소설을 쓰기 시작했습니다. 그때는 그가 이미 60대의 나이였으며, 체코어로 창작된 그의 주요한 소설들로 인해 이미 국제적으로 저명한 작가였습니다. 프랑스어로 그가 글쓰기를 전환한 것은 명백히 자신의 모국어와 조국으로부터 "한층 더 멀어지기"의 사례에 해당하는 것입니다. 그러한 움직임이 용감하고도 감탄할 만한 것이기는 하지만, 우리는 프랑스어로 창작된 그의 소설이 그가 자신의 모국어로 쓴 이전 작품들의 풍요로움과 밀도를 더 이상 갖추지 못했다는 점을 알고 있습니다. 우리가 확신에 차서 말할 수 있는 것은 그는 콘래드와 나보코프가 영어권에서 성취한 것과 같은 종류의 언어적 장려함을 프랑스어권에서 성취할 수 없을 것이라는 점입니다. 이에 대한 이유 가운데 하나는 모국어에서 멀어진다는 것이 모국어가 아닌 언어의 세계 안으로 길고도 힘든 여정을, 보람 있는 여정을 수행하도록 작가를 자극하는 데 충분히 강한 동기가 될 수 없다는 것입니다. 그와 같은 고통스러운 문학적 모험은 한 인간 존재의 깊숙한 내부에서 나오는 엄청난 에너지를, 다름 아닌 바로 그와 같은 에너지를 요구합니다.

영어의 세계로 향한 브로드스키의 모험조차 그렇게 성공적인 것이라고 할 수는 없습니다. 그가 모험을 감행한 동기는 다소 미약한 것이었습니다. 오든은 브로드스키가 영어로 글을 쓰기 시작하기 전에 이미 세상을 떴습니다. 그렇기는 하나 시적 대화란 초(超)시간적인 것이고 순수하게 영적인 것이기에, 젊은 시인에게 상대의 죽음은 별 관계가 없는 것이었다고 말할 수도 있을 것입니다. 하지만 문제가 되는 것은 그런 식의 노력이 영어를 풍요롭게 할 수도 있는 의미 있는 시 세계를 창출할 수 있겠는가, 바로 그것이지요. 만일 시가 충분히 훌륭하지 못하면 어떻게 해당 언어권 사람들의 귀를 즐겁게 할 수 있겠습니까?

브로드스키는 영어권에서 의미 있는 시인이 아니라는 것이 일반적인 견해입니다. 우리가 만일 그 자신이 영어로 창작한 시와 리처드 윌버, 데릭 월컷, 앤서니 헤치트와 같은 시인들이 러시아어에서 영어로 번역한 그의 시를 비교해 보면 브로드스키 자신이 영어로 창작한 작품이 다른 시인들이 영어로 번역한 그의 러시아어 작품보다 한결 열등하다는 점을 감지할 수 있습니다. 영어로 창작된 그의 시행들은 느리고 무겁게 이어지며, 시의 운(韻)은 종종 투박하고 진부합니다. 그는 윌리엄 버틀러 예이츠의 경고를 무시한 채 너무 쉽게 영어의 세계로 서둘러 돌진했던 것입니다. 예이츠는 "그 어떤 시인도 어린 시절에 습득하지 않은 언어를 동원하여 음악성과 문체의 측면에서 탁월한 시를 창작할 수는 없다."(1935년 5월 7일 윌리엄 로선스타인에게 보낸 서한)라고 말한 적이 있지요. 오든의 그림자를 즐겁게 하고자 하는 그의 의도 저변에 있던 것은 불타는 야망이 아니었을까요? 브로드스키 역시 불타는 야망에 이끌려 영어로 시를 썼던 것은 아닌가 하는 것이 제가 느끼는 의혹입니다. 다시 말해 러시아어권 시단에서뿐만 아니라 영어권 시단에서도 주요 작가가 되고자 하는 야망에 이끌렸던 것은 아닐까요?

이와는 대조적으로, 여타의 이주민 작가들은 언어적 이주의 측면에서 한층 더 현명했습니다. 체슬라브 밀로즈는 교직 생활을 하며 미국에서 수십 년을 살면서도 여전히 폴란드어로 글쓰기를 이어 갔습니다. W. G. 제발트는 영어와 프랑스어에 능통했지만 독일어로 계속 글을 썼습니다. 자신에게는 다른 언어로 전환할 필요성이 따로 있지 않다고 말하면서 말이지요. 따지고 보면 독일어는 중요한 서양의 언어 가운데 하나이고, 그 언어권의 작가는 그다지 많은 장애를 거치지 않고도 국제적으로 자신의 문학적 존재를 내세울 수 있습니다.

자신의 최초 언어를 벗어나서 위대한 시를 쓸 수 없다는 예이츠의 발언은 문학적 세계화의 측면에 비춰 볼 때 이제는 보수적인 것으로 보일 수도 있습니다. 영어권에는 다른 언어권에서 온 중요한 시인들이 이미 존재합니다. 찰스 시믹, 아가 샤히드 알리와 같은 시인들이 그들이지요. 하지만 우리 주위에는 아직 모국어가 영어가 아닌 시인 가운데 위대한 시인이 있지 않습니다. 비록 우리가 시믹 — 열여섯 살에 예전의 유고슬라비아에서 미국으로 이민 온 이 시인이 영어권에서 위대한 시인인가 아닌가에 대해서는 논쟁의 여지가 있겠지만, 예이츠가 밝힌 전통적인 잣대는 여전히 유효해 보이기도 합니다. 시각을 달리해 보면 시대가 바뀌었습니다. 확실히 새롭게 채택한 언어로 작품을 창작하는 위대한 시인이 그 모습을 드러낼 것입니다. 그런 시인의 출현은 결국에 가서 예이츠의 원리를 진부하고 낡은 것으로 만들 것입니다. 그럼에도 우리는 아직도 위대한 시인이 우리 앞에 출현하기를 고대하고 있습니다.

인터넷은 언어적 소통이 엄청나게 편리하게 이루어지도록 했습니다. 그리고 오늘날 철저하게 완벽한 고립과 억압에 직면해 있는 작가는 거의 없습니다. 그 결과 우리는 각자의 모국어로 창작물을 발표하는 데 한층 덜 어려움을 겪게 되었습니다. 저는 종종 이런 상상을 하곤 합니다. 만일 나보코프가 미국에 살면서도 자신의 "자유롭고 풍요로우면서 무한하게 고분고분한 언어인 러시아어"로 계속해서 글을 쓸 수 있었다면, 과연 어떤 업적을 성취할 수 있었을까? 결과 가운데 하나는 명백합니다. 즉, 그가 모국어 사용의 기회를 잃은 덕분에 우리에게 선물로 주어진 『롤리타(*Lolita*)』와 『프닌(*Pnin*)』 같은 위대한 소설 가운데 몇몇은 우리 곁에 존재하지 않았을지도 모릅니다. 이들 작품은 그가 영어권에서 살아남기 위해 엄청나게 고통스러운 노역을 마다 않고 예술적으로 고군분투한 끝에 우리가 얻게 된 고마운 선물이지요. 그들은 새롭게 수용한 언어로 글을 쓰지 않을 수 없었던 작가들, 새로 수용한 언어 안에서 결코 마음의 평화를 느끼지 못했음에도 위대한 업적을 성취한 대가들입니다. 그러한 작가들을 생각할 때 비슷한 상황에 처한 우리와 같은 작가들은 생존을 위한 언어를 우리의 기본적인 작업 조건으로, 그리고 모험과 약속으로 가득한 의미 있는 여행의 수단으로 받아들여야 할 것입니다. 우리 모두 용기를 잃지 맙시다.

하진 Jin HA 중국계 미국 소설가, 시인. 1956년 중국 출생. 개인과 가족, 현대와 전통, 사적 감정과 의무 간 긴장 관계를 놓치지 않고 서술하는 거장으로 평가받는다. 1999년에 출간된 『기다림(*Waiting*)』(1999)으로 그해 전미 도서상과 2000년 펜 포크너 문학상을 수상했다. 그 외에도 플래너리 오코너 단편 소설상, 펜 헤밍웨이 문학상 등 다수의 문학상을 수상했다. 주요 작품으로 『붉은 깃발 아래(*Under the Red Flag*)』(1997), 『전쟁 쓰레기(*War Trash*)』(2004), 『보트 로커(*The Boat Rocker*)』(2016) 등이 있다.

3 다매체 시대의 문학
Literature in the Age of Multimedia

다매체 이후 ─ 속도, 덩어리, 미래 문예

스튜어트 몰스롭

문학(literature)과 '문예(the literary)'

　문학·문화적 창작에 대한 무언가가 근본적 재고를 요구하는 것처럼 보인다. 우리는 우리의 입장에 대해 결코 확신할 수가 없다. 필자에게 가르침을 준 스승 중 한 명은, 시는 살아 있는 시인들과 죽은 시인들 사이의 불안한 관계이며, 그 속에서 전자가 후자의 영향에 맞서 고군분투하는 과정이라고 정의한 바 있다. 이러한 관점에서 창조는 고의적 오해 또는 회피 ─ 만약 노골적인 부정이 아니라면 스스로가 다져 놓은 기반으로의 전환 ─ 의 문제가 된다. 얄궂게도 이러한 회고적 시학은 전통의 힘에 의해서가 아니라 정전이라는 틀을 부식시키는 현재의 변화하는 상황들에 의해 극복되었다. 지난 세기 말에 이르러 자기 형성이 많이 일어났다. 시대의 팽창과 수정론에 발을 맞추려는 노력의 일환으로, 다성성과 차별적 정체성을 구축하려는 다양한 움직임이 구체제의 뒤를 이었다. 우리는 여전히 불안을 지니고 있으나 이제 그 불안은 영향(influence)에 대한 것이 아닌 풍요(affluence) 혹은 발산(effluence)에 대한 것, 즉 우리 주변부로

429

넘쳐흐르는 방대하고 새로운 미지의 무언가에 대한 염려이다.

이러한 시류는 여러 이름으로 불린다. 본 포럼의 소집자들은 그중 두 이름 ― 세계화와 기술적 진보 ― 을 언급한다. "세계화는 민족성에 기반을 둔 민족/국가라는 관념의 약화를 초래하였고, 문화들의 경계를 흐트러뜨리고 문화들이 한데 어우러지도록 하여 '혼종적 문화'를 만들어 냈다. 기술적 진보는 문학을 다른 창조적 표현 방식들과 융합하여 새로운 장르를 실험할 기회를 제공함으로써 다매체 시대의 서막을 알렸다." 이러한 시류의 세 번째 혹은 보편적인 이름은 아마도 혼란, 다시 말해 안정적 참조점의 쉼 없는 전복, 빠른 혁신과 경쟁적 우위를 점하려는 수그러들지 않는 노력일 것이다. 우리는 창작을 위해 고군분투하기보다는 재편된 세계 속 어느 지점에 창작품을 위치시킬지에 대해 걱정한다. 본 포럼의 소집자들을 다시 인용해 보자. "한 국가의 문화적 삶에 대한 재현으로서의 문학의 지위는, 부상하는 대중적 공연 예술의 명성과 비교되어 대체로 어려움을 겪어 왔는데, 이는 이 과정에서 문학이 문화 엔터테인먼트의 좁은 영역으로 좌천되었기 때문이다."

문화 엔터테인먼트는 얼핏 이상한 표현처럼 보인다. 비평 이론의 창시자들(발터 벤야민(Walter Benjamin), 안토니오 그람시(Antonio Gramsci), 루이 알튀세르(Louis Althusser) 등)에게 대중적 엔터테인먼트와 진보적 문화는 대개 근본적으로 상반되는 것들이었다. 한때 이처럼 적대적이었던 두 힘들이 이제는 병합되었다는 것, 캘리포니아적인 용어(Jenkins)를 빌리자면 컨버전스(convergence)가 일어났다는 것에는 의심의 여지가 없다. 매체는 한데 뒤섞여 상호 간의 위계를 무너뜨린다. 우리는 심야 코미디 쇼, 페이스북, 트위터가 주 정보원으로서의 신문과 방송 네트워크의 자리를 대체한 심각한 비심각성의 시대에 살고 있다. 문화는 이제 무엇을 의미하는가? 그 정의를 내리는 데 있어 우리는 지역 또는 세계, 동양 또는 서양 혹은 방향성 없는 인터넷의 공간을 들여다보아야 할까? 아마도 최근 몇 년 사이의 대격변은 거센 포퓰리즘을 드러내면서, 일반화된 대량 소비에 근거한 더 오래된 대중문화를 더 폭이 좁은 소집단 문화로부터 구별하도록 강요할 것이다. 이렇게 전개되는 상황 속에서, 우리는 우리 자신을 단순히 탈정전적(post-canonical) 존재가 아닌, 궁극적으로 탈문화적(post-cultural)인 존재들로 보기 시작할 수 있을까?

이 문화 엔터테인먼트라는 용어가 저 유명한 "역사의 종말"(Fukuyama) 또는 포스트 휴먼 철학에 대한 시도들(Bogost)만큼이나 문제적인가에 대해서는 생각해 볼 필요가 있다. 적어도 당장은 우리는 다른 사람들을 위해 글을 쓰며, 우리 자신을 문화 창조의 동물이 아닌 다른 어떤 존재로 상상할 수 없다. 종결적이지 않은 끝―하나의 체제가 다른 체제로 습입하는 어떤 한계점 혹은 변곡점―은 항상 존재할 수 있음에도, 문화의 종말을 언급하는 것은 아마 의미가 없을 것이다. 21세기의 첫 10년 사이에 두 명의 일류 비평가 앨런 리우(Alan Liu)와 N. 캐서린 헤일즈(N. Katherine Hayles)는 '문예'―혹은 리우가 때때로 '미래 문예(the future literary)'(8)라고 언급한―라는 대안에 대해 각기 고찰하였다. 헤일즈에게 이것은 비평적 정치와 기술적 변화 모두에 근거한 "더 넓은 범주"이다. 이 용어는

문학의 역사, 컨텍스트, 생산에 대해 질문하는 창조적 예술 작품과 더불어 엄밀한 의미의 문학(literature proper)에 속하는 언어 예술 역시 포함한다. '문예'를 문학 연구의 중심적 범주로 지정하는 일의 중요성은 현재 필자의 논의의 범위를 벗어나는 일이다. 그럼에도 불구하고 지난 반세기 동안의 문학 연구의 주류적 운동들을 대충 훑어만 보더라도 이 학문 분과가 문화 연구, 탈식민 연구 및 다른 여러 분야들을 포섭함에 있어 얼마간 '문예'라는 더 넓은 범주를 향해 이동해 왔다는 것을 확인할 수 있다. 21세기가 시작되는 지금 우리는 문예에 대한 질문을 디지털 영역으로 확장시킬 준비를 하고 있다.(4~5)

'문예'는 그래픽 노블, 공연시 및 낭독시, 다양한 유형의 '사이버텍스트'(Aarseth), 넷아트 및 아직 생겨나지 않은 매체 형식들을 포함하여 인쇄된 지면이라는 기존의 매체를 의도적으로 회피하는 언어 예술

을 지칭하기 위한 확장된 틀을 의미하게 된다. 이 용어는 비평적 연구의 시의성을 유지하기 위한 경계의 확장으로서, 전통과 혁신 사이의 긍정적 타협을 시도한다. 이러한 시도는 저항하기 힘든 긍정적 전개이자 큰 진일보이지만 여전히 불안의 흔적은 남아 있다. 적어도 이 용어는 'literary'라는 형용사에 명사의 역할을 강요함으로써 문법적으로 균형을 잃은 것처럼 보인다. '문예'라는 용어는 누군가에게는 일종의 언어적 환각지를 의미하여, 다음과 같은 번거로운 질문을 이끌어 낼지도 모른다. 어떤 문예를 말하는가?

우리가 이러한 불확실성을 의도된 필연적 과제로 여겨야 함에는 의심의 여지가 없다. 우리가 이 비어 있는 주격의 자리를 채워 버린다면, 과연 무엇을 더 말할 수 있겠는가? 탈락 또는 생략은 유연성이라는 이점을 제공한다. 세분화를 보류하는 것은 여러 해결책을 가능케 한다. 이번 세션의 제목이 나타내듯 이러한 전략들 중 하나는 '다매체'의 시학이며, 그에 대한 가장 적합한 예시는 바로 이 도시 서울에서 찾을 수 있다. 장영혜중공업의 플래시 창작이 그것이다.

속도

장영혜중공업의 유명작인 「다코다(Dakota)」(Chang and Voge)는 미래 문예가 어떤 것이 될 것인가에 대한 탐구의 한 출발점을 제공할 수 있다. 디지털아트의 여러 예시들과 마찬가지로 「다코다」는 손쉽게 요약·설명되기를 거부한다. 조해나 드러커(Johanna Drucker)가 디지털 글쓰기 일반에 대해 말하는 바와 같이, 우리는 그것을 실체(entity)로서뿐만 아니라 사건(event) — 구체적 환경 및 특정 시간대에 경험되어야 하는 어떤 것 — 으로 생각할 수 있다. 그러나 그 경험은 분별 가능한 요소들을 지니고 있을 수도 있다. 「다코다」에서 그러한 요소들 중 하나는 1021개의 단어로 구성된 이야기시이다. 이 시는 미국의 사우스다코타주에서의 술에 취한 도로 여행에 대한 이야기로 시작하여 엘비스 프레슬리(Elvis Presley), 메릴린 먼로(Marilyn Monroe)와 재즈 거장 아트 블래키(Art Blakey)가 등장하는 다양한 공간들을 배회하다가, 21세기 전환기 서울로 옮겨 와 끝을 맺는 내용이다. 하지만 이 작품을 이런 방식으로 묘사하는 것은 이 작품의 비언어적 측면을 소홀히 다룬다는 점에서 심각하게 문제적이다.

「다코다」는 멀티미디어 툴인 어도비 플래시로 만들어졌으며 웹브라우저를 통해 액세스되도록 설계된 동적·시간적 작품이기 때문에, 인쇄된 지면에 담기가 지극히 어렵다. 이 작품은 비통제적인 액세스를 통해서가 아니라 영화처럼 특정 상영 시간에 감상되도록 설계되었다. 실로 이 작품은 마치 그 콘텐츠가 디지털 기록물의 바이트가 아닌 필름 프레임들로 구성된 것처럼 숫자 카운트다운으로 시작함으로써 영화적 특색을 과시한다. 작품이 상영되면서 작품의 기초를 이루는 시의 낱말들이 순간적인 자기 교체적 깜빡임을 통해 나타난다. 시의 전체는 익명의 문학 애호가가 그것들을 일련의 스크린샷으로 포착한 후 순서대로 모아서 정리를 해 준 덕에 비평적 독자들이 활용할 수 있게 되었다. 이 작품은 본래 의도된 상태에서는 언어적 콘텐츠의 정신없는 춤이 아트 블래키의 「토비 일루(Tobi Ilu)」의 곡예적 드럼 연주와 함께 상영된다. 달리 말하면 「다코다」는 고백시와의 공통점만큼이나 뮤직비디오와 유사한 부분도 많다.

다매개적인 혼종물로서 「다코다」는 다양한 해석의 전략들을 가능케 한다. 제시카 프레스먼(Jessica Pressman)은 이 작품의 영화적 차원을 분명히 인지하고 있음에도, 이 작품이 에즈라 파운드(Ezra Pound)의 『칸토스(Cantos)』에 대한 "자세히 읽기(close-reading)"라는 작가들의 주장을 따라 그것의 문학적 계보를 강조한다.(Pressman) 데이비드 치코리코(David Ciccoricco)는 「다코다」를 비롯한 장영혜와 마크 보주(Marc Voge)의 다른 작품들의 문학적 가능성에 대해 신경을 쓰면서도, 그보다는 그것들의 매체적 효과에 더 큰 중점을 둔다. "〔장영혜중공업의 작품들이〕 장려하는 읽기·보기의 급진적 모델은 우리 자신의 인지 기관의 기능과 한계에 대해 첨예하게 인식하도록 하고, 그 결과 우리가 문학적·상상적 경험이라고 여기는 것을 뒤흔든다."(73) 프레스먼과 치코리코 모두 「다코다」를 비롯한 일련의 작품들이 어렵지만 계몽적인 작품이라고 간주한다. 이러한 특질을 프레스먼은 모더니즘의 형식 파괴미학에, 치코리코는 인지적 실험에 결부시킨다. 두 비평가들이 설명하듯 이 작품은 심각하게 아이러니하다. 이 작품의 자동 상영은 블래키의 드럼 연주와 정교하게 맞아떨어지지만, 이렇게 섬세하게 조직된 효과들은 궁극적으로 텍스트적 혹은 문학적 기대들을 혼란시킨다. 매체와 메시지는 직교한다. 형식이 기능 장애를 돕는다. 프레스먼은 다음과 같이 말한다. "「다코다」는 이러한 디지털 정보의 구성적 사실들을 상영한다. 그것은 스크린 위에서 가만히 있기를 거부하며, 깜빡임과 번쩍임이 우리의 읽기 방식에 미치는 영향들에 대해 인식하도록 만든다."(305)

디지털 낱말들(또는 데이터)은 정지해 있지 않고자 하며, 운동적 혹은 운동학적 요소를 포섭하면서 문학적 경험에는 상대적으로 새로운 속도라는 변수를 소개한다. 「다코다」는 타악기와의 동시 연주로 구성되어 있기 때문에 계속되는 속도의 제한을 가지고 장난을 치기는 하지만, 대개 안정적으로 진행되는 편이다. 대부분의 독자들은 상영되는 모든 낱말들을 순간적으로나마 볼 수 있을 것이다. 하지만 정의에 따르면 변수들은 변할 수 있으므로, 이후의 디지털 시 작품들은 속도 제한을 위반할 수 있고, 실제로 위반한다. 윌리엄 파운드스톤(William Poundstone)의 2009년 플래시 창작인 「순간 노출기를 위한 프로젝트(나락)(Project for Tachistoscope(Bottomless Pit))」는 그나마 남아 있는 가독성마저 없애 버린다. 순간 노출기는 구식 영화의 24분의 1초보다 짧은 극단의 시간 동안 이미지를 제시하는 방식으로, 시각적 인지를 검사하는 과학적 장치이다. 21세기의 첫 10년이 끝나 갈 무렵 하드웨어와 소프트웨어에 있어서의 진보 덕분에 멀티미디어 예술가들은 이러한 장치들을 모방할 수 있게 되었다. 완전히 구현된 —「다코다」 제작 시에는 사용될 수 없었던 — 스크립팅 언어가 플래시에 도입되었을 때, 예술가들은 효과들을 1000분의 1초 단위까지 조정할 수 있게 되었다. 프레스먼, 마크 마리노(Mark Marino), 제러미 더글러스(Jeremy Douglass)가 「순간 노출기를 위한 프로젝트」에 대한 자신들의 연구에서 설명하듯이, 파운드스톤의 실험은 기존 스크린 기반의 언어적 상영의 범위를 넘어서 단어 중의 일부를 인지의 한계 영역 바깥에서 나타나도록 만든다.

누군가는 왜 이러한 작업을 하는지 질문할 것이다. 거의 비가시적인 글쓰기 작품이 가장 느슨한 정의를 통해서나마 '문예'에 포함될 수 있을까? 만약 우리가 '다매체'라는 틀에 우리 자신을 국한시킨다면 아마도 그럴 수 없을 것이다. 이 용어는 예술의 목적이 여전히 어떤 콘텐츠를 본질적으로 부차적인 ― '투명한' 것이 아니라면 ― 기술적 시스템을 통해 소통시키는 것임을 암시한다.(Murray) 다층적으로 겹쳐져 있더라도 매체는 이해 가능한 메시지를 전달한다. 그러나 케네스 골드스미스(Kenneth Goldsmith)가 주장했듯이, 요즘 문학은 "콘텐츠에서 컨텍스트로" 이동하고 있는 것처럼 보인다.(123) 컨텍스트는 많은 차원 ― 사회적·경제적·정치적 차원과 더불어 최근에는 기술적 차원까지 포함한다 ― 을 가지고 있다. 파운드스톤의 인지 속도의 한계를 넘어서는 가속화는 우리를 이 기술적 차원으로 인도하며, 읽기 기계의 작동과 (프레스먼 등이 보여 주듯) 그것을 통제하는 소프트웨어의 속성에 대해 질문한다. 그의 순간 노출적 단어들은 연구자들이 그 기초를 이루는 코드를 확인할 때만 접근이 가능해진다.

파운드스톤의 가속화는 우리로 하여금 비인간적 수준에서의 기계적 작동의 문제로서의 속도에 대해 생각하도록 만든다. 컴퓨터는 엄청나게 빠른 계산기이다. 우리가 그것을 사용하는 것은 우리가 이 계산 능력을 의미화 과정 ― 글자와 숫자로 된 디스플레이부터 가상화된 환경의 실물화에 이르는 ― 을 위해 사용할 수 있다는 점에서 문화적 영향력을 지닌다. 사실 곧 보게 되겠지만, 계산 속도는 단지 상영뿐만 아니라 궁극적으로는 작문에도 사용될지 모른다. 멀티미디어의 속도 혹은 리듬으로부터 우리는 다른 무언가로 방향을 전환 ― 속도로부터 덩어리로의 변화 ― 한다.

덩어리

최근 '전자 문학의 주체'에 대해 논하면서 비평가 샌디 볼드윈(Sandy Baldwin)은 이러한 변화 — 속도로부터 덩어리로의 변화 — 의 중요성에 직면한다. 「다코다」처럼 자족적 프로젝트들에 우리의 관심이 집중되어 있던 초기에 디지털 글쓰기는 예외적 경우, 색다른 것 또는 실험 정도로 간주될 수 있었다. 멀티미디어 툴들은 아직 낯설었다. 장영혜와 보주가 「다코다」를 만들어 냈을 때 어도비 플래시는 출시된 지 5년 정도 되었을 뿐이었다. 그 후 15년 후에 디지털 인코딩과 유통은 글쓰기의 표준이 되었다. 플래시 동영상과 자족적 하이퍼텍스트 대신 우리는 이제 역동적이며 사회적인 매체 속에서의 생산을 다룬다. 트위터와 인스타그램 같은 플랫폼들을 통해 막대한 수의 인류가 파편적이고 분열적인 글쓰기에 참여하였다. '문화 엔터테인먼트'는 엄청나게 확장된 컨텍스트 속에 잠식되었다. 전자적 글쓰기는 실험적 단계를 한참 지나 대량의 거대한 현상이 되었다. 볼드윈은 다음과 같이 공언한다.

당신은 글을 읽지 않는다. 당신은 세계 속의 텍스트의 덩어리를 받아들이지 못한다. 당신은 그것을 이해할 수 없다. 글은 당신을 넘어서고 압도하며 매장시킨다. 당신은 이런저런 텍스트를 쓸 수 있을지 모르지만, 글쓰기 자체에 대해서는 아무것도 알지 못한다. 인간이라는 종족 전체는 압도적인 인쇄 물질의 더더욱 큰 폭발적 발작을 생산하는 것에 몰두되어 있다. 이것이 네트워크가 아닐까? 이것이 웹이 아닐까? 읽히기 위한 글, 텍스트가 아닌 덩어리지고 표시된 파편으로서의 글.(18)

여기에는 최고조의 발산에 대한 불안이 있다. 볼드윈의 불평이 새로운 것인지에 대해 질문하는 것은 가능하지만 — 일부 고대 수메르인들 역시 점토판 문서의 예기치 못한 증식에 대해 성토했다는 사실에는 의심의 여지가 없다 — 우리는 케빈 켈리(Kevin Kelly)의 "기술적 래칫

(technological ratchet)"이라는 개념 ── 순환적 현상을 새로운 가능성의 공간으로 만들어 내는 방식에 있어서의 변화 ── 에 대해 떠올릴 필요가 있다.(74~75) 사람들은 응접실이나 공연장에서 그랬듯 라디오에서도 여전히 큰 소리로 떠들고 음악을 틀었지만, 라디오는 새로운 기술로서 이제 한 국가 전체와 전 세계의 청중들을 대상으로 삼기 시작했다. 컨텍스트가 중요하다. 무더기로서의(en masse) 글쓰기가 언제나처럼 해석되기를 거부했다는 것에는 의심의 여지가 없지만, 오늘날의 디지털 네트워크에서 글을 쓰는 것의 대량적 효과는 새로운 국면으로의 전환을 암시한다. 이러한 변화의 중요성을 온전히 이해하려면, 우리는 볼드윈의 고발의 마지막 구절에 특별한 주의를 기울일 필요가 있다. "덩어리진 표시된 파편." 두 형용사는 모두 중요하고, 그 둘은 서로 깊게 연관되어 있다. 큰 덩어리만큼이나 디지털 글의 표시는 하나하나가 중요할지 모른다.

「다코다」가 혼종적 가능성의 순간을 전형화한다면, 우리는 그다음 국면을 정의하기 위해 그것을 두 번째 문예적 생산품과 대조해 보려고 한다. 그것은 바로 현대시에 대한 스티븐 맥러플린(Stephen McLaughlin)과 짐 카펜터(Jim Carpenter)의 대담한 개입이라고 말할 수 있는 『1호(Issue 1)』이다. 이 작품은 전자책으로, 2008년 가을에 인터넷을 통해 PDF 포맷으로 배포되었으며 생존하거나 죽은 실제 시인들의 작품인 것으로 표시된 3164편의 자유시들로 구성되어 있다. 『1호』는 처음 보면 굉장히 포괄적인 일종의 전집처럼 보인다. 물론 그 모습은 기만적이지만 말이다. 그럼에도 불구하고 수록된 어느 시를 읽든 이 작품은 상당히 전통적인 것처럼 보인다. 다음은 그 예시이다.

　　주홍색 낱말들과 옴이 오른 연도(連禱)
　　　　도나 쿤

　　놀란 자연을 위한
　　시간이 있다

그들은 따듯함에 대한 계획들
　너머에서 잠시 멈춘다
그들의 불안정한 손 밖으로
　그들은 누군가를 꿈꾼다, 소리를 들으며
　　그들의 정맥과 같은 본성을 따라
　　　그들은
오고 있다
늦가을 어느 때든 그들은 나를 분열시킨다
그들이 아침에 나를 방해한 이래로
그들이 아침에 나를 방해할 때까지
왜냐하면 그들이 나를 분열시키기 때문에
그것들은 검다
그것들은 뿌리 나 있다
옴이 오른 박에게 알려져
　씁쓸히 오고 있는 그것은 불안정하며
　　주홍색이다

　형식에 있어 이 시는 서정시 또는 명상시처럼 보인다. 이 시는 다양한 길이의 짧은 행들과 외관상으로는 의미가 있어 보이는 패턴의 들여쓰기 그리고 시인이자 예술 비평가인 도나 쿤에 대한 인용으로 보이는 요소를 지니고 있다. 이 시를 보고 우리는 해석을 시작할 수 있을지 모른다. 이 텍스트가 일련의 참조점이 없는 대명사들, 정의되지 않은 그들(they)과 그것들(those)에 기초하고 있다는 사실에 주목할 수 있다. 우리는 10~13행의 기묘하게 대칭적인 일군의 반복적 행들 ― 분열시킨다(disrupt)…… 방해한(interrupt)…… 방해할(interrupt)…… 분열시키기(disrupt)…… ― 에서 잠시 멈출지도 모른다. 우리는 6행의 "그들은 …… 꿈꾼다(they dreams)"라는 구절에 대해 궁금해할 수도 있다. 이것은 독자의 편안함을 동요시키기 위한 고의적인 실수인가, 아니면 편집자의 태만함을 암시하는 인쇄상의 실수인가? 요약하자면 우리는 「주홍색 낱말들과 옴이 오른 연도」를, 정교하게 분열된 언어로 만들어진 탈인식적(un-knowing) 또는 불가사의적 시라고 설명할 수 있을 것이다. 이 해석을 작성하는 동안 필자는 ─ 이 해석이 실질적으로 아무 쓸모가 없기에 단언컨대 지금 훨씬 더 우둔하겠지만 ─ 갑작스레 다시 영문학 전공 학부생이 된다. 필자는 「주홍색 낱말들과 옴이 오른 연도」가 사람에 의해 쓰였다고 추정했다. 하지만 사실은 그렇지 않았고, 저자로 언급된 여성이 이 시를 쓴 것이 아니었다.

『1호』의 다른 모든 시들과 마찬가지로 이 텍스트는 언어적 속임수를 활용한다. 이 시의 마지막 행은 "주홍색이다(and scarlet)"가 아닌 "도나 쿤(Donna Kuhn)"이다. 전통적으로 시인의 이름을 표기하는 것처럼 보이는 이 이름은 사실은 별개의 병렬 텍스트가 아닌 이 가짜 시의 본문의 일부이다. 시인의 이름이 표시된 것은 사실 무례한 돈호법 ─ 말 그대로 파렴치하고 원치 않는 부름 ─ 이며, 이 프로젝트에는 이러한 요소들이 많다. 『1호』는 거대한 장난이다. 3164편의 시들은 마지막 행에 나타나는 이름의 시인들에 의해 쓰인 것이 아니고, 썩 괜찮은 자유시 생성기에 의해 쓰였다. 이러한 관점에서 『1호』는 볼드윈의 비평적 용어 둘(덩어리진, 표시된) 모두를 반영한다. 이 시는 적당한 시간 이내에 수천 편의 시와 같은 작문을 생산해 내는 계산의 속도를 활용한다는 점에서 분명히 덩어리져 있다. 그러나 이 시는 결정적으로 표시되어 ─ 이 경우에는 허위 인용으로 ─ 있기에 논란을 불러일으킨다.

케네스 골드스미스는 전유와 우상 파괴의 시학을 옹호하면서 맥러플린과 카펜터의 프로젝트에서 선호될 만한 많은 요소들을 발견한다.

단 한 번에, 〔이 선집의 편집자로 추정되는 이들은〕 초점을 콘텐츠에서 컨텍스트로 옮기며, 우리에게 디지털 시대에 시인이 되는 것이 무엇을 의미하는지 보여 주었다. 디지털 시대이든 아날로그 시대이든, 어느 시대에나 시인이 된다는 것은 자신의 실천을 규범적 경제의 외부에 위치시키며,

이론적으로 시 장르로 하여금 돈벌이가 더 되는 장르들이 감수하려 하지 않는 위험들을 감수하는 것을 가능케 한다. 20세기에 시 장르에서 수행되었던 대담한 언어적 실험들에서 우리가 보았던 것처럼, 『1호』의 도발이 입증하듯 저자, 출판, 배포의 개념과 관련하여 그와 같은 실험들을 감행할 준비가 되어 있다.(123)

다른 이들은 이 프로젝트에 대해 덜 호의적인 태도를 유지해 왔다. 골드스미스에 따르면 『1호』에 언급된 작가 중 한명인 론 실리먼(Ron Silliman)은 맥러플린과 카펜터의 행위를 "아나키즘-플라프적(anarcho-flarf) 반달리즘"이라고 비난했으며 심각한 법적 대응을 할 것임을 암시했다.(122) 컨텍스트로 콘텐츠를 대체하는 것에는 고통이 수반될 수 있다. 인용이 저명한 이름이나 상표에 결부되는 방식을 그러한 행위가 폭로하게 될 때 특히 그렇다. 자신의 사업이 분열의 위협에 놓여 있을 때 자신의 직업이 언급되기를 바라는 사람은 없다.

덜 전통적인 것들에 대해서는 여전히 우리가 개입할 여지가 있을지 모른다. 만약 우리가 관용을 베푼다면, 우리는 이러한 맥러플린과 카펜터의 곡예에 대한 골드스미스의 찬사를 이해할 수 있을지 모른다. 우리는 작품에서 반복되는 돈호법으로부터 적어도 일말의 존경의 표시를 읽어 낼 수도 있다. "친애하는 도나 쿤 씨, 이 시를 당신께 바칩니다." 콘텐츠는 제쳐 두고라도 만약 독자의 영문학도적 기질이 이 시들에서 어떤 매력을 느끼지 못한다면, 적어도 독자의 디지털 휴머니스트적 기질은 이 작품의 코딩을 낱낱이 알고자 할 것이다. 알고리즘은 비평적 욕망의 최신 대상이다. 겉보기에는 일관성 있어 보이는 이 시의 단어들이 어떠한 방식으로, 어떤 기본 어휘 집단에서 선택되었을까? 10~13행의 A-B-B-A 패턴은 어떻게 만들어졌을까? 자유시 생성기가 기초적인 시적 언어의 모델이라도 가지고 있는 것일까? 만약 그렇다면 그것은 무엇인가?

그러나 이런 식의 개입에는 출판, 배포 그리고 특히 저작권에 대해 『1호』가 제기하는 문제들, '도발들'을 소홀히 보게 되는 위험이 있다.

정교한 코딩은 아름다운 것이지만 『1호』가 순전히 미학적인 작품인 것은 아니다. 맥러플린과 카펜터의 장난은 계산적 속도를 언어적 덩어리로 변환하는 연습 이상의 의미를 지닌다. 그 덩어리는 논쟁적 에너지의 수단을 암시하거나 해방시킨다. 이 작품은 또한 계층 분열을 위한 무기이기도 하다. 의도적이든 그렇지 않든 이 작품은 미셸 푸코(Michel Foucault)가 말한 "저자-기능(author-function)"이 이제는 자동화되었음을 강력히 암시한다. 형식이 분열을 위해 봉사하기에, 우리는 거의 숭고하다시피 한 아이러니와 또다시 마주한다. 괴팍할 정도로 지나친 풍요로움에도 불구하고, 『1호』는 동시에 비워 내기와 같다. 이 작품이 그 기초로부터 어느 방향으로 나아갈지를 알기는 어렵다. 물론 알고리즘들이 내재적으로 반복 가능하다는 점을 생각한다면 『2호』가 있을 수도 있겠지만, 그것이 무슨 소용이겠는가? 개념적 충격을 이미 한 번 주었고, 이제 또 다른 충격은 필요치 않다. 산업적 생산과 달리, 시는 아주 단기간이라도 자동화로부터 생존할 수 없을 것처럼 보인다. 『1호』는 『폐간호(Issue Ω)』가 되는 편이 나을지도 모른다.

마지막 말 다음에 무슨 말을 할까? 누군가에게는 이 "덩어리지고 표시된" 작별 인사와 이와 비슷한 다른 요소들이 헤어짐의 욕망을 이끌어 낼지도 모른다. 소셜 미디어의 영향력에 대해 염려한 샌프란시스코만 지역의 소프트웨어 업계 거물들은 스마트폰을 WMD — 무선 이동 장치(wireless mobile device)를 의미하지만 대량 살상 무기(weapon of mass destruction)를 뜻할지도 모르는 — 라고 지칭하기 시작하였고, 스마트폰의 사용이 금지되는 '언플러그(unplug)' 주말에 동참하는 것에 서명하고 있다.(Bosker) 예술계에서는 저명한 비평가들과 예술가들이 뉴미디어에 대한 지난 20년간의 집착에 저항하는(Kember and Zylinska) '포스트디지털'(Berry and Dieter)로 선회하였다. 디지털 글쓰기라는 '파편'은 — 창작의 목적에 있어서는 적어도 — 사양길에 접어든 것일까? '문예'를 철회하고 부동의 낱말들의 체제와 실제 작가들의 시들을 다시 집어 들기 위해 "엄밀한 의미의 문학(literature proper)"으로 회귀하는 것이 더 나은 선택은 아닐까?

선택의 여지가 보이는 것만큼 이분법적으로 나눠지는 것 같지는 않지만, 어떤 이들은 철회를 지지할 것이다. 필자에게 많은 가르침을 준 스승 중 한 명인 마이클 조이스(Michael Joyce)는 지금 우리가 알고 있듯 1980년대와 1990년대에 『오후(*Afternoon*)』(1987), 『황혼: 어느 교향곡 (*Twilight: A Symphony*)』(1994), 「열두 가지 블루(Twelve Blue)」(1997)와 같은 하이퍼텍스트 픽션 작품들을 통해 전자 문학을 정의하기 위한 많은 일을 하였다. 하지만 21세기가 되면서 그는 평화적이지만 분명하게 이 운동과 결별했다. 그의 이유들은 ─ 부분적으로 다중 매개가 다른 작가들에 비해서 자신의 작품에는 별로 중요하지 않다는 판단을 반영하긴 했지만 ─ 복잡했다. 그리하여 그는 지면에의 글쓰기로 회귀하였고, 2007년에는 '인터넷적 소설(a novel of internet)'이라는 부제가 달린 『워즈: 유목민적 역사(*Was: annales nomadiques*)』라는 흥미로운 작품을 출판했다.

『워즈』는 여러 언어로 된 일련의 소품 문집으로, 희미하게 지속되는 '망명자 의식'이라는 주제가 아니었다면 인상주의적 필기장으로 오해될지도 모르는, 근본적으로 실험적인 소설이다. 실로 남극을 포함한 모든 대륙을 춤추듯 훑고 다니는 이 범세계주의적 소설은 세계화된 디지털 문화의 폭발에 대한 볼드윈의 불안에 대한 확실한 답을 제공한다. 이 소설 전체를 고려하면 전 지구적 규모의 월드와이드웹 안에서 새로운 감수성을 발견한다고 말하는 것이 더 정확할지도 모르지만, 조이스의 한 캐릭터는 우리가 "서사시적 규모는 잃지 않았으나 서사시적 감수성을 잃었다."(37)라며 우려의 목소리를 낸다. 『워즈』는 예술가가 몰락하지 않고 "인터넷적"이 되는 길을 궁리할 가능성, 기계들이 우리 주위를 메워 가는 시대에도 여전히 인간적 목소리를 위한 중요 목적들이 존재할 가능성을 제시한다. 이러한 가능성을 더 살펴보기 위해 필자는 목소리와 기술의 교차가 매우 첨예하게 펼쳐지는 한 텍스트를 살펴보고자 한다.

미래가 아니다

만일 우리가 불필요한 돈호법이 아닌 네트워크 검색의 시작점으로서 도나 쿤을 본다면, 우리는 쿤의 웹로그인 디지털 아드바크스(Digital Aardvarks)를 찾게 될 것이다. 2016년 10월 10일, 쿤은 이 웹로그에 매우 개인적인 시를 한 편 게시했다. 약간 편향되게 읽는다면 이 텍스트는 디지털 매개 시대의 예술에 대한 (문자 그대로의) 최종적 진실을 말해 줄지도 모른다. 즉, '인터넷적'이 되는 것 — 더 큰 규모로 유랑하는 것이 아니라면 데이터로서의 언어의 홍수 속에 잠기는 것이 우리 모두가 도달할 것임이 틀림없는 미래성으로부터의 이탈과 충돌하게 될 때 무슨 일이 일어날지를 말해 줄지도 모른다.

쿤의 시는 「최후의 행진(스펜서를 위하여)(The Last Parade(for Spencer))」이라는 제목으로, 스펜서 셀비(Spencer Selby)의 것으로 인용된 디지털 그래픽 아래에 나타난다. 이 시는 실리먼이 『1호』에 대해서 던졌던 아나키즘-플라프적 반달리즘이라는 비난에 반대되는 공명을 울린다. 플라프는 흔히 디지털 텍스트를 소재로 사용하는 전유시의 한 양식이다.(Bernstein) 쿤은 「최후의 행진」에 "이메일 서신을 잘라 낸 일부분"이라는 꼬리표를 붙인다. 그리하여 쿤이 맥러플린과 카펜터가 자신의 이름을 도용한 것에 대해 어떻게 생각했든지, 우리는 그녀가 이 '플라프'를 욕설로 사용한 것인지에 대해 의문을 제기해 볼 수 있다. 요즘의 많은 시인들과 마찬가지로 쿤은 디지털 미디어에 대해 적개심을 보이지 않는다. 다음 시가 바로 (아마도) 그녀가 이 시를 바친 것으로 추정되는 사람과 주고받은 전자 서신의 보관함을 소재로 사용해서 지은 시이다.

  최후의 행진(스펜서를 위하여)

  나는 내부가 지난 행진 때보다 더 좋지 않다
  나는 기록 문서가 아니다

나는 실수이다

불안의 방광, 그는 실제로 내 세상을 가진다
너는 어느 그림자 아래에 있다, 겨울은 허튼소리를 부순다
나의 두려움은 그 자신에게, 그 자신 이래로 놀랍다

i.r.a. 우범 지구, 나는 오전 8시에 한순간에 무너졌다
이것은 잠을 잘 수가 없었다, 기억하라
내 잠이 되어 달라

또 다른 책의 끝 또는 전통들
나는 모든 카드들보다
완전히 앞서 있다

네 명의 불면증 환자들은 지나치게 극적이었다
이런, 심지어 나의 황혼기조차 재앙이다
결장경 검사는 겁을 먹었다
유아 진료소, 웅크린 잠
모든 예술은 씨방이 있는 대마초이다

나의 쓰레기 같은 잠재력이 달아난다
나는 종국에는 너의 돈을 두려워한다
그림자 같은 피, 이게 어찌 되든 말든

빌어먹을 평행선들을 가로질러 너의 얼굴
금지되지 않은 쾌락들이
너의 얼굴에 부딪친다

복부의 여자, 침대 밖으로 나오지 않는
그러한 부류는
자발적인 것처럼 들린다

나는 모든 것을 세다가 죽을 것이다
내 사우나 시스템 사이에 있는 세계로
두려움이 퍼진다

광신도적인 증오에는 아무것도 없다

내 일기는 공포 진료소에 잠들어 있다
나의 합리적인 착즙기는 교회에 대한 스트레스에
과민 반응을 하고 있다

마약보다 더 엄청난 마약
골반의 죽음은 도심에 영감을 줄
계획을 한다

나는 실패자이고, 관념들의 죽음이며
겁쟁이 가슴, 우크라이나의 과학이다
나는 객관적으로 보면 행복하다

믿음의 성, 지나치게 극적인 항히스타민제
교회 도서관은 살인을 한다, 마그네슘은
방사선의 깜빡이는 빛을 걱정했다

상표가 없는 햄아, 네 수프가 그 시스템을 좋아한다는 것을 알아라
엑스레이는 기가 막혔다, 나는 더 이상은 못 해 먹겠다

커다란 나쁜 수요일

나는 단지 미래가 아닐 뿐이다.

만약 우리가 『1호』에 수록된 가짜 쿤의 시에서 대명사들이 지칭하는 것이 무엇인지에 대해 헛되이 궁금해할 수밖에 없다면, 「최후의 행진」에서는 더 확실한 가정을 할 수 있다. 이 시의 일부 혹은 모든 구절에서 '나'는 매우 심각한 질병을 앓고 있거나 그것과 씨름하고 있는 것처럼 보인다. "나는 내부가 지난 행진 때보다 더 좋지 않다." (아마도 엉망인 해석의 방식을 따르면) 이러한 인상을 받는 것이 불가피해 보일지라도, 우리가 이 인상에 다다르는 방식은 간접적이다. 시 구절들은 어쨌든 잘린 후 다시 조합되었을 뿐이다. 새로운 배치는 원본 텍스트를 보여 주지 않지만, 동시에 원본을 가늠케 하는 편린들을 제공한다. 우리는 그 조각들을 맞춰야 하는데, 이는 우리가 죽음이라는 내용에 좀 더 다가갈 수 있도록 해 주지만, 그 내용은 우리가 직접 들을 수 있는 대상이 아님을 또한 상기시켜 준다.

이 파편들이 만들어 내는 상은 슬프다. 이 시는 죽음을 향하고 있는 시이다. 첫 행과 마지막 행은 이 시를 고별사는 아닐지언정 (죽음에 대한) 마음의 준비에 대한 작품으로 만든다. 우리는 『1호』의 컨텍스트 — 부정의 비유가 한 개념(저작권) 또는 한 계층(시인들)에는 적용되지만 실제 사람들에게는 오직 비유적으로만, 그런 다음에는 실제적 소멸보다는 전치(명의 도용)로서만 적용되는 — 로부터 더 나아갈 수가 없다. 다른 미덕들을 제쳐 두면, 『1호』는 특별히 인도적인 작품은 아니다. 아니면 이 작품의 인본주의는 복잡하게 얽혀 있다. 작품에 수록된 시들의 의미는 대체로 그것들의 기술적 기원에 근거한다. 우리는 그것의 로봇공학적 기발함을 찬양한다. 그 외에 우리가 발견하는 것들은 우리의 투사일 뿐이다. 하지만 「최후의 행진」에서 우리는 앨런 긴즈버그(Allen Ginsberg)의, 우정과 비애 그리고 실질적 상실에 대한 "완전한 시간의 동물 수프(total animal soup of time)"라는 구절을 떠올리게 된다.(Ginsberg) 만약 우리가 무언가를 투사한다면, 그것은 틀림없이 공감일 것이다.

이 시는 어느 계절에 읽든 감당하기 힘든 시일 것이며, 길고 고통스러운 마지막을 경험해 본 사람에게는 더욱 그럴 것이다. 브렉시트와 처참했던 미 대선 직후였던, 전 세계 도처에서 무슨 일인가가 일어날 것만 같던 2016년 말에 더욱 그러해 보였다. 이러한 맥락에서 읽었을 때 「최후의 행진」은 역사가 전환점을 맞이하기 직전에 잘려 나간 암울한 시기에 맞이하는 죽음이 얼마나 잔혹한 것인지를 역설한다. 발터 벤야민은 서른다섯 살의 나이에 죽은 사람은 그의 삶의 모든 순간에 서른다섯 살에 죽은 그 사람이지만, 누구도 처음부터 그의 운명을 알지는 못한다고 말한 바 있다.(373) 벤야민은 나치가 패배하고 유럽이 구제될 것임을 알지 못한 채 죽었다. 행복한 마지막은 없다지만 어떤 마지막은 특히 더 서글프다. 쿤의 시는 우리 모두를 위해 울릴 그 조종을 울리며 "나는 단지 미래가 아닐 뿐이다."라고 말한다. 미래성은 우리에게 영예를 주지만, 그 선물은 순간적이고 위태로운 것이다. 어느 시점에 우리 모두는 이탈할 수밖에 없다.

그러나 쿤의 시는 다음과 같은 행도 담고 있다. "나는 객관적으로 보면 행복하다." 이러한 시구들이 이 암울한 사색 속에서 무슨 역할을 할까? 이 시구들은 아마도 단념 혹은 잘 알려진 엘리자베스 퀴블러로스(Elisabeth Kübler-Ross)의 죽음의 5단계의 마지막 단계를 표현하는 것일지도 모른다. 이 문장은 체념을 드러내는 마지막 행보다 일곱 행 앞에 기묘하게 위치되어 있다. 질병과 고통을 암시하는 전반적 분위기를 고려할 때 매우 열렬한 낙천주의자라도 이 행을 초월을 향한 전환으로 읽어 낼 수는 없을 것이다. 이 행은 결국에는 실패, 우크라이나, (아마도) 암에 대한 지칭을 포함하는 3행으로 이루어진 연의 마지막에 자리한다. 아마도 이 시구는 안락함이나 고통의 완화 —— 마리화나나 모르핀이 아니라면 철학을 통한 위안 —— 를 암시할지 모른다. 그러나 우리가 이 행복의 언명을 해석할 수는 있을지언정 그것을 완전히 해명해 낼 수는 없다. 결국 쿤이 그녀의 서신에서 구절들을 임의적으로 잘라 냈을 수는 있지만, 그 밖의 부분에 대해 결정을 내린 것은 알고리즘이 아닌 인간인 그녀이다. 「최후의 행진」은 그러므로 우리에게 한 가지 질문을 남긴다. 어떻게 사람이, 만약 자신이 "미래가 아니라면", "객관적으로 보면 행복"할 수 있을까?

이렇게 우리는 『1호』와 도나 쿤의 블로그 시 사이의 또 다른 중요한 차이점을 알게 된다. 적어도 소프트웨어가 개인성을 가지기 전까지 우리는 디지털적으로 생성된 텍스트를 우리가 원하는 방식대로 해석할 수 있다. 그러한 텍스트는 진술(statement)이라기보다 경우(occasion)이고, 실체라기보다 사건이다. 그러나 「최후의 행진」을 읽는 데 있어서는 일반화 또는 전형화를 하려는 시도들이 개인적 상실이라는 시의 즉각적 컨텍스트에 상치된다. 특히나 이 시의 작법을 생각한다면, 이 시를 편향되게 읽어 내기 전에 먼저 사과를 해야 할 것 같다. 그러한 독법은 어떤 의미에서 누군가의 진정한 고통에 대해 무신경할 수밖에 없기 때문이다.

그렇지만 이 시는 볼드윈이 말한 끔찍한 파편들, 상호 연결된 표현의 덩어리의 일부이자 그로부터 디지털적으로 기인한 '인터넷적'인 시이다. 블로그는 개인적인 공간이기는 하나 사적인 공간은 아니다. 그러므로 쿤의 시의 통렬한 의미를 더 넓은 틀에 위치시키는 것이 — 비록 불가피하게 무신경해지기는 하겠지만 — 가능하다. 거리를 두고 읽으면, 우리의 상실은 (아직은) 개인적인 것이 아니다. 이메일은 우리에게 보내진 것이 아니다. 그것이 간직하고 있는 슬픔은 온전히 우리의 것은 아니다. 하지만 그것은 우리의 상실감과 공명한다. 종국에 우리 모두는 다가올 생물학적 사실로서의 미래성을 생각하며 단절의 고통을 경험할 것이다. 현재로서는 우리 중 누군가는 그것을 비유적으로, 상상적 투사의 문제로 느낄 것이다. 모든 죽음은 우리를 좀먹는데, 그것들이 부패한 시대 속으로 떨어질 때 아마 더욱더 그러할 것이다.

그 부패가 최근에 더욱 극심해졌다. 한때 매체 변화의 인도적 측면을 기대한 일부 사람들은 더 이상은 그렇게 열정적으로 생각하지 않는다. 우리는 우리가 거부하고자 하는 추세선을 따라 움직이는 세상 속에서 어떻게 행복하게 살 것인가 질문할지도 모른다. 우리는 플러그를 뽑고, 전자 제품들의 전원을 끄는 것을 고려한다. 우리가 읽지 않을 트윗들이 있다. 디지털 글쓰기는 계층 분열과 불량 컨텍스트화 — 사기꾼이 빠른 속도로 새로운 규범이 되어 가는 체제 — 에 봉사하고 있는 것처럼 보인다. 우리가 한때 (문예적인 것이든 그 외의 것이든) 미래라고 불렀던 것이 이제 와서는 우리의 것이 아니라면, 우리가 어떻게 그 미래에 계속해서 헌신할 수 있겠는가?

그렇지만 우리는 여전히 쓰고 읽을 것이다. 앞으로 나아가는 길은 단순히 탐색을 통해서, 혹은 검색을 통해서 찾을 수 있을 것이다. (아이러니하게도) 구원의 가능성을 암시하는 하나의 디지털적인 차이는 글쓰기가 디지털 기억의 색인 능력을 통해 다른 무언가를 지칭하게 될 때 그 자신을 분열시키는 지점일 수 있다. 인공두뇌학적 텍스트들을 연구하면서 우리는 "횡단적 기능"(Aarseth, 2), 즉 잠재성을 표현으로 변환하는 작업에 대해 생각하게 되었다. 어떤 의미에서 횡단의 논리는 기계적 개입 없이 우리의 뇌로부터 직접 생겨나는 시와 에세이들과 같은 기존의 텍스트에도 적용된다. 이 에세이 자체는 한 지점으로부터 다른 지점으로의 일련의 움직임, 유람이다. 그것은 일단의 횡단으로 시작되었다.

필자는 '분열시키다(disrupt)'라는 단어를 찾다가 『1호』에 있는 가짜 쿤의 시와 마주쳤다. 그 시는 그 단어가 나타나는 유일한 시이다. 거기서 시작하여 도용된 도나 쿤의 이름에 대해 구글 검색을 하는 과정에서 필자는 쿤의 블로그와 「최후의 행진」을 발견하게 되었다. 만약 쿤의 시가 단호하게 부정하는 것과는 달리 컨텍스트가 콘텐츠를 전치시키지 않았다면, 그것은 아마 콘텐츠와 대등한 위치에 도달해 있을지 모른다. 컨텍스트는 연결로서, 현재의 발견 가능한 링크들의 확장-하이퍼텍스트적(hypertexetensive) 본체로서 현현한다. 과잉된 텍스트의 덩어리들은 횡단을 위해 표시·분절·색인되어 있다. 그러한 통로들 중 일부는 거짓이 난무하는 집 또는 황무지로 이어질 것이다. 하지만 다른 길이 여전히 남아 있다. 만일 현재적 형태의 디지털 글쓰기를, 우리가 더 이상 동일시하지 않지만 이전에는 미래라고 여겼던 그 순간을 우리가 거부하더라도, 우리는 지엽적으로나마 큰 노력을 통해 진정성과 비탄과 슬픔 속에서, 하물며 파편들 속에서라도 성취될 수 있는 어떤 대안으로서 여전히 내재하는 미래를 상상해 볼 수 있을지 모른다. 할 수 있는 한 그 꿈에 천착하려는 이들, 실제로 최후의 행진을 하고 있는 이들 덕분에 그 상상은 가능할 것이다.

■ 참고 문헌

Aarseth, Espen, *Cybertext: Perspectives on Ergodic Literature*(Johns Hopkins University Press, 1997).

Baldwin, Sandy, *The Internet Unconscious: On the Subject of Electronic Literature*(Bloomsbury Press, 2015).

Benjamin, Walter, "The Storyteller: Reflections on the Works of Nikolai Leskov", In D. J. Hale(ed.), *The Novel: An Anthology of Criticism and Theory 1900~2000*(Blackwell Publishing, 2006), pp. 361~378.

Bernstein, Charles, "The Flarf Files", *Electronic Poetry Center*, epc.buffalo.edu/authors/bernstein/syllabi/readings/flarf.html(Accessed December 18, 2016).

Berry, David and Michael Dieter, *Post-Digital Aesthetics*(London: Palgrave Macmillan UK, 2015).

Bogost, Ian, *Alien Phenomenology, Or What It's Like to Be a Thing*(U. Minnesota Press, 2012).

Bosker, Bianca. "The binge breaker", *The Atlantic*(November 2016), pp. 56~65.

Chang, Young-hae, and Marc Voge[Young-hae Chang Heavy Industries], *Dakota*(2002), www.yhchang.com(January 13, 2017).

Ciccoricco, David, *Refiguring Minds in Narrative Media*(University of Nebraska Press, 2015).

Drucker, Johanna, *What Is? Nine Epistemological Essays*(Cuneiform Press, 2013).

Foucault, Michel. "What Is An Author?" In J. Harari(ed.), *Textual Strategies: Perspectives in Post-Structuralist Criticism*(Cornell University Press,1979), pp. 141~60.

Fukuyama, Francis, *The End of History and the Last Man*(Simon and Schuster, 2006).

Ginsberg, Allen, *Howl and Other Poems: Pocket Poets Number 4*(City Lights Books, 1956).

Goldsmith, Kenneth, *Uncreative Writing: Managing Language in the Digital Age*(Columbia University Press, 2011).

Hayles, N. Katherine, *Electronic literature: new horizons for the literary*(University of Notre Dame Press, 2008).

Jenkins, Henry, *Convergence Culture: Where Old and New Media Collide*(NYU Press, 2006).

Joyce, Michael, *Was: annales nomadiques, a novel of internet*(Fiction Collective 2, 2007).

Kelly, Kevin, *What Technology Wants*(Viking, 2010).

Kember, Sarah, and Joanna Zylinska, *Life After New Media: Mediation as a Vital Process*(MIT Press, 2012).

Kuhn, Donna, "THE LAST PARADE(for spencer)", *Digital Aardvarks*(December 10, 2016), digitalaardvarks.blogspot.com/(Accessed

December 18, 2016).

Liu, Alan, *The Laws of Cool: Knowledge Work and the Culture of Information*(University of Chicago Press, 2004).

McLaughlin, Steven, and Jim Carpenter, *Issue 1*(Principal Hand Editions, 2008).

Murray, Janet H., *Hamlet on the Holodeck: The Future of Narrative in Cyberspace*(Free Press, 1997).

Pressman, Jessica, "The Strategy of digital Modernism: Young-Hae Chang Heavy Industries's *Dakota*", *Modern Fiction Studies* 54, no. 2(2008), pp. 302~326.

Pressman, Jessica, Mark C. Marino, and Jeremy Douglass, *Reading Project: A Collaborative Analysis of William Poundstone's Project for Tachistoscope {Bottomless Pit}* (University of Iowa Press, 2015).

스튜어트 몰스롭 Stuart MOULTHROP 전자 소설 작가, 이론가. 1957년 미국 출생. 하이퍼텍스트 소설 『빅토리 가든(*Victory Garden*)』은 전자 소설의 황금기를 장식하는 대표적 소설로 꼽힌다. 계산기계협회에서 최고 논문에 수여하는 더글러스 엥겔바트상과 시우타트 비나로스 전자시와 전자 내러티브상 등 다수의 문학상 및 논문상을 수상했다. 주요 작품으로 『헤지라스코프(*Hegirascope*)』(1995), 『레이건 도서관(*Reagan Library*)』(1999), 『하얀 지하철의 마지막(*End of the White Subway*)』(2017) 등이 있고, 주요 저서로 『횡단하기: 전자 문학 보존의 용도(*Traversals: The Use of Preservation for Electronic Literature*)』(2017) 등이 있다.

뻐기는 루틴의 심장에 예외를 박아야 하리 — SNS 시대 문학·예술의 지령

정과리

SNS의 존재론적 특성

트위터를 해야만 할까? 안 하는 것만이 문학을 지키는 일인가? 페이스북은 또 어떤가?

내 입장은 이렇다. 트위터 안 한다. 페이스북 안 한다. 인스타그램은 더욱 안 한다. 저 옛날 통신망 시대에도 다들 하는 '채팅'을 나는 안 했다. 도도한 척하느라고 안 한 게 아니다. 디지털 문명을 그런 식으로 낭비해서는 안 된다고 생각했기 때문이다.

지금 한국 정치의 민주주의적 진화에 SNS(Social Network Service)의 역할이 지대하다고 믿는 사람들은 내 생각에 동의하지 못할 것이다. 그러나 한국의 민주주의는 제반 여건의 성숙에 기대고 있으며, SNS는 부수적 변인에 불과하다고 나는 생각한다. 그리고 SNS가 그 발달에 불쏘시개 역할을 한 게 사실이지만, 반대급부로 민주주의의 변질을, 좀 더 정확하게 말해 민주주의 혼잡도의 증대 또한 초래했다고 생각한다. 혼잡도의 증대는 민주주의의 환경을 쓰레기장으로 만든다. 민주주의 자

체가 가치의 지위적 평준화를 전제로 성립하는 제도이다. 그런데 혼잡
화는 지위적 평준화를 질적 균질화로 바꾸어 버린다. 그리고 사람들은
그 둘을 혼동해 버린다. 그로부터 무슨 일이 일어났는가?

가장 핵심적인 것은 '사적인 것'이 '공적인 것'을 대신하게 된 사태
이다. 이제 개개인의 사사로운 의견이 곧바로 공적 지위를 획득하게 되
었다. 그 내용은 여전히 사적인데도 불구하고 말이다. 내용이 사적이라
는 말은 객관적 검증 절차를 거치지 않는다는 것을 가리킨다. 객관적이
라는 말은 정확하지 않다. 왜냐하면 주체 스스로도 검증하지 않는 경우
가 태반이기 때문이다. 그러나 주체의 자기 검증은 스스로를 객관화하
려는 시도의 하나이다. 따라서 넓은 의미에서 이 또한 객관적 검층 절
차라고 할 수 있을 것이다. 여하튼 자신에 의해서든, 타인들의 검토에
의해서든 SNS는 검증의 절차를 거의 무시하고 있다. 그런데도 그것은
다른 요인을 통해서 공적 효과를 발휘한다. 이것이 오늘날 SNS의 존재
론적 의미와 효과이다. 이는 지식의 사회적 유통 체계에서의 근본적인
변화를 낳고 있다. 그뿐만 아니라 지식이 깃드는 처소에도 변화가 일어
났다. 지식 유통의 자유의 봇물 속에서 전문적 지식과 의사 지식 사이
의 구별이 희미해졌다. 그 처소로 보자면 전문가와 아마추어의 구별이
사라졌다. 이 현상은 한국 사회에서 '신용적 질서'의 수립을 다시 한번
좌절시키고 있다.

가뜩이나 부족한 게 '신용'이다. 왜? 거기에는 여러 가지 요인이 있
다. 사회적 미성숙도 요인이지만 한국 사회 자체의 신경 진화 시스템
자체가 '신용 불량 상태'를 부추기고 있기도 하다. 소위 '정(情)'적인 것
이 지배 요인으로 자리 잡은 시스템이다. 이 시스템은 한국인의 기나긴
역사를 통해 구축된 것이다. 따라서 교육이나 법률적 강제에 저항하는
힘이 아주 세다. 1987년 이후 한국 사회의 민주화는 사회 체제상으로
는 서양식 민주주의의 정착의 형식으로 진행되어 왔다. 이 방향은 한국
의 인정주의적 시스템과 대립적 형국을 이루어 왔다. 그리고 그 대립이
어떤 결말을 낳을 것인가에 대한 중요한 시험이 지금 벌어지고 있다.

이것이 지금 이 자리에서 더 논할 문제는 아니다. 다시 전문성의 붕괴라는 문제로 돌아가자. 이는 즉각적으로 나타나는 환상에 의해 열광적으로 추구되고 있는데, 그 대가가 매우 크다. 왜냐하면 이것은 이로부터 형성된 '중론(衆論)'의 가치를 지속적으로 보장해 주지 않기 때문이다. 이 문제는 현재 세계 전체의 사회적 환경을 요동치게 만들고 있다. 가령 21세기 초엽의 '아랍의 봄'을 생각해 보자. 아랍의 민주화는 튀니지의 여성들이 특히 주도적으로 이끈 SNS에서 시작되어 아랍 세계 전체로 빠르게 확산되어 갔다. 나를 포함하여 세계의 많은 사람들이 이 과정을 황홀하게 지켜보았다. 그러나 이 바람은 적대 세력의 조직적 대응을 부추겼고 거꾸로 아랍 세계는 더 가혹한 상황 속으로 빠져들어 갔을 뿐만 아니라 서양 세계와 아랍 세계의 관계 전체가 '대쉬(Daech, 자칭 이슬람 국가)', '시리아', '관타나모', '차도르', '입국 금지' 등등 숱한 심리·경제·정치적 병증들을 병발시키면서 풀릴 길 없는 분규 상태로 돌입하였다. 또 다른 예도 들어 보자. 《샤를리 에브도(Charlie Hebdo)》에서의 테러리스트에 의한 학살이 일어난 직후, 많은 사람들이 "나도 샤를리다."를 외치며 파리 시내로 몰려들었고 이는 전 세계인의 호응을 받았다. 그러나 이 바람은 곧바로 《샤를리 에브도》에서 진행한 풍자의 '금도'에 대한 반발과 비난을 불러일으켰고, '시민 학살'의 문제를 희석해 버렸다. 현재 한국에서 진행되고 있는 '최 게이트'에 대한 군중 반응의 추이는 또 어떠한가?

두 개의 공동체

어떻게 해서 이런 일이 벌어지는가? 이것은 전문가/아마추어의 구별의 해찰이 가진 함정을 그대로 가리키고 있다. SNS의 무차별적 향유는 언뜻 보면 '직접 민주주의'와 '인터랙티비티'라는 자유의 특징적인 존재 형식을 약속할 듯이 보인다. 그러나 실제로 그 약속은 그것을 누릴 존재들이 또한 그것을 감당할 능력을 보유할 때에나 이루어질 수 있다. 그리고 그것은 환상이다. 결정적으로. 왜냐하면 그 감당의 능력을 보유한 존재들이란 존재하지 않기 때문이다. 직접 민주주의는 각 주체들의 단독적 독립성을 전제로 한다. 그것이 자유 민주주의의 '이상'이다. 그러나 단독적 독립성은 세계의 근원을 쥔 존재에게나 가능한 일이다. 근대 사회는 인간에게 그러한 능력을 가정적으로 부여한 대가로 그 이상의 거처를 실종시켜 버렸다. 어디에도 보편적 준거점은 없다. 피조물로서의 인간 및 모든 생명은 그러한 자유를 누리기 위해서 끊임없이 타자를 참조할 수밖에 없다. 따라서 그걸 감당할 능력을 보유한 존재는 없고 그 부재를 깨닫는 사람과 그 부재를 깨닫지 못하는 존재자들만이 있을 뿐이다.

대신 다른 부류가 태어났다. 그 부재를 깨달았거나 말았거나에 관계없이, 저 존재 형식을 '다룰 줄' 아는 기술을 소유한 자들이다. 그들은 이 자유의 존재 형식들을 누리기보다 그것을 '손본다.' 손본다는 것은 그러한 '자유'의 존재적·향유적 장치를 만들고 설치하고 조정함으로써, 그것을 누리고 싶어 하는 사람들을 자신들이 만든 장치의 그물 속으로 잡아들인다는 것을 뜻한다. 실제로 오늘날 벌어지고 있는 현상들이 그러하다. 디지털 문명 및 문화의 모든 자유는 틀 안의 자유이다. 발음을 잘해야 한다. 뜨락의 자유도, 뜰 안의 자유도 아니다. 틀은 한계이다. 그 한계를 결정하는 것은 전문가들이다. 전문가들은 최대치의 이익을 뽑아내기 위해 그 한계를 조절한다.

그 이익이 만인의 이익에 부합될 수도 있는 게 아닌가? 실제로 생산자와 향유자, 전문가와 애호가 사이에는 우호적인 협약이 암묵적으로 이루어지는 게 디지털 문명의 현황이다. 성공한 디지털 환경 창시자들 대부분은 처음부터든 성공해서든 선행과 공익적 출자를 기꺼이 해 왔다. 그것이 때로는 그들의 사업적 성공의 발판이 되기도 했다. 그러나 그러한 현상이 전문가/향유자의 근본적인 의존적 구조를 바꿀 수 있는 것은 아니다. 오히려 그 현상은 그들의 애초의 혹은 훗날의 사익 추구에 대한 알리바이로 기능하기도 한다. 처음 창업 당시의 모토가 "Do no evil!"이었던 구글은 뛰어난 검색 성능뿐만 아니라 '바른 생활' 때문에 비약적인 성공을 할 수 있었다. 구글의 태도는 그 이후 크게 변하지 않았다. 그러나 그것과 별도로, 그들의 의사와 무관하게, 구글의 확장은 전 세계의 디지털 공간에 대한 구글적 변형을 가져오고 있으며, 그것은 유럽, 중국을 필두로 다양한 마찰을 불러일으켜 왔다. 한국에서 구글 지도가 제대로 작동하지 못하는 것도 같은 이유에서이다.

이러한 현상들은 디지털 환경 제공자(업체)들이 누리게 해 주는 자유의 환상이 궁극적으로 그 환경을 작성한 보이지 않는 알고리즘에 의해 통제된다는 것을 가르쳐 준다. 그것은 이중적으로 환상이다. 조절 장치 속의 자유라는 점에서 환상이며, 동시에 사용자들이 그것을 무한한 자유라고 착각하고 있다는 점에서도 환상이다. 이 이중적 환상에 의해서 디지털 문명 속의 존재들은 기준의 망실을 초래함으로써 혼돈의 악순환 속으로 빠져드는 하나의 극단과 전문가들의 공동체에 의해 최종적으로 예속되는 다른 하나의 극단 사이의 스펙트럼 속 하나의 단위, 하나의 현상, 하나의 사물, 하나의 행위 등등으로 명멸하게 된다.

물론 양극단이 재앙이라고 해서 그 사이의 자장 안도 재앙인 것은 아니다. 전문가들의 공동체는 사용자들을 말살하는 방식으로 착취하지 않는다. 거꾸로 그들의 생산 활동을 증진시키는 방식으로 일을 도모해야 디지털 환경의 이익도 증대한다는 것을 잘 알기 때문이다. 따라서 그 안에는 끝없는 갈등과 교섭과 타협 그리고 그 과정들을 통한 디지털 환경의 지속적인 변형이 존재한다. 이 시시각각으로 변하는 조절의 결과물들이 우리가 손안에 쥐고 노는 디지털 문명의 '사물들', 좀 더 정확하게 말해 문화적으로 변용된 문명의 기기들이다.

이 기기들이 사용자와 전문가들 사이의 교섭과 타협의 결과물이라는 것을 보여 주는 명백한 증거는 그것들이 '개인용'으로 최적화될 때 폭발적으로 성공할 수 있었다는 것이다. 이미 누누이 언급했듯이 이는 디지털 문명의 기이한 멈춤이었다. 개인들의 해체를 향해 가는 게 그 생리인 디지털은 그의 자연스러운 흐름을 억제하고 개인들의 손아귀에 쥐이는 척함으로써 생산성의 만개를 얻어 낸 것이었다. 이로써 디지털과 아날로그, 휴먼과 포스트 휴먼 그리고 미래의 안드로이드와 휴머노이드 사이에 희한한 화해가 이룩된 것이다. 그러니 그 절묘한 타협을 통해서 나타난 문명의 문화적 발현들이 그 자체로서 인류의 훌륭한 지성의 표현이라고 할 수 있지 않겠는가?

그러나 그렇지 않다. 우선 논리적으로 그렇다. 이러한 상보성(相補性)은 본질적인 모순을 해결하지 못한 채로, 혹은 해결하는 방식으로 운동하지 못하게 하면서, 끊임없이 시도되는 가운데 점차로 엔트로피의 증가에 의한 파국으로 치닫게 된다. 모든 생명 운동의 추이가 그러하다. 닫힌 계 안에서 엔트로피의 증가는 불가역적이라는 것. 전문가의 조절 시스템 안에 갇힌 사용자와 전문가의 쉼 없는 대화는 상황을 개선해 나가서 인류의 진보를 영원히 보장할 듯하지만, 그렇게 안 되고 점차로 잡음들이 들썩이고 질서가 문란해지고 쓰레기가 널리고 신체적 암세포에 비유할 만한 무의미의 언어체들, 정신물들이 쌓이게 된다. "악화가 양화를 구축"할 수밖에 없게 되는 것이다. 그리고 거기에 불안의 요소들이 끼어들면 정신의 암은 말 그대로 인류에게 치명타를 먹이게 된다.

열역학 제2법칙의 재앙

정말 그럴까? 20세기 전반기의 유럽을 예로 생각해 보자. 충격적인 사건들로 점철되긴 했지만 어쨌든 기나긴 혁명(혹은 혁신)을 통해서 자유 민주주의 체제를 안정적으로 구축한 서양 세계는 1900년대 초엽부터 경제적 풍요, 사회적 진보, 문화적 흥성이라는 황금시대를 구가하게 되었다. 이 황금시대를 받쳐 준 것은 안정된 부르주아 민주주의 체계와 그에 대한 정신·상징적 후광, 즉 종교적 지지였다고 흔히 말한다.

100여 년의 격변의 경험을 안고 유럽인들은 잘 구성된 시민 사회를 이룰 수 있었고, 종교와 세속이, 합리적 생산과 소비, 자발적 노동과 향유, 인문과 과학이 이상적인 조화에 다다르고 있었다. 그래서 이 시기의 사람들은 "새로운 세기가 비참과 노역에 종결을 고하고 모두는 안락과 위생 환경 내에서 살게 되었으며, 의무 교육은 인간을 더 나은 존재로 그리고 더 인간적으로 만들어 줄 것이라고 생각"[1]하고 있었다.

그러나 이 나르시스적 거울은 사라예보의 총성으로 산산조각이 난다. 이성의 보유를 자랑하는 인간들끼리 서로 살육하는 1차 세계 대전이 터진다. 그리고 이 사태는 두 번째 재앙을 불러일으키게 된다. 차후 인류를 상시적 절멸의 위협에 처하게 할 과학의 진보를 수반한 재앙을. 1차 세계 대전과 2차 세계 대전 사이에는 '제3공화국(IIIe République)의 민주주의'가 세계 대전의 원인이었다는 공격이 끊임없이 일어났고 그에 분노한 많은 지적 청년들은 새로운 대안 세계를 모색하게 된다. 파시즘과 공산주의가 세계사에 출현하게 된 것은 그런 경로를 거쳐서였다. 그러니까 당시의 파시스트들을 그냥 미친 바보라고 치부하면 안 된다. 그들에게는 나름의 분명한 이유와 신념이 있었다. 가령 당시의 촉망받는 두 작가 드리외 라 로셸(Drieu La Rochelle)과 페르디낭 드 셀린(Ferdinand de Céline)은 파시즘에 깊이 빠져들었는데, 그들은 모두 "민주주의가 국민 총동원과 수많은 사람의 죽음을 동반한 근대적 학살을 발명하였다."[2]라고 믿었던 것이다.[3]

왜 그렇게 되었을까? 무엇보다도 저 황금시대를 떠받치고 있었던 건 느슨한 민주주의, 비반성적인, 그리고 그렇기 때문에 매우 자기만족적

---

1) Patrik Ourednik, *Europeana: Une brève histoire du XXe siècle*, traduit par Marianne Canavaggio(Paris: Editions Allia, 2004), p. 79.

2) Julien Hervier, "Préface", Pierre Drieu La Rochelle, *Journal, 1939~1945*(Paris: Gallimard, 1992), p. 39.

3) 우리는 파시즘에 매료되었던 뛰어난 지식인, 예술가의 목록을 한정 없이 늘릴 수 있다. 모리스 블랑쇼, 잉에보르크 바흐만…… 그리고 하이데거. 이것은 단순한 일탈이나 한때의 어리석음이 아니다.

인 부르주아적 주이상스였기 때문이다. 이 시대의 황금성은 삶의 본질에서 캐내진 것이 아니라 화려한 '스펙터클'[4]의 효과일 뿐이었다. 바로 그것이 자본주의 문화를 끊임없이 허위성의 의혹 속으로 몰아넣었고, 거기에 '절망'하거나 '분노'한 인간들 속에 그 근대 사회가 이룩한 최고의 정치·사회적 관계 형식이었던 '대의 민주주의' 자체를 근본적으로 부정해야 한다는 생각을 퍼뜨리고 있었다. 결국 민주주의의 나르시시즘은 한편으로 자가 시스템의 기능 마비를 진행시키고 있었고 다른 한편으론 그에 '윤리적으로' 분노한 지식인들의 폭력적인 대안 제출을 방치하고 있었다. 그 결과가 두 번에 걸친 세계 대전이었으며, 두 번째 세계 대전은 그 이후의 인류가 두고두고 걱정해야만 하는 절멸의 장치를 탄생시키며 마무리되었던 것이다.

이러한 예는 어떤 훌륭한 체제이든 스스로 닫혀 있으면 혼잡도의 증가를 통해서 파멸을 향해 간다는 것을 예리하게 가리킨다. 이것은 거의 보편적인 법칙이라고 나는 생각한다. 멀리 갈 것도 없이 한반도의 역사를 가만히 돌이켜 봐도 여실한 보기를 찾게 된다. 조선 사회를 말하는 것이다. 아마도 조선 사회는 플라톤이 꿈꾸었던 '철학자들의 공화국'[5]에 가장 근사한 체제였을 것이다. '권력으로부터 초연'하고 훌륭한 희생적 덕목들로 무장한 사대부들이 관장하던 나라는 조선 사회 전반기까지는 이상 국가의 모습을 보여 주었는지 모르지만 임진왜란과 더불어 급격한 시스템의 혼란 속으로 빠져 들어갔고 급기야 신분 질서의 붕괴와 바깥으로부터의 침입에 거의 속수무책인 채로 망국의 지경에 이르게 되었던 것이다. 그 역시 유교적 도덕주의가 구축한 시스템 안에 매몰되어 있었기 때문이다.

4) 이는 데이비드 하비의 생각을 빌려 온 것이다. cf. David Harvey, *Paris, Capital of Modernity*(New York-London: Routledge, 2003).

5) Platon, *OEuvres Complètes — Tome VII — 1ère partie, La République Livres IV-VII*(Société d'Édition Les Belles Lettres, 1989).

상호 도발의 메커니즘

오늘의 다매체 문화 역시 디지털 문명의 시스템 안에 갇혀 있는 한, 아무리 다채롭다 하더라도 궁극적으로 문명의 지배 구조에 봉사하게 된다. 가장 열악적인 것에서부터 가장 파괴적인 것에 이르기까지. 최고도의 자유와 해방을 느끼고자 하는 집요한 충동 속에서, 우리는 "길든 짐승처럼 컴퓨터를 켜"[6]고 있을 뿐이다.

그러니까 시스템 안에서의 정합적 질서와 걷잡을 수 없는 파탄의 관계가 결코 적대적인 게 아니다. 지금까지의 얘기가 가리키는 것은 가장 음전하게 보이는 질서가 가장 파괴적인 충동을 부추겨, 양극의 걷잡을 수 없는 팽창을 방치하게 된다는 것이다. 그 질서가 하나의 수사적 보자기에 불과할 때, 다시 말해 그 질서가 닫힌 시스템 안에 갇혀 있을 때, 현재의 가식적인 평화에 대한 극렬한 분노는 이 평화를 뒤에서 감싸고 있는 시스템의 전복을 꾀하기보다는 오히려 그 시스템을 이용하여 자신의 충동 혹은 욕망을 확대하려고 하는 것이다. 1930년대의 파시즘이 "광적인 신념들을 기술적 근대성과 결합시키는 데에 전혀 어려움을 느끼지 않았다."[7]라는 것에 대한 홉스봄의 통찰은 바로 그 사실을 가리킨다. 파시스트들은 '기술적 근대성'만을 써먹는 게 아니다. 근대가 이룩한 모든 예술을 절도에서부터 표절을 거쳐 향유에 이르는 모든 층위에서 수집하고 활용한다. 침략한 나라의 예술 작품들을 쓸어 담는 나치의 행각들은 고발 문서들과 예술적 표현에서 빈번히 검토되었다. 또한 "대낮의 학살로부터 집에 돌아와 바흐의 바이올린 연주를 듣는 수용소장"이라는 흔히 거론된 이미지를 떠올려 보라. 한 나치 연구자는 이를 두고 "나치즘 한복판에 뚫려 있는 블랙홀"이라고 지칭하며, 그 상징적 권화로서의 히틀러에 대해 "폭력적이고 갈붙이는 훈육으로

---

6) 김선재, 「틈」, 『어디에도 어디서도』(문학실험실, 2017), 13쪽.

7) 홉스봄, 이용우 옮김, 『극단의 시대: 20세기 역사 상』(서울: 까치, 1997), 169쪽; Eric Hobsbawm, *Age of Extremes: 1914~1991* (London: Abacus, 1994), p. 118.

인해 보통 사람들의 감정으로부터 단절됨으로써, 성인이 되어 증오와 야망을 제외한 어떤 진실한 감정도 가질 수 없었다."라고 풀이하고, 이런 존재가 어떻게 에바 브라운이라는 "타인과의 정상적인 인간적 사랑을 할 수 있었다면, 도대체 사랑이라는 게 어떤 힘을 가지고 있어서 그런 건지?"[8]라고 의문 부호를 쳐올리고 있는데, 내가 보기에 그가 본 "블랙홀"은 "보통 감정으로부터 단절되어" 생긴 구멍이 아니라, 일상적 감정 자체에 대한 자동적 함몰이다. 바로 그런 의미에서 "악은 진부한 것"(한나 아렌트)이다. 사랑이 특별히 위대한 힘을 가진 게 아니라는 것이다. 오히려 사랑하는 감정과 파괴하는 감정이 기묘하게 연루되어 있는 것이다.

홉스봄의 통찰은 파시스트들만의 특유의 현상에 대한 것이 아니라 인류의 일반적 운동을 겨냥한 것이었다. "파시즘은 인간이 어렵지 않게 세상에 대한 광적인 신념을 현대 첨단 기술에 대한 자신만만한 지배와 결합시킬 수 있다는 증거 역시 제공했다. 20세기 말에 사는 우리는, 컴퓨터로 프로그램이 짜인 모금 활동이나 텔레비전과 같은 무기를 휘두르는 근본주의 종파들 덕분에 이러한 현상에 더욱 친숙하게 되었다."[9]

21세기도 벌써 20년에 가까워지고 있는 오늘날에는 더 말할 나위가 없다.

문화와 예술

아마도 우리는 이 때문에 예술과 문학을 필연적으로 요청할 수밖에 없게 된다. 예술과 문학이 이런 문화들과 다른 게 무엇인가? 나는 장뤼크 고다르의 다음과 같은 발언이 핵심을 찌르고 있다고 생각한다.

---

8) J. Evans Richard, *The Third Reich in History and Memory*(New York-Oxford: Oxford University Press, 2015), p. 163.

9) 홉스봄, 앞의 책, 170쪽.

내가 보기에 문화는 규칙이고 예술은 예외이다. 문화는 배포이고 예술은 생산이다. 나는 언제나 완벽하게 혹은 정성스럽게 만들려고〔생산하려고〕애썼다. 그러나 나는 매번 오만한 환영 속에서 배포되었다──적대 혹은 무시라고 말해도 무방할 정도로. 이런 생산과 배포의 현상들은 아주 중요하다. 살짝 은유를 써서 말해 보자. 제9교향곡은 예술이다. 카라얀이 지휘한 제9교향곡은 아마도 예술적인 무언가를 가지고 있다. 그런데 필립스나 소니 픽처스에 의해 배포된 제9교향곡은 문화다.[10]

이 말에 그는 하나의 토를 달았다. "규칙은 예외의 죽음을 원하게 마련이다." 규칙이 예외를, 다시 말해 문화가 예술을 죽이고 싶어 하는 까닭은 명백하다. 저 규칙이 이윤 창출의 메커니즘이기 때문이다. 예외는 바로 그것을 위협한다.

그러나 앞에서 보았듯 저 메커니즘은 스스로에게 갇혀 있으면 엔트로피의 증가를 막을 수 없다. 온순화와 쓰레기화라는 양극의 팽창으로 나아가다가 폭발하고야 만다. 이 재앙을 벗어나려면 닫힌 시스템 자체를 깨뜨려야 한다. 그것이 '예외'가 하는 일이다. 예외는 특이점의 창출이고, 자각적 진화의 유도이다. 지적 생명들은 이 특이점을 통과함으로써 종의 존속을 넘어서 '종의 질적 도약'으로서의 진화를 이룩하였다. 이런 진화, 종의 갱신을 분만하는 진화의 핵심에는 삶의 근본성에 대한 반성과 새로운 지평에 대한 상상과 통찰이 늘 있었고, 그런 반성과 상상은 늘 예술의 '소관'이었다.

이것은 예술의 입장에서 세계는 결코 음전할 수, 즉 안정될 수가 없다는 것을 의미한다. 세계의 근본을 묻는 모든 활동은 현재적 기반의 불완전성을 해부하고 부각시키고 깨뜨려 다른 지평을 여는 방향으로 나가게 된다. 그 기반 위에서 살면서 그 문제를 인식하고 동시에 그것

---

10) "J'ai toujours pensé que le cinéma était un instrument de pensée ── Propos de Jean-Luc Godard(장뤼크 고다르 대담 ── 나는 늘 영화는 사유의 도구라고 생각해 왔다)", *Cahiers du Cinéma*(1995. 4), p. 71.

의 재구성을 실행하는 주체들, 즉 그 세계의 구성원들 역시 모두 그 행위 안에 포함된다. 즉 기반의 불완전성을 혁파하는 행위는 바로 그것을 수행하는 주체 자신의 갱신을 필연적으로 요구한다. 그 때문에 예술의 행위는 필연적으로 행위자의 죽음을 관통해야만 한다. 그 죽음에 따르는 모든 정서적 뒤집힘과 육체적 고통 역시. 그것들이 없다면 존재는 더 큰 존재로 도약할 수 없을 것이다. 오이디푸스의 자각적 '실명'과 「안달루시아의 개(Chien Andalou)」(Louis Bunuel, 1929)에서의 '눈 도려냄'은 그 점에서 같은 효과를 갖는다. 오이디푸스의 실명은 바로 그 이전의 '맹목'으로부터의 깨어남이며, 후자의 '눈 도려냄' 역시 스크린에서 '세상이라는 이름의 환영(fantasme)'을 보고 싶어 하는 관객의 눈의 무의식적 욕망을 끊어 내는 것이다. "환영이 맹목"[11]이니 실명은 바로 환영만을 보는 먼눈을 걷어 내는 개안적 작용이다. 그것은 진짜 눈을 다는 것과도 같다. 그래서 횔덜린은 "아마도 오이디푸스왕은 눈을 하나 더 가지고 있다."라고 말했던 것이다.[12] 또한 한 영화 평론가가 이 '눈 도려냄'을 두고서, "공격성을 구조적 구성 요소와 같은 강렬한 형식으로 사용"[13]했다고 한 것은 바로 그것을 가리키는 것이다.

바로 이런 의미에서 예술은 태초부터 오늘날까지 지적 생명의 진화의 역선을 타고 흘러왔던 것이다. 반면 예술의 의지를 삼켜 버린 문화는 고통의 회피를 중요한 목표이자 수단으로 한다. 문화의 향유자의 측면에서 보자면, 세상의 한계 너머로 나아가려는 욕망을 최대치로 뿜어내면서도 그것을 수행하는 주체는 그 안의 단단한 껍데기 안에 '실드'

---

11) Andrea Bellavita, "L'empire des non sens: le diabolo de Nagisa Oshima et Jacques Lacan", sous la direction de Jacques-Alain Miller, *Lacan regarde le cinéma: Le cinéma regarde Lacan*(coll.: Rue Huysmans)(Paris: École de la cause freudienne, 2011), p. 112.

12) Hölderlin, "En bleu adorable", édition publiée sous la direction de Philippe Jaccottet, *Œuvres. Hypérion, Empédocle, Poèmes, Essais, Lettres*(coll.: Pléiade)(Paris: Gallimard, 1967), p. 941.

13) 노엘 버치, 이윤영 옮김, 『영화의 실천』(서울: 아카넷, 2013), 192쪽; Noël Burch, *Theory of Film Practice*(New Jersey: Princeton University Press, 1981), p. 125.

되길 원한다. 문화의 생산 기제의 측면에서 보자면, 그런 '스펙터클'을 제공함으로써 주체들의 자발적인 동참을 유도하며 그를 통해 이윤을 극대화하고자 한다. 그러나 고통을 거치치 않고 다른 세상으로 넘어가는 그런 일은 실제로는 일어날 수가 없다. 세상이 바뀌려면 성원들도 바뀌어야 하는 것이다. 때문에 그것들은 그저 '스펙터클'일 뿐이다. 그 스펙터클은 자동적으로 더욱 스펙터클화한다. 실재의 부재를 실감으로 채우려 하기 때문이다.

그렇다는 것은 문화가 자신의 문화적 특성, 즉 열락 지향과 이윤 추구를 극대화할수록 더욱 예술을 비근하게 흉내 내려고 애쓴다는 것을 가리킨다. '문화'를 농락한 사람이 문화부 장관이 되어 문화 애호가를 공공연하게 자처하듯이 말이다. 그리고 그 모든 행태들은 문화 공간들을 예술 잡동사니들의 창고로 만들게 된다. 간단한 예를 들어 보자. 지난해부터 갑자기 시의 부활을 알리는 소식들이 언론을 통해 알려졌다. 주로 SNS가 짧은 길이의 문자 소통 형식을 가지고 있고 그에 부응하여 시의 짧다는 성격이 모바일에 어울린다는 식의 분석들이 언론을 통해 소개되었다. 짧다는 것은 요점을 정확히 지적한 것 같았다. 그런데 독자들이 실제로 홀린 것은 시가 아니라 한두 행의 '시구'였다. 그 시구들은 대체로 연애 감정을 우아하게 꾸민 것이거나 날카로운 재담 등이었다. 그런데 그 이쁜 글은 실제 시의 전체적인 주제와는 무관한 경우가 태반이었다. 시집의 부활을 주도한 독자들의 꽤 많은 수는 그렇게 시를 뜯어 먹는 재미에 빠진 것이었다. 예술 작품이 아니라 그것의 조각들을 즐기는 일 또는 그 조각의 입체적 상응물이랄 수 있는 '짝퉁'을 소비하는 문화, 그것을 두고 20세기의 식자들은 키치(kitsch)라고 불렀다. 나는 이 용어가 아직도 유효하다고 생각한다. 오늘날 상업적 성공과 '통'하는 예술에 대한 취향은 근본적으로 키치적이다. 키치는 예술의 본질에 다가가지 않고 그 외피를 즐기는 모든 문화적 현상들을 가리킨다.[14]

14) 영어 'sketch' 혹은 독일어 'verkitschen'(싸게 팔다)에서 유래한 것으로 알려진 'kitsch'에 대한 종합적인 연구를 내놓았던 루드비히 기츠(Ludwig Giesz)는 "키치는 '예술의 쓰레

이때 그 본질은 무엇인가? 거듭남을 위해서 고통과 죽음을 관통해야만 하는 창조 행위가 그것이다. 바로 그것을 키치는 외면한다. 대신 현재 속의 탐닉만이 남는다. 밀란 쿤데라는 날카롭게 그 점을 가리킨다.

"존재와의 정언적 일치가 미학적 이상태로 하나의 세계를 가지는데, 그 세계에서는 '똥 같은 상황'이 부인되고 그 안의 사람들은 그런 똥 밟는 일이 결코 없는 양 처신한다. 그런 미학적 이상태가 바로 키치라고 불리는 것이다."[15] "키치는 인간 실존이 본질적으로 용납할 수 없는 모든 것을 시야에서 배제해 버린다."[16]

예술은 무엇을 할 수 있는가 — 예외의 상호 유발 구성

오늘날 기술적 진보에 힘입어 문화는 점점 더 예술이 되려고 하고 있다. 그리고 그것은 그렇게 예술이 점점 손 가까이 잡히는 환몽에 환희를 느낀 군중들의 적극적인 호응 속에서 기름 부은 장작처럼 타오른다. 그러나 이 예술스러움은 예술이 아닐 수 있다. 이 집단적 열락은 현존성에 정언적으로 일치하고자 하는 키치적 충동에 지배당하고 있을 수 있다. 그렇다면 이 예술을 삼키는 문화에 대해 예술은 무엇을 할 수 있을 것인가?

예술의 근본적인 원칙이 지표가 될 것이다. 예외가 되는 것. 현재의 삶 속에 침닉하고자 하는 이 한결같은 충동 안에 예외를 심는 것. 그러나 지표는 방향 표지판일 뿐 실제적 행동 지침이 아니다. 적어도 두 가지 방향에서 예술의 임무는 심각한 어려움에 직면한다.

기(artistic rubbish)'"를 뜻한다고 규정하였다고 한다. Gillo Dorfles(ed.), *Kitsch: The World of Bad Taste*(New York: Universe Books, 1975), p. 10.

15) Milan Kundera, *L'insoutenable légèreté de l'être*, traduit par François Kérel(Paris: Gallimard, 1984), p. 311.

16) Ibid., p. 312.

첫째, 문화는 예외마저도 즐긴다는 것이다. 탐닉의 문화는 단지 현재의 현실에 만족하지 않는다. 그것은 모든 미래와 과거마저 현재 안으로 잡아당긴다. 문학의 기본 덕목 중의 하나인 상상은 오늘날 아주 특별하게 기능한다. 고전적인 의미에서 상상은 가상이고 허구이다. 그것은 현실과의 엄격한 단절을 전제로 현실을 충격하여 각성시킨다. 그런데 오늘날 상상은 가상을 넘어 가상 현실이 되었다. 그리고 가상 현실은 증강 현실이다. 이 가상 현실에 의한 현실의 증강 속에서 예외들은 현실의 재산 목록으로 축적된다. 단, 공격성이 제거된 채로. 거세당한 반려 동물들처럼. 만일 공격성의 제거 처리가 이루어지지 않았다고 판단되면, 문화는 그 예술을 가차 없이 배제시킨다. 불온이며 외설이며 위협이며, 여하튼 감염적 위협의 징표로서. 마치 격리되어 살해당하는, 발톱 달린 고양이처럼.

  여전히 문화가 예술이 되고자 소망한다는 게 예술에는 기회이다. 그 덕분에 예술은 영생을 보장받을 수 있다. 하지만 공격성을 감추고 문화의 가지에 접지해야만 하는 것이다. 그러지 않으면 진짜 예술가들의 운명은 아사(餓死)이다. 예술의 미션은 그 접지 다음이다. 예술은 문화에 대립하는 게 아니라 문화의 혈관 안으로 침투해야만 한다. 그것이 어떤 존재론을 형성시킬 것인가? 그 양태는 무한히 다양할 수 있을 것이다. 다만 그런 존재론에 대한 아슬아슬함은 더욱 가중된다. 내삽된 예술은 배제를 피한 대가로 문화에 감염될 수 있기 때문이다. 예술의 공격성에서 질병의 감염을 보는 문화가 사실은 더욱 감염적이다. 문화에 감염되는 것은 "현존과의 정언적 일치"라는 항체가 형성되는 것이다. 더 이상 문화를 공격할 힘을, 다시 말해 문화의 현재에 집착하는 성향을 깨뜨려 존재론적 도약을 감행할 탄성판을 제공할 힘을 상실하는 것이다. 그렇게 되면 예술은 문화에 봉사하고 문화는 현실의 시스템 안에 갇혀, 앞에서 말했듯 온순화와 쓰레기화라는 양극의 분열을 향한 팽창 운동을 비자각적인 상태로 진행할 것이다. 그렇기 때문에 문화에 내면화된 예술의 자세는 지극히 얄궂은 것이다. 나는 아주 오래전에 정보화 사회에 대한 짧은 수필에서 그것을 "깬 채로 홀리지 않기"라는 명제로 제시한 바 있다. 문화 안에 스며들어 태연히 공존하려면 문화와 끊임없이 눈을 맞추어야 한다. 문화의 스펙터클은 너무나 안전하고도 화려해서 거기에 홀리지 않기가 어렵다. 홀림은 눈을 통한 감염이다. 그러니 여하히 눈을 똑바로 뜨고서 문화의 이질화의 계기로 작동할 것인가?

그런데 가까스로 그 일을 해낸다 할지라도 예술에 닥친 어려움은 여전히 남는다. 두 번째 난제는 예술이 진정 오늘날 문화에 자기 갱신 장치를 심어 주고 싶다면, 문화가 예술을 다루는 방식과 똑같이 해서는 안 된다는 것이다. 즉 예술의 공격성은 파괴와 배제와 감염의 형태로 나타날 수 없다는 것이다. 예술이 핵미사일이 되기는 애초에 불가능해 보이지만, 또한 예술은 시한폭탄이 되어서도 바이러스가 되어서도 안 된다. 왜? 예술의 대의가 그것을 요구하기 때문이다. 우리가 예술과 문학을 하는 까닭의 인류학적 의미는 세계와 나와 이웃이 함께 하는 존재 변환이라고 할 수 있을 것이다. 바로 이 인류학적 이유에 근거하면, 예술이 문화에 제공할 수 있는 존재 변환의 장치는 순전히 '계기'로서만 작동해야 한다는 것이다. 다른 비유를 들자면 예술은 존재 변환에 있어서 '마중물'일 수밖에 없다. 거기에 예술의 '예외성'의 또 다른 의미가 숨어 있을 수 있다. 불멸을 전제로 한 예술은 결코 문화가 동일화할 수 없는 예외적인 형상으로 남되, 그 예외성을 통해 문화 스스로 자기 갱신의 모험을 떠나도록 자극해야 한다. 요컨대 존재 변환을 '거행' 하는 주체는 문화 그 자신이고, 바로 그 문화의 자발적 성원들인 군중들, 바로 그들이어야 하는 것이다.

그러나 사실은 이야말로 인류의 진화의 숨은 사연이 아니겠는가? 자기 생존과 종족 보전이라는 순환론적 '적응'의 사슬을 끊고 돌연변이와 존재론적 도약의 끊임없는 연속으로서 진화해 온 지적 생명의, 그렇게 존재해 온 까닭이 아니겠는가? 그것이 각성적 진화의 대의이고, 그런 진화의 전위적 실행의 장이 예술이고 문학이라면 예술과 문학은 그 짐을 지고 갈 수밖에 없다. 루틴에 예외를 심되, 루틴이 스스로 예외가 되도록 유발하는 일. 그게 가능하려면 예외로서의 문학·예술이 일상·문화에 대해 호환성을 갖추어야 한다. 즉 문학·예술은 일상·문화에 의해 유발되어야 한다. 그렇게 해서 존재론적 변신들이 상대방을 통해 계기를 만나는 것, 그렇게 넓게 보면 '실시간적'이고 가까이 보면 '교번적'인 방식으로 행해지는 '상호 유발'이 예술에 주어진 지난한 지령일 것이다.

정과리 JEONG Myeong-kyo 평론가, 연세대학교 국어국문학과 교수. 1958년 대전 출생. 서울대학교 및 동 대학원을 졸업했다. 한국 최초의 하이퍼텍스트 문학 실험 '언어의 새벽'을 주도했다. 『문학, 존재의 변증법』, 『존재의 변증법 2』, 『스밈과 짜임』, 『문명의 배꼽』, 『문학이라는 것의 욕망』, *Un désir de littérature coréenne*(불문) 등의 저서가 있다. 소천비평문학상, 팔봉비평문학상, 현대문학상, 대산문학상, 편운문학상 등을 수상했다.

액정 안에서 텍스트가 녹아내릴 때

김연수

消すことは、書くことだと思う。[1]

　내가 액정으로 글을 쓰는 걸 처음 본 건 대학 신입생이던 1989년 한 시인의 서재에서였다. 출판사의 편집장과 독자의 관계로 처음 알게 된 우리는 학업 때문에 내가 서울로 올라오면서 교류가 잦아졌다. 그즈음 그 시인은 시 창작보다 번역에 더 힘쓰고 있었다. 번역은 시보다 작업량이 많았던 터라 그는 글쓰기의 생산성을 높여 주는 최신 테크놀로지에 관심이 많았다. 덕분에 그의 작업실에서 나는 워드 프로세서를 처음 봤다. 대우전자에서 만든 르모(Lemot) 2였다. 무게는 6.5킬로그램에 메모리는 64킬로바이트였고 보조 저장 장치인 3.5인치 플로피 디스크 드라이브에 A4 용지 240매 분량을 저장할 수 있다고 광고했다. 그리고 7행을 디스플레이하는 '국내 최대 액정 화면' 뒤에는 특이하게도 열전사 프린터가 있었다. 휴대용 기계에 딸린 이 프린터는 무게만 가중시키는,

---

1) 일본 톰보 연필 지우개 광고 문안.

좀 성가신 존재였다. 아마도 제작사는 전동식 타자기를 경쟁 상대로 여기고 실시간 출력이 가능한 프린터를 부착한 듯하다.

하지만 그럴 필요가 없다는 사실은 차차 밝혀졌다. 저장 장치가 있다면 타자기처럼 하드 카피를 남길 이유가 없었으니까. 이 기계의 진정한 가치는 여기에 있었다. 그건 바로 자유로운 수정이었다. 이 단순한, 그러나 글쓰기에는 새로운 지평을 펼친 혁신은 당시에도 충분히 주목받고 있었다. 1990년 3월 10일 《한겨레신문》에 실린 「휴대용 워드 프로세서 '원고지 문화' 변화 예고」라는 기사는 타자기에 비해 워드 프로세서가 갖는 가장 큰 장점으로 "액정 화면에 나타나는 원고 내용을 마음대로 수정할 수 있다는 점"을 내세웠다. 기사에 따르면 "내장된 플로피 디스크에 그 내용을 저장(A4 용지 크기의 원고 200~400매)할 수 있기 때문에 웬만한 논문 정도는 자유자재로 수정·보완해 가면서 처리할 수 있"으며, 이 무제한적인 수정 기능과 키보드라는 입력 장치가 결합했을 때 글쓰기 속도는 손으로 쓸 때와 비교해 네다섯 배는 빨라져 "교수, 작가, 기자들에게 큰 인기를 끌고 있다."라고 한다. 다만 1989년 사립 종합대 인문대 평균 등록금이 150만 원이었다는 사실에서 짐작할 수 있다시피, 125만 원에 이르는 높은 가격이 문제였다.

따라서 시인의 집에서 르모 2를 보고 단숨에 매료됐음에도 나는 그 기계를 구할 수 없었다. 대신에 나는 수십 권의 노트를 구입해 손으로 시와 소설과 평론을 썼다. 그 수준을 문제 삼지 않고 말한다면, 시를 쓰는 건 그다지 어렵지 않았다. 시는 쓴 뒤에도 첨삭이 쉬웠고 잘못 썼다는 생각이 들 때는 몇 번이고 처음부터 다시 쓸 수 있었다. 평론은 그보다 쓰기 어려웠지만, 끝맺지 못할 정도는 아니었다. 사전에 개요를 잘 설정하면 논리의 흐름에 따라 특정한 문단들을 보완하거나 삭제할 수 있었다. 가장 어려운 건 소설이었다. 2학년이 될 때까지 단편 소설일지라도 노트에 손으로 써서 마지막 마침표까지 찍은 경우는 단 한 번뿐이었다. 수십 권의 새 노트에는 한두 장 분량의 도입부만 적혀 있었다. 그러다가 전동식 타자기를 구입했다. 그 타자기에도 프린트하기 전에 두 줄 정도를 검토하며 수정할 수 있는 액정이 붙어 있었지만, 외부 저장 장치는 없었다. 실제 사용해 보니 이 기능으로는 막 입력한 문장의 오타라면 몰라도 그 전날 쓴 글을 수정할 수는 없었다. 이 전동식 타자기로도 나는 주로 시를 썼다. 이 기계 역시 소설 창작에는 별 도움이 되지 않았던 것이다.

마침내 내가 286 AT 컴퓨터를 구입한 건 1992년의 일이었다. 기술 향상의 속도가 어찌나 빨랐던지 그즈음에는 개인용 컴퓨터에 밀려 워드 프로세서는 이미 시장에서 사라지고 있었다. 6킬로그램이 넘는 워드 프로세서의 무게를 감안하면 실용성에 의문이 들긴 했지만, 어쨌든 휴대성을 제외하고는 모든 면에서 개인용 컴퓨터가 워드 프로세서의 기능을 뛰어넘었다. 프린터를 따로 사야만 하는 불편함이 따르긴 했지만, 막 글쓰기의 매력에 빠져들던 당시의 내게는 꼭 필요한 물건은 아니었다. 고향의 작은 컴퓨터 가게 주인은 자신이 조립한 PC에 '페르시아의 왕자' 등 수많은 컴퓨터 게임과 함께 아래아한글을 무료로(그러니까 불법으로) 설치해 놓았다. 컴퓨터 설치가 모두 끝나고 그가 돌아갔을 때, 나는 제일 먼저 워드 프로세서 프로그램인 아래아한글을 실행시켰다. 다양한 폰트를 이용하고 문단의 모양을 바꾸는 등의 사용법을 익히는 일이 내게는 컴퓨터 게임보다 더 재미있었다. 귀가하면 나는 늘 그 프로그램을 가지고 놀았다. 그건 글을 쓰라고 만든 프로그램이니까 자연스럽게 나의 '놀이'는 글쓰기가 됐다. 컴퓨터로 글 쓰는 일이 처음부터 내게 놀이로 다가온 까닭은 컴퓨터 스크린의 속성 때문이었다. 불경스러운 말이든, 누군가를 향한 저주든 거기에는 어떤 글이든 쓸 수 있었다. 쓰고 나서 바로 지우기(딜리트 혹은 백스페이스) 키를 누르면 그만이었다. 그러면 화면의 글들은 아무런 흔적도 남기지 않고 사라졌다.

영문학 공부에 꼭 필요하다는 이유를 내세우며 부모님을 졸라 24개월 할부로 구입한 그 컴퓨터로 나는 열 편이 넘는 단편 소설과 1300매가 넘는 장편 소설을 썼다. 이듬해 그 장편 소설이 출간되며 나는 소설가가 됐다. 컴퓨터는 당시 기성세대의 우려처럼 값비싼 장난감이 아니라 엄청난 생산성 도구였던 것이다. 그런데 솔직히 말하면 나도 그 사실을 모르고 있었다. 말했다시피 나는 워드 프로세서를 가지고 '놀았을' 뿐이니까. 그렇다면 육필로 소설을 완성시키는 건 왜 그렇게 힘들었을까? 컴퓨터로 글을 쓰기 시작한 나는 아마도 머릿속의 생각이 문장으로 변환되는 속도의 차이 때문이지 않을까라고 생각했다. 타자 실력이 늘어남에 따라 생각이 문장으로 변환하는 시간은 점점 줄어들었다. 육필로 이 속도를 따라잡는다는 건 불가능했다.

그러나 더 많은 소설을 창작한 뒤, 나는 생각과 문장 사이의 시간 차를 줄이는 일이 어떤 소설을 끝까지 쓸 수 있느냐 없느냐를 결정하는 데에는 중요한 요인이 되지 못한다는 사실을 깨달았다. 도중에 그만둔 소설들(대개 작가 생활 초기에 이런 미완성 작품들을 많이 남겼다.)과 끝까지 써서 출판한 소설들 사이의 가장 큰 차이는 애초의 구상에 대대적인 수정이 가해졌느냐 그러지 않았냐에 있었다. 내 경우 출판까지 이른 소설들은 대개 애초의 구상과는 완전히 다른 캐릭터와 플롯으로 완성됐다. 단어와 표현 들은 당연히 모두 바뀌었다. 이때 가장 결정적인 역할을 한 것은 지우기 키였다. 지우기 키를 더 많이 이용할 때, 즉 쓰고 지우기를 더 많이 반복할 때 어떤 소설이 완성될 가능성은 더 높아졌다. 이 사실을 체감하면서 육필로 쓸 때보다 키보드를 이용할 때 소설을 완성할 가능성이 더 높아지는 이유도 깨달았다. 키보드를 이용해 컴퓨터에 입력하면 쓰고 지우기를 더 쉽게 할 수 있기 때문이었다.

자신이 쓴 문장들을 지우는 일은 소설가에게는 가장 중요한 예술 행위다. 조르조 아감벤은 「창조 행위란 무엇인가?」라는 글에서 "예술에 품격을 부여하는 저항"이라는 말로 작가의 "쓰지 않을 수 있는 힘"을 정의했다. 나는 문장들을 지우는 일이야말로 이 '쓰지 않을 수 있는 힘'을 눈으로 직접 확인할 수 있는 방법이라고 생각한다. 그 글의 제목은 1987년 질 들뢰즈가 파리에서 가진 강연회의 제목과 같다. 따라서 모든 창조 행위를 무언가에 대한 저항 행위로 규정한 것은 들뢰즈가 먼저였다. 아감벤은 들뢰즈가 말한 '저항 행위'라는 게 모호하다는 사실에서 출발해 왜 창조 행위가 저항 행위인지 차근차근 설명한다. 그는 아리스토텔레스를 끌어들여 잠재력을 뜻하는 '힘(dynamis)'과 행동을 통해 표출된 에너지인 '행위(energeia)'를 구분한 뒤, 잠재력을 행동의 유보, 더 나아가 힘의 부재가 아닌 '~하지 않을 수 없는 힘'으로 정의한다. 들뢰즈가 말한 저항 행위는 바로 여기에 연결된다.

　능력뿐만 아니라 이 저항 행위, 즉 무능력까지 거머쥘 수 있는 힘만이 진정한 의미에서의 지고한 힘이다. 만약 인간의 능력이 무언가를 할 수 있는 힘뿐만 아니라 동시에 하지 않을 수 있는 힘까지도 포괄한다면, 이 능력의 실천은 오로지 후자를 어떤 식으로든 행동으로 옮겨 와야만 가능해진다. 그렇다면 어떻게 해야 이 하지 않을 수 있는 능력을 행동으로 옮길 수 있을까 하는 질문에 이르게 된다. 이 질문에 대해 아감벤은 상당히 의미심장한 발언을 한다. 즉 "저항 행위는 실천을 향해 움직이는 힘의 즉각적이고 무조건적인 충동을 멈춰 세우고, 그런 식으로 인간의 능력이 행위를 통해 고스란히 소모되는 것을 막기 위한 일종의 비평적 역할을 담당한다."[2]라는 것이다. 여기서 '비평적 역할'이라는 표현에 주목할 만하다. 이어지는 문장에서 아감벤은 이를 다시 '취향'으로 바꾼다. 그의 말을 그대로 옮기자면 "취향으로 인한 시행착오를 통해 분명하게 드러나는 부족함은 항상 '할 수 있음'의 차원이 아니라 '하지 않을 수 있는 힘'의 차원에서 나타나는 부족함이다. 취향이 부족한 사람은 무언가를 멀리하지 못한다."[3]

　공책에 손으로 쓸 때는 단 한 번도 소설을 완성하지 못했던 내가 컴퓨터로는 단숨에 열 편이 넘는 단편 소설을 쓸 수 있었던 힘의 원천에는 글의 어느 부분이든 언제든지 깨끗하게 지울 수 있는 지우기 키가 있었다고 앞에서 이미 말했다. 지우기 키의 사용을 통해 나는 의식하지

---

　2) 조르조 아감벤, 윤병언 옮김, 『불과 글』(책세상, 2016), 73쪽.
　3) 위의 책, 74쪽.

못하는 사이에 소설 창작의 더 깊은 본질은 쓰는 일이 아니라 지우는 일에 있다는 사실을 배웠던 것이다. 컴퓨터 이전의 작가들처럼 손으로 글을 쓰면서 그 사실을 익힐 수도 있었겠지만, 매우 지난한 과정을 거쳐야만 했을 것이다. 나는 이 지우기 키 속에 아감벤이 말하는 '하지 않을 수 있는 힘'이 깃든다고 생각한다. 이어지는 논의에서 아감벤은 창조 행위를 개인적 주체를 뛰어넘어 움직이는 하나의 무인칭적인 요소와 이에 끈질기게 저항하는 개인적인 요소 사이의 복잡한 변증법이라고 설명한 뒤, 그 한 예로 베네치아의 산 살바도르 성당에 있는 티치아노(Tiziano Vecellio)의 후기 작품 「수태고지」를 든다.

티치아노는 이 작품에 평범하지 않은 문구인 "Titianus fecit fecit", 즉 "티치아노가 만들고 또 만들었노라."라는 서명을 남겼다. 바로 여기에 나는 '하지 않을 수 있는 힘'의 사용법이 있다고 생각한다. 작가에게 이 서명은 '쓰고 또 썼노라.'가 될 것이 분명하다. 그러나 이 문구를 쓰기 위해 티치아노가 만들고 또 만들었을 뿐만 아니라 이미 그린 그림을 지워 가며 다시 그렸다는 정황은 엑스레이 기술이 발달하면서 이 글 밑에 숨어 있던 좀 더 일상적인 문구(faciebat, 만들다)가 발견되면서 드러났다. 그렇다면 작가의 서명, '쓰고 또 썼노라.'에는 '지우고'가 감춰진 것이라고 볼 수도 있으리라. 이렇게 지우는 데 쓰는 도구는 지우개다. 그래서 일본의 연필 회사인 톰보는 "지우는 것은, 쓰는 것이라고 생각한다."라는 광고 문안을 만들었을 것이다. 실제 지우개처럼 지우기 키는 2차원 공간, 즉 면(面)에서 사용한다. 이건 마치 화가가 캔버스에 그림을 그리는 것과 비슷하다. 이는 작가의 작업 역시 시각적이라는 의미다.

이런 점에서 《파리 리뷰》에 실린 토니 모리슨의 인터뷰는 흥미롭다. 이 인터뷰에서 그녀는 녹음기를 이용해서 소설을 써 보려고 했다가 실패한 적이 있다고 고백했다.

전체는 아니고 일부를 녹음했습니다. 두세 문장이라도 가닥이 잡히면, 녹음기를 들고 차에 타곤 했어요. 특히 랜덤하우스 출판사에 근무하면서 매일 출근할 때 그랬지요. 그냥 녹음하면 될 걸로 생각했거든요. 하지만 결과는 참담했습니다. 글로 되지 않은 제 작품은 신뢰할 수 없더군요.[4]

현대의 소설 쓰기는 구술 문화가 아니라 문자 문화에 속하기 때문에 녹음기를 이용한 글쓰기는 실패할 수밖에 없다. 토니 모리슨과 같은 현대 작가는 비선형적으로, 그리고 시각적으로 이야기를 보여 준다는 점에서 선형적·청각적으로 이야기를 들려주는 전통적인 스토리텔러와 다르다. 전달 과정에서 소리가 배제됐기 때문에 이들은 단어와 표현의 평면 배치에 집중한다.

종이에 쓴 소리 없는 작업을, 들을 수 없는 독자에게 잘 전달할 언어를 사용하는 건 글을 쓰면서 겪는 여러 어려움 중 하나입니다. 그러기 위해서는 단어와 단어 사이를 아주 주의 깊게 다뤄야 합니다. 말하지 않은 부분을요. 박자라든가 리듬 같은 것 말입니다. 쓰지 않은 것이 쓴 것에 힘을 실어 주는 경우가 자주 있습니다.[5]

그렇기 때문에 화가의 캔버스처럼 작가에게도 소설이 면의 형태로 펼쳐진다. 소설이 면의 형태로 보일 때, 작가는 수정할 수 있다. 그리고 이 수정 행위는 아감벤이 지적했다시피 소설에 품격을 부여한다. 이 품격을 위해 작가들이 얼마나 많은 수정을 가하는지는 널리 알려져 있다. 토니 모리슨의 경우는 다음과 같다.

다시 써야 하는 부분은 가능한 한 여러 번 수정 작업을 합니다. 여섯 번, 일곱 번 혹은 열세 번씩 수정을 하기도 했지요.[6]

---

4) 엘리사 샤펠·토니 모리슨, 김진아 외 옮김, 「뿌리로부터 창조된 것」, 『작가란 무엇인가 2』(다른, 2015), 303쪽.
5) 위의 글.
6) 위의 글.

작가가 만족할 때까지 소설을 수정할 수 있는 건 머릿속에 있는 상상의 것이든 컴퓨터 화면으로 마주하고 있는 실제의 것이든 면이 존재하기 때문이다. 이 면을 이제 '페이지'라고 부르자. 지금 내가 글을 쓰고 있는 컴퓨터 화면이 그런 것처럼, 작가들이 머릿속으로 상상하는 페이지 역시 12세기 이후라는 특정한 시기에 나온 혁신적인 테크놀로지다. 그 이전까지 글을 쓰는 사람들은 면이 아니라 선의 형태로 글을 썼다. 불교 경전의 "여시아문(如是我聞)", 즉 "이와 같이 나는 들었다."라는 도입부가 그 전형적인 예다. 이 관용적 표현은 누군가가 암송하는 부처님의 말씀을 순차적으로 받아 적었다는 사실을 암시한다. 이때 암송하는 사람과 받아 적는 사람이 같은 사람이든 다른 사람이든 받아 적는 사람이 자신이 적는 말을 입으로 되뇌었을 확률이 높다. 염불과 같은 음독에서 지금처럼 눈으로 경전을 읽는 묵독으로 읽기가 전환되기 위해서는 몇 가지 기술적 진보가 전제되어야만 하기 때문이다.

이반 일리치는 『텍스트의 포도밭』에서 12세기에 출간된 후고(Hugues de Saint-Victor)의 『디다스칼리콘(Didascalicon)』을 해설하며 어떤 테크놀로지가 묵독의 시대, 더 나아가 책 중심 시대를 열었는지 되짚어 본다. 이 책에 따르면 초기 수도원의 필사실은 시끄러운 곳이었다. 서기들은 보통 다른 사람이 구술하는 책을 베꼈다. 원본을 앞에 펼치고 혼자 있을 때도 소리 내어 읽은 뒤 청각 기억에 남아 있는 만큼 글로 옮겼다. 이때까지만 해도 읽기와 쓰기는 분리된 행동이 아니었다. 이 시끄럽던 필사실을 조용하게 만든 건 7세기에 아일랜드에서 창안한, 단어들 사이에 여백을 집어넣어 띄어 쓰는 테크닉이었다. 이 테크닉이 도입되자 필사자들은 암송하는 과정 없이 마치 표의 문자처럼 한 단어 한 단어를 눈으로 붙들어 자신이 작업하는 페이지에 옮길 수 있었다. 이것이 묵독, 즉 쓰기와 별개의 행동인 읽기의 맹아적 단계였다.

지금 우리가 책을 펼치고 눈으로 읽는 것과 같은 식의 읽기가 가능하기 위해서는 더 많은 테크놀로지가 동원되어야만 한다. 스무 개 남짓한 로마자 알파벳 문자와 밀랍 판, 양피지, 첨필, 갈대 펜, 펜, 붓 등

쓰기를 위한 일군의 도구와 두루마리를 잘라 만든 책장을 한데 꿰맨 다음 두 표지 사이에 묶어 책으로 만드는 테크닉이 일차적으로 소개됐다. 그리고 12세기 중반에 이르면 제지술, 제책술, 페이지 레이아웃, 페이지네이션, 주제 색인, 휴대할 수 있는 책의 등장 등 새로운 테크놀로지가 쏟아진다. 이 모든 테크놀로지는 페이지를 구성하는 기술로 집약된다.

이반 일리치가 잘 지적하다시피 이 테크놀로지가 소개되기 이전에 책이란 저자의 말이나 구술의 기록이었으나 이후에는 점차 저자의 생각 저장소, 아직 목소리로 발화되지 않은 의도를 투사하는 스크린이 됐다. 구성된 페이지를 마주한 사람들은 이전 세대처럼 혀와 귀로 읽지 않았다. 페이지에 있는 형태들은 그들에게 소리 패턴을 촉발하기보다는 시각적 상징이 됐다. 아울러 페이지 매기기, 색인, 페이지 레이아웃을 통해 이전 세대보다 자신이 찾는 것을 발견할 가능성도 훨씬 높아졌다. 이는 새로운 종류의 읽는 사람의 등장을 예고했다. 이 사람은 단순히 묵독할 뿐만 아니라 자신이 원하는 것을 빠른 시간 안에 찾을 수 있어 이전의 수도사가 평생 정독할 수 있었던 것보다 많은 수의 저자를 새로운 방식으로 만날 수 있었다. 이 사람이 바로 책 중심 시대의 독자다.

이처럼 책 중심 시대의 독자는 혁신적 테크놀로지로서의 페이지에 익숙한 사람이다. 그건 학자뿐만 아니라 소설의 독자 역시 마찬가지다. 현대 소설의 독자는 스토리텔러가 들려주는 대로 이야기를 쫓아가던 이전의 청자들과 달리 자율적인 읽기가 가능했기 때문에 진부한 부분은 건너뛰고, 난해한 부분은 되돌아가 반복적으로 읽으며 깊이 있는 독서를 할 수 있었다. 모더니즘은 바로 이런 자율적인 독자를 상정했기 때문에 가능했다. 이 자율적인 독자와 작가 사이에 존재하는 게 바로 물질로서의 페이지다. 작가가 최종적으로 구성해야만 하는 것이 바로 이 물질로서의 페이지다. 이 페이지는 최종적인 것이라 불변한다는 전제가 있어야지 자율적인 독자는 깊이 있는 독서를 할 수 있다.

이전의 작가들이 물질로서의 페이지를 상상하면서 종이에 펜으로 작업한 것과 달리 지금의 작가들은 그 페이지를 재현한 컴퓨터 화면을 보면서 키보드를 이용하기에 1990년의 신문 기사가 예측했듯이 그 생산성이 크게 높아졌다. 개인적 경험에서 봐도 그건 사실이다. 컴퓨터 화면이 제시하는 페이지의 유동성은 수정에 드는 어려움을 크게 감소시켰다. 하지만 바로 밑에서 얘기하겠지만, 그 과정에서 잃는 점도 없지 않다. 그렇다면 디지털 문서를 읽는 독자들의 경우는 어떨까? 그들의 읽기에도 어떤 긍정적인 변화가 있었을까? 『생각하지 않는 사람들(The Shallows)』를 쓴 니콜라스 카는 수정이 가능한 디지털 문서는 글 쓰는 스타일, 더 나아가서는 글 읽는 스타일에 영향을 미칠 수밖에 없다고 주장했다. 기존의 창작과 출판 그리고 독서 행위는 인쇄된 책은 완성본이며, 일단 종이에 잉크로 인쇄하면 그 속에 담긴 글들은 지울 수 없다는 전제하에 이뤄졌다. 따라서 완벽주의는 작가와 편집자의 가장 중요한 자질이었고, 이를 위해 그들은 자신들이 지닌 최고의 성실함과 집중력을 창작과 편집 과정에서 보여야만 했다. 하지만 수정이 가능한 전자 문서의 등장은 이런 완벽주의를 해체할 수밖에 없다. 이는 창작에 있어서는 표현력과 수사법의 상실로 나타난다.

디지털 문서가 최종본이 아니라는 사실은 독서에는 더 많은 변화를 가져온다. 예컨대 19세기 작가들이 공들여 완성한 최종 텍스트는 디지털화된 뒤에는 어휘별로 다른 문서와 하이퍼링크되거나 영상이나 음향으로 변환된다. 예컨대 전자책의 단어들은 내장된 전자사전의 표제어와 자동으로 링크되며, 나아가 인터넷 검색을 통해 외부의 더 많은 문서들과 연결된다. 더 나아가 킨들은 어려운 어휘들을 좀 더 쉬운 어휘들로 설명해 텍스트의 아래쪽에 배치하는 워드 와이즈(Word Wise) 기능을 지니고 있는데, 이는 공들여 해당 어휘를 선택한 작가의 완벽주의에 정면으로 역행하는 기능이다. 또한 스마트폰의 스크린으로 보이는 대부분의 텍스트는 특별한 프로그램 없이도 내장된 기계 음성으로 변환해 들을 수 있다. 이때는 최종본이 텍스트가 아니라 음성이 되는 셈이다. 일부 작가들은 자신의 작품이 귀로 읽히는 것에 대해 동의하지 않을 수도 있다는 사실은 여기서 고려 대상이 될 수 없다. 워드 와이즈 기능이나 음성 지원의 문제는 창작에 있어서의 문제점과 같다. 즉 표현력과 수사력의 상실이다. 그런데 이런 방식의 독서에서는 더 큰 문제, 즉 텍스트의 융해 현상이 더 심해진다는 사실을 발견할 수 있다.

2015년 겨울, 나는 나가사키 외국어대학에서 연구원으로 머물고 있었다. 숙소는 학생 기숙사 2층 복도 제일 끝 방이었다. 기숙사 식당에서 매일 저녁을 먹었는데, 학생 기숙사라 그런지 음식의 양이 내게 좀 많았다. 그래서 다 먹고 나면 소화를 시킬 겸 산책을 해야 했다. 다행히 학교 주위의 요코오는 조용한 주택가라 산책 코스로 아주 좋았다. 나는 차츰 저녁 식사 후의 산책을 즐기게 됐다. 저녁 산책의 벗은 스마트폰이었다. 처음에는 이어폰으로 클래식 음악을 듣다가 전자책 앱에 텍스트를 읽어 주는 기능이 있다는 사실을 발견하고는 소설을 듣기 시작했다. 내가 선택한 소설은 그때까지 한 번도 읽어 본 일이 없었던 작가 모리 오가이의 『기러기』였다. 그렇게 해서 저녁마다 요코오의 한갓진 골목길 구석구석을 걸어 다니며 100여 년 전 도쿄의 무엔자카에 사는 사연 많은 미녀 오타마의 이야기에 귀를 기울였다. 행복이라는 것을 전혀 모르고 살아온 이 여자가 과연 사랑의 힘으로 인습의 그물을 찢을 수 있을지 궁금해 다음 이야기를 듣지 않을 수가 없었다.

그러다가 돌연 기러기를 향해 돌을 던지는 장면에 이르렀는데, 그때의 충격은 잊을 수가 없다. 나도 모르게 "앗!"이라고 소리를 지를 정도였다. 나중에 왜 그렇게 놀랐을까에 대해 곰곰이 생각해 본 적이 있었다. 우선 『기러기』의 페이지를 읽은 게 아니라 문장을 순서대로 들었기 때문이 아닐까 하는 게 내 생각이었다. 책을 읽을 때 나는 다음 페이지 전체를 일별하면서 그 맥락 안에서 문장을 읽는다. 하나의 문장을 읽을 때도 그 앞뒤 문장이 어느 정도 눈에는 들어온다. 하지만 순서대로 문장을 들으니 앞뒤 문장은 귀에 들릴 수 없었다. 둘째, 더 중요하게는 귀로 들으니 사실상 문장의 형식은 말끔하게 사라지고 오로지 내용만 전달됐다. 지금도 나는 돌멩이가 날아가 기러기를 맞히는 장면만 생생하게 기억하지, 모리 오가이가 그 장면을 어떤 문장으로 묘사했는지는 기억하지 못한다. 말하자면 문장의 매개 없이 직접 그 장면을 목격하는 듯한 기분이었다. 그렇다면 나는 과연 모리 오가이의 책을 읽은 것일까?

오래전 소크라테스는 구술 언어는 의미와 음성, 가락, 강세와 억양, 리듬으로 충만한 동적인 실체이며 검토와 대화를 통해 여러 개의 층을 하나하나 벗겨 낼 수 있는 '살아 있는 말'인 반면에 문자 언어는 상대에 대한 고려 없이 언제나 불변하기 때문에 문답식 대화 프로세스를 가로막는 '죽은 담론'으로 여겨 문자 문화를 반대했다. 하지만 구술 문화에서 문자 문화로의 문명사적 전환을 저지할 수는 없었다. 디지털 혁명의 여명기에도 이와 비슷한 저항을 찾을 수 있다. 이반 일리치는「기억의 틀: 중세의 책과 현대의 책」이라는 강연에서 키보드의 지우기 키와 관련해 흥미로운 회상을 남기고 있다. 정보화 초창기에 그는 여섯 명의 동료들에게 컴퓨터 사용법을 가르친 적이 있었다. 대부분의 기능은 타자기와 다를 바 없었으나, 몇 가지 기능이 추가돼 있었는데 그중 하나가 바로 지우기 키였다. 그 동료들은 초보자였던지라 이 키의 사용법을 제일 먼저 익혀야만 했다. 이반 일리치는 다들 학식이 높은 독서가인 여섯 명이 지우기 키와 처음 마주쳤을 때 어떤 반응을 보이는지 관찰했다.

모두 충격을 받았고, 그중 둘은 실제로 메스꺼워했습니다. 범위로 선택한 문장이 사라지자마자 글자들이 당겨 오며 그 공백을 메우는 광경을 이들은 하나같이 불쾌한 경험으로 받아들였습니다.[7]

사실 이 메스꺼움을 불러일으킨 실체는 지우기 키가 아니라 컴퓨터

---

7) 이반 일리치, 권루시안 옮김, 『과거의 거울에 비추어』(느린걸음, 2013), 269쪽.

화면일 것이다. 그들이 내가 지금 이 글을 쓰면서 바라보고 있는 것과 같은 LCD(liquid crystal display)를 사용한 것인지는 알 수 없지만, 결국 일어난 일은 마찬가지다. 그들은 페이지를, 텍스트를, 소크라테스가 그토록 우려한 문자 언어의 완결성과 불변성을 근본적으로 파괴시키는 새로운 테크놀로지를 목격한 것이다. 나는 이 '액정(liquid crystals)'이라는 단어가 흥미롭다. 액체와 고체의 중간 상태에 있는 물질이라는 이 액정 속에서 책 중심 문화를 유지하던 텍스트는 조각조각 나뉜 채 녹아내리고 있다. 그 과정에서 문자 언어의 예술성을 담지했던 표현력과 수사력 역시 유실되고 있다. 소크라테스조차 바꿀 수 없는 것이 문명사적 전환이라면, 아감벤의 어투를 빌려, 그것을 읽지 않고 쓰지 않는 힘을 유지한 채, 이제 액정 안에서 읽고 쓰는 일에 대해 진지하게 생각해봐야 할 때가 찾아왔다.

김연수 KIM Yeon-su 소설가. 1970년 경상북도 김천 출생. 성균관대학교 영문학과를 졸업했다. 전통적인 소설 문법의 영역 안에서 새로운 소설적 상상력을 실험하며 허구와 진실, 현실과 환상 사이를 오가는 작가이다. 『파도가 바다의 일이라면』, 『네가 누구든 얼마나 외롭든』, 『사월의 미, 칠월의 솔』, 『세계의 끝 여자친구』, 『나는 유령작가입니다』 등의 작품이 있다. 이상문학상, 황순원문학상, 대산문학상, 동인문학상, 동서문학상 등을 수상했다.

멀티미디어 시대 문학의 의미에 대한 소견

얀 코스틴 바그너

1

멀티미디어나 '신'기술과 관련해서 아마도 가장 의미심장한 현상은 자극이 엄청나게 증대되고 촉진된 점이라고 생각합니다. 흥미롭게도 책은 — 예를 들면 소설이 서술하는 이야기는 — 이와는 정반대입니다.

책은 몇 시간이든, 며칠이든, 몇 주이든 긴 시간 동안 하나의 초점에 집중할 수 있는 인내심과 되풀이하여 이 초점으로 되돌아올 수 있는 마음가짐을 요구합니다. 우리는 진정한 의미에서 분주한 일상의 속도를 늦추어 휴식을 취하거나 심지어 의식적으로 그렇게 하려는 마음가짐이 필요합니다. 그렇게 할 각오를 해야 합니다. 이것이 바로 독서의 전제입니다.

그러나 이러한 마음가짐이 오늘날 일상에서 사라질 위기에 처해 있다는 것은 사실상 — 인간 사회에서 공동생활을 위해 그리고 무엇보다도 갈등의 해결책을 찾기 위해 — 본질적으로 중요한 문제입니다.

문학은 우리의 감각적 자극이 무엇보다 시각적으로 촉진되고 증대되는 데 대한 균형추 역할을 할 수 있습니다. 바로 여기에 그 어느 때보다도 문학의 본질적인 의미와 예술 전반의 의미가 있다고 생각합니다.

최근에 저는 이러한 맥락에서 즐거운 경험을 한 적이 있습니다. 초등학교 시절부터 알고 지내는 가장 친한 친구 중 한 명이 여러 해 전에 엄청난 양의 콤팩트디스크를 수집했습니다. 그러다가 인터넷의 다운로드 포털이 수천, 아니, 수만 곡의 음악을 더욱더 짧은 시간에 다운로드해서 컴퓨터 도서관에 저장할 수 있게 해 주자, 그 친구는 수집했던 시디를 한쪽 구석으로 밀쳐놓고 틈만 나면 엄청난 양의 음악을 다운로드하는 데 매달렸습니다. 마침내 그 친구는 자기 컴퓨터 안의 가상 도서관에 수십만 곡을 수집하게 되었습니다.

그의 이러한 수집벽은 그로 하여금 원래의 본질에 ―즉 음악에― 더 이상 시간을 할애하지 못하도록 하는 결과를 초래했습니다. 그는 이제 음악을 듣는 것이 아니라 수집하기만 했던 것입니다. 언젠가 제가 그 친구 집에 갔을 때 좀 긴 곡을 들어 보려 했습니다. 한 삼십 분쯤 지나자 그 친구는 조바심을 내더니 마우스로 클릭하여 그 곡을 멈춰 버렸습니다. 그는 본질적인 것에, 즉 음악에 더 이상 집중할 수 없었던 것입니다.

그러나 몇 년이 지난 지금, 그는 ―기쁘게도― 180도로 달라졌습니다. 요즘 그는 인기를 얻고 있는 레코드판을 수집하고 있습니다. 왜 그랬을까요? 그는 마침내 다시 느긋하게 처음부터 끝까지, 첫 순간부터 마지막 순간까지, 첫 곡부터 마지막 곡까지 음악이 듣고 싶기 때문입니다. 끈기 있게, 꼼꼼하게, 전체적으로 서술된 소설책의 이야기에 푹 빠짐으로써 분주한 일상으로부터 짬짬이 벗어나는 것을 즐기는 독자처럼 말입니다.

언급했다시피 급속한 기술 발전을 거스르는 의문을 제기한다거나 발전을 정지시키는 일이 중요하다고 생각하지 않습니다. 우리가 한때 소유했던 것으로 되돌아가 보는 일이 때로는 가치 있는 일이 될 수 있다고 인식하는 것, 바로 이 점이 오히려 중요하다고 생각합니다. 왜냐하면 이러한 발전이 지속되는 것은 다른 대안이 없기 때문이며, 우리는 과부하

경향과 단순화 경향이 점증하는 최첨단 사회에 살고 있기 때문입니다.

이러한 맥락에서 얼마 전 프랑크푸르트 도서 박람회가 열린 동안에 어떤 영업부장이 저에게 해 주었던 말이 있습니다. 그는 자신이 근무하는 출판사에서 발간된, 매우 공을 들여 아름답게 제작된 하드커버 서적들을 ― '오래되었지만 좋은' 레코드판과 유사하게 ― 놀라우리만치 엄청나게 많이 판매했던 사람입니다. 독서가 인쇄된 책에서 전자 플랫폼이나 전자책 쪽으로 일방적으로 움직이고 있다는 진단은 적어도 당장은 옳지 않다는 것입니다.

제가 판단하기에 문학은 주어진 상황에서 어느 때보다도 더, 내용상의 본질에 있어서, 영민한 관찰자와 사려 깊고 신중한 해설가가 될 수 있고 또한 되어야 합니다. 바로 이 급속도로 발전하고 있는 멀티미디어 하이테크 사회에서 말이지요.

2

서울에서 초대를 받고 곰곰이 생각하다 보니, 제가 과거에 썼던 모든 소설들이 사실상 멀티미디어적 충동이나 디지털적 체험 형식과 무의식적으로 씨름하고 있었다는 사실을 깨닫게 되었습니다. 우리가 멀티미디어나 디지털 생활 양식과 더불어 어떻게 살고 있는가 ― 어떻게 살 수 있는가, 어떻게 살려고 하는가, 어떻게 살아야 하는가의 문제를 다루고 있었던 것입니다.

제가 요즘 작업하고 있는 소설에 이 점에 대해 서술하고 있는 ― 의식적으로 매우 분명하게 이미지를 부여하고 있는 ― 장면 또는 순간이 있습니다. 이 작품과 이 시리즈 전체의 '주인공'인 키모 요엔타[1]는 아

---

1) (옮긴이 주) 작가는 키모 요엔타가 주인공인 핀란드 배경의 추리 소설을 2014년까지 다섯 권 발표했다.

홉 살인 딸 사나와 사나의 친구들이 노는 광경을 보고 있습니다.

　저녁에 소녀들이 태블릿 컴퓨터로 게임을 하고 있다. 세 명은 좁은 판자 다리에 걸터앉아 늘어뜨린 발을 물속에서 흔들거리면서 반짝이는 작은 사각형에 주의를 집중하고 있다. 그 아이들의 머리 위에선 붉은 태양이 검푸른 호수의 물과 함께 아침을 예고할 수도 있을 황혼에 녹아들고 있다.
　"무슨 게임을 하고 있는 거니?" 요엔타가 큰 소리로 물었다. 그는 수영복에 티셔츠를 걸치고 테이블에 앉아 작은 소리로 반복되는 금속성의 역동적인 멜로디를 듣고 있다. 태블릿에서 흘러나오는 그 멜로디는 계속해서 처음부터 다시 시작되고 있다. 아이들은 손가락 끝으로 화면을 규칙적이면서도 빠르게 훑어 내리면서, 활기차지만 어딘지 모르게 우스꽝스러운 그 리듬에 맞춰 몸을 애매하게 흔들고 있다.
　"좀비 게임이에요. 지하철 위로 뛰어야 해요."라고 사나가 대답한다.
　"우아, 왠지 모르게…… 무서운 것 같아." 요엔타가 말한다.
　"아니에요, 아빠. 이건 좋은 좀비들이에요. 그러니까…… 사랑스러운 좀비들요."
　"아, 그래." 요엔타가 씨익 웃으면서 말한다.
　좋은 좀비들. 착한 언데드. 어쩌면 영원히 산다고 간주될 수도 있는 의심스러운 특권을 가진 자들. 그 순간 아이들이 저녁놀 구경을 놓칠지도 모른다는 생각이 들어서 그는 사나에게 크게 말했다.
　"야, 해가 정말 빨갛구나!"
　"그래요." 하고 사나가 말했다.
　"혹시 저거 달이에요?" 사나가 물었다.

　그 순간 키모 요엔타는 미소를 짓습니다. 그는 아이들이 — 비록 딸이 태블릿 피시가 발산하는, 빠르게 변하는 강렬한 자극에 사로잡혀 있긴 하지만 — 주변에서 일어나는 것에 아직 눈길을 주고 있다는 사실에 기뻐합니다. 아이들은 해가 지는 광경을 놓치지 않았을뿐더러 석양을 예리하게 인지하고 눈에 보이는 것을 성찰합니다. 그리고 질문을 하고 답을 구합니다. 적어도 그 순간만큼은, 아이들은 가상 세계에서 등을 돌리고 실제 사건에 주목합니다. 소설 속의 아버지인 키모 요엔타가 딸의 그런 모습에 기뻐하듯이, 저도 제 딸이 며칠 동안 스마트폰을 끄고 생활하는 것에 대해 기뻐합니다. 제 딸은 시도 때도 없이 메시지가 오고, 애플리케이션을 업데이트하라거나 실시간 뉴스를 보라고 유혹하는 기계와 얼마 동안이라도 떨어져 있고 싶어 합니다. 그 아이는 그 기계로부터 벗어나고 싶어 하고, 그렇게 하고 있습니다. 이제 자명하게 우리 생활의 일부가 된 스마트폰, 노트북, 태블릿 등의 기기나 페이스북이나 왓츠앱 등등의 플랫폼을 나는 그 아이에게 사용하지 말라고 금지하지 않을 겁니다. 저는 그런 것들을 사용하지 말라고 규제하지도 않을 것입니다. 저는 규제가 올바른 길을 지시할 수 있을 것이라고는 원칙적으로 믿지 않기 때문입니다.

그래서 새로운 멀티미디어 매체나 스마트폰이나 태블릿 그리고 이와 상응하는 가상 세계들은, 바로 그것들이 항시 존재하기 때문에 동반자일 수밖에 없다는 사실을 언제나 잊지 않는 것이 중요하다고 봅니다. 그러한 매체들은 그 속에서 움직일 수 있는 — 이전보다 자유로운 동시에 더 자유롭지 않을 수도 있는 — 새로운 공간을 우리에게 열어 줍니다. 이 새로운 공간은 확실히 매혹적이긴 하지만 그 공간을 채울 수 있는 고유한 내용이나 고유한 본질을 지니고 있지 않습니다. 이 고유한 본질, 생각, 감정, 성찰, 인간관계, 공감, 다른 사람과 함께 생각하고 느끼는 능력…… 이러한 것들은 오직 우리 인간 자신에게서 나와야만 효력을 발휘하게 되는 것들입니다.

이런 맥락에서 저는 저 자신을 아버지일 뿐만 아니라 의무를 가진 작가라고도 생각합니다. 바꾸어 말하면 디지털 매체, 멀티미디어 매체, 매체 플랫폼 등이 우리에게 항구적인 동반자가 되었듯이, 작가와 출판업자 그리고 독자도 동반자로, 즉 이러한 발전에 대해 신중하게 검토하고 성찰하며 성찰된 해설자로 간주되어야 한다고 생각합니다.

3

『대낮에(Am hellen Tag)』라는 소설에서 저는 전혀 예상치 못하게 가장이 갑자기 죽게 된, 근본적이고 끔찍한 사건에 대처해야 하는 사람들을 그리고자 시도했습니다. 두 개의 핵심적인 서술 구조는 죽은 가장의 두 아이에게, 즉 어린 아들인 야콥과 10대인 딸 산드라에게 초점을 맞추었습니다. 동생 야콥은 무언가 아름다운 것을 경험합니다. 같은 반 친구가 집에 찾아오는데, 그 아이는 슬픔으로 가득 찬 그 공간에 실제로 그리고 몸소 발을 들여놓을 용기를 가지고 있습니다. 그는 야콥을 돕고 싶기 때문입니다.

"나는 말이야…… 널 한번 보고 싶었어……." 슈테판이 말한다.

슈테판은 현관에 두 다리를 흔들며 서 있다. 그는 다른 세계에서 오는 듯 낯설게 보였다. 낯설지만 친숙한 인간이 부적절하면서도 적당한 때 현관에 서 있다. 몸을 일으킨 야콥은 다리에 경련이 스치는 것 같은 이상한 감정을 느낀다. 그는 슈테판이 '하이파이브'를 하자고 손을 들어 올리는 것을 본다. 야콥이 손바닥을 마주친 그 순간, 그의 손바닥이 슈테판의 손바닥과 재빠르게 합쳐진 그 순간 짧은 해방감 같은 것이 느껴진다. 그 순간, 시간이 다시 흐르기 시작하다가 그의 손바닥이 슈테판의 손바닥에서 떨어지자 다시 멈추는 것 같았다. 그러나 그 순간의 여파는 지속되었다. 슈테판이 말한다. "우리…… 근처를 좀 둘러보지 않을래?"

야콥은 직관적으로, 어떻게 될지 전혀 생각하지도 않고, 고개를 끄덕인다. 그는 꼼짝도 않은 채 고개만 끄덕인다.

"그럼…… 가자." 슈테판이 말한다.

두 아이는 마음을 갉아먹고 괴롭히는 생각들을 떨쳐 내고, 야콥이 적어도 한동안은 슬픔을 떨칠 수 있으리라고 추측게 하는 밝은 대낮을 향해 자전거를 타고 출발합니다. 이윽고 두 아이는 저녁놀을 받으며 운동장에 앉아 있습니다. 야콥은 축구장에 물을 뿌리고 있는 회전 살수기를 바라보고 있습니다. 물줄기 위로 희미하게 빛나는 무지개 옆에 두 번째 무지개가 나타났습니다.

야콥의 누나 산드라 역시 가슴 깊은 곳에서 우러나오는 슬픔을 겪고 있습니다만 다른 모습을 보여 줍니다. 그녀는 멀티미디어적 소통 수단들의 영향을 받고 있으며 페이스북이라는 사이버 공간의 사회관계망으로 표현을 하기 때문입니다.

산드라는 컴퓨터 앞에 앉아 있다. 파도타기를 하는 남자의 흑백 사진이 모니터를 채우고 있다. 산드라는 이미지에 깃들어 있는 듯이 보이는 유색과 무색 사이의 대조에 주목한다. 대담한 동시에 여유만만하게 균형을 유지하면서 높은 파도의 정점에서 달리고 있는 파도타기하는 남자. 회색의 파도타기하는 사람과 하얀 파도, 어두워지는 수평선. 너와 생각을 함께 나누며라고 파도타기하는 사람의 사진 아래에 있는 제목 줄에 씌어 있다. 그녀의 가장 친한 친구들인 자비네와 클라우디아 그리고 슈테피로부터 소식이 온다.

산드라는 그 사진 앞에 멈춰 있다. 그녀의 눈은 사진이 이야기하는 그 순간에, 파도타기하는 사람이 파도의 꼭대기에 도달했던 그 순간에 머물고 있다. 그 순간에 영원히 멈춰 있으려고.

산드라는 아버지 또한 파도타기를 했다는 사실을 친구들이 알고 있을지 자문해 본다. 그 사실을 친구들에게 언젠가 이야기해 준 적이 있었는지, 혹은 친구들이 단지 이 사진을 좋아했기 때문인지, 혹은 친구들이 인터넷에서 이 사진을 우연히 발견하고는 이 사진이 자신들이 산드라와 슬픔을 공유하고 있음을 어떤 식으로든 말해 줄 수 있다는 느낌을 가졌기 때문인지 등에 대해 곰곰이 생각해 본다.

그녀는 기억을 떠올려 보려고 애를 써 보지만 아무리 해도 자신이 친구들에게 아버지가 파도타기를 할 수 있었다고 말한 기억이 나지 않는다. 바로 이 파도 타는 남자처럼 아버지도 파도 위를 달렸다는 사실 말이다.

그녀는 아버지에 관해 무언가를 얘기했던 기억이 도무지 나지 않는다. 아마 그녀는 착각하고 있는지도 모른다. 아마 기억 속의 모든 대화와 생각도 그 일이 있어났던 날과 더불어 희미해지고 있는지도 모른다. 그러나 그녀는 오히려 친구들 사이에서 아버지에 관한 얘기를 거의 하지 않았다고 생각되길 바란다. 그도 그럴 것이 그녀가 아버지를 얼마나 사랑하는지를 아무튼 모두가 잘 알고 있었기 때문이다.

그녀는 파도타기하는 사람의 사진을 관찰하면서 아버지가 파도의 정점에 있는 사진 속의 사람과 똑같았다고 생각하면서, 친구들 중 누가 이 사진을 발견했을까 하고 자문해 본다. 아니면 친구들이 모두 함께 찾았을지도 모를 일이다. 어떤 기준으로, 어떤 검색어를 사용해서, 검색 목록에 어떤 단어를 넣었을지도 생각해 본다. 아마도 아버지, 운동, 갑자기, 사망, 절친, 슬픔 등의 단어들이거나 이와 유사한 단어들을 검색어로 사용했을 것이다.

그녀는 컴퓨터 앞에 앉아서 그 사진을 계속해서 바라보고 있다. 그녀는 자비네를 떠올리고, 클라우디아를 떠올리고, 슈테피를 떠올리면서 이 세 친구 역시 반응을 기다리면서 바로 이 순간 모니터 앞에 앉아 있을지도 모른다는 생각을 해 본다. 그녀는 손이 자판 위를 미끄러지는 동안 손가락 끝이 자판에 닿는 것을 느낀다. 하지만 자판을 단 하나도 누르지 않았으며, 친구들이 제기하지 않은 문제들에 대한 답을 찾지도 못하였다.

그녀는 그 사진이 이미 다른 사람들에게 계속 전달되고 공유되는 것을 보고 있다. 산드라를 위하여라는 제목이 붙어 있다. 좋아요 횟수가 늘어난다. 파도타기하는 사람의 사진이 평가되고 인기를 얻고 있다. 댓글들이 천천히 그리고 꾸준히 붙는다. 짧은 글들, 이것들은 모든 가능성을 언급하고 있다. 하지만 파도타기하는 사람에 대하여, 그가 왜 하얀 파도의 꼭대기에 있는지에 대하여 언급하는 사람은 아무도 없다.

"무슨 일인데? 무슨 일이 일어난 거야?"라고 누군가가 묻는다.

산드라는 깜박이는 네모 안에 갇혀서 답을 얻지 못하고 있는 그 말을 바라본다. 무언가를 알고 있는 사람들은 침묵하고 있다. 그들은 아마 산드라가 입을 먼저 떼기를 기다리고 있을지도 모른다.

산드라와 가상 세계를 공유하고 있는 다른 사람들은 실세계에서 무슨 일이 벌어졌는지 전혀 모른다.

사이버 사회적 관계망이라는 형식, 즉 공간이 소설의 이 장면에서 내용에 영향을 미치기 시작합니다. 페이스북은 어느 정도 행위자가 됩니다. 공동의 토론장, 즉 페이스북이 믿도록 만든 친밀감은 오류임이 드러납니다. 소녀는 매우 사적인 문제를 매일, 무한히, 언제나 공유할 수도 있습니다. 그러나 그렇게 하는 동안 그녀는 본질적으로 중요한 것은 친밀함임을 깨닫게 됩니다.

그 결과 친구들은 원래 산드라에게만 보내려고 했던 사진을 산드라의 아버지를 전혀 몰랐던 많은 사람들(즉 이른바 페이스북 '친구들')과 공유하게 됩니다. 친구들의 감정은 진실한 것이고, 위로도 진심에서 우러나온 것이지만, 그러한 감정과 위로는 좁은 범위에서 제한적으로, 이른바 경계를 넘어서는 사이버 관계망의 감정적 제한으로 표현됩니다.

모든 참여자들은 빈 공간에 머물고 있습니다. 친구들이 헛되이 대답을 기다린 사람은 산드라 한 사람뿐이며, 사이버 관계망에서 그 사진을 보고 있는 사람들은 영문을 몰라 당혹스러워하고 혼란스러워합니다. 그들은 그 사진을 똑똑하게 볼 수 있지만, 어떤 시간에, 보류의 순간에, 가만히 생각하는 순간에, 시류에 뒤떨어지게 된 것입니다. 그래서 그들은 자기도 모르는 사이에 가만히 멈춰 있는 그 그림이 도대체 무얼 의미하는지 자문하게 되는 것입니다.

4

우리는 빠른 이미지의 시대에 살고 있을 뿐만 아니라 생각하지도 못하고 느끼지도 못하는 사이에 자신에게 초점을 맞추는 시대에 살고 있습니다. 우리를 초대해서 우리 자신을 드러내게 하는 이토록 많은 매체와 플랫폼은 이전에는 없었습니다. 페이스북, 인스타그램, 왓츠앱 등의 사회관계망 서비스는 어디에서나 자신을 드러내고, 자신을 광고하고, 자기의 사진을 보여 주는 것이 중요한 포인트입니다. 일반적으로 실제보다는 우리의 소망이나 소망에 더 잘 부합하는 사진을 올리곤 하지요.

이런 식으로 우리의 감정들이 목록으로 만들어지고 분류됩니다. 우리의 감정들은 알고리즘의 좁은 매개 변수 안에 갇히게 되고, 이것은 다시 우리 본래의 감정들로부터 — 그리고 궁극적으로는 우리 자신으로부터 — 소외되는 결과를 초래하게 됩니다.

밖으로 표현하고자 하는 열망이 분명 새로운 것은 아닐지라도, 이렇게 많은 기기들이 우리 자신을 밖으로 표현하도록 도와주고, 그러한 기기들이 엄청나게 많아지고 정교해지고, 자신을 외부로 드러내는 일이 점점 더 중요성을 띠게 된 이러한 세상에서 우리가 살았던 적은 여태까지 없었습니다.

앞서 언급했던 제 소설의 한 장면에서 아이들이 저녁놀을 보듯이, 실제로 마음 깊은 곳에서 타인을 움직이는 것이 무엇인지 보는 눈을 가지도록 우리 모두가 항상 촉구해야 합니다. 페이스북의 프로필을 들여다보는 것만으로는 실제적인 인식을 얻을 수가 없습니다. 그뿐만 아니라 어떤 근심이나 불안이 또는 희망과 동경이 그 사람이 자신의 프로필을 바로 이런 식으로 작성하도록 했는지에 대해서 우리가 알 수 없는 한, 프로필을 보는 것만으로는 진정한 감정을 불러일으키지도 못합니다.

머지않아 자율 주행 자동차가 일상화될 것이며, 항공기의 경우 이미 장거리도 컴퓨터로 조종하는 오토파일럿으로 운행되고 있습니다. 간단히 말씀드리면 로봇은 골프공을 힘들이지 않고 한 번 만에 200미터 떨어진 구멍에 넣을 수, 즉 홀인원(hole in one)을 할 수 있습니다. 대부분의 '인간' 골프 선수의 경우 홀인원은 평생 동안 한 번도 성공하기 어렵습니다. 드론은 운동 경기의 멋진 장면을 포착하여 전송합니다만, 동시에 인간을 살해하는 데도 매우 효율적이라고 합니다.

2016년 11월 독일에서 미국 대통령 선거를 텔레비전으로 보여 준 실황 중계는 순수하고 완벽하면서도 효율적인 시각화된 오락이 실생활과 충돌하는 경우를 상징적으로 보여 주었습니다. 그 방송은 순전히 쇼였습니다. 계속해서 웃음을 주었고, 트위터와 인터넷 댓글 그리고 회화화된 사진들을 보여 주었습니다. 저는 그것이 중요한 세계 정치적 사건에 대해 판단할 수 있도록 정보를 주는 방송이라기보다는 축구 경기에 대한 사전 보도 같다는 느낌이 들었습니다.

아침 무렵 여러 시간 동안 피상적인 잡담이 오간 다음 '시나리오'에 없던 어떤 후보가 이기게 될 것이라는 결과가 나왔을 때, 사람들은 무슨 말을 해야 할지 몰랐습니다. 진지하고 사려 깊게 그리고 유화적으로 서로 이야기를 나누어야 할 판에 침묵이 압도했습니다. 사회자조차도 더 이상의 우스갯소리를 떠올리지 못했습니다. 모두가 완벽하게 짜인 각본에 들어 있지 않은 그 순간에 사로잡혔던 것입니다. 목록에서 어떤 사진 하나가 떨어져 나왔는데, 어떻게 해야 그것을 집어 들어서 다시 붙일 수 있을지 아무도 모르는 것과 같은 상황이었습니다. 가장 곤혹스러웠던 점은 잠시 우물쭈물한 다음 모두가 다시 재미있게 놀자는 모드로 바뀐 것이었습니다. 농담을 하고, 부드럽고 느슨한 표현으로 지레 걱정을 늘어놓았습니다.

그것은 바로 작가나 음악가나 영화감독이나 예술가가 균형을 잡을 수 있는 순간입니다. 잠시 멈추는 순간, 곰곰이 생각하는 순간, 사람이 자기 자신과 대면하는 순간, 거울에 자신을 비추어 볼 준비가 된 순간, 자신의 행동과 생각에 의문을 제기할 수 있는 순간입니다.

제가 최근에 본 텔레비전 토크쇼에서 어떤 심리학자가 매우 현명한 말을 했습니다. 사회자가 그 심리학자를 평소대로 대단한 전문가라고 소개하려 하자 그 사람은 사회자의 말을 가로막으며 모두가 매우 멋지고 대단히 옳다고 계속 강조하기만 하면 대화에 방해가 된다고 말했습니다. 그는 학위나 직업적인 성공이나 모든 형태의 사회적 지위는 모든 대화나 모든 연대의 중심에 도대체 무엇이 있어야 하는지에 대해, 다시 말하면 — 그 심리학자의 말을 그대로 옮기면 — "우리는 대체 어떤 사람인가?"라는 질문에 대해 아무것도 말해 주지 못한다고 강조했습니다.

"우리는 대체 어떤 사람인가?"라는 이 문장이 제 마음에 듭니다. 우리는 자신에 대해 그토록 많은 것을 보여 주면서도 현실에서 우리가 도대체 누구인지를 거의 알지 못하는 시대에 살고 있습니다. 이런 시대에 살고 있는 우리에게 이 문장은 매우 의미심장하다고 생각되기 때문입니다.

얀 코스틴 바그너 Jan Costin WAGNER 추리 소설가. 1972년 독일 출생. 현대 독일 문학이 발견한 가장 경이로운 젊은 작가로 불린다. 2002년 그의 첫 소설 『야간 여행(*Nachtfahrt*)』은 마를로베 최고 추리 소설상을 수상했으며, 2007년 출간한 『마지막 침묵(*Das Schweigen*)』은 2010년 영화로도 옮겨져 다수의 상을 수상하였다. 주요 작품으로 『차가운 달(*Eismond*)』(2003), 『사자의 겨울(*Im Winter der Löwen*)』(2009), 『어두운 집 안의 불빛(*Das Licht in einem dunklen Haus*)』(2013) 등이 있다.

다매체 시대의 문학―수학과 불과 나무

김경욱

　작년 봄 한 글로벌 IT 회사에서 개발한 인공 지능이 세계에서 바둑을 가장 잘 두는 기사 중 한 명에게 도전장을 내밀었을 때 제가 주목한 것은 이벤트 자체보다 사람들의 반응이었습니다. 인간과 컴퓨터의 역사적 대결이라며 흥분을 감추지 못하는 언론이나 바둑 애호가들이야 그렇다 쳐도, 바둑의 '바' 자도 모르던 사람들마저도 뜨거운 관심을 보인 것은 뜻밖이었습니다. 모두들 하루아침에 바둑 전문가, 인공 지능 전문가라도 된 듯 대국의 승부처에 관해서부터 과학 기술이 가져올 변화에 대해서까지 한마디씩 보탰습니다. 끝내 입을 열지 않은 존재는 야단법석의 당사자인 인공 지능뿐인 것 같았습니다. 인류 최초의 달 착륙이라는 세기의 사건에 대해 평생 말을 아낀 어느 우주인처럼 말이죠.

　사실 그것은 달 탐험에 대한 지구인들의 열광적인 호기심을 감안하면 초인적인 침묵이 아닐 수 없습니다. 달에 다녀온 우주인들을 붙들고 사람들은 묻고 또 물었으니까요. "달 위에 서 보니 기분이 어땠습니까?" 기분이라니! 온갖 천체물리학적·기계공학적 숫자와 씨름해 온 우주인들에게는 당혹스러운 질문이었을 것입니다. 달에서는 발로 흙을 차면 알갱이 굵기와 상관없이 똑같은 거리를 날아갔다는 식의 대답으로 만족시킬 수 없는 이상한 호기심이었습니다. 급기야 아폴로 뭐라는 우주선에 시인이나 철학자를 태웠어야 했다고 혀를 차는 사람들까지 생겨났습니다. 시인이나 철학자라면 달에 발을 들이기도 전에 책 한 권 분량의 '기분'이 머릿속에 떠오르지 않을 수 없었을 테고, 지구에 돌아올 즈음에는 그 '기분'이라는 것이 열 권 정도로 늘어날 것임에도 불구하고, 하나도 빠뜨리지 않고(십중팔구 살을 더 붙여서) 실감나게 들려줬으리라 여긴 것이지요. 하지만 달 착륙선에 몸을 실었던 열두 명의 우주인 중에는 시인도 철학자도 없었습니다. 천문학적 자본과 전 지구적 응원(냉전의 한쪽 진영은 제외하고)을 등에 업고 38만 킬로미터를 날아가 토끼가 살고 있지 않다는 우주적 비밀을 밝혀냈음에도 두고두고(달 착륙 사진이 조작된 것이라는) 음모론에 시달릴 것이라는 사실을 예견한 사람이 미 항공우주국에 한 명도 없었던 것처럼 말이죠.

가장 강력한 인터넷 검색 엔진 중 하나로 유명세를 떨치고 있는 IT 회사 입장에서는 다행스럽게도 인간과 컴퓨터의 바둑 대결은 음모론에 시달릴 것 같지는 않습니다. 다섯 차례 대국 모두 실시간으로 생중계되었고, 무엇보다 바둑판을 사이에 두고 인공 지능 맞은편에 앉았던 기사는 제가 보기에 시인이면서 철학자였으니까요. 그의 말 한 마디 한 마디는 바둑의 룰을 모르는 사람 귀에도 쏙쏙 들어왔습니다. 그는 내리 세 판을 져 승부가 기울었을 때는 인류가 아닌 자신의 패배라고, 네 번째 대결 만에 첫 승을 땄을 때는 한 판의 승리로 이렇게 큰 환호를 받는 처음이라고 결정적 장면의 '기분'을 생생하게 들려주었습니다. 이벤트 내내 이 젊은 기사의 말이 화젯거리가 되었음은 물론입니다. 이 대결을 지켜본 사람들 중 적지 않은 이들의 마음속에서 이런 질문이 떠나지 않았을 테니까요. '인공 지능과 대결하는 기분이란 대체 어떤 것일까?' 시합 전 인터뷰에 따르면, 이것은 젊은 기사가 이 대결에 응한 이유이기도 했습니다.

첫 대국을 앞두고 젊은 기사는 이런 말도 했습니다. "인공 지능은 바둑의 아름다움을 알지 못합니다. 이 대결의 승패와 상관없이 바둑의 본질적 가치는 계속될 것입니다. 언젠가 인공 지능이 바둑에서도 인간을 앞지를 날이 오겠지만 이번은 아닙니다." 이 말은 제가 한 해 전 썼던 졸고를 떠올리게 합니다. 작가라는 직업이 국제 표준 직업 목록에서 자취를 감춘 어느 미래를 배경으로 한 이야기입니다. 소설이 수제 구두나 맞춤 양복처럼 극소수 의뢰인의 주문에 맞춰 제작되는 시대. 이를테면 이런 식입니다. 존 업다이크의 추리 소설을 써 달라. 레이먼드 카버의 장편 소설이 읽고 싶다. 안나 카레니나가 행복하게 늙어 가는 걸 보고 싶다. 젊어서 한때 소설가였던 주인공에게 주어진 일은 '회사'에서 제작해 보낸 초고를 다듬는 것입니다. 남미의 한 소설가가 한 말(문학은 수학과 불로 이루어진다.)에서 가져온 것이 틀림없는 회사명(수학과 불)에 빗대어 표현하자면 불을, 창조의 훈김을 좀 나눠 준다고나 할까요. 회사의 구인 광고에 따르면 '팅커(땜쟁이)'로서의 본분을 다하는 것일 테고요.

정작 초고를 누가 제작하는지 모르던 주인공이 제작자의 정체에 의심을 품게 된 것은 초창기 번역 프로그램이나 저지를 법한 어휘 선택의 오류가 눈에 들어오고서였습니다. "그날 이후 소냐는 기차만 바라보면 유방이 붕괴됐다." 어색한 대목을 "가슴이 무너졌다."로 '땜질'하면서도 주인공은 석연치 않은 기분을 떨쳐 낼 수 없었습니다. 그러고 보니 뭔가 기계적인 고지식함을 풍기는 이메일 ID('알렉세이의 귀'쯤으로 해도 무방할 텐데 군이 '알렉세이 알렉산드로비치 카레닌의 귀'라고 톨스토이 소설 속 인물의 풀 네임을 고집한 점)며, 지나치게 빠른 원고 검토 속도며 미심쩍은 점은 한둘이 아닙니다. 네, 맞습니다. 주인공이 이메일로 받은 원고는 '알렉세이 알렉산드로비치 카레닌의 귀'(이하 '알렉세이의 귀')라 불리는 스토리텔링 프로그램이 기존의 소설들을 짜깁기한 것이었습니다.

말하자면 고객 맞춤형 일대일 한정판 소설의 제작 공정은 대략 이렇습니다. 1단계, 고객의 주문을 '알렉세이의 귀'에 입력한다. 2단계, '알렉세이의 귀'가 초고를 쓴다. 3단계, '팅커'가 손질한다. 4단계, '알렉세이의 귀'가 원고를 완성한다. 베일에 싸여 있던 소설 제작 공정이 실체를 드러냈을 때 주인공의 머릿속에는 새로운 의문이 떠오릅니다. '이런 걸 대체 누가 (주문해서) 읽지?' 독자가 사라진 지 오래인 시간적 배경을 감안하면 늦은 감이 없지 않은 질문이지만요.

인공 지능과 인간의 바둑 대결 결과를 보면 이 소설은 짐작보다 더 가까운 미래의 일일 수도 있겠습니다. 듣자 하니 인공 지능이 써 낸 시가 꽤 그럴듯하다고 하더군요. 아직 부족한 점이 있겠지만 머지않아 인간의 솜씨를 따라잡겠지요. 젊은 기사가 농담처럼 지적했듯, 인공 지능은 잠도 안 자고 연구하니까요. 실제로 그 인공 지능은 인간과의 첫 대결 때보다 실력이 몰라보게 늘었음을 바둑판 위에서 증명해 보였습니다. 제 소설에 등장하는 스토리텔링 프로그램이 인간의 훈김을 쐬고 더 그럴듯한 문장을 쓰게 되는 것처럼 말이죠. 잠을 잘 필요가 없다는 것, 이야말로 인공 지능이 가진 가장 무서운 재능입니다. 밤에도 진화하는 인공 지능에게는 '아름다움'이라는 비논리적 영역조차 난공불락은 아닐 것입니다.

그렇습니다. 시끌벅적했던 이 이벤트에서 가장 기억에 남는 것은 승부를 다투는 바둑의 속성과도, 놀라운 속도로 진화한 인공 지능과도, 거대 글로벌 IT 회사를 진짜 승리자로 만든 홍보 전략과도 무관해 보이는 '아름다움'이라는 단어였습니다. 인공 지능은 바둑의 아름다움을 이해하지 못하기 때문에 인간을 이길 수 없다던 장담이 무색해져 버렸지만 말이죠. 바둑의 아름다움이란 무엇일까요? "인공 지능은 데이터를 무한히 수집해 인간의 바둑을 모방할 수는 있겠지만 인간이 가진 창의성을 흉내 내지는 못할 것"이라는 젊은 기사의 말에 비추어 보면, 창의적인 것과 떼어 놓고 생각할 수 없을 것 같습니다. 말하자면 바둑의 아름다움은 바둑을 두는 인간의 '창의적 발상'의 결과물이겠지요. 바둑이란 무엇이냐는 질문에 어느 기사가 남겼다는 답이 문득 떠오릅니다. "바둑이란 나무판 위에 돌을 얹는 것이다." 바둑에 관한 이보다 더 '아름다운' 정의를 저는 듣지 못했습니다. 단순·명쾌함부터 마음에 듭니다. "보편적인 진리일수록 단순하다."라는 철학적 명제를 굳이 들먹이지 않더라도 뭔가 진실의 한 자락이라도 움켜쥔 기분입니다. "문학은 수학과 불로 이루어졌다."라는 한 소설가의 말을 접했을 때처럼요. 무엇보다 제 마음을 사로잡은 것은 의외의 시선에 담긴 창의성이었습니다. "바둑이란 자기 자신과의 싸움이다."라고 하면 어떨까요? 별로 기쁘지 않겠죠. '두뇌 싸움'이라는 추상적 고정관념과 '나무판'과 '돌'이라는 단어가 환기하는 물질적 이미지의 거리가 우리를 기쁘게 합니다. 네, 예술적인 답변입니다. 제가 알고 있는 '예술'이라는 단어의 뜻이 "예술이란 우리의 마음을 기쁘게 하는 양식을 발견하는 것"이라는 멋진 통찰에 쓰이고 있는 것과 일치한다면 말이죠. 한없이 동떨어져 있는 것들, 종종 대극의 자리에 있기도 한 것들이 번개처럼 번쩍 드러내는 연결고리가 우리의 심장을 뛰게 합니다. 창의성이란 그런 게 아닐까요? 심장이 박동하는 것을, 우주의 내연 기관이 힘차게 돌아가고 있다는 사실을 새삼 일깨우는 어떤 '목소리'가 아닐까요? 우리의 갈빗대 아래에서 타오르는 불이 실은 신에게서 훔쳐 낸 장물임을 잊지 말라고, 독수리에게 간을 쪼이는 위대한 도둑이 내지르는 비명은 아닐까요?

이번 바둑 대결에서 가장 인상적인 장면은 뭐니 뭐니 해도 젊은 기사가 어린 딸의 손을 잡고 대국장에 등장하는 대목이었습니다. 동네 축구 시합 도중 부상당해 수술을 받은 뒤로는 무릎을 유리 다루듯 하는 저였지만 그만 저도 모르게 무릎을 탁 치고 말았죠. 인공 지능을 상대로 인간이 둘 수 있는 가장 강력한(창의적인) 수가 아닐 수 없었습니다. 문자 그대로 '신의 한 수', 아니, '인간의 한 수'였습니다. "딸의 응원이 있었기에 무너지지 않을 수 있었습니다." 제아무리 잠도 안 자고 실력을 닦는 인공 지능이라도 입 밖에 내기 힘든 소감이었습니다. 인공 지능에게는 딸이 없어서요? (언젠가 '알파고 주니어'를 대동하고 대국장에 나타날 수도 있겠죠.) 인공 지능에게는 입이 없어서요? (로봇 청소기조차 이래라저래라 말이 많더군요. 바둑 두는 인공 지능이 정체불명의 전선

가닥에 발이 묶이거나 방구석에 도사린 잡동사니 덫에 갇힐 우려가 있었다면 입을 달아 주지 않을 수 없었겠죠.) '딸이 응원했다.(딸이 대국을 지켜보았다.)'라는 데이터와 '무너지지 않을 수 있었다.(전패를 면했다.)'라는 데이터 사이에서 수학적 인과를 도출해 내기 어려워서일 것입니다. 그것은 감정의 영역, 저 남미 작가식으로 말하자면 불의 영역이니까요.

4승 1패라는 압도적 승리에도 불구하고 인공 지능이 주인공의 친구(그것도 과묵한) 신세가 된 것은 사람들이 원하는 것을 줄 수 없어서였습니다. 달 착륙을 지켜본 지난 세기의 사람들이 그랬던 것처럼 인간과 인공 지능의 바둑 시합을 관전한 21세기의 대중은 대국 소감을 듣고 싶어 했습니다. 그놈의 '기분' 말입니다. 만약 인공 지능이 인간을 누른 소감을 말할 수 있었다면 스포트라이트를 놓치는 일은 없었겠지요. 인공 지능으로서는 당혹스러운 장면이 아닐 수 없죠. 불가사의하기도 할 겁니다. 달에 다녀온 사람은 물론 연쇄 살인범에게도 '한마디' 해 달라고 마이크를 들이대는 인간이라는 종(種) 자체가 말입니다.

일찍이 '한마디'에 대한 수요를 사람들은 활자 매체를 통해 충족시켜 왔습니다.(드디어 이 세션의 키워드인 '매체'라는 단어가 등장했군요.) 제 묵시록적 소설에서 주문에 맞춰 소설을 뚝딱 뽑아내는 인공 지능의 이름은 아시다시피 톨스토이의 『안나 카레니나』에서 가져온 것입니다. 여행에서 우연히 만난 젊은 장교에게 마음을 빼앗긴 '안나'. 큐피드의 화살에 정통으로 맞은 비련의 여주인공에게 작가는 잔인하게 마이크를 들이밉니다. 이루어질 수 없는 사랑에 빠진 기분이 어떠냐고. 한마디 하라고. 그것도 역으로 마중 나온 남편을 앞에 두고서. "페테르부르크에서 기차가 멈추자마자 안나는 내렸다. 맨 먼저 눈에 띈 것은 남편의 얼굴이었다. '세상에! 저이의 귀는 어찌 저렇게 생겼을까?' 안나는 남편의 차갑고 위엄 있는 풍채와 무엇보다 자신을 놀라게 만든, 둥근 모자챙을 받치고 있는 귀를 쳐다보며 생각했다." 안나가 잠시 집을 비운 사이 남편의 귀에 문제가 생긴 걸까요? 그럴 리가요. 달라진 것은 안나의 마음이었습니다. '축복받지 못할 운명적 사랑에 빠지면 어떤 기분일까?' 궁금해하는 사람들이 존재하는 한 이 소설은 계속 읽힐 것이고 안나의 마음속 한마디('세상에! 저이의 귀는 어찌 저렇게 생겼을까?')는 영원히 기억될 것입니다.

맞습니다. 일상이라는 심연에 잠시 빛무리를 드리우는 섬광 같은 '한마디'를 듣기 위해 사람들은 책을, 소설을 읽었습니다. 수많은 작가들이 인간의 내면이라는 미지의 바다에 앞다투어 그물을 던진 것도 이 때문이지요. 하지만 그들이 이 '한마디 시장'에서 누렸던 비교 우위는 이제 거의 사라진 듯합니다. '한마디' 하기 위해 우주선을 타고 38만 킬로미터를 날아갈 필요도, 조지 포먼을 링 바닥에 쓰러뜨릴 필요도, 톨스토이가 될 필요도 없습니다. 손에 쥔 모바일 기기의 배터리만 충분하다면 누구나 자신의 한마디를 '업로드'할 수 있고 누군가의 한마디를 '다운로드'할 수 있습니다. 굳이 카프카의 『변신』을, 이 작품에 대한 정신분석적 비평을 찾아 읽지 않고도 작가의 이름을 딴 박물관 관람기만 검색하면(카프카가 약혼녀 아버지에게 보낸 엽서에는 "매일 아침 회사에 출근하는 것이 저에게는 커다란 고통입니다."라고 적혀 있다.) 근대 문명의 근간이 되는 이런저런 제도에 대한 실존적 반항심을 느낄 수 있습니다. 심지어 텔레비전 앞에서 눈만 뜨고 있어도 최근 연인과 헤어진 톱스타의 심경을, 실연의 심경을 고백하러 나온 기분을, 실연의 심경을 고백하러 나온 기분을 토로한 느낌을, 친절한 자막 덕분에 놓치려야 놓칠 수가 없습니다. 그뿐이 아니죠. 텔레비전 자막은 유명 연예인이 손수 만든 요리의 맛을, 유명 가수의 공연을 감상하는 느낌을 우리의 뇌에 꼼꼼하게 입력해 줍니다.

제 소설에 대한 가장 인상적인 평을 접할 수 있었던 것도 익명의 누군가가 업로드한 한마디 덕분이었습니다. 세상에 내보낸 책의 안부가 궁금해져 어느 날 온라인 서점을 기웃거리던 저의 안면 근육을 굳어 버리게 만든 한마디. "이 책을 위해 베어진 나무가 불쌍하다." 두 눈에 흙이 들어가기 전에는 결코 잊지 못할 서평으로 손색이 없었습니다. 누가 제 눈에 흙을 쏟아붓기라도 하듯 저는 연신 눈을 깜박여야 했고요. 아무리 눈을 감았다 떠 보아도 글자는 그대로였습니다. 머릿속은 새하얘지고 가슴은 벌렁거렸습니다. 길 가다 낯선 이에게 뺨이라도 맞은 기분이랄까요. 심박 수가 정상으로 돌아오고 머릿속에 낀 살얼음도 녹아 생각이라는 것을 다시 할 수 있게 되었을 때 뇌리를 스친 단어는 엉뚱하게도 '전자책'이었습니다. 앞으로는 전자책만 출간해야겠다고 다짐하는 저 자신을 발견한 것입니다. 하지만 이내 이런 리뷰가 눈앞에 어른거렸습니다. "이 책을 위해 소모된 전기가 아깝다." 남은 한쪽 뺨마저 불타오르는 듯했습니다. 머릿속은 벌집을 쑤신 것 같았고요. 누구일까? 대체 왜? 끝까지 읽기는 한 걸까? 공황 상태에 빠진 제가 평정심을 회복하고 컴퓨터를 끈 것은 문제의 리뷰를 문학의 죽음에 대한 반대 증거로 승화시키고서였습니다. 문학은 아직 죽지 않았습니다. 단 한 명의 독자라도 환경주의자로 변화시킬 수 있는 한 말입니다.

그날 이후 저는 글을 쓸 때면 나무를 떠올리지 않을 수 없습니다. 책을 위해 지구 어디선가 전기 톱날에 쓰러지고 있을 한 그루 나무. 이 글이 나무 한 그루의 가치가 있을까, 두려워집니다. 그러다가도 이 글을 읽고 나무를 가엾게 여긴 누군가가 한 그루 나무를 심게 된다면 지구를 더 망가뜨린 것은 아닌 셈이라며, 나무에 새겨질 문장을 조심스레 두드립니다. 그래도 제 마음속에는 떨쳐 낼 수 없는 두려움이 하나 남아 있곤 합니다. 아무도 읽지 않는다면, 나무를 불쌍히 여기게 될 기회마저 서가 속에 봉인된다면…….

실은 소설가가 사라진 시대에 관한 제 소설에서도 유일한 독자는 인간 대신 소설을 쓰는 인공 지능이었습니다. 현실에서도 저의 직업에 관한 흔적들이 문명사 박물관 한구석에 전시되는 날이 올까 겁나는 것은 아닙니다. 소설이라는 물건이 천지창조 시즌부터 있지는 않았으니까요. 탄생과 소멸이라는 우주 만물의 운명에서 자유로울 수는 없을 테니까요. 다만 마음만 먹으면 언제 어디서든 그놈의 '기분'을 업로드하고 다운로드할 수 있는 시대에 굳이 문학이어야 하는 이유를 적어도 스스로에게는 말할 수 있어야 하지 않을까요?

궁리 끝에 답을 찾아냈다고 말할 수 있다면 좋겠지만 제가 맞닥뜨린 것은 또 다른 질문이었습니다. 문학이란 무엇인가? 바둑에 대한 멋진 정의를 내린 한 기사의 말을 흉내 내 볼까요? 문학이란 나무에 기분을 새기는 것입니다. 아무래도 저는 이제 '나무'를 얘기하지 않고는 문학에 대해 생각할 수 없게 된 것 같습니다. 모두 익명의 독자가 남긴, 저의 책을 읽은 뒤의 기분 덕분입니다. 문학의 본질을 일깨워 준 그분에게 심심한 감사의 마음을 전하고 싶습니다.

임금님의 비밀을 알게 된 자가 석연치 않은 기분을 차마 입 밖에 내지 못해 가슴이 터져 버릴 것 같을 때 찾은 곳은 트위터도 페이스북도 아닌 대나무 숲이었습니다. 그곳에서 그는 마음 놓고 목소리를 낼 수 있었다죠. "임금님 귀는 당나귀 귀"라고요. 왜 하필 대나무 숲이었을까요? 땅속에서 주변으로 맹렬하게 뻗어 나가는 뿌리줄기로 번식하는 특성 때문에 대나무는 군락을 이룬다고 합니다. 부름켜가 없어서 몸통이 커지지 않기에 빽빽한 숲이 되기 일쑤죠. 숲 밖으로 소리가 새어 나가면 어쩌나, 하는 두려움에서 놓여날 수 있을 만큼요. 문학이란 대나무 숲이 되어야 하지 않을까요? 마이크가 없는 존재들, 한마디 하고 싶지만 소리를 내기 힘든 존재들이 두려움 없이 마음껏 제 목소리를 낼 수 있도록, 스스로를 텅 비운 채 하늘 높이 쑥쑥 자라는 한 그루 대나무가 되어야 하지 않을까요?

'冊'이라는 상형문자에서 짐작할 수 있듯, 종이가 발명되기 전 고대 중국에서는 대나무 조각을 가죽으로 엮어 책을 만들었습니다. 여느 나무들과 달리 속이 비어 글을 새기기 용이했던 것이겠죠. 줄기에 마디가 있어 '레이아웃'도 따로 고민할 필요가 없었을 테고요. 다매체 시대에 문학은 무엇을 할 수 있을까요? 대나무는 우리에게 이렇게 말하는 듯합니다. "아무것도 하지 마. 땅속에서 충분히 뿌리를 뻗고 가만히 땅 위로 고개를 내밀어. 스스로를 비운 채." "무의미는 의미가 없는 것이 아니라 너무 많은 것"이라는 한 철학자의 목소리에 귀를 기울인다면 수많은 '있음' 속에서는 때로 '없음'이 진실을 들려줄 수 있다고 노래하는 것도 가능하지 않을까요?

대나무는 몇십 년 혹은 백 년에 한 번 꽃을 피웁니다. 같은 숲의 대나무들은 어느 날 일제히 꽃을 피우고(한 뿌리에서 올라온 가지들이니까요. 그래서 아무리 먼 곳에 심어도 같은 날 꽃을 피운다죠.) 한꺼번에 흙으로 돌아가는 것입니다. 뿌리줄기로 번식하는 식물이 꽃을 피우는 이유를 저는 여러분께 말씀드릴 수 없습니다. 전문가들도 아직 밝혀내지 못했으니까요. 난생처음 꽃을 피운 다음 말라 죽는다는 게 우리가 대나무의 죽음에 대해 알 수 있는 전부입니다. 이것 하나는 확실히 말씀드릴 수 있습니다. 만약 내일 지구가 멸망한다면 저는 한 그루 대나무를 심겠습니다.

김경욱 KIM Kyung-uk 소설가, 한국예술종합학교 서사창작 전공 교수. 1971년 광주 출생. 서울대학교 영문과를 졸업했다. 하드보일드 스타일로 삶의 부조리를 파헤치면서도 연민에서 비롯된 유머를 잃지 않는다는 평을 듣는다. 『위험한 독서』, 『소년은 늙지 않는다』, 『동화처럼』, 『야구란 무엇인가』, 『개와 늑대의 시간』 등의 작품이 있다. 한국일보문학상, 현대문학상, 동인문학상, 김승옥문학상, 이상문학상 등을 수상했다.

더 많은 입과 귀를? 우리에게 고요한 시간은 가능한가?

진은영

말과 소리, 영원히 헤어진 자들 사이의 가상의 교량

오 나의 짐승들이여, 계속해서 지껄여 대라. 지껄여 대는 소리가 듣고
싶구나! 너희들이 지껄여 대면 나는 생기가 돈다. 지껄여 대는 소리가 있
는 곳, 그곳에서 이 세계는 내게 화원과도 같다.

말이 있고 소리가 있으니 얼마나 기분 좋은가, 말과 소리라는 것은 영
원히 헤어진 자들 사이에 걸쳐 있는 무지개이자 가상의 교량이 아닌가?

……

무릇 말을 한다는 것 그리고 소리의 온갖 속임수는 얼마나 듣기에 좋은
가! 소리와 더불어 우리들의 사랑이 형형색색의 무지개 위에서 춤을 추니
말이다.[1]

말과 소리를 사람과 사람을 이어 주는 아름다운 교량으로 간주했던

---

1) 프리드리히 니체, 정동호 옮김, 『차라투스트라는 이렇게 말했다』(책세상, 2004), 363쪽.

19세기의 철학자 니체가 지금의 트위터를 보게 된다면 뭐라고 할까? "이것이야말로 내가 말한 지껄여 대는 소리가 있는 곳, 삶을 화원으로 만들어 주는 곳"이라며 감탄할지도 모른다. 멀리 떨어져 있어 직접적으로 만날 일 없는 자들을 이어 주는 무지개이자 가상의 교량 역할을 파랑새 로고가 그려진 트위터라는 매체만큼 잘 수행하는 수단이 또 있을까? 마테를링크의 파랑새가 침대 맡 새장에 있는 것처럼 이 디지털 파랑새는 언제나 내 손이 닿는 핸드폰 새장에 있다. 틸틸과 미틸이 추억의 나라, 밤의 궁전, 미래의 나라까지 새를 찾아다니며 겪었던 모험도 없이 우리는 이 행복의 새를 쉽게 얻을 수 있는 것이다. 어떤 지난한 모험도 없는 포획. 아무런 수고도 하지 않았는데 우리 앞에 놓여 있는 이 가상의 교량은 제 몫을 다할 수 있을까? 이 물음에 대해서는 우려 섞인 부정적 시선과 긍정적 전망이 공존하는 것 같다.

기술적 이미지의 속도

사실 우리는 말과 소리에 대해 무겁고 진지한 욕망을 가지고 있다. 매체철학자 빌렘 플루세르(Vilém Flusser, 1920~1991)의 설명처럼 우리가 텍스트 코드에 익숙한 구텐베르크 은하계의 사람들이어서 그럴지도 모르겠다. 우리 은하계에서 문자의 별들은 바라보는 이가 그것들이 이루는 개념의 별자리를 충분히 읽을 수 있을 만큼 느린 속도로 이동한다. 우리는 이 텍스트의 별무리를 따라가면서 비판적 정신과 역사에 대한 감수성과 세계의 의미를 깨우쳐 왔다. 이런 관점에서 단문(短文)과 사진, 영상 등의 기술적 이미지가 결합되어 생산되고 소비되는 디지털 은하는 낯설고 위험한 곳이다. 텍스트 코드는 선형적이고 비판적이고 역사적이지만, 디지털 코드로 이루어져 있는 기술적 이미지들은 그렇지 않다.

플루세르는 글쓰기가 마술적이고 얽히고설킨 사고의 표현인 주술적 이미지의 세계를 파괴하고 이미지를 개념으로 코드 변환하기 위해 생겨났다고 말한다. 글쓰기의 본질적 형태를 보여 주는 것은 고대의 각명 문자(刻銘文字, Inschrift)이다.[2] 이 문자는 돌이나 흙벽돌에 날카로운 철필(鐵筆)로 새기는 방식을 통해서 정보에 대한 기억을 가능한 한 영구적으로 보존하려고 한다. 그것은 단단한 물질에 새겨지며 동시에 우리의 기억에도 새겨지는 문자이다. 그런데 표면에 색을 입히는 표면 문자(Aufschrift)의 등장은 글쓰기의 성격을 바꿔 놓는다. 비단이나 종이에 붓으로 쓰는 것은 철필로 새기는 것과 다르다. 표면 문자는 각명 문자보다 훨씬 빠르게 쓰이고 빠르게 잊힌다. 붓으로 쓰는 것보다 빠르게 쓰기 위해 깃털의 반대편인 깃촉으로 쓰고, 그보다 빠르게 쓰기 위해 볼펜과 타자기, 컴퓨터 자판과 같은 수단들이 등장하게 되었다.

플루세르는 표면 문자에 의한 글쓰기의 신속성이 각명 문자가 추구하던 기념비적 속성을 제거했으며, 그 신속성 때문에 놓치게 되는 것들에 대한 특별한 보충의 시간이 필요해졌다고 주장한다. 표면 문자들에서는 "서두름과 ── 깃털로 글을 쓰고 읽을 때의 ── 여유의 결핍이 표현되고 있다." 그러나 동시에 "우리는 항상 반복해서 호흡을 가다듬기 위해서 중단해야만 한다. 표면 문자적 글쓰기와 표면 문자로 글을 쓰는 사고 속에서의 이러한 내면적인 변증법, 즉 한편으로는 어떤 절박한 충동에 의해 쫓기고 다른 한편으로는 명상적인 휴식을 취하도록 강요되는 이러한 의식은 우리가 '비판적 사고'라고 부르는 것이다. 우리는 표면 문자적으로 쓰인 것을 비판적으로 조망하기 위해서 항상 표면 문자적 글쓰기의 흐름으로부터 뛰쳐나가도록 강요되고 있다."[3]

디지털 은하로 우주 이민을 떠나면서 우리 구(舊)은하의 사람들이

---

2) 빌렘 플루세르는 각명 문자를 통해 드러나는 글쓰기의 본질을 설명하기 위해 어원 분석을 시도한다. "글 쓰다(schreiben)라는 단어는 라틴어의 'scribere'라는 단어에서 유래되었는데, 이것은 '……에 틈(금)을 내다'라는 의미이다. 그리고 그리스어 'graphein(글쓰다)'은 '새기다'라는 의미이다. 이에 따르면 글쓰기는 근원적으로 어떤 대상 속으로(in) 어떤 것을 새겨 넣었고 동시에 어떤 쐐기처럼 뾰족한 연장(철필)을 사용했던 하나의 동작이었다." 빌렘 플루세르, 윤종석 옮김, 『디지털 시대의 글쓰기』(문예출판사, 2002), 28쪽.
3) 위의 책, 44~45쪽.　●

두려워하는 것은 바로 표면 문자의 서두름과는 비교도 할 수 없을 만큼 현기증 나는 기술 이미지의 속도이다. 영상 이미지뿐만 아니라 텍스트들도 가속도가 붙어 컴퓨터 화면을 숨 가쁘게 지나쳐 간다. SNS의 타임라인을 시냇물처럼 흘러가는 트윗들을 보라. 우리는 그것들을 따라가면서 읽는 데 급급하기 때문에 비판적 읽기는 불가능한 것처럼 느껴진다. 우리가 궁극적으로 두려워하는 것은 기술적 이미지의 급한 물살이 우리의 모든 비판적 사고를 익사시킬지도 모른다는 점이다. 도대체 이 재빠른 흐름 속에서 어떻게 문자와 문자 사이의 틈새에 천천히 머물러 음미하고 사유할 수 있다는 말인가? 새로운 은하에서 우리 책벌레들은 무겁고 진지한 모든 사유가 말살될 것 같은 으스스한 기분을 느낀다.

디지털 세계에서의 공동성

디지털 은하에서의 속도감은 비판적 읽기를 방해하는 대신 공동성(Mithaftigkeit)을 확산하는 데에는 매우 유리한 것으로 보인다. 그런데 이러한 공동성에 대해서도 비판적 견해가 존재한다. 하이데거가 세인(世人, Das Man)의 잡담(Gerede)에 대해 말한 것이 그러하다. 세인은 호기심에 가득 차서 타인과 세계에 대한 애매모호한 말을 퍼뜨릴 뿐이다. 그 말들은 말하는 이의 고유성을 표현하는 것이 아니라 뭔가를 그저 모방하고 확대 해석하는 것에 불과하다. 트위터에서의 말과 소리야말로 이러한 잡담의 성격을 잘 보여 준다고 생각할 수 있다. 140자로 제한된 단문은 깊이 있는 사유를 펼치기에는 너무 짧은 분량일 뿐만 아니라, 리트윗이나 추천의 기능은 반복하고 확대하여 퍼뜨린다는 잡담의 특징에도 부합하는 것으로 보이기 때문이다.[4]

---

4) 하이데거의 '세인', '잡담' 개념과 트위터에서의 문학 소비를 연결하여 설명하는 글로는 다음을 참고하라. 김동규, 「트위터의 지저귐」, 《문학동네》(2014년 가을호).

실제로 트위터는 자기 계정의 독자(follower)[5]에게 특별히 상세한 설명이나 예비적 합의가 필요 없는 사안들을 다룬다. 짧은 문장에 첨부된 사진들은 대부분 일상에서 자기가 먹은 것들이나 방문한 장소, 입은 옷 등 최근의 문화나 소비 생활에 대한 것들이다. 그 사진들은 트위터를 사용하는 이들의 주된 관심사를 반영하기도 하지만, 다른 한편으로 그것들의 소재가 되는 음식이나 옷들, 카페나 여타의 장소 등이 140자 이내의 짧은 설명으로도 이해와 소통이 가능할 만큼 생활 세계에서 보편적 공통성을 지니고 있기 때문이다.

이 점에서 정치적이거나 사회적인 이슈 역시 트위터의 토픽으로 적합하다. 대부분의 사람들이 지금-여기에서 관심을 기울이고 있는 정치적이거나 사회적인 이슈들에 대해서는 특별한 설명 없이 즉각적인 의견 표명이 가능하며, 그것은 리트윗이나 추천을 통해 여러 사람에게 확산되더라도 이해될 수 있을 만큼 이미 공동의 이해를 전제로 하는 내용들로 이루어져 있다.

물론 음식이나 유행하는 상품만큼 공동성을 확보하지 못하는 예술적 주제들이나 작품들에 대해 이야기하는 것이 불가능한 것은 아니다. 시의 한두 행, 소설의 한두 구절을 인용한 문장, 영화 대사나 위트 있는 한두 줄 논평이 트위터에 등장하기도 한다. 그 문장들은 해당 작가의 작품 중에서 특별히 소박하고 평이하게 전달될 수 있는 성격의 것들이거나 삶의 교훈을 전하는 아포리즘의 특성을 지닌 경우가 많다.

팔로어가 학교에 있든 집에 있든, 일을 하던 중이든 졸다가 깨어났든 즉각적인 공감과 관심을 불러일으키기 위해서는 긴 설명이 필요 없는 진술이어야 한다. 다 알고 있는 것, 이미 합의된 것, 그리하여 진부

---

5) 팔로어는 팔로(follow)하는 사람이다. "팔로는 누군가를 따른다는 뜻으로 특정 트위터 이용자의 글을 보겠다는 것이다. 자신이 다른 사람을 팔로하면 해당 이용자에 대해 '팔로잉'으로 표시된다. 반대로 다른 사람이 자신의 트위터를 팔로하면 그 이용자는 나의 '팔로어'가 된다." 한경 경제 용어 사전, 한국경제신문/한경닷컴. http://terms.naver.com/entry.nhn?docId=2066617&cid50305&categoryId=50305.

한 일상에 대한 진술일 때 읽기가 훨씬 더 용이하다. 물론 아포리즘 자체는 개성적이고 독창적인 것일 수 있지만 그 날카로움과 독창성은 우리가 공통으로 체험하는 삶의 진부함을 겨냥해서 찌르고 파괴하는 것이므로 진부한 것'에 대한' 진술이라는 점에서는 동일하다.

　이처럼 트위터러처(twitterature, twitter+literature)에서 중요한 것은 공동성이다. 트위터의 팔로 방식은 관심의 공동성이 순식간에 발생하도록 해 준다. 시인이 직접 운영하는 계정이든 특정 시인이나 소설가의 작품들을 트윗하는 계정이든 운영자에게 관심을 지닌 독자들이 팔로하므로 그 형식 자체가 취향의 공동성을 전제하는 것이다. 그런데 이러한 공동성은 리트윗하거나 '좋아요'를 클릭하여 공감을 표현하는 방식에 의해 표현되기 때문에 단순한 동의에 불과한 것으로 간주되기도 한다. 여기에는 어떤 결단이나 단호함의 태도는 존재하지 않으며, 공감이라고 해도 그저 가벼운 한담에서 오가는 사교적 호응과 같다는 것이다. 그것은 없어도 되는 말, 어떤 흔적도 남기지 않는 거품 같은 말로 취급되며, 이런 종류의 말에 의해 결성되는 공동체는 허상의 공동체로 평가되기 쉽다.

일방향적 공동성에서 상호적 공동성으로

플루세르는 디지털 매체가 갖는 새로운 상호성을 예견함으로써 디지털 세계를 낙관적으로 전망한다. 그가 말하는 새로운 상호 인정의 예술은 바로 컴퓨터 예술이다. 디지털 은하계의 초입에서 그는 텔레비전이나 라디오 같은 일방향적 매체를 통해 형성된 공동성을 비판했던 하이데거의 견해를 수용하면서도 "매스 미디어들이 상호 주관적인 편지와 같은 종류의 미디어로 분화되고 있다."라는 인식 속에서 새로운 상호 주관성의 탄생을 기대하고 있다.[6]

많은 문화적·정치적 이슈들에 대한 다양하고 즉각적인 대화 속에서 나타나고 사라지는 SNS상의 공동체를 보면, 분명 새로운 매체를 통한 상호 주관성의 실현이 플루세르의 근거 없는 낙관은 아니었음을 알 수 있다. 우리는 트위터와 페이스북을 통해 더 쉽고 즉각적으로 문화적 축제와 정치적 축제를 벌인다. 특정 문학잡지에 실린 글이나 문단의 행태를 비판하거나 옹호하는 문학적 아고라를 세우기도 하고, 부당 해고에 맞서 높은 크레인 위에 올라가 농성하는 노동자를 지지하는 선언을 하기도 한다. SNS를 통해 그를 방문하기 위한 희망 버스 참여자를 신속하게 모집하는 등 하나의 아이디어를 현실의 사건으로 실현시키기도 한다.

디지털은 창작과 비평의 과정에도 촘촘하고 작은 상호성의 구멍들을 내고 있다. 다음은 필자가 카카오톡[7]을 사용하여 양경언 비평가와

---

6) 빌렘 플루세르, 앞의 책, 199~200쪽. 이 책은 1987년에 '글쓰기에 미래는 있는가?(Die Schrift: Hat Schreiben Zukunft?)'라는 제목으로 발표되었다. 발표 당시 이 책은 책의 종말을 다루는 주제를 염두에 두고 두 장의 플로피 디스크로 출간되었지만, 실제로 지금과 같이 쌍방향적 네트워크 문화가 지배적 경향을 형성하기 이전에 쓰인 것이다. 다음을 참고하라. 임유영, 「빌렘 플루세르의 기술적 상상력과 새로운 글쓰기」,《인문학연구》통권 76호(2009), 333쪽.

7) 카카오톡은 한국인이 가장 많이 사용하는 SNS이다. 앱 분석 업체 와이즈앱이 발표한 결과에 따르면 2016년 10월을 기준으로 한국 안드로이드 스마트폰 사용 인구의 98.2퍼센

나눈 SNS 인터뷰의 내용 일부를 재구성한 것이다. 대화는 이 글의 초고를 쓰던 2017년 1월 17일 오후 12시 19분에서 1시 22분까지 약 60분간 이어졌다. 나는 젊은 시인들과 비평가 본인이 트위터를 글쓰기에 어떻게 활용하는지에 대해 질문했다.

> 양: (오후 12:38) 음…… 저는 작품에 대한 인상평 정도를 메모 차원에서 남겨 뒀다가(그러다가 사람들이 멘션 남기면 대화가 오가기도 하고요.) 나중에 긴 글 쓸 때 활용하기도 하는 것 같아요.
>
> 양: (오후 12:39) 시인들은 취미 생활 관련해서 아무 말을 떠드는 공간으로(ㅋㅋ) 활용을 더 많이 했는데
>
> 양: (오후 12:40) 어떤 창작 공간의 이전 단계로 이슈에 대한 토론은 거의 SNS를 많이 활용한다는 인상이어요.
>
> 양: (오후 12:40) 다른 나라의 예술 작품이나 관련 리뷰도 트위터에서 찾기 편하고.

이어지는 대화에서 양경언은 SNS가 작가들이나 비평가들이 자신을 드러내는 장소일 뿐만 아니라 "독자가 구체적으로 드러날 수 있는 장"이라고 말한다. "유명 작가들에게 멘션 보내기도 쉬운 매체"라서 작품에 대한 소감을 남기기도 하는데, 이것은 "방백의 기능"을 하는 것으로 보인다는 것이다. 등장인물의 말을 상대 배우가 못 듣더라고 관객들이 그의 말을 듣고 반응할 수 있는 방백처럼 작가가 독자와 직접 대화하지 않더라도 그 멘션을 보고 있는 다른 팔로어들의 연쇄 반응을 이끌어 낼 수 있다. 이러한 SNS 상황에서 작가는 직접적인 대화 상대자로 등장하기보다는 일단은 방백을 듣는 관객처럼 경청자로 존재한다. 그러나 이것은 단순 경청으로 끝나지는 않는다. 좋아하는 구절의 인용,

---

트가 카카오톡을 설치하고 있으며 설치자 중 91퍼센트가 이용 중이라고 한다. 다음 기사를 참고하라. 권명관, 「오늘의 IT 소식: 11/8 스마트폰 사용자 98%는 카카오톡 사용한다 등」, 《iT동아》(2016년 11월 8일).

작품에 대한 소감들은 작품에 대한 진솔하고 광범위한 피드백이 되기 때문에 작가의 이후 작품에 영향을 미친다. 따라서 그 경청은 작가의 문학적 응답을 예비하는 것이다. 독자-팔로어는 그 문학적 대답을 기대하고 기다린다.

좀 더 적극적인 방식으로 작가-독자-비평가 간에 소소한 디지털 축제가 벌어지기도 한다. 김금희 소설가는 단편 소설 「너무 한낮의 연애」(2016)에서 양경언의 인스타그램 문장 "나무는 'ㅋㅋㅋ'하고 웃지 않는다."를 주인공 양희가 만든 연극 제목으로 사용했다.

양: (오후 12:46) 독자들이 제 인스타그램 주소에서 따온 문장임을 발견하고

양: (오후 12:47) 제 인스타로 막 구경 와서 해당 사진과 문장에 댓글을 남기기도 했어요.

양: (오후 12:48) 여기서 독자와 저는 소감을 나누기도 하면서 일종의 비평적 대화를 나누게 되는데

양: (오후 12:49) 그 과정에서 작가가 독자의 소감을 엿듣게도 되고, 저는 저 나름대로 비평적 안목을 깊이 하는 데 도움도 되고요. 그리고 친구가 되는 기분이어요. 독자랑.

소설가가 창작 과정에서 비평가의 문장을 사용하고 작품에서 그 인용의 출처를 밝히면, 그 작품을 읽은 독자는 비평가의 인스타그램을 방

문하여 그 작품에 대한 대화를 이어 간다. 이 과정에서 독자는 비평가의 견해를 형성하는 데 영향을 주며, 소설가는 독자-비평가의 대화에 다시 관객으로 참여한다. 비평가가 사회자로 진행하고 작가가 손님으로 초대되는 '독자와의 만남'과 같은 문학 행사가 SNS상에서는 더 즉흥적이고 소집단으로 벌어지는 셈이다. 이런 대화들은 오프라인에서보다 시간은 짧지만 더 일상적이고 빈번하게 일어나며 독자의 참여도 더 적극적이다. SNS 사용자들은 텍스트의 행간을 적극적으로 읽고 의견을 교환하며, 문자들의 틈에 머무르며 사유하는 보충적 방식들을 찾아내고 있다.[8]

SNS 대화는 다른 장르보다 시의 생산과 소비에 더 큰 영향을 미칠 수 있다. 시는 서사 장르에 비해 이미지 중심의 사유가 더 우세하기 때문에 인스타그램처럼 이미지를 중심으로 오가는 SNS에서의 대화는 시적 영감을 자극하거나 그 자체로 시적 진술이 된다. 양경언의 인스타그램 대화는 젊은 시인 안희연의 시에 활용되기도 한다.

시인은 "달이 뜰 때까지 헤엄쳤다"라는 대화 속의 문장을 활용하여 2016년 《현대시학》 10월호에 한 편의 시를 발표했다. 이 문장은 시의 제목인 동시에 시의 전체 분위기를 만들어 내고 이어지는 시행들에서 전개되는 사유를 촉발하는 역할을 한다. 그 시에는 여행과 바다, 걷기, 사랑 등의 단어가 등장하며, 사진의 이미지를 둘러싼 그들의 대화를 통해 이 시의 시적 자장이 형성되었음을 보여 주는 흔적들이 존재한다.

양경언은 자신이 인스타그램을 통해 디지털 뮤즈로 출현하게 된 사

---

8) SNS 매체들 사이에는 사용 방식의 차이가 있다. 양경언은 그 차이를 다음과 같이 느낀다. 페이스북은 "기나긴 글을 남길 수 있는 공간"이라 사용층의 연령이 상대적으로 높고 "부모랑 페친 맺는 바람에 다른 은밀한 곳으로 도망가느라고 젊은 친구들은 페북을 잘 사용하지 않는 것 같다." 트위터는 "실시간으로 140자로 얘기를 남길 수 있는 공간이되 텍스트 중심 공간이라, 정치적 의견이 많이 오가는 장"으로 인식되는 편이고 인스타그램은 "이미지 중심, 사진만 올리면 되어서 텍스트는 거의 뒷전인 공간"이다.

레를 보고하면서도 이렇게 말한다. "창작자들에게 영향을 끼치는 것 같고, 제가 봤을 때는, 비평적 읽기(?)의 측면엔 더욱 영향을 끼치는 것 같아요." 여기에서 그가 말하는 비평적 읽기의 변화는 두 가지 측면에서 생각해 볼 수 있다. 먼저 디지털 문학 공동체가 형성되는 과정에서 비평가는 작품 생산의 과정을 목격하고 거기에 개입한다. 둘째, 독자에게 작품이 향유되는 과정이 SNS 피드백을 통해서 비평가에게 전달된다. 작품 생산과 소비의 과정이 탈신비화되는 경험은 그의 견해 형성에 영향을 미칠 수밖에 없다. 비평적 읽기는 디지털 매체를 통해 보다 적극적인 상호 작용의 계기를 내장하게 된다. SNS 덕택에 "이콘화하는 과정을 깨고 이미지 구성에 입체적으로 참여하는 방식에 들어서기가 수월"해졌다는 양경언의 언급은 작품의 생산뿐만 아니라 비평의 생산에도 해당되는 것이다. 이 사례들은 탈텍스트 시대에도 텍스트의 비평적 읽기는 가능하며, 영상 중심성이 존재할지라도 디지털 매체 환경의 초공간적 상호 작용은 오히려 상호성이 강화된 텍스트 읽기를 가능하게 한다는 점을 보여 준다.

기다림의 시간에서 침묵의 시간으로

플루세르는 텍스트를 읽는 여러 가지 형식들 가운데 편지 읽기를 최고의 형식으로 꼽는다. "모든 텍스트는 편지로서 읽힐 수 있다. 다시 말해서 비판적으로가 아니라 발신자를 인정하는 노력 속에서 읽힐 수 있다. …… 편지는 모든 텍스트 읽기 중 최고의 형식을 위한 모델이다."[9] 그런데 디지털 우주에서 아쉽게 사라지는 구시대의 유산 중 하나가 바로 편지 쓰기의 예술이다. 플루세르는 하이데거의 개념을 빌려 와 "일상인(세인(世人))은 우리로부터 편지를 빼앗고 있다."라고 말한다. 편지의 상호성과 "기다림, 학수고대 그리고 기대라는 실존적 태도는 전자기적으로 중계된 메시지들의 우주적 동시성에 직면해서 쓸모없는 것으로 되어 버렸다."

그러나 이것은 일방향적 디지털 매체가 상호성을 박탈해 버렸다는 사실에 초점을 맞춘 비판이라고 할 수 있다. SNS는 독일어로 짧은 글을 의미하는 '편지(Brief)'에 매우 잘 어울리는, 상호성을 지닌 다양한 쓰기들을 발명해 냈다. 텍스트 시대의 문학이 지녔던 상호성의 형식들은 탈텍스트 시대에도 추방되지 않고 살아 있을 뿐만 아니라 오히려 강화되고 있는 셈이다. 짧은 분량의 글쓰기를 선호하는 매체의 형식적 기요틴이 긴 호흡을 지닌 사유와 글들을 살해한다는 우려의 목소리도 일부 있지만, 이것은 하이퍼링크와 같은 대안들을 통해 충분히 해결될 수 있는 것이다.

---

9) 빌렘 플루세르, 앞의 책, 195쪽.

그럼에도 불구하고 디지털 세계의 새로운 상호 주관성은 확실히 편지의 상호 주관성이 지녔던 특징을 상실했다고 할 수 있지 않을까? 디지털 매체에는 편지 쓰기에 들어 있던 기다림, 학수고대의 시간이 없지 않은가? 확실히 편지 쓰기보다는 이메일이, 이메일보다는 SNS가 상호 작용의 시간적 간격을 축소하였지만, 그렇다고 기다림이 사라지는 것은 아니다. 롤랑 바르트는 쇤베르크의 「기다림(Erwartung)」에서 매일 밤 숲속에서 연인을 기다리는 한 여인의 기다림과 한 통의 전화를 기다리는 자신의 기다림을 비교하며 이렇게 말한다. "그것은 동일한 고뇌이다. 모든 것은 엄숙하다. 내게는 크기에 대한 감각이 없다." 기다림이란 "기다리는 동안 별 대수롭지 않은 늦어짐(약속 시간, 전화, 편지, 귀가 등)으로 인해 야기되는 고뇌의 소용돌이"이기에 기다리는 시간의 크기가 아니라 불확실성을 허용하는 시간 그 자체 — 그는 어쩌면 안 올지도 모른다 — 에서 비롯되는 것이다.[10] 따라서 아무리 짧은 시간일지라도 상호 작용이 존재하는 한 근본적인 기다림, 그가 동의할까 동의하지 않을까, 호평일까 악평일까, 혹은 무관심인가 등등 어떤 반응에 대한 기다림의 고뇌가 사라지지는 않는다. 따라서 디지털 매체에는 기다림이 없다는 불평 역시 해소될 수 있는 것이다.

디지털 우주에서 사라지는 것, 디지털 매체가 결핍하고 있는 것은 우리가 읽기에 대해서 갖는 다른 욕망과 관련이 있다. 그것은 오히려 상호성이 부재하는 읽기이며, 발신자나 수신자에 대한 인정이나 비판이 아니라 고결한 무심함을 전제한다. 그것은 어떤 애정이나 호의 또는 악의조차도 없이 발신자를 망각하고 문자들과 씨름하는 시간을 요구한다. 아무도 곁에 두지 않을 우리의 권리. 그 시간에는 어떤 기다림도 끼어들 수 없다. 타자의 존재를 잊는 순간, 즉 공통감의 세계로부터 퇴거함으로써 발생하는 중지의 순간을 통해 우리는 문자들을 보충하는 또 다른 시간을 갖게 된다. 이 보충의 시간은 텍스트와 이미지의 설경에서

---

10) 롤랑 바르트, 김희영 옮김, 『사랑의 단상』(문학과지성사, 1992), 58쪽.

타인의 발자국을 찾는 시간이 아니라 그 순백의 설경에 내 감각과 사유의 첫발자국을 내는 시간이다.

플루세르가 30년 전 전화와 컴퓨터가 결합된 텔레마틱(Telematik) 사회라고 예견했던 현재의 우리 사회에서 실제로 사라지는 것은 침묵의 시간이다. 우리의 귀 옆에는 언제나 너무 많은 입들이 달려 있다. 우리에게는 세계의 의견, 곁에서 속삭이는 친밀한 타자의 음성에서 충분히 떨어져 나온 침묵의 시간이 상호성의 시간만큼이나 필요하다. 다매체 시대의 문학은 아직은 이러한 침묵의 시간을 충분히 확보하지 못하고 있는 듯하다.

물론 나는 여전히 한 통의 편지처럼 예술 작품을 읽는 것이 읽기의 최고 형식이라고 생각한다. 『밝힐 수 없는 공동체, 마주한 공동체』에서 블랑쇼가 인용했던 "내가 사유한 것, 나는 그것을 홀로 사유하지 않았다."라는 바타유의 말은 진정으로 옳다.[11] 우리는 타자와의 만남이라는 타격을 통해 이전에 내가 지녔던 것과 전혀 다른 사유를 시작하게 된다. 그러나 그것이 늘 타자와 함께, 항상 타자의 목소리가 들리는 곳에서 사유한다는 말은 아닐 것이다. 사유의 길이가 짧아지는 것은 짧은 글을 선호하는 디지털 매체의 형식 때문이 아니다. 그것은 지나치게 증식하는 관계성의 양상 속에서 계속 이어지는 타격들에 대한 우리의 신속하고 간결한 반응들이 하나의 타격을 통해 우리가 충분히 통증을 느끼고 그것을 새로운 신체의 감각으로 단련해 내는 시간을 허용하지 않기 때문이다.

우리는 디지털 플랫폼이 문학에 제공하는 새로운 만남을 환영할 것이고 또 만끽할 것이다. 그러나 머지않아 축제의 왁자지껄함 속에서 피로를 느낄 것이다. 그런 점에서 우리에게 생생한 문학이란 세계에 대한 진퇴(進退) 모두를 요구한다. 새로운 매체의 세기들이 찾아와도 나아

---

11) 모리스 블랑쇼·장뤼크 낭시, 박준상 옮김, 『밝힐 수 없는 공동체, 마주한 공동체』(문학과지성사, 2005), 18쪽에서 재인용.

가고 물러서는 삶의 운동성은 변하지 않을 것이다. 홀로 사유하지 않기 위해서 충분히 홀로 있어야 한다는 것. 그 때문에 블랑쇼는 숨어서 홀로 지내는 일에 자기 생의 많은 시간을 탕진했다. 어쩌면 그것은 먼 과거와 먼 미래로부터 들려오는 타자의 붐비는 목소리들을 경청하는 시간일지도 모른다.

진은영 JIN Eun-young 시인, 한국상담대학원대학교 문학상담 교수. 1970년 대전 출생. 이화여자대학교 철학과 및 동 대학원을 졸업했다. 시 쓰기를 통해 다양한 분야, 다양한 연령대의 사람들을 만나고 그들의 마음과 삶 그리고 그들이 살고 있는 사회에 대해 이야기를 나누어 왔다. 『일곱 개의 단어로 된 사전』, 『우리는 매일매일』, 『훔쳐 가는 노래』 등의 시집과 『문학의 아토포스』, 『니체, 영원 회귀와 차이의 철학』 등의 저서가 있다. 현대문학상, 천상병시문학상, 대산문학상 등을 수상했다.

3부 작가와 시장

1   기조 강연 Keynote Speech

시장 속의 문학

J.M.G. 르 클레지오

제목처럼 나는 책과 시장의 연결을 좋아한다. 이 점이 어떤 사람들에게는 충격으로 다가올지도 모르겠다. 문학은 시장의 법칙보다 우위에 있어 신발이나 우산 같은 제품과는 다를 뿐만 아니라 그 어떤 상업적 요구에도 따르지 않는다고 여기는 이들에게는 말이다.

이처럼 문학만이 예외라는 생각은, 짧지만 잊지 못할 유년 시절의 일부를 아프리카에서 보낸 내게는 흥미롭지도 않으며 불쾌할 정도다. 나는 영국 군의관이던 아버지를 따라 당시 영국의 식민지였던 나이지리아에서 어린 시절을 보냈다. 그때 살던 집에서 멀지 않은 곳에 오래된 책 시장이 하나 있었다. 니제르강 유역의 오니차라는 작은 도시에 있는 시장이다. 그곳에 가 보지는 못했지만 색색의 책들이 진열된 낭만적인 상상을 해 본다. 삽화와 사진, 빳빳한 새 책과 너덜너덜한 헌 책들이 장대비나 햇볕을 피해 차일 아래 모여 있고, 방문객들이 마치 싱싱한 마나 즙이 꽉 찬 멜론을 대하듯 책들을 손에 쥐고 무게를 어림잡아 보면서 코를 킁킁거리는 모습이 그려진다.

책도 완성된 제품이긴 하지만 문학은 여타 상품들과 다르다. 우리가

사는 이 시대는 더 이상 시인이나 소설가들이 모험을 즐기던 시대가
아니다. 술 살 돈만 있으면 아무 걱정 없이 모험에 모험을 이어 나간
중국의 시인 이백(李白)이나, 식사 한 끼에 열녀 춘향의 삶을 노래하던
한국의 판소리꾼이 살던 시대가 더는 아닌 것이다. 오늘날의 작가들은
시장의 법칙이 필요하다는 사실을 인지하고 있으며 판매를 위한 요구
조건에 따를 수밖에 없다. 예컨대 소설의 경우 출판사로부터 편집을 당
하지 않으려면 분량이 125만 자를 크게 초과해서는 안 된다. 양식 존중
도 필수 사항이라, 챕터들의 길이는 비슷해야 하고 대화도 능란해야 한
다. 줄거리는, 미국의 비평가 퍼시 러벅(Percy Lubbock)의 말처럼, 열 단
어로 요약될 수 있을 정도로 간단명료해야 한다. 물론 예술이란 이러한
규칙을 어기는 데서 나온다!

　젊은 시절 나는 다소 고집이 있는 한 영국인 교수에게 개인적으로
좋아하던 책인 생텍쥐페리의 『어린 왕자』에 대해 이야기한 적이 있다.
그는 중간에 내 말을 자르더니 "그래서 플롯이 무엇이죠?"라고 물었다.
그런데 이 작품을 어떻게 열 마디로 요약하겠는가? 난감했던 나는 "당
신이 바로 플롯입니다."라고 대답했는데, 내가 말하려던 바를 그가 이
해했을지는 모르겠다. 문학의 삶에서 비평이 가지는 역할을 저평가해
서도 안 된다. 비평은 항상 객관적인 것도 아니며 호의적인 경우도 드
물다. 러시아의 작가 투르게네프가 들려준 짧은 일화가 이를 증명한다.
친구와 카페에 앉아 있던 그는 창밖에서 한 남성이 구타를 당하는 장
면을 목격했다. 격분한 그가 자리에서 일어나 남성을 구하러 나가려는
순간, 역시 작가인 친구가 그를 제지했다. "소용없어. 흠씬 두들겨 맞고
있는 저자는 비평가라고!" 이 말을 들은 투르게네프는 별일 없었다는
듯 마저 커피를 마셨다고 한다.

　나는 '문학은 움직이는 것'이라는 정의에 동감하는 편이다. 오늘날의
문학에 대한 나의 견해와 일치하기 때문이다. 모든 것이 빠르고 쉽게
변하며 때로는 덧없는 현시대에 적합한 정의다. 과거의 문학은 오늘날
과 달리 크게 확산되지 못했다. 서가들이 만드는 잔잔한 그늘 아래, 침

묵과 고요 속에서 생성된 옛 문학은 어딘가 모르게 종교적이고 진지한 느낌을 주면서 존경심을 불러일으켰다. 이는 고전주의 작가의 거처를 방문해 보면 쉽게 알 수 있는 사실이다. 불후의 명작 『수호전』을 쓴 중국의 대문호 시내암(施耐庵)의 고택을 보면 감탄하지 않을 수가 없다. 장소와 창작자의 긴밀한 결합이 엿보이기 때문이다. 나무와 돌로 가득한 안뜰을 향해 있는 침실, 계절의 흐름과 주변을 둘러싼 평온한 삶의 리듬 그리고 수호자적인 자연의 존재를 느낄 수 있는 그곳은 조화로운 공간이다. 옛 시대의 작가들이 모두 이 같은 안락함을 누린 것은 아니다. 어떤 면에서는 이백의 삶이 지금 우리의 삶과 더 가까울지도 모르겠다. 그는 모험적 삶을 살아간 인물이었으며, 취기와 방랑 속에서 영감을 얻곤 했다. 풍문에 따르면 그는 단지 제후의 초대를 거절하기 위해 즉흥시를 지어 냈다고 한다. 마찬가지로 프랑스의 중세 시인 프랑수아 비용(François Villon)은 작품 일부를 감옥에서 완성했으며, 위대한 문인 세르반테스 또한 작가가 되기 전에는 생계를 유지하기 위해 대공(大公)들의 저택을 전전했다.

중국이나 한국 혹은 미국과 마찬가지로 현재의 프랑스를 특징짓는 것은 문학의 유연성이다. 이는 특히 예술 분야를 포함하여 문화 전반에서 찾아볼 수 있는 모습이다. 그 원인은 사회 및 기술적 측면에서 다양하게 찾을 수 있다. 사람들 간의 소통이 지나치게 발전하면서 문학이 일반교양에 미치는 영향이나, 과거에 '대중'이라는 모호한 표현으로 불리던 지적 공동체와 개인의 관계는 크게 변화했다. 우선 오늘날의 문학은 과거와 달리 많은 사람들에게 열려 있다. 100년 전 프랑스에서 누가 소설을 접할 수 있었을까? 찰스 디킨스의 『데이비드 코퍼필드』나 빅토르 위고의 『레 미제라블』과 같은 소설이 대중에게 널리 알려질 수 있었던 것은 주로 요약본이나 그림책, 연극을 통해서였다. 프랑스의 경우 라파예트 부인(Madame de La Fayette)이 『클레브 공작 부인(*La Princesse de Clèves*)』을 썼을 때 이 작품을 읽을 수 있는 독자의 수는 극히 적었다. 게다가 평민들에게 작품에 나오는 귀족들은 일본의 황궁만큼이나 낯선 대상이었다.

그뿐만 아니라 이제 문학 작품은 인터넷 통신 기술 덕분에 국경을 넘어 널리 전파되고 있다. 당연한 이치겠지만 이러한 현상은 문학 언어의 의미를 크게 변화시키고 있다. 1970년대의 문학 이론들은 이러한 의미의 확장 이전에, 그러니까 현대의 컴퓨터가 발명되기 전에 탄생했다는 점을 주목할 필요가 있다. 이 이론들의 기초가 되었던 언어의 불변성과 의미의 부동성은 오늘날 더 이상 유효하지 않으며, 의미론자들이 말하는 표준과 격차라는 개념은 이제 그 의미를 잃었다. 표준은 잘 알려진 과거의 체계와는 무관해졌으며, 격차는 정체성이라는 목적을 더 이상 따르지 않게 된 것이다.

실제로 나는 오늘날의 문학에 관심이 많다. 모든 예술 분야를 통틀어 새로운 세상의 질서를 가장 강력한 힘과 신념으로 표현해 내는 것이 바로 현대의 문학이기 때문이다. (나의 바람대로) 어느 젊은 작가가 디킨스나 도스토예프스키 혹은 에밀 졸라가 남긴 사실주의 작품들을 매우 흥미롭게 읽었다 하더라도, 그는 이 문학적 유산을 새로운 소통의 기술에 적용시켜야 한다. 하지만 이것이 펜이나 붓을 사용하지 말라는 의미는 아니다. 나를 포함해 일부 작가들은 아직도 종이의 까칠한 감촉이나 펜촉에 묻은 잉크의 냄새를 좋아하지만, 어찌 보면 컴퓨터 화면은 과거의 두루마리나 차곡차곡 접은 종이와 근본적인 차이가 없다. 결국 중요한 것은, 설사 펜 같은 과거의 도구들을 사용하더라도 작가의 상상력과 사고방식은 현재의 세계에 맞춰야 한다는 것이다. 이는 글쓰기에 앞서 세상에 대해 비판적 시각을 견지하고 인간의 새로운 본성과 조화(여전히 고발의 기능을 간직한)를 이룸으로써 가능하다. 바꿔 말하면 롤랑 바르트의 사유에서 좀 더 나아갈 필요가 있으며, 각자의 존재는 개인을 뛰어넘어 커다란 정체성의 일부임을 인식해야 한다.

추상적인 이야기에서 벗어나 예를 들어 보겠다. 양차 대전을 겪으며 이른바 '참여' 문학이 형성되었다. 작가들은 위급한 상황 앞에서 앙드레 지드나 조르주 바타유처럼 개인주의적 시각을 견지하고 있을 수만은 없었다. 카뮈는 이러한 참여를 자신의 존재 이유로 삼았고, 실천을 뜻하는 프락시스(praxis)의 철학자 사르트르는 '말(mots)' 속에서 인간 존재의 핵심을 발견해 냈다. 그리고 "그것은 한 진정한 인간이다. 세상의 모든 사람들로 이루어지며, 모든 사람들만큼의 가치가 있고 또 어느 누구보다도 잘나지 않은 한 진정한 인간이다."라는 문장으로 그 핵심을 설명한 바 있다. 두 차례의 전쟁과 식민지 해방에 뒤이은 투쟁의 시기 동안 사회 혁명은 문학의 중심에 있었다. 이 혁명을 가장 굳은 신념으로 표현한 곳은 아시아와 라틴아메리카였다. 중국의 바진(巴金), 브라질의 지우베르투 프레이리(Gilberto Freyre), 아르헨티나의 에르네스토 사바토(Ernesto Sabato), 주변 문학을 대표하는 콜롬비아의 가르시아 마르케스와 아르헨티나의 훌리오 코르타사르(Julio Cortázar) 그리고 너무 일찍 세상을 떠난 『불의 기억』의 저자 우루과이의 에두아르도 갈레아노(Eduardo Galeano)가 대표적 작가들이다.

하지만 이러한 작가들이 문학에 대한 우리의 생각을 바꾼 것은 이들의 사상보다는 이들의 언어 그 자체를 통해서였다. 오늘날 지식인과 대중의 분리를 말하려면 페루의 아메리카 인디언적인 정체성을 다룬 호세 마리아 아르게다스(José María Arguedas) 혹은 강렬하고 원형적인 상상력을 표현한 멕시코의 후안 룰포(Juan Rulfo)의 작품을 언급하지 않을 수 없다. 게다가 룰포의 『뻬드로 빠라모(Petro Paramo)』는 마르케스의 『백 년의 고독』이 보여 주는 마술적 사실주의의 토대가 되었다.

라틴아메리카든 아시아든 아니면 정체성과 경제적 위기를 겪고 있는 유럽이든, 새로운 젊은 문학은 이러한 최근의 작품들에서 영감을 얻어야 할 것이다. 하지만 이 작품들을 그대로 따르는 것이 아니라 일종의 단절 속의 진화를 추구해야 한다. 이러한 비선적(非線的) 계승을 통해 어제와 오늘의 작품들은 서로 어떠한 연결도 없이 비논리적이고 예측 불가능한 기억들처럼 나타난다.

바르트가 언어(langue)와 살랑거림(bruissement)을 연결시킨 비유, 언어를 새의 지저귐이나 파도 소리 등 모든 자연의 소리에 비교한 이 비유를 생각해 보자. 이 시대의 작가는 어디에 살고 있든지, 어떤 교육과 정신적 유산을 받았든지, 그가 말하고 듣는 다른 언어들 그리고 이 언어들이 품고 있는 것, 이 언어들의 차이와 구조와 현상을 보여 주는 모든 것을 이 소리 속에 포함시켜야 한다. 이는 단지 어휘의 문제가 아니다. 프랑스에서는 종종 다른 언어가 유입될 때 마치 기존의 줄기 세포를 무화시킬 가공할 바이러스라도 전파된 양 비판의 목소리를 높이곤 한다. 이 새로운 바이러스들은 대부분 영어에서 온 것으로 신기술과 관련된 것이지만 모두 그런 것은 아니다. 얼마 전부터 감정을 나타내는 새로운 단어들이 프랑스 고유의 어휘를 밀어내고 그 자리를 차지하고 있는 것을 보게 된다. 예컨대 신문이나 잡지에서 '공감'을 표현할 때 'sympathie'(그리스어를 기원으로 하며 'souffrir avec' 즉 '함께 겪다'라는 뜻을 가진 프랑스어) 대신 'empathie'가 자주 사용되는 것을 볼 수 있다. 'empathie'를 사용하는 것은 영어 단어인 'empowerment'의 영향을 받은 것이며, 머지않아 'empowerment'를 본떠 'empouvoir'라는 프랑스 말도 생길지 모른다. 어쨌거나 'sympathie'와 'empathie'는 같은 감정을 표현하는 단어이니 문제될 게 없을 것 같다. 더구나 이러한 혼합(mixité), 즉 혼혈(métissage)은 언어의 생동감을 증명하지 않는가? 'métissage'는 갈리아 로마인들이 만든 말로, 이들은 지금의 프랑스와 벨기에, 서부 독일과 북부 이탈리아를 아우르던 갈리아의 동쪽에서 다양한 민족들이 섞여 살던 도시를 메스(Metz)라고 불렀다. 그러나 중요한 것은 어휘의 문제가 아니다. 중요한 것은 독특한 동시에 보편적인 섬유를 재료로 공동의 천을 짜는 일에 모든 작가가 고리처럼 연결되어 있다는 점을 인식하는 것이다.

아마도 우리 시대 문학의 위대한 특성은 바로 문학의 영역이 이렇게 확장되고 있다는 점일 것이다. 개별성과 보편성이라는 낡은 이분법, 정치적 담론에서는 안타깝게도 여전히 사용되고 있는 국가주의와 세계주의라는 이분법 속에서 보면 이러한 문학은 가장 전위적인 예술이다. 왜냐하면 번역과 각색, 요약 판을 통한 문학의 보급은 국경의 한계를 뛰어넘기 때문이다. 그리고 이것은 좋기도 하고 나쁘기도 하다. 인터넷(그리고 여기서는 언급하지 않는 게 낫다고 생각되는 여러 인터넷 사이트의 검색 엔진들) 덕분에 학생들은 어떤 작가나 유명 인사의 이력이나 생애를 쉽게 알 수 있으며 600쪽이나 되는 책의 비평적 요약문도 클릭 몇 번으로 찾을 수 있다. 흔히들 젊은이들이 책을 안 읽는다고 하지만 그 대신 지식에 대한 이들의 열망은 대단하며, 가상 커뮤니케이션을 통해 매우 관념적인 세계에 속하고자 하는 열의 또한 강렬하다. 세계화된 소통의 장단점을 저울에 올려놓는다면 아마도 저울추는 선과 악 사이에서 균형점을 찾을 것으로 보인다. 한편으로 우리는 그토록 오랫동안 존경을 받아 온 책이라는 오브제, 즉 종이와 마분지로 만들어져 자연의 고독 속에서나 대도시의 혼잡한 지하철 속에서 독서의 마법에 빠지게 해 주던 평행 육면체를 잃어버렸다. 하지만 다른 관점으로 보면, 언어와 문학 창작에서 이루어지는 이 광범위한 보급이 우리 모두를 잠재적 인문주의자로 만들고, 유용한 것과 덧없는 것을 좀 더 효과적이고 명확하게 분리할 수 있도록 하고 있다.

다시 시장의 비유로 돌아가 보자. 내가 나이지리아의 작은 도시 오니차에서 열리던 '소설 시장'이라는 개념을 좋아하는 것은 그것이 문학의 생생한 현실을 잘 보여 주기 때문이다. 문학은 유수한 대학의 대형 도서관이나 동네의 작은 도서관만을 위해서 만들어지는 것이 아니다. 문학은, 그러니까 소설이나 설화는 물론 시까지 모두 읽히고, 나누고, 토론하고, 되팔고, 심지어 훔치기 위해 만들어진다. 오니차의 시장은 분명 멋진 장소이다. 그리고 나는 언젠가 그곳을 방문해 탐정 소설이나 사랑 이야기들을 뒤적이다 그토록 찾기 어려웠던 잭 런던의 『스나크호의 항해(The Cruise of the Snark)』나 앙리 미쇼(Henri Michaux)의 『그랑드 가라바뉴 여행(Voyage en Grande Garabagne)』의 초판본을 발견하는 상상을 해 본다. 어디 이뿐이랴! 인류의 가장 위대한 저술이라 할 다윈의 『종의 기원』, 청회색 표지에 색이 바래고 얼룩진 그 초판본 한 권을 손에 넣을 수도 있으리라.

그러나 이보다 덜 생동적이고, 아마도 훨씬 더 현실적인(비록 가상의 유통 방식을 사용하고 있지만) 다른 시장에 대해 언급하고자 한다. 이 세계적 차원의 시장에서 작가들은 고풍스러운 동시에 미래 지향적인 무언가를 표현한다. 이들을 자극하는 것은 태고 이전 저 까마득히 먼 곳에서 온 충동적 힘이다. 과거 바빌로니아와 오세아니아, 중앙아메리카의 원시림 그리고 한반도의 삼국 시대가 시작된 금강산에서 수많은 신화를 탄생시켰던 그 동력이다. 과거의 소설이건 현재의 소설이건 소설에는 신비스러운 실체가 존재한다. 그것은 역사와 기억, 육체적 삶과 욕망 그리고 꿈으로 이루어져 현실과 섞이며 현실을 변화시키는 영감이다. 이러한 실체가 바로 내가 한강의 『채식주의자』나 김애란의 풍자적 소설 등 젊은 한국 작가들의 작품에서 발견하는 것이다. 이 실체는 내가 몰랐던 문화와 역사에 대해 그 어떤 역사서나 교양서보다도 훌륭하게 설명해 준다.

그리고 여기에 바로 이 시대의 아이러니가 있다. 그것은 문학이 마치 과거의 커다란 시장처럼 교류와 발견의 장소가 되었다는 것이다. 개인적인 창작물의 신비는 세계 속으로 전파되며, 그 창작의 세계에서 우리는 모두 그 어떤 시간이나 공간의 제약 없이 이로움과 즐거움 그리고 꿈의 대상을 발견할 수 있다. 인간은 예술과 마찬가지로 이동하고 성찰하고 관찰하는 존재가 되었다. 이렇게 교류와 관계로 이루어진 새로운 형태의 문화가 형성되고 있다. 흔히들 철학, 예술, 정치가 통일성 있게 연결되어 있던 페리클레스와 플라톤 시대의 그리스를 '그리스의 기적'이라고 부른다. 어쩌면 우리도 통신 기술과 번역가, 예술가들 덕분에 새로운 기적의 태동을 보고 있는지도 모른다. 이 기적은 하나의 국가나 하나의 문화에 속하는 기적이 아니라 모든 국가와 모든 문화들이 함께 만들어 내는 기적이 될 것이다. 그리하여 이 기적 속에서는 자발적이고도 평화적인 통일성을 이루는 동시에 자신의 정체성이나 차이를 드러낼 수 있을 것이다. 이러한 기적은 분명 도래할 것이다. 물론 우리는 이 기적을 매우 소중하게 지켜야 할 것이다. 평화가 그렇듯 기적 또한 부서지기 쉽기 때문이다.

J. M. G. 르 클레지오 J. M. G. LE CLÉZIO 소설가. 1940년 프랑스 출생. "새로운 시작과 시적인 모험 및 감각적인 황홀경을 표현하며 지배하는 문명 안팎을 넘어 인류애를 탐험하는 작가"로 2008년 노벨 문학상을 수상했고, 프랑스 문학계의 살아 있는 전설로 불린다. 르노도상, 폴모랑 대상 등 다수의 문학상을 수상했다. 주요 작품으로 첫 소설 『조서(*Le Procès-verbal*)』(1963)를 비롯하여 『황금 물고기(*Poisson d'or*)』(1997), 『우연(*Hasard, suivi de Angoli Mala*)』(1999), 『폭풍우(*Tempête*)』(2014) 등이 있다.

문학 생산과 소비

유종호

    사람들은 누구나 자기 시대의 사회적·역사적 현상을 매개로 해서 세계를 이해하려는 무자각적 성향을 가지고 있다. 자기의 현재 경험을 시간·공간적으로 확대 적용해서 맥락이 다른 현상에 접근해 가려 한다. 작가가 작품 출판을 통해서 책 시장에서 독자를 얻게 되는 현대의 문학 유통 구조는 근대화가 많이 진척된 근대 사회의 산물이다. 이전에는 가령 후원자의 재정적 후원이나 예약 출판 같은 것이 있어 문인들은 거기 의존해서 생활과 문필 행위를 영위할 수 있었다. 시인·작가가 익명의 다수 독자를 획득해야 하는 오늘의 상황과는 아주 다르다. 널리 알려져 작품을 자주 접하게 되는 음악가의 삶을 들여다보면 그러한 국면이 더욱 분명하게 드러나리라 생각된다.

두 거장의 삶에서

    베토벤의 B 플랫 장조 피아노 삼중주는 1810년에 처음 구상되어 이듬해 3월에 작곡되었다. 이 작품이 처음으로 공연된 것은 1814년 4월 빈의 자선 연주회에서였다. 마흔네 살의 베토벤은 피아니스트로 연주에 참여했으나 청각이 손상되어 실패한 연주라는 평을 받았고 이후 그는 피아노 연주를 하지 않았다. 이 op. 97 피아노 삼중주는 보통 「대공 (archduke)」이란 별명으로 알려져 그리 불리고 있다. 오스트리아 황제 레오폴트 2세의 막내아들인 루돌프 대공(1788~1831)에게 작곡가가 헌정했고 작품의 내재적 숭고성도 작용해서 그런 호칭이 굳어진 것이다. 루돌프 대공은 열다섯 살 되던 해에 베토벤에게 피아노 교습을 받은 바 있고 음악가로서의 그를 좋아하였다. 1807년부터 베토벤이 작고한 1827년까지 20년간 연금을 지급하였는데 그것은 상당한 고액이어서 현재 대학 교수가 받는 것의 세 배라는 어림산도 있으나 정확한 것은 아닌 것으로 보인다.

베토벤 쪽에서도 「대공」을 비롯한 열네 개 작품을 헌정하여 대공의 후원에 대해서 만강의 사의를 표하고 있다. 흔히 「황제」라 불리는 피아노 협주곡 5번을 비롯해 「고별」로 불리는 피아노 소나타 26번 역시 루돌프 대공에게 헌정된 곡이다. 나폴레옹의 빈 침공에 대비하여 피란 가는 루돌프 대공과 작별하게 되는 계제에 작곡되어 그런 이름이 붙은 것이다. 루돌프 대공이 베토벤의 유일한 후원자인 것은 아니다. 빈 주재 러시아 대사이며 베토벤이 중기의 현악 사중주 세 곡을 헌정하고 있는 라주모프스키도 주요 후원자의 한 사람이다.

유력한 후원자의 재정적 후원에 베토벤이 전적으로 생계를 의존한 것은 아니다. 로맹 롤랑(Romain Rolland)의 『베토벤의 생애』에는 30대 초반의 베토벤이 1801년 6월에 친구인 의사 프란츠 게르할트 베겔라에게 보낸 편지 전문이 소개되어 있는데 거기 이런 대목이 보인다.

리히노프스키가 내게 600플로린의 연금을 내주었네. 내가 적정한 지위를 찾게 될 때까지는 그 금액에서 인출하게 돼 있어. 작곡의 수입도 무던해. 모두 떠맡을 수 없을 만큼 주문도 있다네. 한 작품에 대해 예닐곱 출판사가 있고 내 편에서 노력하면 그 이상도 될 수 있어. 이제는 내게 이것저 것 청구 사항을 내밀지 않아. 내가 값을 올려 잡으면 내 말대로 받게 된다 네. 근사하지 않은가?

생활 걱정을 해 주는 친구에게 안도감을 주기 위해 조금은 낙관적 인 편지를 보냈다는 혐의가 아주 없는 것은 아니다. 나폴레옹 침공 이 후 물가가 올라가고 인플레도 심해서 30대 중반 이후에도 재정적 안정 과는 거리가 멀었다는 사정이 배리 쿠퍼(Barry Cooper)의 새 평전에도 나와 있다. 그러나 어찌 됐건 베토벤은 후원자의 연금과 악보 출판에서 나오는 수입으로 생애 후반의 생계를 유지했다는 것을 알 수 있다.

베토벤보다 15년 전에 태어난 모차르트의 경우에는 사정이 상당히 달랐다. 볼프강 모차르트의 부친 레오폴트 모차르트는 잘츠부르크 대 주교의 궁정의 작곡가로 나중에 부악장(副樂長)의 지위에 오른다. 그러 나 어떤 칭호를 얻게 되든 그것은 궁정 내의 요리인과 같은 가신이나 종업원에 지나지 않았다. 어린 아들의 음악 재능을 간파한 레오폴트 모 차르트는 음악가로 대성시키기 위해 갖은 노력을 한다. 때로 그것은 곡 마단에서의 어린 곡예사 혹사 같은 국면을 보여 주기도 하지만 부친의 야망이 기획한 불가피한 훈련 과정이라고 할 수밖에 없을 것이다. 부친 의 뜻에 따라 잘츠부르크의 궁정 연주자로 있던 모차르트는 1777년 휴 가가 거절당하자 사직을 출원하고 뮌헨 궁정이나 만하임 그리고 파리 로 가서 새로운 자리를 구하려 동분서주한다. 그러나 뜻을 이루지 못하 고 다시 고향으로 돌아와 콘서트마스터와 오르간 주자로 일하게 된다.

사실 모차르트의 세대까지는 음악가로서 사회적 인정을 받고 자신 과 가족을 부양하려는 음악인들은 궁정 귀족 제도의 테두리나 그 주변 부에서 자리를 찾지 않으면 안 되었다. 모차르트가 속해 있던 잘츠부 르크 영주의 궁정은 기본적으로 영주의 집이고 음악가들은 그런 커다 란 집 안에서 요리인, 과자 제조인, 시종과 같이 불가결한 존재였으나 그 지위는 앞의 직종들과 사실상 동일 신분이었다. 궁정 음악가들은 그

신분에서 오는 모멸감이나 굴욕감을 감당해야 할 경우가 허다했다. 그뿐만 아니라 음악 자체의 애호보다도 일종의 신분 과시나 현시 소비의 형태로 음악을 활용하는 영주들의 음악에 대한 안목은 인습적이고 구태의연한 것이기 일쑤였다. 궁정 음악인들은 영주들의 취향에 맞는 음악 작곡과 연주에 안주하는 것이 일반적 관행이요, 풍토였다.

자신의 음악적 재능의 특수성에 대해 자신만만했던 모차르트는 자신에게 보여 주는 상전들의 간헐적인 굴욕적 태도에 격한 반감을 경험하곤 했다. 그는 빈의 상류 사회에 자신의 미래를 위탁하려는 야심을 꾸준히 키우고 있었다. 1781년 5월 모차르트와 잘츠부르크 대주교 콜로레도 백작 사이의 긴장이 높아 간다. 사직을 원하는 모차르트에 대해 상전은 보복으로 대처하며 거부한다. 모차르트의 부친도 자식에게 번의를 충고하면서 신중히 처신할 것을 당부하나 아들은 막무가내였다. 모차르트는 요리장인 아르코 백작을 통해서 사직을 계속 탄원한다. 1781년 6월 아르코 백작은 다시 부탁하러 온 모차르트를 발길질해서 현관에서 내쫓고 만다.

그 후 10년간 궁정 음악인에서 자유 예술가로 변모한 모차르트는 뒷날 모차르트 시장을 형성하게 되는 수많은 수작을 생산한다. 그러나 너무나 빨리 찾아온 만년에 임해서 그는 전혀 행복하지 못하였다. 위에서 우리가 많은 것을 의존한 노르베르트 엘리아스(Norbert Elias)는 모차르트가 절망 속에서 세상을 떴다고 『모차르트: 어느 천재의 사회학(*Mozart: Zur Soziologie eines Genies*)』의 첫머리에서 말하고 있다. 빚은 늘기만 하고 가족은 툭하면 이사를 해야 했고 빈의 상류 사회는 등을 돌렸다. 그렇게도 중요했던 빈에서의 성공을 얻지 못한 그는 자기를 인생의 패잔자로 생각했다. 그를 죽음으로 몰고 간 병의 급격한 변화는 이런 사정과 관련된다는 것이 엘리아스의 소견이다.

"이곳 빈에서는 한 사람의 명성은 오래가지 않네. 처음에는 모두 칭찬해 주고 벌이도 괜찮아. 그건 사실이네. 그러나 얼마나 갈까? 몇 달이 지나면 빈 사람들은 또 새것을 바라게 돼."모차르트의 사직을 번의시키기 위해 아르코 백작이 한 소리다. 그의 말은 그대로 실현된다. 1789년 7월 12일 모차르트는 어떤 상인에게 예약자가 한 사람밖에 없으니 다음 콘서트는 실패라고 말하고 있다. 황제를 위시해서 빈 사교계가 완전히 그에게 등을 돌린 것이다. 1784년 3월 3일 모차르트가 부친에게 보낸 편지 내용과는 정반대이다. "사순절의 최후의 3주간 세 개의 콘서트를 예약제로 여는데 벌써 100명의 예약이 있고 30명은 더 할지도 모릅니다. …… 오전에는 피아노를 가르치고 저녁에는 거의 매일 귀족의 집에서 연주하고 있습니다."

　궁정 음악가의 상대적인 생활 안정과 상류층의 수요에 생활을 의존하고 있는 자유 예술가의 곤경이 아주 대조적이다. 연금을 받고 또 악보의 출판에서 수입을 얻었던 베토벤 후반생의 생활과 비교할 때 실의와 절망 속에서 삶을 마감한 모차르트는 한결 시대적으로 불행했다고 할 수 있다. 그가 잘츠부르크의 궁정 음악인으로 만족했다면 그의 삶은 보다 안정되었을 터이고 음악 생산은 훨씬 저조했을 것이다. 모차르트와 베토벤의 삶을 통해서 우리는 음악 생산자와 음악 소비자의 상호 관계에 대한 구체적 세목을 생생하게 상상할 수 있다.

후원자와 집단 후원자

　영문학사에서 셰익스피어는 여생을 유유자적할 수 있는 재산을 마련한 인물로 알려져 있다. 그러나 그것은 극작을 통해서 이룬 것이 아니라 그가 극장 주주였기 때문이라는 것이 정설이다. 그런 그에게도 그때그때 후원자가 있었던 것으로 전해진다. 물론 이때의 후원은 전폭적인 생활 보장과는 거리가 먼 것이다. 극작가보다 시인에게 후원자가 필요하고 또 있었던 것은 사실이다. 이때의 후원자가 대체로 귀족임은 물론이다. 후원자에의 의존은 사사로운 성격이 짙어서 때로는 모차르트의 삶에서 볼 수 있는 굴욕적인 느낌을 주기도 하지만 출판사에의 의

존이 한결 불유쾌했던 것으로 되어 있다. 후원자 제도를 대수롭지 않게 여겼던 새뮤얼 존슨은 귀족의 후원을 받으면서도 작가의 독립성을 유지하는 게 가능하다고 말하고 있는데 필딩과 그의 후원자의 관계는 그 사례가 된다.

그러나 17세기 말이 되면 귀족 후원자에게 의지하는 이는 없어지게 된다. 후원자 제도가 출판사에 의해서 대체된 것이다. 이때쯤에는 예약 구독제란 것이 생겨나 유수한 시인들은 그 수혜자로 드러난다. 즉 보통 판본과는 별도로 미리 예약을 받아 호화판을 마련해서 고가로 공급하는 것이다. 드라이든은 베르기우스 번역으로 1000파운드 혹은 1200파운드를 벌어들였고 포프는 호메로스 번역으로 더욱 많은 수익을 올렸다. 밀턴이 『실락원』 초판으로 10파운드를 받았다는 사정을 고려하면 극히 높은 수익이다. 집단적 후원자 제도라 불리기도 한 예약 구독제는 독자와 출판사를 잇는 교량 역할을 했다. "후원자 제도가 저자와 독자 사이에 이루어지는 관계의 순순한 귀족주의적 형태라면 예약 구독제는 그 유대를 완화시키긴 하지만 아직도 이러한 관계가 지니는 사적·개인적 성격의 어떤 특징을 가지고 있었다."라고 아르놀트 하우저(Arnold Hauser)는 적고 있다. 일찌감치 『비평론』, 『머리채의 강탈』 등의 시편으로 명성을 얻고 뒷날의 『인간론』으로 철학자 칸트의 상찬을 받기도 한 포프는 영국에서 문학이 수지맞는 직업임을 보여 준 최초의 직업 문인이다. 가톨릭교도라서 대학 입학이 안 되었고 어려서 앓은 척추결핵으로 단신으로 머문 그는 평생 문인으로 살아갔다. 그리고 이러한 직업 문인들이 그 후 문학 작품의 주요 생산자로 등장하게 된다.

후원자의 도움을 받으면서 독립성을 유지한다고 하나 후원자인 귀족층에 대한 적대적·비판적 태도를 표현하지 못할 것은 빤한 이치다. 포프와 같이 예약 구독제로 재미를 본 문인도 예약 당사자인 귀족층의 이념이나 취향에 보비위한 것은 자연스러운 일이다. '보비위 초상화(flattering portrait)'란 말이 있다. 실제 인물보다 근사하게 그려진 초상화를 이르는 말이다. 그러나 초상화란 대체로 실물보다 근사하게 그려진 것이다. 주문받고 납품하여 대금을 받는 처지에서 고객의 환심을 사려는 것은 자연스러운 인지상정이다. 초상화를 그린 두 사람을 처형했다는 한니발의 일화는 계고적 성격을 가지고 있다. 후원자와 예약 구독제의 수혜자들도 심층적인 차원에서 보비위 초상화가와 같은 처지에 있었다고 할 수 있다.

그러한 사정을 잘 드러내고 있는 사례로 영문학사에서는 엘리자베스 시대의 순문학과 연극을 들 수 있을 것이다. 오늘날 독자들은 엘리자베스 시대의 극 문학이 그 생생한 심리 묘사나 삶의 핍진한 묘사로 직접 호소해 오는 것을 실감한다. 그럼에도 불구하고 같은 시대의 시 문학이나 설화 문학은 거기 드러나 있는 시적 능력에도 불구하고 아주 예스러워서 거의 공감하기가 어렵다. 그 이유는 어디에 있는 것일까? 순문학은 당시에 귀족이라는 사회 집단에 의해서 지배되고 있었고 당대의 시인들은 대체로 이들 귀족층 후원자의 비호에 생계를 의존하고 있었다. 귀족이나 영주의 후원을 받기 위해서 시인은 귀족의 문화 이론의 영역 안에 스스로 갇혀 있어야 했다. 작품이 노린 교훈적 경향은 오직 귀족 세계만을 염두에 두고 있었다. 극시인을 제외하고 당대의 가장 그릇 큰 시인이었던 스펜서는 자신의 『요정의 여왕(*The Faery Queen*)』에 관해서 그 작품의 목적이 신사나 귀족을 신사답고 귀족답게 덕성스러운 범절에 따라 형성하는 것이라고 말하고 있다. 그러나 그 시절에도 극장의 위치는 전혀 달랐다. 엘리자베스 시대의 극작가는 이미 한 사람의 후원자의 호의에 의존하고 있지 않았고 변호사나 의사를 포함한 중산층을 비롯해 폭넓은 관중에게 호소했다. 자연히 당대 극작가의 작품은 귀족층의 취향이나 안목에 생소한 리얼리스틱한 삶의 묘사나 심리 묘사로 관객의 박수갈채를 받을 수 있었고 바로 이 점에서 당대 시 문학과 극 문학의 현저한 차이가 드러난다. 이제는 사라진 귀족층의 취향이나 안목에 보비위한 스펜서 등의 작품이 오늘날 예스럽고 호소력을 발휘하지 못하는 것은 자연스러워 보인다. 거친 일반론이기는 하나 보호자 제도가 문학에 끼친 구속적 영향력을 잘 보여 주는 사례라고 할 수 있다. 돈을 내는 사람이 피리 부는 사람에게 곡을 주문한다는 속담은 그 사정을 명쾌하게 해명해 준다.

소설의 대두와 다수 독자

영국 소설이 18세기에 생겨났다는 것은 영문학사의 상식이다. 대체로 1740년에 나온 리처드슨의 『패멀라』를 최초의 소설로 든다. 프랑스는 프랑스대로 스페인은 스페인대로 자기네 소설을 최초의 근대 소설로 내세워 문화적 민족주의를 은연중 드러내고 있지만 일찌감치 근대화를 성취한 영국에 영예를 돌려주어도 무관하리라 생각한다. 소설은 "산문으로 된 허구의 얘기"이지만 "부르주아의 서사시"라든가 "신에게 버림받은 세계의 서사시"라든가 하는 멋진 정의를 얻고 있다. 이를 본떠서 우리 나름의 정의를 시도해 본다면 '후원자에게 버림받은 시대의 대중적 문학 장르'라고 할 수도 있을 것이다. 후원자 제도가 사실상 사라지고 작가는 출판 시장을 겨냥해서 저자가 전혀 알지 못하는 일반 대중을 위해 긴 얘기를 적어 낸 것이다. 그리고 대체로 이러한 소설은 전례 없이 많은 독자를 모아서 많은 작가 지망생을 낳게 된다. 읽기 쉬운 산문으로 되어 있고 고전에 대한 지식 없이도 접근 가능하여 많은 독자층이 형성되었다. 소상인, 견습공, 하녀들이 독자층으로 등장하면서 문학 소비자의 수효는 전례 없이 증대하게 된다.

영국의 경우 18세기에 대두한 소설이 사회에서 사실상 문학으로 수용된 것은 1814년에 간행된 월터 스콧의 『웨이벌리』가 계기가 되었다는 설명은 설득력이 있다. 그 놀라운 성공에 힘입어 이미 유명한 대중적 시인이었던 작가는 본명을 걸고 연작 소설을 발표하기 시작하였다. 어마어마한 시장적 성공이 새로운 문학 장르의 확실한 사회적 승인을 가능케 하고 작가에게는 소홀치 않은 부를 안겨 주었다. 읽기 쉽고 재미있었기 때문이다. 물론 초기의 독자들이 재미있는 소일거리로만 소설을 읽은 것은 아니다. 소설을 낳은 근대 사회는 지리적·사회적 이동이 심한 유동적 사회요, "운명으로부터 선택"으로의 운동이 격심했던 사회이다. 신분의 고정성을 특징으로 하는 전근대 사회에서와는 달리 신분 이동이 활발한 사회에서 삶의 초입에 선 젊은이들은 "어떻게 살 것인가?" 하는 문제에 대해서 각별히 고민하지 않을 수가 없다. 이때 부모 세대들은 별다른 역할을 하지 못했다. 눈앞에 전개되는 변화무쌍한 세계에 대해서 경험에서 나온 지혜를 전수할 처지도 못 되고 능력도 없었기 때문이다. 이럴 때 소설 읽기는 간접적인 삶의 오리엔테이션 역할을 하였다. 작중 인물의 행동거지가 모두 참조 사항이 되었기 때문이다. 종래에는 교회 성직자의 전담 사항이었던 '인생 상담'을 소설이 대행하게 된 국면도 소홀치 않다. 이른바 '정신의 세속화'가 이루어진 것이다. 가령 19세기의 걸작 소설들이 시골 출신의 청년이 도회로 나가서 자기 성취를 시도하는 얘기를 담고 있는 것은 저간의 사정을 잘 말해 주고 있다.

중산층 독자의 전폭적 호응을 받고 거기 의존하는 소설은 또한 일정한 장르상의 관습을 가지고 있지 않다. 가령 연극의 경우 한정된 무대 안에서 인물과 사건을 보여 주기 때문에 고유한 관습을 가지고 있다. 무대 위에서 등장인물 A가 하늘을 처다보며 '독백'을 하는 경우 같은 무대에 서 있는 등장인물 B는 그것을 듣지 못한다는 약속이 있고 이러한 약속을 통틀어 관습이라고 한다. 동양의 연극에서 등장인물이 두 손으로 노 젓는 시늉을 하면 그것은 등장인물이 배를 타고 가는 것을 가리킨다. 또 운문시의 경우 유념해야 할 많은 관습이 있고 그래서 이른바 '시적 허용'이란 것도 생겨나는 것이다.

이에 비해서 소설은 지켜야 할 관습이 전혀 없다. 작가는 시인이나 극작가가 마주치는 구속에서 극히 자유롭다. 운율상의 문제로 시인은 어휘 선택에서 많은 제약을 받게 마련이고 그러한 제약이 도리어 시작에 있어서나 향수에 있어서 재미의 하나가 된다. 작가는 소설 쓰기에서 그러한 제약을 받지 않는다. 쉬운 말을 써도 어려운 말을 써도 무관하다. 인쇄된 페이지라는 소설 공간에서 등장인물은 시공간의 제약을 받지 않는다. 리처드슨이나 괴테처럼 편지 형식으로 끌고 가도 되고 지드처럼 일기나 수기 형식으로 끌고 가도 된다. 시에서처럼 선행 작품에 대한 문학 경험이 필요한 것이 아니기 때문에 독서 경험이 많지 않은 독자도 일정한 훈련 없이 즉각 그 세계로 몰입해 들어갈 수 있다. 이러한 소설의 특성은 소설의 세계를 무한히 넓혀서 세계와 인간사의 거의 모든 것을 다룰 수 있게 하였다. 20세기 들어와서 무성했던 소설 종말론 같은 비관적 견해에도 불구하고 소설이 끈질긴 생명력을 과시하면서 독자를 끌고 있는 것은 이러한 소설의 특징 때문이다. 또 그러한 한에서 쉬 쇠약의 길로 접어들 공산도 작아 보인다. 과거의 신화와 전설에서 취재해야 했던 옛 그리스 비극은 소재를 탕진해서 급기야는 종말을 고하고 말았다. 소설은 그리스 비극과 대척점에 서 있다고 할 수 있다. 소설 세계 자체의 광대무변함은 그대로 독자들의 잡다한 관심이나 흥미를 충족시켜 주는 계기가 된다.

소설 세계의 탕진됨을 모르는 광대무변함과 중층성은 그대로 다수 독자를 모으는 계기이자 힘으로 작동한다. 따라서 어느 장르보다도 많은 독자를 거느려 왔고 거느리고 있다. 오늘날 소설은 문학의 대명사가 되고 또 문학에서도 제1장르가 되어 있다. 세계의 많은 문학상은 소설상인 경우가 많고 작가의 사회적 지위는 시인이나 극작가의 그것보다 높게 여겨진다. 이러한 소설 장르의 위상 격상은 러시아 형식주의에서 말하는 변두리 형식의 주류화를 예증하기도 한다. 그러나 소설의 위상 격상의 직접적인 이유는 독자가 많고 이에 따라 작가가 소득이 많기 때문이다. 가난뱅이 시인보다 백만장자 작가가 대우를 받고 그러다보니 작가의 사회적 지위가 시인의 사회적 지위보다 높을 수밖에 없다. 작품의 내재적 가치보다도 독자의 다수가 소설의 비중을 높여 준 것인데 이러한 중대사에 대해서 많은 문인이나 독자들이 무자각적이라는 사실은 조금 놀라운 일이다. 수가 많다는 것은 역사나 정치나 전쟁뿐 아니라 문학에서도 상업에서도 중요하다. 인구 감소를 우려하는 것은 그럴 만한 이유가 있다. 옛날 우리가 대국이라 불렀던 중국이 큰소리치고 나서는 것도 인구가 많기 때문이다.

군중으로서의 독자

흔히 문학은 언어 예술이라고 가르친다. 언어 예술이라고 할 때 우선 떠오르는 것은 형용사 하나 부사 하나의 차이에서 우주적 차이를 빚어내는 시의 성격이다. 그러니까 언어 예술로서의 문학의 대표적 장르로는 시를 거론하는 것이 상례였다. 산문은 아무래도 축약되고 집약적인 시보다는 느슨하고 또 소설은 언어 자체보다도 이야기와 플롯에 그 매력을 의존하고 있다. 손에 땀이 나게 하고 가슴을 찡하게 만들고 마침내는 또 통쾌하게 만들고 안도감도 주어야 하는 예정 조화의 서사를 떠나서 소설을 얘기할 수는 없다.

그러나 그러한 서사 전개에 만족하지 않고 서사 자체를 시에 근접시키려는 작가들이 대두하게 된다. 그들은 서사의 언어를 시 언어로 승화시키려 한다. 문체적 노력에 의해서 그것이 가능하다고 보는 이들은 소설 또한 엄연한 언어 예술이 되어야 마땅하다고 생각한다. 플로베르, 투르게네프, 조이스 등이 그 모범을 보이면서 스타일이 빈약한 작가들과의 차이를 드러내게 된다. 그런가 하면 소설이 단순히 흥미로운 인생 서사가 아니라 그 자체로서 사상 소설이나 철학적 소설이 되어야 한다는 자세를 보여 주는 작가들도 생겨나게 된다. 톨스토이, 도스토예프스키, 토마스 만의 이름이 쉽게 떠오른다. 니체는 도스토예프스키를 가리켜 심리학자라 했고 『카라마조프가의 형제들』의 한 장(章)인 「대심문관」은 작가의 문학적 정점이자 가장 강력한 변신론(辯神論)이 되어 있다는 평가를 받고 있다.

소설은 이제 사색과 성찰의 깊이를 더하게 된다. 이러한 소설의 진화에 따라서 독자들 사이에도 변화가 생겨난다. 전통적이고 인습적인 소설에 만족하는 다수파 보통 독자와 예술·사상 소설에 탐닉하는 소수파 특수 독자로 독자층이 갈라지게 된다. 이들이 양자를 확연히 구분해서 어느 한쪽만을 배타적으로 탐독한다는 말이 아니다. 소수파 특수 독자라 하더라도 인습적인 소설을 완전히 외면하는 것은 아니고 다수파 보통 독자의 경우에도 사정은 마찬가지다. 다만 소설 읽기의 주요 대상이 어느 쪽이냐에 따라 이렇게 분류할 수 있다는 것이다. 소설의 세계도 극히 다양하고 다층적이다. 삶의 미메시스를 추구함 없이 그 자체의 관습 세계를 만들어 내어 독자에게 궁금증을 자아내고 스릴을 안겨 주는 추리 소설도 있고 역사 소설이나 공상 과학 소설도 있다. 그러니만큼 소설 독자층도 그만큼 다양하다. 다만 소수파 특수 독자들의 수효가 영세한 것과 달리 보통 독자는 근대 도시의 특산물인 군중의 모습을 띠고 있다는 것은 단언해도 좋을 것이다.

위에서 우리는 귀족을 후원자로 둔 시인이 후원자의 세계관이나 취향에 맞는 글을 쓰지 않을 수 없는 사정을 엿본 바가 있다. 개별 후원자가 아닌 예약 구독제라는 집단 후원자 제도에 의존하고 있는 시인도 사정은 마찬가지였다. 익명의 다수 독자에게 생계를 의존하고 있는 작가가 독자의 취향에 보비위하는 것은 자연스럽고 당연한 일이다. 그래서 소설의 비속화가 일어나고 일부에서 그런 소설을 대중 소설이란 이름으로 부르기도 한다. 반면 소수파 특수 독자들의 수효는 가속적으로 영세화되면서 자기들만의 동인 세계를 갖게 된다. 그것이 극한으로 가면 유럽에서도 완독 독자가 손가락으로 셀 수 있을 정도라는 『피네간의 밤샘』과 같은 비교(秘敎)의 세계가 되고 만다. 쇤베르크는 청중이 없지만 그래도 열렬한 팬이 있어서 일단 쇤베르크 연주회를 하면 적자가 되지는 않아 꾸준히 연주되고 있다고 한다. 그러니까 문학이나 음악이나 소수파와 다수파가 공존하면서 소설과 음악의 존속을 가능하게 하고 있는 셈이다.

문제가 되는 것은 군중으로서의 독자가 가지고 있는 함의다. 파스칼이 말했던 자기만의 독방이 사라지면서 독자들도 광장의 고독한 군중

속으로 쳐들어가 작가들을 위협하는 사태가 벌어진 것으로 생각된다. 소설가이기 때문에 성자, 과학자, 철학자, 시인보다도 우월함을 자부한다고 적었던 D. H. 로런스 흐름의 오만과 편견은 창작 과정의 필요악일 수도 있다. 이제 그러한 호기를 작가에게 기대할 수 없게 되었다. 오직 안목 있는 소수만을 사모하려는 기율적인 방어 기제도 구시대 낭만적 동경의 일환으로 폐기되고 추문화돼 버린 것 같다. 정치에서도 시위에서도 문학에서도 오직 다수가 중요하게 되었다. 외부 지향의 고독한 군중들이 막강한 다수가 되어 위풍당당하게 도처에서 주먹을 흔들며 고함을 지르고 있다. 세월 앞에 장사가 있을 수 없듯이 군중 앞에서도 장사가 있을 수 없다. 광장의 군중의 함성에 주눅이 든 작가나 비평가들도 이제는 다수 독자를 가진 작가를 두려워하여 감히 비판을 하지 못하는 사태를 접하게 된다.(그 비근한 사례가 무라카미 하루키의 경우라고 생각한다. 그러나 스페이스 관계로 자세한 언급은 않기로 한다.)

프랑스의 문학사회학자인 로베르 에스카르피(Robert Escarpit)의 계산에 따르면 인쇄된 책의 경우 출판물의 80퍼센트는 1년 안에 잊히고 99퍼센트는 20년 안에 잊힌다. 그리고 20년이 지나서도 잊히지 않는 희귀한 1퍼센트 안에는 『소복한 여인』, 『벤허』 같은 허드레가 끼어 있다는 것이다. 전자는 1860년에 영국에서 나온 추리 소설 흐름의 책이고 후자는 영화가 되어 널리 알려진 미국의 역사 소설로 1880년에 나왔다. 100년이 지나서도 잊히지 않았다고 해서 허드레를 정전의 반열에 올릴 수 있는 것은 아니다. 독자의 많고 적음이 문학 가치의 징표가될 수 없다는 가정은 정당하지만 독자의 적음이 가치를 보증하는 것도 물론 아니다.

1998년에 모던 라이브러리 총서를 내는 미국 출판사에서 '20세기 최고 영미 소설 100권'이란 것을 발표한 적이 있다. 작가와 역사가 등을 포함한 편집 위원들이 뽑은 모던라이브러리 100권의 득표순 리스트이다. 1999년에는 온라인 자진 투표자 20만 명이 뽑은 역시 최고 소설 100권의 리스트를 발표했다. 전자에는 이른바 정전에 속하는 작품들이

고루 섞여 있다. 후자에는 판타지나 과학 소설을 비롯한 베스트셀러가 다수 포함되어 있으나 편집 위원들이 뽑은 소설도 들어 있다. 3분의 1 정도가 중복된다고 보면 크게 틀리지 않는다. 홍보의 일환으로서의 이런 통계 놀음이 갖는 한계는 분명하지만 어느 정도의 지표가 되어 주는 것도 사실이다. 중복되는 3분이 1이 엄존하는 한 '진지한 문학'이 문학고고학자의 영역이 돼 버렸다는 가령 고어 비달(Gore Vidal) 같은 이의 말은 과장 어법이란 비판에 노출될 것이다. 고전 음악의 애호가라 해서 팝 음악을 듣지 말라는 법은 없다. 팝 음악이 갖는 즉시적 효과, 내구성은 약하지만 일시적인 반짝 호소력을 아무나 마련할 수 있는 것은 아니다. 그것은 그 나름의 재능과 상상력을 요구한다. 베스트셀러도 마찬가지다. 다만 군중으로서의 독자들이 대체로 동년배들의 행동을 모방하고 유행에 민감한 개인들로 구성되어 있다는 점은 중요하다. 모방은 자율적인 선택의 고민과 거기 따르는 에너지를 면제시켜 준다는 홀가분한 도피성 매력을 갖는다. 20세기의 비극인 전체주의의 온상의 하나가 바로 거기에 있다. 한편 유행은 전파력이 강하면 강할수록 맥없이 쉽게 소멸한다는 유서 깊은 부침의 논리와 생리를 가지고 있다. 그래서 "유행은 죽음의 어머니"란 말도 생겨난 것이다. 열광하는 막강한 군중 독자에게 위축됨이 없이 광장의 고독을 견디어 낸 작가와 독자가 보다 나은 미래 편에 서게 된다는 간곡한 희망적 관측이 그래서 가능하다.

유종호 YU Jongho 평론가. 1935년 충북 충주 출생. 서울대학교 영문학과와 뉴욕 주립대학교(버펄로) 대학원에서 공부했다. 공주사범대학, 이화여자대학교, 연세대학교에서 가르치다 2007년 퇴직했고 현재 대한민국예술원 회원이다. 섬세하고 날카로운 언어 감각과 균형 잡힌 시각으로 1957년부터 비평 활동을 시작했고 저서에 『유종호 전집』(전5권)과 『시란 무엇인가』, 『과거라는 이름의 외국』, 『서정적 진실을 찾아서』, 『문학은 끝나는가』 등이 있다. 현대문학상, 대산문학상, 인촌상, 만해학술대상 등을 수상했다.

'하루키이즘'과 시장

현기영

　먼저 말씀드려야 할 것은, 제가 논리보다는 감정에 익숙한 소설가인 탓에 이 발제가 논리적으로 차분하지 못하고 다소 과도한 감정적 발언들이 있을 터이니, 이 점 양해를 구한다는 것입니다. 그리고 문학의 여러 장르 중에서 시장과 관련 깊은 것은 소설 문학이므로, 제 발언은 거기에 국한하게 될 것입니다.

　문학은 그 사회를 비추는 거울이라고 할 수 있는데, 지금의 한국 사회는 어떤 모습인가요? 한 세대 저쪽, 민주화 운동이 가열하게 벌어졌던 1980년대의 10년을 보면, 그때의 사회와는 아주 판이한 모습입니다. 그 10년은 자유와 평등, 역사와 공동체를 외치는 아우성으로 가득했던 '코뮌'의 시간이었죠. 마침내 전체주의적 군사 독재를 거꾸러뜨린 그 항쟁은 아이러니하게도 승리를 쟁취한 그 직후부터 야릇하게 변질되기 시작하고 말았습니다. 오랜 세월 동안 적의와 증오, 공포로 심신을 긴장시켰던 당시 젊은 세대는 항쟁이 끝나자 긴장이 풀린 자신에게서 오랫동안 참았던 감성의 물줄기가 솟구치는 것을 발견해야 했습니다. 이성 대신에 감성이, 공동체 대신에 개인이 대서특필되었죠.

그런데 그 '자유로운' 개인이 얼마 지나지 않아서 또 다른 전체주의 체제에 의해 포박되고 맙니다. 명령이 명령으로 느껴지지 않고 억압이 억압으로 느껴지지 않는 체제, 즉 그 무렵 세계 도처에 퍼져 나간 신자유주의의 시장 전체주의가 그것입니다. 대중은 PR 전략에 조종당하여 헛되이 소비·향락의 달콤한 꿈을 꾸는 소비자로 전락하고 맙니다. 게다가 OECD 소속 30여 국가들 중 최장의 노동 시간에 시달리게 되었죠. 과로에 시달리는 자가 무슨 생각을 따로 할 수 있을까요? 짧은 여가 시간에 피로를 풀기 위해서라도 어쩔 수 없이 값싼 소비·향락적 상품을 소비하게 됩니다. 소비·향락 문화의 덫에 갇힌 채 무기력하게 순응하는 조그마한 소비자로 축소되면서 민주적 시민성을 상실하고 마는 것입니다.

포르노가 엷게 혹은 짙게 깔려 있는 온갖 형태의 대중문화가 소비자의 영혼과 상상력을 사로잡습니다. 그것은 진정한 즐거움이 아니라 음산한 그늘을 동반한 즐거움입니다. 권태·소외·무기력의 정서가 그들을 지배합니다. 저마다 소외 의식에 사로잡힌 익명의 초라한 향락 소비자일 뿐입니다.

독서할 여유가 별로 없지요. 서점들이 사라졌습니다. 한 세대 전에는 손에 책을 들고 다니는 것이 자랑이었는데, 지금은 그 손에 스마트폰이 들려 있습니다. OECD 소속 30여 개 국가들 중 1인당 독서량이 큰 격차로 최하위에 속하는 나라가 한국입니다. 사고 부재의 삶이죠. "나는 생각한다. 고로 존재한다."가 아니라 "나는 소비한다. 고로 존재한다." 이거나 "나는 스마트폰 한다. 고로 존재한다."인 셈이죠. 바로 이러한 현상이 일본 작가 무라카미 하루키의 소설을 베스트셀러로 만드는 토양이 되고 있죠.

단순 소비자인 대중에겐 정신적 가치보다 물질적 가치, 말초적 감각이 더 중요합니다. 역사도 공동체도 너무 진지하고 무거워서(혹은 너무 촌스러워서) 싫고, 영혼의 깊은 데서 울려 나오는 언어도 골치 때린다고 싫어합니다. 진지한 문학도 버겁다고 싫어합니다. 그리고 과거란 오직 남루한 것, 쓸모없는 것, 써 버린 것, 죽은 것의 다른 이름일 뿐입니다. 소비 경제의 슬로건 그대로 "오래된 좋은 것보다 나쁜 새 것이 좋다."라는 것이죠. 인간은 지난 수만 년 동안 존엄하고 아름다운 존재가 되기 위해 꾸준히 노력해 왔죠. 그런데 그렇게 지켜온 인간의 소중한 가치들이 지금 소비 향락 문화 속에서 과거의 이름으로 폐기 처분되고 있는 것입니다. 대중문화의 이러한 경박성을 한국의 평론가들 중에는 포스트모더니즘의 이름으로 자신만만하게 옹호하는 이들이 적지 않습니다.

소설 문학이야말로 인간의 소중한 가치와 의미들을 보관하는 저장소가 아닙니까? 소설에 오래 보관되고 있는 그것들은 언제든지 재사용할 수 있는 문화의 축적입니다. 그런데 과거를 빨리 잊어버리고 끊임없이 변화를 꿈꾸는 세태 속에서 과거의 '오래된 좋은 것'을 담아내는 저장소인 소설 문학도 함께 찬밥 신세가 되고 있습니다.

이러한 사회 현상은 지금까지 30년 가까이 지속되고 있습니다. 이것이 바로 한국 소설이 처한 한국 사회의 모습입니다. 이러한 상황에서 진지한 문학이 쇠퇴할 수밖에 없죠. 거시 서사를 잃고, 본연의 미학도 많이 잃어버린 채, 그렇게 30년 가까이 쇠퇴의 길을 걸어왔습니다. 인간 사회의 소중한 가치들을 보듬어 온 진지한 소설들이 대중으로부터 푸대접받고 있는 것이죠. 'one source, multi use'라는 말 그대로, 문학이 예술의 여타 여러 장르에 스토리와 미학을 제공했던 시절이 이젠 아득하기만 합니다. 책을 많이 읽고 진지한 문학을 사랑하던 지난 1980년 대와 같은 시절은 다시는 오지 않을까요?

모든 예술의 왕자이고 문화의 중심 역할을 해 왔다고 자처해 온 진지한 소설 문학은 지금 시장에서 실패하고 있습니다. 여기서 '진지한 소설'이라 함은 대중 소설과 구별되는 미학적 가치를 지닌 서사 형식을 말합니다. 지금 시장에서 잘 팔리는 것은 대개 문학을 가장한 가벼운 대중 소설이거나 그것보다 심미적 수준이 조금은 높지만, 마찬가지로 소비·향락 문화에 젖은 무라카미 하루키의 저작물 같은 종류의 것들입니다.

순수 문학의 이름으로 나름의 미학을 지키려는 노력이 있기는 하지만, 그것은 대체로 개인의 일상을 다루는 미시 서사입니다. 1980년대 민주화 운동 속에서 소설 문학의 크고 강한 내러티브를 사랑했던 독자들에게 일상의 작은 이야기는 불만스러울 수밖에 없겠죠. 물론 개인의 일상을 진지하고 아름답게 그려 내는 일은 중요합니다. 하지만 지나치게 자기애적이거나 사소한 디테일에 몰두하여, 모기 다리에 난 털이 몇 개인지 헤아리는 식으로 미시적이거나 지나치게 자폐적이어서는 곤란하다는 것이지요. 개인을 역사·사회와 연결하여 다루는 치열한 거시 서사 없이 생기 부족한 미시 서사만으로 독자를 끌 수는 없을 것입니다. 그래서 1980년대에 취향이 문학 작품 읽기였던 양식 있는 독자층의 상당 부분이 영화 쪽으로 넘어갔습니다.

시장의 논리가 모든 가치의 척도처럼 되어 있는 시대입니다. 심지어 선과 악의 구별도 시장 논리에 따라 결정되고 있는 형편입니다. 시장은 질적인 것보다 양적인 것을 더 중요하게 생각합니다. 아니, 판매량이 질을 결정합니다. 소설도 마찬가지이죠. 잘 팔리면 그것이 양서이고 좋은 문학으로 호도됩니다. 통계에 의하면, 출판 시장에서 진지한 소설의 시장 점유율이 1퍼센트에도 미치지 못한다고 합니다. 악화가 양화를 구축하는 형국이죠. 내실보다 겉치레, 허식의 화려한 제스처가 더 중요합니다. 그러한 소설들은 주제 의식이 박약하거나 아주 부재하는 반면 엔터테인먼트 상품답게 상당히 경쾌하고 재기 발랄합니다.

언급할 가치 없는 저급한 경소설(light novel)·장르 소설 등은 제외하고, 이 자리에서 제가 여러분과 함께 주목하고자 하는 것은 미학적 수준을 어느 정도 확보하고 있는 베스트셀러들입니다. 진지한 문학이냐, 대중 문학이냐, 진지한 문학과 대중 문학 사이의 중간 문학이냐 하는 논란이 있는 소설들이지요. 그것들 중에 특히 무라카미 하루키의 소설과 그것의 한국적 아류들에 주목하고 싶습니다.

한국의 소설 시장에서 일본 작가 몇 명이 베스트셀러 리스트의 상위

를 차지하고 있는데, 무라카미 하루키, 요시모토 바나나 등등이 그들이
죠. 그들의 소설이 국내 소설 시장의 절반 이상을 차지하고 있다고 합
니다. 말하자면 한국 소설 시장의 절반 이상이 일본 소설에 점령당하고
있는 것이죠. 외국 작가들이 많이 모여 있는 이 국제 행사에서 한국 소
설 시장이 일본 소설에 점령당하고 있다고 말해야 하다니, 참 낯 뜨거
운 일이 아닐 수 없네요. 1980년대에는 민주화 운동 속에서 일구어 낸
한국 소설의 크고 강한 내러티브를 일본 문학이 부러워했다는데 말입
니다.

하루키의 소설은 20년 가깝게 한국에서 베스트셀러를 유지하고 있
습니다. 물론 이러한 '하루키 현상'은 한국에만 있는 것이 아닙니다. 일
본 본고장은 물론 서구 여러 나라의 독서 시장에 열병처럼 퍼져 있습
니다. 세계 40여 개 국가에서 번역되었을 뿐만 아니라 여러 나라에서
베스트셀러가 되어 450만 부 팔렸다고 합니다. 잘 팔리는 상품은 대체
로 유행이라는 군중 현상에 의해 결정되는데, 그의 인기가 20년 넘게
지속되는 걸 보면, 그게 단순히 일시적 현상만은 아닌 듯합니다. 그래
서 더 문제인 것이죠. 그것은 문학이라기보다는 소비·향락 문화의 아
이콘이 되어 버린 느낌입니다.

한국의 문학계는 하루키를 어떻게 평가할까요? 현재 나이 쉰 살인
어느 작가가 이런 말을 했어요. "재미있게도 선배들 중에서 하루키를
좋아하는 사람은 거의 찾아보기 어려웠던 반면, 후배들 중에 하루키를
좋아하지 않는 사람 역시 그만큼 찾아보기 어려웠다."라고요. 나이 많
은 쪽은 하루키의 소설이 소비·향락적인 대중문화와 몸을 섞은 대중
문학이라고 생각하는 데 반해서, 젊은 쪽은 자신들이 몸담고 있는 소비
사회의 낭만과 우울을 잘 그려 내고 있다고 상찬합니다.

그의 소설에 해변의 흰 아스팔트 위로 경쾌하게 달리는 빨간색 스포
츠카를 묘사하기를, 흰 종이 위에 빨강 형광펜으로 쭈욱 그어 대는 것
같다는 표현이 있습니다. 얼마나 경쾌하고 멋진 감각적 표현입니까?
그 차 속에는 소비 생활의 환락과 성 해방의 연애에 탐닉하는 청춘 남

녀가 타고 있죠.

물론 우리가 소비 사회에 살고 있으므로, 문학이 소비문화에 대해 말하는 것은 당연하다고 말할 수 있습니다. 젊은 층의 무시 못 할 상당수가 물질적 풍요 속에서 오히려 가난과 정신적 공허를 느끼고, 그 공허를 메꾸려고 자기 탐닉에 빠지는 경향이 있기 때문에, 그러한 세태를 문학에 반영하는 것은 매우 중요한 일입니다. 하루키의 문학에는 사회의 문제적 현실보다는 현실 도피의 환상 속에서 소외·권태·우울을 오히려 즐기고 있는 인물들이 주로 등장합니다. 그들은 역사와 현실로부터의 도피를 현실로부터의 해방이라고 말합니다. 그러한 문학이 의미 없는 건 아니지만, 더 중요한 것은 소비 향락 문화에 매몰된 문학이 아니라 그 문화를 회의하고 반성하고 비판할 수 있는 문학이 아닐까요?

문학은 순응주의가 아니라 이의 제기입니다. 모든 사람이 긍정하고 모든 사람이 듣기 원하는 달콤한 것만을 다룬 문학은 별로 중요하지 않습니다. 작가는 모든 사람에게 익숙한 것들, 즉 익숙한 일상, 익숙한 가치 체계에 이의를 제기하는 반대자여야 합니다. 따라서 그러한 작가는 대다수 동시대인의 반대편에서 맞서 있는 존재입니다. 아도르노가 말한 '마지막 시민'이 바로 그러한 작가입니다.

일본 문학계에서는 무라카미 하루키를 비평하기를, 그의 소설에는 일본 대신 '미국'이 들어와 있다고, 따라서 그의 소설은 "일본어 문학이라고 할 수는 있을지언정 일본 문학이라고 말할 수는 없다."라고 합니다. 여기서 '미국'이란 물론 미국식 사고방식, 팝 문화와 같은 소비 향락·문화를 의미합니다. 하루키 소설의 등장인물들은 내면이 미국에 의해, 아메리카니즘에 의해 점령당한 허깨비 일본인들이라는 것이죠. 쿨하고 멋지고 캔디같이 달콤한 것이 그의 소설입니다. 깊이와 풍요로움을 담기에는 너무도 멋진 그의 언어에는 공동체 그 자체가 없습니다.

그는 자신의 문학을 국적을 초월한 글로벌 문학이라고 생각하겠지만, 정작 그의 문학적 국적은 미국일 뿐입니다. 그의 소설은 소외·권태·섹스가 재즈·팝송·패스트푸드에 뒤섞여 버무려진 미국의 팝 문화를 실어 나르고, 미국 서부 영화 속의 카우보이 존 웨인이 상징하는 백인 제국주의도 실어 나릅니다. 말하자면 그는 '미국 소설을 쓰는 일본 작가'인 셈이죠. 그래서 노벨 문학상 수상자 오에 겐자부로는 "일본 문학은 쇠퇴하고 있다. 일본 소설 문학이 너무도 무라카미 하루키에게 집중되어 있다."라고 말합니다. 슬프게도 그러한 현상은 한국의 소설 문학에도 나타나 있습니다.

하루키 소설을 대단한 문학인 것처럼 평가하는 것은 그 엄청난 판매량에 압도되어 나타난 착시 현상일 것입니다. 그가 해마다 노벨 문학상 후보에 오르곤 하는데, 만약 노벨상위원회가 그러한 착시 현상에 사로잡혀 그를 수상자로 결정한다면, 펄 벅의 경우처럼 세계의 비웃음거리가 될 것이 분명합니다. 펄 벅의 노벨 문학상 수상 소설 『대지』는 하루키 소설처럼 수백만 부 팔린 슈퍼 베스트셀러였으나 문학성에선 함량 미달이었죠.

판매량이 질을 결정하는 것이 시장의 논리이지만, 문학은 시장의 잣대로 질을 결정해서는 안 되는 거지요. 하루키의 세계적 성공은 그의 '초국적 미학'에 의한 것이 아니라, 미국 출판 매체 《더 뉴요커(The New Yorker)》의 사업 성공 덕분인 것입니다. 하루키는 《더 뉴요커》의 투자 자본이 정교한 계략으로 제작한 미국 작가를 대신한 미국 상품 브랜드이죠.

한국에도 하루키 브랜드에 엄청난 자본을 투자하는 출판사들이 있습니다. 문학 전문의 유명 출판사들이 그런 사업을 벌이는데, 수억대의 선인세를 지불하면서 경쟁적으로 사들여 대형 베스트셀러를 만들려고 혈안이 되곤 합니다. 좋은 문학을 보듬어 안아야 할 문학 출판사가 상업주의에 휘말려 있는 것입니다. 좋게 말해서 흥행사이고 나쁘게 말하면 도박꾼인 셈이죠. 돈 놓고 돈 먹기입니다.

문학 전문 출판사가 하루키 소설을 대단한 문학인 것처럼 대접하는 것은 독자들에게 착시 현상을 일으키게 하면서 진지한 문학과 가벼운 문학 사이의 경계선을 허물어 버리는 불온한 행위인 것이죠. 그것은 공정 게임, 공정 거래가 아니죠. 거액의 자본 투자에 의한 물량 공세로 독서 시장을 석권한다면, 당연히 진지한 문학은 위축될 수밖에 없지 않겠습니까?

그래서 한국 소설에도 하루키와 비슷한 무국적 문학이 나타납니다. 재기 발랄하기 때문에 그들은 시장에서 잘 팔립니다. 모국어가 품은 경험과 정서를 외면한 그들의 문체는 그래서 하루키처럼 간결하고 재치 있는 번역 투입니다. 영어나 유럽어로 번역하기도 용이하죠. 그래서 세계 문학을 자처하면서 세계 시장 진출을 노리는 작가들이 나타나고 있답니다.

세계 시장에서 널리 퍼져 인기를 누리고 있고, 하루키 소설에도 자주 등장하는, 맥도날드 햄버거, 코카콜라 따위 인스턴트 푸드를 건강에 이로운 식품이라고 우리는 생각하지 않습니다. 하루키의 소설도 그처럼 감각적이긴 하지만, 그리 영양가 있는 작품은 아니지요. 영혼의 양식이 아니라, 말초 감각을 자극하는 환각제처럼 느껴져요. 세계의 젊은 이들이 맥도날드 햄버거, 코카콜라를 먹듯이, 미국 팝송 부르듯이 가볍게 그의 소설을 소비합니다. 그의 소설을 지배하고 있는 아메리카니즘은 지금 세계 도처에서 다양한 고유의 지역 문화를 전체주의적으로, 혹은 제국주의적으로 잠식하고 있고, 그의 소설 또한 똑같은 방식으로 세계의 여러 문학 시장을 석권하고 있습니다.

따라서 세계 도처에 유례없이 많은 독자들을 거느리고 있다고 해서 그의 문학이 마치 세계 문학의 전범인 것처럼 말해서는 안 되겠죠. 그렇게 말하는 평론가들이 한국에도 적지 않습니다. 세계의 독자들이 읽기 때문에 보편성을 띠고 있고 그래서 세계 문학이라는 것이죠. 어불성설이죠. 세계 각국에 고유한 역사적·문화적 특성을 무시한 소비·향락 문화 위주의 획일주의가 세계 문학이라니요? 그것은 다양한 꽃들이 피어 있어야 할 문학의 꽃밭에 한 종류의 꽃만이 가득 피어 있는 꼴이지요. 전체주의·획일주의는 참다운 문학이 아니죠. 전체주의·획일주의에 저항하고, 차이와 개성의 남다른 특성을 갖춰야 참다운 문학이라 할 수 있겠죠. 세계 문학은 개별 공동체의 특성이 반영된 다양한 문학들의 리스트여야 하고, 세계에다 우리 것을 추가해야지 지나치게 세계를 모방해서는 안 된다는 것입니다.

부박한 '허영의 시장'을 외면한 채 유행에 휩쓸림 없이 오직 문학에 헌신하는 진지한 작가들이 모욕당하는 것이 지금의 세태입니다. 그들의 문학은 비타협적이기 때문에 시장에서 실패하는 경우가 많습니다. 이것은 한국뿐만 아니라 세계적 현상인 것 같습니다. 시장을 외면한 그들은 어쩌면 자발적으로 가난을 택한 자들일지 모릅니다. 그들은 가난은 무섭지 않으나 시장에 의해 모욕당하는 것을 참을 수 없어 합니다. 시장은 작품의 질은 따지지 않고 많이 팔리지 않는 작가는 무능하다고 보기 때문입니다. 시장이 작가를 좌절시키고 훼절하게 만듭니다.

소비·향락 문화에 의해 부당하게 망각되고 모욕받고 있는 아름다움과 의미들을 보듬어 안는 것이 문학이 감당해야 할 일일 것입니다. 문학의 상업주의를 배격하고, 동시에 일상과 미시를 절대시하는 편견도 버려야 합니다. 일상의 작은 이야기도 중요하지만, 그와 함께 큰 이야기, 강한 이야기도 이제는 복권되어야 하겠다는 뜻입니다. '나' 자신을 응시하는 문학도 의미롭지만, '나' 이상의 것을 끌어안는 문학은 더 중요하지요.

그리고 과거 속에 부당하게 폐기 처분해 버린 아름다움과 의미들을 해명해 내고 복원해 내는 일도 문학이 감당해야 합니다. 문학 속에 제대로 수용되지 못한 과거는 존재하지 않았던 거나 마찬가지입니다. 예를 들면 군사 정권 시대의 공포가 있는데, 그 공포를 본격적으로 다룬 문학이 별로 없다는 것은 한국 문학의 수치입니다. 그 시대에 시민의 삶 속으로 유독 가스처럼 스며들었던 공포를 왜 문학은 외면하고 있나요? 새로운 것이 아닌, 구닥다리 과거 이야기여서 그런가요? 아닙니다. 그렇지 않습니다. 과거 속에 진짜 이야기, 큰 이야기, 강한 이야기가 있습니다. 루마니아 작가 헤르타 밀러는 지난 시대에 독재자 차우셰스쿠가 지배하던 암흑사회를 형상화해 냄으로써 노벨 문학상 수상자가 되었고, 미국 작가 토니 모리슨도 남북 전쟁 직전 흑인 노예의 비참한 삶을 비상한 열정으로 그려 냄으로써 노벨 문학상 수상자가 되었습니다.

시장에서 양질의 문학을 가려내고 격려하는 것은 평론가의 직무입니다. 그런데 지금 한국에서는 예컨대 출판사를 대변하여 하루키를 추어올리는 일은 많아도, 그를 비판하는 일은 드뭅니다. 1980년대 왕성했던 비판적 평론 활동이 지금은 온데간데없이 실종 상태입니다. 그들 중에는 "소설은 죽었다."라는 풍문을 받아들여 아예 체념해 버리는 자들도 있습니다. 평론가의 침묵은 직무 유기입니다. "소설은 죽었다."는 사망 선언이 아니라, 재기를 촉구하는 나팔 소리여야 합니다. 소설이 죽었다는 것은 그 사회에 진실이 죽어 있다는 뜻입니다. 왜냐하면 소설이야말로 진실을 담을 수 있는 유일한 그릇이기 때문입니다. 그러므로 소설 문학은 반드시 왕성하게 살아 있어야 합니다.

빈사 상태의 소설 문학을 되살리기 위해서는 국가의 정책적 지원이 무엇보다 중요하다는 것은 구태여 말할 필요도 없겠습니다. 시늉만이 아닌, 적극적인 독서 운동이 있어야 하겠어요. 예컨대 대통령의 영부인이 독서 운동의 선두에서 활동하고, 오프라 윈프리의 '북클럽'이 대단한 독서 열풍을 일으킨 미국의 경우가 너무 부럽습니다.

좋은 독서 활동을 위해서는 나쁜 소설, 중간 소설, 좋은 소설, 위대한 소설을 판별해 주는, 시장에 대한 비판적 기능이 회복되어야 하겠죠. 평론가들은 날카로운 감식력으로 진품과 불량품을 가려내고, 출판사는 진품을 발견해 내고 그것들이 잘 팔릴 수 있도록 세련된 판매 전략을 고민해야 하겠죠. 좋은 문학의 존재가 부당하게 잊히지 않게 출판사들의 선택적이고 적절한 마케팅 전략이 필요합니다. 설령 지금 당장은 판매가 부진하더라도, 훗날 때를 잘 만나 재발견되어 성공할 수도 있죠. 니체를 비롯해서 수많은 작가들이 사후에 재발견되어 성공을 거두었습니다.

일반 독자는 대개 가벼운 내용의 문학을 좋아하지만, 진지한 문학도 좋아한다는 것은 잘 알려진 사실입니다. 하루키 소설이 주는 잔재주, 잔재미, 포르노는 즐겨도 그의 세계관에는 동의하지 않는 독자들이 적지 않습니다. 그러니까 일반적으로 사람은 비록 소비·향락의 풍속에 젖은 채 눈멀어 살더라도, 내면에는 시민으로서의 도덕적 본능, 도덕적 충동이 잠재하고 있는 것이죠. 몇 달 전에 역사상 유례없는 국정 농단 사건인 '박근혜·최순실 게이트'를 겪으면서, 한국 사회의 대중은 자신의 내부에 잠재했던 도덕적 충동이 커다란 에너지로 분출하는 것을 경험했습니다. 30년 전 6월 항쟁을 방불케 하는 거대한 힘이었죠. 그 사건은 대중에게 다시는 잠들지 말고 깨어 있는 의식이 되라고 웅변으로 말해 주었습니다. 올해로 6월 항쟁은 30주년을 맞습니다. 한 세대가 흐른 지금, 다시 그 시대를 돌아볼 때입니다. 진지한 문학이 복권되어야 할 때입니다.

현기영 HYUN Ki-young 소설가. 1941년 제주 출생. 서울대학교 영어교육과를 졸업했다. 민중의 시각에서 수난기 민족 역사의 내부를 치밀하게 그려 내 시대의 이념 문제를 끌어내고, 역사에 대한 성찰과 인류애를 나타낸 작가이다. 『순이 삼촌』, 『마지막 테우리』, 『변방에 우짖는 새』, 『바람 타는 섬』, 『지상에 숟가락 하나』 등의 작품이 있다. 만해문학상, 신동엽문학상, 오영수문학상, 한국일보문학상 등을 수상했다.

토론

오정희

　세 분 선생님들의 기조 강연을 잘 들었습니다. 세 분 선생님들께서는 처한 곳은 각기 달라도 지난 세기로부터 오늘에 이르기까지 세계를 뒤흔든 사건들과 변혁의 소용돌이를 직간접적으로 함께 겪으며 문학인으로서의 삶을 살아오신 분들이십니다. 때문에 '작가와 시장'이라는 주제를 놓고 문학과 문학인에게 시장의 의미는 무엇이며 그 시장의 법칙에서 얼마나 자유로울 수 있는가, 문학 생산자로서의 책무 등등에 대한 다양한 견해들이 펼쳐지는 이 자리가 한층 값지고 의미 있게 받아들여집니다.

　저는 르 클레지오 선생님을 소개하는 글에서 "태양과 대지 사이에서 자발적 유배자로서의 삶"을 선택한 분이라는 멋진 표현을 보면서 진정한 예술가, 문학가란 모두 자발적 유배자가 아니겠는가 하는 생각을 해 보기도 했습니다.

　선생님께서는 나이지리아의 작은 도시에서 열리는 책 시장에 대해 가졌던 어린 시절의 상상력으로, 물건들을 사고파는 물리적 공간으로서의 시장을 문학이라는 추상 개념으로 치환하면서 소통과 발견, 만남의 상징적 공간으로 설명하신 것이 탁월한 통찰이라고 느껴졌습니다.

"문학은 움직이는 것이다."라는 대전제하에 문학 고유의 영역을 위협하는 언어의 변질과 인터넷의 위력 등에 대해서도 희망적·긍정적으로 받아들이는 유연성과 열린 사고를 보여 주셨습니다.

저는 세상이든 개인의 삶이든 변화하게 마련인지라 새로운 것을 받아들이되 옛것을 보전하면서 그것을 바탕으로 하여 새로움을 일궈야 한다고 생각해 왔습니다. 그런데 선생님께서는 현대 아시아와 라틴아메리카의 작가들을 거론하시면서 "새로운 젊은 문학은 최근의 작품들에서 영감을 얻어야 할 것이다. 하지만 이 작품들을 그대로 따르는 것이 아니라 일종의 '단절 속의 진화'를 추구해야 한다. 이러한 비선적 계승을 통해 어제와 오늘의 작품들은 서로 어떠한 연결도 없이 비논리적이고 예측 불가능한 기억들처럼 나타난다."라고 말씀하셨습니다. 이것을 어떻게 이해해야 하는지를 여쭙고 싶습니다.

유종호 선생님의 말씀을 들으면서 자유 예술가에 속하는 저는 제 책을 사는 익명의 독자들, 그들이 치르는 책값의 10퍼센트로 생활 경비의 한 부분을 충당하고 있다는 사실에 좀 이상한 기분이 들었습니다. 수십 년 동안 책을 팔아 인세를 받고 글을 쓰면 글 값 받는 것을 당연히 여기며 살아왔음에도 자신의 책을 상품으로서가 아니라 정신적 노동의 소산이며 가치로 생각하고 있다는 뜻일지도 모르겠습니다. 문학을 시작할 무렵 저는 백석이라는 시인의 시구처럼 "가난하고 외롭고 높고 쓸쓸하니 언제나 넘치는 사랑과 슬픔 속에 살도록 되어 있는 것"이 예술가라고 생각했습니다. 예민한 촉수를 기르고 정신적 긴장을 유지하기 위해서는 어느 정도의 결핍과 고독이 필요하다고 생각했지요. 많은 독자들의 사랑을 받고 유명 인사가 되고 책을 많이 팔아 풍족한 생활을 할 수 있다는 기대 등은 별반 없었던 것 같습니다. 그때만 해도 작가들에게는 독자들의 취향과 입맛에 맞춰 글을 쓰는 것을 매문 행위라 여겨 경멸하고 스스로 부끄러워하는 분위기가 있었습니다. 아마도

1990년대로 들어서면서 작가 사인회 등 책 판매를 위한 홍보 행사에 작가 자신이 나서게 되는 상황에 많은 작가들이 당혹감과 불편함을 느꼈을 것입니다. 거기에는 '작가는 상인이 아니다. 소설은 상품이 아니다.'라는 자의식도 있었을 것입니다. 작가가 많은 독자를 얻기 위해 아무리 노력한다고 해서 꼭 성공하는 것은 아닌 것 같습니다. 99퍼센트가 실패하기 마련입니다. 대다수의 작가들이 생활의 어려움과 불안을 안고 살아갑니다. 독자가 작가를 선택하듯 작가 역시 독자를 선택하는 것 같습니다. 작가 자신을 포함한 소수의 독자들과 소통하고 발언하면서, 자신을 알아주지 않는 다수의 독자들에게 불평함 없이 또한 사후에 찾아올 영광을 꿈꾸지도 않으면서 작가는 그저 자신의 문학적 기질과 문학관에 따라 쓸 따름입니다.

현기영 선생님께서는 오랜 세월 확고하고 진지한 문학관으로 현대사의 질곡과 아픔을 끌어안으며 그것을 소설로 형상화해 오셨습니다. 때문에 많이 팔리고 이윤을 많이 남길수록 좋다는 시장의 논리가 모든 가치의 척도처럼 되어 있는 이 시대와 그에 부응하여 가볍고 값싼 향락 소비재로 타락해 가는 듯한 한국 문학의 현상이 심히 우려스러울 것입니다. 선생님께서도 지적하셨다시피 1980년대 이후 소설은 급격한 변화를 겪습니다. 우선 소설에서 자연에의 친화력이 사라지고 가족이 사라지면서 서사 또한 흐릿해졌습니다. 그 자리를 우울한 자의식과 무기력, 소외와 분열, 자폐적 민감함으로 갇힌 혹은 닫힌 공간이 내면성이라는 이름으로 들어오게 됩니다. 선생님께서 말씀하신, "문학은 순응주의가 아닌 이의 제기"라거나 "자신을 응시하는 문학도 의미롭지만 '나' 이상의 것을 끌어안는 문학 역시 중요하다."라는 것에는 누구나 공감할 것입니다. 진정한 고민과 성찰로 생산된 작품들이라면 어떤 것이든 문학의 이름으로 수용되지 않을 것은 없다고 생각합니다. 문제는 우리 문학과 문학인들을 지배하는 상업주의, 시장의 논리에 휘둘리지 않고 어떻게 문학의 본래적 기능을 회복하는가 하는 것이겠지요. 제 경우 소설 쓰기는 제가 읽었던 소설들의 흉내 내기에서 시작되었고 그렇게 읽은 소설들이 제가 문학을 재는 척도가 되었습니다. 좋은 글을 식별하는 눈이 없으면 결코 좋은 글을 쓸 수 없다고 합니다. 가볍고 말초적인 감성만을 자극하거나 달콤한 환상, 가짜 위안으로 속이는 소설들을 문학의 본보기로 접한다는 것은 아주 위험한 일이겠지요.

저는 이러한 문제를 해결할 수 있는 길은 좋은 문학 교육뿐이 아닐까 생각합니다. 좋은 문학을 식별하고 향유하는 능력을 위한 문학 교육은 어떻게 이루어져야 하는가에 대한 말씀을 세 분 선생님께 모두 듣고 싶습니다. 르 클레지오 선생님께서는 프랑스에서의 문학 교육, 자신의 문학 수업에 대해 말씀해 주셔도 좋겠습니다.

오정희 OH Jung-hee 소설가. 1947년 서울 출생. 중앙대학교 문예창작학과를 졸업했다. 외부의 현실보다 더 넓고 다양한 내면 의식 세계에서 나오는 다양하지만 좁고, 미묘하고 섬뜩하지만 거칠지 않은 작품들을 써 오며 한국 여성 소설의 한 정점에 있는 소설가로 평가받고 있다. 『불의 강』, 『유년의 뜰』, 『바람의 넋』, 『불꽃놀이』, 『새』 등의 작품이 있다. 이상문학상, 동인문학상, 동서문학상, 불교문학상, 독일 리베라투르 문학상 등을 수상했다.

2 작가와 시장
Writers and the Market

가격을 매길 수 없는 것—시와 시장에 대한 몇 가지 기록

로버트 하스

이 주제에 접근하는 몇몇 별개의 방법들을 생각해 볼 수 있기에, 어디서부터 시작해야 할지 알기가 어렵다. 하나의 접근 방식은 개별 시(poem), 시 전반(poetry) 또는 예술 작품 전반이 상품으로 존재하는 방식에 대해 논하고, 시인들이 어떻게 생계를 이어 나가는지에 대한 질문과 문학 출판의 상황에 대한 질문으로 이어 가는 방식일 것이다.

또 다른 방식은 개별 시, 시 전반 또는 예술 작품 전반이 어떻게 상품이 아닌 것으로 존재하는지에 대한 논의가 될 것이다. 이는 시장 경제와 다른 종류의 경제의 차이에 대한 논의, 물건과 가치가 사회의 조건 안에서 어떻게 순환되는지와 상품과 선물 사이의 차이점이 무엇인지, 예를 들어 당신에게 판매되는 와인 한 병과 감사 또는 친분의 표시로 선물되는 와인 한 병의 차이가 무엇인지에 대한 논의로 이어질 수 있을 것이다. 그리고 시가 이렇게 서로 다른 경제들 속에서 어떻게 위치되는지에 대한 논의로도. 이 방식이 더 나을 것이다.

솔직히 말하면 방어적인 또 다른 접근 방식은 시의 상대적으로 작은 사회적 힘과 시장의 막대한 힘 사이에 중심적인 구분을 짓는 단순하고 직접적인 방식일 것이다. 당신이 소중한 사람의 죽음으로 인해 고통을 겪었다고 상상해 보라. 시가 당신에게 주는 것은 슬픔에 대한, 슬픔의 모습에 대한 언어와 아마도 그 상실을 이겨 내는 길로서의 위로일 것이다. 시장이 당신에게 주는 것은 관의 가격이다. 이러한 접근 방식은 앞서 말한 바와 같이 방어적이다. 이는 시장의 힘에 대한 개념에 있어 아주 해방적이었던 부분을 배제시킨다.

또 다른 접근 방식은 시장(market)과 장터(marketplace)의 차이를 들여다보는 것이다. 장터는 그리스인들이 아고라라고 불렀던 것, 도심 또는 마을 광장, 효율성의 이유로 상품과 서비스가 모이고 그리하여 다양한 용무를 보는 시민들이 만나곤 했던 곳을 의미한다. 장터는 또한 상업, 다양한 이해관계와 기술과 거래, 사건 그리고 지역적 지식이 명백히 인간적인 형식의 사회성 — 훗날 텔레마케팅이라는 더 추상적인 의미의 시장이 와해시키거나 적어도 급진적으로 변형시킬지도 모르는 — 을 만들어 냈던 곳을 뜻한다. 미국에서는 지역의 서점, 음반 매장, 비디오 대여점, 영화관 및 많은 전문점들이 사라지고 있다. 이들은 물건을 문 앞까지 배송해 주고 아주 오래된 테크네(techne) — 도시 자체만큼이나 오래된 발명인, 거래를 목적으로 한 사람들 사이의 사회적 만남 — 를 없애 버리는 컴퓨터 마케팅에 의해 대체되고 있다. 21세기의 텔레마케팅은, 적어도 미국에서는 18세기 중반 애덤 스미스의 저작에서 사고 실험(thought experiment)으로서 나타났던 인간 개인으로부터 자유로운 추상적 개념으로서의 시장과 같은 것을 만들어 내고 있다.

사회문화인류학의 관점인 또 다른 접근 방식은 도시 생성의 조건이 시장이었으며, 따라서 시와 시장에 대한 질문은 도시와 시에 대한 질문이라고 보는 관점일 것이다. 이는 문해력이 도시로부터 태어나고 보급되었으며 시가 상품이 될 수 있었던 것은 문해력 — 글로 기록된 시 또는 책 — 을 통해서였다고 보는 관점이며, 이러한 연관 속에서 구술성과 선물 문화, 문자성과 인쇄 문화의 관계를 주목하는 관점이다. 그리고 이는 고대 지중해 세계와 신화에서 천상과 지상뿐만 아니라 부족들 사이를 오갈 수 있었던 전령의 신 헤르메스를 불러내는 관점일 것이다. 헤르메스는 경계(境界)의 신, 상업의 신이자 도둑들의 수호신이었으며, 그러한 점에서 시장과 시를 연관시키는 상상의 표상이었다. 다시 말해 경제적·문화적 교환이라는 것이, 문제적이고 종종 마술적이며 때때로 배반적인 타자와의 만남을 뜻했던 시기가 있었고, 현재도 그러한 곳이 있다. 그래서 누군가는 그러한 경계로서 나타나는 표상 중 하나는 계몽적 이기주의(enlightened self-interest)의 개념으로 진화하게 될 날것으로서의 욕구 또는 강렬한 욕망에 대한 상당히 절망적인 재현일 것임을 알아차릴지도 모른다. 다른 하나는 시를 위한 표상, 경계를 가로지르고 타자의 피부 속으로 뛰어 들어갈 수 있는 변덕스러운 전령을 위한 표상일 것이다.

그러나 이 모든 것은 너무 복잡하다. 추상적 개념으로서의 시장이 아마 거의 틀림없이 지난 수 세기 동안 인류의 문화에 의해 만들어진 유일한, 가장 강력한 개념이라는 것을 인정하고 시작해 보도록 하자. 경쟁 상대는 (1) 자연 선택에 의한 종의 기원 — 시장의 생물학적 형태와 몹시도 닮아 보이는 — 과 (2) 대부분의 사람들이 수학적 또는 우주론적 개념으로서 이해하지 못하며, 그렇기에 도덕적인 개념으로 번역했던 — 모든 인간적 가치는 상대적이며 그러므로 다양한 철학, 이데올로기, 실제 행동의 시장들 속에서 서로 경합한다고 말했던 — 상대성 이론이 될 것이다. 그리고 경제학에 대해 특별히 교육을 받은 바가 없는 시인은 어떤 두려움과 어떤 의미에서 시의 조건이기도 한 자신만의 다소 제한적인 조건들, 시장보다 훨씬 오래된 인간적 테크네를 가지고 그 주제에 접근할 필요가 있다.

어디서부터 시작할 것인가. 아마도 '시장'이라는 단어의 기원과 권위에서 시작해 볼 수 있을 것이다. 그러니 주제를 네 절로 나눠 보도록 하자. 1절에서는 시장, 2절에서는 시가 비롯되는 경제, 3절과 4절에서는 두 경제에서 시가 어떻게 작동하는가에 대한 몇몇 예들에 대해서 이야기할 것이다. 1절은 '애덤 스미스와 멕시코 티후아나의 어느 술집'

이라고 부를 수 있을 것이다. 2절은 '연어를 다시 강으로 돌려보내기'로, 3절은 '검은 브래지어' 그리고 4절은 '선제리 아낙네들'이라고 부를 수 있을 것이다.

애덤 스미스와 멕시코 티후아나의 어느 술집

막 대학에 입학했던 열여덟 살 즈음의 여름, 나는 한 대형 은행 시내 본점의 재무 조사를 전담하는 사무실에서 일군의 경제 전문가들을 위해 심부름과 단순한 종류의 조사를 하는 아르바이트를 했다. 1950년대 후반이었다. 내 상사들은 나에게는 상당히 나이가 들어 보였는데, 그들이 단순히 나이가 지긋하게 들었을 뿐만 아니라 완전한 어른이라는 의미에서, 즉 나와는 달리 당시 그들의 모습이 그들 자신의 삶에 의해서 만들어졌고, 자신들이 되고자 했던 모습이 당시 그들의 모습이었다는 점에서 그러했다. 그들은 모두 젊은 시절에 2차 세계 대전에 참전했다. 그들 중 프린스턴에서 학위를 받았으며 내가 생각하기에 귀족적 예절을 가지고 있던 한 명은 해군 정보 사령부의 장교였다. 농촌 지역 출신의 한 명은 회계 수업 몇 개를 듣고 북아프리카에서 군수품 보급을 담당하는 장교가 되었더랬다. 샌프란시스코 출신의 한 명은 버클리를 다녔으며, 영국으로부터 독일 상공을 폭격하는 폭격기를 조종했다. 그래서 그들은 내 눈에는 영웅적 시대를 살았던 것처럼 보였고, 이제 그들은 매일 아침 일어나서 정장—그 시절에는 회색 플란넬 정장과 흰색 셔츠를 입고, 단정하고 절제된 넥타이를 했으며, 밝은 빨간색 넥타이를 맨 정치인들의 시대는 수십 년 이후의 일이었다—을 걸치고 그들이 받은 교육 덕분에 보수가—그 시절의 훨씬 덜 탐욕스러운 기준에서 보면—상당히 좋은 일자리로 출근했다. 그들은 또한 부모였다. 아버지로서의 삶과 자신들의 어린 자식들에 대한 심술궂은 이야기들을 주고받았다.

그때 나는 이미 예술가가 되겠다는 생각에 흠뻑 빠져 있었다. 나는 매일 아침에 일어나 정장을 입을 의사는 없었지만 그들을 존경했고, 만약 내가 매일 아침 일어나 정장을 입고 10시에 커피 브레이크를 가진 후 정오부터 1시까지 점심을 먹고 3시에 커피 브레이크를 가진 후 5시까지만 일하면 됨에도 불구하고 적당히 근면함을 표현하기 위해 6시까지 일을 해야 한다면, 그들처럼 되기를 바랐을 것이다. 그리고 내가 젊은 캘리포니아 사람들의 성년식에 참여했던 것도 이 시기 즈음이었다. 나와 한 무리의 친구들은 모두의 돈을 부어서 국경에 걸쳐 있는 멕시코 연안의 작은 마을에서 낚싯배 한 척을 빌려 사흘 낮은 낚시를 하는데, 밤은 외국의 술집들에서 술을 마시는 데 썼다. 멕시코로의 그 여행, 간단한 국경 넘기를 통해 우리의 문화를 떠났던 일, 누구도 우리가 몇 살인지 묻지 않았던 그 술집들, 술집의 여인들 — 잠정적 성관계의 대상이며, 화려하게 관능적이고 놀랍도록 아름다운 국경 너머의 여인들에 대한 생각은 북부 캘리포니아의 고등학교 남학생들 사이에서 일종의 민속이었다 — 과 내 경우에는 내가 상당히 심각하게 여겼던 낚시의 스릴, 더 따뜻한 남방 수역에서 잡힐 물고기들에 대해 상상, 이 모든 것이 우리가 자란 민속, 우리가 형들과 나이가 많은 급우들로부터 들었던 이야기들의 일부였다.

우리가 향하고 있던 어촌은 엔세나다였고, 우리가 처음 멈춘 국경마을은 티후아나였다. 나는 멕시코에 가 본 적이 없었다. 나는 멕시코가 미국인들에게 그런 것처럼, 한국인들에게는 어느 문화가 일종의 타자를 재현하는지 모른다. 그것은 아마 과거에 식민지 경험을 공유했다는 이유로, 한국이 19~20세기의 대부분 동안 더 부유한 이웃 국가들에 의해 투사된 장소에 훨씬 가까웠기 때문일지도 모른다.(그 시대에 신교도인 북미가 가톨릭이며 원주민 인디언의 땅인 멕시코에 투사했던 이미지는 오손 웰스의 영화 「악의 손길(A Touch of Evil)」에서 확인할 수 있다.) 아무튼 우리는 국경을 넘었다. 우리는 티후아나의 먼지투성이 거리에 있었다. 그곳은 많은 가게들이 멕시코 물건을 파는, 일종의 식민화되고 빈곤화된 면세점이었다. 온갖 종류의 가죽 제품, 후아라체라는 샌들, 거칠게 짜인 밝은색의 담요, 세라페라는 멕시코 전통 망토, 밀짚 모자, 장식적으로 손질된 블라우스, 셔츠, 스커트, 드레스, 믿을 수 없을 정도로 선명하고 다채로우며 우리 눈에는 이상하게 보였던 전통적 패턴의 직물, 「죽은 자들의 날(Day of the Dead)」에 나온 솜브레로를 쓴 춤추는 해골들, 스페인인들이 14세기에 나무배를 타고 멕시코에 도착했을 때 발견했던 아즈텍 문화만큼이나 오래된, 길 위의 긴 옷걸이에 걸려 있던 직물들에 짜인 독수리, 도마뱀, 재규어, 원숭이의 신성한 이미지들, 몇 킬로미터 떨어진 국경 너머에서의 절반도 안 되는 값의 모든 물건들. 그리고 한낮 밝은 네온사인들로 정신이 없는 술집들, 국경 너머 샌디에이고에 있는 해군 기지에서 온 미국인 선원들이 들끓는 거리들. 우리는 엔세나다로 가는 버스를 타기까지 몇 시간이 남아, 곧장 술집으로 향해 국경 너머에서는 우리 나이에 마시는 것이 불법인 맥주를 한 잔 시켰다.

그리고 우리는 술집에 있는 여인들과 소녀들을 바라보았다. 아마도 그 나이, 그 순진했던 시절, 우리 중 절반은 첫 경험을 이미 했고 나머지 절반은 그러지 못했던 것 같다. 우리는 모두 스스로 혹은 서로에게 성적 통과 의례를 강요하지 않겠다는 것에 동의했다. 그것이 남자답지 못하다는 생각에서였지만, 사실 내가 생각하기에 우리는 모두 겁에 질려 있었던 것 같다. 아니면 적어도 나는 그랬다. 다시 말해서 나는 만약 사랑을 나눠야 한다면 그 대상은 잭 케루악의 소설 『트리스테사(Tristessa)』의 어린 멕시코 소녀처럼 윤기가 나는 검은 머리를 땋아 올리고 커다랗고 온화하며 짙은 눈을 가진 멕시코 소녀일 것이라는, 어떤 꽤나 억압된 방식의 낭만적 사랑과 생각을 믿었다. 술집에 있던 대부분의 선원들은 이러한 문제를 겪지 않는 것처럼 보였다. 그들은 자신들이 일종의 시장에 있다는 것을 알았다. 내 친구들은 바에 비스듬히 기대어, 그들의 행동을 관찰하며 어떤 소녀들과 여인들이 매춘부인지 가려내는 방법을 알아내려고 고군분투했다. 나는 약간 놀랐고, 겁이 났으며 불쾌했다. 친구들 중 하나가 서른 살쯤 되어 보이는 좀 더 나이가 많은 여자가 지나가자 머뭇거리듯 그녀를 더듬었다. 그녀는 뒤로 돌아 미소를 지은 후 내 친구의 뺨을 때렸다. 그건 올바른 접근이 아니었던 것이다.

나는 우리가 어디에 있는지 확인하고 싶다는 마음을 먹었고, 한 시간 후에 돌아오겠다고 말한 후 햇빛이 눈부신 거리로 걸어 나갔다. 그리고 내 눈이 햇빛에 적응되자 보이는 것은 걸인들이었다. 그들을 자세히 묘사하지는 않겠다. 나는 그들이 전 세계의 국경 도시, 난민촌, 도시의 구역, 빈민가의 빈민들, 다친 사람들, 착취당하는 사람들, 집이 없고 장애가 있으며 쫓겨난, 권리를 상실한 사람들 중에서 직업적인 걸인들의 세계에 속한다는 사실을 알 길이 없었다. 나는 그러한 광경을 한 번도 본 적이 없었고, 그것을 보며 충격을 받았다. 나는 익숙하지 않은 맥주 때문에 머리가 멍했고 낮의 열기의 영향을 느꼈는데, 그래서 내 주위를 맴돌며 따라오기 시작한 구걸하는 아이들, 그중 일부는 여동생을 사라고 부추기는 아이들 무리 그리고 내가 헤매다 들어간 교회 계단 위의 수척한, 그중 몇몇은 눈이 먼 늙은 여인들, 불구인 소년, 두 다리가 절단된 노인 이 모두가 환영, 대낮의 악몽처럼 느껴졌다. 아이들에게서 달아나기 위해 중심가를 벗어나자 내 동포들이 멕시코인 종업원들에게 찬 음료를 받으며 자신들의 아이들의 수영 교습 또는 음악 교습을 감독하면서 수영장 근처에서 느긋하게 쉬고 있을 곳으로부터 겨우 몇 킬로미터 떨어진 몇몇 뒷골목들에서 판자 또는 나무 상자로 덧대어진 집들, 덮개가 없는 하수도 그리고 세 명의 남자가 몸을 숙여 낡은 차의 엔진을 들여다보고 있고 두 명의 소녀가 옴이 오른 개와 던지고 주워 오기 놀이를 하고 있는 일상적인 삶이 계속되는 것을 보았다.

나는 사나흘 정도를 보내기에 충분한 현금 — 얼마인지는 모르지만 — 을 가지고 있었다. 우리는 엔세나다의 낚싯배 대여비와 호텔 숙박비를 미리 지불했더랬다. 그때 나는 어떤 결의를 다져 그 교회로 돌아가 술집에서 맥주 값을 내고 받은 잔돈을 보고 내 주위로 몰려들었던 소년들을 제외한, 두 명의 눈이 먼 늙은 여인들을 포함한 거리의 걸인들에게 내가 가진 모든 돈을 줘 버렸다. 나는 술집에서 친구들을 다시 만났다. 나는 엔세나다로 가는 버스 티켓을 살 돈을 빌리기 위해 내가 무슨 일을 했는지 설명해 주어야 했다. 그들은 대부분 나의 이해할 수 없는 행동에 약간 놀랐다는 하나같은 몸짓으로 고개를 저었고, 내가 우리의 모험을 끝까지 완수할 수 있을 만큼의 돈을 모아서 빌려주었다. 낚시는 매우 좋았다. 나는 필요에 의해서 저녁에는 자제를 했는데, 그래서 맥주와 테킬라를 죽자고 마시기에 충분한 돈이 있던 친구들과는 달리 매일 엔세나다의 작은 만에서 바다로 나갈 때마다 상쾌함을 느꼈고, 월요일 아침에는 내 모험 얘기를 너무나도 듣고 싶어 하는 상사들이 있는 일자리로 돌아가 있었다. 그들 역시 틀림없이 대학생 시절 국경 너머에서 자신만의 주말을 보냈을 것이다. 나는 내 행동이 부끄러운 것이었는지 자랑스러운 것이었는지 몰랐지만, 어느 시점에 가난과 세상의 기괴한 불공평에 대해 대화를 나누고 싶다는 것을 알았고, 그래서 우선 그들에게 (내가 낚시에 성공적이었기 때문에 나를 좋게 보이도록 만들었던) 낚시에 대해 얘기해 주고, 그런 후 티후아나에서 내가 발견한 것 그리고 그에 대한 나의 반응에 대해 얘기해 주었다. 그리고 그들은 내가 정확히 잘못된 일을 했다고 말해 주었다.

사무실에 있던 모두는 경제 전문가들이었기 때문에 그들은 나를 교육시키는 일에 참여하는 것을 즐거워했다. 내 전담 선생님은 내 상사였는데, 그는 목소리가 부드럽고 항상 살짝 비꼬아 말했으며, 1년이 넘는 기간 동안 대공 포화 속에서 몇 번이고 도시들에 파괴를 가져다주었던 사람이었다. 내 이야기에 고개를 끄덕이면서 "자네는 정확히 잘못된 일을 했어."라고 말했던 이가 바로 그였고, 그는 매일 몇 번씩 내게 조사 업무를 줄 때처럼 종이 한 첩을 꺼내 스케치를 하기 시작했다. 그가 다음과 같이 말했다. "여기 자네의 5달러가 있네. 그걸 교회 앞의 늙은 여인에게 주었다고 생각해 보게. 그녀는 굶주려 있으니 음식을 살 테고 그러면 한 주는 버티겠지. 그러고 나면 그녀는 다시 배가 고파질 거야. 자네 돈은 사라졌고 자네가 이룬 것은 아무것도 없다네. 자, 이제 그 5달러로 맥주를 샀다면 어땠을지 생각해 볼까? 누가 이익을 보지? 먼저 바텐더, 그다음에는 술집의 여종업원, 다음에는 자신의 이윤을 가지고 가정부, 정원사를 고용하고 아이들을 학교에 보내고 아마도 그 교회 앞에 앉아 있는 늙은 여인에게 돈을 줄지도 모르는 술집 주인이 이익을 볼 거야. 또 자네는 맥주를 배달하는 트럭 운전기사에게 이익을 주었겠지. 양조업자, 맥주병 제조업자, 맥주병 라벨 디자이너, 홉을 기르는 농부와 그 농부의 밭을 가는 트랙터를 제조하는 사람들에게 이익을 주었겠지."

다른 상사들 중 한 명이 말했다. "그리고 술집 맥주잔 아래에 까는 둥근 종이 냅킨 제조업자에게도. 자네는 그 사람이 계속 일하도록 할 수 있었을 거야."

전 해군 정보 사령부 장교가 격하게 고개를 끄덕였다. 그는 음악에 관심이 있었다. "그 간이식당에 밴드가 있었나?" 하고 그가 물었다. 나는 대답했다. "네, 기타 연주자들과 트럼펫 연주자 한두 명으로 된 마리아치 밴드가 있었어요." 그가 말했다. "그거 보게. 자네는 그들에게도 계속 일하도록 해 줄 수 있었을 텐데." 나는 망연자실해진 동시에 호기심이 생겼다. 그들이 말한 것은 완전히 이치에 들어맞는 말이었지만, 나의 일부는 그것이 완전히 틀려야만 한다고 느꼈다. 며칠이 지나서야 나는 그 늙은 여인, 사실 눈이 먼 여인들과 어깨가 기형인 벙어리 소년, 아기를 안고 길가에 앉아 있던 여인 그리고 내 주위를 맴돌며 쫓아왔던 한 무리의 소년들이 같은 액수의 돈으로 같은 수의 사람들을 일하게 했을 것이 틀림없다고 그들에게 말했다. 북아프리카에서 회계 일을 했던 상사가 말했다. "아, 그렇지만 그 돈이 그들 자신에게 일자리를 주진 않았지 않나. 그건 그들이 원래 살던 대로 내버려 두었을 뿐이야. 자네 돈은 바텐더와 양조업자와 농부와 트럭 운전기사가 그저 가만히 있지 않도록 만들 수 있었어. 그들에게 일을 줄 수 있었던 거지." 아마 그가 내게 애덤 스미스라는 이름과 "자신의 이득만을 추구하는 사람은 그의 의도와는 상관없는 목적을 촉진하는 보이지 않는 손에 의해 인도된다."라는 개념을 내게 소개해 준 사람이었던 것 같다.

내가 실제로 애덤 스미스를 읽고, 그가 영리하고 꾸밈없으며 직설적이고, 디테일을 가려내는 풍요로운 안목을 지닌 훌륭한 작가라는 사실을 발견한 것은 몇 년 후였다. 18세기는 문학에서 사실주의가 출현한 시대였다. 사실주의 특유의 수사(修辭)는 하나의 세계를 불러들이고 상상 속에서 그에 초점을 맞추어 디테일을 이야기하는 것이다. 스미스는 이에 매우 능했다. 잘 알려져 있듯이 그는 핀 제조에 대한 매우 정교한 디테일 묘사를 통해 생산성에 대한 세상의 이해를 변화시켰다. 시에 있어 18세기는, 한 비평가가 말한 바처럼 세상을 "벌거숭이"로 보는 경향의 문학 장르인 풍자의 시대였다. 스미스 산문의 냉소적 첨예함에서 이를 느낄 수 있다. 그는 "모든 사람이 자신의 노동의 형태로 지니고 있는 재산은, 그것이 모든 다른 재산의 근원적인 토대인 것과 같이, 가장 신성불가침한 것이다."와 같은 문장을 말함에 있어 심각하고 고매한 어조를 유지할 수도 있었다. 하지만 "우리가 저녁 식사를 할 수 있는 것은 도살업자, 양조업자 또는 제빵사의 선의 덕분이 아니라 그들 자신의 이기주의 때문이다."라는 이 유명한 문장과 "재산의 보호를 위해 설립되어 있는 한, 시민 정부는 실제로는 빈자들로부터 부자들을 지키기 위해, 또는 재산이 전혀 없는 사람들로부터 재산을 소유한 사람들을 지키기 위해 설립되어 있는 것이다."라는 문장이 그의 어조를 더 특징적으로 드러낸다.

문학에 푹 빠져 있긴 했지만 스미스를 읽으면서 나는 그의 주요 개념들이라고 생각되는 것들, 한 사회에서 토지 또는 자원의 소유뿐만 아니라 일 또한 그 사회의 부의 원천이라는 개념, 시장이 가치의 가장 합리적인 실질적 결정자라는 개념, 시장에서의 경쟁은 혁신을 가능하게 하고 삶의 질을 향상시킨다는 개념 그리고 특정한 취향과 가치에 따라 완전히 이기적으로 그리고 어느 정도 이성적으로 행동함으로써 사람들은 사회 전체를 위해 가능한 최선의 결과의 산출을 촉진한다는 개념

등을 받아들였다. 그것은 미국이 공화국이 된 같은 해에 생겨난 일련의 개념들이었고, 내가 사는 동안의 미국에서 끊임없이 반복된 보수적 정치 제도의 이데올로기적 토대였으며, 세계 자본주의의 규칙들을 규정하는 세계은행, 국제통화기금과 같은 국제기구들의 토대를 이루는 개념인 것 같았다.

그리고 나는 스미스가 시인들에게 설교할 때 무슨 말을 했을지 알게 되었다. "그러나 시인들은 또 다른 탄원 때문에 시민의 영관(榮冠)을 추론가들과 기계론자들에게 넘겨주어야 하는 도전에 직면하였다. 상상력을 쓰는 것이 가장 즐겁다는 것은 인정하지만, 이성을 사용하는 것이 더 유용하다는 것은 분명하다. 이러한 구분의 토대로서 여기서 유용성이라고 의미한 것을 검토해 보자. 일반적인 의미에서 쾌락이나 선은 세심하고 지적인 존재의 의식이 추구하는 것이며 발견되었을 때 묵인하는 것이다. 쾌락에는 두 종류가 있는데 하나는 지속적이고 보편적이며 영구적인 것이고, 다른 하나는 일시적이며 특수한 것이다. 유용성은 전자를 만들어 내는 수단 또는 후자를 만들어 내는 수단을 나타낼 수도 있다. 전자의 의미에서는, 감정을 강화시키고 정화하며, 상상력을 증대시키고 감각에 정신을 더하는 것은 무엇이든 유용하다. 그러나 (후자의) 더 협소한 의미를 부여한다면, 우리의 동물적 본성의 집요한 욕구를 버리고 사람들의 삶을 안전하게 하며, 더욱 조악한 미신적 망상이 확산되는 것을 막고, 개인적 이익이라는 동기와 일치할 수 있을 정도의 상호적 관용을 조정하는 행위의 표현으로 유용성이라는 단어의 의미를 국한할 수도 있다.

이에 대해 시는 무엇을 말할까?

연어를 다시 강으로 돌려보내기

미국의 북동 해안의 원주민 부족들은 연례적 연어 귀소에 의존하는 경제를 가지고 있다. 콰키우틀족, 틀링기트족 및 하이다족 사람들은 봄철 연어의 귀소가 시작되는 시기에 강에 처음 나타나는 연어를 맞이하는 매우 비슷한 의식을 가지고 있었다. 이 의식에서는 제사장이 물고기를 잡거나 잡힌 물고기를 제단에 가져가 약간의 성물(聖物)을 흩뿌리고 인사 또는 환영의 연설을 한 후 자리에 모인 부족이 적절한 노래를 부르곤 했다. 그런 후 제사장은 연어의 살점을 음복하도록 사람들에게 나눠 주고 남은 뼈를 바다에 돌려보내곤 했다. 그것은 세계의 경제를 선물의 순환으로 이해하는 의식이었다. 내포된 원칙은 단순했다. 세상이 주는 선물을 감사히 받고 그것을 넘겨주는 데 세심한 주의를 기울일 것.

철학자이자 시인인 루이스 하이드는 『선물: 상상력과 재산의 성애적 삶(The Gift: Imagination and the Erotic Life of Property)』이라는 책에서 이러한 의식을 묘사한다. 이 책의 논지는, 세상은 두 종류의 경제에 의해 돌아간다는 것이다. 그 하나는 돈에 의해 측정되는 모든 것을 기준으로 그 자신을 측정하는 화폐 경제이다. 당신은 교환에서 어떤 일이 일어나는지를 주는 것과 돌려받게 되는 것을 통해 분별할 수 있고, 셈을 하는 것이 중요하다. 기본적으로 계산이 끝나면 당신은 자유롭다. 만남은 추가적인 의무를 발생시키지 않는다. 다른 하나의 경제를 그는 "선물 경제"라고 부른다. 나는 그가 이 책을 쓰게 된 동기를 설명하는 것을 들은 적이 있는데, 그 동기는 그가 한 중고 서점에서 허먼 멜빌의 『모비 딕(Moby Dick)』 한 권이 3달러에 팔리는 것을 발견했던 순간이었다. 이것이 그로 하여금 『모비 딕』의 가치에 대해 논하는 방식에 대해 스스로 질문하도록 만들었다. 그는 이 작품의 가치가 고작 3달러에 불과하지 않음을 알았다. 그리고 이는 그로 하여금 페이퍼백이라는 이 특정한 물건은 상품이지만 『모비 딕』은 상품이 아니라는 생각을 하도록 만들었다. 비록 그것이 가공된 것, 멜빌이 포경선에서 선원으로서 경험한 일뿐만 아니라 그가 읽었던 모든 것, 그가 소설에 대해, 셰익스피어의 희곡에 대해, 뉴잉글랜드 철학자들의 초월적 사상에 대해, 바다와 고래 생물학에 대한 19세기의 과학에 대해, 뉴잉글랜드의 칼뱅주의 신학의 설교 형식에서의 역사에 대해, 유럽인들의 남양(南洋) 탐험에 대한 문헌들에 대해 그가 알고 있던 모든 것을 원소재로 하여 만들어진 것임에도 불구하고 적어도 본질적으로는 상품이 아니라고. 그는 연어가 바다로부터 돌아오는 방식처럼, 『모비 딕』이 '공유지' ── 한 마을에서 모두가 사용할 수 있는 토지를 나타내는 영국식 개념 ── 로부터 만들어진 것이며, 젊은 시절 멜빌이 셰익스피어와 존 밀턴의 시와 디킨스의 소설을 읽었던 방식으로 몇몇 젊은 작가들이 멜빌의 이 선물을 받아 자신만의 몇몇 작품을 그 공유 상점으로부터 만들어 낼 수 있도록, 이른바 '지적 재산'을 관리하던 19세기의 법적 조건 아래에서 멜빌의 책의 판권이 소멸되자 원래 그것이 기원한 공유지로 돌려보내진 것이라고 생각했다. 비록 멜빌의 수입이 달려 있던 『모비 딕』을 출판하는 것이 분명 화폐 경제 내에서의 거래 ── 사실 이 책은 시장에서 잘 팔리지 않았다 ── 였긴 하지만.

『선물』에서 이러한 생각은 하이드를 몇 가지 다른 방향으로 이끈다. 그중 하나는 선물 교환에 대한 고전적인 문화인류학 저작인, 마르셀 모스의 1924년 작 『증여론(*Essay on the Gift*)』이다. 여기서 이 프랑스인 문화인류학자는 트로브리앙제도 사람들 그리고 많은 문자 이전 시대의 사회에서 선물을 받은 이가 그것을 일정 기간 동안 보관하고 있다가 다른 이에게 넘겨주는 것으로 선물이 순환되는 방식에 대해 쓴다. 여기서 하이드는 모스의 에세이에 대해 다음과 같이 말한다.

이 에세이는 몇 가지 견고한 통찰들을 지니고 있음이 증명되었다. 한편으로 모스는 선물 경제가 선물을 할 의무, 선물을 받을 의무, 보답할 의무라는 세 가지 의무에 의해 특징지어지는 경향에 주목한 바 있다. 그는 또한 선물 교환이 "총체적인 사회적 현상"임을 이해해야 한다고 지적하였다. 이 현상에서 거래는 경제적·사법적·도덕적·미학적·종교적·신화적이며, 그러므로 그 의미는 몇 가지 다른 학문적 관점으로 그럭저럭 설명될 수 있는 것이 아니다.

하이드가 향하는 다음 지점은 흥미롭게도 어떤 면에서는 선물 경제의 경제 이론을 담지한 민간 설화이다. 민간 설화에서는 이야기마다 젊은 남자 또는 여자가 물 한 병과 빵 한 덩이를 가지고 세계 속에서 자신들의 길을 찾기 시작한다.(한국에도 비슷한 사례들이 있는지 궁금하다.) 종종 젊은 여행자들은 빵과 물을 나눠 달라고 부탁하는 노인 혹은 빈자를 만난다. 때로는 이러한 사건이 이야기 후반에 나오고 이야기 전반부에서는 주인공의 나이 많은 형제가 이미 그 노인을 만나 무례하게 그 청을 거절한 상황이 그려지는 경우도 있다. 젊은 여행자 — 이야기들 속에서 그들은 종종 '바보 한스(Foolish Hans)'나 '얼뜨기 사이먼(Simple Simon)' 같은 이름을 가지고 있다 — 는 곧바로 자신의 식량을 나눠 주고 때때로 선물 교환의 법칙에 따라 돌덩어리나 새의 깃털과 같이 보기에는 쓸모없지만 언제나 이야기 후반부에 마법적 효험을 지니게 되는 물건을 받는다. 하이드는 몇 가지 이야기들을 분석하여 신화 세계에서 선물 교환의 경제학을 끄집어낸다. 모스와 민간 설화로부터 그는 몇 가지 결론을 도출한다. 첫 번째, 선물은 넘겨주어야 할 의무를 만들어 낸다. (그렇게 하지 않으면) 선물은 산패하거나 불길한 어떤 것으로 변모한다. 두 번째로, 이는 모스가 강조하는 것이기도 한데, 선물에 있어 중요한 것은 셈을 하지 않는 것이다. 왜냐하면 셈을 하게 되면 그것은 곧 경제적 교환이 되기 때문이다. 만약 누군가가 어느 금요일 밤 당신의 집에 11달러짜리 샤르도네를 가져오고, 그다음 주에 당신이 그 사람의 집에 11달러짜리 샤르도네를 가져간다면, 그것은 경제적 교환이다. 그러나 만약 당신이 와인을 살 때 가격을 보지 못하거나 그날이 월급날이어서 활기가 넘치고 굳이 같은 값어치로 보답하는 것에 신경을 쓰지 않는다면, 당신은 선물 경제에 진입한 것이다. 하이드는 사회적 관습과 예절에 대한 19세기 미국의 권위자였던 에밀리 포스트를 꼽으며 젊은 여성의 약혼을 축하하는 파티, 임신과 다가올 출산을 축하하는 파티, 젊은 부부의 집들이를 축하하는 파티 또는 미국의 시골 지역에서 새 헛간을 세우는 즈음에 하는 수확제 등 당시 미국 문화에서 흔히 선물 교환에 속한 경우들에 대해 이야기한다. 흥미롭게도 포스트는 마을에 새 목사가 부임하는 것을 축하하는 파티를 이 목록에 포함시킨다. 왜일까? 왜냐하면 신부들과 목사들의 사역은 상품으로 간주되지 않았기 때문이다. 그들의 사역은 보상이 주어지는 것이긴 했지만, 출산이나 가정을 꾸리는 것처럼 화폐 경제가 아닌 선물 경제에 속했다. 그리고 하이드는 이것이 대부분의 예술과 과학에서도 사실이라고 주장한다. 그것들은 공유지로부터 기원하고, 그것을 만든 이들이 세상을 살 수 있도록 어떤 수단을 통해 일정 시기 동안 상품으로 변형되었다가, 다시 그곳으로 돌아간다. 공유지가 그것들이 기원한 곳이기 때문이다.

예술가는 그들 인생의 어느 시점에서 어떤 예술 작품에 의해 강렬하게 영향을 받고 그 선물을 전승해야 할 필요를 느끼기 때문에 예술 작품을 만든다. 영어에서는 재능 있는 예술가에게 '선물을 받았다(gifted)'라는 표현을 쓴다. 폴란드 시인 아담 자가예프스키는 이를 다음과 같이 표현한다. "사랑의 충격을 받은 사람은 바뀐 얼굴로 세상에 돌아온다." 이것이 바로 선물 경제가 작동하는 방식이며 『모비 딕』의 가치가 얼마인지 묻는 것이 아마도 잘못된 질문일 수 있는 이유이다. 그것은 애초에 질문의 대상이 아니다. 이는 또한 내가 티후아나 거리에서 한 일이 무엇이었는지 설명해 준다. 나는 동화들을 들으며, 또 영화관에서 만화 영화로 만들어진 동화들을 보며 자랐다. 나는 또한 유년기 내내 수녀들로부터 성인(聖人)들에 대한 이야기들을 듣곤 했고, 그것들은 또 다른 종류의 민속 설화였다. 나는 선물 경제의 법칙을 따르고 있었던 것이다.

물론 화폐 경제와 선물 경제 사이의 변증법은 복잡하다. 미국에서 가게 주인과 친분을 쌓게 되는 작은 동네 상점들은, 대형 기업들로부터 수량 할인을 받지 못하기 때문에 대개 대형 슈퍼마켓들보다 비싸다. 슈퍼마켓에 가면 미소를 지을 필요도, 인사를 나눌 필요도, 가게 주인에게 아이들의 안부를 물을 필요도 없다. 이것은 경제적 교환이다. 당신은 애덤 스미스의 합리적인 스코틀랜드 도시민처럼, 추가적 의무를 지지 않은 채 집에 돌아간다. 지역 시장은 약간 더 비싸지만 ─ 만약 여유가 있다면 그게 얼마인지 알아차리지 못할 것이다 ─ 거기서 얻는 것은 세상에 대한 소속감이다. 두 경제는 상호 교차한다. 그리고 그 경계는 때로는 흐려진다. 예를 들어 정치가 그러하다. 권력자는 선물을 받고 있다고 생각하기 쉽지만, 주는 사람은 자신들이 뇌물을 주고 있다는 점을 상당히 분명히 이해하고 있다.

검은 브래지어

그럼 시와 선물 경제에 대해 이야기해 보자. 버클리에서 창작 입문 수업을 시작할 때 나는 학생들에게 첫 번째 읽기 자료로, 예술에서 가능한 것의 범위에 대한 생각을 심어 주기 위해 몇 편의 시들을 읽도록 한다. 이 수업은 한 번에 대략 쉰 명의 학생들이 수강하는 강의식 수업이기 때문에, 나는 1년에 대략 백 명의 학생들에게 그 읽기를 시키는 셈이다. 학생들이 흥미를 느끼는 시를 친구들과 공유한다고 가정하면, 시들은 아마 추가로 수백 명의 학생들에게 순환된다고 볼 수 있다. 그것은 그들이 온라인에서 음악, 사진, 동영상을 공유하는 것과 같이 선물 경제가 작동하는 방식이다. 그리고 그 친구들은 짐작건대 그 시들을 자신들의 친구들과 공유할지 모른다. 상상력의 자유라는 무서운 선물로 그들을 놀래기 위해 내가 그들에게 읽도록 하는 시들 중 하나는 한국계 미국인 시인 최동미가 "Black Brassiere"라고 번역한 김혜순 시인의 「검은 브래지어」이다.

검은 브래지어
　　　김혜순

아주아주 심심한 날

나는 입술을 가슴에 파묻은 물새처럼
검은 안대 속 뻔히 두 눈 뜨고 있는
내 가슴 맛을 보려 한 적이 있어요

내 가슴에선 아마 육지에서 멀리 떨어진 섬의
등대 맛이 날지도 몰라요
아니면 그 섬의 감옥, 독방의 맛!
아니면 지하 카타콤 맛이거나

(꽁꽁 묶어 뒀던 폭포가 터지듯)
(포장지를 벗겨 낸 바다가 출렁하듯)
(내 몸이 내 눈동자를 방생하는 기분이 들게 그렇게)
(바닷가 언덕에서 모이 찾고 있는 물새 병아리 두 마리처럼)

언젠가 수백 명의 어머니들이 광장에서
아들의 유해를 기다리는 사진을 본 적이 있어요
나는 그때 그 어머니들의 등에 달린
후크를 다 빼 드리고 싶었다니까요
가슴에 달린 눈들이 흑흑
울음소리 광장을 메아리쳤거든요
제발 나를 혼자 두고 가지 마
나는 엄마야

안대 속에서 퉁퉁 부은 눈동자들이
감옥의 벽을 쿵쿵 두드리는 소리!

안대는 마치 누군가의 두 손처럼 생겼어요
병아리 두 마리를 꽉 틀어쥔 검은 장갑 낀 손!

그물에 걸린 물고기더러 회개하라는 말 들어 보셨나요?
길 잃은 병아리더러 회개하라는 말 들어 보셨나요?

내 검은 브래지어 끈이
두 줄기 눈물처럼
축 늘어져 있네요

(바다 한가운데서 검은 안대를 하고 노 젓는 사람처럼
나는 지금 깊은 곳 아무 데나 노 저어 가고 싶네요)

시장의 상품이라는 면을 보면 이 시는 『슬픔치약 거울크림(*Sorrow-toothpaste Mirrorcream*)』이라는 제목의 책으로, 고급 번역 문학을 전문으로 하는 소형 출판사에 의해 출판되었다. 이 책은 16달러에 시장에서 거래되고, 추측건대 한 판에 1000부 또는 2000부 정도 출판되었을 것이다. 1000부가 팔리고 생산 단가가 판매가의 25퍼센트라고 해 보자. 그러면 1만 2000달러의 수익을 올릴 것이다. 저자는 일반적으로 총 매출의 10~15퍼센트를 받고, 아마도 소형 출판사의 경우 저자가 10퍼센트를, 번역자가 5퍼센트를 받을 것이다. 그러면 시인이 수년간 자신의 작품에 바친 노력의 상품 가치는 대략 1200달러 정도가 될 것이고, 번역자의 노동의 상품 가치는 600달러가 될 것이다. 이 책에 마흔 편의 시가 수록되어 있고 각 시의 가치가 동일하다고 해 보면, 우리는 — 이것이 마치 아이들의 산수 문제인 것처럼 — 시인에게 돌아가는 시 한 편의 화폐 가치를 대략 30달러로 매길 수 있다.

이것은 물론 내 학생들의 경험과는 아무 상관이 없다. 그들은 내가 지역 복사 가게에서 구매할 수 있도록 시의 사본들로 만든 교재를 사는 데 돈을 지불했을 것이다. 복사 가게는 출판사에 문의했을 것이고, 출판사는, 예를 들면 그 시를 인쇄하는 것을 허가하는 대가로 50달러를 청구했을 것이다. 그리하여 대개 약 30편의 시들을 담고 있는, 대략 30달러인 내 교재의 가격이 계산되었을 것이고, 그렇다면 학생들에게 개별 시의 가격은 1달러이다.

하지만 물론 내 학생들은 그렇게 생각하지 않고 그렇게 생각해서도 안 된다. 그들이 비용에 대해 걱정하지 않는다는 것이 아니라, 일단 그들이 다른 경제로 진입했다는 것을 읽어 내게 되고, 최초의 부끄러움을 극복하게 되면 그들은 브래지어와 가슴에 대해 이야기하고 있고, 하고 싶어 하게 된다. 그리고 나는 시에 대해서 이야기하고 싶다. 가르치는 것은 대다수의 형식의 학문이 그러하듯 선물 경제에 속한다. 나는 여러 가지 이유로 그들에게 김혜순의 시들을 읽도록 하였다. 나는 그들이 세계의 드넓음 그리고 번역을 통해 시 예술이 세계적으로 공유될 수 있는 방식을 느끼길 원했기에 이 번역 시를 읽도록 하였다. 나의 캘리포니아인 학생들 중 다수, 아마 한 반의 3분의 1 정도는 동아시아 혈통의 가족, 그중 절반은 한국계 미국인 가족 출신이다. 그리고 나는 한국 시를 그들의 미국적 세계에 소개함으로써 그들을 놀라게 해 주고 싶다. 마지막으로 나는 이 시가 경이로우며 그들을 놀라게 할 것이라고 생각하기 때문에 그 시를 학생들에게 읽도록 하고 싶다. 이 시는 그들이 어떤 문화적 배경을 가지고 있든 그들 모두를 놀라게 할 것이고, 내 경험은 그렇다는 것을 증명했다.

그들은 그 선물이 오가는 곳이다. 우리의 목적을 위해서는 그 선물이 어디로부터 왔는지 이야기하는 것이 중요하다. 나는 김혜순 시인의 시의 은유적 충격이 어디에서 기원하는지를 알기에는 한국 시에 대해 충분히 알지 못한다. 내가 읽은 인터뷰에서, 김혜순 시인은 한국 여성시의 오랜 구전(口傳)에 대한 자신의 동일시에 대해 이야기했다. 그리고 또한 남성 시인들에 의해 한국어로 쓰인 한국 현대시가 여성시의 구전의 어조를 차용한 방식과 만약 내가 그녀가 말하는 것을 이해했다면, 일제 치하에서 한국 시인들이 여성들의 구전에서의 특수한 비애미와 수동성을 피식민자의 상황을 표현하기 위해 사용했던 방식에 대해 이야기했다. 그리고 이러한 유산이, 여성들의 목소리에 부과된 기대들에 저항하는 시를 짓는 것의 문제를 그녀에게 제시해 주었다는 것도. 그녀가 이에 대해 이야기하려 했던 것은 다음과 같다.

우리는 사회가 우리에게 가르치는 것을 우리의 몸에 새기고, 그것이 우리로 하여금 갖도록 강요하는 정체성을 인식하지 못한 채 이 작업을 계속해 나간다. 이 정체성은 우리의 얼굴과 피부에 각인된다. 우리의 몸이 인간의 살점으로 만들어진 '종이'가 되었다는 것을 알지 못한 채, 우리는 우리의 몸을 채우고 그것을 문화적 상징 또는 억압된 상징들이 상연되는 극장으로 만든다. 여성들이 자신들의 몸에 각인된 이러한 문신들을 갖게 되는 경험을 어떻게 고통스럽게 겪게 되는지에 공감하기 전까지 여성들의 시를 설명하는 것은 가능하지 않다.

이는 선물 경제 — 그리고 시장 경제 — 에서 예술이 어떻게 작동하는지에 대한 중요한 사실을 명확하게 해 준다. 예술과 사랑에 빠짐으로써 예술이라는 선물을 받은 예술가의 임무는 전통을 선물의 형태로 다른 누군가에게 단순히 전수하는 것이 아니라 전통을 현재의 조건 속에서 변형시키고 그것을 전달하는 것이다.

내 학생들은 내가 이 시에 대해, 혹은 김소월과 이상 그리고 어떻게 현대 한국 시가 나타났는지에 대해서 이야기하면 인내심을 가지고 듣겠지만, 그들이 얘기하고 싶어 하는 것은 어떤 "문화적 상징 또는 억압된 상징"을 그 시가 그들에게 불러일으키는가 하는 것이다. 지난해에 나는 예술의 변화적 힘에 대해 학생들에게 얘기해 주는 대신 간단한 조사를 하였다. 가능한 범주들의 잠정적 목록을 짠 후에 나는 학생들에게 가슴과 검은 브래지어가 그들에게 떠올리게 하는 주요한 상징적 연상을 명명해 보라고 요청했다. 그 범주들은 "자애심의 젖(the milk of lovingkindness)"과 같은 구절에서와 같이 (1) 성애적 경험, (2) 패션, (3) 수유, (4) 여성의 건강 문제, (5) 동정(同情)이었다. 남학생들의 99퍼센트가 자신들의 첫 연상이 성애적이었다고 보고했다. 그렇지 않은 학생은 어머니가 유방암 환자인 학생이었다. 여학생들의 반응은 패션, 수유, 건강 문제로 각각 똑같은 비율로 나뉘었고, 그들은 패션과 광고, 성애에 대한 관념들 사이의 연관성 — 아마 그들은 광고에 대한 페미니즘 비평을 배운 것 같았다 — 에 대해 이야기하고 싶어 했다. 그들 중 몇몇은 서양 예술에서의 성모 마리아 전통, 수유하는 어머니와 신성함으로서의 남자아이에 대한 이상화 그리고 그것이 젊은 어머니들에게 무엇을 요구하는지에 대해 논의하기를 원했다. 토론 중간에 한 어린 남학생이 "음, 그렇지만 가슴을 갖는다는 건 성적으로 느껴질 수밖에 없어요."라고 말했다. 그러자 줄지은 고백들이 시작되었다.

그때 나는 내가 여기서 그러는 것과 마찬가지로 이 시와 시가 시작되는 부분의, 학생들로 하여금 문화적 상징의 경험이라는 주제에 대해 이야기하도록 동요시켰던 그 놀라울 정도로 풍부한 은유들로 넘어가야겠다고 느꼈다. 이 시가 주는 선물들에 대해서는 이야기할 것 — 그 사나움, 상상적 자유 — 이 아주 많다. 다시 말해서 이 시는 어떤 의제를 가지고 있지 않다. 시적 화자의 상상이 전개되는 대로 시가 흘러간다는 것을 느낄 수 있다. 화자는 처음에는 가슴 깃털 속에 부리를 파묻고 있는 한 마리 새이다. 그녀는 상상하고 있다. 그녀가 스스로 맛보는 젖의 맛을 등대와 연관시키는 것은 일종의 영혼의 고독함에서 기인하는 것인가? 어떻게 여성의 가슴이 눈이 되는가? 검은 장갑을 낀 손안의 병아리들은? 시내 광장의 애도하는 어머니들로 어떻게 넘어가는가? 브래지어가 어떻게 안대가 되며, 시의 화자는 시의 마지막 부분에서 어떻게 바다로부터, 그리고 그녀의 주제가 불러일으킨 기대라는 감옥으로부터 배를 타고 노를 저어 나가는 해적이 되는가? 그리고 합리적인 스코틀랜드인 애덤 스미스는, 그가 — 카를 마르크스가 말했던 것처럼 — "합리적 이기주의(self-interest)라는 얼음장 같은 물속에 세례한" 도살업자 또는 양초 제조업자의 이익에 대해서는 아무리 보아도 일언반구도 하지 않는 것 같은 이 시를 도대체 어떻게 이해할까?

선제리 아낙네들

이제 시장에 대한 시에 대해 이야기하고자 한다.

선제리 아낙네들
　　　고은

먹밤중 한밤중 새터 중뜸 개들이 시끌짝하게 짖어 댄다.
이 개 짖으니 저 개도 짖어
들 건너 갈뫼 개까지 덩달아 짖어 댄다.
이런 개 짖는 소리 사이로
언뜻언뜻 까 여 다 여 따위 말끝이 들린다.
밤 기러기 드높게 날며
추운 땅으로 떨어뜨리는 소리하고 남이 아니다.
앞서거니 뒤서거니 의좋은 그 소리하고 남이 아니다.
콩밭 김칫거리
아쉬울 때 마늘 한 접 이고 가서
군산 묵은 장 가서 팔고 오는 선제리 아낙네들
팔다 못해 파장 떨이로 넘기고 오는 아낙네들
시오릿길 한밤중이나
십릿길 더 가야지.

　자, 만약 시와 시장에 대한 시가 있었다면, 이 시가 바로 그 예이다. 테제의 안토니 수사(Brother Anthony of Taize)의 이 번역은 하나의 상품으로서의 삶을 얻었고 지금도 지니고 있다. 상품으로서 이 시는 아마도 외국어 시, 특히 세계의 혁신적인 시들을 번역하여 출판하는 미국의 출판사들 중 가장 저명한 출판사일 로스앤젤레스의 그린 인티저(Green Integer)가 출판한 책에 실려 있다. 이 책은 14.95달러에 팔리며,

백 편이 넘는 고은 시인의 시들을 포함하고 있어서, 딱 잘라서 계산하면, 책 전체의 1퍼센트를 차지하는 이 시는 전체에서 1.49달러만큼을 차지할 것이다. 이 가격에 이 시가 미국의 한 문예지로부터 게재의 대가로 받을지도 모르는 50달러를 더하면, 영역된 이 시에 시장이 매기는 값은 51.49달러라고 계산할 수 있다. 만약 이 책이 저작권이 소멸될 때까지 계속해서 인쇄된다면, 이 시가 미국의 저작권 기간, 즉 지금으로부터 안토니 수사가 세상을 떠날 시점까지의 기간에 70년을 더한 기간 동안 계속해서 1년에 1.49달러의 가치를 유지해 나갈 것이라고 가정할 수 있을 것이다. 안토니 수사의 수명을 추산하는 것이 무례하다는 것을 알지만, 애덤 스미스가 상상한 시장에서 이는 무엇보다도 합리적인 행동이고, 시장은 미묘한 감정 같은 것에는 신경을 쓰지 않는다. 안토니 수사는 올해 75세인데, 그가 앞으로 건강하게 20년을 더 살고 — 신들이시여, 그를 보살피소서 — 건강을 잃는다고 가정해 보자. 그렇게 하면 「선제리 아낙네들」의 가치에 90년 혹은 약 134달러가 더해져서 총가치는 약 185.49달러가 된다. 바라건대 합리적인 이 계산에 근거하면, 이 시는 2107년에 공공의 영역 — 그것이 태어났으며, 그것을 읽고 듣는 모두에게 그것이 동등하게 귀속되는 상상의 공유지 — 으로 돌아올 것이다.(전자 판권과 지적 재산권의 복잡한 문제는 차치하기로 한다.)

이것이 시장이 「선제리 아낙네들」에 대해 얘기할 만한 것이다. 「선제리 아낙네들」이 시장에 대해 말할 것은 무엇일까? 그렇지만 우리는 거기까지 가기 전에, 선물 경제의 어느 지점으로부터 이 시가 기원하는지 살펴봐야 할 것이다. 한국 문학의 전통에 대해서는 충분히 알지 못하지만, 나는 한국 시 연구자들이 이 시의 스타일, 디테일의 세심하고 박식한 풍부함 그리고 이 시의 작시법 특유의 음악성이 어디에서 오는지 말할 수 있을 것이라고 확신한다. 나는 이 시의 영역이 어디서 기원하는지에 대해서는 말할 수 있다. 먼저 그것은 안토니 수사의 한국 시에 대한 헌신, 『만인보』를 번역한 그의 협력자 김영무의 작업에 대한 헌신에 빚지고 있다. 또한 안토니 수사의 영시에 대한 사랑, 번역 기법,

특히 20세기 영미 및 호주 시인들 — 추측하건대 특히 소리가 자연스럽고 관용구적인 영어의 흐름에 어울리는, 의미론적으로 충실한 다소 문자 그대로의 번역을 발전시킨 미국 시인 에즈라 파운드와 영국 시인 아서 웨일리 — 에 의해 만들어진 아시아 시의 번역 기법에 빚지고 있다. 그렇다면 이 번역에는 연관된 다수의 교환이 있는 셈이다. 고은 시인의 시에 대한 헌신과 재능, 이 시가 기원한 한국어 시의 수천 년의 전통, 안토니 수사의 한국어, 한국어 시 연구, 그의 작업과 협력자들, 20세기 초에 현대적 운문 번역의 스타일을 발전시키려 한 에즈라 파운드와 아서 웨일리의 작업. 이 선물의 순환에 참여한 이들 중 누구도 자신들의 노동의 시장 가치에 대해서는 분명 별 신경을 쓰지 않았을 것이다. 거액의 돈이 걸려 있더라도 그들이 그러지 않을 것이라는 말은 아니다. 영화 역시 상품이자 예술 작품이고, 상품으로서의 예술 작품의 가치는 예술가들로 하여금 두 종류의 경제를 교섭시키도록 하는 압력의 유형을 변화시킨다. 세상을 애덤 스미스의 냉소적 회의주의 같은 시선으로 보는 경향이 있었던 하이쿠 시인 고바야시 잇사는 19세기 초에 이러한 현상에 대해 언급한 바 있다. 그는 이슬을 계절적 어구로 하는 시를 쓰고 있었는데, 이슬은 일본 전통에서 아침과 세계의 죽지 않는 생생함을 의미했다. 그 시는 다음과 같다.

혹시라도 달콤하다면,
그것은 그의 이슬,
나의 이슬.

이것이 지금의 또 다른 설명이며, 마침내 우리는 고은 시인의 시 자체로 향할 수 있다.

정말이지 고은 시인의 이 시가 밤의 소리를 듣는 시골 마을 아이의 관점에 독자들을 위치시키는 방식, 그 세계의 지리를 이와 같이 내밀하게 이해하는 방식은 경이롭다. 시장은 여기서 단순히 물건 — 그러한 옛 시장들에 얼마나 많은 종류의 마늘이 나왔을지 상상해 보면 아마도 놀라운 물건들일 것이다 ― 의 교환을 위한 시장이 아니다. 물론 이 시장이 돈을 버는 것과 물물의 교환과 관련된 깊게 자리 잡은 사회적 의례에 속하기는 한다. 하지만 부분적으로만 그러한데, 이는 그것이 한 마을의 개 짖는 소리가 옆 마을의 개 짖는 소리와 합쳐지고, 이것이 아낙네들의 이야기 소리와 합쳐지는 기러기 소리와 다시 합쳐져, 귀를 기울이고 있는 소년으로 하여금 전체적인 삶의 순환의 기운을 듣고 그에 이끌리게 되는 방식으로 형상화된 어떤 다른 것에 의해 지탱되고 있기 때문이며, 그러한 면에서 그것은, 시가 어떻게 더욱 거대한 리듬 ― 오직 일종의 경이와 감사를 통해서만 가치가 주어지고 다시 전해질 수 있는 ― 의 내부에 시장을 붙잡아 두는지를 본뜨고 있기 때문이다.

로버트 하스 Robert HASS 시인. 1941년 미국 출생. 현대 미국 시사에서 가장 널리 읽히는 목소리를 가진 시인이다. 표현의 명료함과 자기의식 그리고 상상력이 돋보이는 것이 그의 시의 특징이다. 전미도 서상과 퓰리처상 등 다수의 문학상을 수상했다. 미국 계관 시인으로 2년간 활동하였으며 현재 캘리포니아 대학교(버클리) 석좌 교수이다. 주요 시집으로 『인간의 소망(*Human Wishes*)』(1989), 『나무 아래 태양(*Sun Under Wood*)』(1996) 등이 있고, 주요 저서로 『형식에 관한 작은 책: 시의 형식적 상상력으로의 탐험(*A Little Book on Form: An Exploration into the Formal Imagination of Poetry*)』(2017) 등이 있다.

나의 인생을 만든 갈등들

누르딘 파라

나는 1945년 소말리아의 오지, 옛 이탈리아령 소말리랜드의 바이도 아라는 마을에서 태어났다. 당시 그곳은 영국령이었으며, 이탈리아는 획득한 모든 영역을 1차 세계 대전의 승자에게 뺏긴 상태였다. 하지만 나는 오가덴에서 자랐고, 그곳에서 학교를 다녔다.(오가덴은 에티오피아의 오지에 자리 잡고 있는데, 아프리카 대륙에서 가장 개발이 덜 된 나라에 있는, 가장 개발이 덜 된 지역이다. 에티오피아는 1933년에 무솔리니가 침공하기 전에는 한 번도 식민 지배를 받아 본 적이 없다는 에티오피아인들의 주장은 신경 쓸 것 없다.) 나는 살면서 이례적인 일들을 너무 많이 겪었기 때문에 살아남았다는 사실 자체가 놀라울 뿐이다. 나는 흥미롭긴 했어도 많은 시간 동안 불안을 견뎌야 했던, 쉽지 않은 삶을 살아왔다. 하지만 나는 내 삶을 다른 어떤 것과도 바꾸지 않겠다. 이제 그 이야기를 시작하려 한다.

그 지역에서 같은 시기에 태어났던 많은 아기들과 마찬가지로 내가 다섯 살 이후에 살아남을 확률은 겨우 30퍼센트였다. 우리는 모두 비슷하게 좋지 않은 환경에서 자랐다. 나는 어려움을 헤치고 살아남아서

고령에 이르게 된 것인데, 이것은 희귀한 일이다. 이것은 몇 가지 사항들이 복합적으로 작용한 결과이다. 첫째, 운이 좋았고, 둘째, 나는 황소의 기질을 갖고 있으며 완수해야 할 임무를 가진 사람이 갖기 마련인 강한 정신 상태를 지니고 있다. 무엇보다도 내 형제들 중 두 명은 각각 세 살과 다섯 살이 되기도 전에 죽었다. 셋째 형은 스물일곱 살 때 죽었다. 한 해 동안은 건강했는데 이듬해에 원인도 모르는 채 죽음을 맞이했던 것이다. 최근에는 첫째 형이 망명지인 아디스에서 황달을 제대로 치료하지 못해서 죽었다. 나는 내가 살아남은 어떤 이유가 있는지, 나와 내 나라 국민들 모두에게 도움이 되도록 내가 이루어야 할 목표가, 내가 품어야 할 포부가 있는지 자주 자문해 왔다. 좋은 교육 덕택에 나는 이렇듯 충격이 큰 질문에 대한 답을 내리려 애쓰지 않았고, 내가 과연 그 질문을 잘 다룰 수 있는지에 대해 의심을 품어 왔다.

아버지는 영국 식민 사무소에서 오가덴의 총독을 위해 저임금을 받으며 통역을 해 주는 일을 하다가 받은 퇴직금으로 칼라포에 잡화상을 열었다. 아버지의 고객 중 몇몇은 소 떼를 모는 유목민들이었다. 이들은 마을로 내려와 소를 팔았고, 그 돈으로 설탕이나 옷 그리고 다른 생필품을 샀다. 가끔 우리의 넓은 주거지는 사실상 그들의 기지가 되어 버렸으며, 그곳에서 여행자 유목민들은 야영을 하면서 아버지의 잡화점에서 물건들을 사곤 했다.

남자들이 다른 일을 하러 나가면 여자들은 뒤에 남아 있었는데 나는 그들의 대화를 엿듣곤 했다. 여자들은 몇 미터나 되는 옷을 걸치고 있었는데 그들의 옷은 여행하면서 뒤집어쓴 먼지 때문에 갈색이 되어 있었다. 그들은 헛간과 가까운 컴컴한 구석에 옹기종기 모여 앉아서 자기들 옷의 비밀스러운 곳에 자기 몫의 현금을 보관하거나, 잘 묶어서 뭉치로 만들거나, 속옷 깊숙한 곳에 찔러 넣었다. 유순한 성격이었던 나는 그들의 심부름을 해 주었고, 그들이 부탁하면 편지를 써 주거나 읽어 주기도 했다. 아버지는 자신의 물건을 사 주는 모든 유목민에게 조력자가 되어 주었다.

집에서 우리는 아버지의 포악한 성품을 두려워했다. 자식이든 누구든 아버지에게 말대꾸를 하면 큰일이 났다. 그에게 대들려거든 위험을 감수하라. 우리 형제들은 이 점을 아주 어려서부터 알고 있었다. 나는 아버지가 폭발할 때쯤 되면 어머니가 가끔 그 현장을 피해 달아나서 여자 친구들 집에서 피신하던 일을 기억한다. 때때로 어머니는 거의 1000킬로미터 정도 떨어진, 옛 이탈리아령 소말리랜드에 있는 자신의 고향으로 가서 몇 달 동안 돌아오지 않았다. 어머니가 없어지면 가장 온화한 성품을 지닌 큰형이 아버지의 지속적인 희생자가 되곤 했다. 내가 잘 따랐고 고민을 털어놓았던 큰형은 가끔 이런 걱정을 했다. 만약 우리가 아버지의 판단에 의문을 제기하거나 그가 시키는 대로 하지 않으면 무슨 일이 일어날까? 노년의 아버지를 돌보고, 끝까지 고약한 성질을 부린 아버지를 간호한 내 누이들은 그의 포악함을 담는 그릇 역할을 했다. 아버지는 노쇠해져도 포악함을 잃지 않았다. 사춘기 직전 때조차도 나는 내가 언젠가 아버지와 크게 한번 싸우리라는 것을 직감했다.

그날은 내가 예상했던 것보다 일찍 찾아왔다. 나는 거의 열 살이었고, 오후 수업을 마치고 막 집으로 돌아갔더랬다. 그때 아버지는 내가 두 형제들과 함께 쓰고 있는 침실에서 나를 발견했다. 내 기억에 나는 축구를 하러 뛰쳐나가려 했던 것 같다. 나는 침실로 들어가서 침대에 책을 던져 놓고 축구장 쪽으로 뛰어갈 참이었다. 나는 밖에서 기다리고 있는 친구들에게 빨리 가고 싶어 안달이 났는데, 그때 아버지가 내게 명령을 내렸다. 나가기 전에 방을 깨끗이 치워야 한다고. 나는 축구를 하고 와서 치우겠다고 약속했지만 아버지는 나의 그런 반응을 좋아하지 않았다. 나는 이번 한 번만 나가게 해 달라고 애원했지만 아버지는 내게 시키는 대로 하라고 말했다. 그러지 않으면.

아버지가 "그러지 않으면"이라는 조건을 다는 순간 갑자기 위험도가 확 올라갔다. 나는 평생 조건문을 들으면 두드러기가 날 지경이었으며, 결과가 어떻든 간에 조건문에 도전장을 던지고 반기를 들었다. 하지만 아버지가 조건을 달면서 무시무시한 목소리로 위협하듯 내게 말했을 때 ─ 내가 자신이 만든 규율을 지켜야만 가족의 일부로 남을 수 있다고 ─ 나는 내가 그의 가정, 그의 세계의 일부가 되고 싶어 하지 않는다는 사실을 곧바로 알아 버렸다. 그리하여 나는 짧게나마 거친 분노 속에서 지냈으며, 분노에 휩싸여서 내 눈은 보지 못했고, 내 귀는 듣지 못했다. 나는 무얼 해야 하며, 무슨 말을 해야 할지 알 수 없었다. 내 나이를 고려할 때 그것이야말로 내게 허락된 유일한 선택지였다. 이후 나는 작지만 끈질긴 목소리가 내 머릿속에서 반복적으로 이런 제안을 하는 것을 들었다. 너는 네 주장을 굽히지 않아야 하며 필요하다면 대결도 불사하라는. 물론 나는 그대로 하면 어떻게 될지, 아버지는 내 고집에 어떤 반응을 보일지 전혀 알 수 없었다. 나는 떨리는 목소리로 아버지에게 말했다. 아버지 집에서 하루를 더 살면서 명령에 복종하느니 차라리 집을 나가겠다고.

반바지와 티셔츠만 달랑 입고 집을 나오면서 나는 적어도 나 자신에게 인정하지 않을 수 없었다. 왜 이런 행동을 했는지, 그리고 어디에서 먹고 자고 머물지 알 수 없다고 말이다. 나는 축구를 했지만, 내 마음은 다른 곳에 가 있었다. 그래서 두 번의 득점 기회를 날려 버렸고, 그 때문에 팀원들의 비난을 받았다.

축구를 하고 나서 나는 아버지의 누이의 집으로 가서 며칠 좀 재워 달라고 사정했다. 고모는 안 된다고 했지만, 그 말을 듣고서도 나는 집으로 돌아갈 생각이 전혀 없었다. 아버지가 무슨 면박을 줄지 두려웠기 때문이다. 최후의 수단으로 나는 내 친구 ─ 학비를 낼 수 없어서 학교를 포기한 ─ 가 일하는 방앗간의 마룻바닥에서 잠을 잤다. 약 하루 만에 어머니는 내가 잘 따르던 우리 형을 통해 나랑 연락할 방법을 찾았다. 어머니는 내게 음식을 보냈고, 나는 방앗간 뒤쪽에서 웅크린 채로 그것을 먹었다. 나는 어머니에게 앞으로 무엇을 할지 설명하고, 아버지 집으로는 돌아갈 기분이 절대 아니며, 앞으로도 돌아가지 않겠다고 말했다.

나는 방앗간에서 처음에는 직공으로, 며칠 지나서는 회계원으로 일했다. 다른 인부들과 관리인이 문맹이었기 때문이다. 나는 먹고살 만큼 벌었다. 나는 마룻바닥에 내가 산 깔개를 펴고 그 위에서 잠을 잤지만 행복했다. 내 인생에서 가장 중요한 것인 독립을 얻었기 때문이다. 어머니랑 몇 달간 연락을 주고받은 이후 나는 어머니의 제안에 응했다. 비록 조건부였지만 말이다. 즉, 집으로 돌아가 집에서 밥을 먹고 가족의 일원으로 생활하되, 내 일은 내가 알아서 할 수 있다는 제안이었다. 내 생활비는 내가 내겠다는 계약도 맺었다. 나는 아침에는 다시 학교에 가고 오후에는 방앗간에서 일하기로 했다. 아버지와 나는 휴전했고, 그는 나를 내버려 두었다.

나는 아버지와 화해하지 않았다. 몸바사에 있는 병원에 입원한 아버지를 만나러 갔을 때조차 말이다. 아버지의 삶이 채 1년도 남지 않았던 1992년의 일이었다. 아버지와 나 사이에는 하지 못한 말이 너무 많았고, 너무나 많은 다툼이 미결의 상태로 있었기 때문에 우리 둘 다 미약하게나마 친밀해지려 노력하는 것은 부질없는 일이라는 것을 잘 알았다. 심하게 머리를 다쳐서 수술한 후 아직 회복 중인 노인과 다투는 것은 쓸데없는 일이었다. 나는 아버지의 입원비를 기꺼이 냈다. 하지만 아버지와의 분쟁을 해결해야 한다고 내 머릿속에서 속삭이는 작은 목소리는 무시해 버렸다. 나는 아버지한테 사과할 수 있었을지도 모른다. 하지만 그러려는 마음은 내가 그의 머리맡에 앉는 순간 사라져 버렸다. 그 순간 당장 아버지는 나를 화나게 하는 말을 내뱉었고, 그 작은 목소리는 나에게 내가 원하는 대로 살아가라고, 어떤 후회도 하지 말라고 말해 주었다.

만약 당신이 내가 태어난 곳에서 내가 태어난 해에 태어났다면, 그리고 내가 자란 곳 — 에티오피아 행정부에 속한, 소말리어를 쓰는 오가덴 — 에서 자랐다면 당신의 삶은 독성을 갖고 있으리라. 내가 세 살 되던 해인 1948년에 무슨 일이 있었는지 안다면 당신은 삶이 독성을 가진 것 이상임을 알게 될 것이다. 그해 아버지는 예의고 뭐고 없이 영국 총독의 통역사 역할을 했고, 주민들과 상의 한마디 없이 오가덴을 에티오피아에 넘겨 버렸다. 이로 인해 비극이 생겨났다. 즉, 소말리아와 에티오피아가 이후 몇 차례 전쟁을 치렀고, 그로 인해 200만 명이 목숨을 잃었다. 1948년은 아프리카와 중동 그리고 아시아에 분쟁을 낳은 해였다.

에티오피아 통치하의 오가덴은 어떠했을까? 상황은 최악이었고, 내내 그래 왔다. 요 몇 년 사이에는 더 안 좋아졌다. 사실 옛 이탈리아령 소말리랜드와 영국령 소말리랜드가 연합하여 공화국을 형성하고 모가디슈를 수도로 삼은 지 3년이 지나자 소말리아와 에티오피아 간의 영토 분쟁 — 반도에서 일어난 — 은 전면전으로 돌입했다. 에티오피아는 소말리아를 침공했다. 당시 나는 열일곱 살의 학생이었으며 가족들과 함께 국경을 넘어 소말리아로 갔다. 우리는 가난했고 앞으로의 삶에 대해 준비가 되어 있지 않은 상태로 수도에 도착했다.

이후 몇 년간 오가덴은 언제 다시 터질지 모르는 폭탄과도 같았으며, 소말리아와 에티오피아 두 나라 중 어느 나라가 총탄을 먼저 쏴서 전쟁을 시작할지 아무도 예측할 수 없었다. 인도와 파키스탄, 남한과 북한 간의 영토 분쟁을 보면 알 수 있듯, 분쟁 지역에 사는 사람들은 인간애라는 것을 좀처럼 경험할 수 없다는 것을 사람들은 알았다. 주둔 국가는 그들을 으레 무시하곤 했으며 '모국'은 그들 — 모국과 연합하려는 — 이 권리를 부르짖도록 단지 독려 정도만 할 수 있었다. 한두 세기 동안 에티오피아 — 국민의 이익을 무시하기로 아주 악평이 나 있는 — 는 최고로 비열한 방식으로 소말리아를 대했다. 제국의 민족들이 겪은 것보다 훨씬 나쁜 방식으로 말이다.

어쨌든 2만 명에 육박하는 인구를 자랑함에도 내가 자랐던 칼라포 — 에티오피아 내의, 소말리어를 쓰는 농촌 마을 — 에는 국가에서 운영하는 학교가 하나도 없었다. 오가덴에 학교 하나 없었다는 것은 에티오피아 정부가 소말리아 사람들을 전혀 신경 쓰지 않는다는 증거였다. 당신이 증거를 알고 싶다면 말이다. 이 무관심은 너무 극명하여 다른 분야에까지 그 촉수를 뻗었다. 오가덴에는 병원도, 전기도, 포장도로도, 정부가 시민에게 제공할 법한 어떠한 생활 편의 시설도 없었다. 이상하게도 오가덴의 화폐는 에티오피아 화폐인 비르—물건을 사기에 너무나 비싼—가 아니라 대영 제국으로부터 남동부에 있는 우리에게 도입된 동아프리카의 실링이었다. 하지만 잘 운영되고 있는 수비대는 언덕 위에서 에티오피아 국기를 보란 듯이 펄럭이고, 표면상으로 주둔자의 권위를 정당화하며 언덕 위에서 우리 마을을 내려다보고 있었다. 마을의 어린아이들을 위해 교육 기회의 기초적인 공백을 메울 조치가 필요했다. 주민들의 노력의 일환으로 마을 사람들은 공동체가 모금하여 운영하는 학교를 만들었는데, 이것은 처음부터 성공적이었던, 대담한 작업이었다. 우리 형들과 나는 이 학교에 다녔다는 점에서 운 좋은 축에 속했는데, 우리는 처음에는 아랍어로, 나중에는 영어로 교육을 받았다. 후에 나는 형한테서 아버지가 이 학교를 세우는 데 큰 역할을 했으며, 건물을 거저 제공한 데다 모집된 교사들의 정착금 일체를 지불하는 관대함을 베풀었다는 것을 들었다. 후에 우리가 초등 교육을 마쳤을 때 아버지는 대안이 없었기 때문에 우리를 최근에 수단 선교단이 세운 사립 학교에 보냈다. 이 복음 교회의 목표는 우리에게 좋은 교육을 제공하는 것이 아니라 가능한 한 많은 학생들을 기독교로 개종시키는 것이었다. 학비를 내지 못하는 학생들은 저녁 예배에 참여해서 '빛을 보게' 해 달라고 기도해야 했다. '빛을 본' 두 급우 중 한 명은 미국인 전도사와 결혼하여 가정을 꾸리고 사내아이 하나, 여자아이 하나를 두었으며, 자신의 야망을 성취한 다음에는 이슬람교로 개종하여 미국의 한 유명 대학의 교수가 되었다. 다른 한 명은 전도사가 되어 나이로비의 복음 교회 라디오 방송국의 운영자가 되었으며, 성경을 소말리어로 번역하는 일을 맡았다.

소신 있게 나의 길을 걸어가고 독립적인 생활을 하겠다는 단호한 의지를 가졌던 나는 돈을 벌기 위해 사람들에게 편지를 써 주는 등 다양한 일을 했다. 소말리어는 문어(文語)가 아니었기 때문에 나는 영어 ─ 나는 그 이전까지는 영어를 몰랐다 ─ 를 매우 열심히 사용했다. 나는 미션 스쿨에서 배운 제2외국어인 암하라어를 좋아하지 않았는데 그 이유는 그것이 식민지 개척자의 언어가 패권을 지니고 있음을 인정했기 때문이다. 게다가 암하라어로 쓰인 것치고 내 흥미를 끌 만한 책은 거의 없었다. 미션 스쿨에 다니던 초반에 나는 점점 더 외로움에 끌렸고, 영어 책을 많이 읽게 되었다. 당시 학업이 중단되었던 큰형이 모가디슈에서 돌아왔다.

나의 내면에 있는 어린아이는 공동체적 지혜의 수호자라 일컬어지는 어른들이 나보다 좀 더 많은 것을 알기를 바랐다. 그들이 나보다 딱히 더 아는 것도 없고, 내가 품은 질문의 절반에도 답을 주지 못한다는 것을 알고 나는 커다란 실망감에 빠졌다. 나는 나의 조숙함이 만들어 낸 초조함으로 인해 위험한 영역으로 빠져들고 닳고 닳은 전통적인 길에서 멀어질 때마다 풀이 죽곤 했다. 나는 최악의 악마를 대면할 준비가 채 되기도 전에 성인들의 공동체와 충돌하는 길을 택하고 있다는 것을 직감했다. 나는 교육을 통해 지니게 된 지금까지의 세계관이 변하는 것을 경험했고, 이 변화로 인해 첫 번째는 내 안에서, 그다음에는 나와 다른 사람들 사이에 갈등이 일어나게 되었다. 단 한 번 만에 수 세기에 걸친 전통이 이제 촌극 혹은 잔혹함이 되어 버렸던 것이다. 그 전까지는 그런 것인 줄 몰랐다.

매력과 성취감이라는 측면에서 볼 때 뭔가를 배우고, 새로운 언어를 터득하고, 그 언어로 쓰고 읽는 것만큼 흥미진진한 일은 없다. 나는 인구의 거의 99퍼센트가 문맹인 나라에서 내가 의미 있는 문장들을 만들어 내는 그날이 오기만을 학수고대하며 살았다. 모국어에 표준화된 표기법이 없는 경우, 자신의 언어가 아닌 다른 언어로 쓰인 책을 난생처음 읽는 것과 같은 즐거움은 세상 어디에도 없다.(소말리어는 1972년 10월이 되어서야 자체적인 문자를 가진 언어가 되었다.) 독서를 향한, 나의 채워지지 않는 열망은 결국 나를 외딴 사람으로 만들었다. 내 관심사는 내 또래들의 관심사와 달랐던 것이다.

내가 자랐던 오가덴의 마을에서 책을 구하기란 쉽지 않았다. 마을에는 도서관도, 서점도 없었고, 그나마 우리 집 말고는 책 있는 집이 없었다. 운 좋게도 큰형이 나에게 책을 구해다 주곤 했다. 우리 형은 내게 아라비아어로 쓰인 도스토예프스키의 『죄와 벌』을 읽고 줄거리를 말해 달라고 부탁했으며, 상으로 내게 선물을 주었다. 형은 버트런드 러셀의 『서구 철학』을 읽고 핵심 사상을 이야기해 보라고 하기도 했다. 나는 단어 실력이 좋지 않아서 많은 단어에 밑줄을 쳐야 했으며, 그 단어들을 사전에서 찾아봐야 했다. 그 나이에 러셀을 읽는다는 것은 힘든 일이었다.

그즈음 어느 날 아버지가 내게 누가 쓴 책을 읽고 있느냐고 물었다. 나는 러셀이라고 대답했고, 러셀은 무신론자라고 자진해서 용서받지 못할 수다를 떨고 말았다. 아버지가 정말로 동요하고, 말로 표현할 수 없을 정도로 화를 내는 것을 보면서 나는 슬금슬금 도망쳤다. 그 어린 나이에 무신론자가 쓴 책을 읽은 것에 대한 벌을 받을 것이 두려웠기 때문이다. 그때부터 나는 시시포스적인 고난을 아무도 모르게 즐겼으며, 진리를 격리시키고 그것을 전통적인 행위 방식에 묶어 매어 놓는 것은 내 가치와 열망을 무효화하는 일이라는 점을 확신하게 되었다. 나는 내가 가진 패를 죄다 내보이는 것은 소용없는 일이라는 것을 알게 되었다. 그렇게 할수록 점점 더 불쌍한 인간이 되어 갈 것이므로.

내게는 야망이 있었다. 하지만 내게 책을 가져다준 큰형을 제외하곤 역할 모델 ─ 내 미래 생활 방식의 기초가 되고, 내가 성취할 것들의 분수령이 되어 줄 ─ 이 될 사람이 없었다. 나는 독서가 문을, 우주만큼이나 거대한 문을 열어 주었다는 것을 알았다. 덜 긍정적인 측면은 독서가 다른 문을 닫기도 한다는 것, 즉 나를 가두기도 한다는 것이었다. 부모님은 소말리아적·무슬림적이지 않은 세계관에는 익숙하지 않았다. 나와는 달리 말이다. 소말리족처럼 구전 문화에 속한 사람들을 비문맹으로 보아야 할지, 아니면 읽고 쓸 줄 아는 사람만 비문맹으로 간주해야 할지에 대해 학자들 간에 논의가 있는 것으로 안다. 나는 우리어머니는 비록 읽고 쓰지는 못했지만 '비문맹'이었다고 말하고 싶다. 왜냐하면 어머니는 구술 시인이었기 때문이다. 그렇기는 하지만 어머니는 책에 기반을 둔, 더 큰 세계관에는 접근하지 못했다.

당신은 '결과 게임'에서 뭔가를 잃고 뭔가를 얻게 되어 있다. 지적 성장 과정에서 나는 많은 것을 얻었지만, 수량화할 수 있는 것보다 많은 것을 잃었다. 내 또래의 친구들 — 어쩔 수 없이 읽어야 할 책이 아니라면 책을 집어 들고 읽을 생각을 하지 않는 — 은 나를 피했다. 내게는 씨족이나 쓸모없는 정치에 에너지를 소모하는 많은 소말리족에게 내줄 시간이 없었다. 나는 내가 하고 싶은 대로 했고 그들과 크게 거리를 두었다.

나는 사회 속에서의 여성의 위치에 대해 분명한 입장을 가졌다. 마음속으로 나는 어머니가 내게 끼친 긍정적인 영향을 생각했다. 어머니는 늘 사려 깊고, 사랑이 넘쳤으며, 현명했다. 어머니의 친구들 역시 많은 남자들보다 훨씬 좋은 사람들이었다. 내 소설의 인물들이 보여 주듯, 첫 번째 작품인『구부러진 갈비뼈』부터 최근작인『보이는 곳에 숨기』에 이르기까지 여성들은 내 작품 활동의 주춧돌이다.

내 인생은 압력솥 안에 있었다. 나는 수차례 이동해야 했다. 처음에는 고등학교에 다니기 위해 샤샤마네로, 이후에는 1963~1964년에 일어난 국경 분쟁 때문에 소말리아로 갔다. 공부를 더 하기 위해 그 후에는 인도로 갔다. 소말리아에는 대학이 없었기 때문이다. 마침내 연극을 전공하기 위해 영국으로 떠났고, 귀국하여 1976년에는 대학에서 가르칠 예정이었으나 두 번째 소설인『벌거벗은 바늘』이 출판되자 정부로부터 30년간의 구금 협박을 받았다. 그때부터 나는 유럽, 아프리카 그리고 미국을 비롯한 최소 12개국에서 살았다.

내 인생은 많은 면에서 비정상적으로, 매일 상처를 안고 간신히 그리고 기적적으로 살아남은 사람의 인생과 많이 닮아 있다. 예컨대 소음 공해가 인간의 정신에 영향을 미치고, 정신 활동을 크게 방해할 가능성을 갖는다면, 매일 갈등을 안고 살아가는 사람의 인생은 어떻겠는가? 내가 아는 많은 사람들은 계속 무너져 가고 있으며, 너무 긴장된 생활을 하는 나머지 몹시 지쳐 있다. 그러니 내가 외국어로 된 책에서 위안을 찾고, 글을 쓰게 된 것은 전혀 놀랄 일이 아니다. 글쓰기는 내게 집이 되어 주었다.

내가 속한 세계에서 사람들은 거의 모든 것을 갖고 심하게 싸운다. 누가 땅을 차지할 것인가? 건기가 되고 물이 부족해지면 누구는 우물물을 마실 수 있고, 누구는 마실 수 없는가? 누구네 소와 낙타, 누구네 염소와 양이 목초지에서 풀을 뜯도록 허락받거나 허락받지 못할 것인가? 우리는 평화가 아니라 마치 전쟁을 염원하는 것 같다. 싸움이 끊임없이 일어나는 것은 놀랄 일이 아니다. 처음에는 개인 간에, 그다음에는 공동체 간에, 결국에는 국가 간에 말이다. 소규모의 전쟁은 매일 일어난다. 남편과 아내, 아들과 아버지, 형제 사이에. 이런 소규모 전쟁이 대폭발로 번지는 큰 싸움이 되는 것이다.

소말리족 내전에서 죽음은 익숙한 것이고, 일종의 이웃이다. 죽음은 소말리족이라는 우리의 정체성이 서로 만나는 밀회의 지점인 것이다. 가끔 나는 만약 소말리아와 에티오피아 간에 영토 분쟁 — 이것은 영국이 오가덴을 에티오피아에게 넘겨주면서 일어난 상황인데 — 이 일어나지 않았다면 우리는 아프리카 북동부에서 일어나는 전쟁들을 겪지 않아도 되었을 것이라고, 그렇게 되었다면 소말리족 내전의 불이 댕겨지지 않았을 것이라고 생각해 본다. 거의 100년간 계속되어 온 싸움은 이제 회복 불가능할 정도로 우리의 생존과 평화의 기회를, 그리고 국가적·대륙적 조화의 기회를 망쳐 버렸다.

지금껏 나는 엄청난 슬픔과 수십 년간 지속된 폭력에서 오는 좌절감을 이겨 내고 살아남았다. 우리는 서로를 계속 무너뜨리고 있다는 사실을 어떻게 이해할 수 있을까? 그것은 우리가 충분히 슬퍼해 본 적이 없기 때문일까? 아니면 죽음을 어떻게 대해야 할지를 몰라서, 그것도 아니면 모든 것을 놓아 버리고 온전히 슬픔에 몸을 맡기는 법을 몰라서일까? 어쩌면 그건, 무슬림 전통이 요구하는 대로 우리가 죽은 자를 곧바로, 아직 몸이 따뜻하고 삶의 기운이 남아 있는데도 곧바로 땅에 묻기 때문인 걸까? 아니면 우리가 신은 준 것을 가져간다고 합리화나 하면서 우리의 감정을 거의 내보이지 않기 때문일까?

죽음과 극심한 슬픔에 대한 이러한 이야기들은 「버킷 리스트」라는 영화를 생각나게 한다. 이 영화에 등장하는 두 노인은 몇 달 내에 죽음을 앞두고 있는데, 이들은 그사이에 인생을 즐기기 위해 방종한 여행을 시작한다. 내 생각에 소말리아에서는 가능하지 않은 일이다. 소말리아 사람들은 매일 죽음이 다가오는 것을 몸으로 느끼며 산다. 하지만 우리는 인생에서 결코 즐거움을 느끼지 못한다. 우리는 집단적으로 죽어 있고, 현재의 위기가 지닌 천박함에, 그리고 이 위기의 거대함에 개인적으로 대처할 수 없기 때문에, 개인적으로든 국가적으로든 우리의 생존을 보장할 어떠한 일도 할 수가 없다.

반복되는 가뭄. 환경과 그 안에서 살아가는 모든 사람에게 좋지 않은 지저분하고 위험한 상황 속에서 살아간다는 사실. 우리의 무력함을 이용하는 해상 강도와 외국 약탈자들로부터 받는, 달갑지 않은 주목. 그들의 불법적이고 무분별한 어획이 계속되어 우리의 해상 자원이 고갈되는 상황. 그 결과 나타나는 해적 행위. 에티오피아의 침략, 미국의 간섭, 아랍 국가들의 의사 진행 방해 정치 공작과 같은, 끊이지 않는 간섭 정책. 페르시아만에 허용치 이상으로 숯을 수출하기 위해 우리의 숲에서 행하는 벌목. 환경 오염과 과도한 방목 그리고 가차 없는 벌채는 우리 나라를 병들게 하고 있다. 이것은 다양한 형태의 무정부 상태를 보여 주는 몇 가지 예일 뿐이다.

어쩌면 나는 평화와 민주주의 이상을 이야기하는 작가로서 나의 스물다섯 번째 시간을 이용하라고 긴 생명을 부여받고 이른 죽음을 피했는지도 모르겠다. 나는 나의 스물다섯 번째 시간에, 고귀하고 훌륭한 모든 대의명분을 위한 작은 선을 달성하기 위해 나 자신과 다른 이들에게 우리의 생존 조건을 자각시킬 수 있기를, 그리고 누군가의 삶을 조금이나마 나아지게 하기 위해 작으나마 선한 일을 할 수 있기를 바란다.

내 말이 전도사의 말처럼 들리는가? 그렇다면 좋지!

누르딘 파라 Nuruddin FARAH 소설가, 극작가. 1945년 소말리아 출생. 참신한 어법과 풍부한 상상력을 동원하여 복합적이고 찾기 어려운 진실을 좇는 현대의 위대한 작가로 손꼽힌다. 짐바브웨 최고소설상과 노이슈타트 국제문학상 등 다수의 문학상을 수상하였다. 주요 작품으로 『구부러진 갈비뼈에서(*From a Crooked Rib*)』(1970), 『지도(*Maps*)』(1986), 『선물(*Gifts*)』(1993), 『비밀(*Secrets*)』(1998), 『연결(*Links*)』(2004), 『매듭(*Knots*)』(2008), 『해적(*Crossbones*)』(2011), 『등잔 밑이 어둡다(*Hiding in Plain Sight*)』(2015) 등이 있다.

문학의 벼룩시장은 어디 있는가 — 대중문화 시대의 '소수 문학'

이인성

> 나는 혼자인 것도, 남에게 자리를 내주고 쫓겨나는 것도,
> 그리고 떠나 버려야만 하는 뭔가를
> 그게 무엇이든 떠나 버리는 것도 두려워하지 않는다.
> ── 제임스 조이스, 『젊은 예술가의 초상』

작년 봄, 프랑스의 파리 도서전에 갔었다. 주최 측에서 한불 수교 120주년을 기념해 주빈국으로 삼은 한국의 여러 작가들을 초대한 덕분이었다. 처음엔 쓸데없이 의례적인 행사들에 여기저기 끌려다니기나 할까 봐 망설였다가, 그래도 세계 문화를 선도해 온 프랑스라면 뭔가 새롭고 도발적인 면모를 보여 줄지 모른다는 기대감에 발길을 뗐던 것인데, 나는 곧 실망했다. 파리 엑스포의 거대한 전시관을 둘러보자마자 그곳 역시 그저 그런 출판 무역 시장에 불과함을 깨달았기 때문이다. 파리 도서전은 다른 국제 도서전에 비해 다국적 문화 교류에 신경을 많이 쏟는 도서전으로 알려져 있지만, 나 자신도 참여했던 이런저런 교류 행사라는 게 실제로는 장사를 위한 장식적 이벤트 이상은 아니라

고 여겨졌다. 그렇게 보자니 전시장 한가운데 "새로운 지평"이란 구호를 내걸고 있는 한국관은 공허한 중심이나 다름없었다. 한국관을 빙 둘러 포위하고 있던 것은 프랑스에서 큰 인기를 끌고 있는 만화나 대중적인 추리·과학·환상 소설 등과 아동물을 비롯한 특정 관심 분야의 기획 전시 공간 및 세계적 대형 출판사들의 거대 부스들이었고, 언제나 그곳들이 더 붐볐다. 외국 문학이나 어떤 특정 분야의 번역서를 주로 펴내는 소형 출판사들 — 한국 문학의 대부분은 그런 출판사에서 출간되었다 — 의 부스는 가장 구석진 자리에 옹기종기 모여 있었고 한가했다. 한국관은 그때 국제 정치적 명분 아래 일회적이며 상징적으로 정중앙에 위치해 있었지만, 한국 문학의 실제 위치는 제일 외진 곳이었다고나 할까?

파리 도서전에서 돌아온 뒤, 서울 시내의 대형 서점 몇 곳을 둘러보았다. 언제부턴가 책을 주로 인터넷을 통해 구입해 온 나로선 꽤 오랜만의 나들이였다. 돌이켜 보면 우려와 기대가 복잡하게 교차하는 가운데 탄생했던 기업형 대형 서점은 어쨌든 묘한 특성을 가지고 시작됐었다. 태생기의 대형 서점은 대의명분에 맞는 구색을 갖추기 위해 시판 중인 거의 모든 책을 전시하고 있었기 때문에 제법 그럴듯한 도서관 역할까지 했던 것이다. 그곳에 가면, 가령 어떤 특정 분야의 책들을 모두 비교 열람할 수 있었다. 그러나 지금의 상황은 전혀 다르다. 우선 도서 전시 공간 자체가 갈수록 축소되고 있으며, 그 자리를 계속 잠식하고 있는 것은 각종 문방구류, 선물용 팬시 제품들, 시디와 디브이디, 컴퓨터와 모바일 기기에 연관된 전자 제품이나 액세서리이다. 책 전시 공간에서도 제일 시선을 끄는 자리는 당연히 최신 베스트셀러 몫이고, 그 곁엔 요즘 잘나가는 자기 개발·처세·재산 관리 등에 관한 서적들, 흥미 위주의 가벼운 교양 지식서들이 앞다투듯 얼굴을 내민다.(더 좋은 위치를 차지하기 위해선 자릿값을 지불한다고 한다.) 보행로 옆에 배치된 실용적 안내서 — 요리·여행 등의 각종 취미 관련 — 들의 개별 코너들 역시 화려하다. 조금씩 안쪽으로 밀려나고 있는 문학 코너로 가면, 여기서도 인기 '장르 소설'들이나 '청소년 소설'들이 먼저 눈에 띈다. 소위 순수 문학으로 분류되는 책들은 대개 그 뒤쪽 서가에 세로로 꽂혀 있다. 거기라도 있어야 할 것 같은데 안 보이는 책이 있어 직원에게 물으면 따로 주문하라는 대답이 돌아온다. 왠지 그 책이 거기 있어야 할 것 같다는 생각부터가 민망해진다고나 할까?

작년 가을엔 밥 딜런(Bob Dylan)이 노벨 문학상을 수상했다는 소식이 들려왔다. 그거 참 별일이긴 하지만 그런 일이 생기지 말란 법도 없겠다 ── 라는 게 나를 가볍게 스친 첫 느낌이었는데(노벨 문학상이라고 해서 무거운 느낌을 가져야 할 하등의 이유가 없었으므로) 의외로 그 파장과 논란이 꽤 컸던 모양이다. 그것도 범세계적으로. 얼핏 훑어봤더니, 표층에 떠오른 시빗거리는 크게 두 가지로 요약되는 것 같았다. 첫째는 노래 가사가 과연 문학일 수 있느냐는, 문학의 본질을 따지는 차원에서 제기된 반론이다. 둘째는 작품의 가치를 따지는 차원에서 약간은 감정적으로 제기된 반론으로, 상업적 대중가요가 예술의 이름에 값할 수 있느냐는, 그런즉 기껏해야 대중문화 수준에서 쓰인 노래 가사가 진정한 문학적 가치를 가질 수 있느냐는 것이다. 좀 더 깊이 들여다보니, 이 두 가지 반론의 심층에는 이 시대의 여러 문화 양식들을 가르고 묶는 미학적 '경계'가 어떻게 설정되어 있느냐, 그리고 그것이 미학적 '평가'에 어떤 영향을 미치고 있느냐는 문제가 깔려 있었다.

첫 번째 논란의 근거는, 문학을 문학으로 성립시키는 고유한 존재 방식이 문자로 표현된 텍스트를 쓰고 읽는 것이라는 데 있다. 그것이 다른 예술들과 미적 체험의 질을 구별 짓게 만드는 문학만의 물리적 소통 방식이라면, 이번 노벨 문학상 선정사는 "귀로 듣는 시"를 강조함으로써 문학의 근본적 토대에 대한 혼란과 오해를 불러들였던 셈이다. 그러나 이 문제는 비교적 빠른 정리가 가능해 보인다. 노래 속에서 가수의 목소리를 통해 발현되는 가사와 문자 텍스트로서의 가사를 분리해 양립 가능한 것으로 이해하면 별로 어렵지 않게 풀릴 문제이기 때문이다. 예컨대 연극 공연과 희곡의 관계를 참조하면 그 실마리를 찾을 법하다. 배우의 목소리에 담겨 극장에 울려 퍼지는 청각적 대사는 연극이라는 공연 예술을 구축하는 다층적 기호들 중의 하나로 기능한다. 그것은 문학과는 다르게 존재하는 음성 언어다. 반면 문자 언어로 읽는 희곡은 시나 소설과 똑같은 방식으로 독자에게 작동하는 문학에 속한다. 이 사실을 부인하지 않는다면(고대 그리스 이래의 전통으로 인해 극작가들이 노벨 문학상을 수상한 데 대한 거부감은 없다.) 노래 가사도 마찬가지로 받아들여져야 하지 않겠는가? 텍스트로 읽는 노래 가사는 얼마든지 시로 간주될 수 있다.

두 번째 논란은 다분히 집단 무의식적 선입관과 관련되어 있는 듯하다. 밥 딜런은 평생 대중음악의 범주 안에서 활동해 왔다. 그러나 그는 대중음악 안에서 기존의 대중음악 — 자신의 뿌리인 전통적 포크 음악까지도 — 을 거부하고 혁신함으로써 대중음악사에 획기적 전환점을 마련해 준, 가히 혁명적인 존재였다. 그 자신이 말하는 바 "아직 존재하지 않은 것이 존재하도록 뭔가를 변화시키는 기회"로서의 노래들을 통해 전혀 새로운 음악적 감각과 사유 방식을 대중에게 제공했고, 그들의 취향을 근본적으로 바꿔 놓았던 것이다. 그래서 특히 1960~1970년대엔 '반(反)문화' 운동의 정신적 선도자로 받아들여졌고, 지금도 저널리즘의 표현을 빌리면 "세상을 바꾼 가장 뛰어난 대중문화"의 아이콘으로 남아 있다. 한마디로 그는 대중음악계의 "창조적인 거인"이자 "살아 있는 전설"이다. 그럼에도 그에 대한 찬사는 대개 그쯤에서 멈춘다. 다시 말해 그를 대중음악이나 대중문화의 테두리를 넘어선 '예술'의 차원에서 평가하는 경우는 드물다. 그에게 노벨 문학상을 수여한다는 것은 그를 순수한 시인, 즉 예술가로 인정하겠다는 하나의 시도였을 텐데, 이에 대한 반발이 거의 자동적으로 표출된 게 또한 엄연한 현실이다. 대중문화와 예술의 분리·차별화가 뿌리 깊게 작동하고 있는 현실.

대중음악 장르에 속해 있으니까 곧 대중문화라는 위와 같은 범주적 분류는, 그런데 대중문화를 보다 구체적으로 접할 때의 실제 상황과는 꽤 차이가 있어 보인다. 오래전부터 내 머릿속에도 그 둘을 분리하고 차별화하는 의식 장치가 내장되어 있었다. 하지만 그 장치가 한결같이 기계적으로 작동하는 것은 아니다. 가령 텔레비전에서 막장 드라마의 어떤 장면과 마주칠 때, 그 의식은 날카롭고 빠르게 반응하며 그걸 머릿속의 쓰레기 칸으로 밀어 넣는다. 그러다가 어떤 때는, 이건 잠깐 머리를 식히기 위한 용도라고 미리 괄호를 쳐 놓고, 가치 판단을 배제한 채 요란한 액션 영화를 즐기기도 한다. 그런 경우와는 전혀 다르게, 때로 마음에 드는 대중가요를 들으며 거의 좋은 시를 읽는 것과 맞먹는 감상 분위기에 젖을 때는, 그런 구별의 의식 자체가 스스로 어디론가 숨어 버린다. 대중문화가 워낙 폭이 넓고 종류도 다양해졌기 때문에, 비교적 확고하게 의미화되어 있는 예술과의 구별이나 가치 부여가 매우 상대적이며 유동적일 수밖에 없는 듯하다. 그러다 보면 도대체 어디까지가 대중문화이고 어디서부터가 예술이란 말인가 하는 의문이 고개를 쳐들기도 한다. 그 관계를 따지기가 너무 복잡한 물음이지만, 다만 한 가지, 적어도 그 둘 사이에 넘어설 수 없는 벽이 가로놓여 있는 게 아니라는 건 일단 역사를 통해 확인할 수 있다.

그 대표적인 본보기는 다름 아닌 문학, 그중에서도 소설이다. 역사적으로 관찰해 보면, 근대 소설의 전반기 역사는 대중 문학으로부터 순수 문학으로 이행하는 과정이라 해도 과언이 아니다. '구텐베르크 혁명'과 더불어 대량 복제 공급이 가능해진 최초의 근대적 대중 매체로서 인쇄 책이 등장한 이후, 그 최대의 수혜를 입은 것은 바로 소설이었다. 산문으로 쓰인 근대적 소설은 원래 문학으로 취급받지 못했다.(우리나라에서도 조선 시대에는, 소설이란 저잣거리의 '잡문'에 불과했다.) 고전주의적 관점에 의하면 문학은 일단 운문이어야 했거니와, 그 '정수'에 도달하기 위한 이성적 원리와 규칙을 지녀야 했다. 그 모든 것에서 벗어나 있던 소설은 그런데 역으로 그 자유로움을 구가하여, 인간적 욕망과 세계에 대한 상상을 거침없이 드러내며 독자들의 인기를 끌기 시작했다.

당대의 중심 문화였던 연극 등을 감상하기 위해서는 공적 장소인 극장으로 거동해야 했지만, 휴대 가능한 책을 매개로 했던 소설은 혼자서나 소수 모임을 통해 은밀히 즐길 수 있다는 장점마저 갖추고 있어서, '살롱'을 중심으로 한 사교계의 귀족과 대부르주아 계급부터 점차 소부르주아 계급이나 문자를 못 읽어 낭송으로 듣는 하층민까지 광범위한 파급력을 발휘하게 되었던 것이다.

그것은 우리가 오늘날 말하는 대중문화의 선행 모델이나 다름없었다.(그 규모는 물론 지금과 비교해 매우 작았다.) 프랑스 문학사를 참조하자면, 16세기의 라블레(Rabelais) 이후 몇몇 주목할 만한 작가들이 있긴 했지만, 17세기까지도 소설은 "즐겁게 시간을 때우는 데만"—17세기 당시 한 문학 이론가의 표현이다—이용되는 오락물로 간주되고 있었고, 그 대부분은 실제로도 그래서 미학적 관심이나 평가와는 거리가 멀었다. 그러나 계몽주의 시대를 맞아 산문이 계몽의 효율적 도구가 되면서, 소설은 사상적 실험의 거처로서 "18세기에 진보한 유일한 예술 장르"—20세기 초 한 문학사가의 표현이다—가 된다. 그리고 대혁명을 거쳐 19세기에 이르러 전 계급을 관통하는 문학이 된 소설은 점점 더 자기 정체성을 확립해 가면서, 낭만주의·자연주의 등 시대적 사조를 이끌어 가는 중심 장르로 부상한다. 기존의 대중 소설류를 하위 장르로 밀어내고, 예술로서의 소설이 확고한 "문화적 정당성(légitimité culturelle)"—부르디외(Bourdieu)가 말하는—을 확보하게 되는 것이다. 예술과 대중문화의 관계에서 기억해 둬야 할 역사적 국면이 아닐 수 없다.

그러나(!) 그 역사는 어쩌면 지금으로선 시효 만료된, 그 옛날의 추억에 불과할지도 모른다. 본격적인 대중문화의 시대가 열린 20세기 이후에도 과연 그런 식의 진화가 재현될 수 있을까? 비록 그 역사가 매우 짧긴 해도 그 진화 속도는 더없이 빠른, 우리 시대 대중문화의 총아인 영화를 소설과 비교해 보면 중요한 차이점이 발견된다. 20세기 벽두에 '활동사진'이라는 완전히 다른 매체의 발명과 함께, 이전에는 상상도 못 했던 형태의 대중문화로 출발했던 영화는 아주 일찌감치 '제7의 예술'로서의 야심을 드러냈다. 그 야심은 1920년대의 독일 '표현주의' 영화에서 시작해 1950~1960년대의 프랑스 '누벨 바그' 운동에 이를 때쯤엔 그 나름의 한 완성을 이루었다고 해도 틀린 말은 아닐 것이다. 그런데 영화사의 치명적인 문제는, 그 후에 예술로서의 영화가 대중문화로서의 영화를 이겨 내지 못하고 급격히 뒤로 밀려난다는 점이다. 지금 우리가 겪고 있는 문화적 현실을 둘러보는 즉시, 이 사태의 심각성을 실감할 수 있다. 어디선가 이른바 예술 영화라는 것이 만들어지고 있기는 한데, 그걸 보기가 너무 힘들다. 마치 별종들을 위한 최소한의 배려라는 듯 저 구석 자리 어딘가에 별도로 마련된 소규모의 예술 영화 전용 상영관 — 일종의 '인디언 보호 구역'? — 을 힘들게 찾아가거나 인터넷을 뒤지거나 어디선가 디브이디를 구해 혼자 봐야만 하는 것이다.

물론 영화는 그 창작의 조건이나 규모부터가 소설과는 사뭇 다르다. 그래서 처음부터 자본을 필요로 하고, 그래서 수지를 맞추려면 대중 취향적 요소를 배제하기가 쉽지 않고, 그래서 과거와 같은 개념의 온전한 예술 — 미학적 독창성과 완성도를 추구하는 — 을 지향하고 성취하기는 더욱이나 어렵다. 그런 차원에서 과감하게 생각하자면, 영화는 자본에 입각한 제3의 문화 형태 — 대중문화와 예술의 변증법에 의한 — 의 가능성을 실험해 나가는 장르가 될 수도 있을 터인데, 그런 기대 역시 백일몽에 불과한 듯싶다. 한층 강화된 할리우드 시스템이 갈수록 공룡처럼 커지는 영화 산업화의 외길로 미친 듯이 달려가고 있기 때문이다. 그 시스템은 언제부턴가 영화관까지도 자신들의 통제 아래 거느리고, 생산·유통·소비의 전 과정을 완벽하게 장악해 가고 있다. 동시에 예술 지향적 영화의 생산과 소비는 그 시스템 밖으로 배제되고 있다. 생존을 위해, 그것은 이제 스스로 최소한의 자본을 마련해야 하는 '독립 영화'의 형태를 띨 수밖에 없다. 이는 비단 영화에 국한된 문제가 아니다. 미처 대처할 틈도 없이, 어느새 예술의 이름만으로는 감당하기 힘든 거대한 문화 산업의 기류가 세계 전체를 뒤덮어 버린 것이다. 넋을 잃고 멍

하니 바라보는 사이에.

이제 와서 넋을 추스른들 그러한 현실을 피할 도리도 돌이킬 도리도 없다. 그러니 일단 이 현실의 실체를 파악하는 데서부터 다시 시작해 보자. 우리는 지금 대중문화가 상시적으로 도처에서 누구에게나 압도적인 지배력을 발휘하는 환경 속에 살고 있다. 그럼에도 우리는 이 현실을 정면으로 응시하지 않는다.(또는 못한다.) 몸으로는 그것을 받아들이고 즐길 때조차, 머리로는 그것을 용인하지 못하는 모순된 처지에 빠져 있는 것이다. 아마도 그것은 대중문화의 현실적 실효 체계와 우리 머릿속에 담겨 있는 문화에 대한 관념 체계 사이에 파인 괴리를 그대로 반영하는 현상이리라. 문화의 척도였던 전통적인 고급문화 혹은 순수 예술은 점차 그 상징적 권위를 상실해 가고 있는데, 이를 대체하겠다는 듯 맹렬하게 지배력을 확장해 나가는 대중문화는 정작 그 위세에 걸맞은 사회적 합목적성과 의미 체계를 제대로 확보하지 못하고 있다. 무슨 까닭일까? 예측과 의미화가 힘들 정도로 변화무쌍하게 진행되어 온 대중문화의 빠른 전개 속도 탓이었을까? 아니, 혹시 대중문화 자체가 자신의 존재 이유를 정당화하는 명분 따위엔 애당초 관심조차 없었기 때문은 아닌가? 만약 그랬다면 무엇이 이토록 어마어마해진 대중문화를 여기까지 이끌어 온 추동력이었단 말인가? 오로지 경제적 이익을 취하기 위한 시장 논리?

되돌아보면 대중문화와 상업주의 — 더 나아가 산업주의 — 가 뗄 수 없는 관계를 맺어 왔다는 것은 분명한 사실이다. 더 거슬러 올라갈 수도 있겠지만 대략 20세기로 진입하던 시기에, "각종 대중 매체를 통해 대중과 광범위하게 접촉하는 일상 속의 여가 문화"라는 의미의 현대적 대중문화가 시작될 때부터 이미 그랬다. 불특정 다수를 대상으로 삼는 대중 매체는 투자형 기업이 될 수밖에 없고 돈을 들인 만큼 돈을 뽑아야 유지되니까 상업적 경쟁은 불가피하다. "낙양의 지가"를 올리고 시청률을 높이고 등등. 더욱이 그새 우리가 겪어 왔듯, 그 매체들은 무수히 증식해 왔으며(신문·잡지·음반·라디오·텔레비전 그리고 영화관 화면과 극장 무대, 운동장이나 클럽, 나아가 컴퓨터나 모바일 기기 같은 디지털 매체에 이르기까지) 그것이 실어 나르는 대중문화의 형태들 역시 다양하기 그지없어졌다.(연재 소설·사진·만화·가요·영화·드라마·쇼 등에서 각종 공연물이나 스포츠, 컴퓨터 게임까지, 어쩌면 광고까지도.) 문화학자들은 모두들 대중문화가 20세기 과학·기술의 혁신적 발전과 광대한 대중 소비 사회의 형성이 결합하여 빚어낸 새로운 사회적 풍경임을 지적한다. 그리고 그로 인해 갈수록 더 기술 의존적인 대량 생산 산업의 경향을 띨 수밖에 없다는 것이다.

대중문화 산업은 통상 독립된 감상자로 하여금 그 감상 대상과 일대일로 마주하며 심미적 관심을 집중하게 만드는 예술 '작품'과는 정반대로, 최대한 많은 다수가 동시에 즉각적인 감각 반응을 보이며 그 반응의 즐거움을 한껏 소비하도록 유도하는 오락 '제품'들을 대량 복제와 공급이 가능한 방식으로 생산한다. 이 생산 과정은 대략 이럴 것이다. (1) 시기나 상황에 따라 소비자 기호가 어떻게 형성되고 변화하고 있는지에 관한 시장 조사를 바탕으로, (2) 그에 부응하는 소재·주제·성격·정서 등을 면밀하게 선별하여 그것들을 조립하고 종합하는 맞춤형 이야기나 시청각적 형식을 구성한 뒤, (3) 세부 항목별로 계산된 효과를 극대화하기 위해 필요한 전문적 작업들을 분업 및 협업의 방식으로 진행한다. 그런 관점에서 주류 대중문화 산업의 산물들은 대부분 일시적 기획 상품이라 할 수 있다. 요즘에 익숙한 케이팝 댄스 뮤직을 예로 들자면, 정해진 대상과 목표에 맞춰 정교하게 고안한 특정 프로그램에 따라 구성된 곡들은, 그 프로그램이 입력된 그룹 멤버들 — 인격까지도 만들어져 부여된 인간 로봇들 — 에 의해 뮤직 비디오에서나 공연 무대에서나 기계적인 리듬과 멜로디 그리고 목소리와 춤을 반복해 팔아먹다가 시효 만료되면 즉각 폐기된다.

그런 식이다 보니, 대중문화의 효율적 상품화를 위해서는 기본 질료부터 제작 방법론에 이르는 모든 것의 표준화·도식화가 필수적이다.

프랑크푸르트학파의 유명한 비판들이 떠오르는 대목이기도 한데, 영화의 경우에 우리가 흔히 접하는 하위 장르 분류(애정·역사·추리·공포·폭력·과학·환상⋯⋯)가 웅변하듯이, 그것은 코드화된 유형적 세계(최근엔 가령 좀비 이야기)를 반복하고 확대하며 재생산한다. 영화에서 어디선가 본 듯한 '데자뷔' 현상이 자주 일어나는 이유가 거기 있다. 대중음악도 마찬가지다. 그동안 수집하고 축적한 모든 정보들이 저장된 데이터 창고에서 그때그때 필요한 조각 자료들을 몇 가지 명령어로 끌어내 표절 시비를 살짝 피해 가며 그럴듯하게 재조립하는 방식, 이것이 필경 대중문화 산업의 전형적 운영 체계일 것이다. 예전에 바르트가 "절단과 정돈"이라는 "두 가지 전형적 조작"을 통한 "구조주의적 활동"이라 부른 것이 아주 실용적인 형태로 대중문화 판에서 실천되고 있는 꼴이다. 대중문화가 함의하는 '창의력'이란 그런 '조작'을 더욱더 잘 행하는 것 이상일 수 없기 때문에, 그것은 결국 자기만의 "닫힌 세계"—홉스봄이 우려한—를 구축하고 고착화시키는 방향으로 치달려 가는 것이리라.

갈수록 산업화되어 가는 대중문화는, 정치적 용어를 쓰자면, 일종의 문화 '제국'을 지향하고 형성해 가면서 전체주의적 성향을 강하게 띠고 있다. 최대한 많은 대중을 "닫힌 세계" 속에 가두고 충성심 강한 소비자로 만들어 우려먹으려는 대중문화의 기본 전술은 단순하고 직선적이다. 요컨대 대중을 온갖 재미들만으로 구성된 환각적 세계에 중독시켜라! 특히 디지털 매체의 발명 이후 대중의 감각을 사로잡는 기술력이 가속적으로 발전하면서 — '가상 현실'을 넘어 '증강 현실'까지 등장했다 — 이 노선은 더욱 노골화되고 있다. 디지털 기술력이 인류를 근본적으로 바꾸는 문화 혁명이라도 되는 듯 문화의 장(場) 전체를 흔들고 있지만, 그리고 그 가능성도 부인할 수는 없지만, 지금 그것이 실제로 초래하고 있는 현실은 게임 중독자들을 양산하고 있다는 것이다. 그럼에도 이즈음의 대중문화는 스스로 반성하는 법이 없다. 무엇에든 '포스트'라는 수식어가 앞장서는 시대를 맞아 인간적 반성 장치 같은 건 언제부턴가 완전히 제거되어 버렸는지도 모르겠다. 거기엔 어떤 '상징적 가치'를 찾아 저 옛날의 소설이 그랬던 것처럼 예술이 되고자 매진해 보겠다는 진정성 따위는 존재하지 않는다. 그것은 오로지 '경제적 가치'를 창출해 시장을 지배하고 시장의 논리로 모든 것을 재단하려는 거대한 괴물 기관처럼 보인다. 이게 너무 지나친, 극단적인 판단일까?

우리의 의지와 상관없이 우리의 실존적 상황을 자기 뜻대로 조성해 가고 있는 막강한 대중문화의 위세 앞에, 우리가 지금 예술이라고 부르는 것들은 생존 그 자체마저 위협받는 풍전등화의 신세나 다름없다. 과연 예술의 미래는 무엇일까? 희망을 품자면 새로운 문화 환경에 적응하며 그것을 혁신하는 새로운 예술 양식의 탄생이 예술의 맥을 이어 줄 수도 있다. 예컨대 대중문화의 근거인 대중 매체의 기능을 전복적으로 활용하는 방법은 없을까? 우리는 그 전조를, 텔레비전의 기존 기능을 제거하고 거기에 이전과는 완전히 다른 시각적 능력을 부여했던 백남준의 '비디오 아트'에서 이미 목격한 적이 있다. 최근의 디지털 매체를 통한 '뉴 미디어 아트'란 것도 그 연장선에서 이해할 수 있는바 아마도 그런 것들은 마치 돌연변이처럼 기습적으로 태어날 가능성이 높다. 대중문화가 상업주의에 기초해 있는 한 그 '제국' 내부의 경쟁도 불가피해질 텐데, 그 경쟁이 초래하는 균열의 틈새에서 파괴와 창조를 동시에 수행하는 전위적 활동이 개시될 수 있다는 말이다. 소비의 측면에서, 재미란 것도 그렇다. 눈앞에 온통 재미만 있다면 재미의 자극도 한계에 이르고 재미 자체가 재미없어지게 마련이다. 그것이 자폐적으로 닫힌 시선을 세계 전체를 향한 열린 시선으로 전환하는 계기가 된다면, 창조와 향유가 맞물린 새로운 예술의 길이 뚫릴지도 모르겠다.

자본의 놀라운 통제와 변신 능력을 고려할 때 그게 얼마나 지속 가능할지 예단하기 어려우나, 아무튼 한편에 위와 같은 희망이 어렴풋이나마 열려 있다면, 기존의 원형적 예술 양식(문학·미술·음악 등)들은 어떻게 될까? '원형적'이란 표현은 그것들이 거의 인간의 역사와 함께해 온 유전적 자질에 가깝다는 뜻이다. 그런 의미에서 거기엔 보존해야 할 무엇인가가 담겨 있을 것이다. 그런데 역설적이게도, 이즈음 그것들을 도서관이나 박물관에서 끄집어내 써먹고 있는 것은 오히려 대중문화 쪽이다. 아마도 자신의 일천한 역사를 보충하는 자양분이 필요한 까닭이리라. 예를 들어 어떤 동영상을 연출할 때, 한 장면을 그럴듯한 그림으로 구성하고 그 배면에 멋진 소리 효과를 깔기 위해선 미술과 음악이 여전히 유용할 것이다. 재미의 가장 큰 원천인 '이야기(story)'가 무궁무진하게 축적되어 있는 문학은 말할 것도 없다. 물론 대중문화를 포장하거나 장식하기 위한 이런 짜깁기 활용은 본질적 보존이 아니다. 더구나 그저 보존하는 게 중요한 것도 아니다. 누누이 암시해 왔지만, 문제의 핵심은 그것들이 우리가 몸담고 있는 이 사회의 진화에 동력을 제공하는, 살아 움직이는 문화적 실체가 될 수 있느냐는 데 있다.

이제 그 의문을, 의사소통의 근본인 언어를 질료이자 방법으로 사용하는, 그래서 명목상으로는 — 허울일 뿐일지라도 — 아직도 가장 중심에 위치한 문화인 문학을 통해 잠깐 더듬어 보겠다. 문학은 인류 최초의 대중 매체인 인쇄 책과 더불어 한동안 번창했지만, 20세기를 가로지르는 동안 보다 파급력이 강한 새로운 대중 매체들이 연속적으로 등장하면서 실질적으로는 거의 쇠락의 단계에 이르러 있다.(더 이상 굳이 부인하려 들지 말자!) 문학은 문자를 소통 기호로 사용하는 특성상 명백한 한계를 안고 있다. 누구나 느끼듯 문자 문화는 시청각 문화에 비해 전달 속도가 느리고 전달 효과 또한 직접적이지도 광범위하지도 못하다. 이는 단지 전파나 디지털 매체를 타지 못하기 때문이 아니다. '전자책(e-book)'이 생겨난 지 꽤 되었어도 약간의 편리성 외에 이전과 다른 특별한 변화를 유발하지 못하는 이유는 문자가 인간의 두뇌나 감각에 작용하는 방식에 있다. 시청각 기호가 생각을 개시하기도 전에 우리의 육체적 감각에 즉각적이며 집단적인 자극을 가하는 반면, 문자 기호는 그것을 해독하고 이해하고 종합하는 일련의 정신적 활동을 필수적으로 요구한다. 그리고 그것을 통해 이르는 어떤 지각, 사유, 상상도 일차적으로는 독자 개인의 수준에서 이루어진다. 그것이 다시 사회적 의미가 되려면 개인들 간의 대화와 토론 과정을 거쳐야 하는 것이다.

작가와 독자가 일대일로 대면하면서 시작되는 문학의 소통 구조는 곧바로 그 생산과 유통 규모의 한계로 이어진다. 책 한 권의 생산량을 아무리 늘려도 영화나 텔레비전 드라마 한 편의 수익성을 따라갈 수가 없다. 문학은 오랫동안 예술로서의 문학과 대중문화로서의 문학이 양립해 왔는데(순수 문학/대중 문학), 그간 무력감에 빠져 있던 대중 문학이 최근 흘러가는 방향에 주목할 필요가 있다. 과거의 대중 문학이 순수 문학의 태를 내며 둘의 경계를 흐리려는 전략을 선택했었다면, 지금의 대중 문학은 순수 문학과 결별해 대중문화의 대세에 합류하는 쪽으로 물꼬를 트고 있기 때문이다. 우선 만화처럼 하위 장르들의 특성화를 추진하는 게 금방 두드러져 보인다. 그 연장선에서 더욱 눈여겨보아야 할 현상은 이른바 '웹 소설' 같은 것이다. 이것들은 솔직히 그 구성이나 서술 방식 등을 따지면 소설이라 부르기조차 민망한 수준에서 과거의 신문 연재소설 형태가 웹 페이지에 재현되는 것으로, 이것들은 애초부터 문학에 대한 자의식도 미련도 없는 듯하다. 여기서는 오로지 수익과 직결된 조회 수가 중요한데, 그것으로 측정된 대중적 인기도는 영화나 드라마 등의 '콘텐츠'가 되느냐 못 되느냐 하는 지표이기도 하다. 글쓰기 스타일부터가 '대본'에 가까운 '웹 소설'들은 실상 그런 경로를 통해 주류 대중문화의 한 부분으로 편입되는 게 궁극적 목표라 할 수 있다.

대중 문학의 노선이 노골화되자 순수 문학, 즉 예술로서의 문학은 더욱 고립되고 있는 형국이다. 문학이 자리 잡고 있던 문화의 옛 중심지는 독자들의 발길이 뜸해지고 쇠락하면서, 동공화(洞空化) 현상이 뚜렷하다. 그리고 그 둘레를 포위하고 있는 대중문화는 금방이라도 문학을 수몰시킬 듯 점점 더 압박의 수위를 높이고 있다. 절망적으로 들릴지 모르지만, 거기에 맞서 순수 문학이 내세울 수 있는 특단의 대책은 없어 보인다. 저 자신의 정체를 직시하며 오로지 자신만이 할 수 있는 무엇인가를 성찰하며 길을 찾는 것 외에는! 그러려면 먼저 책이 유일한 대중 매체였던 시절에 누린 문학의 명성과 영예, 그로 인해 아직도 문학에 덧씌워져 있는 과대망상의 거품을 걷어 내고, 이 시대의 전체적인 문화 지형도 속에서는 문학이 거의 수공업에 가까운 소형의 문화 생산 양식 — 다시 부르디외의 용어를 쓰자면 "제한 생산 부문" — 에 불과하다는 사실을 인정해야 한다. 순수 문학은 더구나 그렇다. 이제 순수 문학은 언어를 한 땀 한 땀 짜 나가는 작업을 통해 "대규모 생산 부문"인 대중문화와 그 근본부터 차별화되는 고유의 역할을 찾아야 하는 것이다. 대중이라는 무정형의 거대 집단에 대한 환상을 벗어나 개인과 개인이 언어 그 자체를 일깨우며 대화하는 관계의 문화로서, 대중문화의 숨 가쁜 속도전에서 비켜난 느림의 문화로서. 그러나 그에 앞서 일단 목숨을 보존하기 위해서라도, 순수 문학은 이 대중문화의 와중을 시급히 탈출해야 하는 게 아닐까?

여기까지 끌고 온 산만한 상념들을 마무리 짓기 위해, 마지막 초점을 예술로서의 순수 문학에 모아 보도록 하겠다. 바로 위의 "〔순수 문학의〕 목숨을 보존하기 위해서라도"라는 표현이 과장되게 들린다면, "위상을 바꾸기 위해서라도"라는 표현으로 대체해도 상관없다. 어차피 그둘은 한뜻으로 수렴되겠지만, 아무튼 문학은 자신이 놓여 있는 이 상황으로부터, 그리고 이때까지의 제 모습으로부터 과감히 떠나야 한다는 게 나의 판단이다. 막다른 곳에 선 순수 문학은 어떤 결단의 시점에 처한 것이다. 내가 이 발제문 첫머리에, 지금부터 101년 전에 발설된 한 '젊은 예술가'의 고백을 인용해 놓은 것도 그 때문이다. 그것은 제임스 조이스의 『젊은 예술가의 초상』(1916) 거의 마지막 부분에 나오는 한 구절로, 그때 조이스의 분신이라 할 이 소설의 주인공이 아일랜드라는 억압적 상황을 벗어나려는 한 주체적 예술가로서 자신의 전 존재를 걸고 행한 실존적 '투기(投企)'는, 지금의 순수 문학 — 이건 개인적 주체가 아니라 집합적 주체지만 — 이 범세계적 문화 현실 속에서 취해야 할 결연한 태도를 예시하고 있는 듯하다. 그러니까 나는 지금 1세기 전의 '젊은 예술가'의 초심으로 돌아가 다시 시작해 보자고 제안하고 있는 것이다.

우리가 취해야 할 그 결연함은 위 인용 구절의 몇 줄 앞에 고스란히 드러나 있다. 조이스의 분신은 "내가 더 이상 믿지 않는 것을 섬기지 않겠다."라면서 덧붙인다. "나는 어떤 삶이나 예술의 방식을 통해, 가능한 한 자유롭게, 그리고 가능한 한 완전하게 나 자신을 표현하려 노력할 거야. 나를 방어하기 위해 나 자신에게 허용한 유일한 무기들인 침묵, 유배 그리고 계략을 사용하면서 말이야." '자유롭게'와 '완전하게'에 밑줄을 그어 두자. 그리고 '나 자신'에는 이중의 밑줄을 긋자. 나 자신에게 철저하고 정직해야 진정한 문학적 소통이 시작될 테니까. 나를 방어하는 무기에 대해 말하자면, 침묵은 주류 언어로 변명하지 않고 외로움을 견디는 것, 유배는 기꺼이 주류 언어로부터 저 자신을 이탈시키는 것이리라. 그렇다면 계략은? 그것은 주류 언어의 질서를 흩트리는 글쓰기의 어떤 전략이 아닐까? 그런 뜻이라면, 이 계략의 실패는 작가로서의 모든 시도의 실패가 될 수도 있다. 하지만 그 실패를 두려워해서는 아무것도 이룰 수 없다. 아닌 게 아니라, 그는 단호하다. "그리고 나는 어떤 잘못을 저지르는 것도 두려워하지 않는다. 그게 설사 커다란 잘못, 평생을 따라다닐 잘못, 어쩌면 영원히 이어질 잘못이더라도."

그렇다면 이 자기 유배의 목적지는 어디인가? 여기서 우리는 또 하나의 불행 혹은 저주를 각오해야 한다. 더욱 정교해진 대중 매체와 대중문화의 그물망이 세상을 뒤덮어 가는 상황 속에서, 순수 문학의 이 유배에는 어떤 고정된 유배지 혹은 피신처가 따로 없기 때문이다. 그러므로 이 유배는 곧 유랑이다. 때때로 엿보이는 대중문화의 빈틈을 찾아 스며들었다가 다시 빠져나오기를 거듭해야 하는 언어의 유랑. 그렇다면 그 유랑이 꿈꾸는 것은 무엇인가? 대중문화의 질곡을 벗어난 소수의 문학적 떠돌이들 — 작가로서나 독자로서나 마찬가지로 — 이 사방을 헤매다 서로를 알아보며 잠시 모여들어 그들만의 관계를 얽는 허공속의 섬, 부유하는 소통의 섬들을 끝없이 만들어 가는 게 아닐까? 그 섬은 어쩔 수 없이 문학적 소수 집단의 일시적 결합체이자 정처인 아주 작은 섬일 것이다. 이때의 '소수(집단)' 개념은 들뢰즈의 카프카론에서 빌려 온 것인데, 안 소바냐르그(Anne Sauvagnargues)의 해설에 따르면 그것은 "한 사회의 주류 규범의 균형을 깨트리는 소수의 실행 혹은 소수화의 실행을 특징적으로 규정한다." 주류 대중문화의 외곽 지대로 밀려나 있는 '비주체적' 소수로서의 '주체적' 실행 그리고 기꺼이 스스로 소수에 속하고자 하는 능동적 소수화의 실행이 동시에 도처에서 벌어질 수 있다면, 언젠가 문화의 시야는 다시 달라질 수 있을지 모른다. 무수한 섬들이 각양각색으로 펼쳐지며 이루어 내는 아름다운 다도해 풍경처럼.

"사람들 사이에 섬이 있다/ 그 섬에 가고 싶다"라는 정현종 시인의 「섬」을 문득 다시 읊조리게 된 건 작년 봄의 파리 도서전에서였다. 그때 나는 처음 만나는 외국 작가들과 함께 공개 좌담회 비슷한 행사를 마친 뒤 한국관 바로 옆 통행로에 마련된 개인 사인회 자리에 한 시간 동안 앉아 있어야 했다.(초청의 의무 사항이었다.) 말이 사인회지, 그때 느낌으로 나는 거의 현대식 슈퍼마켓 안에 조그만 좌판을 펼쳐 놓은 구식 수공예품 장사나 다름없었다. 사람들은 통행로를 오가며 힐끔힐끔 내 프랑스어 번역판 책들과 내 얼굴을 번갈아 쳐다보다가 스쳐 갔다. 그사이에 내 책들의 표지가 예뻤는지 내 한국적 얼굴이 신기했는지 다섯 권의 책이 팔리긴 했는데, 저들이 내 책을 읽기나 할까 혼자 구시렁거리던 나에게 충격을 준 한순간이 따로 있었다. 거의 한 시간이 다 되었을 무렵, 아까부터 저쪽에 서 있던 웬 중년의 사내가 주춤주춤 다가오더니 가방 속에서 이미 때가 낀 내 소설책 한 권을 꺼내 들고는 거기에 사인을 해 달라는 것이었다. 어떤 기회에 그 책을 읽어 좋았고 우연히 이번에 내가 온다는 것을 알게 되어 사인을 받아 간직해 두고 싶다는 뜻이었다. 나는 뜻밖의 사태에 반쯤 멍해지고 반쯤 감동받았던 것 같다. 아, 프랑스에서 최소한 한 사람은 분명히 내 소설을 다 읽었구나.

금년에도 어김없이 파리 도서전은 열렸지만, 아무도 어떤 언론도 그 소식을 전해 주지 않았다.(뒤늦게 웹 사이트를 찾아보니 금년도 주빈국은 모로코였단다.) 뭐, 그런 게 지금의 시장이란 것이다. 자기 이익이 관련되지 않으면 금방 관심을 꺼 버리는 것. 그럼에도 진정한 문화 상품이 유통될 수 있는 뭔가 다른 시장은 없을까? 가령 문학이 소수화를 추구할 때 열릴 수 있는 시장은 어떤 것일까? 작년 파리 도서전이 끝나던 날, 일요일, 나는 파리 엑스포 전시관으로 가는 대신 후배 작가 두 사람과 몽파르나스 묘원을 산책했는데, 보들레르·사르트르·베케트 등의 묘지를 순례하고 나오자, 묘원 앞의 길쭉한 광장 한편에는 임시 천막들로 설치된 일종의 미술 벼룩시장이 열려 있었다. 천천히 그 가운데를 가로지를 때, 웬 조그마한 조각품 하나가 내 눈을 찔렀다. 처음엔 허기를 달래는 게 더 급해 그냥 지나쳐 식당으로 갔지만, 허기를 달래도 그 눈엣가시가 빠지지 않아 다시 그 천막을 찾아갔다. 당연히 가격도 그리 비싸지 않기에 나는 그것을 구입했고, 그건 지금 내 집의 거실에 놓여 있다. 고개를 숙인 채 온몸이 흘러내리는 듯한 모습으로 앉아 있는 세라믹 인물상. 그걸 볼 때마다 나는 생각한다. "너는 나다." 그리고 혼자 묻는다. 너를 내게 보낸 미술의 벼룩시장 같은, 문학의 벼룩시장은 어디에 있는가? 아직 없다면, 어디에 어떤 형태로 있어야 할 것인가?

이인성 YI In-seong 소설가. 1953년 서울 출생. 서울대학교 및 동 대학원을 졸업했고, 한국외국어대학교와 서울대학교에서 불문학 교수를 역임했다. 실험적인 문체와 독창적인 소설 양식으로 인간 의식의 심연을 지속적으로 탐색해 왔다. 『낯선 시간 속으로』, 『한없이 낮은 숨결』, 『미쳐 버리고 싶은, 미쳐지지 않는』, 『강어귀에 섬 하나』 등의 작품과 『식물성의 저항』 등의 저서가 있다. 한국일보문학상, 김유정문학상 등을 수상했다.

문학이 할 수 있는 일

임철우

1990년대 초반 "문학도 상품이다."라는 한 비평가의 발언 때문에 문단 안팎에서 잠시 논란이 있었습니다. 그것이 누구의 말인지는 잊어버렸지만, 신문에서 그 문장을 처음 대했을 때 제가 받은 작은 충격은 선명하게 기억합니다. 사실 그건 특별히 새삼스러울 것도 없는 표현이었지요. 그즈음은 88올림픽 이후 경제 호황기에 막 진입한 한국에도 바야흐로 세계화의 파도가 밀려들기 시작한 때였습니다. 특히 동구 사회주의 체제의 급작스러운 붕괴에 따른 정신적 후유증과 서구에서 유입된 포스트모더니즘의 영향으로 한국 문화·예술계도 충격과 변화에 직면한 와중이었으니까요.

그럼에도 그 짧은 문장은 내게는 뭔가 매우 불온한 선언처럼 여겨졌습니다. 문학이 오랫동안 지켜 온(혹은 그렇다고 믿어 온) 어떤 순결성에 대한 모독이랄까, 문학의 정신과 존재 가치가 부당하게 훼손당한 기분이었습니다. 어쩌면 오늘 2017년의 젊은 독자들에게는 제 표현이 다소 엉뚱하게 들릴지도 모릅니다. "아니, 무슨 소린가? 그럼 문학은 상품이 아니란 말인가?"라고 반문을 던질 수도 있겠지요. 물론 저도 그런 반응을 충분히 이해합니다. 요컨대 그때와 지금을 비교할 때, 문학의 의미나 가치에 대한 일반의 인식이 그만큼 엄청나게 달라졌다는 얘기입니다.

지금 우리는 전 세계가 단일하고 유일한 시장으로 변해 가는 21세기 신자유주의 시대에 살고 있습니다. 오로지 '경제적 이윤 추구'라는 동기와 '소비', '일회적 욕망의 충족'이라는 물질적이고 나르시스적인 가치가 지배력을 더해 가는 현실에서, 인류의 정신과 아름다움과 감성의 가치를 끊임없이 질문해 왔던 인문학과 순수 예술은 실로 심각한 위기에 처해 있습니다. 문학도 어찌 예외이겠습니까? 이십 몇 년 전 누군가가 조심스레 발설했었을 그 주장("문학도 상품이다.")은 어느덧 극히 당연한 상식("문학은 상품이다.")으로 바뀌었고, 이제는 아예 '상품성'이야말로 작품의 '가치'를 결정하는 명백한 기준처럼 통용되는 게 현실이니까요.

문학의 순결성. 작가 정신. 산문 정신. 문학 혼……. 요즘 독자들에게는 어떻게 받아들여질지 모르겠으나, 저는 한 사람의 작가로서 이 말들의 의미를 (빛은 다소 바랬을지언정) 여전히 옹호합니다. 저는 전쟁 직후에 태어난 이른바 베이비 붐 세대 맨 앞줄에 선 사람입니다. 1950년대에는 유년기의 극심한 궁핍, 소년기인 1960년대에는 후진국에서 벗어나겠다고 온 국민이 허리띠를 졸라매던 경제 개발 시대를 경험했습니다. 1970년대 엄혹한 정치적 고난기의 대학 생활 그리고 5월 광주 학살의 비극과 함께 시작된 1980년대에 사회에 첫발을 내딛은 세대. 그렇듯 30여 년에 걸친 군사 독재 정권을 온몸으로 체험한 세대가 바로 우리입니다.

많은 작가들처럼 저 역시 선배 작가들의 빛나는 작품들 그리고 대학 시절의 문학 강의와 다양한 문학 이론서들을 통해 문학에 눈을 떴습니다. 사실 우리가 습득한 문학에 대한 지식이란 다분히 고전적 개념의 틀을 넘어서지 않는 것이었습니다.

이를테면 "작가는 왜 소설을 쓰는가?" 혹은 "소설이란 무엇인가?" 같은 질문을 위해서는 응당 이런 답이 준비되어 있었습니다. "소설은 자신과 세계에 던지는 질문이다. 소설은 불안 혹은 두려움으로부터의 길찾기이다. 소설은 상처 드러내기이자 동시에 치유이다. 등등. 그중에서도 우리를 단연 매혹시키고 우리의 열정에 불꽃을 댕긴 대답은 이런 것이었습니다.

소설은 세상을 향한 분노 혹은 싸움이다. 문학의 본질은 인간성의 옹호, 자유로운 인간, 인간답게 살 수 있는 세상의 희구이다.

독재 권력의 폭력과 억압에 짓눌린 채 성장해 온 청년들에게 그것은 실로 절실하고 절박한 전언으로 다가왔습니다. 그때 우리에게 작가란 "시대와 불화에 빠진 자", "환멸을 먹고 사는 자"를 의미했습니다. "자기 내면의 어둠과 싸우면서 동시에 세계의 어둠과도 싸우는 자. 현실에 만연한 부정과 불의에 분노하고, 폭력과 불평등에 분노하는 자. 독자들을 향해 현실에 대한 비판과 불만을 거침없이 털어놓는 자. 그리고 그 때문에 흔히 불온한 존재가 되어 박해를 당하거나 시대의 예언자 혹은 혁명의 상징이 되기도 하는 존재……."

바로 그것이 우리가 알고 있는 '작가와 문학의 정체성'이었지요. 그것은 곧 문학의 정신과 가치는 결코 상품화될 수 없는 것이라는, 지극히 순수한 믿음을 의미했습니다. 물론 지금 돌이켜 보면, 거기에는 더러 일종의 엄숙주의랄까 관념적인 경직성이 어쩔 수 없이 과도하게 들어 있었던 것도 사실입니다. 어쨌건 저는 그런 세대의 한 사람으로서, 그날 아침 그 짧은 문장 앞에서 특별한 감정을 느낄 수밖에 없었던 것이지요.

* * *

언제부턴가 '문학의 위기'라는 말이 불길한 예언처럼 회자되어 왔습니다. 그러나 이제 그 말은 다소 진부하고 맥 빠진 표현이 되어 버린 듯합니다. 바야흐로 위기는 단지 문학만이 아니라 전 지구적 조건, 인류의 총체적 현실이 되어 버렸기 때문입니다. 경제적 가치와 현금 가치가 윤리적 가치와 도덕적 가치보다 우선시되는 시대. 속도와 효율성만을 절대시하는 정보 통신 기술과 전대미문의 소셜 네트워크들의 위력, 전통적 국가 개념 및 역할의 축소 그리고 그에 따른 사회적 유대 관계의 해체, 개인 정체성의 위기 등등은 불확실성과 혼란으로 점철된 21세기의 모습입니다.

따라서 저는 본 세션의 소주제인 '작가와 시장' ── 이를테면 '작가와 현실', '작가와 세계'라고 바꿔도 무방할 ── 을 훨씬 포괄적인 관점에서 나름대로 얘기하고자 합니다. 왜냐하면 세계 전체가 이미 단일한 시장으로 화해 가는 엄연한 현실에서, 저로서는 굳이 문학과 관련한 '시장'이라는 개념을 따로 구별해 낼 만한 안목이 없기 때문입니다.

지금 제 노트북에는 최근 며칠 사이의 인터넷 뉴스 몇 개가 스크랩되어 있습니다. 그것들을 대충 소개하자면 이렇습니다.

하나. 현재 국내에 급속히 번지고 있는 고병원성 조류 인플루엔자로 인해 강제 살처분된 닭과 오리가 총 3100만 마리를 넘어섰다는 기사. 한국 인구 절반을 훨씬 넘는 수의 닭과 오리가 산 채로 구덩이에 생매장되는 모습이 생생히 담긴 동영상이 재생된다. "피해 규모 1조 원 이상, 농가 피해액과 보상비, 달걀 품귀 현상으로 달걀 값 폭등" 등등 오로지 당장의 경제적 손실에만 초점을 맞춘 기사들. 그러나 A4 용지 한 장 넓이의 철창 안, 스물네 시간 켜진 조명등 아래서 오로지 모이만 먹다가 30일 만에 도축되는 공장식 축산 제도 그리고 인간의 손에 생매장당한 무수한 생명들에 대한 윤리적 책임 따위를 거론하는 목소리는 거의 없다.

둘. 시리아 극단주의 집단이 최근 SNS를 통해 유포했다는 동영상. 8세와 7세인 두 딸에게 폭탄 허리띠를 채워 주며 아버지가 묻는다. 천국에 갈 거니까 무서워하지 않을 거지, 그렇지? 네. 검은 차도르를 입은 아이들의 또렷한 대답. 어머니는 카메라 앞에서 무표정하게 말한다. 성전에 뛰어드는 데에 어린 나이란 없습니다. 잠시 후 7세 소녀는 허리띠를 찬 채 혼자 경찰서로 걸어 들어갔고, 곧 굉장한 폭발음이 터져 나온다. 원격 조종으로 폭탄을 터뜨린 것은 아이의 부모였다.

셋. 이집트 인근 지중해에서 600여 명을 태운 난민선이 침몰, 400여 명이 사망했다는 동영상 뉴스. 그들은 서아프리카에서 새로운 삶을 찾아 이탈리아에 불법 입국하려던 사람들이다. 형편없이 작고 낡은 보트가 한순간 뒤집히면서 수백 명의 난민이 한꺼번에 바다에 떨어지는 모습이 화면에 생생히 비친다. 이날 사망자 대부분은 10대 이하의 아이들. 이들처럼 바다에서 목숨을 잃은 난민 숫자가 2016년 한 해에만 5000명이 넘는다. 유럽 국가들이 외면하고 있는 사이, 지중해의 참상은 이 순간도 계속되고 있다.

별다른 의도 없이 뽑아 본 이 뉴스들은 오늘날 세계가 어디로 향해 가는지를 압축해 보여 줍니다. 그것은 인간성의 상실이라는 위기를 명백하게 보여 주는 증거들입니다. 이런 동영상 뉴스들은, 지구 반대편의 누구라도 마치 사건 현장에 직접 서 있는 것처럼, 그 충격적인 실제 광경을 생생히 목격할 수 있게 합니다. 거기에는 현실과 영화의 차이가 이미 존재하지 않습니다. 현실이 영화이고, 영화가 곧 현실 같습니다.

이처럼 인터넷에선 지구 곳곳의 사건 사고가 매일, 매 순간 헤아릴 수 없이 올라옵니다. 하지만 폭포처럼 쏟아지는 정보 속에서 정말로 중요하고 긴급한 뉴스들은 수십, 수백 배나 많은 쓰레기 정보에 뒤섞여 대부분 간단히 폐기되고 맙니다. 그 어떤 사건도 뉴스도 오래 기억해 둘 만큼 특별하거나 심각한 것이 되지 못합니다. 인터넷에선 훨씬 더 충격적인 사건들이 매일, 매 순간 엄청나게 일어나고 있기 때문입니다. 그렇듯 현실은 어느 사이 영화로 변해 가고, 사람들의 이성과 감각은 갈수록 무뎌져 갑니다.

* * *

지금 우리는 전대미문의 기술적·경제적 혁명을 경험하고 있습니다.

인류에게 노동과 시간을 절약하게 해 준다는 온갖 첨단 기계와 장치들이 끊임없이 개발되고, 상상을 초월하는 기술과 시스템들이 눈앞에 현실로 속속 등장합니다. '속도, 효율성, 경제성'을 최고 가치로 삼는 그것들은 하나같이 '인간을 위함, 인류의 삶을 위함'이라는 수사를 앞세웁니다.

그러나 정작 우리 삶은 지금 어디로 가고 있습니까? 개인과 가족, 공동체의 삶의 질은 더 열악해지고, 생존을 위한 경쟁은 '만인에 대한 만인의 투쟁'으로까지 내몰리고 있습니다. 첨단 기술과 시스템이 속속 개발될수록 오히려 일자리는 줄어들고, 스트레스와 피로는 쌓여 가며, 아무리 바쁘게 움직여도 시간은 항상 부족합니다. 실제로 기술은 인간의 시간과 에너지를 절약해 주기보다 오히려 인간의 시간과 에너지를 착취하고 있는 듯합니다.

불확실성과 혼란으로 가득 찬 이 시대를 사회학자 바우만은 '유동하는 세계'로 명명합니다. 모든 것이 액체처럼 끊임없이 변화하는 이 세계에서는 인간의 삶을 지탱하는 토대 자체가 끊임없이 흔들리고 뒤바뀝니다. 노동 시장의 정리 해고, 비정규직의 급속한 증가, 지구촌을 떠도는 이주의 행렬 그리고 전쟁, 테러리즘, 인종주의, 핵 공포…….

일상의 삶 도처에 위험과 균열이 잠복해 있는 잔혹하고 폭력적인 세계, 이 요동치는 바다에서 개인들은 불안과 두려움에 사로잡혀 표류할 뿐입니다. 그것들로부터 자신을 구해 줄 대상을 갈구하지만, 국가는 물론 이미 세속화된 종교, 와해된 여타 공동체적 연대, 심지어 가장 본질적이고 사적 관계인 가정, 우정마저도 더는 기댈 만한 대상이 되지 못합니다.

대신에 그들에게는 IT 기술이 안겨 준 기적 같은 축복이 있습니다. 모래알처럼 각자 흩어지고 고립된 존재들은 인터넷, SNS, 스마트폰, 가상 현실 체험에 열광적으로 매달립니다. 저 현란한 기술 혁명의 산물들이 자신들을 위한 구조선이기를 기대하면서 말입니다. 그것은 자신의 무의미함과 주위의 무관심, 일상화된 위기, 세계 종말의 암시로 가득 찬 뉴스들 그리고 알 수 없는 도덕적 공허로부터 벗어나고자 애쓰는 개인들의 절박한 몸짓입니다. 그것은 고독하고 절망적인 개인이 자기 자신의 공간을 찾으려는, 비록 가상적으로라도 자신을 보호해 줄 공간을 찾으려는 저항이기도 합니다.[1]

* * *

이러한 시대에, 소설이란 과연 어떤 존재일까요?

소설이 서사 장르의 왕좌에서 밀려난 것은 이미 오래전입니다. 이전까지 서사시, 전설, 소설 등의 형태를 띠었던 서사는 오늘날 텔레비전, 컴퓨터, 스마트폰의 화면에서 절대적인 위력으로 펼쳐지고 있습니다. 이 새로운 영상 서사는 순전히 가상 공간에서 '진짜 현실보다 더 진짜 같은' 세계로 창조됩니다. 여기에 조만간 가상 현실, 증강 현실, 인공지능 기술까지 합쳐질 거라고 하니, 과연 그것이 어떤 모습일지 상상하기조차 어렵습니다. 만약 미래에 소설이 요행히 살아남는다면, 분명 지금과는 전혀 다른 형태일 것입니다.

오늘날 독서와 인간 내면의 가치는 실로 심각한 위협에 직면해 있습니다. 사람들은 갈수록 책을 읽지 않습니다. 그나마 팔리는 책들도 주로 실용서나 흥미 본위의 가벼운 내용들입니다. 대신 사람들은 매일 놀라울 정도로 많은 시간을 인터넷 포털, 스마트폰, 각종 대중 영상 매체에 소비합니다. 사람들은 이제 생각하고, 느끼고, 판단하고, 기억하는 일마저 기계에 의존하고 있습니다. 머잖아 인류에게 사이버 공간은 현실 공간과 동등한, 아니, 그보다 훨씬 더 중요한 공간으로 자리바꿈할지도 모릅니다.

특히 스마트폰은 가히 인류의 두 번째 뇌로 진화 중인 듯합니다. 어

---

1) 지그문트 바우만·레오니다스 돈스키스, 최호영 옮김, 『도덕적 불감증』(책읽는수요일, 2015), 193쪽.

떤 의문과 마주치면 누구나 즉각 키를 두드려 검색하고, 그것을 의심 없이 완벽한 해답으로 받아들입니다. 생각하는 일, 기억하는 일은 전지전능한(?) 스마트폰에 맡기면 되고, 글쓰기 따위는 메일이나 페이스북에 필요한 최소한의 어휘와 짤막한 문장 정도면 충분합니다. 그 결과 사람들의 사고력, 표현력, 상상력은 몰라보게 단순해지고 빈곤해져 갑니다.

잠시도 손에서 놓지 못하는 스마트폰은 이미 중독증을 넘어 인간 신체의 일부가 되었고, 그 대가로 우리는 '사생활'과 '기다림'을 잃었습니다. 사유와 자기 성찰에 꼭 필요한 '고독의 시간'까지 잃었습니다. 이 고요한 내면의 시간이야말로 수천 년 동안 인류의 위대한 정신, 문화, 예술을 탄생시켜 온 진정한 창조의 원천이었습니다. 우리는 그 위대한 원천을 지금 우리 스스로 상실해 가고 있습니다. 무엇이 문제인지도, 최소한의 위기의식도 없이 말입니다. 이렇듯 우리 스스로가 자율성을 상실한 채 퇴화의 길을 선택한다면, 머잖아 인간은 기계와 기술의 노예로 전락하게 될지도 모릅니다.

때마침 오늘 신문에서 '제4차 산업 혁명'에 관한 기사를 읽었습니다. 국내에서 10년 안에 전체 일자리의 71퍼센트인 1800만 개 일자리가 인공 지능이나 로봇으로 대체될 수 있다는 연구 결과가 나왔다는군요. 더군다나 일자리를 잃게 될 위험 비율은, 사회적 약자층인 단순 노무직의 경우에 무려 90퍼센트에 이른다고 합니다. 현재도 최악의 실업난으로 고통을 겪고 있는데, 내일은 과연 어떤 세상이 될지 참으로 암울해집니다. 어쩌면 우리는, 기계가 인간의 뇌와 정신과 감각을 지배하는 무서운 세계에 이미 도착했는지도 모릅니다.

그럼에도 인공 지능 로봇이 출현하고 자율 주행 자동차, 사물 인터넷, 빅 데이터 등이 지배하는 경이로운 제4차 산업 혁명이 눈앞에 도래했다는 나팔소리가 벌써 우렁차게 울려 퍼지고 있습니다. 과연 우리 앞에 놓인 것이 섬뜩한 묵시록의 세계일는지, 아니면 자본과 지배층만을 위한 경이롭고 황홀한 신세계일는지는 아직 알 수 없습니다. 다만 한

가지 분명한 것은, 인간 그리고 인간성이라는 개념 자체가 전대미문의 심각한 도전에 직면해 있다는 사실일 것입니다.

* * *

존재의 취약성과 불안정성 — 이는 21세기 인간의 발 앞에 놓인 치명적인 덫의 이름입니다. 앞을 가늠할 수 없는 격랑에 몸을 맡긴 채 사람들은 불안과 공포, 혼돈과 공허에 시달립니다. 그러나 그들을 위한 구조선은 아직 어디에도 보이지 않습니다.

이러한 시대에 문학은 과연 무엇을 할 수 있을까요?

물론 문학에는 전 지구를 하나의 시장으로 만들며 폭주 중인 신자유주의라는 무서운 기관차를 멈춰 세울 힘 따위는 없습니다. 문학은 칼이 되지도, 빵이 되지도 못합니다. 하지만 문학은 현실을 직시하고, 현상의 이면에 은폐된 문제를 제기하며, 편견과 독단과 차별의 부당함을 지적할 수 있습니다. 사람들의 마음에 작은 불씨 하나를 던지고, 마음속 작은 변화를 불러올 수 있습니다. 때로는 그 작은 변화들이 모여 더 큰 변화를 불러올 수도 있습니다.

때문에 문학은 세계와 현상에 대해 끊임없이 의심하고, 툴툴대고, 소리를 지릅니다. 문학이란, 작가란 본디 그렇게 불온하고 고약한 존재로 태어났으니까요. 지금 우리는 어디로 가는 중이냐고, 이것이 과연 인간을 위한 길이 맞느냐고, 이렇게 무작정 순순히 끌려가도 좋은 것이냐고, 분명 뭔가 잘못된 게 아니냐고…… 문학은 사람들에게 끊임없이 속삭이고 말해야 합니다.

문학은 연대와 소통을 이야기합니다. 인간은 모래알처럼 흩어진 존재가 아니라고, 서로 이어져 있는 존재라고, 우리는 다 같은 인간이라고 속삭입니다. 각자 방 안에 고립된 채 가상의 공간에서 상상 속의 친구를 찾겠다고 페이스북을 헤매는 이들에게, 지금 바로 곁에 당신처럼 고통을 겪는 사람들이 앉아 있다고, 그들에게 먼저 손을 내밀어 보라고, 행복은 결코 혼자서 추구할 수 있는 것이 아니라고 말합니다. "우리는 타인들의 불행으로부터 우리 스스로 거리를 두는 동안에는 결코 행복 추구라는 목적에 더 가까이 다가갈 수 없다."라고, "사회적 질병에 대항해 맞서 싸우는 우리들의 투쟁은 오로지 함께 할 때에만 비로소 가능할 수 있다."라고, "그러지 않으면 우리들은 그 투쟁에서 실패할 수밖에 없을 것"이라고, 계속 말을 건네야 합니다.[2]

　문학은 인간성의 위기에 대해 말합니다. 우리를 둘러싼 갖가지 첨단 대중 매체가 우리에게서 사유의 권리를 빼앗아 가고, 우리를 지성(비판력)의 상실, 현실에 대한 무관심이라는 무서운 결과로 이끈다는 것. 또한 그것들은 사람들이 서로를 이해하는 능력이 아니라, 자신을 표현한다는 환상을 이용한다는 것. 그리하여 누구나 더는 인간의 정체성 따위에는 관심이 없게 되어, 타인의 고통뿐만 아니라 자신의 자아의 고통에도 무감각해지게 된다는 것. 결국 기억하고 보고 느끼는 능력을 상실할 때, 인간은 악마 혹은 기계의 노예로 전락하게 된다는 것을 문학은 사람들에게 경고합니다.

　문학은 이 시대 우리에게 가장 시급한 것이 무엇인지를 끊임없이 질문합니다. 그렇다면 과연 불안과 공허감, 인간성 상실로부터 우리를 지켜 내게 할 힘은 어디에 있을까요? 저는 '타인에 대한 관심' 곧 '공감 능력'이 아닐까 생각합니다. 오늘날 악은 반드시 전쟁이나 테러리즘에만 한정되는 게 아니라, 평범한 사람들의 일상, 어쩌면 바로 나와 당신의 생활 속에도 존재하는지 모릅니다. 우리가 타인의 고통에 눈감을 때, 타인에 대한 이해를 거부할 때, 그들의 시선과 손길을 외면할 때, 악은 바로 그곳에 우리와 함께 존재할 것입니다.

　마지막으로, 작가 수전 손택(Susan Sontag)의 연설문 가운데 한 구절을 인용하면서 이 글을 마무리하고자 합니다.

---

2) 지그문트 바우만, 조은평·강지은 옮김, 『고독을 잃어버린 시간』(동녘, 2012), 186쪽.

문학은 우리 아닌 다른 사람들이나 우리의 문제 아닌 다른 문제들을 위해서 눈물을 흘릴 줄 아는 능력을 길러 주고, 발휘하도록 해 줄 수 있습니다.[3]

감사합니다.

임철우 LIM Chul-woo 소설가. 1954년 전남 완도 출생. 전남대학교 및 서강대학교 대학원을 졸업했다. 유려한 문체로 휴머니즘에 대한 신뢰 위에 폭력과 그로 인한 인간성의 왜곡을 규탄하는 작가라는 평가를 받았다. 『아버지의 땅』, 『그리운 남쪽』, 『달빛 밟기』, 『그 섬에 가고 싶다』, 『이별하는 골짜기』 등의 작품이 있다. 한국창작문학상, 이상문학상, 단재상, 요산문학상, 대산문학상 등을 수상했다.

---

3) 수전 손택, 이재원 옮김, 『타인의 고통』(이후, 2004), 207~208쪽.

630

작가와 마케팅

히라노 게이치로

'작가와 마케팅'은 작가로서는 그다지 내키지 않는 제목으로, 이는 어디까지나 주최 측에서 제시한 테마임을 미리 밝혀 둡니다. 만약 제가 먼저 이런 테마를 생각했다고 하면 독자로서는 족히 실망스럽겠지요.

전통적인 소설가의 이미지란 일반적으로 마케팅과는 정반대에 있을 테고, 이런 테마에는 "마케팅 같은 거 알게 뭐야!"라며 막말이라도 해 보이는 것이 모범 답안이 아닐까요?

그러나 소설가도 분명 책을 팔아 생활하고 있으니, 그렇게 세상 물정과 무관하게 혹은 고답적으로 세속적인 일을 무시하고만은 있을 수 없겠지요. 오히려 세속과 소통하지 않고서는 소설을 쓸 수 없을 것입니다.

"책이 팔린다."를 좀 더 고상하게 바꿔 말하면 "작품이 많은 사람에게 읽힌다."가 될까요? 두 말은 거의 같은 뜻이나 똑같지는 않습니다. 매스컴에서 떠들어 대서 사 보긴 했으나 재미없을 것 같아 아직 읽지 않은 책 혹은 끝까지 읽지 못한 책 같은 것은 누구에게나 있을 것입니다. 반대로 자기가 사서 읽고 너무 재미있어서 다른 사람에게 빌려준

책도 있겠지요.

소설이라는 콘텐츠와 표지와 띠지의 글까지를 포함해 패키지된 책이라는 형태의 상품. 그러나 사물로서의 책도 상품으로 서점에 꽂혀 있을 때와 자기 집 책장에 꽂혀 있을 때는 의미가 다릅니다. 깊은 감동으로 끝까지 읽은 한 권의 책은 내용과 더불어 그 두께나 감촉, 들고 다니느라 닳은 정도, 적어 넣은 메모 등이 매우 사적인 기억을 환기시킵니다. 표지 디자이너의 고민으로 책이 독자의 책장에 오래 꽂혀 있는 디자인이어야 하는가, 아니면 서점에 발을 디딘 사람 혹은 우연히 매스컴에 소개된 기사를 본 사람에게 크게 어필하는 디자인이어야 하는가 하는 두 가지 과제가 있을 텐데, 작가인 저 자신도 양쪽의 균형에 대해서는 감각적으로 판단할 수밖에 없습니다.

소설은 예술의 한 장르이나, 앞에서 언급한 바와 같이 '책'이라는 형태로 유통되는 이상 당연히 하나의 상품입니다. 그런 의미로는 빵이나 양말, 립스틱이나 스마트폰의 애플리케이션과도 다르지 않습니다.

그러나 소설의 가치와 책으로서의 가치가 간단히 결부되지는 않습니다.

빵을 예로 들더라도 빵의 "맛있음과 맛없음" 혹은 영양가와 사회·역사적인 위치 그리고 기독교 문화권에서의 상징성 등 이 모든 의미를 팔렸는가 팔리지 않았는가란 한 가지로 단순화시켜 생각할 수는 없습니다.

새삼 이야기할 필요도 없겠습니다만, 올해 카프카나 도스토예프스키의 책보다 많이 팔린 책은 얼마든지 있겠지만, 그렇다고 그 책들이 보다 가치 있는 작품들이라 한다면 너무 난폭한 이야기가 되겠지요.

책 그 자체의 의미가 다양하다는 것은 뒤집어 이야기하면, 애초에 집단으로서의 독자는 다양하며 또 각각의 독자가 내적으로 다양하다는 것입니다.

즉, 한 개의 빵을 오늘의 공복을 채우기 위한 무엇으로 생각할 것인가, 아까 읽은 성서의 기술과 관련시켜 되돌아볼 것인가는 사람 나름이며, 더 나아가서는 한 사람이 그 중의적인 의미를 인식하기도 하고, 그때그때의 단순한 먹을거리로 생각할 수도 있으며, 살바도르 달리의 그림 같은 신비로운 존재로 느낄 수도 있는 것입니다.

한 권의 책이 어떻게 읽히는가? 그 다양함을 우리는 인터넷상에 오른 리뷰 등을 보면서 일상적으로 실감합니다. 평가의 높고 낮음뿐 아니라 저자인 저도 그것을 그런 식으로 읽는구나 하고 독특한 해석에 놀라기도 합니다.

또 어떤 등장인물에 감정을 이입하는가도 결코 같지 않습니다. 주인공 외의 묘한 인물에게 마음이 끌렸다는 자신과 같은 의견을 가진 사람을 만나면 뭐라 말할 수 없을 정도로 기쁘기도 하지요. 저는 도스토예프스키의 『죄와 벌』에서 스비드리가일로프라는 음탕한 니힐리스트에게 가장 매료되는데, 좀처럼 그런 독자를 만나기가 쉽지 않습니다. 그런데 최근 일본에서 도스토예프스키를 새로 번역해 대단히 많은 독자를 확보한 가메야마 이쿠오 씨와 이야기를 나누다 실제로 번역을 하면서 가장 매력적이었던 인물은 라스콜리니코프도 소냐도 아닌 스비드리가일로프였다는 이야기를 듣고, 역시 내 생각대로라며 무척 즐거운 대화를 나눈 적이 있습니다.

물론 한 독자의 변화나 내적 다양성에 대해서도 우리는 익히 알고 있습니다. 소년 시절에 몰두했던 책이 시간이 지나면서 시시해질 때도 있고, 반대의 경우도 있지요. 책을 사고 소설을 읽는 우리는 소비자이며 동시에 감상자이고, 누군가의 아이이며 친구이고 회사원……이란 풍부한 존재입니다. 도대체 한 독자의 마음의 무엇이 그 책을 구입하고 감동케 하는가? 그들이 또 그 책을 친한 이들에게 권하고…… 하는 행위들이 모아져 어떻게 마켓에 반영되는가?

마켓에는 현대 사회를 읽어 내는 복잡한 정보가 넘칩니다. 어떤 책이 팔렸다는 사실을 분석하는 것은 상업적인 발상인 것 같습니다만, 역사적으로는 나보코프의 『롤리타』가 왜 그렇게 상업적으로 성공할 수 있었는지, 혹은 푸코의 『말과 사물』이 "프랑스빵처럼 팔려 나간" 것은 어째서인지, 우리는 당대 사회를 이해하기 위해 진지하게 생각해 봅니다. 그렇다면 동시대에 그것을 거부할 이유는 없겠지요.

그러나 그 어려움 또한 명백합니다. 현대는 '시대정신'이라든지 '세대적 공감'이란 말을 쉽게 할 수 없는 시대가 되었습니다. 반복되는 이야기가 되는 것 같습니다만, 특히 인터넷이 등장한 후에 우리는 같은 세대 안에서의 다양성을 매일 목격합니다.

* * *

예를 들어 제가 일본에서 '베이비 붐 세대의 자녀'라 불리는 우리 세대의 일반적인 경향에 대해 어떤 이야기를 하면, 공감한다는 의견과 함께 "그것은 당신의 개인적인 생각으로 내 의견은 전혀 다르다. 세대 감각이란 식으로 싸잡아 이야기되면 곤란하다."라는 반론의 소리가 순식간에 올라옵니다. 그리고 저는 그러한 반발은 지당하다 생각합니다. 태어나서 자란 토양이나 가정 환경 등 동시대에 태어났다고 하더라도 삶의 전제는 결코 같을 수 없습니다.

출판 시장에서 보이는 현상에서 우리가 캐치할 수 있는 것은 현대라는 시대적 공기의 그저 한 부분에 지나지 않을 것입니다. 하지만 그럼에도 간과할 수도 없겠지요. 애국심이라기보다는 국수주의적 내용에 가까운 책이 베스트셀러가 되면, 우리는 거기에서 시대의 병리 현상을 읽을 수 있습니다. 소년 소녀의 순수한 사랑을 그린 책이 히트를 친다면 많은 사람들이 그런 향수 어린 순수함에 끌리는 어떤 이유를 발견합니다. 물론 다이어트 관련 서적이나 전자레인지만으로 만들 수 있는 간단한 요리에 대한 책의 인기만으로도 여러 요인을 찾아낼 수 있습니다.

그러나 그러한 숫자들로 그 이상의 개개인의 삶의 모습을 어디까지 파악할 수 있을까요? 차별적이고 배타주의적인 책을 사는 사람들은 빈곤으로 인해 사회에 불만을 품고 있기 때문에 그러한 사상을 갖게 되었다? 오히려 사회적 특권층(establishment)의 오만함이 유치한 차별 의식을 더욱 조장하고 있다?

정부의 경제 정책을 짊어지는 식의 거시 경제 전문가들은 인플레에 대한 기대가 높아지면 소비가 활성화된다는 나쁜 농담 같은 안이한 가설을 진지한 얼굴로 떠들어 댑니다. 하지만 그들은 앞으로 물가가 오를지도 모른다는 불안 때문에 오히려 지출을 줄이는 사람들의 당연한 심리는 미처 생각하지 못합니다. 이는 꽤 기묘한 일로 보입니다.

요즘 자주 화제가 되는 인공 지능에 의한 빅데이터의 해석은 어떨까요? 책이 상품인 이상은 피할 수 없는 이야기이지요. 실제로 아마존에서 책을 구입하면, 구입 이력을 바탕으로 매일같이 추천 도서를 알리는 메일이 옵니다. 그 내용이 꼭 엉뚱한 것만도 아니고 제 독서 경향에 일치하는 책들도 적지 않습니다. 전자 상거래에서는 소비자 전체의 다양성뿐만 아니라 구입 이력으로 개인의 내적 다양성도 분석 대상으로 삼기 때문에 거기서 시대의 편린을 알 수 있는 것도 사실이지요. 최근에는 소비자에게 가장 가까운 소매업자가 그러한 데이터를 바탕으로 제조업자에게 상품 아이디어를 제안하는 등의 현상도 볼 수 있습니다만, 출판업계에서도 아마존 등이 책의 편집에서 판매, 배송까지 모두 짊어질 가능성은 크다고 하겠습니다. 그때의 '출판업계와 마케팅'이란 테마는 아마도 지금보다 훨씬 심각한 뉘앙스를 띤 문제 제기가 되어 있겠지요.

마켓의 동향은 우리가 사는 이 현실 사회를 이해하기 위한 하나의 단서가 되나 그 이상도 그 이하도 아닙니다. 이러한 책이 유행하고 있으니 자기도 같은 테마의 작품을 써 보자고 하는 경솔한 재탕이 성공을 거둘 수도 있을 것입니다. 그러나 제 경우를 이야기하자면, 그러한 동기로는 한 작품을 써 내려갈 수 없습니다. 첫 줄을 쓰기 시작할 때부터 마지막 한 줄을 쓸 때까지 창작은 육체와 정신을 탐욕스러울 만큼 소모하는 작업이며, 때문에 자기 실존의 본질적인 사항 외에는 관여할 여유가 없습니다.

자기가 쓰고 싶은 글을 쓰고, 읽고 싶은 작품을 쓴다. 그것이 대전제입니다만, 그 충동의 근저에 이 시대를 살고 있다는 리얼리티가 없다면 독자로서는 자신과 전혀 무관한 소설이라 여겨질 것입니다.

나는 누구를 위해서 쓰고 있는가? 그것은 마켓을 보고 판단하는 것이 아니라, 그저 저처럼 독서가 그 실존의 구원이 될 수 있을 누군가를 향해 하는 이야기입니다. 과거의 독자가 제 작품을 읽을 수는 없지만, 미래의 독자는 책을 손에 들지도 모릅니다. 그리고 그들은 지금의 마켓에는 아직 존재하지 않는 사람들입니다. 제가 '작가와 마케팅'이라는 테마로 지금 생각할 수 있는 것은 대체로 이런 것들입니다.

히라노 게이치로 平野啓一郎 HIRANO Keiichirō 소설가. 1975년 일본 출생. 1998년 등단하고 다음 해인 23세에 『일식』으로 아쿠타가와상을 최연소로 수상하면서 일본 문학계에 자리매김한다. 유려하고 고전적인 언어와 문장, 유럽 역사에 대한 해박한 지식은 "미시마 유키오의 재래"라는 문단의 호평을 이끌어 냈다. 예술선장 문부과학대신 신인상과 분카쿠라 두마고상 등 다수의 문학상을 수상하였다. 주요 작품으로 『일식(日蝕)』(1998), 『던(ドーン)』(2009), 『마티네의 끝에서(マチネの終わりに)』(2016) 등이 있다.

소설과 시장——「우리 시대의 소설가」에 대한 주석

이승우

    소설이 마음에 들지 않는다고 끈질기게 환불을 요청하는 독자에게 시달리는 소설가 이야기를 쓴 사람은 조성기이다. 그는 소설가들에게 가해지는 외부의 위협을 꽤 사실적으로 그린 소설 「우리 시대의 소설가」로 1991년 이상문학상을 받았다. 소설가에게 환불을 요구하는 독자의 입장은 소설책도 엄연히 하나의 상품으로 경제 구조 속에서 유통되고 있으므로 소비자의 권리를 주장할 수 있다는 것이고, 이에 대해 소설가는 창작물이 전자 제품 같은 공산품과 다르기 때문에 불량 상품으로 판정할 기준이 없다고 버틴다. 소설책의 환불 논쟁을 꽤 심도 있게 다루고 있는 이 소설은 소설과 시장에 대해 몇 가지 흥미로운 생각거리를 제공해 준다.

    소설은 환불 대상인가 하는 질문 속에는 소설이 상품인가 하는 질문이 들어 있다. 상품에 흠이 있거나 어떤 이유로 소비자가 만족하지 못할 때 환불을 요청하는 것은 보장되어 있는 권리이다. 소설도 시장에서 유통되기 때문에 상품이라고 할 수 있고, 그러므로 환불을 요청할 수 있지만, 엄격히 말하면 유통되는 것이 소설이 아니라 (소설이 담겨 있는) 책이기 때문에, 소설은 상품이 아니라고 할 수 있고, 그러므로 환불의 대상이 되지 않는다고 할 수도 있다. 소설책은 시장에서 상품으로 유통되므로 인쇄가 잘못되었거나 파본일 경우, 그러니까 불량품인 경우 마땅히 환불해야 하지만 또 소설은 상품이 아니므로 문학적 가치나 수준을 문제 삼아 비판할 수는 있어도, 불량품이라는 규정은 불가능하고, 그러므로 환불 대상이라고 할 수 없다. 소설책의 정가를 매길 때의 기준이 종이 값, 인쇄비, 인건비 등이므로 책은 상품이 맞지만, 바로 그 이유, 즉 정가를 매길 때의 기준이 종이 값, 인쇄비, 인건비 등일 뿐이므로, 즉 그 소설책을 만들 때 들어가는 물리적 비용만을 따질 뿐 소설의 내적 가치를 염두에 두지 않고 책값을 정하므로 소설은 상품일 수가 없다. 상품으로서의 책은 불량-우량의 판단 대상이지만, 창작물인 소설은 비평의 대상이라고 말할 수도 있다.

소설이 상품인가라는 질문 속에 도사리고 있는 보다 심각한 문제는, 소설가가 상품 생산자인가이다. 소설이 시장에서 유통되는 상품이라면 소설가는 상품을 만든 생산자가 될 것이고, 그 소설을 읽은 독자는 소비자가 될 것이다. 상품인 책을 가운데 놓고 생산자와 소비자가 마주 본다면, 창작물인 소설을 가운데 놓고 소설가와 독자가 마주 본다. 환불은 소비자의 권리이지 독자의 권리가 아니다. 독자에게 주어진 권리는 비평이지 환불이 아니다. 소비자는 불만스러운 제품을 만든 생산자에게 환불을 요구할 권리가 있고, 불만스러운 제품을 만든 생산자는 소비자에게 환불해 줄 의무가 있다. 그러나 독자는 불만스러운 소설을 창작한 작가에게, 그가 읽은 것이 제품이 아니므로, 환불을 요구할 권리가 없고, 불만스러운 소설을 창작한 작가는 독자에게 환불해 줄 의무를 지지 않는다.

그렇지만 이런 식의 구별이 편의적이고 실제적이지 않다는 문제를 지적하지 않을 수 없다. 예컨대 현실 속에서 독자와 소비자는 같은 사람이고, 스스로 독자이면서 동시에 소비자로 자기를 인식하고 자처한다. 이 독자-소비자가 읽고 있는 것은 소설-책이다. 독자-소비자의 인식 속에서 소설과 소설책은 선명하게 구분되지 않는다. 독자-소비자는 스스로를 독자인지 소비자인지 규정하지 않을 뿐 아니라 자기가 읽고 있는 것이 소설인지 소설책인지도 문제 삼지 않는다.

「우리 시대의 소설가」의 소설가를 괴롭히는 인물은 그의 소설을 읽은 독자임을 앞세우며 책 소비자의 권리를 주장한다. 그가 문제 삼는 것은 잘못된 인쇄나 파본(즉 제품의 불량)이 아니라 소설(창작품)의 내용이다. 제품의 불량이 아니라 창작품의 내용을 문제 삼아 소비자의 권리를 주장하므로 그의 요구는 당착이다. 창작품의 내용을 문제 삼는 이는 독자여야 하지 소비자여서는 안 되고, 독자에게 가능한 문제 제기의 방식은 비평이어야 하지 환불이어서는 안 되기 때문이다.

이 뒤섞임은 비자발적이고 무의식적이어서, 즉 자의성이 전혀 없어서 비난하기가 어렵다. 금융, 교육, 의료를 포함한 거의 전 영역의 인간 활동을 소비 행위로 취급하는 고도의 자본주의 소비 사회가 이뤄 낸 기만적 현상이다. 소비 행위가 아닌 것이 없고 소비자 아닌 사람이 없는 시대를 우리는 살고 있다. 학생도 소비자고 환자도 소비자인 세계에서 학생의 위치나 환자의 신분은 소비자의 위치나 신분과 비자발적으로 뒤섞여 구별되지 않는다. 독서 역시 소비 행위이므로 독서하는 사람은 소비자와 구별되지 않는다.

이 소설의 주인공인 소설가가 이 독자-소비자의 요구에 적절하게 대응하지 못하는 것은 이 당착적인 현상을 제대로 받아들이지 못하기 때문이다. 소설가는 독자-소비자에 맞서 소설가-생산자로 자기를 정립하지 못한 상태에 있다. 독자는 독자이면서 소비자이기도 하다는 사실을 항의를 통해 토로하지만, 소설가는 아직 생산자의 이름을 수용하는 걸 꺼린다. 그는 독자의 비평에 대해서는 대응하거나 대응하지 않을 준비가 되어 있지만, 독자를 내세우는 소비자의 환불에 대해서는 대응할 준비가 전혀 되어 있지 않다. 이 소설의 독자-소비자가 환불 요구의 이유로 제시한 것이 소비재로서의 책에 대한 것이 아니라 창작물로서의 소설에 대한 것이어서 소설가는 더 대응하지 못하고 우물쭈물 물러난다.

이 독자-소비자는 소비자이므로, 소비자임을 내세워 환불을 요구하는데 그 근거는 소비가 아니라 독서의 결과이고, 향하는 대상은 생산자가 아니라 창작자이다. 이 독자-소비자는 소설가를 향해 작가 정신의 결여, 창작자로서의 철저하지 않은 의식과 비겁한 타협 같은 것을 나무란다. 이 장면은 역설적인데, 소비자의 권리인 환불을 요구하는 근거로 삼은 것이 상품의 하자가 아니라 작품 창작자인 소설가의 흐릿한 세계관과 안이한 창작 태도이기 때문이다. 말하자면 이 소비자가 만족하지 못한 것은 소비재인 상품의 효능이 아니라 창작품의 완성도인 것이다. 이 독자-소비자는 창작자여야 하는 소설가가 상품 생산자처럼 시장의 눈치를 보고 있는 것을 눈치챘으며, 그것을 못 견뎌 한다는 뜻을 분명히 밝힌다. 소설가는 상품을 제작하지 말고 작품을 창작하라는 독려를 받고 있는 것이다. 그렇다면 이 독자-소비자가 못 견뎌 한 것은 소설가의 타락인 셈이다. 소설가를 괴롭히고 위협하는 존재라는 이 인물에 대한 초반의 생각이 오해로 드러나는 장면이다. 그런 점에서 이 독자-소비자는 실재한다기보다 소설가가 자기 내부에 창조해 둔 일종의 검열관 혹은 초자아와 같은 존재일지 모른다.

1991년에 쓰인 소설의 이 독자-소비자는 지금 돌이켜 보면 순진하기 짝이 없는, 문학적 인물처럼 보인다. 이 인물의 소설가에 대한 간섭이 소비자를 가장한 독자의 요구라는 것이 의심할 수 없는 사실로 드러나 있기 때문이다. 이 독자가 소비자를 가장해서 원하고 있는 것이 상품이 아니라 창작물로서의 문학적 가치이기 때문이다. 소비자를 가장해서라도 소설가와 소설을 지키려는 이런 적극적인 독자를 우리는 가지고 있는지 묻지 않을 수 없다.

최근 대한민국의 문학 시장에서 일어나고 있는 몇 가지 사례들은 이 질문에 대해 긍정적인 답을 내놓지 못하게 한다. 우선 텔레비전을 포함한 대중 매체의 압도적인 영향력이 있다. 한국에서 단기간에 몇십만 부가 팔려 나가는 문학 작품이 가끔 나오는데, 그것들은 모두 텔레비전 인기 드라마에 노골적으로 노출된 책들이다. 대중들에게 인기 있는 드라마 주인공이 드라마 속에서 펼쳐 읽는 책은 그 드라마의 시청자와 그 주인공을 연기하는 배우의 팬들에 의해 비정상적인 속도로 구매된다.

이런 경로를 통해 책을 구매한 이들을, 단지 구매했다는 이유로 독자라고 부를 수 있는지에 대해 생각하게 되는 것은, 책을 읽는 자의 이름이 독자이기 때문이다. 독자가 책을 읽는 자라는 정의에 포함되어 있는 것은 책을 읽는 의무의 수행이다. 책을 읽어야만, 읽을 때만 독자이다. 독자가 된다는 것은 책을 읽는 의무를 스스로 떠안는 것이다. 책을 소유하고 있는 자는 책 소유자이지 독자가 아니고, 마찬가지로 책을 구매한 자는 책 소비자이지 독자가 아니다. 독자의 조건으로 부여된 (독서의) 의무가 책 소유자나 책 소비자에게는 없다. 소비자는 권리만 있고 의무는 갖지 않는 자이다. 소비자는 왕이라는 슬로건이 책 소비자에게만 적용되지 않을 리 없다. 책 소비자 역시, 다른 공산품의 소비자와 마찬가지로, 자기가 구매한 책을 어떻게 소비하든 상관없이 소비자의 이름과 소비자로서의 지위를 잃어버리지 않는다. 독자라는 이름과 독자로서의 지위를 확보하고 유지하기 위해서는 독서의 의무가 요구되지만, 소비자의 이름과 소비자로서의 지위를 확보하고 유지하기 위해 감당해야 할 소비의 의무는 없다.

텔레비전 드라마의 영향으로 소설책을 구매한 사람이 그 책을 실제로 읽는지에 대해서 누구도 문제 삼지 않고 심지어 출판사나 그 책의 저자 역시 문제 삼지 않는 것은 우리 사회가 전반적으로 소설책을 소비재로 간주하고 있다는 방증이다. 그런 경로를 통해 책을 구매한 자가 책을 읽는지, 그 비중이 얼마나 되는지에 대한 통계는 가지고 있지 않다. 책의 성격과 개인의 취향 및 수준에 따라 다르겠지만, 이 경우 대부분의 책 읽기는 독서라기보다 소비의 한 방법이라고 불러야 할지 모른다. 단언하기는 어렵지만, 이들의 무의식 속에도 ("책을 읽고 있다."가 아니라) 책을 읽음으로써 자기들이 구입한 책을 소비하고 있다는 생각이 자리 잡고 있지 않을까 싶다. 소비의 한 방법으로 읽는 것이다. 읽는 것이 소비의 한 방법인 셈이다.

소장을 위한 책 소비 경향에 대해서도 언급할 수 있을 것 같다. 초판본 복간에 대한 최근의 높은 열기나 책의 팬시화 현상, 작품의 경량화 추세 등이 이 경향과 관련되어 있다. 책의 물질성과 관련되어 있는 소장에 대한 욕구는 책의 역사와 그 기원을 같이하고 있기 때문에 섣불리 비난할 수만은 없지만, 읽기 위해서가 아니라 소장하기 위해서 책을 사는 최근의 도서 구매자들의 행위가 소비의 한 패턴으로 자리 잡고 있는 현실은 어딘가 수상해 보인다. 눈에 보이는 물질로서의 책 속에 담긴, 눈에 보이지 않는 문학(작가의 세계 인식 같은)이 자극하는 것은 독서욕이지만, 눈에 보이지 않는 문학을 담고 있는 눈에 보이는, 물질로서의 책이 유인하는 것은 소비욕이다. 문학은 보이지 않고 겉모양인 책의 형태만 보인다. 책의 외양, 예컨대 형태와 부피와 촉감 등은 현대 소비자들의 감각에 맞춰지고, 내용은 가벼워진다. 눈에 보이지 않는 것들은 눈에 보이지 않기 때문에 무시되고, 눈에 보이는 것들은 눈에 보이기 때문에 강조된다. 이런 소비자들의 취향은 생산에 직접적으로 반영된다. 소비자의 선택을 받기 위해 책들은 유혹적이지 않으면 안 된다. 눈에 잘 띄게 장식하고 메이크업하고 전시된다. 이런 시장의 매대에서 '작가-독자'의 구도는 거의 눈에 보이지 않는다.

최근 한국 문학 시장에서 발견되는 또 다른 현상은 첨단 기술을 탑재한 스마트폰 및 그와 유사한 매체를 통해 유통되는 짧고 자극적인 글들(이른바 웹 소설이라고 지칭되는)의 놀라운 보급 속도이다. 이 장르의 글들은 책으로 제작되는 복잡한 과정을 거치지 않고 쓰는 이의 업로드와 읽는 이의 다운로드를 통해 신속하고 편리하게 유통된다. 다운로드 행위가 곧 소비의 방식이 되는 이 간단한 유통 메커니즘 안에서 이 시장은 매우 빠르게 커지고 있다. 상상하기 힘든 고액의 인세 수입을 올리는 웹 소설 작가들이 많다는 이야기가 들린다. 여러 포털 사이트와 출판사들이 이런 장르의 글들을 위한 플랫폼을 만들어 운영하고 있거나 만들려고 준비하고 있다. 그들이 이 분야에 뛰어드는 것은 그곳에 시장, 즉 소비자가 있기 때문이라는 사실은 두말할 필요가 없다.

웹 소설의 문학적 가치를 묻는 질문은 무의미하다. 문학적 고민 위에서 창작하는 창작자나 문학적 고민을 위해 독서하는 독자가 있는 자리가 아니기 때문이다. 오락적 기능에 철저하다는 점에서 이 장르는 컴퓨터 게임과 구별되지 않는다. 컴퓨터 게임의 소비자는 컴퓨터 게임 사용자로 불린다. 그런 점에서 웹 소설의 소비자 역시 사용자에 가깝다. 이 사용자를 독자라고 부를 수 있는지 잘 모르겠지만, 전통적으로 독자라고 불리었던 문학 시장의 수요자가 이제 사용자가 되어 있는 현실은 부정할 수 없게 되었다.

인간이 문학을 발명한 이래로 오랫동안 문학의 이름을 독차지했던 운문이 소설에게 그 앞자리를 내준 것이 장르에 대한 문학적 판단 때문이 아니라 수요자의 수, 즉 시장의 선택이었다는 역사적 경험은 이런 문학 시장의 변화 앞에 있는 소설의 운명에 대해 그다지 유쾌하지 않은 예감을 갖게 한다. 문학적 평가를 선택의 중요한 기준으로 삼지 않는 시장의 사용자들을 향해 소설을 써야 하는 소설가의 고뇌가 없을 수 없다. 이것이야말로 2017년 우리 시대의 소설가가 맞닥뜨린 유혹이고 위협이다. 시장을 의식하는 소설을 쓰지 않을 수 있는가? 시장의 요구에 부응하는 소설을 쓰지 않을 때 소설가는 생존할 수 없는데, 시장의 요구에 부응하는 소설을 쓸 때 소설가는 소설가일 수 없다. 딜레마는 이렇게 찾아온다.

그래서 다시, 1991년 조성기의 단편 소설 「우리 시대의 소설가」 속 소설가를 집요하게 괴롭혔던 독자-소비자의 존재를 그리워하게 된다. 소비자를 가장한 독자. 소설가에게 상품 생산할 생각 말고 문학을 하라고 강요하는 편집증적 소비자. 아마도 그 소설 속 소설가도 시장의 유혹과 위협 앞에서 문학을 지키기 위해 그런 야무진 독자-소비자를, 거의 필사적으로 만들어 냈을 것이다. 1991년의 소설가도 버거워했던 그 유혹과 위협을 2017년의 소설가가 감당해 낼 수 있을까? 결코 낙관적이지 않다. 그렇지만 생각해 보면 낙관적이었던 적은 별로 없었고, 크고 작은 정도의 차이를 제외하고 말하면, 그런 유혹과 위협 앞에서 긴장하며 써 온 것이, 그처럼 아슬아슬한 것이 문학이었다. 그 집요한 독자-소비자(소설가의 내부에 있든, 바깥에 있든)의 목소리에 얼마나 귀를 내줄 수 있는가가 관건이 될 것이다. 그런데 그런 목소리가 아예 들리지 않으면 어쩌지?

이승우 LEE Seung-u 소설가, 조선대학교 문예창작과 교수. 1959년 전남 장흥 출생. 서울신학대학교를 졸업하고 연세대학교 신학대학원을 중퇴했다. 종교적 사유에 인간에 대한 이해와 성찰이라는 진지한 주제로 독특한 소설 영역을 확보해 왔다. 『생의 이면』, 『지상의 노래』, 『식물들의 사생활』, 『한낮의 시선』, 『미궁에 대한 추측』 등의 작품이 있다. 대산문학상, 현대문학상, 동인문학상 등을 수상했다.

작가와 시장

황선미

시간이 꽤 지났어도 내가 인상적으로 기억하는 기자가 있다. 데뷔 5년 만에 소위 '잘 팔리는 책'을 낸 덕분에 마련된 자리였다. 그가 요청한 인터뷰였고, 인터뷰를 위해서 나는 새벽부터 지방에서 올라온 터였다.

"책이 많이 팔리는 게 부끄럽지 않은가요?"

당시 나는 그 질문의 저의를 이해하지 못했다. 그가 어떤 대답을 기대했는지도 알지 못했고 왜 부끄러워해야 하는지 되묻지도 못했다. 나는 기분이 몹시 언짢았고, 그에게 문학이라는 게 아마도 특별한 사람들의 전용물이나 일상적인 삶과는 거리가 먼 고고한 무엇인가 보다 짐작했을 뿐이다. 심지어 책이 '잘 팔리는' 것과 '부끄러움'에 대해서 오랫동안 고민하기도 했다.

내가 어렸을 때만 해도 책은 귀한 것이었다. 작가란 고급스러운 신분 같았고 일상에서 만나기 어려운 존재였으니 책을 둘러싼 모든 것이 그야말로 정신적 산물, 문화의 지표, 지성의 증거가 분명했다. 지금은 많은 게 달라졌다. 책이 플라스틱 제품처럼 흔해졌고 여러 경로를 통해서 해마다 많은 작가가 배출되어 가볍게 소비된다. 책을 플라스틱에 비유하거나 작가에게 '소비된다'는 용어를 붙이는 게 부적절하고 모욕적이라는 것을 알고 있다. 그러나 도처에 책이 넘쳐 나는데도 독서 인구가 현저히 줄고 작가가 문화 행사에 구색 맞추기 손님으로 끼워지는 일을 자주 경험하다 보면 이 굴욕적인 생각을 하지 않을 수가 없다.

나를 불쾌하게 했던 기자는 대중적으로 읽히는 책을 상업적이고 통속적인 것으로 간주하는 경향이 있었던 듯하다. 아무나 읽을 수 있는 책이란 문학적인 것과 거리가 멀고 그런 걸 출간해서 돈을 벌면 부끄러워해야 한다는 식으로 받아들일 수밖에 없었던 말. 기자가 할 말을 삼킬 리 없다는 걸 인정하면서도 그건 매우 무례한 질문이었다. 어쩌면 그 표현을 이런 식으로 짐작하고 예민해진 나야말로 문학을 일상적 삶과 거리를 둔 고고한 무엇으로 떠받들고 있는지도 모르겠다. 상업적이거나 통속적인 작가라는 인식이 불쾌하니. 그러면서도 책이 팔리지 않으면 불안하니 이중적이기까지 하다. 그렇다고 해도 그 기자가 작품의 시장성을 어떤 기준으로 평가하든 상관없이 지금 내 입장은 분명하다. 시장에서 책이 팔리지 않는 작가는 살아남기 어렵다는 것이다.

대중이 누릴 수 있는 문화 콘텐츠가 점점 다양해지고 문학이 문화의 변방으로 밀려나는 추세 속에서 순수하게 작가로 살아가는 일이 녹록하지 않다는 건 나만의 문제가 아닐 것이다. 책의 과잉 시대다. 겉장이 떨어져 나갈 만큼, 지인들과 돌려 읽을 만큼, 욕심나는 구절 때문에 책장을 몰래 찢을 만큼 문학이 대접받는 시대가 아니다. 작가에 대한 인식도 이 시대의 다양한 직업군 중에 하나로 달라지고 있다.

자본주의 사회에서 작가의 존재감은 냉정하게 책의 생사에 달려 있고 책의 생사는 독자의 선택에 달려 있다. 결국 독자라는 시장이 작가의 후원자인 셈이다. 이것은 시장의 주류라 할 수 있는 일반 대중을 중심에 둔 발언일 뿐 특수한 분야 혹은 심오한 철학서에는 다른 기준이 필요할 것이다. 독서 인구가 현저히 줄어드는 요즘 과거 하이컨텍스트 문화로서의 인식은 바뀔 필요가 있고 더 나아가 능동적이고 실천적으로 독자를 찾아갈 방안을 모색해야 하는 게 현실이다. 독자에게 몸을 낮추자는 게 아니라 작가 자신이 속한 사회를 파악하고 전문가로서 역할이 강화되어야 한다는 의미이다.

단적인 예로서 몽골 작가 다시던득의 활동은 꽤나 상징적이다.(EBS 「다큐영화 길 위의 인생」) 고령의 작가 다시던득은 삭막한 평야를 수십 킬로미터 달려 유목민을 찾아가는데 그의 낙타에 실린 것은 물도 생필품도 아닌 책 꾸러미다. 그는 몇 채 안 되는 초원의 게르에서 유목민들에게 책을 읽어 주고 악기를 연주하고 노래를 곁들여 이야기를 들려주고 모여든 사람들의 반응이나 생각에 귀를 기울인다. 유목민에게도 스마트폰이 있고 아이들은 컴퓨터와 친숙하지만 그 시간만큼은 작가에게 집중하고 책에 대한 대화를 즐겁게 받아들인다. 유목민들이 만난 대상은 단지 작가나 책이 아니다. 작가라는 지성인이 세상을 보다 깊이 인식하는 방식이고 아이들에게는 사유하는 방식을 알려 주는 어른이었을 것이다. 상징적이고 의미 있는 이 상황에는 책과 독자의 경계를 잇는 '관계'의 역할이 있다. 다시던득은 작가 스스로 이 역할을 담당한 셈이다. 우리에게는 역할로 활용 가능한 여건이 마련되어 있는 편이니 다시던득보다 나은 상황이라고 할 수 있지 않을까? 문제는 관계 역할의 효율성이라 할 수 있다.

2015년 가을에 스톡홀름 국제 도서관의 초대를 받아 세미나에 참석한 적이 있다. 그때 사회를 맡은 스웨덴 소설가가 사석에서 "한국은 여전히 책이 잘 팔리고, 작가가 인세로만 살 수 있나?" 하고 물었다. 나는 고개를 갸웃했던 것 같다. 그에게 한국의 책 시장이 좋게 보였다는 것도 그가 작가, 사서, 저널리스트 등 여러 개의 직업을 가졌노라 고백하는 것도 의외였다. 선진국의 안정된 사회에서 우리의 책 시장에 대해 듣기는 처음이었다. 그의 말처럼 우리 책 시장이 매력적인가? 우리가 체감하는 현실은 암울하고 그 추세가 부정적이라 작가도 출판사도 미래를 낙관할 수 없는데 말이다. 그럼에도 우리가 활자를 짊어지고 가려는 것은 문제적 사회를 꿰뚫는 작가의 시선이나 책의 가치를 믿기 때문이다.

여전히 책에서 얻어야 할 게 많다는 것을 인정하면서도 외면하는 독자, 대체로 소극적인 작가 사이에서 긍정적인 관계를 형성하는 역할자로 도서관과 지자체 사업이 있다는 건 그나마 다행이다. 나날이 진화한다고 해도 과언이 아닐 기기와 매체도 요긴한 기능을 담당하고 있다. 독자라는 시장과 책의 관계를 지탱해 줄 이런 여건이야말로 보다 전문화되어야 하고 작가와 더불어 지속적·체계적으로 구축해 나가야 할 사안이다.

이미 오래전부터 도서관은 책을 대출해 주는 기능 이상으로 책을 활용하는 다양한 프로그램을 운영하고 있다. 그러나 고전적인 공간에 이용자를 불러들이기 위한 몇 가지 방안을 마련했을 뿐 도서관을 찾는 이용자 대부분은 열람실이 아닌 무료로 공부할 수 있는 책상을 원한다. 도서관 관계자들은 청소년들을 도서관으로 불러들이는 게 어렵다는 고백을 하는 게 사실이고, 어린이 책 시장에서 12세 아동부터 청소년 독자층이 대거 빠져나가는 현상은 이 대상이 주 타깃인 도서의 판매 수치가 현저히 낮은 결과로 확인된다. 그러니 이 대상의 도서보다 낮은 연령층을 대상으로 하는 도서가 상대적으로 많이 출간되고 세분화되는 경향이 생긴다. 이 연령층이 문학 코너가 아닌 참고서 코너에 몰려드는 현상은 대형 서점에서 흔히 볼 수 있는 광경으로 우리의 입시 현실과 맞물려 있다. 이들이 문학에서 분리된 현상을 단순히 입시 탓으로 돌리고 손을 뗄 일이 아니다. 책을 읽지 않은 이들이 사회를 이끄는 기성이 됐을 때가 절망적인 것이다. 그러므로 작가와 책이 교실에 적용될 필요가 절실하고 독서가 청소년기의 자연스러운 일상으로 접목될 지혜가 필요하다.

출판 시장에서 인터넷과 전자 기기의 역할이 매우 중요한 시대다. 많은 작가와 출판사들이 SNS를 작품 홍보와 소통의 창구로 이용할 뿐 아니라 아예 종이 책 출간을 거부하고 블로그를 통해 수익을 창출하는 작가도 있다. 전자책의 가능성에 기대를 거는 사업도 여러 형태로 생겨나고 있다. 그러나 작가는 이 복잡한 구조의 변화를 따라잡기 어렵고 제대로 이해하기에도 역부족이다. 미래의 독서 시장이나 매체가 지금과 비교할 수 없을 정도로 달라질 것이라 짐작하지만 그게 어떤 형태일지 상상할 수도 준비할 수도 없다. 지금의 시스템조차 어떤 작가는 선호하지 않거나 익숙하지 않아 필요성을 알면서도 부담스러워한다. 작가와 시장을 연결하는 시스템의 활용 문제를 작가 개인이 해결할 수 없다는 뜻이다. 변화에 적응하지 못하면 도태되는 게 당연한가? 이러한 외적 문제 때문에 한 사회의 지성이자 연륜이 깊은 창작자를 잃는다면 어리석은 일이다. 귀중한 지적 재산에 손실이 없도록 이 분야의 전문가 혹은 적절한 시스템이 작가와 연결되어야만 한다.

일정 기간 동안 책을 읽도록 권장하는 지자체도 많아졌다. 지자체의 이 사업은 광역 단위의 규모가 큰 경우부터 지역의 작은 도서관 소규모 행사까지 꽤 오랫동안 진행되고 있다. 선정된 책을 일정 기간 동안 읽고, 주변에 권하고, 토론하고, 독후 활동을 하고, 작가와 독자의 소통 기회를 마련하고, 결과 보고를 남긴다. 이러한 문화적 활동은 작가와 시장을 유연하고 유용하게 연결해 주는 훌륭한 사업임이 분명하다.

우리 사회의 이런 노력은 매우 고무적이라 할 수 있다. 그럼에도 독서 인구가 감소하고 시장이 축소되고 작가가 저소득층으로 전락하는 현상은 멈추지 않는다. 흔히 말하듯 스마트폰과 컴퓨터 게임이 주범인가? 사회가 복잡해진 만큼이나 오락을 추구할 수 있는 양상도 다양해졌고 여기서 기기의 발달은 오락적인 면에서 시장을 가장 크게 자극하는 매체가 분명하다. 독서에서 얻는 즐거움이나 깊은 사유를 가능케 하는 것과는 다른 차원의 희열이다.

독서 시장은 이 중에 작은 파이로 속해 있고 입지가 점차 줄어드는 게 사실이나 더 큰 문제는 도서관이나 지자체 행사의 질에 있다. 관의 전시 행정적인 계획, 전형적인 독서 활동, 좌담회, 학생들의 강요된 독후 활동 등등이 형식에서 벗어나 내실을 기하지 않는다면 이 사업은 지속되기 어려울 것이다. 문학 행사를 선포하는 자리마다 지역의 정치인과 관의 고위직 인사, 유지 등 높은 분들이 대거 참석하고 운 좋게 선정된 책의 저자도 초대를 받는다. 규모에 따라 차이는 있지만 대개 엄숙한 순서대로 진행되고 지역의 다양한 분야 사람들에게 책을 증정하는 퍼포먼스도 연출한다. 그러나 거기까지다. 식순의 중간쯤 선정 도서 작가의 발언 차례가 오기도 전에, 혹은 작가의 발언 중에도 좌석의 맨 앞을 가득 차지했던 높은 분들이 밀물처럼 빠져나간다. 그들이 결정한 행사가 끝나기도 전에 그들끼리 악수를 나누고 예의 없이 무책임하게 행사장을 떠나는 것이다.

문학 행사장 어디서나 경험할 수 있는 그들이 바로 지도자급이라는 점이 책에 대한 우리 사회의 인식을 보여 주는 단면이다. 시민들과 학생들이 선정 도서에 대해 토론을 하고 주최 측이 독후감을 받아 시상식도 하는데 바람직해 보이는 이 과정에도 불구하고 선정 도서의 판매 수치가 전과 별다르지 않다는 사실, 선정 도서에 대한 이해나 사고의 변화 따위가 감지되지 않는다는 사실은 이 사업의 질이 개선될 여지가 분명하다는 것을 뜻한다. 대개는 1년 동안 진행되는 이 사업에 작가와 독자가 만나는 자리가 한 번뿐이라는 것 역시 안타깝고 아쉬운 일이다. 안 하는 것보다 낫지 않으냐고 한다면 할 말은 없다. 그러나 기왕에 하는 문학 사업에서 전에 없던 성과를 얻고 성숙한 전통으로 이어 가려면 이 사업의 허실에 따른 보완이 항상 이루어져야 할 것이다.

책은 시장에서 유통되고 독자에게 활용되는 2차적 생산 요소가 되어야 한다. 책 자체로도 가치가 있지만 이제는 활자를 넘어 음악이 되고 영상이 되고 다른 콘텐츠의 스토리로 재해석되는 문화 산업의 원자재로서 가치를 확장해 나갈 전략이 필요하다. 시장이 단순한 독자 수준에 머물지 않고 다른 차원의 생산자이기를 원하기 때문에 책을 출간하는 입장은 고민이 커질 수밖에 없고 사회적 콘텐츠와의 협업에 긍정적이어야 한다.

『마당을 나온 암탉』은 현재 하드커버 북, 소프트커버 북, 그림책, 코믹 북 등 네 종류의 책이 유통된다. 2011년에 동일 제목의 애니메이션으로 상영되었고(한국 애니메이션 역사상 최고 기록인 227만 관객) 12년 동안 연극으로 제작되었고(여덟 번의 다른 연출, 한 번의 국악극) 교과서에 수록되어 수업 자료로 쓰이고 있다. 지자체의 권장 도서로 선정되어 시민, 학생들의 뮤지컬 연극에 활용되었고, 대학에서 무용으로 재해석되었다. 케임브리지 대학원생에 의해 무대에 올랐고 해외 문학 행사에서 현지 연극과 학생들의 발표 작품이 되기도 했다. 그림책 『구름빵』은 텔레비전이나 연극 무대에서 지속적으로 활용되고 소설이 드라마화되거나 영화화되는 일은 더 이상 특별한 경우도 아니다. 문학 작품이 다른 콘텐츠로 변주되는 일은 다양한 독자층을 확보하고, 경제적 이익을 창출하고, 문화의 층을 두껍게 하고, 작품의 수명을 유지하는 등 긍정적인 효과가 크다. 또한 작가의 저변을 넓히고 해외 진출이나 해외 독자들과의 자리를 풍요롭게 만들어 준다. 스웨덴이나 브라질, 영국의 문학 행사에 참여했을 때 현지의 판본이 미처 출간되지 않은 상황에서도 참석자들과 소통할 수 있었던 것은 『마당을 나온 암탉』의 애니메이션 덕분이었다. 최근에는 드라마의 간접 광고로 노출되는 책들이 일시에 베스트셀러 순위권에 드는 현상마저 생겼다.

우리가 관심을 가져야 할 중요한 시장은 외부에도 있다. 바로 번역 소개 단계를 거쳐야 할 해외 시장이다. 우리 문학의 가장 큰 한계이자 어려움이라고 할 수 있는 번역과 해외 판매는 당면한 숙제이고 기관의 노력에도 불구하고 성과가 미진한 상황이다. 몇몇 작가가 해외에서 인정을 받기는 하였으나 우리 문학은 큰 시장이라고 할 수 있는 영미권에서 호기심 수준일 뿐 여전히 변방으로 취급된다. 이는 역설적으로 시장 가능성이 크다는 의미이기도 하다. 다만 이에 대한 국가적 지원이나 시스템이 열악하고 초기 단계라 안타깝다. 자국어 출간이 거의 전부인 우리 문학 작품은 번역의 단계를 거칠 수밖에 없으니 좋은 번역가의 역할이 절대적이고 이를 제대로 판매할 시스템이 절실하다. 우리 시장의 규모가 작은 탓인지 문학이 등한시되는 사회 분위기 탓인지 작가 수입이 형편없고 이 현실은 작가 에이전시 사업의 어려움으로 이어진다. 결국 번역의 어려움과 제대로 된 에이전시 서비스를 받지 못하는 이중의 문제가 우리에게 있는 것이다.

외국의 문학 행사에 참여했다가 난감한 일을 경험한 적이 있다. 행사장 입구에서 나도 모르게 그 나라에서 출간된 내 책을 두 권이나 발견한 것이다. 인쇄의 질이 떨어지기는 하나 국내 원서와 동일한 삽화가 들어간 것으로 보아 출판사 간 데이터베이스가 공유된 것으로 판단되었는데 현지에 머무는 동안 국내 출판사에 문의를 하니 내용을 잘 모르고 있는 것이다. 그 후 귀국하여 상황을 파악하기까지 시간이 꽤나 걸렸고 출판사로부터도 담당 에이전시로부터도 답을 받기가 어려웠다. 결국 나는 국내 출판사와 해외 출판사, 에이전시만 서명을 하게 돼 있는 해외 판권 문서를 모든 출판사에 요구하게 되었고, 계약서 내용을 확인해 보니 조항대로 지켜지지 않은 일이 몇 가지 확인되었다. 확인 과정에서 또 다른 나라에서 절차가 무시된 채 출간된 책이 더 있다는 사실도 확인했다.

이 상황을 밝히고 자문을 구했을 때 모 출판사의 저작권 담당자는 에이전시가 바빴거나 두 출판사 사이에 소통 문제가 있었을 거라고 에이전시를 두둔하며, "그래도 해외 독자들이 선생님 책을 읽으니 행복하시지요?" 했다. 판권 표시를 확인했을 때 그 책이 출간된 것은 이미 1년 반 전이었다. 그 뒤로도 에이전시는 같은 실수를 반복했다. 나는 저작권 담당자의 말이 참 괴로웠다. 어린이를 대상으로 문학 활동을 하는 작가는 이익에 대해 함구해야 속물이 아닌가? 에이전시가 업무에 허덕이느라 동분서주하는데 그 공을 몰라주고 너무 따지는 것인가? 다른 나라에 내 책의 독자가 있다는 사실은 당연히 행복하다. 그들을 만나고 싶을 정도로 감동적이다. 그러나 정당한 권리가 지켜져야 진심으로 기뻐할 수 있을 것이다.

최근에 겪은 이 일은 좋지 않은 경우가 분명하다. 작가가 계약서를 단 한 장도 받은 적이 없다는 사실도 문제, 해외 판권에 관한 건이 여럿이면 작가가 메일로 일부 내용만 보고받은 사안을 일일이 기억하기 어렵다는 문제, 해외 출판사가 절차를 지키도록 정확하게 체크했어야 하는 에이전시의 문제, 에이전시가 일을 제대로 하고 있는지 점검했어야 하는 국내 출판사의 문제가 고스란히 드러난 경우였다. 법적 지식이 부족한 작가에게는 이런 경우에 대응할 장치라는 게 없으므로 속수무책일 수밖에 없는 게 현실이다. 해외 시장에서 자국의 책이 절차가 무시된 채 출간되는 일은 자산의 손실이 불가피한 일이라 전문적인 에이전시 역할이 시급한 실정이다. 절차가 무시되는 해외 출간이라면 인세 보고에 대한 의문 역시 가질 수밖에 없다.

대기업에서 창작 의뢰를 받은 적이 있는데, 그들이 나의 저작권을 인정하려 하지 않아서 일을 거절한 경험이 있다. 그들은 "당신의 작품을 많은 사람들이 즐기는 미래를 상상해 보라."라면서 정당한 대가를 치르기를 부담스러워했고 창작품의 권리조차 기업이 갖기를 원했다. 작품이 일반 대중에게 회자되었을 때 작가가 존재감을 얻는 것은 분명하지만 작가의 이익을 보장해 주지 않는 회유는 작가에 대한 기만이다. 명예만 갖고 실리는 포기하라는 태도에 실망했던 경험을 해외에 판권을 수출하며 되풀이하고 싶지 않다.

2014년 하반기에 세계 지적재산권기구(WIPO) 소속 단체에서 마련한 국제작가포럼 서울 대회에 참석한 적이 있다. 내가 맡은 부분은 '창작자들이 정당한 권익을 찾는 방법'에 대한 것이었다. 이때 공유한 문제점이 바로 '현재의 인세 구조가 정당하다고 생각하는가', '작가의 저작권이 어떻게 지켜지고 보호되어야 하는가'에 대한 것이었다. 나는 내 책을 사들인 나라에 대해서 아는 게 별로 없다. 가 보지 못한 나라가 대부분이다. 판권이 수출되는 과정에 직접 개입한 일도 없다. 판권이 수출되는 일은 출판사의 저작권 팀이나 수출 대행업체의 일이기 때문에 이 일에서 작가는 소극적인 위치에 놓일 수밖에 없다. 그럼에도 창작자의 권리는 우선 보호되어야 하고 수익 구조에서도 불리한 조건이어서는 안 된다는 입장을 가지고 있다. 작품 탄생에 작가는 절대적이기 때문이다. 작가는 취미 생활을 하는 게 아니라 직업인으로서 사회에서 분명한 역할을 담당하고 있다. 정신적 산물인 작가의 저작물에 대한 정당한 권익 보호가 지속적인 창작 활동에 지대한 영향을 미치고, 한 사회가 긍정적으로 발전할 수 있도록 원동력이 된다는 인식이 확대되기를 희망한다.

현재 나는 해외 판권 수출로 작가로서의 입지가 분명해지고 있다. 그러나 금전적인 이익을 얻었다고 하기에는 이른 시점이다. 문학계가 우리 작품을 해외에 알리는 게 급선무이듯 내 작품도 해외 판권 계약 리스트가 있다는 자부심 정도이고, 낯선 나라에서 보내온 증정본을 모으는 수집 차원의 성과이다. 그럼에도 판권이 수출될 때마다 궁금한 사실이 있었다. '해외 판매에 대한 내용을 작가가 이해할 수 있도록 체계가 마련되어 있는가'에 대한 의문이다. 정확한 보고 체계가 있기를 바라는데 만약 그런 것이 없다면 작가는 매우 불리한 상황에 놓인다. 어떤 일이든 신뢰와 도덕성이 중요하다는 것을 인정하지만 투명성이 보장되는 체계가 마련된다면 더 나을 것이다.

이 단체가 세계 곳곳에서 유사한 포럼을 자주 개최하는 것을 보면 창작자의 정당한 권리에 대한 문제는 몇몇 개인의 문제가 아닌 전 세계적으로 개선되어야 할 중요한 사안임이 분명하다. 이들의 노력이 창작자의 지적 재산권을 정당하게 지켜 줄 제도적인 장치를 과연 마련할 수 있을지 모르겠다. 그 전에라도 우리 나름의 점검 장치가 있어야 할 것이다. 작품을 해외에 알리는 일만큼이나 중요하게 해외 시장에서 출간된 작품에 대한 작가의 권리와 이익이 지켜져야 작가의 창작 동력이 유지되기 때문이다.

작가의 시장에는 경계가 없다. 직접 그곳에 갈 수 없어도 독자를 만날 수 없어도 시장은 무한히 확장될 수 있다. 지금보다 더 다양하게 세

분화되고 전문화되고 얼마든지 새로운 창작으로 거듭날 수 있다. 창작이 자원이 되는 시대에 시장은 작가에게 너무나 중요하다. 한 사회의 수준과 역동성을 가늠할 수 있는 시장의 기능이 미래 지향적인 계획 속에서 이루어지기를 바라고 여기에 작가의 역할이 적극적으로 수용되기를 바란다.

가끔 그때 그 기자가 궁금하다. 그가 무슨 생각이었든 소위 잘 팔리는 책 덕분에 나는 20년 넘게 작가로 살아올 수 있었다. 그는 아직도 기자일까? 그는 본인이 신출내기 작가에게 어떤 질문을 했는지 기억이나 할까? 혹시 만나면 물어보고 싶다. 그 질문의 저의가 무엇이었는지. 내 짐작이 틀렸던 것인지. 그리고 대화를 나누고 싶다. 그는 작가를 고민하게 만든 기자였고 그의 불쾌한 질문 덕분에 나는 작품을 쓸 때마다 경계심을 가질 수 있었다. 시장에서 살아남고자 쓰고 또 쓰면서도 최소한 나 자신을 욕되게 하는 작품은 출간하지 않으려고 노력했다. 그 경계가 명확하지 않아 늘 고민이다. 분명한 것은 작가가 너무 배고프면 영혼을 팔아먹게 마련이라는 사실이다. 그래서 작가에게는 주머니를 채워 줄 작품과 영혼을 채워 줄 작품이 다 필요하다. 이것이 냉정한 시장에서 작가로 살아남는 나의 전략이다.

황선미 HWANG-Sun-mi 동화 작가, 소설가. 1962년 충청남도 홍성 출생. 서울예술대학교 및 중앙대학교 대학원을 졸업했다. 대표작 『마당을 나온 암탉』은 폴란드와 《인디펜던트》, 《북 셀러》에서 '올해의 책', 워터스톤에서 '올해 최고의 책'으로 선정되었으며 애니메이션, 연극, 뮤지컬, 국악, 마임, 무대극 등으로 다양하게 연출되고 있다. 『틈새 보이스』, 『빈집에 온 손님』, 『기다리는 집』, 『갑자기 생긴 동생』, 『뒤뜰에 골칫거리가 산다』 등의 작품이 있다. 세종아동문학상, 강소천문학상, 탐라문학상, sbs미디어상 등을 수상했다.

부록

2017 서울국제문학포럼 취지문

　대중문화의 부상과 후기 산업 사회의 도래, 그리고 전 세계의 글로벌화와 과학 기술의 발전에 따른 인식의 전환으로 인해, 지난 반세기 동안 세계는 인류 역사상 전례 없는 급격한 변화를 겪어 왔습니다. 그리고 도처에서 일어나고 있는 그와 같은 혁명적인 변화는 긍정적인 결과와 부정적인 결과를 동시에 가져다주었습니다. 예컨대 대중문화의 부상과 확산 덕분에, '한류'라고 불리는 한국의 대중문화도 전 세계로 퍼져 나갈 수 있었지만, 반면 순수 문학은 위축되어 종래의 위상을 상실하고 여러 문화 텍스트 중 하나로 축소되었습니다. 또한 후기 산업 사회의 특징인 글로벌 경제 체제로의 편입과 글로벌 마켓의 등장으로 인해, 문학 작품도 이제는 하나의 문화 상품으로 포장되고 판매되는 시대가 되었습니다. 동시에, 민족으로 나뉘던 국가의 개념이 약해지고 국경이 소멸됨에 따라 문화의 경계가 해체되었고, 문화가 서로 섞여서 새롭게 생성되는 "하이브리드 문화"와 "퓨전 문화"가 등장했습니다. 그리고 테크놀로지의 발달은 다매체 시대를 불러왔고, 다매체 시대는 활자 매체 시대가 누려 온 특권을 박탈해서, 문학은 이제 높은 데에서 내려와 전자 매체 및 영상 매체와 경쟁해야만 하게끔 되었습니다. 그러한 환경에서 살아남고 융성하기 위해, 활자 문학은 이제 새로운 매체들과 제휴하고 새로운 문학 양식을 발명해야만 하는 시대가 되었습니다.

이러한 본질적인 변화의 시대에 문학과 독자들은 어떻게 바뀌고 있으며, 작가들은 또 어떻게 그러한 변화에 대처해야 하는가는 오늘날 세계 문단의 첨예한 관심사가 되었습니다. 예컨대 베스트셀러는 출판 시장과 면밀한 관계가 있고, 한 나라의 문학을 세계에 알리기 위해서도 외국어 번역과 세계 출판 시장 및 도서 유통 시장을 필수적으로 거쳐야 합니다. 그래서 지금은 문학도 시장을 무시할 수 없는 시대가 되었습니다. 그러나 그렇다고 해서 단지 잘 팔리기 위해서 문학이 시장과 타협하거나, 시장의 기호에 영합해서는 안 될 것입니다. 또 다매체 시대에 문학의 양식은 분명 변화해야 하겠지만, 문학이 전자 매체나 영상 매체와 어느 정도까지 제휴하고 합병할 수 있는지도 부단히 고민해 보아야 할 문제일 것입니다. 그리고 그러한 상황에서 문학은 "나와 타자의 문제"를 어떻게 인식하고 씨름해야 하는가도 작가들이 부단히 고뇌해야 할 문제라고 생각합니다.

2017년에 서울에서 열리는 서울국제문학포럼(Seoul International Forum for Literature)은 세계 각국의 작가들과 평론가들이 모여 위와 같은 문제들에 대해 고민하고 논의하는 문학과 문화의 아크로폴리스가 될 것입니다. 물론 그러한 문제들은 이분법적으로 선택할 수 있거나 단순하게 해결될 수 없는 복합적인 것들입니다. 그럼에도 불구하고, 새로운 변화에 긍정적으로 대처하고 적극적으로 대응해 나가는 것은 문학의 미래를 위해 밝은 빛을 던져 줄 것입니다. 그런 의미에서 서울국제문학포럼은 세계 문학사에 한 획을 긋는 중요한 행사가 되리라 믿습니다.

2017 서울국제문학포럼 조직위원회

조직위원장 김우창(고려대 명예교수)
부위원장 김성곤(한국문학번역원장)
집행위원장 곽효환(대산문화재단 상무)
위원 김기택(시인), 박재우(한국외대 중국언어문화학부 교수),
오정희(소설가), 윤상인(서울대 아시아언어문명학부 교수),
은희경(소설가), 이용훈(한국문화예술위원회 사무처장),
정과리(연세대 국어국문학과 교수),
최윤영(서울대 독어독문학과 교수)

새로운 환경 속의 문학과 독자

1판 1쇄 찍음 2017년 12월 20일
1판 1쇄 펴냄 2017년 12월 30일

지은이   스베틀라나 알렉시예비치 · 고은 · 김우창 외
펴낸이   박근섭, 박상준
펴낸곳   (주)민음사

출판등록   1966. 5. 19.(제16-490호)
주소   서울특별시 강남구 도산대로 1길 62 (신사동)
            강남출판문화센터 5층
대표전화   515-2000 │ 팩시밀리 515-2007

            www.minumsa.com

ISBN 978-89-374-3647-5 93800